有爱的青春陪伴者

图书在版编目（CIP）数据

温带季候风 / 大漠明驼著. -- 南京：江苏凤凰文艺出版社, 2025.1. -- ISBN 978-7-5594-8557-1

Ⅰ. I247.5

中国国家版本馆CIP数据核字第2024L1T513号

温带季候风

大漠明驼 著

责任编辑	王昕宁
特约编辑	蒋彩霞
出版发行	江苏凤凰文艺出版社
	南京市中央路165号，邮编：210009
网　　址	http://www.jswenyi.com
印　　刷	长沙鸿发印务实业有限公司
开　　本	880mm×1230mm 1/32
印　　张	11
字　　数	443千字
版　　次	2025年1月第1版
印　　次	2025年1月第1次印刷
书　　号	ISBN 978-7-5594-8557-1
定　　价	42.80元

江苏凤凰文艺版图书凡印刷、装订错误，可向出版社调换，联系电话025-83280257

目录 / CONTENTS

001　第一章·夏虫与冰

/应景似的,她脑子里突然蹦出一句话——"像只迎来送往的花孔雀",她觉得用来描述韩沉西这个人无比贴切。/

061　第二章·多事之秋

/她逆着光,背影消失在人群的刹那,韩沉西觉得,这个讨厌的孤僻鬼没有以前那么讨厌了。/

111　第三章·玫瑰之心

/弋羊望向校园里晃动的斑驳树影,觉得不可思议,冬天的风居然给她吹来了一个朋友。/

175　第四章·飞鸟和蝉

/少年好胜的自尊心让他觉知出难堪,他望着她的背影,狂妄地想:好啊,既然你要成绩,我就拿成绩给你。/

256　第五章·荆棘两路

/"不可怕,只要你在我身边,我永远是那个十八岁的少年。"/

目录 / CONTENTS

320 番外一·决心
/ "他们是他们,你是你,他们怎么样我管不着,但你不行。" /

326 番外二·受伤
/ 不知何时,她兀自幻想了一座城堡,安排韩沉西住进去。/

331 番外三·手术
/ 弋羊后知后觉,她仅有的两次奔赴他,他都处在状况不明的境遇里。/

336 番外四·结婚
/ 只要你奔向我,我绝不辜负你。/

342 番外五·幸福
/ 她在无声地爱着他,一次摩挲,一个亲吻,这些远非语言所能表达。/

第一章·
夏虫与冰

/应景似的,她脑子里突然蹦出一句话——"像只迎来送往的花孔雀",她觉得用来描述韩沉西这个人无比贴切。/

九月一号,全县中小学集中开学的日子。

韩沉西难得早起,蹲在三八岗的公交车站牌下,等着从望乡驶来的乡镇汽车。

他日夜颠倒了一个暑假,蓦地见到高挂枝头的太阳,分外不适应,皱皱鼻子,仰起脸,冲着火辣辣的日头先打了个喷嚏,继而再慢悠悠地打一个哈欠,然后没两秒,困意上涌,张大嘴巴又一个哈欠。

正无聊到几近歪头睡着时,手机响了。

来电显示是"糊涂蛋"。

"喂!"韩沉西接起。

"阿扎西——"范胡拖着音调的嗓门震得韩沉西耳朵疼,"我到世纪广场了,来接我。"

"没空。"韩沉西像朵被烤焦的小花,有气无力地说。

范胡不满地抗议:"你不能没空,我千里迢迢来求学,背着行李呢,重死啦。你不来接我,我怎么去学校?"

"爱怎么去怎么去,自己看着办。"

韩沉西伸伸腰,瞥到"望乡——封县"的汽车终于迟缓地驶进站。

"挂了。"他说完,毫不留情地按了挂断键,把手机揣进裤兜,懒洋洋地走到车门旁。

车厢里人挤人,拥挤程度堪比罐头里紧贴的沙丁鱼。

"都往里让!给我留出空间开车门!"把在车门边的女售票员暴吼着用一只手推搡乘客,另一只手去拽拉车门。

门"哗"地被大力扯开,人蜂拥往外蹦。

韩沉西个子高,探头往车厢里瞧,一眼看到柳丁缩着肩膀,被人群挤得东倒西歪。他对不小心一胳膊肘撞了柳丁脸颊的大哥嚷了一句:"大哥,看着点,旁边有小孩呢。"

大哥闻言,瞄了柳丁一眼,随后扳着她的细肩膀,将人扯到自己身前,帮她挡住推挤,护送她下了车。

"谢了啊!"韩沉西冲好人挥挥手,领着柳丁走到空旷的地方。

看到她怀里小心翼翼护着个食盒,他问:"捎了什么好吃的?"

"山楂糕。"柳丁撩了撩略长的头发,用手背擦掉耳后快要淌进脖颈的热汗。

韩沉西拿过食盒,揭开盖子一看,切成均匀条块状的山楂糕色泽红润鲜亮,卖相非常好。

"从哪儿买的?"

"爷爷昨天自己做的,说姑姑老是积食,正好今天让我给她带几块。"

哪是"正好"?她从望乡过来,明显是专门跑去取的。

撒谎都不会。

韩沉西撇撇嘴,吐掉口香糖,掰了一块尝了尝,酸得直吞口水,抱怨说:"姥爷煮山楂泥的时候是不是没放糖?"

柳丁笑着说:"只放了两勺。爷爷说,糖吃多了容易得糖尿病。"

"歪理。"

韩沉西合上食盒的盖子,接过柳丁魔卡少女樱的粉色书包,单肩挎着,说:"走,先送你去报到。"

柳丁五岁时,因为妈妈突然生病瘫痪在床,爸爸分身乏术,姑姑柳思凝便把柳丁接到了县城借读。她对柳丁好,当亲女儿一样看待。奈何纱厂工作忙,她分身乏术,自己的儿子韩沉西都被她放养长成了一匹野马驹,怎么能指望她有工夫对柳丁嘘寒问暖?好在与柳丁生活久了,韩沉西渐渐有了做哥哥的自觉性,不太靠谱地担负起了小丫头"家长监护"的责任。

柳丁今年升初一,在六月份的小升初考试中,她争气,考了全县第二的好成绩,顺利进入了实验中学的珍珠班。

这可把没因为成绩好而受过表扬的韩沉西牛坏了,仿佛脸上镀了层金。他揽着柳丁,穿过实验中学的铁大门时,昂首挺胸。

不过,这嚣张的气势只维持了一小会儿,等他在缴学费的长队里一站,被太阳炙烤,很快又成了蔫了吧唧的小花。

他强忍着暑热,帮柳丁办理好各种手续,饭卡充了钱,校园熟悉一遍后,衣襟已经全部汗透了。最后,他找到珍珠班所在的教学楼,准备去柳丁的教室避避暑。

谁知,他脚刚踏上楼梯台阶,天空突然划过一道凄厉的喊叫声:"阿扎西!"

韩沉西转身,范胡像个炮弹似的降落到他眼前,然后张开双臂,蹦起来向他身上飞扑。

"滚！"韩沉西丝毫不客气地把他推到一旁。

范胡也不介意，踉跄两步站定。

"糊涂哥。"柳丁打量着范胡，"一个暑假没见，你又黑了。"

"欸！叫'哥'就成，前面两个字省了。"范胡委屈巴巴地捡起卷成捆的凉席，抱在怀里，脸朝柳丁贴近，纠正道，"这不是黑，这是男人本色。"

韩沉西问："你怎么来了？"

范胡说："来送妹妹上学啊。"

韩沉西嫌弃地一哼，转身朝珍珠班的教室走去。

教室里此时分散地坐着几名学生，韩沉西没在意，他一进门就在头顶有风扇的课桌上坐了下来，跟乘凉的老大爷似的。

范胡问柳丁："想坐哪儿啊？"

柳丁发现教室里的学生此时都在看她。她脸皮薄，一下子红了脸，随便指了个靠近过道的座位："这里吧。"反正到时也要调整的。

"不行。"韩沉西仰着头看"吱吱呀呀"转不快的风扇，周全地说，"坐偏了容易斜视。"

范胡提议："坐第一排吧，看得清黑板。"

"更不行，整天吃粉笔灰怎么长个？"韩沉西指了指第三排正中间的黄金座位，"坐那儿。"

那里是好学生必争之地。范胡也觉得不错，不等柳丁反应，他像拎小鸡崽似的，把柳丁"扔"了过去。

韩沉西抹了把汗，他人是面向后黑板坐着的，此时视线在教室里绕了一圈，目之所及，全是慌张打量的眼神。

他这才反应过来，他和范胡吊儿郎当的社会青年哥架势，把小孩们吓住了。他咧嘴一笑，觉得挺逗。

他同时也知道，再待下去，不利于柳丁跟新同学交朋友，于是起身朝柳丁后脑勺弹了一下，说："哥走了，等一会儿老师来了，听老师安排。"

柳丁显然也察觉到了教室里诡异的气氛与她哥相关，忙不迭点头："嗯，你和糊涂哥也赶快去学校报到吧。"

实验中学和一高相隔并不远，韩沉西和范胡穿街过巷，绕小路，很快就到了学校。

一高是寄宿制高中，校门口拥堵情况更严重，车停得乱七八糟。放眼望去，蒸腾的空气里，每个人手里都拎着大包小包。

"你的行李搁哪儿了？"韩沉西随口问。

"这不是？"范胡晃了晃怀里的那捆凉席。

韩沉西震惊："你住宿就带了床凉席？"

"夏天呢，天热，铺个凉席赤条条躺着睡才凉快呀。"

"牛！"韩沉西冲他竖大拇指，"木板床，硬不死你。"

"没事。"范胡觍着脸说，"要是床板实在太硬了，我去你家睡你的席梦思。"

"想得美。"

韩沉西说着就拿脚踹范胡，被范胡灵巧地躲过，韩沉西又去踹，范胡便拔腿就跑。

你追我赶之际，两人到了高二文理分科的布告栏前。

五个文科班，十三个理科班，从班级数量看，就能看出一高重理轻文。

韩沉西分科选理，当然不是因为理科成绩相对较好，完全是抓阄将命运交给天意。

而范胡选理的理由更简单，作为韩沉西的"跟屁虫"，他要保持两人的人生轨迹一致。

布告栏前，各种扁圆长宽、型号不一的脑袋攒动着，韩沉西仗着个高腿长，在人群外围叉腰一站，眯起眼睛，扫过大红纸上密密麻麻的名字，准确又快速地找到了自己的班级——高二（7）班。

再定睛一瞧，范胡也在呢。

"啊！"范胡兴奋了。他本来没有抱会和韩沉西分在同一个班的期待，而是做了后续转班的准备。

他双手合十，朝"红楼"，也就是老师办公楼，深深鞠了个躬，念念有词道："感谢分班老师，菩萨保佑您好人有好报。"

韩沉西也对两人"峰回路转"的革命友谊感到惊喜。

范胡又把目光聚焦到七班的分班表，想找一找还有没有熟人在，当看到葛梨的名字时，瞬间乐出了声。

"哇哦！这剪不断理还乱的缘分。"范胡看韩沉西的笑话，"哥，你开心吗？"

韩沉西表情未变，没回答。

"我挺开心的。"范胡嘿嘿笑着，又转过头接着往下看，注意力被"弋羊"两个字吸引。

"弋（gē）羊……"范胡品着这名字，点评，"这名字起得真省事，一看就知道他是属羊的。"

"那不一定，"韩沉西扫去一眼，"也有可能是人家妈妈姓羊。"

"还有姓羊的啊？"范胡瞪眼表示惊讶，同时也充分展现了自己的无知。

"有姓牛的，为什么没有姓羊的？"站这么一会儿，韩沉西感觉脚丫子要被高温的路面烫熟了，没兴致继续看了，招招手，示意范胡走。

范胡点头，紧跟着转身，不想一脚踢到了旁边女生的行李箱。

他脚没落稳，绊了一下，怀里的凉席往前杵，又打到了女生的肩胛骨。

"对不起。"范胡一把扶住行李箱，道歉脱口而出，只是语气略显散漫，倒不是不真诚，调性如此。

女生戴着黑色的鸭舌帽，帽檐压得很低，一双眼睛藏在阴影里。她冷漠地斜范胡一眼，没对他的道歉作出回应。

范胡愣了愣。

也不等他再开口，女生拉着箱子，大跨步走远了。

范胡心说：有点高冷。

"看什么呢？"韩沉西见他没跟上，停步扭头催促。

范胡屁颠屁颠地跑到韩沉西身边，有些匪夷所思地说："哥，刚才遇到一个女生，我怀疑她瞪我。"

韩沉西损他："想多了，平常人看到'二百五'都用那眼神。"

一高分东、西两院，文科班在东院，理科班在西院，两院中间用栅栏门隔开。

弋羊高一时虽没怎么往西院来过，但对设计诡异的理科女生宿舍楼略有耳闻。

如今一见，果不其然。楼高五层，正面是一块块的深绿色滑面玻璃，在阳光垂射下泛着阴森的冷光，直让人脊背生寒。

在楼前的展览板上，弋羊找到了自己的宿舍号，201。

行李箱不算太重，她一口气拎上楼，面没改色，心跳快了点。

因为一个暑假没有通风，楼栋里有股强烈的霉味儿。她推开半掩的宿舍门，微微抬眼往里看，和一个正吃薯片的女生对上视线。

"Hi！"女生挥挥手，很友善地打招呼，"201宿舍的吗？同学你好啊，我叫苏果。"

苏果的脸有婴儿肥，笑起来十分可爱。

"你好，我叫姜琳。"盘腿坐在苏果旁边的女生跟着说。

姜琳长相普普通通，五官没出彩的地方。

"弋羊。"相比于她们俩语气里洋溢的热情，弋羊明显冷淡许多。

另外一个女生正躺在上铺的床上。她从床铺探出头，眼睛像个扫描仪似的把弋羊仔细打量了一番，在弋羊察觉，并警惕性地望向她时，她淡淡地说："你好，我叫夏满珍。"

弋羊点了点头，算是回应，然后移开视线，扫了眼房间。

一高的住宿设施实在简陋，一个宿舍三张上下铺铁床，住六个人，没有单独的浴室，整个楼层共用一个洗漱间。

三张床，两张靠墙而立，一张临着窗户。

弋羊走到窗边往外望了望，随后看向临窗那张床的上铺。床被占了，上面放置着未拆封的行李。

她抿了下嘴唇，注意到贴在护栏处的名字条没撕干净，"羊"字还完整地保留着。

虽然学校对床位有分配，落到实处却是默认先到先挑。

苏果是个自来熟，也是个话痨，她嚼着薯片，已经没有隔阂地开始对弋羊展现同窗之谊了："外面很热吧？我看天气预报说今天40℃呢，你看你的后背都湿透了。我这边有个小电扇，你过来吹吹风吧。"

弋羊侧头瞥了她一眼，忽视她的套近乎，问："你知道这张床被谁占了吗？"

"啊？"苏果晃了下神，随即趿拉着拖鞋走到弋羊身边，有些疑惑，"我占的，怎么了？"

说完，她猛地想起，刚才撕名字条时，她心里吐槽过"弋羊"的名字像男生，这会儿突然把名字和真人对上，便心虚地解释："大家都没按照名字条分配的床位睡。"

莫名地，苏果心里有点怵弋羊。

"能把它让给我吗？"弋羊果断地问。

"啊？"苏果满是费解，因为一般人见到这床位已经有了主人，即使再心仪它，也不会开口请求要。

她一时不知道该怎么回答了。

弋羊又说："你开条件，只要你让，我都答应。"

语气分外霸道。

苏果不禁去看她，只见她眼神坚毅，仿佛在说"这床位我要定了，情况你自己掂量"。

"你怎么这样啊？"苏果瞬间感到委屈。

弋羊没吭声。

姜琳见起了争执，走过来往后扯了扯苏果，像怕弋羊动手打她，还为她打抱不平："你要挑想睡的床位，干吗不早点来？你话里的意思摆明是在抢。"还理直气壮的。

弋羊依旧不说话，只是朝床位上的名字条点点下巴。姜琳立马明白了她的意思，是在暗示苏果才是仗着来得早"抢"东西的人。

苏果气坏了，却又不知如何反驳。

她白了弋羊一眼，对弋羊的好感度直线下降。

弋羊毫无让步迹象，气氛僵持不下。

最终，脾气软的吃亏。苏果和姜琳面面相觑半响，姜琳试探着问："果子，你来睡我下铺吧？你忘了你睡觉不老实，上学期从上铺摔下来过。她要给她好了，咱大方，不跟她争。"

姜琳高一跟苏果同班，当时关系并没有多要好，只是此时处在新学期的陌生环境中，相熟的人很容易拉近彼此的距离。

苏果再看弋羊。她是鹅蛋脸，但因为瘦，脸上的脂肪层很薄，锋利地勾勒出了面部的轮廓线条，冷感足。而有冷感的女生，自然会让人觉察出攻击性。

苏果将弋羊归类为"不好惹"的社会姐类型,还对弋羊有了"黑暗"的联想——不能招惹。

所以,她不情愿地选择了让步,带着哭腔,冲姜琳说:"好吧。"

姜琳"仗义"地帮她搬行李。

"谢谢。"弋羊在一旁冷硬地道谢。

等床上的东西清空,她开始铺床铺,动作麻利而熟练,快速整理好后,拎起书包出去了,没跟舍友打招呼。

姜琳望着她的背影,冲苏果撇撇嘴,嘟囔了句:"什么人啊?"

而一直托着下巴默默看热闹的夏满珍突然也冷哼一声:"好高冷。"

弋羊出了校门,左转一直往北走,路尽头的三岔口有个"老羊修理铺"。一张店招牌下,分两个店面,小一号的店面仅有方寸之地,里面摆满了零零件件,专门用来维修小家电,而大一号的店面,用来修车。

门店的卷帘门合着,门口没有她熟悉的白色面包车,她便心知羊军国到市里找货还没回来。

她拿钥匙开锁,把卷帘门拉上去。

小门面房里摆了一张工作桌,桌上有台式DVD,机箱被拆了。

这是她一大早帮羊军国看店时接的活,客人把设备送来,留了句"不读盘,给检修一下",就赶着上班匆匆走了。

弋羊拆开机箱检查发现是激光头的二极管严重老化,没法修,需要重新更换激光头。

但换设备零件得征求客人的同意,她没擅作主张,停了活,这才抽空去了趟学校报到。

储物柜的抽屉里有高二的课本,二手书,七成新。

弋羊拿起化学书,坐在椅子上看,刚看了个开头,驶来一辆摩托车。

开车的不良少年叼着烟,一头黄毛,冲她说:"喂,你们店老板呢?修车!"

"不在。"弋羊抬头,瞧见摩托车的车头撞得稀巴碎。

"什么时候回来?"他咧嘴冲弋羊坏笑。

"不知道。"弋羊面无表情,"你要急着修,去别家店看看。不急的话,车停在这儿,等老板回来会给你弄。"

不良少年歪头想了想:"我不急。"

他把车开进店里,拔下钥匙,摇晃到弋羊身边,跟她搭话:"看书呢?还是化学。"

弋羊并不理他。

他讨了个没趣,啐了声,走了。

等到下午一点半,依旧不见羊军国回来,弋羊也没给他打电话,做主关了店门，返回学校。

两点，新学期开班会。
七班在二楼，拐上楼梯口，左手边就是。
弋羊从后门进。
开学第一天，大家都守规矩，班里已经坐满了学生，黑压压一片。
瞧见最后一排靠近过道还有一个位置，她便坐了过去。
范胡此时和韩沉西挤一块儿打游戏，余光瞄到一个影子，扫了一眼，随即顿住，睁大眼睛，暗暗跟韩沉西嚼舌根。
"哥，就她，她瞪的我。"
韩沉西从游戏界面抬起头，顺着范胡的视线看弋羊："是吗？"他活泼好动得很，把凳子当跷跷板压着玩，将范胡的话解读成了另一种意思，摆出一副"我懂，等着"的表情。
"同学。"他喊弋羊，"这位同学想认识你一下。"
"去去去！"范胡听出韩沉西瞎起哄，推了他一下，"别乱说。"
"嘿嘿！"韩沉西老谋深算地笑。
弋羊闻声，眼皮轻轻一扬，瞥了韩沉西一眼，又微微往下一耷拉。
"呵！"韩沉西说，"新同学不理我。"
"谁让你这么浪荡。"范胡刺他。
两人嘻嘻哈哈闹了起来。
等到两点的铃声响了，班主任刘志劲准时准点走上讲台，"嗡嗡"作响的教室瞬间变得安静。
刘志劲是个年龄三十岁，身长一米八五的彪形壮汉。与其他老师彬彬有礼的形象相反，他蓄着油光锃亮的大背头，黑着脸，浑身散发着严厉的气场。
摊开花名册，他严肃地说："先点个名，我认认人。
"葛梨——"
"到！"
"皮九——"
"到！"
"魏媛媛——"
"到！"
…………
点到一半时，大家心知，这次序是成绩排名。
"范胡——"
"这儿呢！"
"韩沉西——"

"有。"

刘志劲接手班级时打听过，知道韩沉西在一高是个"有头有脸"的人物，混得很开。他轻飘飘地瞥了韩沉西一眼，像是无声地警告什么。

韩沉西耸耸肩，漫不经心地回视他。

目光交锋短短两秒。

韩沉西以为他成绩垫底，点名就此结束，哪想，刘志劲又念道："弋羊——"

"到。"

弋羊的声音一起，范胡和韩沉西齐齐看向她。

范胡心说：原来她叫弋（yì）羊！

韩沉西则心说：哇，新班级我竟然不是倒第一！

"都来了，很好！"刘志劲声音沉而响，"下面我简单说两句。我叫刘志劲，教物理，刚从毕业班下来。学校的光荣榜不知道你们看了没有，今年高三，我带的班级一大半学生取得了骄人的好成绩，所以，跟着我，只要你有梦想、肯努力，我保证两年后你一定有学上。"

话很冷酷，也颇现实。

一高是这座尘土飞扬的小县城唯一一所重点高中，教学水平高，纪律抓得严。无奈学生质量却是良莠不齐，十里八村的好学生扎堆在此的同时，因为学校收建校费，也有交了建校费而入读的学生，比如韩沉西和范胡。

这导致班里两极分化严重，知学的孩子拼命学，不知学的孩子疯狂玩。而于后者，老师们默认已经扶不起来了，便撒手不再过问。

刘志劲不多费口舌，开始选班干部。

"有没有谁有信心管理好班级，想当班长的？"

大家你瞅瞅我，我瞅瞅你，沉默不语。

范胡憋不住插嘴："老师，可以推荐吗？"

刘志劲冷眼看他："可以。"

范胡冲葛梨打了个响指："干妹妹，谦虚啥呢，上啊。"

葛梨脸微微红，瞥了眼刘志劲，有些害羞。

而经范胡一怂恿，大家瞬间想起，这个齐刘海、长相俏丽的女生，好似是班里的第一名。

刘志劲询问她："觉得自己能胜任吗？"

葛梨笑了笑："我试试吧。"

接着，她落落大方地站起来，面向同学，微微鞠了个躬："大家好，我叫葛梨，非常荣幸新学期与大家成为同班同学，也感谢我的老同学举荐我当班长。我自认为是一个责任心很强的人，愿意为班级的大小事务尽一份力。希望从今天起，我们能在刘老师的带领下，共同进步，一起成长。我也会尽全力担负起班长的职责，为大家排忧解难。"

"信口拈来"的一段演说词。

"好!"范胡非常给面子,带头鼓掌,瞬间掌声如潮。

葛梨眉眼羞怯,瞪了眼范胡,又用余光瞄韩沉西。韩沉西察觉,竖了个大拇指。葛梨镇定且满意地坐回了位置。

刘志劲欣赏地点点头。

气氛活跃起来,余下的班委很轻松地敲定了,挑的全是学习不错的。

接下来,排座位。

"班级前二十名可以自由选择位置,自由选择同桌,余下的人按照身高在走廊排队。"这是班主任对好学生的优待,大家习以为常。

男女分成两队,韩沉西落在队尾。范胡因矮韩沉西一头,只得跟他"执手相看泪眼"。

弋羊也在女生队尾。

两队的队伍其实并不对等,女生多,队伍长,但韩沉西没好好站,他杵在门后,斜倚着门框,和前面的男同学隔了大段的距离,这直接导致他的身侧是弋羊。

他下意识瞅了她一眼,视线却胶在她身上不动了——女生很高,目测近一米七,皮肤惨白,阳光下看显得病态,加之她表情少,面相上挺刻薄。

不过,韩沉西觉得这样倒也是另一番个性。

刘志劲做事效率高,他指定谁坐哪个位置就不容反驳。

队伍一点点向正门口挪,很快,只剩下韩沉西和弋羊了。

也不知刘志劲是不是故意的,教室仅剩后门边的两个座位空下了。他手一指,示意两人过去。

韩沉西常年是"门卫",自然对这个安排满意。于他而言,这是黄金宝座,开溜自由。

他笑着率先朝教室里走,弋羊慢一步落在他身后。很快,她又被刘志劲叫住了。

"帽子摘了,上课戴着帽子像什么话!"刘志劲看不惯地斥责她。

姜琳和苏果坐前后排,两人对视一眼,默契地笑了。

弋羊脚步顿了顿,一副无所谓的态度将帽子摘掉。

刘志劲没再说什么,过了会儿,示意班干部们出去开小会。

待他一走,教室顿时炸开了锅,大家略显兴奋地开始互相打招呼。

范胡被刘志劲安排在北边第四排靠墙的位置,跷着二郎腿问新同桌:"欸,你好,你叫什么名字?"

"皮九。"

皮九圆眼睛,双眼皮,鼻梁上架着一副黑框眼镜,气质很呆。

范胡开玩笑:"好巧哦,我叫'啤酒瓶'。"

皮九对他的冷笑话无动于衷。

范胡哈哈直乐，而后他又忙着去招惹后排的女生，加QQ，建立自己的关系网络。

班级氛围热闹而和谐，但这和谐很快被两个人打破了。

"我不要同桌。"

弋羊跟韩沉西说完这一句，便把自己的桌子拉到他身后，用实际行动表示自己要独坐。

韩沉西一直觉得自己是个脾气相当不错的人，不轻易发火，不与人交恶，人生信条更是简单直白——吃吃喝喝睡睡觉，有事没事别感冒。

但此时此刻，韩沉西其实被弋羊惹毛了，倒不是因为她有多么傲慢无礼，她说的那句"我不要同桌"是在很平静地叙述一个事实，语气顶多有些不近人情。可她有个臭毛病，始终耷拉着眼帘，不拿"狗眼"瞧韩沉西。这让韩沉西极其不舒服，好像他是一条"臭虫"，碍了她的眼似的。

他恼火，心说：我稀罕跟你同桌！招你惹你了我！

置气似的，他抬起课桌，"哐当"一声，又把桌子扔到了弋羊身后。

丢什么不能丢面子，吃什么不能吃亏，他才不愿意把门口的位置让给她呢。

这一出闹了不小的动静，大家好奇地望向两人。

韩沉西倚着墙，冲他们"啧"了声："看什么看，我自行调整个座位，你们敢吗？"

范胡关切地飞来一张字条。

范胡：啥情况？

韩沉西：遇到一个孤僻怪！

韩沉西写完，觉得这么说一个女生实在不礼貌，划掉，想了想，又写。

韩沉西：有人嫌弃我！呵呵！生平第一次。

他把字条叠成纸飞机，哈了口气，扔给范胡。

范胡打开看，笑容猥琐。

范胡：你搭讪人家了吧？

再扔回去。

韩沉西：屁！哥喜欢啥样的你不知道啊？

范胡：不知道。

韩沉西：哥告诉你，哥喜欢长得甜笑得美的。

范胡：那不就是葛梨嘛。

韩沉西：瞎扯，掌嘴！

字条再次落回范胡手里时，范胡瞧着上面的字，还真二百五地佯装下重手，朝自己嘴巴拍了两下。

班干部们再回来时，抱着新学期的课本和作业本。

葛梨手里拿了张名单，站在讲台上核对了一会儿，说："我们班有两个人没有交书本费，是谁？"

班里有七十二名学生，但实际每科领到的书本是七十册。

"我！"孙兴文举手解释，"报到晚了，先来开班会了。"

葛梨点点头，问："那另一位呢？"

弋羊不急不缓地举起了手。

葛梨看向她，以为她也是同样的情况，说："你们俩快去财务室把费用补交一下，然后直接到教务处领书，别耽误上课用。"

"好嘞。"孙兴文说。

"知道财务室在哪儿吧？"葛梨已经完全代入了班长的角色，事无巨细地询问道。

原本她探寻的目光望着弋羊，可弋羊耷拉着眼皮，始终不与她有眼神交流，她只好将目光转向孙兴文。

孙兴文说："如果不知道的话，班长能领我去吗？"

葛梨听出他话里的不正经，故意板起脸，瞪了他一眼。

孙兴文笑了两声，一蹦三跳地跑出了教室。

弋羊收拾书包，也出去了。

只是下了楼梯，她并没有与孙兴文朝一个方向走。她来到校门口，找理由骗门卫放行，又回到了修理铺。

羊军国回来了，此时正蹲在地上捣鼓那辆摩托车。

他是个四十岁、体型微胖的中年男人。

"舅舅。"弋羊叫他。

"欸！"羊军国撩起汗衫，抹了把出油的脸，呆了半秒，"修 DVD 的人刚来过了，同意换激光头。"

弋羊"哦"了声，抬脚进到小门面房里。

太阳西斜，洒下的大片金灿灿光影透过窗棂，铺在掉了红漆的木桌上。

弋羊从货柜里找到相同型号的激光头，拉过竹编椅在桌前坐定，又从工具箱里找到梅花螺丝刀和起子，开始忙活。

拆卸手法娴熟，二十分钟搞定。

然后，她蹲到羊军国身边，一边看他修车，一边帮他递工具打下手。

弋羊话少，羊军国木讷，两人平时交流仅浮于表面寒暄。不过今天弋羊开学，羊军国觉得自己作为长辈有必要关心一下。

"这回分在几班？"

"七班。"

"快班还是慢班？"

"不分快慢班。"

"老师呢？水平怎么样？管得严不严？"

"还行。"

羊军国"嗯"了声，像叮嘱小孩般语重心长地说："好好学习，跟室友和同学好好相处，别生矛盾。"

弋羊点点头。

羊军国擦掉快要从额头流进眼里的汗水，想了想，又说："高二东西学得深了，难度大，压力也大，你别没事往我这个地方跑了，耽误学习时间。"

这次弋羊没回答，羊军国便知道说了也是白说，她执拗。

到了晚饭点，羊军国让弋羊跟他回家吃饭，弋羊拒绝了，她把那些二手书装进书包，返回了学校。

韩沉西和范胡在教室待不住，趁着发新书的间隙，两人偷摸逃出教学楼去上厕所，碰到了高一时常在一起玩的李海和吴明，索性勾搭着去操场打篮球。一直玩到晚自习快上课，教务处老师跑来吼他们，一群人才各自散去。

天热，韩沉西和范胡都没胃口，拐进小卖部买了冷饮，才不紧不慢地回了班级。

韩沉西刚落座，葛梨跑来找他，眉眼含笑地抱怨道："你今天一天怎么都不来找我说话？"

韩沉西挠挠头，看了她一眼："你大班长呢，日理万机，我这不是拿不到跟你说话的号码牌嘛。"

"别讽刺我。"葛梨眼睛闪亮，透着一股聪明相。她把抱在怀里的一堆海报摊在韩沉西桌上，"买多了，看有没有喜欢的，选一张吧。"

韩沉西薅了把头发，他估摸了下海报数量，至少十五张，问："你用不了，干吗买这么多？"

葛梨："因为觉得都挺好看的，都想要，就全买下了啊。"

韩沉西瘪嘴，这些海报大半是偶像剧的宣传照。他对此不"感冒"，摆了摆手："不用了，咱俩审美不一样。"

葛梨张口损他："你有什么审美？你不就喜欢美女嘛！"

韩沉西："美女也分类型的好吧！"

葛梨白了他一眼，问："哪个类型的合你的眼？"

韩沉西抱起手臂，眉毛微挑："不告诉你。"

葛梨嘟嘴，扬手朝他身上捶，他灵巧地避开了，嚷道："动口不动手啊，注意维持淑女形象。"

"就知道欺负我。"葛梨嗫嚅着，把手臂收了回来。

韩沉西没接腔，躲开她的目光。

葛梨又问："需要我帮你包书皮吗？"

韩沉西嫌她瞎操心:"我的书不包书皮,等学期结束铁定比你的新。"

葛梨听出他话里的意思,说教道:"你就不能好好学习吗?整天就知道玩。"

"大班长!"韩沉西双手合十,求她别念叨,"不劳驾您带我共同进步了,省得拖您后腿。"他把海报卷成团,塞到葛梨怀里,"要上课了,一会儿老师来,看见你跟我说话,对你影响不好,快走。"

虽然被驱逐,但葛梨丝毫没生气,雀跃地回到了座位上。

苏果很幸运地被葛梨"钦点",成了葛梨的同桌。她是个好奇心很重的人,方才一直观望着葛梨和韩沉西的动向,所以等葛梨一回来,忍不住八卦道:"班长,你跟那个韩沉西是什么关系?感觉你俩很熟啊。"

"很熟。"葛梨大方点头说,"我俩从小一块儿长大的,高一时同班,没想到,高二分科了又同班。"

苏果惊叹:"青梅竹马呀!"

青春期的女生,看待男女关系总是自觉扯一条薄纱裹起眼睛。

葛梨听出苏果语气里有一丝揶揄,却很受用,垂头抿嘴笑了会儿,自言自语说:"算是吧。"

晚自习响铃,刘志劲和数学老师蒋艳梅来教室,分别发了一套预习试卷,吩咐大家预习课本第一章的内容,并把试卷做了,明天课上讲。

韩沉西在试卷发到手的那一刻,把两张纸对折,叠了个四角元宝,往桌里一扔,随它睡大觉去。

他打开MP3,把耳机线藏在衣服里,偷偷听音乐。

过了会儿,他扭头瞧到后一排的几个哥们在分课外书。

韩沉西认识其中一个叫刘浩川的,这家伙跟范胡一个宿舍,便问道:"耗子,什么书?"

刘浩川给他看书皮——

《坏蛋是怎样炼成的》。

韩沉西乐了:"给我几页。"

刘浩川随手撕了小半部分扔过去,韩沉西接住,继而跷着二郎腿看了起来。

故事掐头去尾,韩沉西看得糊里糊涂,一目十行而过,很快失去耐心。他抬头瞧了瞧挂钟,发现距上课才过去十几分钟。

他完全坐不住,伸伸懒腰,蹬直腿,却不料,腿太长,一脚踢在了前桌的凳子上。

韩沉西愣了下,盯着弋羊的背影瞧。他以为她会转身骂他,可她没有,她在写卷子,全神贯注,笔一刻没停。

还挺卖力学习的。韩沉西这样想着,缩回腿,往桌上一趴,老实了。

一高的晚自习分两批下课，走读生九点半，住宿生十点。

艰难地熬到放学，范胡过来说："孙兴文说兆祥超市旁边新开了一家……"他未说完，只挑眉暗示了一下什么店，"有卡座，晚上邀我过去玩，一起吗？"

"去呗。"韩沉西无所谓，"我又不怕被人查寝。"

"后半夜。"范胡说，"你等我给你打电话啊。"

安全起见，要等宿管睡了，才敢翻墙。

韩沉西"嗯"了声，挥挥手，回家去了。

范胡趁着剩余的半小时，回到座位，嬉皮笑脸地跟皮九说了几句好话，拿了皮九写好的卷子来抄。

尚没搞清各科老师是什么路数的人前，他得装乖一点。

"你说你一个大男生，怎么写的字娘里娘气的？"他边抄边吐槽皮九。

然而皮九不仅字体秀气，性格也腼腆怯懦。

他耷拉着肩膀，不应。

范胡也并不期待皮九答话，自己便能回复自己，并给自己圆场："但还挺好看的。"

他挑字数少的题写，片刻工夫，两张卷子搞定。等放学铃一响，他第一时间冲出了教室。

因为今天是报到日，尚未正式上课，一方面作业少，另一方面心思全飘着，住宿生们成群结队，有说有笑，迅速散了。

皮九慢吞吞地合上化学课本，中性笔工整地放进铅笔盒，然后做贼似的四下瞅一眼，确认教室里除了他就只剩弋羊，便从书包里摸出一个白色透明塑料袋子，袋子里装着一卷输液胶带卷和一瓶棉球。

他慢吞吞地走到弋羊身边，无声地把东西放在她桌上。

弋羊笔杆一顿，随即淡定地将东西装进兜里，继续做完形填空。

一直到十点半，门卫喊楼，她才落灯锁门，回了宿舍。

宿舍十点半准时熄灯，她回去时，宿管已经拿着手电筒在查人数了。她等检查结束，溜到洗漱间快速洗了个澡，躺回床上。

窗帘已被严丝合缝地拉上，但宿舍有光亮，因为苏果开了小夜灯，趴在床上啃苹果。

"你不怕胖吗？"对床下铺的徐梦竹问她。

苏果"嘿嘿"笑了两声："不怕。祖传基因好，吃不胖。我姐跟我一样高，体重还不到九十斤。"

"那也太瘦了。"夏满珍的下铺周美倩托着腮加入了夜聊。

徐梦竹问："你姐大你几岁？"

苏果："三岁。"

周美倩："上大学了？"

苏果摆摆手:"没有。她不是学习那块料,高中一毕业就出去打工了。"

徐梦竹"哦"了声,忧愁道:"我感觉我以后也是出去打工的命。"

姜琳说:"别那么悲观,才刚上高二呢。"

徐梦竹苦恼:"可是学习好难啊。你们高一的成绩都怎么样?我的成绩好像是我们宿舍垫底的呢。"

"你不是。"姜琳声音低下一度,朝弋羊的方向抬抬下巴,又装作没事人般继续说,"我也不好,尤其是化学,差得要死。"

周美倩附和:"我除了英语好点,其他科的成绩简直没眼看。"

苏果嚼着苹果,叹了口气。

徐梦竹想到什么,看着苏果,说道:"我好羡慕你。"

苏果不解:"羡慕我什么?"

徐梦竹:"羡慕你能跟葛梨同桌,人家既是班长又是第一名,以后在学习上肯定能带带你。我就没那么好运气,我的同桌是个邋里邋遢的宅男,我的天,身上一股臭汗味,简直能把我熏晕。"

"男生都是臭臭的。"姜琳因为上学期的同桌是男生,颇有感触。

提到葛梨,苏果挺开心。在她和葛梨今天的短暂接触下,她觉得葛梨很优秀。她夸赞了句:"班长人挺不错的。"

徐梦竹沮丧地附和一声。

周美倩劝解:"梦竹,你先忍忍吧,班主任不是说月考后会调座位嘛。这次月考你加油,拿成绩跟班主任谈判。"

"对。"苏果给她打气,"加油。"

弋羊并没有关注她们的悄悄话,她撩起窗帘的一角往外看。夜色如墨,天空没有星星,唯有一盏路灯泛着昏黄的光。那光束不偏不倚,透过玻璃的这一角,正好斜洒在她的枕头上。

她摸出枕头底下的透明胶带,撕掉一截,贴住窗帘,固定住了这一视角,然后躺好,抱着薄毯,很快入睡。

翌日,弋羊五点半准时起床,十分钟洗漱好,轻手轻脚地下了楼。

晨光破晓,天蒙蒙亮。宿管老师刚拿钥匙打开宿舍楼的铁大门,睡眼惺忪地瞧到她,随口问了句:"这么早?"

弋羊"嗯"了一声。

清晨空荡荡的校园格外安静,她走得不快,还在醒神,悠悠地晃到教室。此时教学楼管理员也正拿着一长串钥匙,一间一间地开教室门。

管理员上了年纪,动作迟缓,弋羊等了一会儿才得以进班级。

她坐到座位上,抹把脸,隐去最后一丝困意,拿出练习本,开始回忆各科第一章的知识内容——先大括号整理出总框架,再小括号往框架里填细节和概念。

她做事时全神贯注，并未留意班里其他同学都是什么时间过来的，也不知道刘志劲何时站在了讲台上。

一高的早读时长一个小时，六点半开始，七点半结束，刚好弋羊把所有科目过一遍，下课铃就响了。

原本她打算先去吃饭，已经拿了饭卡起身，可是卫生委员喊道："南边靠窗的一列，今天从你们开始值日啊，排头的小组长安排一下啦。"

弋羊跺跺脚，便又重新坐了回去。

"排头兵"勉为其难地接受"任职"，公平起见，抽签决定各位组员的打扫区域。

弋羊抽到了最后倒垃圾。她一脸无所谓，等大家打扫的工夫，把默写好的古文跟原文核对，检查出错别字，认真地抄写两遍，再在书上圈出来注释。

一切整理好，组员们陆续也将教室打扫好了。

刚开学，垃圾并不多，两个塑料篓刚好装满，她一手一个端着往外走，到走廊，愣了一下。

走廊的水泥面上一层灰，明显没有扫。

弋羊皱眉，拐回去问"排头兵"，走廊是谁的活。

"排头兵"是个子矮小的女生，听闻一脸迷茫。

弋羊无言半秒，然后从前往后扫了眼座位，陡然间想到了韩沉西。

她走到他的课桌前，果然发现上面搁着一个小纸团。

打开，写着"讲台和走廊"。

"排头兵"跟过来，接过那纸团瞅了瞅，瞬间又变得忧愁起来。韩沉西这种混混学生整日神龙见首不见尾，写作业都嫌屈尊，更别提做卫生。

她仰头望着弋羊，说："早读他好像没来。"

弋羊不吭声。

"怎么办啊？""排头兵"也不想管，"要不再等等他，说不定一会儿人就来了呢，总不至于刚开学就逃课吧。"

弋羊冷声说："不是已经逃了嘛。"

"排头兵"不再接话。

这时，她的朋友喊她去吃饭。她为难地看着弋羊，最后说了句："你再等等吧，现在才七点十五分，离上课还有一会儿。"便跟朋友走了。

弋羊抿着嘴唇，独自站了片刻，随后拿起扫帚把讲台和走廊清理干净，再倒掉垃圾，这才赶去食堂吃早饭。

晚去食堂的好处是人潮消散不用排队，弋羊到窗口买了两个包子，快速吃掉，折回教室。

韩沉西昨晚等柳丁睡下，协同范胡，以及范胡宿舍的孙兴文、刘浩川等人在那家新店玩了一通宵的游戏，翘掉了早读，最终在早课前预备铃响起的那一秒姗姗来迟。

他打着哈欠，懒洋洋地往桌上一趴，扫了眼黑板上的排课表，不是刘志劲的物理课。他刚要放心地补觉，谁料，前桌回头了。

"干吗？"他讶异。

弋羊直白道："今天的卫生，我多做了你那一份，下周轮你做两份。"

打扫卫生是每个学生作为班集体一员的分内之事，她没有义务帮他，更不乐意没有任何报酬地多做事。

韩沉西愣住，然而在他尚没搞清状况给出回应前，弋羊已经淡然地转过身，埋头继续看书了。

她一副"懒得理你"的嚣张气焰，又将韩沉西惹恼了。

他牢牢盯着她的背影，窝火地想，怎么会有这种脾气古怪的女生！

上午四节主课，课程进度较于高一明显加快，而这种高密度的知识灌输直接导致许多同学"吃饱不消化"。

中午放学，隐约听见苏果抱怨完全听不懂。

"别说懂了，我现在都没找到老师圈的重点概念在哪一页！"姜琳翻着化学书附和。

唯有葛梨轻松地笑着，并热心地跟她们说："不懂的来问我。"

苏果有心讨好她，顺势说："班长，你跟我们一起去吃午饭吧，吃过饭带你到我们宿舍转转。"

葛梨是班上少数的走读生之一。她想着作为一班之长，有必要了解同学们的住宿情况，便欣然同意："好呀。"

她简单收拾，一出教室，瞧见韩沉西倚着走廊的栏杆，目光放空。

葛梨拍拍他的肩膀，问："发什么愣呢？"

韩沉西回神，开玩笑："没愣，等着做广播操呢。"

"啊？"

校广播员这时念完冗长的开场词，应景地播放了一段动感乐。韩沉西打着节奏，流里流气地说："来，扭扭屁股伸伸腰，掏出小手跳一跳。"

葛梨被逗笑了："你能不能正经点？"

韩沉西耸肩："我也没耍流氓啊。"

葛梨递给他一个白眼，不再理他，转身挽起苏果的胳膊走了。

韩沉西长长叹口气，过了会儿，他独自下楼，然后走出校门。

韩家在县城有三套房子，一套是老城区的四合院，韩沉西在那里住到小学毕业，也是在那里跟葛梨成了邻居；一套是城南的独栋别墅，他和柳丁现在居住的地方；剩下一套是城西的小高层，因为它紧邻纱厂，柳思凝和韩崇远平时在那儿落脚。

从一高步行去纱厂有些远，加上天热，街道无荫，韩沉西懒得走，打算骑车过去。他先回别墅，从车库搬出好久没用的山地车。瞧到车后胎瘪了，他以为只是没气了，找打气筒充气，可充了半天也没见车轮圆润起来，细细一看，车胎不知何时被扎了。

他"啧"了声，推着车沿去纱厂的路找修理铺，先路过一个汽修店，但店里没人，他退出来又继续往前走，没一会儿在三岔路口看到"老羊修理铺"。

一个男人正顶着火辣辣的日头给摩托车旋螺丝。

"师傅。"韩沉西把山地车推到他身边，"车胎扎了，补胎。"

羊军国回头，问："是外胎还是内胎？"

韩沉西摊手："那我可不知道。"

羊军国看一眼山地车："搁这儿吧，我手里的这辆车忙活完了，给你瞧瞧。"

"得多久？"

"马上就好。"

"不是，补胎得多久？"

"二十分钟吧。"

韩沉西估摸了下时间，不想干等着，说："行，你看着弄，我等会儿来取。"

韩沉西花一块钱拦了辆"三蹦子"代步。

一进厂，他径直往老板办公室走，推门而入。韩崇远不在，柳思凝正坐在茶桌前喝茶。

"柳姐！"韩沉西一蹦，扑到真皮沙发上"葛优瘫"。

柳思凝被儿子的神出鬼没吓了一跳，手里的白瓷杯险些脱手扔出去："臭小子，没大没小，叫谁姐呢？"

韩沉西下巴垫在沙发边上，抬眸看妈妈。三十八岁的女人，柔顺的头发烫成大波浪，脸上擦着珠光色的粉，细眉红唇，虽是惹眼的漂亮，但再精致的妆容，也难以掩盖爬上眼角的鱼尾纹。

"喊你姐，不是显得你年轻嘛。"

"意思就说我老了呗！碍你眼啦！"柳思凝冷哂，"你让你爸找个年轻漂亮的去，我搬走。"

"怎么上纲上线呢？心情不好啊？谁惹着你了？"

柳思凝喝茶不答。

"我爸呀？"韩沉西不用琢磨也能想出她这般小女儿作态必定是跟韩崇远拌嘴了，他一拍大腿坐起来，"他人呢？我收拾他。"

他话音一落，后脑勺就结结实实挨了一巴掌。

"反天了你，敢教训你爸？"

"我不是帮你讨公道吗？"

柳思凝语气变得辛辣："你们韩家人讲公道吗？合起伙来欺负我一个。我整天忙着厂里的大小事，累死累活吃力不落好。"

韩沉西一听这话头牵扯上了整个大家族，便知柳思凝是在爷爷那里受了气。但他也没具体打听缘由，因为柳思凝一向不会向他倾吐家长里短的矛盾，背后说长辈坏话不是她做人的风格。

眼下开解柳思凝为大，韩沉西油嘴滑舌道："谁说的？你可好呢！在我心里妥妥的一个女强人，上得了厅堂，下得了厨房，镇得住亲友八方，创得了厂子辉煌，简直新时代独立女性的标杆，人物形象伟岸着呢。"

"别给我贫。"柳思凝瞬间乐了。

韩沉西接过她手里的杯子，给她斟满一杯茶，递过去，说："有句名人名言，儿子今天传授给你。生气，就是拿别人的错误惩罚自己。"

柳思凝听着挺有道理，感叹道："哄人还挺有一手。"

"那是当然。"

"以后跟你老婆吵架，也这么哄，可别到时候把人气回娘家，麻烦我拉下脸去道歉。"

说到这些，韩沉西有点不好意思，他摸摸鼻子，说道："女朋友都还没有呢，提什么老婆？想那么长远做什么，执着于眼下。"

柳思凝看了他一眼，说道："算了，你这个样子将来找不找得到老婆还不一定呢。"

韩沉西被她嫌弃出一身冷汗，自觉待不下去，又搭乘"三蹦子"回到修理铺。

隔着老远，他看到一个扎着马尾辫的女生的背影。

瞧着那后脑勺觉得莫名熟悉，走近才发现这不是前桌嘛。

弋羊听闻动静，侧头看过来，两人视线轻轻一撞。

她眼睫飞速颤了一下，又不动声色地移开，沉默地弯下腰，把羊军国用完的木锉、剪刀和胶水等东西收进工具箱，然后搬着工具箱走向店里。

韩沉西盯着她的背影微微困惑，可当余光瞥见"老羊修理铺"的"羊"字时，瞬间了然了。

他看着羊军国，猜测：这位是她爸？

但细瞧之下，发现模样又不太像。

轮胎已经修补好重新装上，气也打足了，羊军国捏着轮胎最后查验一番，对韩沉西说："外胎内胎都破了个小口，用胶水粘上了，你平时骑车多注意路况。"

"好的，谢谢你了。"韩沉西稍微停顿了下，在"叔叔"和"师傅"的称谓里犹豫两秒，面不改色地说，"师傅，多少钱？"

既然弋羊装作不认识他，他也不好意思跟羊军国说他们是同学，更怕碍于同学情面，羊军国会不收他的钱。

"七块。"羊军国说。

韩沉西掏钱包，递给他十块。

羊军国接过钱，粗粝乌黑的手指摸了摸口袋，扭头喊道："丫头，拿三块零钱来。"

弋羊从小门面房的零钱盒找出三个硬币，疾步过来，朝韩沉西一伸胳膊。韩沉西自觉摊开手掌，硬币带着点高度，"叮叮当当"跌入他掌心。

韩沉西在这空当瞄了弋羊一眼，可弋羊垂着眼皮，待交付完成就转身走开了。

不知为何，韩沉西感觉到尴尬。

他迫切地想要离开这里，哪想腿刚迈上自行车，身后就响起一阵摩托车声，他回头瞧到是一个板寸男载着一个黄毛来了。

黄毛跳下车，自顾自走到店里停着的一辆摩托车旁，围着转悠两圈，一屁股跨坐上去，"哎哟"一声，说道："手艺不错啊，修得跟新买的似的，一点也看不出被撞的痕迹。"

羊军国得了夸奖，却没见脸上有丝毫高兴的表情，只说："换了保险杠、前车灯和发动机边盖，算上人工费，一共一百八。"

"便宜点啊，老板。"黄毛讨价还价。

"没给你多要。"羊军国说。

"我看是没少要吧。"黄毛从口袋摸出一沓十块二十块的，一股脑强行塞给羊军国，嬉皮笑脸地说，"老板，这回给个回头价，下次我撞车了，一定还来找你。"

羊军国数了数钱，总共八十五块，别提人工费了，买材料的费用都远远不够。羊军国知道黄毛在耍赖皮，怕他走，伸手拦他。

而黄毛应付惯了如此的拉锯战，他朝板寸男使了个眼色，一加油门，两人想溜之大吉。

羊军国眼疾手快，拽住了黄毛的摩托车后托座的横杆，可是黄毛见状不仅没按刹车，反而又旋了一圈油门。摩托车往前冲，羊军国一下子被带倒在地。

"欸！"韩沉西本就留意着这边的动静，一直没骑车走，见状要去扶羊军国，不料一道瘦影子先他一步冲出来。

弋羊横在黄毛的摩托车车头前，一只手捏住刹车，一只手攥住黄毛的短袖衣领把人拖下车。

"道歉。"她强硬地命令。

韩沉西惊得瞪大双眼。

"松开。"黄毛同样不好惹。

弋羊丝毫不退让。

羊军国急忙从地上爬起来，掰开弋羊的手，把人护到身后。

他好声好气地说："小伙子，你看这样行吗？你再添五十块钱，我让一步，你也让一步。"

黄毛还没说话，弋羊却道："一百八，一分不能少，今天钱不够，车你别想开走。"

黄毛跟她犟："我要是非把车开走呢？你能把我怎么样？"

弋羊二话不说，掏手机拨110。

板寸男冲过来夺她手机，像干了什么亏心事似的，气急败坏地跟黄毛说道："掏钱啊，站着干什么，你还想等警察来了给你讨便宜吗？"

黄毛恨恨地瞪了弋羊两秒，随后听话地补足了钱。

弋羊让开道，两人开车走了，油门声震天响。

羊军国手臂擦破了皮，渗出一道血迹，但他皮糙肉厚不甚在意，教训弋羊："你这孩子也太冲动了。那小子高你一头，真动起手来，铁定是你吃亏呀。"

弋羊绷着脸，什么话也没说，转而把冷冰冰的目光转向驻足旁观的韩沉西，好像在质问，看够了吗？

韩沉西心里一紧，估计被她犀利的眼神震住了，有些心虚。可转念一想，他又不是单纯的看热闹不嫌事大，他有要去帮忙的意图呀。

好心当成驴肝肺。

他憋屈，选择瞪了回去。

两人大眼对小眼，谁尿谁是狗。

最后是羊军国瞧出异样，对韩沉西笑了笑，说："让你看笑话了。"

韩沉西这才勉为其难地先行撤回视线，一蹬车，扬长而去。

这一闹剧，耽误了不少时间。

韩沉西骑车到校，刚在车棚锁了车，下午的上课铃便响了。

第一节课是刘志劲的物理，他撒丫子狂奔，在铃声落地那一刻，长腿踏进班级，成功堵住了刘志劲骂人的嘴。

然而弋羊无法避免地迟到了，迟到了近十五分钟。

韩沉西早猜到了这个结果，毕竟他骑车，她步行。

他此刻有点小肚鸡肠，昂首挺胸地端坐在座位上，期待着刘志劲质问她。

果然，刘志劲黑着脸，沉声道："干什么去了？"

弋羊压下喘息的粗气，木然地说："打针。"

韩沉西一愣。

刘志劲皱眉，看向弋羊的手——手背处贴着打了吊针后留下的棉花团和医用胶带。

"什么病？"

"心律不齐。"

"为什么不找我请假？"

"不知道你的办公室在哪里。"

刘志劲稍稍回忆,确实没跟班里的同学说过他的办公室以及联系方式,顿了顿,没过多计较。

弋羊穿过过道,低头回座位。

这一路,韩沉西紧紧盯着她的手背,半晌,咧嘴笑了。

他冲她做了个口型:撒谎!

弋羊辨认出他的意思,不予理会。

韩沉西在上幼儿园的时候,曾因为跟一个小女孩发生争执,很生气,放学回家跟柳思凝一通抱怨,并恶狠狠地对那个小女孩从相貌到智商进行了贬低。

那时柳思凝火冒三丈,声色俱厉地批评他:"先不说闹矛盾是谁的错,你身为男生,在背后对一个女孩说三道四,还恶意攻击女孩的长相,太没品了。怎么,就你长得好看?人人夸你一句,把你吹上天了吧?我告诉你,你的长相是我跟你爸给你的,别得了便宜还卖乖,敢去嫌弃别人。我强调一次,以后再嚼女生的舌根,把你的腿打断。"

她虽对韩沉西的学业听之任之,但在儿子待人接物方面是近乎苛刻的严格。

或许因为当时柳思凝盛怒的语气将年龄尚小的韩沉西震慑住了,她的这番话,韩沉西记忆深刻。自那之后,他没有对任何女生再有过负面的偏见,也从不参与男生之间关于女性话题的讨论。

他热情开朗,又小有幽默,平常跟女生说话时嘻嘻哈哈开些适当的小玩笑,女生缘着实不错。偏偏弋羊例外,短短两天的接触,几次三番让他不爽,他非常男人地先从自己身上找原因,无奈没找到,最后只得简单地将其归咎于两人气场不合。

所以,他惹不起,躲得起,直接将两人前后桌的距离延长到了1.5米。

不过,有时候,越是躲着某个人,越是关注着她的动向。

韩沉西很快发现,这位高冷姐不仅是跟他一个人气场不合,而是跟整个班都格格不入。

新开学,大家都在积极地融入班级,寻找小伙伴,组建姐妹团。

反观弋羊,始终孑然一身,独来独往。

韩沉西没见她主动跟人说过话,更没见有朋友来找她。每天,她如禅僧坐定般钉在凳子上,拿笔写写画画,格外认真。

孤僻吗?

韩沉西陷入沉思。

不!

他又很快否定,明明她是不屑搭理大家。

一晃到了周五,七班盼到了体育课。体育课安排在下午第一节,正是阳光最毒辣的时候。体育老师担心学生中暑,没组织集体活动,让他们解散自行去玩。

韩沉西困得百无聊赖。

范胡环顾一圈,瞧见树荫下的一张乒乓球台前聚了十来个同学,想去凑热闹。

他喊韩沉西,可韩沉西定睛瞧见葛梨也在,下意识回避。

"你怕什么呢?"范胡明知故问。

"我怕什么了?"韩沉西把问题反抛给他。

"你怕葛梨吃了你呗!"范胡直接点破。

韩沉西有苦难言。

范胡却老神在在地说:"哥,放心吧,我拿我未来女朋友的寿命跟你打赌,葛梨不会跟你表白的。她是要考清北的人,目标远大着呢,在你身上浪费时间不明智。她也清楚你们俩不是一路人,她就只是学习累了,爱找你解解闷。"

韩沉西傲娇道:"我是给人解闷的吗?"

范胡:"小公主嘛,从小被宠到大,比较在乎存在感,理解一下。"

韩沉西皱眉。

范胡拉他:"咱见招拆招,见招不接招,她也没办法,是吧?"

韩沉西无奈地叹口气。

两人走到球台前,范胡挤进人群,说道:"打几分的?算上我俩。"

"五个球,谁输谁下。"苏果是组织者。

范胡自觉融入:"谁先上?"

"我来。"葛梨向苏果要了球拍,自告奋勇地走到球台另一端站着,用老熟人的口吻对韩沉西说,"我的球技也算是你陪着练出来的,放水你是熟练工。"

韩沉西被强行塞了拍子,还被推上前。他故作不解其意地说:"班长带头作弊怎么行?"

葛梨瘪瘪嘴,然后在他手里接飞了三个发球,没有任何回合战地结束了这一轮。

葛梨嘟囔了句:"胜负心这么强。"

韩沉西带有歉意地解释:"手生,刚没控制好力道,我注意。"

果然接下来几轮,再和女生打时,他温和了很多。

温柔地赢了球后,他觉得没意思,摸摸裤兜,兜里有一沓零花钱,干脆领着范胡去给大家买冷饮。

操场出去后的左手边便是一排店铺。

紧挨着书屋的小卖部面前竖着一把遮阳伞,伞卜横着一个海尔牌大冰箱。

韩沉西径直走去冰箱拿冷饮,没想到一走近,就看到了坐在小马扎上的弋羊——她坐的地方是个死角,因为冰箱高度的原因,将她挡住了。

韩沉西准备去拉冰箱门的手滞在空中，轻飘飘瞥了她一眼，脸皱了皱。

这位姑娘从报刊摊借了两版报纸，正蜷在那儿翻阅。从他的视角，正好能看到她后背一对肩胛骨撑出嶙峋的凸痕，瘦得极其夸张。

弋羊也感知到了头顶的视线，一抬头，恶狠狠地用眼神警示他。

韩沉西自然也没给她好脸色。

而就在这时，范胡没眼力见儿地闯了过来，热情洋溢地冲弋羊打招呼，还好客地要请她喝饮料。

"不用了，谢谢。"拿起脚边的报纸，她埋头走开。

范胡愣了下，评价了句："高冷姐。"

韩沉西伸手拿了一瓶可乐，拧开喝了一口，却突兀地"扑哧"一笑。

方才弋羊起身时，身体轻微打了个晃，眼睫也飞速颤了一下。她的小动作没逃过他的眼睛，他推测，她是腿蹲麻了，但她表面还是无波无澜，淡定到不行。

韩沉西腹诽：装！

范胡瞅着他闷骚地翘起嘴角，费解地问："你笑什么？"

韩沉西一抬下巴，说："我笑起来好看。"

一高放月假，每四个星期才休两天，住宿生彼时可以回家，另在校度过的三个周末，住宿生被安排补课。补课课程安排得很变态，六门主科轮着来，仅有的文娱活动，是每周日晚两小时的电影时间。

这天，一下课就跑去串门的大喇叭张琦借来一套碟片的同时，还搞来各科预做卷的标准答案。

"真行啊！"范胡打个响指，"小灵通，先借我瞧一眼。"

"你悠着点抄，别黄表纸包饺子，到时候露了馅。"张琦将装订成册的一个小本本递给他。

"我抄作业的水平出神入化，一般老师没孙悟空的火眼金睛，识别不了。"范胡臭屁道，不过答案拿到手，他看都没看，一巴掌将其拍到皮九面前，"快别挠了，头皮都挠出血了，不会写就不会写呗，承认自己脑子笨没什么。给，抄吧。"

吊车尾的敢说班级第二名脑子笨，韩沉西听见，怒骂范胡别嚣张。

张琦一心念着看电影，又向葛梨提出了一个关键性问题："班长，你们走读生，哪个回家搬影碟机啊？"

葛梨想也不想便回头看韩沉西。

韩沉西正垂着脑袋玩贪吃蛇。

葛梨理所当然地命令他："韩沉西，你回去搬。"

"凭啥？"韩沉西不服，"徐海洋家离得近，让他去，省时间。"

葛梨强调："你家离得也不远。"

"还是有点远。"

葛梨一听他在犟嘴,且在她和他说话时,这人头也不抬,大半的注意力全在游戏上,很敷衍。她小性子涌上来,抓起手里的一个硬壳笔记本向他甩了过去,眼眉含嗔:"你好好跟我说话!"

扔东西是冲动之举,但她没预估好力道,笔记本在空中散开,纸张"呼啦啦"翻着页,阻力变大,速度减慢,眼看着它就要往下坠,朝着弋羊的额头砸去。

"呀!"葛梨见状喊了声。

弋羊在聚精会神地算数学题,可能是危险来临前的机体本能,她下意识抬了头,就看见空中一个笔记本朝她飞来,近在眼前。

她愣了下。

反倒是韩沉西反应迅速,旋风般起身,长胳膊从后面一伸,宽大的手掌罩在了弋羊的左半侧额头上。

他手腕用力,迫使她稍微低下头。

笔记本呼啸而至,在韩沉西的手背重重一磕,弹落到了水泥地上。

炙热的炎夏,男生的体表温度高,盖在女生额头的掌心有热度也有力度,弋羊警觉起来,脸色骤然一变,在韩沉西还没来得及收回手臂之前,一把将其挥开。

韩沉西倾身站着,重心本就在前,猛地被推,找不到着力点,脚绊得桌子"刺啦"一声响,踉跄两步,差点摔倒。

他蒙了两秒,火大,因此到嘴边的那句"你没事吧"脱口成了:"你发什么神经啊?"

他一直以来对弋羊的不爽以及压抑的克制,隐隐要爆发。

弋羊紧紧抿起嘴唇,沉默地给了他一记眼刀。

葛梨有点被吓到,怕两个人起冲突,急忙上前,捡起地上的笔记本,满怀歉意地对弋羊说:"对不起啊,我要扔他的,没扔好准头。"

弋羊抹去额头的那股"被侵犯感",烦躁地说:"'打情骂俏'请出去,校园那么大,找个没人的角落随你们做什么。"

韩沉西横眉怒目,质问:"你哪只眼睛看到我们'打情骂俏'了?"

葛梨的脸瞬间一阵红一阵白,她觉得弋羊说话好难听。

弋羊似乎不屑跟韩沉西争辩,扭正坐直,重新拿起笔,开始写题。

班里的同学面面相觑,苏果更是目瞪口呆。

范胡早在"案发第一时间"赶到"事发现场",拽着韩沉西,安抚说:"别跟女生一般见识嘛!"

看葛梨杵在那儿,委屈的样子,范胡又去开解她:"干妹妹,这次吸取好教训,下次别再空中抛物了。有啥事要说,你找我,我给你免费传话。"

他拍了拍葛梨的肩膀,然后朝苏果递了个眼色:"愣啥呢,还不快麻溜地把班长请回座位?"

苏果恍然大悟,"哦哦"两声,揽着葛梨把人带了回去。

范胡又毕恭毕敬地帮韩沉西把课桌重新摆放好，将怒火未散的人按在凳子上，说："Peace and love（和平与爱）。"

韩沉西让他滚蛋。

过了好一阵，风波停息，张琦弱小又可怜地问道："班长，那咱们的电影还看不看了？"

葛梨没回答。

"看，午休结束我回家抱影碟机。"韩沉西拿了主意。他之所以改变态度，不是因为葛梨，而是他不想因为他闹这么一出不愉快，影响到班里的其他同学，特别是于住宿生而言，一周看一次电影是挺珍贵的机会。

他说完，便起身离开了教室，从后操场翻墙回了家。

韩沉西住的别墅前院有花圃，月季花开得锦簇。

在书房做作业的柳丁听到大门响起动静，从窗户探出头张望，瞧见他，恍惚道："哥，你怎么这个时间回来了？"

"班里要看电影，我回来抱影碟机。"韩沉西边往屋里进边说。

客厅空间很大，但陈设简单，一套真皮沙发、一张茶几、一台30英寸大彩电，以及一架钢琴。

韩沉西径直走到电视机前，从立架里取出影碟机，把电源线盘成团。好半天，他突然想起什么，问道："下午就待在家吗？"

初中生每周正常休息，柳丁隔两个星期才回父母身边一趟。

柳丁点点头。

"怎么没有跟同学约着一起去玩？"

"认识的新同学都要上兴趣班。"

韩沉西"哦"了声，想起柳丁上了门绘画课，不过时间安排在周五晚上。

"那作业写完了吗？"

柳丁说："数学有好几道题不会。"

韩沉西将影碟机用袋子装起来，哼笑一声："你指望我能帮你？"

柳丁摇头晃脑地叹了口气。

她知道她哥嘴上这么说，心里却不是这么想的。她的学习，韩沉西一直抓得很紧，她重大考试的成绩起伏甚至会影响到韩沉西的心情。

而韩沉西想起，自开学以来，他每晚例行询问柳丁的作业情况时，柳丁时不时跟他说有数学题不会。

韩沉西不禁重视起来。他虽是个大学渣，但"学习一旦落下便很难赶上"的浅显道理还是懂的。

他稍加思索，说道："这样，带上你的课本和练习册跟我去学校吧，我找人帮你。"

柳丁心思敏感，踌躇道："行得通吗？有外人进班，你们班主任会不会不高兴、同学会不会有意见？"

"你是去学习的，又不是去捣乱的。"韩沉西催促，"快，收拾书包。"

他人高腿长，步伐迈得大，柳丁拽着他的T恤，小跑才能勉强跟上。

他们从正大门进校再回班，七班学生的注意力立马被他身旁跟着的穿碎格子裙的小姑娘吸引。

"我表妹！"韩沉西简短介绍，然后将影碟机搁在讲台上，让张琦去连上电视，他则带着柳丁走向他的座位。

经过葛梨那一排时，柳丁注意到葛梨，热络地跟葛梨挥挥手。

葛梨冲她微微笑，但笑容勉强，脸色十分不好看。

柳丁立马感知到葛梨心情不好。

她小声问韩沉西："葛梨姐怎么不开心？"

韩沉西到教室西北角搬了一张备用凳子，随意看了弋羊一眼，心胸狭窄地说："被人气的。"

柳丁困惑地"啊"了声，还想细问，韩沉西已经转移话题了："先别急，等电影结束，我再给你找个靠谱的学霸帮你看看题。"

"好。"柳丁从书包里翻出语文课本，自顾自预习去了。

范胡不知觍着脸找哪位女生要了一根棒棒糖，扔给柳丁让她当零嘴，韩沉西将它半途劫了，三两下扯掉塑料包装，往嘴里一塞。

范胡见他那么大人了还跟柳丁抢食，用口型损了句"不要脸"。

韩沉西笑了笑，双手抱在胸前，靠着门吹风。

他思绪放空好一会儿，朝葛梨的位置望去。

葛梨自尊心太强，心眼又小，事情过去一节课的时间了，仍旧郁郁寡欢的。

苏果趴到葛梨身边，小心翼翼附带讨好地安慰："班长，你别理那个弋羊。她很怪的，脾气更不怎么好，平时在宿舍对我们爱搭不理的，我们跟她打招呼，她也就很冷淡地点点头，整天一个人独来独往，早出晚归，没人知道她在干什么。"

为了显示她感同身受，她跟葛梨添油加醋，描述了一番开学报到那天，因为床位，弋羊跟她发生冲突的事情。

葛梨大吃一惊，在心里给弋羊下了定义：怪人！

她又忍不住回头想再观察弋羊一眼，哪知，发现了韩沉西远远地盯着她发呆。她心跳加速，脸瞬间浮了层薄红。

韩沉西瞧见这情状，回过神，"啧"了声。

弋羊始终没有抬起头看电影。晚间课铃响起时，她搁下笔，起身去厕所。她从后门出，侧过身时，瞥到柳丁一双水汪汪的大眼睛眨也不眨地望着她。

弋羊神情一顿。

"弋羊姐。"柳丁惊喜交加。方才因为来到陌生的班级，她没敢四下乱瞅，此刻陡然认出弋羊，颇感意外。

"你怎么在这儿？"疑问的语气，难得弋羊说话时带了情绪。

柳丁赶紧指着门框边的韩沉西说："我哥带我来的。"

被点名的韩沉西满脸问号。

弋羊顺着柳丁手指的方向向韩沉西递去一眼，点点头，面容异常平静，仿佛一个小时前没有跟韩沉西起过冲突。

她从韩沉西腿边经过，出教室下楼。

韩沉西愣在那儿半晌，问柳丁："你认识她？"

柳丁点点头。

"怎么认识的？"

"她是望乡的啊。她舅舅是电工，暑假的时候，爷爷屋里漏电，就是她和她舅舅帮忙上门来修的。"

韩沉西无语。

柳丁又说："上一年，你给爷爷买的新手机被他不小心摔坏了，也是找她修好的，我在爷爷家见过她几次。"

韩沉西困惑："那我怎么没在姥爷家见过她？"

柳丁哪里知道，随口说："可能你去的不是时候。"

韩沉西抬抬眉。

"哥。"柳丁向韩沉西请求，"我不懂的题就问弋羊姐吧？"

原本她打算麻烦葛梨的，毕竟以前是邻居，但葛梨心情不好，她不敢去打扰。

韩沉西没法跟柳丁说刚才的那场矛盾，小小斟酌后，只好说道："随你。"接着又补了句，"只要她愿意给你讲。"

而事实是，等弋羊回班，柳丁捧着练习册问她："弋羊姐，我有几道题不会，你能给我讲讲吗？"

"好。"弋羊没犹豫便应下了。

柳丁冲韩沉西递去一个胜利的微笑，随后搬着凳子坐到了弋羊身边。

初一第一单元讲的知识点是有理数和绝对值，弋羊看了看柳丁练习册的题，发现她计算题不出错，但涉及概念性的小题容易混淆导致失分。

很明显，定义没学清。

弋羊翻课本，从头帮她理清概念。

韩沉西后脑勺靠着墙，望着前方不远处两位姑娘瘦薄的脊背，一个在歪头说着什么，另一个侧头听得认真，画面竟诡异的和谐。

弋羊思路清晰，讲题快，二十分钟便解决了柳丁的所有问题。

韩沉西摘掉耳机，把耳机线绕脖子上，冲坐回来的柳丁问："学明白了？"

柳丁笑着点点头。

韩沉西怀有疑虑，他不清楚弋羊的实力，心说：可别是人家糊弄你，你还不自知。

他继而想到自己稀烂的成绩，估摸着自己差不多也是别人眼中的二傻子，便没再多言。

放学时，弋羊合上课本，把书桌理整洁，从桌子里拿出一顶鸭舌帽戴上，站了起来。

柳丁看见，挥挥手，用熟络的口吻说："弋羊姐，再见。"

"再见。"弋羊淡淡地回应。

韩沉西立在一旁，两手插兜，双眼幽幽地瞄她。他此刻内心有些复杂，一方面想替柳丁道个谢，另一方面又实在拉不下脸面。平心而论，他接触过的女生中，她的性格太讨厌，他不愿再跟她有过多接触。

他胡思乱想之际，范胡凑近，学着柳丁的口吻说："弋羊姐，再见。"

范胡笑脸示人，目的在于缓和关系，毕竟韩沉西从不轻易和人红脸。

谁知，弋羊嘴唇抿起一个弧度，漠然地警告他："我不是你姐，咱俩不熟。"

范胡被噎得一时只知道干瞪眼。直到等人离开教室走远，他才小声跟韩沉西吐槽："你前桌不太好惹。"

韩沉西顿了下，却说："你不惹，就没事。"

今早，羊军国掐着早读结束的时间给弋羊打电话，再三跟她强调，修理铺的活不多，中午不用过去帮忙，晚上回家吃饭，他包饺子。

弋羊无法推拒，应下了。

此时她疾步往校外走，很是心烦，烦韩沉西话多，烦找他说话的同学多，更烦坐在他前面总遇到状况外的事情。开学以来第一次上午休，就莫名被点爆了脾气，这让她不禁担心起之后漫长的学期。她想，不如干脆跟他打一架，打赢了他闭嘴换位置。要是打输了呢？那就再打一架，直到打赢为止。

校门口，门卫盘查走读证。

弋羊把东西从裤兜里掏出来拿给门卫看，门卫马马虎虎扫一眼，没看出这走读证上盖的红章不是学校教务办的。

弋羊非常顺利地出了校门。

羊军国的家在服装批发市场后面，走过去一刻钟的时间。

那一片都是二十世纪修建的老式居民区，各单元楼之间的间隙窄，很拥挤，楼道又常年不通风不透光，一到夏天，谁家下楼扔个垃圾，腐朽的酸臭味儿都久久不能散去。

弋羊憋着气爬到四楼，敲了两下锈迹斑斑的绿色铁房门。

一阵急匆匆的脚步声由远及近，羊军国来开的门。

"来啦？"羊军国穿着白色背心，裸露在外的皮肤蒸腾着汗珠，像刚从水里捞出来似的。

弋羊点点头，一垂眼，瞧见他手上沾着面粉。

她迈脚进门，房子没有玄关，进屋就是客厅。

此时，徐春丽正叠着腿坐在客厅沙发上津津有味地嗑瓜子，茶几上一台小风扇对着她"呼呼啦啦"吹着风，吹乱了她精心打理好的鬈发。

"舅妈。"弋羊喊她。

徐春丽听见斜着眼看看她，无可无不可地"嗯"了声。

羊军国笑着说："饺子还在包，吃上嘴还得等一会儿，你跟你舅妈先嗑嗑瓜子，聊聊天。"

他说完，迈着臃肿的腿一头扎进了厨房。

弋羊冲徐春丽说："我去给舅舅搭把手。"

徐春丽穿了一套黑色蕾丝包臀短裙，因腰腹部勒得紧，她坐得很直，挺着胸脯。像没听见弋羊说话一样，她只顾着嗑瓜子，理也不理。

弋羊习惯了她这样的态度，并不在意，转身往厨房去了。

厨房设计得不合理，是个长条形的，空间窄，错肩才能勉强容下两个人。

羊军国看她挤到洗漱池洗了手，是要帮忙的意思，心疼地说："厨房热。"将她往外赶。

弋羊轻声说："两个人忙活快一点，我一会儿还得上晚自习呢，等不及。"

羊军国重视她的学习，便没再坚持。

猪肉白菜的饺子馅已经调好，羊军国包饺子手法熟练，便把擀皮的任务交给了弋羊。

舅甥俩都是利索的人，没一会儿，饺子便下锅煮开了。

煤气灶不断将厨房加温，羊军国热得汗流浃背，豆大的汗珠往下滴，脖子上围着的毛巾也吸饱了水。

弋羊后背也汗湿了，她让羊军国去洗把脸，她把煮熟的饺子盛到盘子里，端去客厅的餐桌上。

徐春丽瞧见饭做好了，拍拍手站起来，身姿摇曳着走到餐桌前，拉出凳子，款款落了座。等弋羊拿来筷子，她一挑眉，问："醋呢？"

弋羊折回厨房拿了醋瓶和醋碟，搁置到她面前，意思很明显——吃多少倒多少，自己掂量。

徐春丽不悦，双手抱臂，干坐着。

弋羊垂眸，忽视她，自顾自吃了起来。

羊军国洗好脸，在弋羊对面落了座，察觉到徐春丽眼神里的不耐烦，主动拧开醋瓶，帮她倒好醋。他知道徐春丽是嫌醋瓶有油污，怕脏了刚染好指甲的手。

他又把筷子递给徐春丽，好声好气地说："快吃吧，凉了你又嫌肉有味儿。"

徐春丽还算知趣,接了筷子。

一时间,餐桌上只有碗筷的碰撞声。

弋羊吃饭的速度明显比平时快,眼见她盘子里只剩最后一个饺子了,羊军国把他面前那盘未动筷的推给她,说:"多吃点,正长身体的时候。"

弋羊把盘子推了回去,摆摆手,说:"我吃饱了。"

"才吃那么几个,怎么能吃饱呢?学习消耗身体,晚会儿就饿了,饿了夜里睡不好觉……"

羊军国意欲再劝,徐春丽酸溜溜地插嘴打断他:"你懂什么?现在的小姑娘都是小猫胃,讲究吃三分饱,保持身材不能吃胖,吃胖了,以后不好找男朋友的。"

羊军国冲弋羊笑了笑:"弋羊年纪还小,谈朋友等考上大学也不迟。"

徐春丽十指不沾阳春水,自从和羊军国结婚,没下过厨房,也不做家务。她吃好了,将筷子一搁,以日化店忙为由,拎上包,扬长而去。

弋羊自觉帮忙刷了碗,然后跟羊军国告别,走出小区时,已经将近六点半。

彼时太阳落到地平线以下,天空变成灰白色,蝉鸣声渐弱,她停住脚步,抬头望望天,一两片云朵悠悠然然地晃动着。

两年,距高考还有两年,虽然一些事情过去那么久了,她已经习惯了,也从来没有觉得害怕过什么,可她仍然希望时间可以流逝得再快一点。

新一周开始,一大早,各科课代表扯着嗓门催作业,教室里乱作一团。

第一节语文课,语文老师陈金凤觉得早上时光大好,学生神思清明,便拿出十五分钟的时间让他们背课文。趁着这个间隙,她下讲台,从前排开始抽查语文作业。她周六布置了三篇散文赏析。

前排的学生都不错,知学,听课认真,回答问题积极主动。因此,陈金凤检查他们的练习卷时非常仔细,她想针对性地找一找他们各自存在的小问题,然后指点出来,利于他们进步。

起初,她瞧几个学生的卷子写得密密麻麻,字体工整漂亮,对他们端正的学习态度甚感欣慰。但是,越往后看,看的卷子份数越多,她逐渐发现不对劲了。

第一篇阅读理解是现代文,其中第一问是"开篇段落在全文中的作用",标准答案有三条。她发现,许多学生不仅写全了这三条,且列出答案的顺序以及字数与标准答案对比别无二致。

陈金凤心下生疑,她不动声色地将大半个班的练习卷过目了一遍,两眼一翻,差点断气。

这不是赤裸裸的抄答案嘛!大规模!大面积!几乎是全班作案!

她强压着火气没直接戳破,只是在接下来评讲卷子时,先不做分析,直接让学生读他们自己写的解析。

她点了魏媛媛。

魏媛媛起立，她成绩不错，拿起自己的卷子信心百倍地念道："第一，交代了当时物质和精神生活都极度匮乏的社会背景；第二，初步展现了主人公的性格特征；第三，为下文卖肉看电影的情节埋下伏笔。"

"非常好。"陈金凤平直的唇线僵硬地往上扬了一下。

魏媛媛以为自己得到表扬，微微一笑，刚想坐下，陈金凤却淡淡地说："先站会儿。"

魏媛媛一愣。

陈金凤："苏果，你来说说你写的。"

苏果没猜透陈金凤的用意，捏着卷子，小心翼翼地说："第一点，交代了当时物质和精神生活都极度……"苏果打个激灵，赶紧收住嘴，想起她和魏媛媛都抄了答案，如果按着念，容易露馅，急忙改口，"极度紧缺的社会背景；第二，初步展现了主人公的人物性格。"

"没啦？"陈金凤问。

"没了，我就写两条。"苏果低着头，略显心虚。

"行，你也先站着。"陈金凤随意扫了眼，"张琦，来你念念你的。"

张琦正偷偷玩手机呢，蓦地被叫，不可思议地"啊"了声。不过，他反应快，站起来卷子也不看，就说道："承上启下。"

陈金凤气不打一处来，骂道："开头段，承什么上？"

韩沉西左歪右扭地坐着看笑话，没憋住，"扑哧"一笑。

陈金凤听到，炮火攻向他："韩沉西，你还有脸笑？来念念你写的什么。"

韩沉西收住笑容，晃晃悠悠站起来，随口胡诌："首尾呼应。"

陈金凤："应你个头！"

这边话音还没落地呢，范胡莫名又被戳中笑穴。

"范胡！"陈金凤瞧见，气势汹汹地问，"我说的话有那么好笑吗？今天怎么那么开心？来，起来给大家表演个三分钟大笑。"

范胡立马收敛，从善如流地道歉。

陈金凤气得眼冒金星，一挥胳膊："你们几个，拿着你们的卷子，站到讲台上来。"

五个人在讲台"一"字排开。

陈金凤说："卷子举过头顶。"

五个人摊开卷子挡住脸，范胡和张琦尚不自知，还在挤眉弄眼吐舌头。

陈金凤抓起自备的教尺，点了点左手边苏果和魏媛媛的卷子，说："好，底下坐着的同学都抬头。我们玩个游戏啊，游戏名叫找碴，找找这两位同学的卷子跟你们的有哪些相同之处和不同之处。"

范胡勾头瞧了瞧，二百五地说："老师，我跟他们写的不一样，我字少。"

陈金凤大喊："你那是懒得抄！"

范胡心说：还挺了解我的。

"还有你，你也是懒得……"陈金凤气冲冲地挪到韩沉西身边。

韩沉西高，他抬手举起卷子，卷子已经与黑板顶的那条线持平了，陈金凤得仰着脸看："你低一点，搁下巴这儿。"

韩沉西胳膊往下低了一截，陈金凤扫了眼他整洁白净的卷子，"哼"了声："哦，你不是懒得抄，你是压根懒得写。这么看不起我的语文课啊？"

韩沉西急忙否认："没有。"

"真是不看不知道，一看吓一跳。"陈金凤气得头晕，扶着讲台，高声骂道，"你们可真行，对付我一套一套的。糊弄了我的作业，还耍着我玩，明明抄全了答案，回答问题的时候还得装着是自己写的现场编，累不累呀？既然你们都那么聪明，我相信你们能自学成才，这练习卷我不讲了。"

她说到做到，翻开教案，自顾自地讲课文，也不管讲台上站着的几个人。

弋羊耐着性子听陈金凤教训人半天，结果她以一句"我不讲了"的气话收尾，听课的心情瞬间没了，于是拿出买的练习册，自顾自写数学题去了。

一到下课，陈金凤就扬长而去。

范胡尚未意识到事情的严重性，笑嘻嘻地冲苏果调侃了句："怎么好学生也会糊弄作业呀？"

下午，刘志劲的课，他进班级往讲台上一站，上课铃刚好响起，他喊了声："上课。"

葛梨："起立。"

全班："老师好。"

刘志劲："站着吧。"

全班哑然。

弋羊抿了下嘴唇，有预知性似的，心里莫名生出一种不祥的预感。

刘志劲恨铁不成钢地说："我都不知道我们班有六个清北的苗子，弋羊、皮九、苏果、范胡、刘浩川、孙兴文，可以啊，这么高难度的拔高卷都能写满分，物理竞赛金奖的水平啊。"

弋羊拧眉。

刘志劲的眼神先扫向范胡，点名："平时上课让你回答问题的时候，怎么屁都蹦不出来一个呢？嗯？说说原因。"

范胡哪敢说原因。

刘志劲开门见山地问："谁弄来的答案？"

全班寂静。

刘志劲阴森道："是自己主动承认呢，还是等我查出来？"

又静了大概半分钟，张琦颤颤巍巍地举起手。

"从哪儿弄的？"

"高三。"

刘志劲冷哼一声,开始骂道:"自己不想学,趁早滚蛋,别带坏班里的风气。"他拿起六个人的试卷,抖得"哗啦啦"响,"你们六个,拎着你们的'勋章',到外面站着去,反正能力那么强,用不着听我讲课。"

俗话说,法不责众,从批改情况看,班里至少有一半的人或多或少参考了那份答案,刘志劲不可能真的全将他们赶出教室,闹得太大,被教务处发现,事情就不好控制了。可是单纯只骂一顿,他又觉得怒其不争,便也不管三七二十一了,直接惩罚了再说。

他又冲张琦一挥手,示意张琦也出去。

五个人陆陆续续地从刘志劲手里接过卷子走去室外。

韩沉西高弋羊一头,他从后面看她,瞧她站着没动,脊背挺得笔正。不知为何,他觉得她应该没抄,他想象不出她为了求答案,而主动拉下脸跟人说话的场面。

那一定相当精彩。

可是,如果没抄,她自己写的,能拿满分?

她学习有这么好吗?

然而,不待他想出个所以然,弋羊身影动了。她微蹙着眉头,上前领了试卷,出了教室。

韩沉西更觉得匪夷所思。

外面日头正盛,好在走廊靠墙一侧有阴凉地。

几个人自觉排成一列。

弋羊站到了她座位的窗边,她伸手将窗户全拉开,只听刘志劲又说:"韩沉西,你也外面站着去。"

韩沉西一愣:"啊?"

刘志劲拎起他空白的试卷,一副"啊什么啊"的表情。

韩沉西恍然地"哦"了声,乖巧地起身从后门而出,背手一站,恰好站在弋羊旁边。

而弋羊的右手边好巧不巧是范胡。

范胡不知"羞愧"二字怎么写,还嬉皮笑脸地揶揄:"刘志劲的作业你都敢不写?"

韩沉西:"这才叫不分贵贱,一视同仁啊。"

范胡:"牛!"

张琦夺过刘浩川的卷子,瞧着那上面两个大大的对号,觉得触目惊心。他质问道:"你不是跟我说,没有傻子会抄成满分吗?你骂你自己呢?真当那答案卷是假的啊?"

刘浩川冤枉极了:"我还郁闷呢,我压根没见过你那答案卷。"

张琦："那你抄谁的？"

刘浩川："我哪知道？早上交作业的时候，我是随便从物理课代表手里抽了一张。"

张琦问孙兴文："你呢？"

"我抄耗子的。"孙兴文翻着自己的卷子看来看去，显然也不太能接受他卷子上的大对号。

范胡啐了声："喊，我抄你的。"

张琦气急败坏："你们怎么那么勤快，留一道题不写，能少块肉吗？"

刘浩川说："都是选择题和填空题，抄顺手了呗。再说，我也没想过那是满分卷啊，而且平时'刘大哥'不改我的卷子，撑死批个日期。"

范胡和孙兴文频频点头，显然也是这么想的。

孙兴文说："谁知道他今天这么勤快。"

范胡贼头贼脑地把"革命战友"瞧了一遍，看苏果涨红脸，快哭了，问："妹妹，你大好年华呢，咋也想不开抄答案呢？"

"我没有。"苏果觉得自己今天点背到家了，被语文老师点名了不说，她连那答案卷的边沿都没摸一下，只不过写题的时候问了A同学，又参考了B、C、D同学的卷子，怎么会参考成了满分？

而皮九捧着自己的卷子同样纳闷，他记得他有道电阻题空着没写，怎么横线上填着"5Ω"呢？

范胡想起什么，蹭蹭鼻子，主动向皮九坦诚说："我早上看你卷子空着一题，就随手给你添了一笔。"

皮九无语。

韩沉西旁观者清，理清情况说："你们几个连环抄了呗。"

范胡细细一琢磨，还真是。他抄孙兴文的，孙兴文抄刘浩川的，那刘浩川抄谁的？

他问刘浩川："你是不是不小心拿了我同桌的卷子？"

刘浩川扭头看了眼皮九的字体，摇摇头："不是。"

他又看向苏果。苏果主动把自己的卷子递过去让他辨认，他也摇摇头。

范胡不解："嗯？"

在场的只剩一个人——弋羊。

包括韩沉西在内的六个人从不同方向转过头，不约而同地瞅着她。

弋羊一怔。

刘浩川悄悄挪上前来，盯着弋羊手里的卷子足足两秒，"啊"了声，用指认凶手的口气说："我就是抄她的。"

弋羊感到分外无语。

韩沉西别过脸，悠悠然笑了。

源头找到了，但没人敢兴师问罪。

弋羊一脸不耐烦，像是被一群"傻狗"打扰到了。

几个人飞着眼色，面面相觑半晌，自认倒霉了。

等好不容易熬到下课，他们刚想逃回座位，哪想刘志劲蛮不讲理地下命令："谁让你们动了？站着，站到放学。"

韩沉西不爽地问："那能去上个厕所吗？"

刘志劲："憋着。"

韩沉西："憋不住。"

刘志劲："那就尿裤子里。"

韩沉西被他噎了一嘴，心中愤愤然：我不要面子的啊？

刘志劲朝他们一个一个瞪去一眼，无声地警告他们"好好反省"错误，然后背着手，进了隔壁八班。

而他背影一消失，观望在旁的八班和九班的混混学生就来闹了。

他们一问一答。

A生："哟！沉哥，这么热的天，杵门口干吗呢？"

韩沉西眯起眼睛看太阳："思考。"

A生："思考啥？"

韩沉西："思考太阳为何像我一样耀眼！"

A生："你要不要脸？"

B生："我看你就是没干啥正经事，被赶出来了。"

韩沉西冲他挑挑下巴："看透不说透，日后还是好朋友。"

C生："还能在七班混吗？不行，来我们八班啊。"

韩沉西傲娇道："想都别想，你们班哪有请到我的那个福气。"

一群人围着他说贫逗乐，喧哗声热烈吵闹。

弋羊微微颔首，低垂的视线落在卷子上，没去看韩沉西，也不好奇他。可偏偏韩沉西就杵在她身旁，他说话时嘚嘚瑟瑟的音调全飘进了她耳朵，无法屏蔽。

弋羊心里烦，转着手里的圆珠笔。

应景似的，她脑子里突然蹦出一句话——"像只迎来送往的花孔雀"，她觉得用来描述韩沉西这个人无比贴切。

她在心里冷冷一笑。

第二节是化学课。

化学老师是一位年轻女性，说话声音细软，音调不高。老师讲的是新课，弋羊稳定心神，隔着窗户认真听。但也就刚认真听了十分钟，旁边两个"烦人精"的声音再次响起，打断了她的听课思路。

范胡问韩沉西："哥，无聊吗？"

韩沉西伸了个懒腰,说:"无聊。"

好动的年纪,干杵着不能动,太折磨人了。

范胡开始哼歌,哼着哼着,调子一转,神经病地唱了起来:"两只小蜜蜂啊,飞到花丛中啊,飞呀飞呀……"

他飞了两次,伸腰往后一靠,手藏在背后,示意韩沉西出拳。

韩沉西一副看弱智的表情:"我是无聊,不是弱智。"

范胡嘿嘿憨着笑,继续低声与他说着俏皮话。

弋羊只觉得自己的耳朵像封了一层膜,"嗡嗡嗡"的。她自脚底到膝盖隐隐发疼,头又痛又重,她往前走了一步,手扶着墙,眼睛仍旧透过窗户望着黑板。

韩沉西的视线轻飘飘从她身上掠过,察觉她面色煞白,状态不太对劲,又多细看一眼,然后念及她和柳丁相识,到底先放下了对她的敌意,关心了句:"你怎么了?"

无人回应。

韩沉西只得微微欠身,又问:"不舒服啊?"

低沉的男性嗓音飘在头顶,弋羊还是没有理会。

韩沉西顿了下,再次喊她:"喂!"

"喂!"

弋羊缓慢地吸了口气,侧过头,质问"花孔雀":"你能安静一会儿吗?"

对他的好心好意不领情就算了,还要用那满是冷意的眼神嘲弄他多事,韩沉西嘴唇抿成一条线,心里直骂:我真是吃饱了撑的非要问问你!

他别过头,恨恨地往旁边退开一点距离,情绪里带着十分不爽。

之后半节课过去,这一群罚站的人默契地陷入安静,没有人再发出聒噪之音。

弋羊感觉自己后背一直在流虚汗,手臂撑着墙,接连换了好几个站姿。

韩沉西此时故意找碴般回击了一句:"你能别晃来晃去吗?我头晕。"

弋羊隐忍着,不置一词。

短暂沉默后,韩沉西并未因为弋羊的吃瘪而生出满意心理,只是看着她吸血鬼般发白的脸色,身体摇摇欲坠,似乎下一秒就要晕过去,哪还顾得上她的臭脾气,做哥哥大包大揽的责任反应,他"呼啦"一下拉开临着他这边的窗户,半个腰身探进去,礼貌又周全地冲化学老师举起手。

化学老师瞧见,问:"怎么了?"

"报告老师,有同学身体不舒服,能不能申请回教室休息?"韩沉西说着,下巴冲弋羊一抬。

班里的同学闻声看过来,化学老师也看了过来。弋羊突然承受诸多眼睛的注视,不知所措极了。

化学老师放下粉笔,问:"哪里不舒服?"

弋羊抿着嘴唇,却一字不说。

韩沉西觉得这人怎么这么不识好歹，转而想到什么，微微尴尬起来，用打圆场的调皮语气回答老师："就是不舒服呗。"

化学老师的眼神在弋羊脸上再一来回，也明白过来，十分好商量地说："那你进来吧。"

弋羊攥着笔的手指收紧，表情没变，对于韩沉西莫名其妙的好意不适应，也充满了怀疑。她抱着课本进班，途经他时，警惕地冲他一抬眼。

韩沉西嘴角翘起一点弧度，像个挑衅的假笑。

弋羊疑心更甚，便故意省去了对做好事的"雷锋"的那声谢谢。

到了中午，弋羊的状态更糟糕了，腹部胀痛引起强烈的呕吐感，她才反应过来是生理期的前兆。也不怪她迟钝，她的生理期隔半年或许才会有一次，不太常见，她平时也不在意。

趁着午休时间，她拿了钱包到小卖铺买了几片散装的卫生巾，用黑色塑料袋装着。她先去了趟厕所，从厕所出来又到共用的水池边掬了冷水拍在额头上。呕吐感并没有缓解，她弓着腰趴在那里，一副想吐却吐不出来的样子。

而就在这时，旁边一个女生凄厉地喊道："你不是要吐吧？"

弋羊望过去，是夏满珍，旁边还站着一个叫吴明的男生。吴明落在她身上的眼神明显不友善。

夏满珍在洗头，长发随着水流散在水池中，她的位置正巧处在弋羊的下游。

她气急败坏道："有没有公德心啊？你吐在水槽里，别人还怎么用？你走去别的地方行不行啊？"

弋羊沉默以对，自顾自洗了洗脸，抹掉脸上的水朝无人的空地甩了甩，拿上黑色塑料袋回了教室。

夏满珍冲她的背影翻了个白眼，用让她能听到的声量嚷道："什么人啊！"

弋羊离去的背影匆忙，没注意到从拐角走来、手里拎着冰红茶的韩沉西。韩沉西听着夏满珍的抱怨，百思不得其解，他的前桌怎么跟谁都有仇有怨的？

第二天，再次轮到他们组值日，"排头兵"依旧采用抓阄的方式分配清扫区域。

弋羊从中抽了个纸团，看也没看，直接搁在韩沉西的桌子上，漠然地念出"扫地"两个字，随后拿了饭卡，径直去食堂吃早饭了。

韩沉西望着她潇洒的背影，想起一句顺口溜：

"天是蓝的，海是深的，这位姐妹儿，我看你不爽打心眼里是真的。"

转眼九月末，全校迎来第一次月考。

两天考九门，包括政史地。高二毕竟一月份还有个会考，关乎毕业证，所以即使已经分科，但这学期的课程实际并没有减少。

考场按照上学期的期末成绩，从高至低依次排序。

弋羊缺考，韩沉西旷考，两位作为全校唯二总成绩是"0"的超级垫底，自然被扔到最后的第 24 考场。

成绩相同时,名次按照姓氏的拼音首字母排序,因此韩沉西占了个小便宜,成了比倒数第一听起来稍微有那么点点面子的倒数第二。他的座位号为"39",弋羊是"40"。

考前一天,考场分布图张榜公布。韩沉西凑去瞅了一眼,惊奇地发现,第 24 考场竟风吹芝麻落进针眼般赶巧,就安排在他们七班。

"天啊!"范胡羡慕得原地跺脚,"主场作战,天时地利与人和啊。"

他"哇哇"乱叫一通,跑去数座位,大概定位到北墙后排卢俊杰和任立峰两位同学的桌子,情绪高亢地说:"老卢,老任,桌肚别收拾得那么干净,书、笔记摊开搁好喽,难保有自己人留班考试,咱得照顾周全了不是。"

任立峰手指灵活地转着崭新的课本,说:"笔记?我要有笔记,我自个儿先揣兜里了。"

卢俊杰却冲韩沉西神秘一笑:"韩哥,念你请客喝冷饮的份上,勉为其难给你备份大礼啊。"

"大礼?什么大礼?"范胡好奇。

卢俊杰说:"心急吃不了热豆腐,等着瞧好了。"

他凑到任立峰耳边,与其嘀嘀咕咕半晌,然后,两人背地里忙活了一节课,到课间,请了韩沉西这尊佛来验收成果。

"满意吗?"卢俊杰一脸"我怎么这么牛"的表情。

韩沉西定睛一瞧,嚯,这两货用黑笔给他抄了一桌面的知识点,还工整地划分了区块,文理兼有,从基础概念到古诗词到公式。

范胡悔不当初:"唉,早知道,上学期就不'抄'常发挥了,我也想被这么照顾。"

"你想得美。"看着密密麻麻的字眼,韩沉西头皮发炸,"卢哥,不是我说,刘志劲不瞎,桌子上这么多字他会看不见?不露馅才怪。"

卢俊杰一巴掌拍在桌子上:"你按着他的头让他看,他当然能看见,你用胳膊捂着点不就得了?"

韩沉西勾勾手指,示意卢俊杰摊开掌心。卢俊杰呆萌地照做,却赫然发现,他一掌下去,掌心沾着黑乎乎的字印。

韩沉西嫌弃地说:"我趴一胳膊字儿,更欲盖弥彰。"

众人笑喷了。

韩沉西顺势给卢俊杰拱了手:"好意心领了,就是脑子是个好东西,希望下次你有。"

卢俊杰咬牙:"滚。"

周四早自习剩十分钟的时候,刘志劲来班上贴第 24 考场的座次表。令大家费解的是，他一反往常默认的进门左手边靠窗的一列为起始列，偏要反其道而行之，从最北边起算。

这样一来，直接导致弋羊和韩沉西的考试座位被调换了。

盯着课桌左上角的名字条，"弋羊"两个黑字让韩沉西瞳孔"地震"。

他怀疑，如此的巧合，就是刘志劲刻意安排的。

离开考还有一会儿时，李海和吴明悠悠闲闲地来了考场。

都是学校知名的挂车尾混子，抬头不见低头见，走廊里，范胡摇手熟络地和他们打招呼。

韩沉西耷拉着眼，看到吴明手里捏了只粉色信纸叠成的千纸鹤，想来里面是写了什么的信件，随口问："给谁的？"

吴明似笑非笑道："你猜？"

韩沉西"呵"了声，没再接话。

范胡插嘴道："我们班女生？"

吴明自得地点点头，转身进到班里，将纸鹤塞到了夏满珍的桌子里。

却不料，折返出来时，他在门口与急匆匆回班拿橡皮的皮九撞了个满怀。

两人一对视，看清彼此，吴明的眼神瞬间变得讽刺，他"哼"了一声，劈头盖脸骂了皮九一句："不长眼的吗？"

皮九低声道歉："对不起。"

吴明瞪着眼睛，还欲再骂什么，韩沉西远远察觉到不对劲，倚着栏杆懒洋洋地冲他说："吴明，干吗呢？给我们班好学生让个路啊。"

吴明似乎故意当没听见，没动。

韩沉西只得又说："抬头往上看看，七班的牌儿，别横啊。"

哪想，吴明直白道："看他不太顺眼。"

"你可别说笑啊。"范胡走来顺势推了一把皮九，让他进教室，"这是我同桌呢。"

吴明只好耸耸肩，也没再坚持什么。

范胡揽着吴明的肩，转移话题："你怎么跟夏满珍聊上的？平时没见你往我们班跑啊。"

吴明收了嚣张气焰，嗫嚅道："网聊呗。"

范胡竖大拇指："时髦呀。"

韩沉西抿着嘴，没再说话。他侧过身，佯装不经意地往弋羊座位的窗玻璃方向扫了一眼。

弋羊垂着头，在认认真真地翻书。

他蹙了蹙眉头，不知道是不是错觉，他刚才余光好像看到弋羊抬头瞪了吴明一眼，目光充满敌意。

他悄悄又细细观察了弋羊一会儿，发现她一脸淡然，从中寻不到任何蛛丝马迹，只好当自己是多想了。

开考铃打响，刘志劲和另一名监考老师拿着卷子来了考场。

开考在即，韩沉西溜达着步子从后门进了教室。

弋羊此时已经坐在了他的座位上，坐姿端正，两条细长胳膊搭在桌沿。

韩沉西轻咳一声，搓了下鼻子，在距离女生一步之远的地方漫不经心地说："麻烦，能让一下吗？我拿一支笔。"

弋羊不知是不是在想事情，听到声音微微抬头，茫然地看了韩沉西片刻才侧身站起让开空间。

韩沉西弯腰从空荡荡的桌肚里摸出一支笔。

"坐吧。"他长腿一迈，也利落地在弋羊的座位落了座。

弋羊朝他瞥去一眼。青春期的男生肩背平直瘦薄，简单的短袖和牛仔裤能穿出清爽的利落感。

挺干净的。

她思想开了个小差，低下头这样想着。

考场尽是些牛鬼蛇神，刘志劲作为主监考官，盯得很紧。他在教室里来来回回巡视的时候，偶然瞟到弋羊的答题卷全部写满了，条理清晰，字迹工整，还挺惊讶。

等到考物理时，他抱臂站在弋羊侧后方，待弋羊答题结束，拽出她的卷子看了看。

看完，他眼睛发直，有点难以置信地瞅了弋羊好几眼，像不认识自己的学生似的。

弋羊淡定自若地转着手里的圆珠笔，未作反应。

"写完了，检查检查。"想到这是在考场，刘志劲压下内心隐隐的疑问，把试卷重新搁在她桌上，公事公办地提醒。

而弋羊只是随便翻了翻，等到距考试结束还有十五分钟的时候，起身提前交了试卷。

韩沉西在一旁围观，见弋羊连老师的面子也不给，闷声笑了笑。

刘志劲瞪他："你笑什么笑？"

韩沉西耸耸肩。

考试以苏果在班里大肆跟人对答案打听"考得怎么样"落下帷幕，她成绩一般，所以小心思有些微妙，并不太希望跟她玩得好的那几位成绩太优秀。

她先探姜琳的底："你觉得这次考试难度大吗？"

姜琳说："还行吧，没有特别变态的那种题。"

苏果抱怨说："可我感觉好难啊，好多大题只能做出来第一问。"

姜琳翻找着生物笔记，敷衍地说："谁不是呢？"

苏果又去问徐梦竹："梦竹，你物理最后一问会不会写呀？"

徐梦竹随口说："瞎写的，不确定对不对呢。"

谁都没有说一句实话，苏果悻悻然。

学校放假，学生们如猪出笼。

当天傍晚，韩沉西到实验中学接了柳丁放学，把人送上回板桥的乡镇汽车，然后到台球厅与范胡、李海、吴明几个男生会合。他们玩到晚上八点，晃荡到夜市去吃烧烤，又辗转到那家新店打游戏，通宵到第二天日上三竿，才拍拍屁股各回各家、各找各妈。

韩沉西先到别墅补了五个小时的觉，醒来洗了个澡，换了身清爽的衣服，挎上黑色书包，骑着山地车到厂里转悠了一圈。

韩崇远彼时站在办公室的门口，正给他养的那只玄凤鹦鹉换饮用水。

韩沉西走到他身边，不着边地说："哟，韩哥，伺候儿子呢？"

"我要是有这么个乖巧听话的儿子就好了。"韩崇远上身着暗色POLO衫，下身西装长裤，看起来精简干练。他四十多岁的人了，脸上却鲜有被岁月折磨的痕迹，用"风流倜傥"四个字来形容丝毫不为过。

"得了吧。"韩沉西往下拉了拉嘴角，"它吃喝拉撒全靠你捣鼓，我多省心啊，每天给点钱，立马消失在你们眼前。"

韩崇远没说什么，他将鹦鹉喝水用的塑料水杯卡进卡槽，往里添了点水。

鹦鹉自觉地挪动爪子，扭动身体，准备前来享用，脑袋刚搭上水杯盒边沿，韩沉西突然冲笼子里的小生灵吹了声口哨，声音格外响亮。玄凤本就性格温顺，胆子小，吓得浅黄色羽毛立起，在笼子里乱扑腾翅膀。

"给我滚蛋！"韩崇远伴怒。

韩沉西哼了哼，头一抬，"滚"进了韩崇远的办公室。

韩崇远的茶桌下有个黑酸枝木柜，里面存放着他买的好茶叶。

韩沉西蹲过去，在里面挖宝似的挑挑拣拣。

韩崇远在外面听见动静，倚着门框问他："干吗呢？"

"找茶叶啊，我要去投奔我姥爷。"

韩崇远问："你投奔你姥爷，跟翻我茶叶有什么关系？"

"我总不能空手去啊，那样显得我多不孝顺。"韩沉西一副"你装啥傻"的语气，他指着两个包装不一样的铁盒，不太确定地问，"你上次买到的明前特级雀舌，是这个呢，还是旁边这个？"

韩崇远两眼望天，当自己聋了。

"妈——柳姐——"韩沉西知道怎么打压他爸，作势要搬救兵。

韩崇远服了家里的小祖宗，举手投降，忙让他闭嘴："左手边的那一盒。"

韩沉西笑着将东西装进了书包，而这还没完，他仍有无理要求。

"还想干吗？"韩崇远问。

韩沉西吸了吸鼻子，有点不好意思地说："爸，你车钥匙呢，车能不能借我开开？"

未成年没拿驾照，胆敢开车上路？韩崇远脸色一凝，指着大门，让他赶紧滚。

"行吧。"韩沉西见好就收，拎上书包，乖乖走去车站坐公交车。

就在韩家爷俩贫嘴的同一时间，弋羊在修理铺帮了会儿忙，跟羊军国告别。

羊军国试图再次劝说："要不，还是住我家吧，我让你弟弟出去找同学凑合睡几天。"

"不了。"弋羊摇摇头，到洗手池洗干净手。

羊军国从望乡搬到县城也才半年的时间，现在住的那套两室一厅是租的。他有一个儿子，在市区念初三，平时住校，放假回家，房间正好够他们一家三口用。

弋羊也住校，一高平常放假的周六周日是允许不想回家的住校生居住的，但国庆假期时间实在太长，出于安全考虑，学校要封校。两个孩子赶在一块儿回来，便腾不出地方安顿弋羊了。

羊军国并非故意没给弋羊留房间，而是当初刚准备搬来县城时，他忙着找店铺，徐春丽自觉包揽了租房子的任务，羊军国嘱咐过徐春丽，家里两个孩子，房子要租三居室的，徐春丽却故意违背了他的意愿，私自谈拢了价格，并一次性交了一年的租金。

羊军国心知这是徐春丽对他赡养弋羊的反抗。

可是弋羊的妈妈犯事进了监狱，爸爸没了，奶奶对她又是打又是骂，虽有姥姥好心将她接到身边养育，但没过两年安生日子，老人就因为郁郁寡欢撒手人寰。

而彼时历经诸多磨难的弋羊才不过九岁。他作为舅舅，根本不可能狠下心不管不问，他觉得那是作孽。

徐春丽却冷笑着说："我的钱凭什么给她用？自己的孩子养不好才是作孽！"

羊军国无言以对。

看了弋羊一眼，羊军国深感无奈地叹了口气。

他没什么大能耐，给孩子提供不了好一点的生活环境。

想了想，他嘱咐说："上次我回去，把家里电闸落下了，你到家，记得把闸推上去；煤气灶的阀门我也旋停了，往右拧是开的，我劲儿大，旋得可能有点紧，你要是拧不动，找邻居帮帮忙；晚上睡觉的时候注意把门反锁，夜里要是害怕了，你就把廊灯开着。"

"我知道了。"弋羊难得露出点笑容，提醒舅舅，"我都十六岁了，一个人不要紧的。"

羊军国无比辛酸地想，十六岁也还是个孩子啊，正是需要大人陪伴的时候。

然而弋羊早已经习惯了，习惯了那种"别人拥有而自己没有"的缺失，并不以为然。

与羊军国告别，她在修理铺前方不远处的岔路口站牌坐上了公交车。学生放假返程高峰，今天的公交车分外拥挤，过道上全是学生，其中还有几位体育生挎着运动包，包链没拉全，羽毛球拍的握杆向外支棱着。

弋羊起初站在车门旁的位置，但她车程长，免不了要往车后排去，不多的空间里，她就么被夹在一群男生中间，左右都找不到支撑，时不时还会被随着车子颠簸而晃动的球杆戳一下肩膀。

公交车在又一个红绿灯路口拐弯时，人随着惯性右歪，情急之下，她手一捞，不知道抓住了什么，手感感觉像是一条线。

随即听到身后有人低声警告："松手，别拽。"

弋羊稳住身形，扭头一看，与那人视线轻轻一碰，怔住了，竟是韩沉西。

韩沉西认出她，也挺惊讶竟会这般巧合。他此时正心烦着呢——韩小少爷吃穿用度虽谈不上奢侈豪华，但在该讲究时也是挑剔成瘾。他一身清清爽爽的行头，被这鱼龙混杂的车厢挤得臭气烘烘，郁闷极了，却偏又倒霉地被一把扯飞了挂头顶的耳机，因此，他冲人说话的语气有些凶巴巴的。

"对不起。"弋羊很干脆地向他道歉。

韩沉西哑然，而没等他再开口，弋羊已经转过身去，留给他一个后脑勺。

韩沉西看弋羊夹在中间没多余空间，站也站不稳，便仗着身高腿长，一抬手撑住车顶，侧身向着弋羊，另一只手碰了碰弋羊的肩膀，好心说："你来这边。"

弋羊看看他，没有立马行动。

韩沉西索性自作主张地抓住弋羊的手臂，用了力气将她扯到自己身边挪出的空位。

弋羊没有防备，跨步时，身体前倾，额头撞到了他的下巴，还清清楚楚地闻到了他身上的味道，像是柠檬香，很干净的感觉，与整个车厢的气味格格不入，与她身上的气味也格格不入。

她暗自慌张回避，挣脱开他的钳制，伸手握住他给她空出来的扶手。

"谢谢。"她轻声说。

韩沉西没听见，他只觉得脖子那块被她的头发轻轻扫过的皮肤有些痒痒的。

他扬了扬下巴，再低头看着她，问："什么？"

弋羊无语，却还是重复地说道："谢谢。"

"不客气。"韩沉西嘴角翘起弧度，突然觉得，只要好心好意对待她，这人似乎也没有那么难接近。

两人并肩站了几站，慢慢地，车厢空下来，还有了座位。

韩沉西尽量用同学间正常聊天的语气问道："回家？"

弋羊："嗯。"

"我去看我姥爷。"

"哦。"

多说一个字能要了她的命似的,天就这么聊死了,韩沉西重新挂上了耳机。

等坐到站,两人一前一后下车,一前一后走出一段距离。韩沉西望着错落有致的楼房,扭头想跟身后的人说个"再见"。他停住脚步回头,谁料,定睛一瞧,身后空空荡荡的,弋羊早没了人影。

韩沉西一下子气乐了,心说:真是没礼貌的孤僻鬼!

望乡西南角,临着国道的地方,有个废弃的大厂房,占地百余亩,那里曾是韩崇远手里的一个厂子,不过因为经营不善,连续亏空,两年前关停了。

因厂房里的一些机器设备还在,怕招贼,刚好时任板桥小学校长的柳泊涟到年纪退休,便主动提出过来帮忙看管。

他在此当起了现代版"陶渊明",垦荒种地,刨土挖沟。

花圃里的鲜花开得正艳,大植株三角梅爬了满墙,菜圃的菜苗一片生机,枣树和葡萄树也都结了果实。

厂房的大铁门用铁锁锁着,左手边一米宽的侧门留了条小缝。

韩沉西刚一推开门,翠花不知从哪里钻了出来,摇着尾巴围着他转了两圈。

翠花是条黑背,公的,八个月大了,体型瘦长,性格活泼,爱扑人。

"好狗。"韩沉西弯腰,捧着翠花的狗脸揉搓一把,然后问,"我姥爷人呢?"

翠花听得懂人话,拔腿便朝里面跑。

韩沉西慢悠悠地跟着。

来到厂房尽头,他看到柳泊涟戴着顶草帽,正蹲在菜圃里观察菜苗。

"行啊,柳校长,退休的日子过得挺有成就啊。"韩沉西环顾四周说。

柳泊涟闻声抬头,眯眼瞧到外孙,意外又高兴:"怎么来我这儿也不先打个电话通知一声?"

"要的就是出其不意的效果。"韩沉西走到柳泊涟身边,搭着柳泊涟的肩膀,端详老人片刻,指着柳泊涟的眼角,"啧"了声,"脸上又多了一道褶。"

"人老了,什么都开始退化,只有褶子在长,也算是另一种收获。"

柳泊涟今年六十有三,因为脸上皮肤松弛,眼尾肌肉下耷,眯笑起来时有点月牙眼,显得分外慈爱祥和。他身体很硬朗,可能是每天做些农活的原因,精神矍铄。

"不老。"韩沉西说,"每天二两酒,您奔着一百出头走。"

柳泊涟嘿嘿乐了:"长命百岁我不奢求,我能活到看你成家立业、小柳嫁人,就心满意足了。"

"瞧您说的。"韩沉西拽了颗熟透的西红柿,握在手里抛着玩,"仿佛我找个媳妇儿犯老大难似的。您信不信,要是我愿意,分分钟能骗来一个。"

柳泊涟嫌弃地说道:"行了吧,你这吊儿郎当没个正经样的,人家跟着你图什么啊?"

韩沉西神气道:"图我帅呗。"

柳泊涟也有个把月没见到外孙了,从上到下打量了韩沉西一番。十六七岁的孩子,猛长期,仿佛一天能变一个样,柳泊涟瞧着他身段越发挺拔、脸部轮廓越发分明,俨然蜕变成了个阳光灿烂的小伙子了,欣慰地点点头。

韩沉西眨眨眼,吹捧说:"像您。"

夏天,日落晚,韩沉西和柳泊涟说着闲话,一直到天上只剩最后一道残光,柳泊涟才问韩沉西晚饭想吃什么。

韩沉西一副"还用问"的表情:"炸酱面。"

"又是炸酱面,吃不腻啊?"

"不腻呀,每天吃都不会腻。"

"尽说好听话哄我。"

两人走去厨房,分工行事,柳泊涟炒肉酱,韩沉西切菜码,黄瓜、胡萝卜、红萝卜全是在菜圃里现摘的,绿色又新鲜。

韩沉西刀工不行,切不成丝,就切成条,自家人吃,也不怕嫌丑。

他胃口大开,吃了足足三碗,撑得不行,就领着翠花绕厂子跑圈。

跑累了,他冲了个澡,此时,柳泊涟已经给他铺好了床铺。

他们睡的地方其实是职工宿舍,当初宿舍搬空后,柳泊涟找施工队重新粉刷装修了四个房间,一间他自己用,一间给柳丁,一间留给韩沉西,一间当备用客房。

韩沉西扑倒在床上,脖子上挂着毛巾,摸出手机给范胡发了条短信。

那边迟迟没回。

韩沉西幽幽叹口气,等着等着,居然睡着了,第二天醒来,他看手机才六点。

他抓抓头发,笑了笑,如此养生的作息出现在自己身上,他感到神奇。

早饭是小米粥配咸鸭蛋。

韩沉西吃完,发了会儿愣,想起他好像有个吊床,便到杂物室翻翻找找,还真找到了。

他寻了片阴凉地,把吊床绑在两个石柱子上,往上一趟,窝在里面闭目养神,别提多舒服自在了。

就这么晃晃悠悠,虚度了三天时光。

"骨头都躺懒了。"柳泊涟看不下去了,在一天清晨给韩沉西找事做,"去,到荷花塘给我摘一袋子莲蓬来,我拨了莲子心,好泡水喝。"

韩沉西知道柳泊涟有轻微的高血压,莲子心有降血压强心脏的作用。不过,他故意跟柳泊涟犟嘴道:"我给您带的茶叶,不比那莲子心香多了?"

"茶叶是茶叶,莲子心是莲子心,不一样。"柳泊涟照着小镜子,用发膜把头发梳得十分齐整。

韩沉西瞧他打扮上了，问："你这是要去相亲啊？"

"别胡乱说，我去集市转转。"

柳泊涟是一个人待久了，总爱去热闹的地方凑。

"你要不要跟我一起去？"

"我才不跟您去。"

韩沉西看翠花喝水，拒绝了姥爷的结伴邀请。他用尾巴骨想都能想到，到了集市，一群上年纪的大爷大妈对着他"动手动脚"，他得装乖巧，有问必答别人对他的刨根问底。

"不去算了。"柳泊涟没逼他，"想吃什么？我给你买。"

"糖糕吧，两个，要现炸的。"

柳泊涟骑上他的电动车，"突突"几声，出了厂房。

韩沉西等翠花喝饱水，虚掩上大门，带着它也出了厂房。

依稀记得荷花塘在一个零售店旁。

他不太识路，就让翠花领着走。

翠花可能在厂子里憋久了，一出门，撒丫子跑了十几米远，后知后觉想起来它的小主人虽然腿长，但只有两条，跑不过它这个四条的，又急急忙忙掉头回去。

它就这么来回折返折腾着，还真把韩沉西带到了目的地。

荷塘面积不小，荷花还开着，就是荷叶翠绿中有些泛黄，一片接着一片盖出一方凉意。

那边有一条被人踩出来的小道，韩沉西沿着小道走下去。翠花今天过于兴奋，照模学样也埋头往下冲。眼见它要下水了，韩沉西急忙吹口哨唤它停住："趴在这儿，等我，别动。"

翠花哼唧一声，下巴垫在两只前爪上，滴溜着圆眼睛瞅韩沉西。

韩沉西随手折了一片荷叶，掐短了扣在它头顶。

塘底是污泥和黑水，他见状把运动鞋脱了，赤脚踩下去。

他有身高优势，摘起莲蓬来不费力，前后不过五分钟，袋子就装满了。

他也不多待，急急忙忙地出来。岸上观荷花看到的是美感，下到池塘闻到的却是憋闷的泥腥味。

翠花见韩沉西走过来，也起了身，只是不知它为何突然激动，立起前爪朝韩沉西身上扑。

它起跳很猛，往下落的时候，撞着了韩沉西的大腿。

本来小道是个斜坡，韩沉西重心不稳，踉跄着后退了一步，脚一歪，踩在了草丛里，偏巧里面有片碎玻璃。

正扎进他的脚窝。

他脚上都是污泥，没立即看到血，直到他弯腰把玻璃片拔出来。

翠花嗅了两下，闻到血腥味，"汪汪"叫唤了起来，好像意识到自己干了坏事。

"闭嘴！"韩沉西倒吸一口气，痛感蔓延到头皮。他脚不敢踩地，不然血流得更快。

管不了左脚的污泥，他胡乱穿上一只鞋，另一只鞋用鞋带系在狗脖子上，蹦着上了岸。

伤口太深，血和着污泥已经顺着脚趾往下滴。

韩沉西龇着牙，觉得今天简直衰到家了。

他掏手机给姥爷拨了几个电话，一直没人接，想着姥爷应该没带手机。

没法，他只得自己单脚蹦到公路边。

那边有棵槐树，树下有块圆石头，他一屁股坐上去，想等个熟人，可他在镇里也着实没什么熟人。

看到整个脚背全是血，韩沉西感觉到了事情的严重性，估摸着要缝针。

倒霉的是，他还不知道镇里的诊所在哪儿。

他正愁着呢，翠花突然"汪汪"又开始欢脱，撒丫子狂奔而去。

韩沉西蒙了半秒，顺着它跑去的方向瞧，就看到因为跑得过于忘我，差点刹不住爪子的翠花蹲坐在地上，用脑袋蹭了蹭弋羊的腿。

韩沉西呆住了。

翠花出现得十分突然，弋羊正走着路，吓得后退两步，待稳定心神，看清它，才稍稍缓了口气。

翠花蹭完，转身往韩沉西的方向跑。

弋羊被它弄得莫名其妙，直到抬头注意到韩沉西，他脚虚抬着，地上已是一摊血，这才明白翠花这一举动的意图。

弋羊神色一凛，在原地站了片刻，好似纠结了一下才向他走去。

"怎么弄的？"弋羊看一眼韩沉西的脚，便移开了视线。

柳丁认识弋羊，那翠花认识弋羊，也就不奇怪了。

韩沉西有点尴尬，耳郭都红了，但也如实答道："就……不小心踩玻璃碎片上了。"

看这出血量，伤口应该挺深。

弋羊抿了下嘴唇，把手里拿着的外套递给他："包上吧。"

她今天之所以这个点出门，是因为在家整理秋季的衣服时，发现一件外套的拉链坏了，要到裁缝铺修。

又是赶巧碰上了。

韩沉西哪好意思用小姑娘的衣服包脚，更何况脚那么脏。他忙拒绝说："不用了，没事，等一会儿血就凝住了。"

弋羊递衣服的手并没有收回。僵持两秒，韩沉西到底接了衣服，裹住脚，伤口处被系紧，压迫止血。

弋羊指向北方："前面路口左转，然后一直走，尽头有个转盘，再往右……"

她顿了顿，反应过来路有些远，他单脚蹦过去，似乎太费力。

她皱眉头，想着这个忙估计帮到底了，叹了口气，说："等着。"

家离得不太远，弋羊跑回去，取了自行车。

"上来，我载你过去。"

韩沉西有点诧异："我挺沉的。"

弋羊看了他一眼，觉得他真是矫情又磨叽。

到底还是劳烦弋羊载韩沉西一程，用时十五分钟到达诊所。

弋羊停车，韩沉西下来。

诊所进门有个三级石台阶。

韩沉西单脚一跳，轻轻松松蹦了上去。

弋羊准备扶他的手在半空滞了滞，便顺势收回了。

推开玻璃门，映入眼帘的是储药柜，柜台上趴着一个男生，埋着圆溜溜的脑袋写卷子。

"皮九。"弋羊喊道。

这一喊，把韩沉西喊愣了。

皮九，不正是范胡的同桌吗？

皮九慢半拍地抬头，与韩沉西四目相对，愣愣地反应好一会儿，推推眼镜，又去拿眼神询问弋羊："怎么了？"

弋羊指了指韩沉西的脚。

血此时已经渗透包扎的衣服了。

皮九低头一看，吓了一跳，忙绕出药柜，搀扶着韩沉西往里屋走。

途经配药室，皮九问里面一位穿白大褂的护士说："妈，我叔呢？我同学的脚受伤了。"

皮九妈正在配药，动作麻利，她隔着窗玻璃的小孔望韩沉西一眼，说："在诊室给人看病呢。你扶你同学先进来这里坐。"

皮九掀开帘子，韩沉西蹦跶进去，稍稍打量了眼皮九妈，估摸她年纪应该和柳思凝差不多，便礼貌地称呼她一声"阿姨"。

配药室空间不大，皮九妈捞来一个板凳让韩沉西坐下。

皮九蹲着，帮他把包扎的衣服解开，露出满是泥黑的脚。

皮九妈吐槽了句："你这是下池塘玩泥巴啦？"

韩沉西感到尴尬。

皮九妈叮嘱皮九说："你去弄盆水，先帮他洗干净脚，我把针给病人打上再去叫你叔。"

皮九点点头，马上出去找盆，皮九妈拎着输液袋到输液室去了。

房间里只剩下韩沉西一人。

韩沉西看出来了，这诊所是私人的，抑或说是皮九家的。

他心想：丢人丢到同学家里来了。

没两分钟，皮九手里拎着个白色的盆回来。他把盆搁在韩沉西脚边，往里倒了些双氧水。

韩沉西见他伸手要帮自己洗，忙说："我自己来。"

"有点疼，你忍一忍。"皮九也没坚持，束手站在一旁静静看着。

疼是真的疼，但他能忍。

韩沉西趁着洗脚的时候，低着头，佯装不在意地问："那个刚送我过来的弋羊呢？"

他一直没在房间里看到她的身影。

"已经走了。"皮九说。

韩沉西搓脚的手一顿："什么时候走的？"

"一送你进来就走了呀。"皮九迷茫地问，"你找她还有什么事吗？"

"没。"韩沉西摇了摇头。

他的脚用双氧水清洗后，又用了碘伏消了毒。

医生姗姗来迟，中年男人个头不高，挺着啤酒肚，四方脸盘，眼袋很重，估计昨夜没睡好觉。

他捏着韩沉西的脚板看了看，对皮九说："带他去里屋缝针。"

韩沉西听命令，又蹦跶去了另一间屋。

皮九应该常在诊所帮忙，医生缝针的时候，他在一旁打下手，两人零交流，却配合得相当默契。

总共缝了六针，缝合好，医生退掉手套，扔进垃圾桶，对皮九说："再给他打一针破伤风。"

皮九"哦"了声，起身拆针管引药。

看这架势，皮九是要亲自上场。

韩沉西惊讶极了："你？你行吗？"

"我行。"皮九一脸稚气，回答却掷地有声。

而事实也证明他真行，扎针的手法很稳。

韩沉西忍不住感叹，望乡真是卧虎藏龙。

再晚些时候，他联系上了柳泊涟。等柳泊涟来接他的间隙，他想起了弋羊的那件外套。

待皮九包好消炎药，跟他说医嘱时，他麻烦皮九找个袋子帮他把那件衣服包起来。

皮九垂着眼，有点执拗地说："我洗了，还给她吧。"

韩沉西初听这话并未察觉异样，只当皮九是热心。他哪好意思让皮九洗，状况百出的一天，已经麻烦很多人了。他摆摆手，非常坚持地说："哪能让你洗，

/051/

我弄脏的,我来洗。"

皮九绷着唇角,沉默了好长时间,有点不太情愿地返回配药室,用袋子将血污不堪的外套折叠整齐,包裹好。

他出来递给韩沉西时,忍不住又说了句话:"记得洗干净点。"

就是这短短的六个字,瞬间让韩沉西起了疑心。

韩沉西自幼成长环境十分自由,不管是学习还是生活,方方面面都未受过束缚,这导致他有极强的个人领域边界意识,也对此非常敏感。

这件衣服该怎么处理,无论如何都应由他说了算,皮九的提醒没有恶意,但"记得"两字带有强烈的命令性,过度干涉了一些东西。

这使得韩沉西边界线的警铃大作。

他皱起眉头,心想:过度干涉的背后有什么含义呢?

似乎想通了什么,他突然抬眼看向皮九,黑色的瞳孔闪着狡黠的亮光。

皮九的小心思仿佛已经被猜透,有点局促不安,不敢再与韩沉西待在同一空间,便找理由出去了。

韩沉西紧紧盯着他离去的方向,半晌,哼声一笑。

片刻工夫没见,活蹦乱跳的外孙变成了单腿瘸子,这让柳泊涟好一阵心疼,心疼完,又开始数落他太大意。

"荷塘以前是个废物堆,家家户户的垃圾都往里扔,前几年村部整改,从坑里捞出来几十斤重的钉子和玻璃碎片。人家摘莲蓬套个胶鞋裹着脚布,你倒好,裸个脚丫往里跳,你怎么不脱光进去洗澡呢?"

韩沉西哑巴吃黄连,有苦说不出,静静挨骂。

老人唠叨起来没完没了,还爱翻旧账。他把韩沉西小时候干过的蠢事都抖搂出来掰开揉碎地讲,越讲越生气,然后一气之下给柳思凝打电话,让她把儿子接走,还说他看着眼烦。

就这样,当天傍晚,柳思凝开车来"捡"被赶出厂房的"小垃圾",回去的途中,她想着离开学也就一两天的时间了,又拐去板桥接上了柳丁。

回到别墅时,已经七点了。

柳思凝正好今天约了几个朋友聚餐,有饭局,她让柳丁把书包扔家里,跟她一起去吃饭:"正好吃完饭,咱娘俩去逛逛街,姑给你买几件秋天穿的衣服。"

韩沉西扶着门框,可怜巴巴地问:"那我呢?"

"你?"柳思凝一副明知故问的表情,"你在家待着呀!"

"我晚饭怎么办?"

"家里不是有泡面吗?"

"你让祖国的小花朵吃泡面?"

"泡面也不用吃了。"柳思凝朝天指了指,"小花朵光合作用就够了。"

韩沉西看着暗沉沉的天，嚷道："太阳下山啦！"

"太阳下山明天依旧爬上来。"

柳思凝牵起柳丁的手，头也不回地走了。

韩沉西无语极了。

柳思凝嘴毒，但心软，自己的儿子，她做妈的怎么可能不疼爱？一到饭店，她就点了好几样韩沉西爱吃的菜，打包后托人送到了别墅。

韩沉西今天元气大伤，吃饱喝足，倒头就睡。

翌日醒来，他从书包里翻出弋羊的那件外套。

血渍干了浸进了布料里，他琢磨了一会儿，单脚跳到盥洗室，直接将衣服搁在洗漱池里用水反复冲。

柳丁见她哥行动不便，赶来搭把手。

韩沉西没让。

柳丁抱臂倚着墙，看了看那外套——薄款棒球服，暗紫色。

"是女生的衣服欸。"

韩沉西"嗯"了声："有个女生当时正好路过，路见有难，递衣服相助。"

不知为何，他不想让柳丁知道那女生是弋羊。

柳丁："英雄救美呀。"

韩沉西冷笑。

反复冲泡很多遍，血腥味渐渐减轻，衣服表面的污泥也没有了，韩沉西倒洗衣液开始揉搓。

柳丁瞬间一副见了鬼的表情："哥，你手洗呀？"

"怎么？"

柳丁略显兴奋地说："我第一次见你用手洗衣服欸。"

韩沉西心虚地找理由："手洗更干净嘛，毕竟衣服要还给人家的。"

柳丁对韩沉西和弋羊间的弯弯绕绕不知情，轻易信了她哥的鬼话。

国庆假结束，全员返校的当日要上晚自习。

韩沉西因行动不便，当起了乖宝宝，早早静候在班里。

音信全无了七天的范胡一露面，看到他哥成了伤员，幸灾乐祸地询问怎么受的伤。

韩沉西不答反问："假期人去哪儿'浪'了？"

范胡叹了口气："哪儿也没去。我妈找了个大学生帮我补课，被幽禁在家。"

"难怪。"韩沉西知道范胡的爸妈逼他学习逼得挺紧的。

范胡指了指自己的脸，自暴自弃地说："我什么德行，这么多年了，我家二老怎么还没看清楚，还希望我在学业上有所建树呢？"

"你什么德行？"韩沉西明知故问。

范胡反应极快："咱俩一个鼻孔出气，你说我什么德行？"

韩沉西笑了笑。

范胡又说："好在给我补课的那个女学生长得挺漂亮的，人也活泼，相处得还算愉快。"

"是吗？"韩沉西状似不在意地扭头往走廊瞥去一眼。

范胡"嗯"了一声，描述道："留着长发，笑容很甜，性格温柔……欸，哥，是你的理想型哦。"

韩沉西听着，嘴巴一咧："评价这么高？"

范胡自信满满地点头："唯一的缺点，比你大两岁。哥，你介意姐弟恋吗？"

"怎么？"韩沉西说，"你要给我当红娘吗？"

范胡仗义道："这个你要是喜欢，我拿巧克力豆点个痦子，明儿就把她约出来，也许能成一桩美事？"

韩沉西冷嗤："不喜欢。"

范胡来劲儿了："照片都没看呢，就说不喜欢？我打包票，她一定合你眼缘。"

他说着就翻开手机，调出照片，长胳膊一伸，递到韩沉西眼前，问道："怎么样？"

屏幕有点小，韩沉西眯眼瞅了瞅，敷衍地说："漂亮，但不是我喜欢的类型。"

范胡显然不敢相信，弯腰往韩沉西的桌上一趴，把手机撑到韩沉西的鼻梁上："你再仔细看看，有两个梨涡呢。"

距离太近，韩沉西都看成斗鸡眼了。他眨眨眼睛，腰往后靠了靠，视线尚未重新在照片上聚焦，只听一个声音传来："过一下。"

声音没有任何情绪。

韩沉西一秒反应过来说话的是谁。

他转头看向弋羊。

弋羊手里抱着刚去书屋买的学习资料，从后门进的班级。

而范胡此时撅着屁股，将过道挡死了。

范胡对弋羊的刻板印象尚停留在她为人冷漠的层面，惹不起，急忙起身，给她让路。

弋羊目不斜视，走到自己的位置坐下。

范胡见韩沉西愣神，唤了声"哥"，还欲重提照片上的女孩。韩沉西及时捂住他的嘴，贴着他的耳朵，凶狠地说了个"滚"，一把将人推远了。

韩沉西轻咳一声，坐端正，手探向桌肚，摸了摸里面放着的袋子。

他打了半天腹稿，想开场白，嘴巴张张合合，却难以启齿。

他也不知道出于什么原因、什么心理，老是觉得主动拉下脸和弋羊搭话扭着劲儿般难受，一点都不坦荡。

他正犹豫的时候，自带喇叭的张琦飞奔进班，音高八度地叫嚷道："出成绩啦！好消息，两个第一都在我们班！"

一听到成绩，有的人激动，有的人忐忑。

苏果正一笔一画地抄歌词，粗略地捕捉到"第一"的字眼，抬起头问："是班长吗？"

张琦点点头："是的，咱们大班长厉害了。"

苏果握住葛梨的胳膊，眼睛眨呀眨，说："我的预感没错吧？"

葛梨应付地笑了一下，转头问张琦："两个第一是什么意思啊？并列？"

她抓住了有效信息。

张琦说："一个总成绩第一，一个理科第一。"

苏果"啊"了声："那班长是总成绩第一，还是理科第一啊？"

张琦说："总成绩。"

苏果滞了滞："理科第一是谁？皮九吗？"

葛梨笑意顿敛。

张琦摆摆手，下巴一抬，指着韩沉西所在的方向："班长和皮九并列第三，她……"他"呲"了声，挠挠头，突然想不起女生的名字，"她第一。"

班里的学生纷纷顺着他手指的方向往后看。后排就坐着两人，一个是韩沉西，自动忽略，另一个是弋羊，一个在班级里几乎没什么存在感和人缘的姑娘。

大家震惊之余，是猜疑。

苏果和姜琳对视一眼，小心眼地说："从哪儿弄的情报，搞错了吧？"

张琦耳朵尖，听到苏果的质疑，叉着腰说："十班贴成绩单了，不信你自己去瞧。"

也不等苏果赌气去瞧，没一会儿，刘志劲腋窝夹着批改好的物理答题卷进来了。他往讲台上一站，扫视班级一圈，完全没了平时的凶神恶煞，神色肉眼可见的得意。

他开门见山地说："月考成绩已经出来了啊。咱们班除了极个别同学之外，大多数人考得相当不错，特别要表扬三位学生，首先是葛梨、皮九两位同学，这次并列第三名啊，跟第二名也就差了一道选择题的分数，而弋羊同学……"刘志劲制造悬念似的，故意停顿了一下，瞄了弋羊一眼，"咱理科班的第一，物理和数学都是满分。"

"哇——"

刘志劲正名了，一石激起千层浪，全班同学大眼瞪小眼片刻，觉得有些不可思议。

范胡想起罚站那天弋羊认真听课的模样，恍然大悟："原来暗藏实力呀。"

皮九作为班里唯一一个知晓弋羊过去的人，真诚地夸奖："她一直很厉害。"

"你也不错。"范胡赞叹。

刘志劲将成绩单随手给了第一排学生，让他们传阅，又把卷子拿给物理课代表，示意她发下去。

"拿到卷子，错题独立再做一遍，考场上状态紧张想不起来公式，现在看能不能写对，不会的赶紧查漏补缺。因马虎大意丢分的，长个教训，下次注意。"

刘志劲一边念叨着，一边在班里绕了一圈。到弋羊身边时，他敲了敲她的桌子，示意她跟他出去。

"你这次总成绩 695 分，满意吗？"

走廊上，刘志劲语气放得很轻松。

弋羊没什么欣喜之情地说："高考考这么高就满意。"

刘志劲被噎了一下，显然没料到她会如此回答，心气这么高。他哑然片刻，说："还有两年时间，努力别松懈，很有希望。"

弋羊没应。

刘志劲斟酌片刻，又问："上学期期末为什么没参加考试？"

其实这个问题，刘志劲在放假当天统计出物理分数后，便匆匆忙忙地跑去东院的一年级组办公室找弋羊高一的班主任询问缘由了。毕竟分班时，对新班主任来说，最后的期末考试极具参考价值，为发掘那些重点培养、重点看护的苗子提供数据。

无奈，那位班主任实属"当一天和尚撞一天钟"的类型，没一点教书育人的责任心，不仅一问三摇头，而且当刘志劲提起文理分科的教师会议上，老班主任向新班主任汇报交流手里学生的情况时，怎么没提起弋羊时，他振振有词地说"好苗子自己就会长成参天大树，早晚能看见，说不说，没区别"，当场把刘志劲气得在心里直骂娘。

他侧方面打听不出，只好直接来问当事人。

弋羊含混地说："有点事……"

"什么事？你缺考并没有请假。"

"私事。"

弋羊侧头偏向灯火通明的校园，明显抗拒和刘志劲的交流。

刘志劲感觉到了，不再逼问，只是旁敲侧击地提醒："我不管高一时你的班主任是怎么管理班级的，现在你归我管，就得按照我的规矩来。无故缺考，我不允许。"

弋羊："知道了。"

刘志劲面色松了松，又关心地问："你的身体是不是不太好？"

这下换弋羊怔住了好一阵，联想起自己逃午休几次被刘志劲逮着，都用的是生病输液的借口，便稳着语气说："没什么大碍。"

刘志劲语重心长："身体是革命的本钱，有个好身体才能保证学习效率。以后午休如果需要去医务室，自行去，特批的。"

弋羊没想到自己这么快这么容易就拿到了好学生的特权,但也分外坦然地接受了:"谢谢老师。"

刘志劲"嗯"了声,想起她的文科成绩将将及格,劝说道:"政史地还是要抽时间背一背的,不然一月份的会考会有麻烦。"

弋羊:"哦。"

刘志劲察觉到她的话着实太少,硬聊很勉强,于是说:"回去吧。"

弋羊转身就走,一点都不留恋因成绩受班主任格外关注而获得的那份虚荣和骄傲。

她依旧从后门进的班级,两只脚刚踏进去,瞥到韩沉西竟面朝后正襟危坐,困惑地一抬眼,目光与他的轻轻一撞。

她瞧见他眼波流转,眼神别有深意,弯着嘴角笑得"色彩斑斓"。

她心里一突,知道他听到她和刘志劲的谈话了。

毕竟天太热,门窗大开,而她和刘志劲方才就站在后门不远处。

她自然也懂了韩沉西那别有深意的眼神是在暗指什么。

她第一次因迟到谎称生病,便被他识破了。

她贴输液胶带的手,正是在修理铺递给他零钱的手,手背干净,根本没有针眼。

但弋羊镇定自若地移开视线,并没有露怯。

韩沉西蓦地笑得更灿烂了。

晚自习放学,弋羊依旧最后一个离开教室。

她脚步轻,走到楼梯口时,声控灯熄灭了。她轻声唤醒,亮光洒下来的瞬间,看到韩沉西背贴着衣冠镜,吊儿郎当地立在下一层的楼梯间。

他好整以暇,自下而上地望着她。

弋羊皱起眉,不作声,一步一步下台阶,又一次准备视若无睹地从韩沉西身边经过。

"喂——"韩沉西叫住了她,"看不出来我在等你吗?"

粗略算算,从走读生下课到现在,都有一个小时了。

弋羊疑惑:"等我干什么?"

"等你自然有话跟你说。"

不知是不是因为揪住了弋羊的"小辫子",韩沉西"放低姿态,主动搭话,平和聊天"的困扰没来由地消解了。前几次剑拔弩张的交锋,让他心底隐隐升出的几分尴尬也随之不见了。他身心一放松,顾虑减少,言语间便自带了专属于他"韩沉西式"的吊儿郎当。

弋羊静静等着他的下文。

"谢谢。"韩沉西沉声说,"那天没来得及跟你道谢,你就没人影了。"

弋羊不甚在意地说:"不用。"

"用！"韩沉西郑重其事道，"我这个人非常有礼貌。"

懒得跟他狡辩，弋羊以为他话说完了，抬脚又要走。

韩沉西长胳膊一伸，将一个纸质购物袋递到她面前。

"你的衣服，我洗干净了，还你。"

闻言，弋羊面色微动。她本以为那件衣服会被扔掉的，没想到他会洗干净。她讶异地瞥他一眼，缓缓接过。

"如果你嫌……"韩沉西斟酌片刻，"我可以再给你买一件。"

"不用。"弋羊摇了摇头，"你还有话说吗？"

"没了。"韩沉西耸耸肩。

话音刚落，适逢教学楼管理员巡查这层楼，看到两个人这么晚面对面站着，一副了不得的表情，指责说："黑灯瞎火干什么呢？赶紧分开，各回宿舍。"

弋羊随即转身，大步流星地走了。

韩沉西目光在她背后停留一秒，然后歪脖子凝望着头顶那锃光瓦亮的白炽灯泡，心说：这叫黑灯瞎火？

宿舍里，苏果、姜琳和徐梦竹围坐在一起，正嘀嘀咕咕着什么，可当弋羊推门进来，嘀咕声立马停了。

弋羊对此习以为常。她拐到储物柜前，把纸袋子搁进去，才关上柜门，抬起的手尚未放下，稍稍踟蹰，重新将其打开，拿出纸袋，翻出里面的衣服看了一眼。衣服叠得方方正正，像被熨烫过，没有一丝水洗后的褶皱，最关键拉链好好地拉在衣领口。

弋羊有一刹那的动容。

第二天，各科的答题卷陆续下发。课上老师们评讲试卷前，无一例外都对弋羊赞不绝口。

一场考试，发挥完美，被埋没的姑娘瞬间成了年级段的名人。

可面对赞赏，弋羊内心是不屑一顾的。她非常清楚，那些递过来的笑脸，并非因为她是个什么样的人，只是因为成绩足够好。

她十分讨厌被人盯着打量的感觉，更加不喜欢老师所谓的优待。

因此，当数学老师蒋艳梅接下来几周在讲稍微有难度的数学题前，总要弋羊说一说解题思路时，她烦了，然后公然反抗了，以"我不会"三个字回绝了蒋艳梅的提问，态度强硬。

蒋艳梅当场愣在讲台上，脸色难看极了。

韩沉西反应极快地说："不会的都选C。"

调侃似的解了围。

弋羊还是那副样子，不轻易给人笑脸，与人说话语气又冷又硬，渐渐地，大家背后议论她是"喜鹊的尾巴老翘着""眼睛长在头顶上，目中无人""不就考了第一吗？骄傲什么"。

她在班级里无人缘。

葛梨见此情形，心里稍有安慰。她在得知自己的成绩低了弋羊十五分时，心高气傲地表示不服，打心底里不认为自己会比弋羊学习能力差，无限懊悔在这次考试中的粗心，甚至为此还偷偷哭了一场。

苏果宽慰她时，嘴毒地点评了弋羊一句："成绩好，情商低。"

她觉得在理，很快想通后，也就没再把弋羊放在眼里。

日子按部就班到了十月中旬，隔壁校发生了一起在校生勾结社会无良青年打架斗殴的案件，全县轰动。

一高的校领导为杜绝我校发生此种情况，腾出周三整个下午的时间，紧急召开全校"安全纪律教育大会"，还特别邀请了公安局的相关人员前来宣讲实际案例以及普及法律知识。

由于一高的报告厅容积小，着实塞不下全体师生，便临时搭了个演讲台，将会议安排在了后操场。

每个班的学生自带凳子，分成两列，在指定区域就坐。

弋羊中午还是会到修理铺帮羊军国的忙，回来迟了，没赶上下午自习的集体列队。

她搬着凳子到后操场找到了班级所在地。

队尾，韩沉西和范胡并肩坐着。

此刻，韩沉西在和八班的几个男生一唱一和。

而范胡坐不老实，手脚并用地跟九班的几个人打打闹闹。

弋羊权衡了一下，把凳子放在了韩沉西身后，坐在了他后面。

其实，午休下课时，韩沉西见弋羊还没回来，便一直留意着她的动向，所以她一出现在操场，他就捕捉到了她的身影。

他回头看她一眼，痞里痞气地笑了笑。

弋羊眉心拧成一个"川"字。她发觉最近韩沉西冲她笑的次数挺多的，简直莫名其妙。

她没搭理韩沉西，韩沉西很自觉地又转过头继续跟旁边的人说话。

过了会儿，教导主任像被磨砂纸摩擦过的破锣嗓发声："秋风送爽，丹桂飘香，在这万物收获的季节，我校迎来了第一次……"

冗长老套的开场白，听得人耳朵都起茧子了。

弋羊板正地坐了会儿，嫌太阳晒得她睁不开眼，眉心皱得发酸，便埋下了头，一眼就看到韩沉西伸着长腿，脚蹬在旁边人凳子的横杆上，运动鞋崭新。

她这才想起来，一个多星期了，他的伤口已经拆线，且看动作应该全然恢复了。

复原能力挺强的。

弋羊神游着，不自觉地也蜷起双腿，两只脚蹬在自己凳子的横杆处。她双手环抱着腿，下巴垫在膝盖上。

演讲台上已经换了人，弋羊不怎么想听，发着愣，片刻工夫，后背被太阳烤得暖烘烘的，头发也在发热。

脑子里混混沌沌，她有点困了。昨天半夜小腿骨头疼，翻来覆去没睡好，白天也没午休可以补觉，便琢磨着就眯一会儿打个盹。

头一低，脑门抵上了个什么东西，硬得像堵墙，她就失去了清明的意识。

再醒来，是被如潮的掌声惊动了，她反应好一会儿，才发现是讲话结束后欢送的掌声。

额头有块区域发麻，她揉了揉，也就在这时，前面的男生回头了。

"我的背舒服吗？"韩沉西戏谑地问。

弋羊身体一僵，慢半拍地回神，发觉她的脚不知何时蹬在了他的凳子上，他后腰侧白色短袖上留有一块凹陷的痕迹。

她睡在了他的背上！

"对不起。"弋羊忙说。

"扯平了。"韩沉西扬了扬嘴角，潇洒地转过头去。

演讲台换了人念法律条文，韩沉西微微仰头，视线放远。

天空湛蓝，薄云随风浮动，残存夏日味道的暖阳，猝不及防将他的后背烫出了一个大洞。

第二章·
多事之秋

/她迎着光，背影消失在人群的刹那，韩沉西觉得，这个讨厌的孤僻鬼没有以前那么讨厌了。/

校集会结束两天后，秋季运动会提上了日程。

卢俊杰作为七班唯一的体育特长生，被委以重任。

"老卢，你发光发热的时候到了。"范胡带头鼓吹。

卢俊杰笑了笑。他练标枪，自觉在报名表的标枪比赛一栏写上名字。

"都是投掷类的项目，标枪你擅长，铅球肯定也能行。来来来，咱班铅球的比赛名额也赏给你了。"

葛梨作为班长，负责本次运动会的报名动员工作。她知道大家对运动会的高度热情和期待均来自那两天可以不用学习，能自由自在地玩。至于参加项目，那是唯恐避之而不及的，所以她逮住一个能来主动报名的，岂会轻易放过？

卢俊杰问号脸："这也能买一送一？"

"还能送二呢。"张琦接话，"老卢，长跑、短跑、跳高、跳远，要不你全包了吧，拿个大满贯，也给我们班长长脸。"

"你要累死他啊？"葛梨翻了个白眼，"张琦，你嚷得这么起劲，看着耐力不错，跑个3000米吧。"

说着，葛梨落笔要在报名纸上写下名字。

张琦一个飞扑过去，双手紧紧攥住葛梨的笔杆："班长，我的好班长，我不行，我这身上没二两肉的……"

范胡挑衅地打断道："男人不能说自己不行。"

"你行你上！"张琦瞬间找到转移目标，报复范胡，"班长，冲范胡这句话，3000米是不是非他莫属？"

葛梨若有所思地点点头，觑了范胡一眼："闪开！"她挥走张琦的手，二话不说，强制性地帮范胡报了名。

"天！"范胡抓耳挠腮。

他不是很愿意跑，毕竟跑3000米，甭管体力多好，最后下来都会累个半死，但念着跟葛梨太熟，得支持她的工作，勉强把不愿意忍下了，但同时也没忘把张琦拉下马。

"梨妹妹，张琦也不能闲着吧？矮个儿灵活，就把跳高分配给他吧。"

"我看行。"葛梨笑逐颜开。

张琦咬咬牙。

男生还算给面子，葛梨说几句软话卖个萌，连哄带怂恿地顺利将个人项目分配完毕。

合作项目有两个，4×400米和4×100米，葛梨琢磨了一下，去问韩沉西的意向。

"你的脚好没？"

韩沉西撒谎："没，疼着呢。"

他对运动会不感兴趣，他更愿意那两天约人打打篮球。

"别信他，装的。"范胡无情拆穿。

韩沉西眼射飞刀，瞪了范胡一眼。

范胡佯装被射中，嘴一歪，眼一闭，趴在桌上装死。

"幼不幼稚！"葛梨翻白眼，"我不管，4×400米和4×100米交给你了，你组好队，晚些时候报给我。"

说完，她一甩头，忙着去动员女生了。

女生不像男生那般配合，各种找借口推辞，葛梨花了三天时间，也没弄满报名名额。

周四最后一节晚自习，刘志劲来班巡查，问及运动会的事宜，正在发愁的葛梨把详细情况汇报给他。

刘志劲对大家的不积极不主动进行了严厉批评："平常占用你们体育课的时候，你们各种抱怨不满，现在专门给出两天时间让你们活动了，又找理由不愿动了，怎么那么难伺候？既然没主动请缨参赛的，那我就点了，点到谁是谁，别推三阻四的。"

他拿着班级名单，又环顾四周，霸道地点了几个女生的名字，各自分配了他认为她们适合的项目。

女生们瞬间愁眉苦脸。

刘志劲说："重在参与，我又没逼着你们拿奖状。"

最后剩下女生跳高这一项。

刘志劲朝教室后排望去，片刻后说："弋羊、杨倩桦，你俩去，长得人高马大的，稍微跳一跳就能过杆，有什么难的？"

弋羊听到这番话，从课本中抬起头。她抿紧唇，看向刘志劲的眼神变得锋利，

/062/

显然对此强制性的安排有意见。

但刘志劲对其视而不见,只当任务完成,背着手走出了教室。

弋羊的肩膀无力地垮了下来。

韩沉西手托腮,将前座微不可察的小动作尽收眼底。

他仔细打量了下弋羊,承认了这位姑娘身条修长,可目测了她的肩宽和肩背的厚度后,觉得她过于清瘦了。说难听点,瘦得像根营养不良的电线杆,跟刘志劲嘴里所说的"人高马大"沾不上半点关系。

韩沉西无语地又回味了一遍"人高马大"这四个字的意境,"啧"了声,在心里骂刘志劲:有这么形容女生的吗?中华上下五千年文化底蕴,偏偏挑了这个词,真不会说话。

运动会那两天,天公作美,秋高气爽。

为让大家做赛前准备,早读提前二十分钟下课。所有人都很兴奋,学习被暂时抛诸脑后,早早地勾肩搭背着一起去食堂吃饭,或者去小卖部买一会儿在看台上吃的零食。

弋羊因英语课文没背熟,留在座位上又默念了几遍,感觉差不多了,这才找饭卡起身。

她下意识地抬头,留意了下时间,移回视线时,不经意瞥到苏果正弯腰拿着扫帚清扫讲台的灰尘。

苏果今天穿了件圆领的长袖上衣,颜色粉嫩,衬得她娇俏可爱,但美中不足的是这衣服板型宽松,她一弯腰,领子垂坠,清楚地暴露出了里面的光景,而她对此毫无察觉。

弋羊微微皱眉,她扭头看了看,班里除了值日的几名同学,还有两个女生在头挨头说着悄悄话,好像没人发现苏果走光了。

弋羊没有好事之心,并不打算管。她从后门出教室,刚一抬头,看到室外的走廊里倚着栏杆闲站着好几个男生,其中便有韩沉西和范胡,不巧的是还有来找夏满珍的吴明,以及陪着吴明来串门的李海。

吴明与其他人不一样,他是背靠栏杆,脸正冲向七班后门的。

弋羊敏锐地发现他的眼神左瞄右瞥,一副状似不经意在看什么的模样,嘴边还挂着不怀好意的笑。

弋羊太知道吴明的德行了,瞬间便知晓他在笑什么,只觉得他形容猥琐。

她无声地用眼神警告吴明,吴明慢半拍才察觉,回视她时,眼神中残存着余怒未消的怨气。

弋羊不怕他,即使他高她一头,壮她一个身位。

走出教室时,她顺手把教室后门带上了。

四面窗户大开,对流风强烈,她并未恶意使劲儿,门却"砰"的一声震响,严密地合上了。

而这一声响，刚好惊到了在场的所有人。

苏果直起身，朝后门望去，看到弋羊，翻了个白眼，只觉得她莫名其妙，随即拉拉衣领，继续干活去了。

范胡扭过头，一脸蒙：谁？谁又惹到她了？

弋羊无视他们的反应，径直走过，下楼去了。

倒是韩沉西目送着她离开的背影，余光掠过吴明恼火的表情，微妙地想起上一次在水池边，吴明看着她也是这样恼火得不行。

他暗自猜测，这两人之间似乎有过节。

一高为了提高档次，每年都会将运动会安排在县体育场举行。

比起一高的破操场，县体育场空间开阔，跑道崭新，看台干净，最关键的一点是在校外。能换个新环境，于整日过着三点一线枯燥生活的学生来说，已足够令他们兴奋不已。

为保证安全，学校硬性规定，没有比赛的同学必须在指定区域就坐，不得擅自行动。

但是，硬性规定并没有不许串座一说，又因管理相对轻松，因此熟人好友之间肆无忌惮地来回在各个班级区走动，大家互换零食饮料、互换小说杂志，叽叽喳喳，热闹极了。

弋羊独自坐在看台的最后一排，脚边放着一瓶班级统一发放的矿泉水。

也不知道是不是热的，她手心出了层薄汗，想喝水时，拧了几下瓶盖，手太滑，没弄开。她悄然又把水放回原地，搓搓手。

皮九坐在倒数第二排的最右边，若有似无地用余光扫着弋羊，看到她喝水不成，稍加迟疑，走向她，弯腰拿起那瓶水，微微一用力，旋开瓶盖，然后递到了她面前。

整个过程，他未置一词。

弋羊眼睫一动："谢谢！"握住瓶身，接了过来。

正在此时，广播响起，催促4×400米的参赛选手到跑道起点准备检录。

韩沉西摘掉耳机，站起来懒懒地伸伸腰，扭向后，本是要提醒刘浩川该走了，哪想恰好看到男生给女生开瓶盖这"温情"的一幕。

他隔得远，没听到弋羊的声音，但从口型判断出她说的应该是"谢谢"。

韩沉西冷嗤，心想：你也有这么礼貌的一面吗？真难得。

"愣着干吗呢？"葛梨这时挥胳膊促韩沉西，"快去做准备啊。"

韩沉西回神，冲刘浩川扬扬下巴，示意要走了。

接力赛韩沉西找的是刘浩川、孙兴文，以及有3000米任务在身的范胡。

四个男生身高腿长，从容镇定地走下看台，乍一看，还挺英俊潇洒。

苏果笑眯眯地夸了句:"好帅!"

运动会本就是几个项目同时进行,接力赛检录过半,广播又开始播放跳高学生去场地集合的消息。

弋羊默默地走下看台。

杨倩桦捂着肚子,由另一个女生搀扶着,落后弋羊身后一步。

葛梨担忧地说:"倩倩,你别逞强了,坐着吧,我去给你报备弃赛。"

杨倩桦虚弱地说:"班主任说得亲自去。"

葛梨叹了口气。

跳高比赛场地安排在跑道扇形面外侧。

杨倩桦到场,以身体不适为由,将名字从比赛栏划掉了,然后重新回了看台。

弋羊领了号码牌,按照规定把号码牌贴在左臂衣袖处,站在队伍外围等组队老师们确认名单时,"砰"一声,发令枪响了,接力赛开始。

七班被分到最外侧的第8跑道,第一棒是范胡。弋羊并不知道他以前有个"飞毛腿"的外号,就看他像匹脱缰的小马驹,撒欢跑得格外兴奋,乐颠颠的,一副智商不在线的样子。

第二棒和第三棒分别是孙兴文和刘浩川,两人平时都爱运动,体格练得相当不错,跑起来"四蹄生风",虽然没能遥遥领先拉开与其他班的差距,但起码占领了些优势。

等韩沉西接到最后一棒飞奔而去时,看台上七班的男生女生都不淡定了,歇斯底里地叫喊着:

"加油!"

"韩沉西加油!"

"啊啊啊——"

弋羊在韩沉西拐弯道时,目光在他身上短暂停驻。

风吹起少年额头的碎发,他好似非常享受往前冲带来的快感,嘴角噙着若有似无的笑。

清澈少年,柔风朝阳,弋羊看着他翻飞的衣角,突然觉得上面应该飘着阳光的味道。

毫无意外,韩沉西率先冲过了终点,甩了第二名半个身位。

七班高兴疯了,葛梨跑到护栏前,拢手在嘴边喊了一声:"韩沉西——"

韩沉西应声回头看了她一眼,笑了笑。

弋羊立马收回了放远的视线。

韩沉西轻咳一声,口腔里淡淡的血腥味让他感觉不太舒服。

他们准备折回看台,走到楼梯口了,范胡脑子一晃荡,想到张琦这孙子在跳高,非要拉着韩沉西去看热闹。

韩沉西"不"字已经到嘴边了,转念又咽了下去,跟着他去了。

跳高器材很简单，就三样——跳高架、横杆和落地垫，鉴于所需场地不大，男女两队分列一左一右同时开赛。

规则颇简单，不管背越式还是跨越式、翻滚式，能过杆就算成功。

张琦杵在男生人均一米八五的队伍里，显得异常矮小。

不过，虽然身高不占优势，他弹跳力还行，起码三杆过后，依旧没被刷下去。

瞅见范胡和韩沉西，他没好气地问："你俩来干什么？"

"来观摩你钻杆儿啊。"范胡站在一旁，抱臂观看。

张琦听出了范胡语气里的讽刺，感受到了羞辱，竖了个中指："没良心的畜生，明天，等着！"

两人拌嘴的间隙，韩沉西朝女队的方向探去两眼。

女生因参赛人数比男生少，赛程快，高度已经比到一米二了，刷掉了大部分人。

弋羊第一次试跳碰杆，失败，自觉绕去队尾，等第二次试跳。

韩沉西看她一个人静静站着，头微垂，面容沉静，似乎在想什么事情，又似乎什么都没想。

队伍一点一点往前挪动，眼见又要轮到她了，韩沉西没忍住，抬脚向她走去。

"喂！"他挠挠鼻尖，"腿绷直，劲儿别散，起跳后尽量往上抬，不然高度不够。"

弋羊闻声抬头看他，眼神复杂，花了好一阵才消化他话里的意思，反应过来他是在指点她。

"哦……"她意外地点点头，"谢谢。"

"不客气。"

韩沉西未作停留，又返回到范胡身边。

范胡颇感好奇地问："你跑去跟冷面大姐头说什么呢？"

韩沉西没好气地回道："说什么还要向你报备啊？"

他留意着弋羊那边的动向，看着她微微助跑，起跳，绷腿翻杆，十分顺利地过了。

韩沉西抿嘴藏了藏笑意，在心里喝了声彩，又默默夸奖自己指导有方。

只是，片刻后，见弋羊落到垫子上，没立即起身，躺着一动不动的，很是反常，他心里一"咯噔"，预感不妙，想也没想就拔腿跑到垫子前。

"扭到脚了吗？"韩沉西关切地问。

"没。"弋羊紧锁着眉头，忍着筋络错叠的痛感，"抽筋了。"

韩沉西顿时松了口气，心想：没伤到就好。

裁判老师这时也上前询问情况。

"我没事。"弋羊试图站起来。

她感觉出自己没法跳了，同时一米二也是她的极限了，便说："老师，我要退赛。"

裁判老师没敢劝她坚持，点点头，问了她的名字。

"弋羊。"

不想耽误比赛进程，弋羊再次尝试翻下垫子，可抽筋的左腿使不上力，动作稍显狼狈。

韩沉西出于人道主义精神，一把握住她的手臂，捞她起身。

这是他第三次不打招呼地直接与她身体接触，弋羊仍旧下意识地往后挣脱一下，但韩沉西手劲大，她仍旧没挣脱开，只好任由着他扶着她，走到休息区，在草坪上坐下。

韩沉西收回手，想了想，问道："赛前没热身？"

"不是。"

痛感还在，弋羊揉捏着腿腹，实在是抽筋次数过于频繁，也没有什么征兆，她猜测跟热身关系不大。

韩沉西顺嘴接话："那是什么原因？"

"不知道。"弋羊声音淡淡的，仔细听，还有股对此习以为常的无奈感。

韩沉西皱起眉头，叉腰站着，居高临下地俯视她。耀眼的阳光下，女生的皮肤白得几乎透明，发丝闪着金色，因为消瘦，锁骨突出。

他免不得猜测："你不会缺钙吧？"

弋羊一怔。

气氛像僵住了，很长时间，两人都没有开口说话。

弋羊实在不知道该怎么回答他的问题，而他这样居高临下地看着她，她不适应。她艰难地起身，简单回了一句"跟你没关系"，便一瘸一拐地走开了。

韩沉西无语地愣在原地。她的话乍一听像是在陈述事实，细细一想却又像是在责怪他多管闲事。

这个人仿佛随手拎着一条楚河汉界，将自己与别人隔绝，接近也接近不了，相处也相处不熟。他无法理解她这样的性格，便觉得确实不该再跟她接近。

中午，回校整顿休息。

在食堂，韩沉西又遇见了弋羊。

他们一群男生打了饭，找座儿坐下。

韩沉西仰头灌了口水，却趁着这抬头的工夫，余光忍不住瞥向弋羊。

她就坐在他前面的一张桌子上，两人面对面。

她眼睛垂着，专注地盯着自己面前的餐盘，细嚼慢咽的。

好奇心驱使，韩沉西挺直脊背，窥探了一下她的午餐，非常清简。她的吃穿用度都很清简，破旧的球鞋、坏了拉链的外套、二手的课本。

范胡敏锐地觉察到韩沉西在游神，觊觎他餐盘里的那个大鸡腿，乘其不备，一筷子夹过来，一口塞进嘴里。

韩沉西对此竟然视若无睹，反而还若有所思地戳着碗里的米饭。

范胡不可思议地嚼着鸡腿肉，颤声问道："哥，你今天怎么这么反常？"

"哪里反常？"韩沉西握筷子的手半垂着，意兴阑珊地问。

范胡晃了晃那个印着他牙印的鸡腿："你没骂我啊！"

这要是搁以前，他哪能这么轻易地从韩沉西筷子底下抢到食物。

韩沉西朝范胡面前的面碗瞥去一眼，面碗空空荡荡，只剩少许汤汁。他配合地骂了一句："你饿死鬼投胎啊？"

范胡转了两下眼珠，委婉地说："好像骂得有点轻。"

韩沉西一言难尽的表情。

刘浩川快喷饭了，挤眉弄眼，好像发现了什么少儿不宜的内容似的，说："范胡，你不会是个受虐狂吧？"

范胡："去你的。"

男生吃得多，像范胡，两碗牛肉面起底，还要再买个鸡蛋饼封封顶。

弋羊先他们一步吃完，起身到餐车还餐盘。

韩沉西看她走得缓慢，仔细观察之下，有轻微的一瘸一拐。他知道那是抽筋后的肌肉疼痛。

可是，他从她脸上看不出任何痛苦的表情，她自始至终没说过疼或者难受，她还是一个人，独来独往的，不需要向谁倾诉。

她逆着光，背影消失在人群的刹那，韩沉西觉得，这个讨厌的孤僻鬼没有以前那么讨厌了。

吃过饭，刘浩川和孙兴文要回宿舍换衣服，男生们便在食堂门口分开了。

韩沉西手机没电了，回班充电，范胡自然屁颠屁颠跟着。

两人刚拐上楼梯，碰见八班的体育委员带着班里的三个男生疾步走来。他们每个人手里拎着一个包装袋，里面装着一份份的奶茶。

范胡眼巴巴望着说："餐后小甜点，你们班今天集体改善伙食啊？"

八班的体育委员嘚瑟地说："我们班主任今天高兴，请客。"

范胡"啧"了声："这么大方？"

八班的体育委员："羡慕吗？"

刘志劲是个出名的抠门老汉，范胡无奈地摊手，说："羡慕不来呀。"转头却冲着韩沉西央求，"好热的天啊，我想喝汽水。"

韩沉西嫌他事儿多："自己去买。"

范胡拍了拍他脸还干净的裤兜："零花钱不够用了啊，哥哥。"

突然，韩沉西脚步迈不动了，像是有求必应："算了，走吧。"

范胡自动跟上。

两人转出教学楼，又迎面碰上张琦。他叼着牙签，走出十亿身家的土豪步伐。

韩沉西盘算着等会儿缺个"苦力",便主动揽上他的肩膀,笑着说:"琦哥,走,去小卖部。"

张琦还记着他和范胡的"羞辱"之仇呢,长长地"哼"了一声,轻蔑地说:"不去。"

韩沉西:"我请客。"

"那走吧。"张琦一秒答应,态度转变之快没有原则。

"小灵通!"范胡嫌弃道,"语文老师有没有教过你,不为五斗米折腰?"

张琦坦然地摇摇头:"我上课从不听讲。"

到了小卖部,韩沉西没瞅冰柜,反倒拍着货架上的牛奶问老板一箱有多少盒。

老板回道:"十六盒。"

韩沉西颔首:"我要五箱。"

范胡惊得五官都攒一块儿了:"你买那么多牛奶干什么?"

韩沉西一脸淡定地说:"请班里人喝啊!"

范胡愣了愣,以为自己听力出毛病了,揉揉耳朵,不确定地问:"请班里人喝牛奶?"

韩沉西:"有问题吗?"

范胡的三观有点崩塌:"有人请客喝牛奶的吗?是薯片不好吃,还是雪碧不好喝?"

韩沉西转转脖子,狡辩说:"垃圾食品不健康嘛。"

搬着牛奶回班的一路,范胡的脑子都没转过弯来。

以往,韩沉西没少请客,吃喝玩乐一条龙包办的事也没少干,但请喝牛奶是新鲜出炉的头一次。

有点诡异。

范胡怀疑:难道400米把脑子跑坏了?

五箱牛奶撂到讲台上时,后排的男生立马骂韩沉西是不是脑子短路了。

韩沉西对此置若罔闻,示意范胡每人发一盒,他则昂首阔步到自己的座位上坐下。

弋羊此时头埋进胳膊里,趴在桌上好像睡着了。

范胡发到她时,没敢吵醒她。瞧见她桌上堆着卷子和课本,满满当当的,他就把牛奶搁在了课桌旁边的窗沿上,然后冲托腮正瞅着他的韩沉西啐了句:"钱多烧得慌。"

韩沉西摊摊手,眼角溢出笑意。

弋羊睡了没一会儿,醒来,愣怔地走了会儿神后,就翻开课本看书了。

一直到午休结束,重新列队,她都没注意到那盒牛奶。

韩沉西也没好意思提醒她,因为那样显得过于刻意。

排队出发返回体育场，经过街道拐角，弋羊趁着刘志劲没注意，溜出队伍，躲进了一家精品店。

韩沉西瞧见，笑了笑。

等队伍走远了，弋羊背着书包出来，她去药店买了一瓶舒缓视疲劳的药水。

眼药水是给羊军国用的。羊军国眼睛有些毛病，右眼视力几乎为零，入了秋，眼睛干涩，容易红肿。

去修理铺要穿过世纪广场，过了世纪广场，是一条商业街，街上店铺错落有致。

徐春丽的日化店就在此，弋羊为避免跟她碰面，特意过了马路，走街道的另一侧。

偏不巧，徐春丽此时在这边的水果店买水果。

有部分水果在店外摆着，徐春丽站在两个摊位的间隙左瞧右看。

她身后贴身站着个头发半白、穿衬衫西裤的中年男人，男人的手放在她的胯骨处。

他们说说笑笑，并没注意到弋羊。

弋羊没出声，水果店前有棵柳树，她双手抱臂靠过去，木然地盯着徐春丽。

徐春丽挑了几个苹果和一盒红提，冲男人风情万种一笑，男人随即掏腰包付了钱。

"又让你破费了！"

她撩了撩头发，扭腰走出水果店，这才察觉背后有一双直视着她的眼睛。

她脸色瞬间变了，不过很快就恢复如常，假惺惺地跟弋羊打招呼问道："你怎么在这儿？"

"你管不着。"羊军国不在，弋羊跟徐春丽说话的语气相当不客气。

"我是你舅妈，跟我说话注意态度。"徐春丽自然也不好惹，见自己好声好气的一句寒暄被顶了回来，尖酸刻薄的劲儿轻易被激起，假客套一扔，语带讥讽，"我不管你，还有人管你吗？"

"老实点。"弋羊并不理睬徐春丽的教训，她等在这儿，只是想给徐春丽一个警告。

徐春丽反诘："我怎么不老实了？你什么意思？我跟朋友逛街买个水果，在你眼里成什么了？"

弋羊懒得和她辩解，也心知辩不过她，便还是那句话："老实点。"

"威胁谁呢？"弋羊软硬不吃，拿捏到她把柄的自信模样，让徐春丽像炮捻被点燃，瞬间就炸了，"我花钱养你长大，你居然蹬鼻子上脸，现在还踩到我头上了。"

弋羊指正："我舅舅养的我。"

徐春丽冷笑："没有我点头，你以为你能走进我家的门？"

弋羊没吭声。

徐春丽往前走了一步,她穿着高跟鞋,微微高出弋羊一点,轻飘飘一句就将弋羊的痛处揭了出来。

"你爸死了,你妈牢里蹲着呢,你们一家闹了笑话,却连累我们在望乡被人戳脊梁骨。你姥姥为什么那么早走?就是被你妈气的。她死了也好,解脱了,可你舅舅一辈子抬不起头了,我倒八辈子霉嫁到你们羊家。你记住,是我可怜你,赏给了你一口饭吃,你才能长大上学,你给我老实点。"

弋羊偏过头,躲开那直往鼻子里钻的浓烈香水味。

她并没有因徐春丽的这段话暴躁或者狂怒。她面无表情,静了几秒,说:"老实点,别让我抓到。"

提醒三次,她觉得足够了。

徐春丽火冒三丈,扬手要推弋羊。

弋羊一把将其挥开,拂袖而去。

"学校不是在举行运动会吗?怎么又往我这边跑?"羊军国远远看到弋羊,无奈地问。

"没意思。"

说着,弋羊把书包挂在修理台桌角,环顾四周,想找点活做。

"和同学一块儿跑跑跳跳,总比待在我这铺子有趣多了吧?"羊军国刚处理了一台发电机,长时间维持着一个姿势,腰酸背痛,便主动把整理工具架的善后工作交给了弋羊,然后慢吞吞在旁边凳子上坐下来。

弋羊"嗯"了一声,乍一听以为她赞同羊军国的话,但羊军国知道,她只是不想回答,随便发出个音,敷衍了事。

羊军国摸出烟盒,点了支烟。常年干重活,导致他有轻微的手抖,他从袅袅飘卷的烟雾里看弋羊。

弋羊是个心思深重的孩子,喜怒不显于色,但羊军国能感觉到她不快乐。这么多年,他没见她笑过,更别提哭了。

他试探着问:"你告诉舅舅,在学校跟同学相处得怎么样?"

"不怎么样。"弋羊拿毛巾擦螺丝刀把上的机油印。

羊军国苦涩地笑了笑:"什么叫不怎么样?分班快两个月了,就没有关系处得好点的同学?"

"没有。"

羊军国哑然。他嘴角抿着烟,恍惚一阵,含含糊糊地问:"是不是有同学知道咱家里的事儿了?"

弋羊沉吟片刻,轻声说:"早晚会知道的。"

羊军国兀自叹了口气:"人闲着没事都爱说闲话,本质没有恶意,你不用放在心上,自己心胸放坦荡了,他们说着说着也就不说了。"

/071/

弋羊"嗯"了声,她并不在乎别人怎么看她。

羊军国说:"所以啊,该交朋友交朋友。"

"不需要。"

"闺女。"羊军国轻轻唤了她一声,"老话讲得好,朋友多了路好走,咱国家是人情社会,有熟人,碰到事了,好解决。"

弋羊没吭声,埋头整理工具。

这一番苦口婆心显然没起作用,羊军国默然地一口一口将烟抽完,把烟蒂扔地上踩灭,好半晌,颇为无奈地说:"现在的人都是圆的,你身上长着刺,会扎到别人的,以后进入社会要栽跟头啊。"

没有人会困死在一个坑里,弋羊这么认为着,便也轻巧地说:"再爬起来就行了。"

羊军国陷入了长久的沉默,然后想起什么,从修理桌的柜子里找出日历,往后翻了几页,沉吟说:"你妈快要过生日了。"

"我知道。"

运动会第二日,弋羊还是没有去体育场,而是留在教室看书。

临近中午时,柳丁过来了,背着个木画板。

弋羊起初没注意到她,是她扒着后门框,勾头,怯生生地喊了两句"弋羊姐",弋羊才从课本里抬起头。

"我来找我哥。"

"去体育场找。"

柳丁抠着门框,扭捏半天才小声说:"我不敢去。"

弋羊当即没明白有什么不敢去的,再想想,以为她是畏惧人多的地方,看了眼墙上的挂钟,说:"在这儿等也行,快回来了。"

柳丁苦着脸,点点头。

她磨磨蹭蹭地走到韩沉西的课桌前,却没有坐到凳子上,而是笔直地站着。

让弋羊颇感奇怪的是,她背着的画板也不卸下,反倒一个胳膊背向后,紧紧捂着。

弋羊探究似的看了柳丁一眼。

柳丁霎时脸红了,很难为情的样子。

"怎么了?"弋羊问。

柳丁抿着嘴唇。

弋羊皱眉,她不算有耐心,更不喜欢温暾行事的人,直接道:"有事你就说。"

柳丁这才开口:"我好像来月经了。"

弋羊一滞,这才注意到柳丁今天穿着鹅黄色毛衣,搭配浅蓝色的紧身牛仔裤,终于反应过来她为什么捂着画板了。

"弄衣服上了？"

"嗯。"柳丁慌张地点点头。

"第一次来？"

"嗯。"

"因为这事找你哥？"

"不是。"柳丁解释，"我早上去画室忘记带钥匙了，没法进家门。"

弋羊张张嘴，犹豫一下，把针织衫脱了，让柳丁围在腰间，说："跟我回宿舍吧。"

带柳丁回宿舍后，弋羊将上次用剩下的最后一片卫生巾递给她。

"知道怎么用吗？"弋羊询问。

"好像知道。"柳丁接住，握在手里。

弋羊瞧着她一脸懵懂幼稚，陡然想起曾经柳泊涟和羊军国聊天，提及过柳丁的妈妈生病瘫痪了，想来也是没人教柳丁生理常识的。

弋羊沉默片刻，跟柳丁去到厕所，演示了下用法。

柳丁弄好走出来，有些不知所措。

弋羊也刚刚经历了这个阶段，说："很正常的事情，不用觉得羞耻。"

两人又回了班。

到中午时间了，宁静的校园开始喧哗吵闹，七班的学生陆续折返回来，可左右不见韩沉西，也不见他的跟屁虫范胡。

弋羊说："给你哥打电话吧。"

她估摸着人跑出去玩了。

柳丁说："我没带手机。"

弋羊无奈地问："记得你哥的电话号码吗？"

"记得。"

弋羊把自己的手机给她，让她出去打电话。

果然，韩沉西伙同一帮男生去游戏厅玩了，知道柳丁在校等他，忙表示现在就回来，让她稍等一会儿。

挂了电话，柳丁把手机还给弋羊。

弋羊起身，准备去吃午饭，看到柳丁望着她，话在嘴里滚了好几滚才问出口："要一起吃吗？"

柳丁想了想，摇头拒绝了。

弋羊暗自松了口气，她的生活费精打细算的，没有余量请别人吃饭。

不过，她将窗台上的那盒牛奶递给了柳丁。

韩沉西赶过来时，柳丁把牛奶喝得只剩个底了。

看着熟悉的外包装，韩沉西反应了一下，问："牛奶是谁给你的？"

柳丁说："弋羊姐。"

韩沉西:"她人真好。"

柳丁附和地点点头。

韩沉西一时无言,便背起画板,先送柳丁回家。

两人下楼后往校门口走,柳丁却一步三回头,一直往教学楼的方向看。

韩沉西刚想问她瞅什么,她就在人群中捕捉到弋羊的身影,二话不说,掉头跑了过去。

韩沉西困惑,却不由自主地抬脚跟上了。

柳丁拦下弋羊,腼腆道:"弋羊姐,忘记跟你说谢谢了。"

"不用。"弋羊刚从水房打了热水,把水杯抱在怀里。

柳丁拨拨刘海,冲她笑了笑。

韩沉西此时走近,目光在两人之间睃着。

弋羊感受到他的视线,扫了他一眼,见他依旧一副吊儿郎当不怎么靠谱的样子,不太放心,只得对柳丁说:"过来。"

两人又走远了一些。

弋羊尽可能简洁地把相关注意事项告诉了柳丁。

柳丁一一记下,并抓住机会不懂就问:"你的卫生巾是什么牌子的?我想和你买一样的。"

弋羊顿了下:"不必。"她能从韩沉西的穿着和举止感觉出他家境不错,"买贵的就行。"

柳丁点点头。

韩沉西察觉两人刻意避着他,就识相地站在原地没动,只是有点疑惑她们俩之间能有什么悄悄话。

终于,等他迟钝地看到柳丁腰间围着的衣服,恍然大悟。

毕竟年长柳丁好几岁,青春期的男女生发育那点事,他通过各种渠道主动或被动地学习过,不陌生。只是让他感慨的是,那个几年前带着奶音来到他家的小姑娘竟然长大了。

韩沉西随即掏出手机给柳思凝打电话:"妈,今天抽空回家一趟。"

柳思凝质问:"你闯什么祸了?自己想办法解决,我忙着呢。"

韩沉西"啧"了声:"怎么在你眼里,你儿子只会闯祸呢?"

柳思凝冷哼:"我倒霉呗,生了个闯祸精。"

韩沉西无语地翻翻白眼:"是小柳儿。"

柳思凝立马紧张了:"小柳咋啦?"

韩沉西说:"大姑娘了,你回来关心一下。"

手机里好一阵安静后,柳思凝懂了,说:"马上回去。"

韩沉西想着自己回去除了徒增尴尬,帮不上半点忙,便把钥匙给了柳丁,让她自己走了。

他也没赶去和男生们会合，跑了趟超市，再慢慢悠悠地回了班。

他没进去，在走廊支肘撑着弋羊课桌旁的窗台，灿烂一笑，隔着窗棂调侃似的唤她："喂！"

弋羊知道他在跟自己搭话，抬头纠正："我不叫'喂'。"

韩沉西识相道："那尊称你一声'羊姐'。"

弋羊不应，并不想理他。

韩沉西又是咧嘴一笑。他生了一双桃花眼，睫毛长，笑起来眼尾稍稍向上翘，有一种温润清隽的气质。

"牛奶，还你。"

他手臂伸过窗框的卡条，将一盒牛奶放在弋羊手边。

"不要。"弋羊皱眉。

韩沉西"哦"了声，豁然开朗的表情："你不喜欢喝牛奶啊？"

弋羊不说话。

"那酸奶呢？"韩沉西说着，从衣兜里掏出一袋酸奶也放了过去。

弋羊不解地看着他。

而韩沉西始终面带微笑，还笑得别有深意，偏偏弋羊没能领会这层"深意"，当他有病。

几番推阻，在韩沉西耍无赖式的一再坚持下，弋羊无奈收下了那袋酸奶。

那天晚自习放学后，她独自一个人走在回宿舍的路上，冰凉的夜风吹拂脸颊，装在兜里的酸奶沉甸甸的，她抬头看着夜空，莫名地想起了姥姥。

那是个脊背佝偻、白发苍苍的老人，带着她生活的两年里，每周都会在她文具盒里放五块钱，然后用粗糙的手抚摸着她的头，语重心长地说："你这个年纪的小朋友都贪嘴，囡囡做人千万不能小鼻子小眼儿，买来的零食记得要跟小伙伴分享，那样大家才会喜欢你。"

弋羊听话地点点头，从未告诉姥姥，在学校里她没有小伙伴一起玩，因为同学的家长都警告孩子们尽量离她远点。

而且她也不轻易去小卖部买零食吃，因此那些零钱都被她存起来了。她当时并不清楚存起来的钱要作何用，某一天的深夜，她从梦中醒来，想起她可以用钱给姥姥买一双过冬的棉袜，可那时，姥姥已经去世两年了。

两年，才两年，怎么漫长得好像熬过了半生？

第二次月考，弋羊以"682"的总分坐稳了理科班的头把交椅，更让刘志劲欣喜的是，她物理依旧满分。

这学期物理主攻电学，电容、电势能、电势差等知识抽象且不好理解，折磨得学生们苦不堪言，而弋羊做题正确率如此之高，说明她的理解力和逻辑思维能力非常棒。

刘志劲迫不及待要夸她，哪想，到班发现这位尖子生没打一声招呼又逃课了。

刘志劲一阵无语，就近原则，问韩沉西她的去向："人呢？"

韩沉西摇摇头，反客为主地问道："她没有跟你请假吗？"

刘志劲没有回答，但韩沉西从他不满的脸色推测出了答案。

刘志劲返回讲台，依旧表扬了弋羊，不知出于什么目的，还鼓励大家课后多跟她交流探讨。

大家虽反应平平，但还是架不住好奇，课间，见正主不在，像打游击战似的，一个接一个来窥视弋羊的卷子。

争相观阅后，卷子被随意搁在桌上，也没人整理。

门开开合合，穿堂风翻滚而过，卷子轻轻翘起，被卷落在地，无人拾捡。

韩沉西皱着眉轻"啵"了一声，而后默默弯腰将其拿起。他也认真翻看了一遍，弋羊的字秀丽修长，倒不似她这个人那般尖锐锋利。

他把卷子对折，压在书本下。

韩沉西回座位，盯着空空旷旷的前座，竟一时不适应，好似习惯了余光一瞥，视线里便有一个端坐读书的女生，扎着马尾辫，脊背单薄。

去哪儿了呢？招呼也打一声。

背对着监狱灰色的铁大门，弋羊一动不动地站着有四十多分钟了。

郊区的风要比市镇的冷，空气也凛冽些。

弋羊微扬着下巴，目光放得远，天灰蒙阴沉，飘着细细的雨丝。

数米开外，横向架起的电线上，整齐地站着几只麻雀。它们把脑袋埋在羽毛间，因为冷，不怎么精神，马路上车辆来来往往，突兀的鸣笛声亦没能将其惊动。

它们不动，弋羊盯着它们也不动，仿佛全世界都静止了。

近十一点的时候，羊军国从监狱左侧的小门出来。

他今天特意换了件干净的衣服，头发梳向后，定了型，不似平时那么邋遢。

弋羊根据自己站的时间，以及羊军国步伐的疏密，判断这次会面姐弟俩聊得挺愉快的。

羊军国走近，看弋羊头发上沾了雨珠，说："不是让你在车上等我吗？"

"坐烦了，下来看看。"弋羊说着，往停车场走，走到羊军国的面包车前，拉开车门，欠身回了副驾驶。

羊军国笨拙地跟在后面，也上了车。

车驶出好远，羊军国才开口细说："你妈挺好的，比前段时间还胖了点，就是白发长太多了，老得有点快。但心情看着不错，今天跟我说话，脸上一直挂着笑，可能因为生日吧。"

"她知道我又来了吗？"

弋羊短短一句听不出情绪的话，即刻让羊军国心惊胆战，酝酿好半天才支吾说:"我看她状态好,就没敢跟她提你,下次舅舅劝她见见你。你妈当年说的话,你别往心里去,都是气话,怕拖累你。"

弋羊侧头看窗外,马路两侧飞驰而过的景观树连排成线。

"算起来快十年了,气性有点大。"她直白而残忍地戳破羊军国的客套话。

羊军国哑然。

弋羊早不是那个他随便两句宽慰就能好了的孩子了,羊敏兰铁了心地跟她断绝母女关系,说不见,真的十年不让她进去看一眼。

弋羊再迟钝,也该看清羊敏兰的决绝了。

羊军国说到底是个舅舅,太多事他无能为力,也无法插手,于是有自知之明地闭了嘴。

既然弋羊什么都明白,那就自己学着承担和忍受。

三个小时,回到封县。

弋羊拒绝了羊军国下馆子的招待,自己沿街漫无目地走着,权当散心。到五点,她才往学校的方向去。

而另一边,韩沉西见弋羊消失了一整个白天,微微定不下神。

等到放学,他告诉自己出于同窗之谊以及弋羊两次在他和柳丁有状况时施以援手,很有必要去关心一下前桌是不是遇到麻烦了,如果是的,便于他还人情。所以,他甩掉了问东问西的范胡,跑去羊军国的修理铺打听情况。

羊军国彼时已经重新换上旧衣服,开门营业。看到韩沉西,他以为是顾客,询问什么东西坏了。

韩沉西环视一周,没在铺子里看到弋羊,自我介绍说是弋羊的同学。

"弋羊一天没来上课,班主任也联系不上她,因为我上次在你这边修过车,所以……"他心虚地说,"老师派我过来问问。"

羊军国一听,心知弋羊出来没请假,忙圆谎:"家里今天临时有点急事,匆忙把她喊出来,忘记知会老师一声了,我明天去学校解释。"

"不用不用,"韩沉西连连阻止,"老师没怪她。那个……家里的事处理好了吗?"

羊军国点头:"都处理好了。"

"那她回校了吗?"

羊军国迟疑半秒,不太敢确定地说:"弋羊心情有点不好,可能还要在外面停留一会儿。不过到晚自习,她一定就回去了。"

韩沉西不便详细问弋羊现在在哪里,适可而止地结束对话。不过,他回校后,鬼使神差地在校门口站着四处张望了一会儿。

万万没想到会看到弋羊。

入秋后又迎来一场雨,雨点细细密密地落下来,四周灰蒙蒙一片。

她走在雨幕中，穿了件宽宽大大的帽衫，兜帽套在头顶，书包背在身后，交织的雨线打在她身上，弋羊却浑然不觉，微微低着头，不疾不徐地走着。

韩沉西顿觉得心中来气，天气那么凉，淋了雨不冷吗？为什么要虐待自己？

眼见人越走越近，他又不想让弋羊察觉他在等她，一个慌乱，扭身挤到身边卖烤红薯的摊位前，假装买东西。

摊主冲他问："想要哪一个？"

韩沉西哪个也不想要，他对自己此时的行为嗤之以鼻，冲摊主摆了摆手，然后从书包里掏出雨伞，转身一伸胳膊拦住擦肩而过的弋羊。

他看着她，问："没带伞吗？"

弋羊顿住脚步，猛然抬头，四目相对，她表情诧异。

韩沉西将雨伞举过头顶，向她倾斜。

弋羊避之不及。

雨势越发大了，韩沉西看着她脸上的雨珠，主动说："一起走吧。"

"不了。"弋羊本能地拒绝他的好意。

天暗了下来，校门口的两盏路灯洒着昏黄的光。韩沉西想弄明白她的脑回路，问："淋湿了，好受是吗？"

语气有点责备的意思。

弋羊皱眉。

韩沉西先发制人："你是不是又想说不关我的事啊？"

弋羊用表情默认了他的说法。

韩沉西却全然不在乎了，略显赖皮地说："哦，不好意思，我就爱多管闲事，认识这么久，没发现吗？"

不等弋羊反驳，他自顾自又说道："再说，你是和我走不同的方向，还是去的不是一个班？"

一把雨伞下，两个身影消瘦，相互无言，步调一致地走着，肩与肩一隙之隔，距离适度，没有任何的身体接触。

弋羊还未搞懂自己为何就如此轻易地钻到了韩沉西的伞下，她明明没有答应他的要求，什么话都没说，就像以往那样面对一些人的质询，选择沉默地冷着脸。以前那些人见状就会识相地走开，从此不再搭理她，偏偏韩沉西坚持己见，一而再再而三。

走在他身侧，她听着头顶雨滴打落在伞面的声音，再一次感受到了他身高带来的压迫感，也再一次闻到了他身上的香气，清清淡淡，干干净净。

她有些好奇他平常用什么清洁衣服，为什么会留香那么久？她可以肯定那一定不是普通的洗衣粉，因为普通的洗衣粉洗出来的衣服搁置两三天就会滋生一股酸味，那味道宛如在雨季里推开一间长久无人居住的房子，潮湿，腐蚀，变质。

她又忍不住想，他放衣服的房间，一定有一扇开阔的窗户，阳光随时可以透进去，铺落满地。

弋羊越走越往外挪，渐渐拉开了两人之间的距离。

韩沉西先是没吭声，尽力将伞倾向她的头顶，步子斜移跟住她。他右侧的衣服已经完全被雨水打湿，俊脸蒙上了一层水雾。

最终，他又气又乐，索性站着不动了，悻悻然说："你是螃蟹吗？我耽误你横行霸道了，是吗？"

弋羊无言以对。

"羊姐，"韩沉西稍显无奈，"咱俩不算陌生了吧？同学之间撑个伞，也没必要这么避嫌吧？还是我很让你讨厌？"

弋羊掀眼皮看了看韩沉西，愣在雨中。

她觉得她好像没什么资格回答他的这些问题，因为一直以来，都是别人先对她产生各式各样的看法——他们要是讨厌她，她便会加倍地讨厌他们；他们要是不讨厌她，她会与他们保持适度的距离，静待着他们开始讨厌她的那一天的来临。

韩沉西见她这副懒得回答的样子，更受刺激了。他识趣地点点头，说："行，我知道了……"

哪想，弋羊不等他话落，语气肯定地说："没有。"

韩沉西一愣，脸上的表情很奇怪，不知是不是想笑，嘴上却得理不饶人："没有就没有呗，回答问题还非要卖关子。"

弋羊不应他。

韩沉西抬抬下巴，两人又重新并步走，这回安然走到了教学楼下。

韩沉西收起伞，甩干净伞面上的雨珠。

弋羊说："谢谢。"

韩沉西礼貌地说："不客气，举手之劳。"

他们一前一后地上了楼。七班前面的走廊里站着十来个女生围在一块儿聊天。

弋羊一言不发地径直路过，回了班。

韩沉西看见葛梨被围在人群中央，好心情地问了句："今天怎么没有埋头苦读、勤奋向上，反而在这儿拉着小姐妹互诉衷肠？"

苏果抢答："今天班长生日，我们给她点了歌，等着广播放呢。"

韩沉西恍然地"啊"了声。

葛梨看出了他脸上的意外之色，佯装生气地问道："你是不是把我的生日给忘了？"

韩沉西挠挠头："怎么是我忘了呢，明明是你通知不到位。"

"狡辩。"葛梨瘪瘪嘴。

韩沉西说："你确实今天没一点动静。"

换作以前，她早张罗着出校门下馆子吃生日宴了。

他索性说:"学低调啦?"

葛梨眨眨眼,失落地回道:"两次考试没有考好,快被我妈骂死了,不敢高调呀。"

韩沉西不会劝人,甘拜下风地说:"你的成绩还不好?班长大人,给中庸且平凡的我留条活路吧。"

姜琳拍葛梨的马屁:"班长上进心强,每次考试都是奔着第一名的位置,她心理预期的成绩跟我们眼里的不一样。"

韩沉西礼貌一笑,不与辩驳。

苏果转移话题,起哄说:"欸,韩沉西,既然知道班长生日了,你总得送个生日礼物吧?"

韩沉西点头,关系不陌生,是应该送个生日礼物,问葛梨:"你想要什么?"

葛梨家境很好,从小不缺东西,她反而更在乎心意,便不满地提要求:"哪有我伸手要的?不该是你准备好,送我一个惊喜吗?"

韩沉西挠挠头。他之所以这么问,就是懒得费心思琢磨:"惊喜没有,惊吓行不行?"

苏果冲葛梨使眼色:"惊吓也值得期待啊。"

韩沉西敷衍地"夸"了苏果一句品位恶俗,一抬脚,溜之大吉了。

韩沉西回班,在座位上坐下。

弋羊已经用纸巾将头发擦得半干,又把湿的帽衫脱掉了,搭在课桌沿。帽衫里面是一件高领的毛衣,黑色的,薄薄一层,看着不保暖。

"羊姐。"韩沉西在背后沉声唤她。

弋羊回头,只见他从课桌里拿出一个方形包装袋递到她眼前:"上次你借给小柳的衣服。"

弋羊恍然,"哦"了声,接住。

"已经洗过了。"韩沉西解释。

所以拖到现在才还,偏偏还得还挺是时候。

弋羊拿出针织衫套在身上,针织衫干燥柔软。令她意外的是,衣服上竟也飘散着一股清爽的香气,与她刚才闻到的一模一样。她低头,揪着衣角看了看,又用指腹摸了摸,过了会儿,她将袖口贴到鼻子下方,轻轻嗅了嗅。

她抿唇,心里觉得很温暖。

课桌右上角贴着一个粉色的便利贴,上面工整地罗列着今天各科的作业要求,弋羊轻易认出那是皮九的字体。

因此,等弋羊看到折叠齐整的试卷,不觉奇怪,误将功劳归到了他头上。

韩沉西对此必然无从所知。

他此时忙着脱卫衣,棉质衣服湿掉了,贴紧皮肤,又冷又难受。

他卫衣里只套了件短袖，夜风打了个卷钻着门缝吹进教室，他冷得浑身起了一层鸡皮疙瘩。他跑去扒范胡的外套来穿，但范胡刚从厕所回来，外套上的臭味和汗味混合，熏得他头晕犯恶心，又嫌弃地把衣服扔还给范胡。

晚自习中途休息时，葛梨来催她的生日礼物。

韩沉西无奈，跑了趟书屋，买了两本字典，一本"新华"，一本"柯林斯"，均是新版。送给葛梨时，他说了三个字："贵！重！大！"

把葛梨气得直翻白眼，卷了本书，追着他满教室打。

范胡幸灾乐祸地看着，悠悠来了句："又'打情骂俏'呢！"

韩沉西冷不防打了个寒战，赶紧跟葛梨求饶，等摆脱掉她，走回座位坐下，头一低，莫名老实了。

这天放学，他穿着短袖冒着冷风冷雨回家，第二天起床，发现感冒了。

低烧三十七度多，简单的鼻塞、咳嗽和嗓子疼。

他仗着自己的身体素质好，自愈能力强，没放在心上。两天后，病情加重，班里上课，老师在讲台上面讲，他在底下接连不断地咳。

范胡怕被传染，离得老远说："淋雨淋的吧？真是活该。"

韩沉西捏了片甘草片扔嘴里含着，视线定在弋羊的后脑勺上，心说：活该也是我一厢情愿的。

头痛欲裂，他趴在桌子上没一会儿就睡着了，睡了不知多久，醒来时，一睁眼，发现前桌正侧坐着，若有所思地看着他。

韩沉西吓了一跳，一个激灵坐直了。

弋羊也没料到他会这么巧醒来，有些尴尬地问："你好些了吗？"

韩沉西反应了下，挑挑眉，哑着嗓子问："你这是关心我啊？"

弋羊不承认、不反驳。

韩沉西给点阳光立马灿烂，不着调地逗她："羊姐，别看我一米八多，我其实又虚又弱。"

弋羊觉得他上纲上线，不接他的便宜话，做该她做的："喝热水吗？"

韩沉西摇头，嘴里没滋没味，提要求说："我想喝冰可乐。"

"你想着吧。"弋羊冷漠地回绝，主动拿起他桌上的水杯，趁着课间，下楼给他接了杯热水，还帮他买了一盒咽喉糖。

韩沉西笑得嘴角上扬，感慨万分地说："你是第一个问我喝不喝热水，并去给我打了热水的。"

由此可见，多管闲事的后果着实不错。

弋羊淡淡地说："抱歉。"

她的道歉是针对那天连累他淋雨。

韩沉西自然听得懂，捧着水杯吹了口热气，分外好脾气地点头说："接受。"

接下来几天,弋羊和韩沉西的交流依旧少,从表面上看,似乎冷冻的关系并没有突破性的缓和,而实际上,韩沉西切实感受到了一丝极细微的变化。

他一次不小心将油性笔扫落在地,笔刚巧落到弋羊课桌腿旁,她竟主动弯腰帮他捡起,没有漠然置之。而且,有时人群中,他无意和她撞上视线,她虽然依旧面无表情,且很快会低下头,或者移开视线,但他足够敏锐地发现,她的眼神不一样了,不似以前般的生疏和冷漠,而是有松动。

眼睛是心灵的窗户,韩沉西想,也许,隔阂正在慢慢消失。

又过了几天,大课间的时候,校广播突然"刺啦"一声响,接着教导主任嘶哑的声音传来:"现在播放一则通知。"

他"呜呜啦啦"念了一大串,将官方修饰摘去,中心思想是开家长会。

班里登时炸开了锅。

"总结经验,反馈学生学习状态,发挥家庭教育在学生成长中的有效作用,狗屁!"张琦捏着嗓子把教导主任的话重复一遍,义愤填膺道,"学校就是想作妖,挑起家庭纠纷,影响家庭内部和谐!"

"完了完了!"范胡先方寸大乱,说丧气话,"预计我活不到2008年,等不到北京奥运会召开了。"

苏果愁得把脸拧成天津麻花:"为什么非挑这次考试后开家长会啊?我这次成绩好差的。"

她数学甚至没及格。

下午,刘志劲抽出一节自习课,将家长会的具体流程和细则告知同学们,并下了死命令,每位学生的家长都必须来,实在有事不能来的,家长得亲自给他打电话说明请假缘由,然后再代请七大姑八大姨等相关亲戚出场,掐死了部分学生找理由推诿的苗头。

命令下达完,他把弋羊和葛梨两人喊了出去,说希望家长会当天,两位作为七班的优秀学生能登台分享一下学习经验,两位的家长作为优秀学生父母代表也要登台发言。

葛梨一路走来,品学兼优,完全是家长口中"别人家的孩子"。她登过太多次的荣誉台,念过太多篇演讲稿,对此事早习以为常了。每次不管年级家长会还是班级家长会,都是她和她妈妈最荣耀、最受人敬仰的时刻。

她熟练地问起了父母发言稿的要求。

刘志劲说:"没什么特别要求,准备内容也不用太长,主要讲讲在教育问题上的感受和心得。"

"好,我知道。"葛梨点点头,爽快地答应了。

然后刘志劲转向弋羊,问她的意向。

哪想,弋羊一口反驳:"我的家长没空来,我也没有什么学习经验值得分享,你再找别人吧。"

这话让葛梨蓦地感觉到难堪，弋羊是第一名，如果她的学习经验不值得分享，那自己的算什么？

葛梨忍不住抬眼看弋羊，弋羊面色如常，瞧不出是不是故意谦虚。可过分的谦虚是自大，她说话的语气在葛梨听着是傲慢带着刺的，那刺格外扎人。

葛梨很不喜欢。

刘志劲站在原地愣怔片刻，突然想起什么，随后让葛梨先回班。

等葛梨背影消失，他问道："你舅舅现在在照顾你，对吗？"

为了了解弋羊，第一次月考后，刘志劲翻看过她的家庭情况调查表，亲属一栏只填了一个名字——羊军国，所属关系写的是"舅舅"。

刘志劲小心翼翼地问："方便跟老师说一下，你的父母去哪儿了吗？"

"不方便。"弋羊说的不是气话，但抗拒得十分明显。

刘志劲哑然两秒，明白她有难言之隐，而且那隐晦的背后，似乎是让她伤心难过的创伤，便没敢在这个问题上有所坚持，转换思路，解释说："开家长会的目的，主要是针对你们每个人的情况，优缺点、长短处，老师与家长聊一聊。"

弋羊说："我的情况我自己心里有数。"

刘志劲再次吃瘪，顿了顿，又试图争取说："现在高二了，离高考仅剩一年半时间，这一年半里，你的打算是什么、家长对你的打算是什么，我作为老师，总要跟他交流一下吧？"

"我的打算就是考大学。"弋羊摆出一副"这么简单的问题还需要交流吗"的表情。

刘志劲忙说："不仅要考大学，我对你的期望是重点大学，因此，在这个过程中，家长平时可以做些什么来给你提供更好的帮助、更好的辅导，从而进一步提高成绩。我想听听他们的想法。"

"我这样的成绩，家长帮不上什么忙了。"弋羊的反驳很平静，却一针见血。

是啊，已经是拔尖的成绩，课本知识她该会的都会了，别说家长了，老师能帮上的忙都很有限，考试关键靠她自己摆正心态，发挥稳定。

刘志劲做不通她的思想工作。

当晚，宿舍熄灯后，苏果、姜琳和徐梦竹挤在一张床上，挨个吐槽自己的老妈。

苏果说："我妈是个悲观主义者，不仅爱大题小做，还老是胡思乱想。我这两次成绩考得这么差，等着吧，家长会上老师一吓唬，她一定觉得我大专都考不上，这辈子只有回乡下，跟着我爷爷种地的份儿了。"

姜琳扒拉床头的衣服，说："我妈是管得宽，我干什么都要报备，唠唠叨叨烦死了。我得找出我的秋裤，到家长会那天穿上，不然准挨骂。"

徐梦竹说："我妈是恨不得我二十四小时都在学习，一刻不放松。"

弋羊一直没睡，抱着被子，看着天花板。

她有听她们讲话，但不是很认真，时不时跑神，再慢慢回过神。

到凌晨，窃窃私语才渐渐停止，大家各自回了床铺。

然后，夏满珍接了一个电话。她没避嫌，听聊天内容是吴明打来的，跟她商量周末去哪儿玩。她为了让吴明听清她的话，声音只比正常音量低一点点。

开始苏果和姜琳听着挺津津有味的，不过他们讲话太久，而且好多是无用且重复来重复去的废话，慢慢失去兴趣，且时间到凌晨一点了，大家都困了。

可是整个房间充斥着夏满珍的声音，有点吵闹。

苏果在床上翻来覆去无法入睡，忍不住问道："满珍，你还要聊多久啊？"

姜琳应和："快一点了，明天再聊吧。"

夏满珍不予理睬。

鉴于她脾气平时也挺怪的，苏果和姜琳不敢招惹，默默忍了。

就在苏果用被子蒙住头，想减少噪声时，只听极少说话的弋羊开口了："要么把电话挂了，要么出去打！"

语气很轻，压迫力却十足。

夏满珍愣怔一下，转瞬接着继续跟吴明说话。

弋羊不退让地又说道："别当没听见，给你两分钟！"

宿舍再一次陷入安静。

夏满珍呼吸陡然变重，"哼"了一声，对着手机说了句"等一下"，然后套上外套，下了床，出门时重重将门一关，以示不满。

老旧的门框颤了几颤才恢复如初。

苏果幽幽叹口气。

这次彻底安静了。

弋羊睁眼挨到两点，脑海里才混沌有了困意。

不过她虽睡得晚，倒还是雷打不动的五点半准时起床，早别人半个小时开始早读。

家长会让班里部分同学如临大敌，开始疯狂地修补作业和笔记，挽救表面上的"形象工程"，其中以范胡和张琦为首。这两位的家长皆是"望子成龙"的虎爸猫妈，打起自个儿子来绝不手软。

他俩成了"革命战友"，逼迫皮九整理了开学以来各科所有的试卷，挤在一起开始抄。抄也讲究策略，备好一支红笔一支黑笔，先故意用黑笔写个错答案，再换成红笔打叉，然后在错误答案旁写上正确答案，时不时题干下还要用波浪线标出重点，伪装课上认真听讲的手段极其高超。

韩沉西背着手，过来"领导视察"。

"坦白从宽，抗拒从严，咱能不能撕下伪装的面具，做真真实实的自己。"

张琦挥手赶他："别添乱，哪儿凉快哪儿待着去。"

范胡"唰唰唰"写着字，盯着试卷的视线不动，脸微微扬起，张嘴喊了声"哥"，示意韩沉西投喂他一颗咽喉糖。

韩沉西用舌头将嘴里的咽喉糖从左边划拉到右边,然后勾手指,托住范胡的下巴把他的嘴合上,说:"你嗓子又没毛病,吃什么咽喉糖?"

范胡说:"紧张,先给颗糖缓缓。"

韩沉西拒绝:"不给。"

范胡惊了:"一颗糖而已,你啥时候这么抠门了?"

"昨天。"

韩沉西说完,背着手,又溜达走了。

范胡冷笑:"呵呵。"

家长会当天,柳思凝一身名牌羊绒大衣配棕色高跟长靴,妆容精致地迈着长腿款款而来。

韩沉西在楼梯拐角接到她时,差点跪了。

"柳姐,你能不能穿得低调点,你儿子可是倒数第一。"

"想多了,你一个家长会有什么值得我好打扮的?"柳思凝解释说,"厂家来人,我一会儿跟你爸要去应酬。"

韩沉西这才"哦"了声。

他领着柳思凝进七班,范胡屁颠屁颠跑来,鞠躬跟柳思凝打招呼:"柳姐好,几天没见,年轻了许多。"

韩沉西整日和范胡黏在一起,柳思凝也算范胡的半个干妈了,熟悉得不行。柳思凝与他说话毫无顾忌:"跟着韩沉西学点什么不好,净学油嘴滑舌。"

范胡拍拍胸脯:"真心话。"

旁边的刘浩川、孙兴文等人不知情,听范胡叫柳思凝为姐,又看她年轻气质好,真以为柳思凝是韩沉西的姐姐,本着礼貌,纷纷问好。

"姐姐好!"

柳思凝霎时笑得合不拢嘴。

"我妈!"韩沉西乐了,指正,"叫阿姨。"

一众人蒙了半响,又改口:"阿姨好。"

没等柳思凝再说话,韩沉西一把将她按到自己的座位坐下:"行了,低调点吧,其他家长都看着呢。现在笑得多高兴,等会儿被骂,你就知道多难堪。"

柳思凝环顾四周,看了看分散在各排已经被全线包围的老师们,小声打听:"你们班主任骂人狠吗?"

班里今天准备了很多张备用椅子,韩沉西搬来一张坐在柳思凝的旁边,敷衍说:"还行。"

柳思凝知道韩沉西是什么德行,不抱有老师会对她笑脸相迎的希望:"我可受不了他们劈头盖脸教训我,我一会儿见机行事,找机会溜走。"

韩沉西则漫不经心地说道："其实吧，就我这成绩，也不见得有老师愿意搭理你。"

柳思凝无语。

韩沉西拨了拨头发，偷偷看了弋羊一眼。此刻班里的同学要么跟爸爸妈妈一起坐着接受唠叨，要么在走廊里候着准备恭迎。

唯独她孤零零的一个人，沉默着，不说话，也不四处乱看。

韩沉西不知道她为什么没让羊军国来。

家长会无非就是一场好学生的大型狂欢，按理说，她才是今天真正的主角，接受掌声、鲜花与赞扬。可她却选择了与热闹背道而驰，暗自落幕，悄然离开。

韩沉西看着弋羊合上课本，背上书包，转身意欲从后门走。但后门此时挤了一堆人聊天，估计她不想打扰，又默默转回身，从前门出了教室。

拐过门，背影一消失，韩沉西一下子起了身。

他一秒都没犹豫，对柳思凝说："柳姐，我有事出去一趟。"

柳思凝眼尖，全然将方才的一切都看到眼里。她也不拐弯抹角，朝弋羊的座位扬了扬下巴，直接问："是人家女生出去，你才要跟出去的吧？"

韩沉西灿烂一笑，不避讳地回答："看穿不说穿，是智慧。"

他灵活似鱼，人群中钻出，奔下楼，跑到主干道，一眼就看到弋羊迈着大步，走去了旧书屋。

他站了片刻没动，随后抿嘴轻轻一笑，也迈开大步，朝书屋走去。

旧书屋的老板开了暖炉，里面热烘烘的。

空间小，为了方便学生看书，挨着书架的地上放了好几张厚实的垫子。

弋羊背靠着书架，屈腿坐在一张垫子上，腿面立着一本书，正在看。

韩沉西轻手轻脚地走过去，轻咳一声，往上提了下裤腿，二话没说在她身旁坐了下来，动作自然流畅。

弋羊听到动静，侧过头看向他，反应了一阵后，破天荒地问了句："你怎么出来了？"

言外之意，你应该在教室开家长会。

韩沉西鬼话连篇："当然是怕被老师骂，怕被我妈打啊。"

弋羊想到他的成绩，"哦"了声，当真了。

韩沉西努努嘴，极其熟络地跟她聊天："看的什么书？"

弋羊没回答，而是合上书，给他看书皮。

爱尔兰小说家伏尼契的长篇小说《牛虻》。

韩沉西思索一下，想起什么，问道："我记得你很早就看这本书了，怎么现在才看到第 70 页？"

他之所以说早，是看书皮想起第一节体育课打完乒乓球跟范胡来买冷饮，看到弋羊蹲着吃干脆面，当时她腿边放着的正是这本书。

弋羊说："断断续续地看，记不住情节。"

韩沉西柔声笑了："你竟然会记不住情节，你的记忆力不应该很好吗？"

"不好。"弋羊摇摇头。

韩沉西觉得不可思议："竟然还有你不擅长的东西。"

弋羊"嗯"了声。

两个人突然没了话聊，弋羊重新把注意力集中到书上。韩沉西也随手从书架抽了本漫画，随便翻了翻，没兴趣，又把书原封不动地放回去。他耷拉着眼皮看弋羊，陡然发现，弋羊虽盯着书，看起来很认真，可眼珠却一动不动，好似在发愣。

韩沉西问："你在看吗？"

弋羊过了好会儿，才"嗯"了一声。

韩沉西头往后，枕着书架的横杆，轻声笑了半天："一页书看五分钟，你的记忆力是有多不好？"

弋羊有些尴尬。

"没心情看，就别逼着自己看了。"韩沉西语气无奈。他不用猜也知道，她心情不好。

他又坐直，从上衣兜里掏出MP4，热情邀请："请你看电影或者电视剧吧，适当放松一下。"

弋羊小心地看他一眼。

MP4漫长一分钟开机间隙，韩沉西整好耳机线，插到传声孔，将一侧耳塞顺手递给弋羊。

弋羊当即没接，不知是不是在思考如何拒绝。

但韩沉西没给她拒绝的时间，直接将耳塞塞到她耳朵里，然后语气平常地问道："想看什么？"

他点着主菜单键，里面有各种各样的剧集，十分丰富。

弋羊缩了缩挨着他那一侧的肩膀。耳朵有点麻痒，她忍住没有摸，回答说："随便。"

韩沉西又点了两下按键，稍加思忖："《憨豆先生》吧，幽默点，说不准能逗你一笑。"

柳思凝趁众老师不备，猫腰溜出教室，在楼梯拐角碰到给母上大人打热水回来的范胡。

范胡今天可谓"态度乖巧，做事积极"。

柳思凝拦下他，偷偷打听："韩沉西那小子最近是不是有喜欢的姑娘了？"

范胡"啊"了声，一脸蒙："没吧？你听谁瞎说的？"

他和他哥整日厮混在一起，没察觉到异常啊。

柳思凝笑着说："我亲眼看见的。"

范胡茫然："哪个女生啊？"

柳思凝回道："他前座。"

"谁？"范胡眉毛拧成一团，像是受到了多大惊吓似的，"您可别开玩笑，他俩怎么可能！"

柳思凝听他的口气，好像里头有段故事，顺藤摸瓜往下问："怎么不可能？"

范胡思量着，不好八卦韩沉西和弋羊曾经的冲突，就打了个简单的比喻："他俩对上，那是火星撞地球，结果只有一个，老死不相往来。"

"火星撞地球，换句老话说，叫不打不相识。"柳思凝坚信自己看到的不会出错。

范胡挠挠头，吃力地回想了一下韩沉西和弋羊仅有的几次交集。每次交锋，弋羊都冷着一张脸，韩沉西憋出一肚子的火，哪儿来的不打不相识？从韩沉西的受气程度讲，应该叫好男不跟女斗。

范胡拍着胸脯保证："不可能。再说，我哥也不喜欢那样的，我哥的理想型是标准的长发美女。"

柳思凝抬眼看范胡，非常无语。她戳戳他的脑袋瓜，怒其不争地说："你可真是糊涂啊。"

她叹了口气，转而又拍拍范胡的肩膀："别什么都听你哥的，你哥跑火车的嘴，能说出几句真话？自己擦亮眼睛看。"

她说完就要走，高跟鞋刚踏下一层台阶，没踩稳呢，突然背后有人喊了句："韩沉西妈妈，请留步。"

柳思凝身形一晃，急忙稳住，扭头扬起一个标准的微笑。

她看喊住自己的那位男士板着一张正义说教的脸，跟韩沉西描述中的班主任极其相像，心里"哎哟"一声，怨念今天还是难逃被逮着批评教育的命运。

"刘老师好。"柳思凝收回腿，三步并作两步走向刘志劲，"我们家韩沉西那臭小子最近没给你添麻烦吧？"

她化被动为主动。

刘志劲斜了伸长耳朵的范胡一眼，范胡一激灵，现在完全不敢跟刘志劲较劲，迅速从哪儿来回哪儿去了。

刘志劲这才开口："没有，他虽然胡闹，但很有分寸。"

是实话，相比其他班调皮捣蛋的学生三天两头闹腾到教务处，韩沉西算省心的。

柳思凝点点头。她知道刘志劲找她不会说什么好话，但她其实心里并不犯怵。她自小教育韩沉西，无论做什么事之前都要先掂量好自己的斤两，能力不够，不要强出头。他还算听话，至今没闯出什么大的祸端来。因此，她猜测刘志劲喊住她，多半是唠叨韩沉西的学业。

果不其然，刘志劲说："韩沉西的试卷您有过目吧？"

"没有。"柳思凝惭愧，好在又及时找补说，"但我不用看也能猜到成绩肯定很糟糕。"

柳思凝的语气以及神情完全没有"望子不成龙"的焦虑和着急，刘志劲以为她尚没有意识到时间的紧迫性和事情的严重性，索性不跟她打马虎眼，直白又不近人情地说："按照韩沉西现在这个成绩，一年半后没有大学可以上的。"

"我知道。"刘志劲的质疑和预测合乎情理，柳思凝也挺坦然，没有因为老师对儿子的否定而有任何难堪。

刘志劲看柳思凝还是不在乎的样子，思忖了一下韩沉西的家境，狐疑地问："家里面是对他做好了人生规划吗？"

柳思凝笑了："哪有什么人生规划，他不喜欢人管他的。"

刘志劲噎了噎，在他听来，柳思凝的这句话是极度不负责任了。他有点生气，提高了音量："那就放任他一天天玩下去，虚度大把的青春年华！"

"这孩子从小不爱学习，更没有半点学习的主动性和自觉性，我放任自由惯了，现在强行收紧，不见得结果会多圆满。"柳思凝还是很平静，话里话外甚至有点劝解刘志劲放手别管韩沉西的意思，"我看他每天跟朋友同学在一起开开心心的，私心觉得挺好。孩子嘛，活得开心有益身体健康。再说，粗略算算，能让他这样无忧无虑、乐乐呵呵的日子也不多了。"

刘志劲觉得自己的教育理念有被冒犯到："那一年半以后，换别的孩子开开心心拿到大学通知书，奔赴各个地方上大学，他怎么办？"

柳思凝说出了自己内心的想法："我承认上大学是一条光明有前景的正路，但我的孩子对此没有兴趣，他注定要另找路走。他现在享受的甜头，以后得用吃苦慢慢偿还回来，这些道理等他进入社会慢慢就懂了，不用急给他灌输。再说，他是个男孩子，男孩子的肩膀都压着担子，人生很漫长的，承受重压骨头却不弯的孩子，我相信怎么混都不会太差，韩沉西的意志品质，我有自信。"

刘志劲一时之间无言以对。他当老师以来，见过太多的父母用各种手段逼迫孩子考大学，甚至将自己人生的成败定义为孩子能不能考上好大学，但从未见过如此豁达……不！应该说心大的妈妈，在学历越发重要的社会，早早放弃了孩子挤进象牙塔的竞赛。

刘志劲评判不出是对还是错。

柳思凝趁刘志劲重建价值观的工夫，以"生意忙"为借口，逃之夭夭。

等出了校门，来到车边，回味了一下方才自己的话，简直是在胡说八道，她老脸一热，想吐槽自己，便掏手机给儿子打电话。

而韩沉西此时正沉浸在电视剧制造的喜剧氛围里，哪有空接电话，果断挂掉，单手给柳思凝发信息。

韩沉西：你回吧。

柳思凝：［？？？.jpg］

因单集时长仅二十五分钟左右，而韩沉西MP4设置的又是自动连播，两人不知不觉已经看了五集。

惹人发笑的故事剧情，弋羊表情始终如一，没有一点裂痕。与之相反，韩沉西唇边始终挂着一丝不褪的微笑，弧度扬起得刚刚好，带着一点遐想的样子。实在觉得好笑时，他还会轻笑出声，声音从鼻腔发出，低低沉沉的。

两人靠得近，膝盖都快抵在一块儿了。

韩沉西稍微的动作，一下子就能提起弋羊的戒备心。

所以，他掏手机，放手机，即使足够小心翼翼了，弋羊还是晃了神。她保持着手臂抱腿的姿势没动，但注意力已经不在屏幕上了，视线上移，不自觉瞄向了韩沉西的手。

他右手捏着MP4，手掌很宽，手指修长，骨节有力，指甲修剪得很短，贴着肉。

弋羊无法否认，他的手很好看，而这也是她第一次细细观察韩沉西身上的某个特质。

不知为何，她看着他的手，便觉得他这个人是晴朗且充满活力的。

她没想到，这一印象，竟然在未来成了她的一件心事，以至于当它疤痕遍布时，她耗费余生也无法释怀。

更没想到的是，这双手会用一生的气力去抓住她，而最后的最后又是她握住了他。

等到第五集结尾，弋羊摘掉了耳机。

"不看了？"韩沉西抬眸看她，询问。

"嗯。"弋羊起身，扶着书架的一角，"腿麻了。"

韩沉西收了耳机和MP4，也站了起来。说实话，他不仅腿麻，他手腕还酸呢，保持着一个姿势不敢动，着实有点折磨他了。他原地蹦了蹦，突然想到什么，问："你腿还抽筋吗？"

"偶尔。"弋羊意外他还记得此事，本着礼尚往来的睦邻友好原则，她也关心了一句，"你感冒呢？"

韩沉西吸吸鼻子，还是那句玩笑话："别看我一米八多，我又虚又弱。"

两人站了会儿，后知后觉发现氛围似乎过于美好和谐。

韩沉西从教室追出来、跟她走进这间旧书屋、在她身旁坐下、提议看电影等等一系列的反应，全是下意识的行为。

而弋羊呢，她竟然没有尖酸刻薄，像以前那样兜头一盆冷水浇灭他的热络。

某个距离好像悄无声息地拉近了。

意识到这点，气氛陡然变得诡异。

两人沉默着，不约而同地走出了旧书屋。

在门口，韩沉西有点不自在地问道："你走哪边？"
弋羊指着宿舍的方向："那边。"
韩沉西指着班级的方向："我这边。"
两人随即分开，背道而驰，不过韩沉西走出百米远时，还是回头望了一眼。
他看着弋羊的背影，心想：其实她也不是全然锋利得像把刀，而是自己给自己筑了一道墙，让真情实感不轻易外露。

步入深秋，气温直线下降，早晨结了霜，又从北边刮来的一阵寒风，风力强劲，卷起落叶尘土，刮得整座城市灰蒙蒙的。
天气实在恶劣，同学们迫不得已紧闭门窗，选择待在室内。
但在教室里，大家也无心学习，围在一团打闹。
南边靠墙中间几排的女生们扎堆聊着聊着，又说起了本次家长会。那天家长会的焦点主要集中在韩沉西的妈妈和葛梨的妈妈这两位截然不同的女性身上。
柳思凝年轻貌美，走路带风，又酷又飒，深得大家追捧。
葛梨的妈妈因在教育局身居要职，派头十足，慑于权威，人人对其肃然起敬。
接着，话题陡然一转。
"那咱班第一的家长呢？为什么缺席？"一个女生突然发问。
"对哦，那天只有她的父母没来吧？"随即夏满珍的前座方一柔附和。
"原本'刘大哥'不是找她和葛梨分享学习经验的吗，家长会上却突然换成魏媛媛上了。"
"她那天根本没在班里。"
"去哪儿了？"
"我哪知道！"
众人说长道短，感到无比奇怪，却又一头雾水。就在这时，埋头玩手机的夏满珍插嘴道："没来是因为不可能来。"
"什么意思？"听出她话里藏着话，大家纷纷回头看她。
夏满珍冷声一笑，慢悠悠地说："她家出过事。"
"什么事？"
好奇和八卦之心驱使，方一柔和同桌索性转过身，脖子一伸，两个脑袋探到夏满珍眼前，满脸写着"求解答"，而坐得稍远的几个女生眼巴巴望着。
夏满珍看她们如此反应，又是一声冷笑："都不知道啊？瞒得可真严实。"
"你别卖关子呀！"方一柔急切地想知道，跺脚催促。
夏满珍轻蔑地翻了下眼皮，小声说："她妈妈杀人了，在牢里蹲着呢。"
这话一落，无疑在女生们的头顶炸了个响雷，有人眼睛瞪得溜圆，有人惊得木头般直愣愣地僵在那儿，有人脸色大变。总之，都花了足足半分钟的时间消化。
"真的假的？"

初闻震惊的消息,大家的第一反应往往都是质疑它的真实性。

"爱信不信。"夏满珍挑着眉毛抬起下巴朝弋羊的方向瞟去一眼,趾高气扬地说,"要不你去问问她呗。"

这自然是不敢的,但方一柔不死心,想确认消息来源:"你怎么知道的?"

"你别管我怎么知道的。"夏满珍语气很冲,她又放钩子吊众人胃口,"还有更让人起鸡皮疙瘩的,想听吗?"

大家纷纷点头,不过这时英语老师抱着英语报纸推门而入,喧哗沸腾的教室陡然安静。

夏满珍怔了一下,勾住方一柔的脖子,凑在方一柔耳边嘁嚷几句,随即方一柔被唬得直爆粗口。

其余几个女生心痒难耐,迫不及待也想知道,可着劲地问:"什么呀?"

"她说什么了?"

英语老师开口,吩咐大家掏出默写本,准备默写单词。

方一柔便顺手从默写本上撕了半页纸,飞速写下一行字。字条在几个人之间传开,全部看完,面面相觑片刻,缩缩肩膀,表示毛骨悚然。

或许因为这消息的后劲实在太足,方一柔内心激荡,久久无法平复,更别提集中注意力听讲了。她偷偷摸出手机,打开QQ,发了条动态。

方一柔:课间听到了一个八卦,现在头皮发麻!

她的联系列表里有几十号人,很快收到源源不断的评论,有几条来自与她一样刚刚知情的人。

△同头皮发麻!

△脊背发凉。

△难以置信。

△大千世界无奇不有!

还有一条是夏满珍回复的。

夏满珍:保密!

回复里,更多是打听八卦的具体内容的,其中以张琦最为殷切。

他私戳方一柔,一连发了好几条私信。

张琦:啥八卦,跟我分享分享呗!

张琦:柔柔妹妹,求求你,满足满足我的求知欲吧。

方一柔起初没搭理,哪想张琦一下英语课就跑到她桌前撒泼打滚求"解密"。但因夏满珍警告过此事保密,她咬紧牙关,一问三不知。

可张琦是什么人,顶着"小灵通"的美名,这世间就不能有别人知道他却不知道的消息。他苦苦哀求、死缠烂打,尾随方一柔去食堂寸步不离,甚至以"我今儿从你嘴里套不出话,浑身难受,可能会暴毙而亡"相逼。

最终,方一柔架不住他的誓不罢休,让他举手对天发誓不会泄密,才一字不漏地把夏满珍跟她说的话说了出来。

张琦惊得下巴跌到面碗里了,好一阵后,才感叹:"怪不得她那么孤僻呢。"

方一柔挑着碗里的面条,猜测说:"估计是怕跟大家走近相处多了,事情会露馅。"

张琦"嗯"了声。

方一柔又问:"你说她家出的事,咱班主任知情吗?"

张琦说:"保不齐,咱们的档案上不是有家庭情况调查一栏吗?就看她有没有如实写了。"

"感觉她不会。"方一柔说,"哎,她妈妈是杀人犯的话,会影响她考大学吗?大学会不会查她户口不给录取?"

"不会。"张琦杂七杂八的事情了解得多,闻言摇摇头,"大学录取只看分数,但她这辈子跟'铁饭碗'沾边的工作恐怕无缘了,政审肯定过不去。"

方一柔好奇哪些工作需要政审,张琦给她科普,两人就此把话题岔开了。

但岔开并不表示关于弋羊的这则八卦就此翻篇,不会再提。

张琦是个小灵通,更是个大喇叭,平时各种渠道探听到的小道消息,他必须扯着嗓门在班里喊上十来遍,唯恐有人不知道。

他嘴巴不把门,让他心里藏事,他会憋死自己。

所以,他如坐针毡地煎熬了一个晚自习,放学回宿舍的路上,拉着刘浩川和孙兴文喋喋不休,不知不觉走到宿舍门口。

刘浩川、孙兴文、范胡、皮九、卢俊杰和任立峰六人住在一起,范胡和卢俊杰、任立峰晚一步回来,恰好撞见他们三人交头接耳。

范胡一句"又在这儿嘀咕什么见不得人的勾当呢",然后一把将三人推进宿舍,大刺刺道:"来,琦哥,咱关上门大声说。"

就这样,范胡、卢俊杰和任立峰加入了张琦的八卦分享会。

皮九踏着十点十五分的提醒铃回宿舍时,范胡极其纳闷地说了句:"她家到底出了什么不可调和的矛盾,以至于老婆杀了自己的丈夫?"

皮九正准备拿起牙杯去洗漱,听到后半句,心口一紧。他背对着他们,没敢动。

接着,又听张琦大叫一声:"我的天,真有报道。"随后,他照着搜出来的新闻念道,"1997年6月29日22时30分许,封县平城镇发生一起故意杀人案,嫌疑人羊敏兰……"

"羊敏兰"的名字钻入耳朵,皮九耳膜一颤,心凉了半截。他猛地转身,看着张琦,从牙缝里挤出一句话:"你别念了!"

或许因为宿舍外面太吵闹,盖过了他的声音,又或许因为张琦太过投入,压根没注意到他,张琦嘴巴一张一合并没有停下。

越来越多的事情和细节从张琦口中描述出来,那些皮九极力想帮忙掩盖的尘封的过去,关于弋羊不堪的家世,就这么在亮堂堂的灯泡下被揭露。

他因为惧怕，胸口猛然燃起一股无法遏制的怒火，冲动地吼道："我叫你别念了！"

声音足够震耳了，张琦和范胡几个人吓了一大跳，愕然地抬头看他。

呆瓜皮九平时在宿舍闷不吭，这会儿他的脸因为愤怒而涨得通红，渐而发青，他一双圆眼睛更是直愣愣瞪着张琦，一副要上前撕碎对方的样子。

"你发什么疯！"张琦尚有点蒙，但语气还算和善。

"你出去，我们宿舍不欢迎你！"皮九的声音虽发颤，但能听出带着火气。

青春期的男生脾气都是一点就炸，张琦当即暴躁起来，指着皮九的鼻子骂："你算哪根葱，对我指手画脚，腿长我身上，想走我自然走。"

范胡再迟钝此时也察觉到不对劲，急忙揽住张琦的肩，一边把人往外带，一边说好话："我同桌今天心情不好，算了，算了，琦哥，眼看马上要熄灯了，我送你回宿舍。"

张琦还算有理智，范胡给的台阶立马接下了，并没有跟皮九多计较。

等人一走，刘浩川戳了戳皮九："你怎么了？"

在他们眼里，皮九是个软蛋，今天很反常。

皮九紧咬着牙，缓了半天才说："没事。"然后拿起牙杯去洗漱。

回来，他一言不发地躺床上睡了。

范胡在熄灯后来安慰他，询问他是不是身体不舒服，他还是用一句"没事"给打发了。

当夜，范胡只当这是一出因闹脾气而引发的小闹剧。

人的窥私欲发作起来是很恐怖的。

张琦既然能透过蛛丝马迹发掘出那篇新闻报道，夏满珍亦能。

报道并不是案件发生当时的警情通报，1997年网络尚未大面积流行，它实则是2006年年末记者采访一位"因夫妻矛盾激化而动手杀害自己丈夫"的服刑犯人的采访稿。或许记者想引起社会对此类"家庭悲剧"的重视，稿件后半部分罗列了近几年省内发生的三起相关责任案例，其中第一起便发生在封县平城镇。

内容简略。

1997年6月29日22时30分许，封县平城镇发生一起故意杀人案，被害人弋某在其家中被害死亡。

案发后，平城镇公安局迅速成立专案组开展案件侦破工作，经调查，其妻子羊某兰有重大作案嫌疑。

嫌疑人羊某兰于次日8时10分许到公安部门投案自首。

经其交代，因丈夫长期存在酗酒后对其辱骂殴打行为，羊某兰不堪忍受，于1997年6月29日21时许，弋某酒后回家又对其实施殴打、谩骂时，犯罪嫌疑人羊某兰用水果刀对死者颈部切割数刀致其死亡。

翌日早自习，夏满珍悄悄将她网罗到的成果分享给方一柔等几个女生看。

报道里的"被害人弋某"和"犯罪嫌疑人羊某兰"吸引着女生们的眼球，因为两个人的姓氏凑一起，正好是弋羊的名字。

这充分印证了夏满珍的话可信度为百分之百。

自然，又惹起一波小范围轰动。

语文老师踱步在教室巡堂，不便说悄悄话，方一柔等人依旧偷偷传字条讨论。

夏满珍收笔，折叠好字条，用两手指夹着，正伺机准备把字条重新塞给方一柔。暗中观察她们许久的张琦猛地一探腰，把字条抢了过去。

夏满珍却也没着急，随他看。

字条上的连笔字乱七八糟，张琦认出七七八八，差不多能读懂意思。

张琦：你怎么会知道那么多细节？

他回复后，又将东西扔到夏满珍桌上。

夏满珍翻他一个白眼，啐一口："要你管。"继而把字条递给频频回望的方一柔。

张琦将课桌往前挪，离夏满珍更近一寸，用书挡住脸，问道："是不是吴明告诉你的？"

夏满珍瞪他。

张琦嘻嘻笑了两声，一脸"我猜对了"的得意。

"滚蛋。"夏满珍不耐烦，她回复着再一次扔回到她手上的字条。

而张琦继续死皮赖脸地搭话，就这样聊到下早读。

女生各自散去吃早饭，张琦蹦蹦跳跳到后排看刘浩川等人下象棋。

皮九安静地坐在座位上，静待所有人离开后，慢慢起身，缓缓走到方一柔的课桌前。

方一柔桌角固定着一个用硬纸壳叠的垃圾盒，皮九准确地从里面挑拣出那张被揉成团的纸，紧紧攥在手心里。

这一节早读，从张琦有所动静，他就开始神经敏感，疑神疑鬼，他猜张琦跟女生说了什么，会不会是昨晚宿舍提的那事。

他无从知晓张琦从哪儿得来关于弋羊父母的消息。

他心惊胆战，因为张琦大嘴巴的特点深入人心，他更不敢想象，如果弋羊曾经的苦痛成为班里所有人的谈资，弋羊以后如何在班里立足。

他惶恐难安，坐回座位，慌里慌张地抚平那张字条，"判刑""杀害""爸爸妈妈"等等与案件相关联的字眼随即直直戳进他的眼睛里。

害怕的事情还是发生了，流言已经开始散播。

皮九先是头皮发麻，然后积压了一晚的惧怕和担忧在胸腔翻腾，如河槽涨满的洪水，突然崩开堤口，怒火爆发了。

他冲到教室后排时，张琦正拄着膝盖，吵嚷着给刘浩川出馊主意，让刘浩川吃对方的"炮"。他二话不说，攥住张琦的后衣领，一使力，将张琦重重拖倒在地。

张琦算是一屁股坐在了地板上，尾骨摔得狠狠一疼，蒙了两秒，叫骂着爬起来，抡拳砸向皮九的脸。

皮九一个文文弱弱的好学生，完全没有打架经验，不会躲，结结实实承受了这一砸，鼻子瞬间出了血。

"我招你惹你了？昨天找我的事，我大方没跟你计较，今天居然动起手来了，还要阴的！"

如果说青春期的男生脾气来得快去得也快，那反之亦成立，更何况本身两人之间就存在余怒积压于胸的情况。

"平白无故"这一摔，足以让张琦蹿火，他横眉怒目，作势还要揍人。

刘浩川和孙兴文跳起，一搂一抱，及时拖住他："琦哥，冷静点！"

范胡去厕所了，韩沉西杵在教室等他，被惊动，扔下手机，忙跑上前去拉架。

念着上次治脚的情分，皮九在韩沉西心里多少有些不一样，他扯住皮九护在身后，两边劝道："有话好好说，别动手！"

"行啊！"张琦手指着皮九的鼻子嚷，"那你给我个解释，摔我一下是什么意思？"

确实是皮九先动的手，刘浩川和孙兴文能做证。他们也感到奇怪，看向皮九等他解释。

可皮九紧紧抿着唇，死活什么也不说，甚至憋足了劲儿，推开韩沉西，还欲揍张琦。

嘿！没完没了了！

韩沉西跟跄一步，心想：皮九也是一根筋够冲动，凭他的气力和身高根本不是张琦的对手，真放开了让他俩打，张琦保准把他揍进医院。

"把人分开！"韩沉西吩咐一声，仗着身高力气大，把皮九拖出教室，强行拎着他下楼去洗鼻子。

"张琦这人就是嘴巴快，但心眼不坏。要是他真说什么难听话得罪你了，你别憋着，当面把话跟他讲清楚，他听得进去的，何必用拳头呢？"

韩沉西袖子上有几滴血迹，他用水打湿洗干净，然后拧紧水龙头，手掌随意搭在上面，看着皮九如此劝说。

他不了解事情全貌，但猜想皮九公认的性格沉闷，能让皮九突然爆发，估计就是张琦的碎嘴得罪人了。

皮九只洗脸，并不吭声。

韩沉西知道他还在气头上，公道话讲完，就闭了嘴。

等鼻子止住血，皮九发现外套前襟全是稀稀拉拉的血迹，便回宿舍换衣服去了。韩沉西没跟着，他给范胡发短信，说在食堂2号窗口会合，抬脚朝食堂走去。

没两分钟，范胡跑来。他方才回班，已经从刘浩川嘴里听说了皮九和张琦打架的事情。

他问："我同桌呢？"

韩沉西："回宿舍换衣服了。"

"两人又因为什么事闹起来了？"范胡着实困惑。

"你是他同桌，你不知道，我怎么可能知道。"

韩沉西跟皮九平时几乎没交集。

说话间，他要了一碗豆腐脑，刷过卡，端着碗，站在窗口旁慢慢喝着，想了想，又问："张琦最近背后有没有嘴碎他？"

范胡绞尽脑汁思索片刻，摇摇头："没呀，刘志劲最近盯张琦盯得紧，张琦老实多了，现在下课也很少去别的班串门，他就……"顿了顿，降低音量，犹豫说，"昨天，跟我们八卦了几句冷面大姐头的事。"

韩沉西倏地一脸警惕："羊姐有什么好八卦的？"

"家里的事。"范胡觉得没必要瞒着他，翻手机调出张琦搜到的新闻报道。

韩沉西看了两遍，第一遍看完，脑袋一片空白，稍缓片刻，读了第二遍，这才明白"弋某"和"羊某兰"指代的是弋羊的谁。

震惊、难以置信，随后情绪叠层，翻转为无名的恼火。

"张琦没事干，扒人家的家事干什么？"

"不是张琦扒的，咱班女生传的。"

范胡明显发现韩沉西情绪不对了，一是他语气冲，二是他因此蹙眉——他眼睑下压，双眼皮折成一条平线成了单眼皮，平常温和清澈的一个人，此时眉宇间却生出几分戾气。

"谁？"

"夏满珍。"

"已经传开了吗？"

"看样子，南边这排的女生差不多都知道了。我们宿舍的人，嗯，估计张琦宿舍的人也都知情了。"

范胡越说越发不确定，与其说"我告诉你一个秘密，你别告诉别人"这句话是保证，不如说它是接力赛的暗号，一传十，十传百。

"你们一群大老爷们内涵一个女生，真好意思！"韩沉西面色阴沉，撂下手里的碗，转身往外走。

范胡没来由地不敢跟过去，只弱弱问了声："你吃饱啦？"

"吃个球！"

韩沉西疾步向班里走，冷风透过衣领灌进他的衣服里。他脑子很乱，却又极度清醒。

弋羊的怪脾气不合群有了解释，他也明白了皮九为什么要揍张琦，又为什么闷声不解释打人的缘由。

所以,他之前恍惚觉得皮九对弋羊的情感有些别样,现在可以确定了。

心里的一角起了涟漪,不过,回班的路程实在太短,没有给韩沉西足够的时间细想这心角的涟漪因何而起。

韩沉西走到弋羊座位旁的窗边。

室内外温差大,玻璃上凝结着一层水雾。他屈指擦去水珠,弋羊朦胧的身线渐渐变得清晰。

他敲了两下玻璃,弋羊闻声侧头。

韩沉西就瞧见她习惯性地蹙起眉毛,眼神含威。

他冲她一笑,春光灿烂。

弋羊以为韩沉西有话要说,思忖一下,抬胳膊作势开窗,谁想韩沉西一个蹦跶,闪身从后门进了教室。

韩沉西兔子似的蹦跶到桌边,坐到凳子上,身体前倾,语气轻松地打招呼:"羊姐,你吃早饭了吗?"

弋羊微不可察地扯了下嘴角,把手臂放下,说:"吃了。"

"吃的什么?"韩沉西发现弋羊有变化的另一个点,是她愿意跟他有简单的交流了。

"包子。"

"几个?"

"两个"

"什么馅的?"

"你有没有正事?"

弋羊绷直唇线,看着韩沉西。她因为白,瞳孔偏棕色,眼神不是深幽幽的,反而她的眼睛格外会说话,代替表情传达所有情绪。

韩沉西知道她嫌他没话找话,搓搓鼻子,嘿嘿笑了两声:"逗你玩呢。"

弋羊坐正。

韩沉西探头,还想再说什么,余光扫到她桌上摊着一张揉搓出许多折痕的字条,上面横七竖八写着字。他还没看清其中一两句话,弋羊就拿课本将它盖住了。

韩沉西心下一"咯噔",觉得那不是什么好东西,可看弋羊神色如常,埋下头继续学习,又琢磨是不是自己多想。

待七点五十分,预备铃响,夏满珍踏着铃声进班,弋羊骤然起身。

她绕过后排,在夏满珍的座位前,伸手将人截住。

夏满珍态度极差:"干什么?"

弋羊面无波澜地盯着她。

全班寂静。

韩沉西的心揪紧,预感不好,拔腿跑过去。

弋羊说："打你，知道什么原因吧？"

话音一落，她扬手甩了夏满珍一个耳光。

夏满珍疯狂扑向弋羊要撕她时，韩沉西赶到，一把抓住弋羊的胳膊，将人拽离攻势范围。

他侧身斜上前，罩住她半个身位。

"别还手！她打人不对，但也不是无缘无故打你。"韩沉西够聪明，稍微动动脑筋就明白了弋羊为何甩这一巴掌。

但夏满珍此时哪有理智听得进去劝阻，她没挨过巴掌，疯了似的挥舞手臂，想要从弋羊身上讨要回来所受的屈辱。

范胡怕他哥的俊脸挨挠，在同学们瞪大眼睛尚没反应过来时，率先起身，拦住夏满珍。

可女生抓狂起来，力气也是相当大的，范胡明显招架不住，向卢俊杰寻求帮助："老卢，搭把手啊。"

卢俊杰应声，揪着夏满珍的衣服，缚住她的右手。

夏满珍见还手不成，气疯了，不顾场合，改为破口大骂。

弋羊站得笔正，脸上表情是冷漠的。

韩沉西垂眸看她，判断不出她有没有生气，只觉她眼睛像蒙了层冰，很凉，也很亮。

韩沉西心口一颤，直觉弋羊还会做些什么，忙说："羊姐，够了。"

他攥着她的手腕，想拉她回座位。

弋羊别着劲儿没动。

韩沉西又轻声说："班里的学生都看着呢，别过分。"

打人者有错，闹这一出，必定会传出风言风语。

"我知道。"弋羊动动手腕，"你松开。"

两人皮肤并未相贴，韩沉西是隔着衣服抓着她，可也不妥。韩沉西想了想，松手了。

孰料，他手还没收回呢，弋羊转头三步并作两步走向夏满珍，"啪"一声，扬手又是一巴掌。

动作极快，快到眨眼间。

全班倒吸一口冷气。

韩沉西微微瞪大了双眼。

骂骂咧咧的夏满珍蒙了，她嘴巴微张，定在原地，难以相信弋羊会第二次扇她。

"你再敢胡说八道，下一次，我也不知道我会做什么。"弋羊给出警告。

化学老师踩点进班，看到相互拉扯的一幕，愣了半响，问："怎么了这是？"

夏满珍忽然眼圈一红，落了眼泪。她不是蓄意告状，而是怒火攻心后情绪攀登到顶点，却发现自己像个跳梁小丑，骂再难听恶毒的话，对方反手一掌就轻松将她的屈辱数千倍地放大，她没捞到半分好处。

很委屈，委屈到彻底没了气势，她像个小孩似的啼哭说："老师，她打我。"想让大人评评理。

化学老师看夏满珍下颌骨及耳郭通红，生气地问弋羊："为什么打同学？"

弋羊抿唇，嘴绷成一条线，不回答。

韩沉西晃过神，偏向性地说了句："小摩擦，老师，您先上课，事情等下课解决也不迟。"

他给弋羊使眼色，示意她别把事情闹大，神情变得严肃。

弋羊微微动容。

可夏满珍满腹委屈，哭得很伤心，显然不肯就此作罢。

化学老师感到头疼，她最不会解决学生间的纠纷，无奈地说："不管什么原因，打人就是不对，更何况打人不打脸。弋羊，先给夏满珍道个歉。"

弋羊垂眸，盯着地板某个点，静默不语。

韩沉西突然烦躁地叹了口气。让弋羊道歉，天方夜谭，她脾气又臭又硬，要是逼急了，很可能会当着老师的面再做出格的事情。

气氛僵持不下。

韩沉西琢磨着怎么能给双方台阶下，正在这时，门口传来一道沙哑的烟嗓，一听就知道是教导主任。

"都站着干吗呢？听不到上课铃响啊！"

韩沉西心里直喊糟糕。

果然，一字不漏的狗鼻子一下嗅出火药味，眼睛滴溜一转，阴阳怪气道："哎哟，这是谁跟谁动手了，哭得梨花带雨的？"他招招手，"一大早上就给我找事做。来来来，相关人员出来聊，别耽误老师上课，别因为你们浪费同学们宝贵的学习时间。"

弋羊随即迎着全班同学的注视，面不改色地从后门出去了。

夏满珍抽泣两下，也跟着出去了。

到走廊，教导主任大手一挥，跟她俩说："旗杆下，站着等我。"

然后他负手，挺着啤酒肚，继续每天早晨的例行工作——巡查教学楼。

等他们三人人影消失，化学老师松了口气，说："好了，好了，其余同学回座位，打开课本，我们接着上节课的内容讲。"

韩沉西保持着远望的姿势，没动。范胡轻咳一声提醒他。

韩沉西脸色铁青，好一会儿，抓抓头发，暗骂了声。

教导主任巡查完楼层下来，并没有直接来解决弋羊和夏满珍的问题。

一批迟到的同学等着他训话，他昂首阔步向校门口走去，到大课间了也没回来。

反而是听到风声的吴明怒气冲冲地从东院跑来。

他停在弋羊身边，紧握拳头，下了死力，狠狠一拳捶向弋羊的肩膀。弋羊后退着，踉跄两步，险些没站稳。

"你有种！敢打夏满珍。"

吴明贴身靠近，挑衅地看着弋羊。

弋羊丝毫不惧，凛起目光，反问："这不是你自找的吗？"

吴明瞪着眼睛，咬牙："你道歉。"

弋羊冷声："活该！"

吴明："你再说一遍！"

弋羊掷地有声："活该！"

吴明鼻翼一张一翕，眼睛喷火。他扬起胳膊，意欲再给弋羊一拳，却不想手在半空被人一把挥开了。

他扭头，看到是韩沉西。

韩沉西整个人阴沉沉的。

旗台在教学楼不远处，一下课，他到走廊望了眼弋羊。站得高，视野开阔，他要比弋羊先看到吴明，第一反应便是往楼下冲，可还是晚到了一步。

"沉哥！"吴明暴躁地说，"这是我跟她的事，你别插手！"

韩沉西掰过他的肩膀，强行站到他和弋羊中间，冷着脸说："当着全校的面打女生，很威风吗？她的事，我管！"

站在一旁抽噎的夏满珍闻言，抬头看了看。教学楼一层层的走廊上，倚着栏杆站着几百号学生，虽然看不清他们的五官轮廓，但直觉他们的视线望向这边，正等着看热闹。

夏满珍拉了下吴明的衣袖，示意他别扩大事态。在旗杆下闹事，招来校领导，都不会有好果子吃，且她也不想让吴明卷进来。

吴明啐了一口，慢慢考虑到这一层，恶狠狠剜一眼弋羊以消心头的怒气，这才转过身端详夏满珍的脸。

她的脸烧得红，显然肿了。

吴明从兜里掏纸巾，让夏满珍擦眼泪。

而韩沉西也转过身，从上到下打量了下弋羊，问："你没事吧？"

他看到吴明挥她一拳了。

弋羊没吭声，只是慢慢掀起眼皮和韩沉西对视一眼。她眼里的情绪很复杂，韩沉西只看懂一点点——"以牙还牙"的坚决。

她缓缓地耷拉下眼皮，视线放平，侧过头，向前走了两步，伸腿，一脚踹向吴明的腿窝。吴明吃痛，登时跪在了地上。

教导主任上嘴皮磨下嘴皮，一桩桩一件件将事情解决妥当，溜达回办公室。

他口干舌燥，"咕噜咕噜"灌了几大口凉茶，心火气才降下几度，门突然被一掌拍开。

楼栋管理员焦急地大声喊道:"李主任,打起来了,有两个男生在旗杆下打起来了!"

"什么?"主任嗓音忽然拔高八度,"呸"一声吐掉嘴里的茶叶,风一般跑去旗台。

远远可以看到韩沉西钳制住吴明的两只胳膊,按着他的头将人控制在地。

"韩沉西——"韩沉西作为违反校规校纪的领头分子,出入教导处办公室跟逛菜市场似的,李主任自然认得他,自然也认识吴明。

"好哇,你们,当着全校同学的面打架斗殴,简直反了天了!"

他上前,一把将两人扯开。

吴明得以从地上爬起,他胸膛剧烈起伏,眼睛狠狠瞪着韩沉西。

"怎么,还没打够啊?"李主任看吴明那愣着头不肯罢休的架势,劈头盖脸地骂道,"当学校是拳击场啊?你撒泡尿照照现在的表情,像什么,有一丁点做学生的样子吗?"

"你!"接着,李主任手指一转,指向韩沉西,"逃课才被骂吧?安生了几天又生事打架,不嫌丢人吗?不想念书趁早滚蛋,别因为你们几颗老鼠屎败坏了我们学校的名声!"

韩沉西屈起食指掸掸衣服上的灰渍,听惯了贬低,早免疫了,脸上没什么表情。

大课间,越来越多的同学跑来围观,其中不乏七班的人。

"在这儿勾头探脑看什么呢?赶紧该干吗干吗去,别一会儿上课了还往厕所跑!"李主任扯着嗓子轰赶围观群众,但没起什么效果,他担心影响不好,一挥手,"你俩跟我来教导处!"

他抬脚跨一步,余光扫到弋羊,这才想起还有一茬女生的矛盾没处理呢。

简直头大。

他暗忖着女生相对老实些,也容易知错悔改,又顾及女生颜面,便格外开恩说:"你俩去找你们班主任。"

韩沉西一听,顿觉松了口气,悬着的心也放下了。

班主任都护崽儿,事情交由刘志劲插手,能大而化小小而化无,更别提弋羊有年级第一的光环加持。她可是刘志劲的心头肉,刘志劲那个偏心眼,或多或少要向着她。

韩沉西自弋羊被叫去旗杆下罚站,就一直担忧李主任追根溯源,会揭弋羊的"伤疤",到时免不了又会多一批人知道那不堪的往事。弋羊表面看着云淡风轻,好似往事随烟,可如果真将一切释怀,她又何必打夏满珍两巴掌呢?

韩沉西现在算明白了,她的冷情冷面,有一部分伪装在。

红楼是综合办公楼,教务处以及老师办公室全在那儿。

五个人往同一方向走。

李主任背手走在最前端，吴明和夏满珍落后一步跟着，韩沉西和弋羊落在最末尾。

都没有说话。

拐进红楼，上到二楼。这层有英语组、语文组，以及各个领导的办公室。按说要分开了，弋羊应去三楼的物理组找刘志劲，可她没转身，反而继续并肩跟着韩沉西。

"羊姐。"韩沉西轻声唤她。

弋羊抬头。

韩沉西冲楼梯口扬扬下巴，示意她往那边走。

弋羊看懂了，但步子依旧没调整方向。

韩沉西只好停下，一把拽住她，问："你要干什么？"

弋羊轻声说："解释。"

韩沉西："解释什么？"

弋羊："解释你跟这件事没关系。"

她不想他"背锅"，她的事情她习惯自己扛，也不愿别人来帮忙。

韩沉西笑了："怎么没关系？我跟吴明动手，那么多人看着呢，解释得清？"

严格来说，是逼不得已才动的手。吴明被弋羊猝不及防一踹，气急败坏，像只得了狂犬病的疯狗似的扑去撕咬弋羊。韩沉西怎么可能袖手旁观，立马上前阻止。吴明恼红了眼，拳头捶向韩沉西，拳拳到肉。韩沉西防守没用，只得下狠手来收拾吴明。

弋羊一时安静了。

韩沉西又叫她一声，说："越解释越乱。我有方法脱身，放心，而且常客了，流程都熟悉。"

弋羊蹙了下眉，似乎在考量他话语的可信度。

她微微仰头看过来，韩沉西感应到她的视线，也侧过脸，迎上她的目光。

四目相对。

弋羊走了神，她发现韩沉西的眼睫毛长得出奇，根根分明。

她好一阵恍惚，率先移开眼，说："好。"

她上到三楼，穿过长长的走道，途经物理组办公室时，却没停步，与立在门口的夏满珍错身而过，从另一边楼梯口下来。

出了红楼，左边有一个圆形花坛，里面的花枯萎败落，仅剩一小片三叶草还冒着绿色。

弋羊慢悠悠挪过去，站在那儿不动了。

第四节课上到一半，红楼门口闪现韩沉西的身影。

他手插兜，迈开两条长腿，径直走向弋羊。

他不知道弋羊是不是故意的，她站的角度，他在教导处挨训时，正好能透过窗户看见她的身影。

"等我？"韩沉西来到弋羊身边。

"嗯。"弋羊警觉，轻轻一点头。

"什么事非要在屋外等，不冷吗？"

"还好。"弋羊瞥韩沉西一眼，打听道，"怎么跟教导主任说的？"

"统一口径，随便编了个互相看不惯的理由呗。"

不管吴明如何愤愤不平，在李主任面前，他必须熄火和韩沉西统一战线。

"那处罚呢？"

"老一套呗。"韩沉西语气格外轻松，"骂一顿，写检讨，再通报批评。"

弋羊："没让你请家长？"

韩沉西："没啊。"

弋羊松了一口气，惊动家长，会让她觉得有亏欠。

韩沉西反问："你呢，班主任怎么说？"

弋羊摇头："不知道。"

韩沉西挑眉："你没去找他啊？"

"没。"

"你不怕夏满珍乱告状？"

"随便。"

韩沉西瞥她一眼，想了想："这是第一名的底气？"

弋羊"嗯"了声："算是吧。"

韩沉西悠悠笑了。他知道，她更多的是无所谓，不管刘志劲要怎么批评教育她，她都不会接受。她脾气倔强，又认死理。

两人沉默一会儿后，弋羊从兜里掏出一片东西递给韩沉西。

韩沉西低头看，是创可贴。

弋羊说："左边，耳朵上。"

韩沉西摸了摸耳朵，耳舟靠下一点被吴明抓掉一块皮，还挺疼的。

但他平时打篮球，小伤不断，挨两天伤口自动就长好了，原本想说"没事，一点小伤"，哪想张嘴说成了"谢谢"。

他"啧"了声，还是接过创可贴，撕开，凭着痛感潦草一贴。

不知创可贴是不是一直被她握在手里，余温很高，敷在他冰凉的耳朵上还挺舒服。

韩沉西说："羊姐，有件事我挺好奇的，你能告诉我吗？"

弋羊眼神询问。

韩沉西："你跟吴明有过节吧？"

弋羊神色陡然变得凝重，不是因为提起吴明让她想到什么伤心事，而是韩沉西的发问很像聊天谈心。她没跟人谈过心，以往那些试图打听她过去的人，她通通当他们在套话和窥探，她都是置之不理。

韩沉西看她颇为难的样子，忙说："不用为难，不想说可以不说，当我没问。"

他冲她温柔一笑，眼角弯起好看的弧度。

弋羊发觉，他身上此时没有一点攻击性，像春日明媚而不刺眼的太阳。

或许一时迷了心窍，又或者说出于补偿他仗义相助的心理，弋羊开口了："有，我打过他几次。"

韩沉西一愣："打？"

弋羊解释："我们初中在一个班，他有亲戚是平城镇的，听说了我家里的事情，在班里大肆宣扬。我有点生气，夜里我把他绑在了学校的大门上。"

韩沉西咽咽口水，不待他点评什么，弋羊又说："他怕蛇，所以他以后多嘴一次，我就在他书包里塞一次玩具蛇，直到他什么都不敢说为止。"

韩沉西莫名笑了："捏人七寸，到位！"

弋羊不否认。

以前的过节，吴明没占过上风，估计一直怀恨在心。弋羊猜想，那天晚上，她态度强硬地赶夏满珍出宿舍打电话，或许再次惹恼了吴明，便让夏满珍大嘴巴到处放她的"把柄"。

韩沉西又问："那皮九呢？"

弋羊眨了下眼睛，脑海里浮现皮九文文弱弱的样子。

皮九身世可怜，他父母离婚，原本他被判给爸爸，过了几年，爸爸再娶，女方生了对双胞胎，又都是男孩，便不要他了，又把他送还给皮九妈。

没人爱护的原因，他形成了懦弱的性格，在班里饱受男同学欺负。

皮九的成长"伤疤"不比弋羊的好看到哪里去，弋羊不愿揭露，用一句话带过："都被排挤，自然就熟了。"

韩沉西心里五味杂陈。

一阵风滚过，三叶草摇头摆尾。

韩沉西随手掐了一朵，捏在手里玩。

"别嫌我啰唆。我再问你，你打夏满珍的时候，是不是算到了吴明也会打你？"

弋羊坦然地"嗯"了声。

韩沉西又问："怎么应对？"

"受着，再找机会报复回来。"

男女实力悬殊，硬碰硬不是明智之举。

弋羊的语气轻飘飘的，没有一丝重量，落到韩沉西耳朵里，他却觉得格外刺耳。

韩沉西笑了，笑容苦涩："总之，不能受委屈是吧？"

弋羊："是。"

韩沉西叹了口气，他此时尚且不能完全理解弋羊的脾气，是几年后，弋羊摔了他的手机，然后一字一句告诉他，"韩沉西，我可以吃苦，但我不能受委屈"，他才真正看清自己爱上的是怎样的姑娘。

天空阴沉沉的，四周静寂。

一直到"丁零丁零"的下课铃声撕裂沉闷，弋羊才又开口："检讨我帮你写。"

韩沉西歪歪头，垂眸看手里那棵任他揉搓的三叶草，这才恍然发现它原来有四瓣叶子。

他缓缓笑了，说："荣幸之至。"

"2007年12月2日上午九点三十七分，我校高二年级理（7）班韩沉西、文（3）班吴明两位同学，因口诀纷争，在校园内发生打架事件，情节恶劣，严重违反校规、校纪，给学校正常的教学活动带来严重冲击，影响极坏。为严肃教育当事人，依据一高学生违纪处罚条例，经过校委会研究决定，给予韩沉西、吴明两位同学全校通报批评处分。"

第二天，处分下来，教导主任通过校广播播放了通报。

韩沉西没少从那喇叭头里听见自己的名字，习以为常，他甚至没等主任念完通报，就跟着范胡回男生宿舍了。

今天宿舍大扫除，男生们全在。

"沉哥！"孙兴文问，"你那天跟吴明到底怎么回事？"

刘浩川应和："对啊，还跑到旗杆下闹。"

他们只看到结果，无从得知起因，便很好奇。

韩沉西打马虎眼："路见不平一声吼，该出手时出了手。"

见他不愿意说，孙兴文和刘浩川嘲笑他两句便岔开了话题。

韩沉西待了一会儿，随即拿起范胡桌上的两瓶饮料出门了。

范胡问："你去哪儿？"

韩沉西："隔壁。"

隔壁宿舍倒没关门，韩沉西站门口看张琦靠在床边玩手机，冲张琦打了个响指，把他叫了出来。

"怎么了沉哥？"张琦因和皮九闹了一场，最近心情挺郁闷，语气没以往那么不着边。

"有空没？"

"有啊。"

"去天台。"

"天台？"张琦有点意外。

"嗯。"

天台专供学生晾衣晒被子，不过今天天气不好，衣杆空荡荡的，风一吹，松掉的铁丝"呼啦啦"乱响。

韩沉西背倚着栏杆，将手里的饮料递给张琦。

张琦受宠若惊："沉哥，你有话跟我说？"

韩沉西"嗯"了一声，紧接着却沉默了。

张琦心里头奇怪，可也没追着问。他拧开饮料喝了几口后，韩沉西才开口："琦哥，咱俩关系还行吧？"

张琦点头："行啊，打高一就认识了。"

韩沉西说："那你卖我个面子。"

"什么？"

"弋羊那事，不管你知道了多少，是不是还有好奇心，到此为止，别再讨论，别再打探，别再传播。"

闻言，张琦一时哑然。

韩沉西语气里的姿态放得有些低，颇有点请求的意味。他没弄明白韩沉西怎么会突然关心起弋羊来，除了两人前后桌，平常看着八竿子打不着的。

韩沉西又说："将心比心，这事要是落在你自己身上，你心里会是什么滋味？父母酿成的惨剧，她也不愿意经历，她才是最无辜的受害者。伤心事她捂着盖着，你又何必非扒出来让她难堪呢？再说，她学习那么好，传播出去，让全校知道，同学们都来对她指指点点，于你又有什么好处？"

韩沉西晓之以理动之以情，说得张琦有些愧疚。

"我也不是故意的，就当时听到她家里出的那事挺震惊的，没忍住跟男生们大嘴巴了一下，我没坏心眼的。"张琦着急解释，但发现解释很苍白，一心虚，话都说不顺了。

"我知道。"韩沉西懂他想表达什么，"你就是嘴巴比脑子快，啥事先吼出来，只图自己舒服，完全不考虑后果。"

"对对！"张琦连连点头，他什么德行，他有自知之明，"总结得非常到位。"

韩沉西无奈地笑了声。

张琦抓抓头发，愧疚感更甚："是我办事不地道了。"

韩沉西"嗯"一声，接着说："还有啊，皮九打你，也是因为这事，你纯属活该。"

张琦惊讶，继而肩膀一抖："哎哟，他俩啥时候扯上关系了？没瞧出来啊。"

何止张琦，班里大多数人估计都不知道弋羊和皮九是熟识的，因为平时两人的相处状态跟陌生人别无二致。

韩沉西没细说，一句话概括："一个镇上的。"随后又说，"改天你向皮九道个歉，算看在我的面子上。"

张琦皱皱鼻子，不太情愿的样子，但过了会儿想通了，挺大方地说："行。"

话聊完，两人准备返回宿舍，一转头，瞧见范胡露出个脑袋扒门缝偷听。

范胡嘻嘻笑了两声，跟张琦说："琦哥，你先回，我跟阿扎西聊两句。"

张琦手一挥，走了。

韩沉西重新背靠着栏杆。

范胡在他面前站定，嘴巴咧着，一双小眼睛滴溜溜地转，精明又滑头。

韩沉西"呲"了声："有话快说有屁就放。"

范胡清清嗓子："你这算什么？"

韩沉西没太听懂，皱了下眉。

范胡直白道："给冷面大姐头做善后工作？"

果然听到不少。

范胡看着韩沉西："你不说话，我就当你默认了。"

韩沉西不吭声。

"刚才耗子和孙兴文都没问到点上，所以我来问你。吴明跟夏满珍是朋友，人家朋友被打了，他跑去讨公道合情合理。你呢？你替冷面大姐头出头，以什么身份？"

范胡现在回过味来，那天走廊里站了那么多人，怎么偏偏就韩沉西火急火燎地跑去帮弋羊对付吴明呢？

韩沉西哑然片刻，在心里骂范胡心眼多，嘴上含糊其辞："脚受伤那次，羊姐不是帮过我嘛，我还人情。"

"少诓我。"范胡这会儿想起柳思凝那句"韩沉西满嘴跑火车，别他说啥你都信"，变精明了。他伸出一根手指，戳戳韩沉西的胸口，质问，"哥，你坦白一下，是不是瞒着我藏什么小心思了？"

"没有！"韩沉西否认。

"我不信！"范胡腰杆一挺。

韩沉西踹范胡一脚："爱信不信。"说完就扭头大步流星下楼走了。

而他这一举动，在范胡看来，是诡辩不成，落荒而逃，于是内心越发坚定他心里有鬼！

韩沉西善后工作的第二步是找方一柔，让她删除那条极具导向性的动态。

此时那条动态已经快破百条评论了。

不像跟张琦哥们似的心平气和地聊天，他只警告了方一柔一句话，并让她把这句话转告给知道这事的其他小姐妹。

"不想被打，就赶紧让事情翻篇。"

不是威胁，而是大实话，弋羊恼火的举动全班都看在眼里。

方一柔当即吓得脸色煞白，感觉下一秒就要哭出来了。

当天下午，刘志劲讲完物理课，站在讲台上，背着手，严肃地环视教室一周，意有所指："要是谁的牙长，找我，我给你拔了！"

大家面面相觑，知道刘志劲暗指的是什么事情。

所有人都噤了声，不敢再多言语，涌动的流言蜚语戛然止住。

可还是有些变化无法扭转，许多同学看向弋羊的眼神多了丝古怪，也更不愿意跟她有交流。

弋羊为此并未表现出什么情绪，她早已习惯人们停在她身上的异样目光，她每天按照自己的时间表学习做事，一丝不乱。

几天后的一节自习课，刘志劲来班里巡视纪律，走到弋羊桌边停住脚步，突然低声问了句："坐在后排嫌乱吗？要不要往前调座位？"

韩沉西离得近，一字不漏地听到，胃里一抽，身上汗毛都竖起来了。

他盯着弋羊的后脑勺，仿佛要把她的脑袋看出一个洞，好钻进去探一探她的想法。

他竖起耳朵听她的答案，一两秒的时间仿佛凝固成了一个世纪般漫长。

"不用。现在坐的位置就挺好的。"

弋羊回答时，微微摇了下头，马尾辫在空中轻轻一荡。韩沉西仿佛闻到一股淡淡的清香，觉得那头发蹭到了他的心。

这使得接下来的一天，他的心情非常愉悦。

晚上回家，十点了，看到柳丁团在沙发上看电视剧，他也没有生气，只是淡淡地说："偶像剧看多了，人容易傻。"

柳丁揉揉眼睛，打了个哈欠："我是为了等你回来，无聊才看的电视剧。"

韩沉西脱掉羽绒服，问："等我干吗？"

柳丁起身，趿拉着棉拖鞋"噔噔噔"跑回卧室，拿出一张八开的素描纸递给韩沉西。

韩沉西展开一看，竟然是弋羊的素描像，斜侧着画的，弋羊垂头应该是在看书，露出左半张侧脸和小巧的耳朵。

"你什么时候画的？"

"你们开运动会，我去学校找你那天。等你等得太久，正好手里有画板，反正没事做，趁弋羊姐没注意偷偷画的，今天才修好细节。"

韩沉西没吭声。

"哥，"柳丁求表扬，"好看吗？"

"好看。"韩沉西端详着。

柳丁当时年幼，不会开玩笑，错过追问她哥到底是她画得好看，还是画里的人好看，因此，也错过了见证她哥少男时期难得脸红的一幕。

"我也觉得好看。"柳丁说，"我想把它送给弋羊姐，你说她会收吗？"

"会。"韩沉西斩钉截铁。

柳丁开心了，又跑去卧室翻出条粉色丝带，把素描纸卷成桶状，用丝带在中间系了个蝴蝶结，再三叮嘱她哥一定要替她送到，这才爬床上睡觉。

而韩沉西也不负嘱托,第二天早自习一下课,便把东西给了弋羊。

弋羊打开,眼睫飞速一动。

韩沉西就知道这个"惊喜"送得很成功。

弋羊抿抿嘴唇,半天才说:"帮我谢谢小柳。"

韩沉西轻笑一声,看着她,半晌,犹疑的语气里又带着笃定:"羊姐,咱俩算朋友了,对吧?"

第三章·
玫瑰之心

/弋羊望向校园里晃动的斑驳树影,觉得不可思议,冬天的风居然给她吹来了一个朋友。/

弋羊眼睛眨了又眨,像是经过漫长的思考依旧不理解,问道:"你为什么要跟我交朋友?"

韩沉西笑着说:"我交朋友不走寻常路。"

弋羊确实觉得他不寻常,无法给出准确的回复,只轻描淡写道:"随你。"

"好啊。"韩沉西不退反进,"我就喜欢按照自己的心情行事。"

弋羊一贯的尖锐有了松动,她无法反驳,反而觉得他拿主意就行,便点了点头。

寒风呼啸,吹到脸上像刀刮一样疼。

弋羊望向校园里晃动的斑驳树影,觉得不可思议,冬天的风居然给她吹来了一个朋友。

韩沉西缺朋友吗?

他最不缺的就是朋友吧!

后排男生里不知是谁想了个鬼点子,搜罗一堆废卷子,滚吧滚吧团成个圆,再用透明胶带在表面缠一圈固定,就这么做了个简易足球。

他们在教室后面的空地踢着玩,你一脚我一脚,好不热闹。

而女生们也没闲着。圣诞节即将来临,且圣诞后紧接着又是元旦,女生过节的热情总比男生高,她们提前一个星期就开始选礼物、买贺卡、写祝福语。

彼时校园里流行一个说法——找二十四个人要二十四枚面值一角的硬币,在平安夜那天用这二十四枚硬币买一个苹果送给自己喜欢的人将来就能得到真爱。

因此,当你听到有谁问"有没有一毛硬币,换一下可以吗",你就可以大胆猜测对方正在偷偷暗恋着某个人。

少年人的喜欢,青涩美好,又带着一股突破禁区的勇气,大家乐得"赠人玫瑰,手留余香",所以人人兜里备了不少硬币,随时等着交换。

硬币碰撞当啷响,那是友情碰撞的声音。

但可气的是,24号一大早,学校临时决定举行统一考试,安排如此仓促的原因是校领导花大价钱弄来了省重点高中刚刚考过的期中卷子,据说含金量很高。

对这一天满怀期待的好心情全然被破坏了,大家怨声载道。

考试没拆班,但考试时间安排得很紧凑,上午语文和数学,下午理综和英语。全部结束时,已经傍晚六点了,天黑沉沉一片。

巧合的是,刘浩川今天生日,他请客吃饭,在校外一家不错的餐馆,后两排的男生全去捧场了,而他们这一走,教室就显得非常空荡。

七点依旧正常上晚自习,但老师们忙着在办公室改卷子,而那些平常在校园溜达的教务处的人却也不知所终,学生一下子成了散养,没人管了。再加上考后无心学习综合征作祟,以及节日气氛的烘托,大家蠢蠢欲动,悄悄溜出班,开始串门互送礼物。

后背被捣了两下时,弋羊正在聚精会神地重新思考数学压轴大题的最后一小问,考试时她没有算出来。

她扭头,看到一个长发披肩小巧可爱的姑娘,穿着红色短款棉衣,衬得气色清丽。

姑娘笑得很害羞,小声问:"同学,韩沉西是坐在这儿吗?"

因她问的是韩沉西,弋羊想想,回答了:"是。"

"谢谢。"

说着,那姑娘把一份礼物以及贺卡放在了韩沉西的桌上,动作很轻,仿佛很珍贵的样子。

她把东西放好,端详片刻,这才带上门悄无声息地出去了。

弋羊埋头继续琢磨题,可没两分钟,后背又受"袭击"。

一样的问题,只是换了个女生问:"同学,打扰一下,请问韩沉西是坐在这儿的吧?"

"是。"弋羊回答完,干脆利索地转回身。

身后一阵窸窸窣窣,好一会儿才安静。

下课时,走廊里传来揶揄和起哄声。

"去啊,都到班门口了,还犹豫什么?"

"送个苹果而已,有什么不敢的?"

后门猛地被推开,刺骨的冷风灌进来,冻得弋羊一哆嗦。

随即,又传来一个糯糯的女音:"欸,同学请问一下,你知道韩沉西去哪儿了吗?"

弋羊眉一竖,有些烦躁了:"不知道。"

"那他上节课在班里吗?"

"不在。"

"啊?"女生有点遗憾,扭头看身后的同伴,相互打了个眼色后,她又说,"他的座位是这个吧?我送个东西给他。"

今天第三次被问韩沉西的座位,也是第三次被打断做题思路,弋羊肝火一提,冷冰冰地说:"讲台上有座次表,自己去看!"

女生被唬得脸色变了变,嗫嚅了句:"你好凶哦!"

没去讲台就可以确认韩沉西的座位,她岂会不知道?问一问不过求个心理安慰罢了。她把包装非常精致的平安果搁在韩沉西桌上,和同伴手挽手走了。

想不起来思路断在哪里,弋羊心烦,索性拎水杯到水房接了热水,迎面与同学擦肩而过时,发现大家怀里都抱着礼物,笑容明艳,非常开心。

她有一瞬间感觉到了难过,下一秒,硬生生用理智将情绪逼退,恢复惯常的面无表情。

再回班时,她看到韩沉西的桌上已经堆满了东西,大大小小,红红粉粉的。

弋羊暗暗想,他的朋友多她一个不算多,少她一个无所谓。

她猛地又想起,她曾经讨厌他啰里啰唆时,形容他这个人"像只迎来送往的花孔雀"。

围着他转的人确实挺多的,也贴合他与人为善的性格。

弋羊的思绪难得飞了好久才重新集中到试题上。她用了一节课,满满算了两张草稿纸,才求出函数区间,搁下笔,食指指腹都捏疼了。

她看着密密麻麻的字,觉得这题极大可能出自陶平生之手,难度太大了。

走读生放学的铃声响后,皮九蹑手蹑脚来向弋羊请教最后一题的解法。

弋羊给他讲了,讲完,看到他还没退肿的鼻子,说:"以后别管闲事。"

"你的事不是闲事。"皮九反驳,眼睛却不敢看她。

弋羊说:"我的事我自己可以解决。"

皮九抿抿嘴唇,酝酿着想说什么,最终却又一言不发地走了。

班里的学生陆陆续续提前散去,教室里很快只剩下弋羊一个人。

快十点的时候,弋羊收起练习册,准备返回宿舍,才关了教室后排的灯,手机响了,"嗡嗡"的振动声在安静的空间里特别明显。

弋羊从衣兜里掏出手机,来电显示是一串号码。

知道她手机号的人挺少,弋羊起先以为是骚扰电话,不想接,可转眼瞧着尾号是"1234",莫名觉得有点熟悉。

接起,那边传来一道低沉的男音。

"羊姐。"

弋羊愣怔,这么喊她的只有一个人……

"韩沉西?"她是确认又不敢确定的语气。

"嗯。"像是在赶路,他呼吸有些急促,"你现在在哪儿?"

"教室。"弋羊说。

"那你等我，我马上到。"

风声呼啸，弋羊推测他跑起来了。

"找我什么事？"弋羊感到困惑。

可韩沉西没解释，很郑重地又道了句"一定等我"，就把电话挂断了。

弋羊眉头皱成"川"字，握着手机，好半天才琢磨明白了韩沉西为什么有她的电话号码。

楼栋管理员此时已经在吆喝着要锁门了，弋羊只得关了教室的灯，落了锁，到楼前的路灯下等韩沉西。

十分钟后，韩沉西现了身影。他狂奔而来，跑到弋羊身边时上气不接下气，干咳了好几声才缓过劲儿。

他跑得热了，把羽绒服脱掉抱在怀里，仅穿了件灰色套头卫衣。

弋羊看他这个状态，以为他找她有急事，忙问："是出什么事了吗？"

"为什么总想着出事呢？"韩沉西现在能察觉出她问这句话的原因，有些心疼，笑着，声音极轻极轻地保证，"没出事，不会出事。"

他鼻尖冒了层细汗，在昏黄的灯光下泛着亮光。他摸索着从羽绒服的兜里掏出一个苹果："来给你送平安果的。"

没有包装，红彤彤的苹果又大又圆，他一只手都握不住。

弋羊有点蒙："送我？"

"对啊，怎么这个反应？"韩沉西把苹果递到她面前，"你不会不知道今天是平安夜吧？"

弋羊眨了下眼："知道。"

只是眼前的一切不是她预想的会发生的事情。

她没接。

韩沉西自然知道她为什么不接。节日的气氛里，唯独她格格不入，别人满心欢喜地准备礼物，她却心无旁骛地写作业。

他打趣说："我挑的这个苹果不丑呀！这可是整个水果摊长相最好的一个。"

弋羊咬了下嘴唇，才"哦"了声，韩沉西就一把将苹果塞到了她厚外套的帽子里。

帽子因为重量往下坠着。

"你……"弋羊因为他的"冒犯"往后退了一步，脸色凛了起来。

韩沉西解释说："知道你要拒绝，但不能给你开口的机会，不然显得我多没面子。"

弋羊理论不过他，索性沉默。

"咱俩不是朋友了嘛！"韩沉西说着，收起的手掌又向她摊开，一副讨要的姿态，"礼尚往来，我的平安果呢？"

弋羊自然没准备。

韩沉西随口一问，仅是为了缓和气氛。他很快又把手收回，插进了牛仔裤口袋："开玩笑呢。"

两人面对面站着，弋羊抬头看他，他回以微笑，眼尾上扬，弋羊感觉头顶的一线灯光仿佛住进了他的眼睛里。

弋羊想说些什么，却找不出话说。她按部就班的生活里突然闯进了一个小精灵，打乱了她的"排兵布阵"，她不知所措了。

正在两人沉默之际，巡查好楼栋的管理员瞧见两道人影，走来，一副疑似伤风败俗的表情，也不知道他眼力为何那么好，一走近就认出了弋羊和韩沉西，嚷嚷道："哎哎，怎么又是你俩？大半夜的哪儿来那么多话聊？有什么事白天说，分开分开，赶紧回宿舍。"

"马上走。"韩沉西应了句。

他把羽绒服穿上，又觑弋羊一眼，说："苹果，保平安的。虽然说法迷信，但寓意是好的，所以，别忘了吃啊。"

嘱咐完，他大跨步走了，背影很快消失在了风里。

弋羊床头有一摞书，她将苹果放了那上面。她觉得韩沉西很像在家数钱的巴依老爷，根本不知道他将自己的东西分给别人一点点，对别人来说就是最好的。

这一夜，她没怎么睡，睁眼闭眼都是韩沉西的笑脸，生动活泼，仿佛他就躺在她身边似的。

她低估了韩沉西对她造成的影响。

第二日早读，玩了通宵的男生们一起进班，推门看到韩沉西桌上堆满了礼物，转眼瞅瞅自己的课桌，干干净净，鲜明的对比伤人又打击自尊。

刘浩川愤愤不平："我就纳闷了，都是两条胳膊、两条腿，人和人之间的差距怎么这么大呢？"

"明人不说暗话！"张琦贼手伸向韩沉西的衣兜，"沉哥，你手机呢？QQ列表借我摘抄一下。"

孙兴文牙酸："沉哥的后院真是桃树一棵棵，桃花一朵朵。"

范胡随手从礼物堆里捏出一张贺卡，打开，发现里面的祝福语竟然是用英文写的，前俯后仰地笑着说："哥，一看这妹子就是单纯喜欢你的外貌，一点都不懂你空荡荡的内在。凭你那三十分的英语成绩，看得懂才怪。这个不行，以后交流有障碍。"

他又吐槽："简单点，说话的方式简单点。"目光随之落在一盒德芙巧克力上，丝毫不客气地拆开包装，塞嘴里一颗，撒撒嘴，"哎哟，还是心形的。"

韩沉西好气又好笑地吼道："难不成送屎形的啊！"

范胡哼哼唧唧把那盒巧克力揽在怀里，冲韩沉西挤挤眼："放心，哥，就是送屎，我也替你吃。"

刘浩川快要被范胡谄媚的语气恶心吐了,他卷起书朝范胡身上抡:"你别叫范胡了,改名叫范贱吧。"

范胡冲刘浩川恶狠狠竖了个中指,夹起尾巴逃回座位,看到自己桌上也堆了挺多礼物的,觉得自己"交际花"的美誉名副其实,笑得牙都歪了。

韩沉西花十分钟的时间把女生送给他的贺卡一一看了,其中大部分是高一相处不错的同学送的,他在 QQ 上发消息给她们道了谢。

小部分人他熟悉名字,但名字跟被对不上号,他看贺卡的内容并没有写得特别露骨,也没有明显表达倾慕之情,他便没特别给谁回复,把送卡人的名字用笔抹去,防止私人信息泄露,然后将贺卡扔进了垃圾桶。

到下课,他让范胡代劳把收到的零食分给大家。

他扫了弋羊一眼,明知道弋羊人情味淡薄,脑子里根本没有送礼物的概念,更别提会补送,但他方才留心看,希冀那堆礼物里能有她给的东西,哪怕一张字条都行。可现实让期待落空,他有些小小的失落。

圣诞节一晃而过,各班开始紧锣密鼓地筹备元旦晚会。

七班除污扫垢,窗户擦得锃光瓦亮,地面扫得一尘不染,又用班费买了拉花彩带气球装饰教室,后黑板上画了灯笼鞭炮,工整的粉笔字写着"喜迎 2008"。

所有人沉浸在欢乐之中。

2008 年的第一天是周二,一高不放假,下午三点半,全校停课,让学生为晚上的晚会做最后的准备。

韩沉西抽空回了趟家,翻出搁置好久的相机。

柳丁也在家。初中放了三天假,韩沉西看她大过节却孤零零一个人挺可怜,就把她带过去玩。

班里前后排的课桌搬到了走廊外,剩余的桌子四散拉开,中间留了大片空地以便表演节目。

韩沉西一进班就被好几个女生拦住了,要他给她们拍照。韩沉西今天给自己找的专职工作就是拍照,自然没拒绝。

找了光线好的地方,女生开始摆 Pose,但总笑场。

韩沉西无奈:"我长得有这么搞笑吗?"

"不是,是你长得太帅了,我们不好意思。"女生纷纷说。

"专注看镜头,别看我。"

韩沉西说着又举起相机,刚对上焦,一个女生成功破功,娇羞地说道:"专注不了!"

韩沉西无语。

历时半个小时,终于拍出了女生们满意的照片,韩沉西被放行。

他走进教室,找了两眼,看到柳丁主动搭讪弋羊,还跟弋羊挨着坐在一起。

弋羊难得没写作业，随手翻着一本不知从哪儿捡的漫画书。

柳丁从兜里掏出两根棒棒糖，递给弋羊一根。

弋羊摆摆手，看见柳丁左右手的大拇指都包着纱布，问："手怎么了？"

柳丁说："削铅笔，被刀片刮流血了。"

弋羊"哦"了声，转而接过棒棒糖，帮柳丁撕开了塑料包装。

在她把橘色的糖果重新递给柳丁时，韩沉西站在不远处适时举起了相机。

柔和的光线，温馨的场面，两个漂亮的姑娘，他觉得应该留下些什么。

为了让学生放开了玩，刘志劲闪电般在教室出现几秒，叮嘱大家注意安全，又闪电般消失。

葛梨是主持人，晚上七点准时开场报幕。

韩沉西因为要拍照片，没有固定座位，随处溜达，不过他没刻意往弋羊身边凑。

节目安排得挺丰富，唱歌、跳舞、相声、小品，应有尽有。

五个节目过后，有个互动环节，击鼓传花，传到谁，谁上来表演节目。

第一轮，皮九不幸命中。

他腼腆内向，没啥才艺。

大家起哄让他唱歌，他的脸涨得火烧一样红。

范胡看不下去，解围说："怎么还唱歌？刚才老卢扯嗓子号的那一首，快把我吓尿了，还嫌没听够啊？这样吧，今天缺个诗朗诵的，就让我同桌给大家背一篇古诗词吧，课本上的大家随便点。"

刘浩川说："作弊呀？他学习那么好，这一点难度也没有呀。"

范胡两眼一翻，怼他："嫌没难度，你来背。"

刘浩川吃瘪。

最后，皮九背了《赤壁赋》才得以解脱。

第二轮从皮九开始，黑板擦绕了一整圈，敲击声迟迟不停，大家焦急又激动，好几个人跳着站起来，想看一看下一个倒霉鬼是谁。

韩沉西忙着抓拍，没参与游戏，但不知为何，他有股不祥的预感。

他看向弋羊和柳丁。

没一会儿，黑板擦传到柳丁手里，柳丁紧张地丢给弋羊，弋羊手刚碰到，敲击声霎时停了。

很碰巧，她们俩是一人捏着黑板擦的一头。

弋羊和柳丁沉默地对视一眼。

韩沉西蓦地笑了。

范胡困惑："这怎么算？"

有人开始起哄："当然是一人表演一个。"

"谁先开始？"

范胡不敢对弋羊捣乱，怂恿柳丁："小柳儿，你先上去耍套太极拳，给哥哥们开开眼界。"

"我不会！"柳丁苦着小脸瞅韩沉西，眼神里是焦急的求救。

她害羞，当着陌生人的面更放不开。

"好啦！"韩沉西急忙上前解围，"我替小柳表演。唱首歌吧，想听什么？"

"啥都行！"范胡鼓掌带气氛，"你唱《两只老虎》都帅惨了！"

张琦做呕吐状："范胡！捧臭脚也要有个限度！"

葛梨把话筒交给韩沉西，韩沉西走到教室空地的正中央，等着大家点歌，但半天没人敢开口。

"没人点？那我就自己决定了。"

韩沉西思索片刻，歌声响起。

> 星的光点点洒于午夜，
> 人人开开心心说故事，
> 偏偏今宵所想讲不太易，
> 迟疑地望你想说又复迟疑……

这是首粤语歌，歌词文艺而动人，讲一个男孩爱上一个女孩，迟迟不敢表白，最后将他和她的过往编成故事讲给她听。

原唱的情感表达得非常隐忍，同时又有想要宣泄的欲言又止，但韩沉西嗓音温柔低沉，是从一个旁观者的角度，平缓地叙述这个令人遗憾的故事。

> 秋风将涌起的某夜，
> 遗留她的窗边有个故事，
> 孤单单的小伙子不顾寂寞，
> 徘徊树下直至天际露月儿……

柳丁听着，一脸崇拜，忍不住跟弋羊炫耀："我哥唱歌很好听吧？"

弋羊掀起眼皮向韩沉西身上看了一眼。他站姿很惬意，眼睛微微眯起，带着若有若无的笑意，唱得丝毫不费力，喉结因发声而上下滚动着。

他似乎感受到了什么，视线斜过来。两人就这样对视了一下，眼神的内容很朦胧，都是一愣，然后迅速别过脸。

弋羊再没抬头。

韩沉西唱到结尾时，弋羊的手机响了，是羊军国打来的。

她弯腰出去接。

羊军国试探地问："闺女，学校现在忙不忙？"

"不忙，开晚会呢。怎么了？"

羊军国松了一口气似的:"有个客人来铺子修电视机,舅舅今天血压有点高,头晕乎乎的,也不看见东西,机箱已经给人拆了,怎么也装不上去,你……"

"我马上过去。"弋羊打断他,非常干脆地说。

羊军国平时并不轻易打扰她,他主动打电话,那眼睛不适的情况一定非常严重了。

弋羊回班拿了大衣和围巾,此时韩沉西已经唱完了。

她扭头走出教室时,范胡喊道:"羊姐,干吗去?该你表演了,别临阵脱逃啊!"

弋羊没有理他,快速穿好衣服,到走廊角落那摞得高高的桌子堆里辨认自己的课桌。

韩沉西隔着窗户望见她翻翻找找,心有疑惑,立马跟出来问:"找什么呢?"

弋羊说:"走读证。"

韩沉西:"你用走读证干什么?"

"出去一趟。"

"去哪儿?"

他追问得太详细,弋羊抿紧嘴唇,想了想才说:"我舅舅那里。"

韩沉西稍稍安心,他的走读证随身带着,他掏出来,说:"先用我的吧,门卫今天查得不严。"

弋羊手一滞,转身接过,说:"谢谢!"

"身体不舒服为什么还要抽烟?"

弋羊赶到修理铺时,羊军国正眯着眼坐在竹编椅上跟客人吞云吐雾,听到弋羊语气不耐烦地教训他,干笑了两声,向客人介绍说:"我外甥女。"

他手里的烟舍不得扔,接连几口迅速将其抽完。

"哪里出毛病了?"弋羊看了客人一眼,然后拉来一张凳子在操作台前坐下,发现电视机的尾板才拆掉两颗螺丝。

羊军国说:"图像模糊。"

客人的年纪和羊军国相仿,他咬着烟头,听着舅甥俩的对话,上下打量着弋羊,满腹狐疑地看向羊军国:"她一个小姑娘,会修这东西?"

他万万没想到羊军国会找个小孩来帮忙。

羊军国保证说:"一教就会,很聪明的。"

客人哪会轻易相信:"老羊,你可别糊弄我,你要是今天实在弄不了,我去别家店也行。"

羊军国摆手:"放心,我凭良心做事的。"

客人迟疑一下,赌气说:"弄坏了,你要赔我台新的啊。"

"成。"羊军国一口应下。

客人见他很有把握的样子，虽心里还是觉得弋羊不靠谱，但也没再掰扯什么，闷着继续抽烟了。

弋羊的神色始终淡淡的，安静地等他们俩斗完嘴，问："要怎么弄？"

羊军国一只胳膊撑在桌上，一只手来来回回揉眼睛。他很不舒服，皱着眉头强忍着眩晕感，在旁边指导弋羊操作："你先把盖子揭开，小心别碰到显像管的后座。"

"哪个是显像管？"弋羊用螺丝刀将外盖的螺丝全拧掉，托着外盖往机箱瞅一眼，问道。

"屏幕最里面有一小块电路板，板子上有块白色的东西，看见没？"

弋羊"嗯"了声。

"那个就是显像管的管座。电视只放声不显图像，估计就是管座上的高压线里边腐蚀断了。板子你别碰，有高压电。"

弋羊小心翼翼地把与尾座相连的一串线管拖到桌上。

"跟显像管连着的高压包有个地方罩着一个塑胶套，看到没？你用绝缘螺丝刀把那个橡胶套给揭开，然后从抽屉里找段导线，先把电放了。"

弋羊按照羊军国的指引，一步一步谨慎地拆掉管座，又找了个相同型号的换上。前后捣鼓了近一个小时，等再把电视的插头插上，电视的声音和画面可以正常显示了。

客人"哎哟"一声，瞬间对弋羊刮目相看："小姑娘蛮厉害的嘛！"

羊军国憨笑道："祖传的手艺。"

"看这个头，年纪十六七岁了吧，高中生？"

"十六岁半，上高二了。"

"学文学理？学习怎么样？"

"理科，很争气，回回考试都是年级第一。"羊军国的语气里满是骄傲，眼睛里闪烁着光芒。

弋羊在一旁边洗手边默默听着，其实根本没有人告诉过她读书可以改变命运，但她怎么会不懂。只是在这一刻，她切实地感受到有人为了她而骄傲自豪。

客人落在弋羊身上的视线也放亮了："真好啊。这以后一定能考个重点大学，好工作也不用发愁了，等挣了钱，买大房子孝敬你，你也有福了。"

羊军国摆摆手："我不用她孝敬，孩子自己的福分自己享。"

两人有一搭没一搭地又聊了几句，客人付了修理费，搬着电视走了。羊军国本是想送客人出门，可一站起来，天旋地转，差点一头栽倒在地，幸好弋羊眼疾手快地扶住他。

"去医院。"弋羊阴沉着脸命令。

羊军国紧闭着眼，缓了好一阵，稍感舒服点才说："不用去医院，我就今天贪嘴，多吃了碗红烧肉，血压上来了，回家吃降压药，睡一觉就好了。"

弋羊凛声道："有病及时治疗，为什么非要把小毛病拖成大病呢？"

羊军国："我自己的身体我自己心里有数，明天要是症状不缓解，我一定去医院，再说今天天也晚了，医生都下班了。"

弋羊没吭声。

两人静默着僵持了一段时间，她妥协，关了店门，打车送羊军国回了家。

徐春丽不在，弋羊问："舅妈呢？"

"打牌去了。"

降压药就放在餐桌触手可及的地方，羊军国掰出两粒，弋羊帮他接了一杯水，他就水吃下。

弋羊扶着他到卧室床上躺着。

羊军国："你回学校去吧，去看同学表演节目。我没事了，别担心。"

弋羊"嗯"了声。

她从羊军国小区出来，却没返回学校，转脚到徐春丽日化店那条街的一家棋牌室去了。

棋牌室里烟雾缭绕，声音嘈杂，男男女女挤了好几桌。

徐春丽穿着红色羊绒大衣，分外扎眼，弋羊一眼就看到了她。

她搓麻将正在兴头上。

弋羊走去，叫了她一声："舅妈。"

徐春丽斜眼觑着弋羊："你怎么来了？"

弋羊："我舅身体不舒服，你回去照顾他一下。"

"他又怎么了？早上还好好的。"徐春丽表现得并不在乎，继续摸牌，没有起身的意思。

弋羊说："高血压。"

徐春丽冷"呵"了声："老毛病了，没事，谁让他吃那么胖。"

弋羊眼神冷了："我请不动你吗？"

留下这样一句话，她就转身出去了。

牌友见状互相使了个眼色，都停下摸牌的动作，笑着劝说："要不你还是回去看看吧，自己的男人自己疼。"

她们倒不是想管徐春丽的家事，而是怵徐春丽的这个外甥女。之前有一次，也是她深更半夜来找夜不归家的徐春丽，徐春丽不理她，她当场报警说有人聚众赌博，搞得整个棋牌室关停数周。

徐春丽嫌被扫了兴致，扔了手里的麻将，不打了，慢悠悠地走出去。

到了屋外，她骂了句："搓个麻将都不得安生。"然后用力踩着高跟鞋往家的方向走去。

弋羊在后面跟着，到了单元楼，没上去。估摸着时间，仰头看到家里亮了灯，她才松了口气。

再次拐出羊军国的小区，弋羊想到晚会她还欠着一个节目，心里有些烦。她深知自己除了会学习，并没有任何特长，更不像其他女孩子琴棋书画样样精通。

她不想回班，便沿街随处晃悠。

街上今天人挺多，各个商铺门前都挂着彩灯，放着喜庆的音乐。

经过一家理发店时，她从镜子里瞥见自己的头发长了，犹豫一下，转头走进店里。

接待她的是一位杀马特造型的年轻小伙。

他热情似火地问："美女，想做什么造型？"

弋羊："剪短。"

"只剪短吗？不考虑染个颜色？你皮肤白，栗色、茶色、亚麻色都适合你，显得活泼。"

弋羊摇头："不考虑。"

"那烫个卷呢？直发太单调了。"他喋喋不休。

"剪短！"弋羊不为所动。

小伙尴尬地笑了两声："美女，挺高冷的啊！"接着不再多嘴，领着弋羊去洗头。

韩沉西电话打来时，弋羊的头发在做最后的修剪。

韩沉西问："羊姐，你什么时候回来啊？"

弋羊说："有事？"

韩沉西清了清嗓子："我的走读证在你那儿，得拿回来啊，不然我明天怎么进校？"

弋羊怔神，从镜子里和理发师对视一眼。理发师瞬间懂了，比了个手势，表示两分钟能好。

"等我十分钟。"她加上了回校的路程时间。

韩沉西感觉她好像被什么事情绊住了脚，问："你在哪儿呢？"

弋羊不太好意思，片刻才说："理发店。"

"我也在校外呢。"韩沉西哼笑一声，"我去找你吧？"

弋羊想了想，说："好。"

她把地址发给了他。

弋羊刚吹干头发，整理好，走出理发店，韩沉西就赶了过来。

两人站在理发店门前。

韩沉西借着灯光端详她。

她头发披散着，齐肩的长度，有些蓬松，风一吹，翻飞两下，再慢慢落回肩上。这是韩沉西第一次见她除了马尾辫的发型。

不再显得那么清冷，因两侧发丝遮盖，脸部轮廓没那么鲜明，鹅蛋脸稍圆了些，眉目也柔和许多。

韩沉西笑着询问："怎么想着剪头发了？"

弋羊说："天冷了，洗头发不方便，也浪费时间。"

韩沉西"哦"了声，直白地看着她，直接地夸赞："还挺好看的。"

弋羊愣了愣，一时不知道该如何回复，好久才冲他微微笑了下。

韩沉西便又说："你应该多笑笑，你笑起来也好看……你长得就很好看。"

弋羊觉得他说话太夸张了，贫瘠的土壤里开不出好看的花朵。她没有多想，赶紧拿出走读证还给他。

"谢谢。"

"不客气。"

韩沉西感觉到了她情绪的波动，以及气氛的微妙，手不自觉地拨了额前挡眼的碎发，突兀地觉得自己的头发好像也该修剪了。

他像随口一说："我是不是也该剪头发了呀？"

弋羊抬眸打量他。她觉得剪也行，不剪也不影响他的颜值，但抿嘴最终没有给出任何意见。

安静了一两分钟的样子，韩沉西不纠结这个话题，打破沉默："你……回学校吗？"

弋羊点点头。

韩沉西："我送你。"

弋羊拒绝："不用。"

韩沉西坚持："有点晚了，怕不安全。"

没等她再说什么，他起步先走，弋羊只得跟着。

两人一前一后错开一个肩膀，走了百来米远。

弋羊余光看到一家奶茶店，突然喊道："韩沉西！"

韩沉西停住脚步，回头："怎么了？"

弋羊张张嘴，稍微酝酿了下，指了指："我请你喝杯奶茶吧。"

韩沉西反应一会儿，说："这是元旦礼物吗？或者……迟来的圣诞礼物？"

弋羊拧眉，没正面回答，却也没反驳。

"可是我不喜欢奶茶啊！"韩沉西的语气有点耍无赖。

弋羊静默伫立，随后泄了一口气，说："那算了！"

她抬脚准备继续往前走，韩沉西却在她与他擦肩而过时，突然单手握住了她一边的肩膀，又很快松开，扬扬下巴，得寸进尺地说："奶茶能换成馄饨吗？晚饭没吃饱。"

弋羊回到宿舍时，姜琳正用手机放歌听，苏果靠在她床边，吃着零食，跟着旋律乱哼。

徐梦竹捧着歌词本看，左右摆着头打旋律。

自从弋羊和夏满珍明面上闹掰，大家在宿舍异常压抑，已经很久没有出现如此轻松愉快的氛围了。

歌唱到结尾，姜琳拿起手机，恳求着说："能换下一首了吗？"

苏果急忙摇头，拨浪鼓似的："再听一遍嘛！"

姜琳翻白眼："还没听腻啊？单曲循环一晚上啦！"

"没。"苏果说，"每听一遍都有新的领悟。"

徐梦竹说："这歌跟白酒似的，后劲儿大，越听越有瘾。"

姜琳无语片刻，直戳要害："我看你们俩不是对歌有瘾，而是对唱歌的人犯花痴吧？"

苏果对此并不否认，她盈盈一笑，露出左侧的虎牙，十分可爱。

徐梦竹合上歌词本，手肘垫在腿上，托住下巴，回味悠长地感慨了句："韩沉西今天真的好帅啊。"

苏果马上应和道："我以前只觉得他笑起来好看，没想到唱歌的时候会这么有魅力。"

徐梦竹："最关键是好听！"

"行了！"姜琳听着她俩对韩沉西的吹捧，轻轻踹苏果一脚，"别幻想了！"

苏果"哎呀"一声："美色当前，控制不住。"

徐梦竹贼兮兮地笑。

"服了！"姜琳捏了捏苏果肉乎乎的脸蛋，端详一下，"你也是够了。"

"人之常情嘛。"苏果挺坦然的，心里有什么说什么，"谁不喜欢长得好看的，多养眼哪。"

她们聊天的间隙，弋羊换了睡衣，从洗漱架拿起牙杯准备到盥洗室洗漱。走到门口，她突然顿住脚步，又仔细听了一耳朵那首循环播放的歌曲。

粤语歌她听不懂歌词，又因为原唱和韩沉西音色大不同，她甚至没辨别出这首歌就是韩沉西晚会唱的那首。

其实，她已经不大记得韩沉西唱了什么，也不知道音调起承转合哪个地方更好听，她脑子里更多的印象是灯下他闲散又不失认真的站姿，以及握话筒的指节瘦劲有力。

她心里同意苏果的话，觉得韩沉西看上去是真的养眼。

弋羊刷牙时，苏果端着盆到盥洗室接热水，她要泡脚。

热水在水池尽头，苏果从弋羊身边经过，往镜子里偷瞄弋羊一眼，并没有打招呼。

已经很晚了，盥洗室的人不算多，不用排队，苏果接了半盆热水，端着往外走。

弋羊此时也洗好脸，收起毛巾和牙杯，转身，看苏果端着重物，走路晃晃悠悠的，自觉慢了一拍，给她让路。

苏果又偷瞄弋羊一眼，悻悻然可着劲儿往前冲，一副急着回宿舍的模样。

哪想，与弋羊擦身而过时，她脚下突然一滑，失去重心就往后仰。

盆跟着倾斜，热水向内扣倒，照这趋势看，整盆热水是要悉数泼到苏果脸上的。

弋羊一惊，她来不及思考，一把攥住苏果的衣领猛地把人往后扯，另一只拿着毛巾和牙杯的手去挥开水盆。

苏果踉跄两步，甩掉一只拖鞋，不知又绊到什么东西，一屁股坐在地上。她坐下时腰背顶到了弋羊的腿，弋羊腿窝往后一抻，抻到了筋。

"砰"一声，水盆在一米开外应声落地，水斜着洒出一道弧线，而弋羊的手背无法避免地被溅出的水烫了一下，苏果没穿鞋的那只脚也沾到了热水。

两人皮肤瞬间被烫红，万幸的是面积不大。

实属突发状况，苏果吓得尖叫一声，旁边唯恐避之不及的路人也惊慌失措。

好在弋羊比她们都淡定，她扭头拧开水龙头，用冷水冲洗手背。

冲了几分钟，痛感渐渐不强烈了，她抽回手看了看，不知是不是热水没有完全烧开，手背只是泛着轻度的潮红，不严重。

苏果愣神片刻，从惊慌中缓过来，连忙从地上爬起。地板上又是脚印又是水渍，她裤子全浸湿了，狼狈不堪。

她吓得不轻，站到弋羊身边，磕磕绊绊地给弋羊道歉："对不起啊，我不是故意的，脚下滑了。"

弋羊没理她，捡起被丢到一边的毛巾洗干净，浸了凉水，裹住手。

苏果一直重复着"对不起"三个字，带着哭腔，她又问："你需不需要去医务室啊？"

弋羊没回答她的问题，原本也不想跟她说话，但实在没忍住，告诫道："以后请走路看路。"

苏果毛手毛脚惯了，这也不是她第一次滑倒，夏天在盥洗室四仰八叉摔的一跤疼了半个月，可好了就忘。这次要不是弋羊的出手相救，她就不简简单单是疼的问题了，极有可能烫出疤，会毁容的。

苏果开始后怕。

弋羊没有继续跟她说话，自行离开了。

第二天是个大晴天，雪没积起来，全融化了。

到大课间，苏果小心翼翼地挪到弋羊座位边，又关心地问："你的手怎么样了？真的不需要去医务室吗？"

弋羊在算题，她没抬头，淡淡地说："不需要。"

她并没有责怪苏果，忙是她要帮的，后果自己负。

苏果再次道歉："对不起啊。"

弋羊停下笔，表情变得不耐烦："'对不起'是你的口头禅吗？"

/ 125 /

苏果一呆,好一会儿才又开口:"昨天……也谢谢你!"

话音一落,立马走了。

弋羊叹了口气,而她刚刚收回注意力,笔尖在演算本点了个点,身后突然传来一只"小蜜蜂"的轻嗡声:"羊姐!"

弋羊一怔,转过头。不巧的是,她反应的这几秒,韩沉西以为是她没听到自己喊她,也没再次开口,而是起身往前探出半个身段。

两人一个往前凑,一个向后转,韩沉西胳膊架在课桌上,角度高一些,鼻梁直接撞到了弋羊的额头。

一触即分,但力道挺大。

韩沉西"嘶"了声,倒吸口气。

弋羊咬咬牙。

疼是疼,但还好,能忍受,毕竟额头比鼻梁抗撞一些。

韩沉西显然惨些,他闭起眼睛,等着胀痛的那股劲儿过去。

弋羊摸摸额头,自觉地说:"抱歉。"

"幸亏我这是纯天然的,不然这一撞得去做二次修复。"韩沉西揉着鼻尖,打趣说。

弋羊没接话。

韩沉西又缓了会儿,才又凑上前来,问:"你的手怎么了?"

方才他坐在位置上,往班级群相册里传昨天拍的照片,苏果的话他全听到了。

"没事。"弋羊本能地说了这两字,不过说完,很快又补了句解释,"昨天不小心碰到热水了。"

"哦。"韩沉西看向她的手背,有点红,但没有起泡,不太严重,他就没过问具体细节,只嘱咐了一句,"平常小心点。"

弋羊"嗯"了声,点点头。

两人停止了对话。弋羊坐正,重新写题,算出答案后,不太放心似的,又转头看了韩沉西一眼。

韩沉西察觉,见她视线移到了他的鼻子上,便故意皱了皱鼻子,宽她心说:"没大碍。"

弋羊没吭声,也没收回视线。

"真的。"韩沉西冲她眨眨眼。

正好上课铃响了,老师进班,韩沉西见状,掰着弋羊的肩膀强行让她转回身:"上课了,看黑板。"

触碰很自然,他的手也很快松开。

老师站在讲台,说:"上课!"

大家起立,齐声回复:"老师好!"

只是坐下时,弋羊头顶传来了一个声音:"羊姐,你说实话,是不是练过铁头功？"

　　羊军国一连休息两天，血压才恢复正常，修理铺重新开门营业，弋羊得以安心投入到期末考试的复习中。

　　刘志劲在省重点高中那套卷子成绩出来后，找弋羊认真地谈了一次话。试卷难度加大，她的成绩掉到660分，放在人才济济的省高，排在50名开外。

　　刘志劲希望弋羊反思总结，更努力些。

　　他的器重和期许，弋羊听在心里，默默记下了。

　　到本学期最后一周的周五，七班迎来体育测试。

　　女生跑800米，男生跑1000米。

　　鉴于女生人数多，先开始。

　　没列队，也没分组，哨声一响，大家一窝蜂往前跑。

　　弋羊的腿抽着筋，还有点疼，她没尽力跑，调整呼吸跟在大部队的中后方，压线及格，反正体测成绩不计入文化课成绩中。

　　她跑完，叉腰站在终点线的跑道外稳定呼吸。

　　几米开外，男生们开始热身，站在人群中伸懒腰的韩沉西格外引人注目，弋羊一眼就看到他了。

　　他脱了羽绒服，上身穿黄白相间的卫衣，下身配藏青色的牛仔裤，以及白色的板鞋，并没有特意换运动装。

　　两人对上视线。

　　弋羊最近发现，她只要看向韩沉西，韩沉西总能在第一时间精准捕捉到她的目光。

　　不知道到底是默契，还是心有感应。

　　突然，韩沉西后退几步，胳膊虚虚举到半空，手腕自然下垂，冲她甩了甩。

　　弋羊蹙眉，她不明白这个动作是什么意思。

　　直到韩沉西又拍拍腿，无声地说"看我的"，弋羊才明白他在嘲笑她徒有一双大长腿，跑得这么慢。

　　不知如何回应，弋羊只好看着他。他逆着光，侧影是一道清瘦的弧线，眉毛微挑着，脸上得意的小表情幼稚又可爱。

　　刹那间，弋羊都没察觉自己轻轻弯起了嘴角，笑得很淡很浅。

　　韩沉西愣住了。在这一秒的时间里，他以为自己眼花了，他好似看到了自己不敢相信的一幕。

　　哨声突兀地响起，男生来到起点集合，韩沉西还原地站着一动不动。

　　体育老师见状，吼了句："韩沉西！魂被勾走了吗？愣着干什么呢？没听见集合哨？"

　　韩沉西这才回神，抓抓头发，说："来了。"

他站在了队尾，若有所思，等起跑哨一响，他冲到最前面，跑出去百来米，突然转回身，张开手臂，变成倒着往后退。

他的视线又落在了弋羊的身上，只是距离越来越远，她的五官在他眼里渐渐模糊，只剩一条消瘦的轮廓线。

紧跟韩沉西步伐的范胡瞧他哥一脸的春心荡漾，觉得莫名其妙，喘着粗气骂道："跑个步，你开什么屏！"

韩沉西下巴一扬，"哼"了声。

范胡一攥拳，较劲儿似的，加速超过他。

韩沉西哪能让范胡得逞，扭头也开始加速，没费劲就赶超了。

范胡嘴巴一瘪，冲他竖了个中指。

韩沉西心情好到爆炸，完全不与范胡计较。

他往前跑着，冷风在耳旁呼啸，凛冽的寒气钻进呼吸道，他却热血沸腾。

弋羊看他跑了一圈，便先行离开班了。

没一会儿，韩沉西过来，敲开了她座位旁的窗户。

他手里握着一瓶矿泉水，额头冒着细密的薄汗，顺势倚上墙壁，饶有趣味地问："羊姐，你今天遇到什么事了，这么开心？"

"没有。"弋羊知道他在问什么，极力否认。

韩沉西乐了："那为什么对我笑？"

弋羊盯着课本，愣了几秒，冷淡地回答："没笑。"

韩沉西勾着手指戳戳眼睛，又指向她："我看在眼里了，否认也没用。"

韩沉西这些天琢磨明白了弋羊有点死要面子活受罪，便没揪住"她到底笑没笑"这个问题不放。他从衣兜里摸出一袋酸奶，搁到弋羊桌上，说："喏，请你喝的。"

弋羊狐疑地望着他，在质疑他请客的原因和目的。

韩沉西说："谢谢你元旦那天请我吃馄饨。"

弋羊解释说："请你吃馄饨，是因为你借给我走读证用。"

所谓的礼尚往来，扯平了。

韩沉西一时哑然，抿起嘴唇，想了想，胡诌道："那就谢谢你今天冲我笑，我心情很好。"

话颇为露骨，他说完，心里就厌了一下，都没敢看弋羊，拍拍屁股溜走了。

期末考试伴随着一场鹅毛大雪而来，考两天。

或许学校想要大家过个舒心年，考卷难度设置得一般，大家都挺开心。考完，各班开了个简短的班会，另外布置了一大堆寒假作业，便放假了。

韩沉西收拾好书包，见弋羊留在座位上写东西，没走的意思，问："羊姐，怎么还不走？"

"等会儿。"正值人流高峰期,弋羊嫌挤汽车的人多。

韩沉西脑筋一转,又问:"你过年是在望乡吗?"

"嗯。"弋羊点头。

韩沉西比了个"OK"的手势,表示知道了。

他随即被范胡拉走。范胡不想在家过年,怕又被妈妈安排补课,所以这几天他一直在怂恿韩沉西跟他去三亚玩。

韩沉西原本态度不明,今天却一口回绝了:"不去。"

"为什么?"

"太远。"

"那你找个近点的地方,我不挑。"

韩沉西张口就来:"我姥爷家。"

范胡怒了:"别扯皮行吗,认真点。"

韩沉西:"没跟你扯!"

范胡一副怀疑人生的表情:"乡下什么娱乐设施都没有,去那儿能干啥?"

韩沉西想起夏天范胡说过的一句话,翻起了旧账:"你不是说要给我姥爷翻地吗?"

范胡嚷道:"翻地也挑时候吧,春耕秋收我可以去干活,大冬天我翻地,有毛病啊?"

韩沉西见各个理由说不通,粗暴地来了句:"我想我姥爷了,成吗?"

不仅范胡,就连柳思凝得知韩沉西要这么早去柳泊涟那儿也感到奇怪,往年他一放假人影全无,只有年三十会在年夜饭桌上现个身,那还是来收压岁钱的。

知子莫若母,柳思凝直白地问:"你打什么鬼主意呢?"

"合着我在你眼里就不会干正经事呗。"韩沉西从衣柜里挑了几件衣服扔进行李箱,"我姥爷一个人守着那么大个厂子,多孤独,我去跟他做个伴,替你尽孝道。"

柳思凝信他才怪。

韩沉西继续说:"再说,你不是更年期到了嘛,我这个烦人精得离你远点,省得加重你病情。"

来望乡的一路上,韩沉西心里的小算盘打得格外响。他琢磨着怎么跟弋羊来个不期而遇,聊上几句,顺利的话再拉她喝杯奶茶,维持住费尽波折才熟络起来的同窗之谊。

因此,他每天一早吃过饭便领着翠花出厂房,名义上是溜达消食,实则是在望乡的各个街道路口来回穿梭,希冀能看到弋羊的身影。

他甚至怕自己眼神不好,不小心与弋羊错过,特意好声好气地交代翠花:"翠花儿,羊姐你熟悉吧?就是上回载我去医务室的那个姑娘,我因为一些个人原因必须找到她,但又不能直接去她家找,更不能打电话,那样显得太刻意,她会不理我的,所以,得靠缘分,得碰。你呢,睁大你的卡姿兰大眼睛,到街上帮我留意一下她。"

韩沉西说着,还给翠花做了套眼保健操,动作极其轻柔。

翠花别提多舒服了,哼唧两声,分外享受。

韩沉西拍拍狗头:"晚上给你骨头吃。"

翠花一听到骨头,越发兴奋,摇着尾巴像个侦察兵似的,走路左顾右盼。

它很卖力,只是有点傻,没彻底领悟韩沉西的意思,力用错了方向。

大街小巷流窜着许多家养狗和野狗,翠花和它们碰面,背上的毛竖起,匍匐在地,率先挑衅,"汪汪汪"冲它们干嚎,叫的声音别提多刺耳了,惹来一堆小屁孩围观。

韩沉西有些无语。

他拽狗绳,无奈翠花力气大,也嚎上瘾了,怎么拉都不动。最后他没办法,只得抱着狗远离战场。

翠花却一点不自知,还以为自己得胜了,昂起头迈着豪放的犬步,等待韩沉西夸奖。

韩沉西气得差点一口气没喘上来,骂道:"我让你来耍威风的吗?"

一人一狗,在天寒地冻的室外晃荡了整整五天,毫无所获。

韩沉西被冷风灌得脑袋突突疼,心里那希冀见到弋羊的小火苗也被现实的风雨吹灭,只剩一缕黑烟。

他蔫了,托腮坐在屋檐下,望着萧索的厂房长吁短叹。

他沉浸在自己的小情绪里,电话响了都没听到,还是柳泊涟提醒他,他才缓过神。

来电显示"糊涂蛋"。

"喂。"他无精打采的。

"哥,好消息!好消息!"与之相反,那头的范胡十分激动。

韩沉西有气无力:"小心乐极生悲。"

"你今天嘴巴怎么这么毒?"范胡听到他的诅咒,气愤地嚷道。

"听不得你过得好呗。"

"发什么疯!"范胡只当韩沉西跟他打嘴炮,继续分享他的好消息,"我爸妈除夕都要值班,我落单了,我明天去姥爷家找你,一起过年。"

"不欢迎。"韩沉西说完,利索地挂了电话。

没两分钟,柳泊涟的手机响了。老年机的外放声音特别大,韩沉西清楚地听到范胡嘴巴抹了蜜似的,可着劲讨柳泊涟欢心。

"姥爷,我可想您了。"

"姥爷也想你。"

"我明天去厂里陪您过年可好?"

"来吧,人多热闹。"

"那您可别嫌我烦啊。"

"哪能呢。"

韩沉西又长叹一口气,仰天翻个白眼,给范胡发了一条短信。

韩沉西:绕个道,接上小柳。

除夕当天,柳泊涟一大早起床,同时也把韩沉西喊了起来,念叨说:"睡懒觉对精气神不好,影响新一年的运势。"

韩沉西"嗯啊"应着,磨蹭半天穿上了柳泊涟搁在他床头的红毛衣。以前每年这时候,姥姥都会亲手织红毛衣当新衣服送给他和柳丁,姥姥前几年意外过世后,柳泊涟延续了这个习惯,只不过他不会织,换成了买。

柳思凝九点左右开车来了一趟,送来两箱海鲜。海鲜是托客户从南方买的,个头大且新鲜。她问韩沉西:"你留在这儿,缺席爷爷那边的年夜饭?"

韩沉西喝着豆浆,不以为意:"爷爷没有姥爷亲,我不愿跟他吃饭。"

柳思凝瘪嘴:"怪不得他不怎么待见你。"

她还有事忙,又跟柳泊涟说两句话便走了。

没一会儿,范胡打来电话,说和小柳到镇街口了,带了不少年货,让韩沉西去接。

韩沉西不乐意动,让他自己想办法扛过来。

范胡一句"那只能委屈小柳帮忙搬了",迫使"护妹心切"的模范哥哥挪了大驾。

厂房位置偏,韩沉西出来,沿着一条柏油路走了很长的距离。路两旁是田地,还没融化的雪覆在绿油油的麦苗上。

翠花被韩沉西教训一顿后老实不少,小心翼翼地跟在韩沉西腿边。他们安静地走到路尽头,这边农田的一角是一块较大的坟地,有人在祭拜过世亲人,烧纸钱的灰烟呛鼻。

韩沉西屏着呼吸,步伐加快,原本是想赶紧走过这段路,翠花却突然越过田埂,冲着另一个坟头的方向"呜"了声。

韩沉西打了个响指,唤它跟上,翠花没动,伸长脖子又"呜"了声。

韩沉西狐疑,顺着它远望的方向看去。坟头前站着一个姑娘,虽背对着他,他还是一眼认出那姑娘是弋羊。

她的背影他可是盯着看了一个学期,实在熟悉。

他脑子里蹦出一句诗,"有心栽花花不开,无心插柳柳成荫",辗转来回,在这儿遇上了。

韩沉西不可控制地笑了下。

他没去打扰弋羊，站在路边等着。

过了很久，弋羊转过身，沿着一边的田埂出了田地，走上柏油路。

她走路微微埋着头，视线下放，心事重重的样子，并没有留意到韩沉西。

"羊姐。"韩沉西主动截住她。

弋羊闻声猛地抬头，韩沉西看到她眼睛和鼻尖通红：" 你……"他喉结一滚，把到嘴边的话咽下了。

弋羊瞬间敛去难过的神色，语气平常地问："你怎么在这儿？"

韩沉西："来姥爷家过年。"

弋羊恍然大悟。

韩沉西手指向坟头的方向："你这是给……"

"姥姥。"弋羊知道他想问什么。

"哦。"韩沉西点点头。

突然无话，弋羊脸埋进围巾，看着蹲在两人中间摇头摆尾的翠花。

韩沉西率先打破沉默："准备回家吗？"

弋羊"嗯"了声："你呢？"

"我……"韩沉西脑筋一转，他虽然不知道弋羊家在哪儿，但大致记起他脚受伤那天弋羊出现的方向。五天时间里，他已经摸清了那边有什么商铺，他有心同路，便撒了谎，"我去趟超市。"

不料，弋羊说："我也要去一趟。"

韩沉西心下一喜："那一起走吧。"

"好。"

翠花在前头领路，两人并肩而行，步伐渐渐一致。

韩沉西和弋羊闲聊："最近在家干吗呢？"

"写寒假作业。"

典型的学霸式回答。

"你呢？"弋羊不擅长聊天，只能就着韩沉西的询问反问过去。

"玩！"

典型的学渣式回答。

韩沉西乐了，他轻轻一笑，弋羊也抿了抿唇角。

到超市，韩沉西随便拿了盒口香糖，弋羊则到五金区挑了个螺口电灯泡。

结过账，韩沉西问："灯泡坏了？"

弋羊点头。

"你来换吗？"韩沉西直觉敏锐。

"嗯。"

韩沉西主动问道："要我帮忙吗？"

"不用。"弋羊先是一口回绝，呆了一下，又瞄他一眼。

韩沉西察觉她后面还有话:"你说。"
弋羊张张嘴,仿佛有些为难,犹豫了片刻才开口:"有个东西想让你帮我搬一下。"
"可以。"韩沉西立马答应。
弋羊带他回了家,严格说是羊军国的家。
而要搬的东西是一把人字木梯,得从杂物间搬到门廊,门廊下的灯泡钨丝烧断了。
木梯材质实,很重,韩沉西一个男生搬就非常吃力,也难怪弋羊会开口求人。
把梯子竖到灯罩下,韩沉西望了眼高度,说:"我来换吧。"
他没等弋羊同意,擅自从弋羊手中拿走新的灯泡,自顾自爬了上去。
换灯泡的操作十分简单,对着接口旋紧即可,所以很快换好,他从梯子上跳了下来。
弋羊下意识地扶住他的胳膊,等他站稳后说:"谢谢。"
韩沉西想到什么:"你总在跟我说谢谢。"
弋羊实诚地说:"因为你总是在帮我。"
韩沉西心想:算你有良心,还记得。
他环顾院子一圈,见家里正屋的门紧闭着,不像有人住,更没烟火气,春联还是旧的。他讶异地问:"你一个人在家啊?"
"嗯。"弋羊按廊灯的开关,灯亮了,她又按灭。
"你舅舅呢?"
"在县城。"
"不回来过年吗?"
"不回。"
不是羊军国不愿意回,而是徐春丽嚷着非要在县里过年,嫌家里冷。
韩沉西皱眉:"那你年夜饭怎么吃?"
弋羊避而不答,转移话题:"还得麻烦你再把梯子搬到杂物间。"
韩沉西照做。
弋羊再一次说了"谢谢",这次韩沉西从她的口气里听出了送客的意思。
韩沉西不好再追着问什么。两人道了别,他就走了。直接回了厂房,全然忘记了范胡和柳丁还在街口等他这茬事。
最后,范胡和柳丁实在冻得受不了了,拎着大包小包艰难地"跋涉"过来。
一进门,范胡就控诉韩沉西铁石心肠,有难不帮。
韩沉西没理他。
范胡捧着礼品,又去向柳泊涟讨巧卖乖。
"姥爷,听说您爱吃豫兴坊的酱板鸭,我昨天排了好久的队,给您买了两只。"
柳泊涟在厨房忙活年夜饭,说:"来就来,干吗破费。"

"孝敬您的,我愿意花钱。"范胡哄老人一套一套的,"还有兴盛德的花生米,平常可以下酒吃。"

"想得挺周全。"柳泊涟笑得合不拢嘴。

而一旁的韩沉西倚着厨房门框,若有所思。

柳丁端了杯热水暖手,端详韩沉西片刻,走过来:"哥,你心情不好啊?"

韩沉西手插兜,说:"有点。"

"为啥?"

"不知道。"

"哦。"

柳丁怕被波及,选择躲开,去找柳泊涟,说:"爷爷,我来给您打下手。"

范胡也说:"我能给您干点啥?"

"一个洗菜,一个洗盘子。"柳泊涟想了想,又给韩沉西布置任务,"韩沉西,你来挑虾线。"

他叫了两遍,韩沉西才"蠕动"了一下。

柳泊涟瞧他闷闷不乐,骂道:"大过年的,你甩脸给谁看呢?"

韩沉西怕扫老人的兴,忙否认:"没甩脸。"

范胡接话:"那你给我笑一个。"

韩沉西一脚撑他屁股上:"我又不是卖笑的。"

范胡揉着屁股,看穿一切的表情:"你现在非常暴躁!"

韩沉西以沉默当默认,他找了根牙签,来到水槽边乖乖挑虾线。

柳泊涟切葱段,刀碰案板的声音分外有节奏。

等他把整根葱切完,韩沉西突然说:"姥爷,晚上多加双筷子。"

六点不到,天已全然黑了,远处频频传来鞭炮声。

弋羊坐在书桌前,把房间所有的灯打开,室内静得像海底沉船,她一个人待着,特别能感受到暗夜浓重。

手里的书很长时间没有翻页,手边的便利贴纸上,黑笔工整地写着两个字——忍耐。

阖家欢乐的节日氛围里,唯独这一个角落的时间是停滞的。

家门被拍响,弋羊恍惚须臾,听真切了才起身开门。

看到来者是韩沉西,她一脸迷茫。

韩沉西疾步赶来的,气有些喘,他问得很直白:"羊姐,吃饭了没?"

弋羊轻轻摇头:"还没。"

"那就好。"韩沉西咧嘴笑了。

他挺直脊背,站得端正些,用颇为正式的语气说:"邀请你去我姥爷家吃年夜饭,赏个脸。"

"啊？"这个邀请怎么听起来有些无厘头，弋羊诧异。

韩沉西却很自然："啊什么，吃顿饭而已，添双筷子那么简单。"

"不是……"弋羊眨眨眼，想解释说"你们一家人团团圆圆吃年夜饭，叫上一个外人是什么意思，很尴尬"。

韩沉西仿佛猜透了她的心思，抢先开口打消她的顾虑："没有外人的，我姥爷和小柳你一早见过，范胡爸妈除夕值班，他也是来蹭吃蹭喝的，剩下一个我，咱俩够熟悉了吧？"

弋羊看着他，不说话。

"走啦！"韩沉西扬扬下巴，笑着说。

弋羊一时之间还是很难消化这个信息，左想右想依旧觉得不妥当，不管柳丁还是姥爷，于她而言，都没有熟悉到可以共进晚餐。她后退一步，婉拒说："谢谢你，我就不去了，你们吃得开心。"

在韩沉西眼里，弋羊像只带壳的动物，不容易敞开心扉融入人群，今天又是这样一个团圆的节日，"朋友""家人"这些字眼让她变得更加敏感。他也老早习惯了弋羊对他的拒绝，细想来，从第一句话"不要同桌"开始，就已经奠定了两人的相处模式。

韩沉西没放弃，好言相邀不成，他索性直接上手，一把攥住弋羊的手腕，将人拖出门，嘴里还嘟囔说："走啦，干吗跟我这么见外？"

他另一只手轻轻一带，将大门关上。

"哎……"弋羊往后挣扎，"我屋里的灯还亮着。"

韩沉西理所当然的语气："亮着呗，哪有人除夕夜家里是黑漆漆的？"

任由韩沉西牵着走了百米远，弋羊终于妥协了。她晃晃手臂，说："松手吧，我跟你去。"

韩沉西这才慢慢收回手。

街上四下无人，夜里的北风把满地的残雪吹冻了，踏上去"簌簌"作响。

一路无话。

等到了厂门口，韩沉西发觉弋羊步子越来越小，知道她表面镇定，内心却是忐忑不安的，便很体贴地宽慰说："小一辈陪老人过个年，不用有负担。"

弋羊"嗯"了声，惶恐没来由地消解了。

她跟在韩沉西身后走进厨房。彼时，年夜菜已端上桌，散发着诱人的香气。

范胡拿着手机，不知在跟柳泊涟和柳丁显摆什么。

"回来了。"韩沉西发出动静。

三人齐齐抬头看向韩沉西，随后目光落在弋羊的身上。

弋羊问候柳泊涟："爷爷好！"

"哦哟！"柳泊涟吃惊，"是你啊！"

韩沉西开口让他多备一双筷子时，他询问是哪个朋友要过来，韩沉西却遮遮掩掩，他当时猜测大概率是个姑娘，但怎么也没想到会是弋羊。

柳泊涟问道："你怎么认识这臭小子？"

韩沉西抢答："同班同学。"

范胡一双精明的小眼睛滴溜溜转，他凑到柳泊涟耳边，捂着嘴，从牙缝里挤出一句话："可不只是同学。"

柳泊涟一听，笑意变深，忙招呼说："坐吧，随便坐，就等你呢。"

柳丁反应极快地从餐桌底下抽出一张凳子，说："弋羊姐，你坐这儿，我跟你挨着。"

她见到弋羊挺兴奋。

餐桌是长方形的，两边各摆了两张凳子。

韩沉西捏着柳丁的后脖颈，把她揪到了对面，说："你坐这儿。"

柳丁无语极了。

"羊姐好！"范胡原本想跟弋羊敬个礼后再握握手，代表着从此以后就是好朋友，不过瞧着弋羊肃着一张脸，他心里发怵，只得将其简化为领头鞠躬，然后走到柳丁身边，弹了一下柳丁的脑门，悄声说，"有点眼力见儿。"

柳丁细细一想，感觉自己明白了什么，捂嘴窃笑。

韩沉西瞪了她一眼，拉弋羊在他旁边坐下。

柳泊涟也在主位坐下。因他跟羊军国熟识，问了弋羊两句羊军国的近况，然后说："别拘束，当自己家一样，今晚好好尝尝爷爷的手艺。"

"好！"弋羊点点头。

范胡嘻嘻笑了两声，扭头跟柳泊涟搭话："姥爷，年夜饭动筷前，您要给我们小辈说点什么寄语吗？"

柳泊涟抿了口酒，眯眼琢磨琢磨，面目慈祥地说："就一句话，人这一辈子啊，活得有说有笑最重要。"

范胡一掌拍在桌子上，附和说："还是姥爷思想境界高。哪像我爸妈，张口闭口只会让我学习。"

柳泊涟纠正道："你们这个年纪就是得好好学习啊！"

范胡一听话锋有点跑偏，深知柳泊涟当校长期间没少背诵官方演讲稿，怕他念叨起来彻底收不住，立马转移话题："姥爷，新的一年，我祝您家和万事兴！"

柳丁跟着说："爷爷，我祝您越来越俊俏，生活乐陶陶。"

轮到弋羊，弋羊抿抿嘴，说："健康长寿！"

韩沉西思索片刻，说道："姥爷，我说个实在的。新的一年，我会多抽空来陪您的！"

"扑哧！"范胡笑喷了，接着冲韩沉西做了个鬼脸，"无事献殷勤，非奸即盗。"

韩沉西不动声色地在桌底下狠狠踢了范胡一脚。

范胡痛得倒吸一口冷气,却又继续大胆挑衅韩沉西:"哥,新的一年,你想祝我点什么?"

韩沉西:"啥都不用,闭嘴就行。"

范胡翻了个白眼。

柳泊涟乐呵呵又喝下一口酒,催促说:"好了,吃饭,吃饭,菜都凉了!"

大家应声纷纷动了筷子。

韩沉西没有很殷勤地对弋羊表示特别关照,只是见她专挑素菜吃,问了句:"怎么不吃肉?"

弋羊说:"不想吃。"

"那吃虾吧!"韩沉西把离她比较远的一盘盐酥虾端到了她面前。

柳丁马上接话打趣:"我哥挑的虾线。"

弋羊看了韩沉西一眼。

柳泊涟听着他们讲话,瞥了弋羊一眼,见她筷子捏得远,意味悠长地来了句:"女孩筷子拿得长,嫁得远哦!"

韩沉西一愣,侧过头瞅向弋羊的右手。她捏筷子很不标准,虎口卡在筷子头的图案处。

韩沉西即刻反驳:"柳校长,封建迷信不可取。"

"是!"柳泊涟忙说,"玩笑话!别当真!"

范胡会活跃气氛,一顿饭吃得其乐融融。

柳泊涟三两酒下肚,有些微醉意,把餐桌收拾干净后,洗漱回房,去看《春节联欢晚会》了,自觉把空间让给小辈们。

弋羊不便多留,跟韩沉西告别。

韩沉西搜肠刮肚也没有找到合适的理由留她,且她去意决然,只得把她送了回去。

到家门口,两人静静站了会儿。

韩沉西问:"吃饱了吗?"

弋羊说:"很饱。"

"味道怎么样?"

"很好。"弋羊脸上难得有欣喜之色。

韩沉西哼笑一声,解释道:"我姥爷爱吃,也挑,平时爱研究菜谱。"

弋羊点点头。

韩沉西摸了下鼻子,又说:"回去就睡吗?"

才八点半的样子,时间尚早。弋羊说:"会看会儿书。"

韩沉西顿了下:"不守岁吗?"

弋羊摇摇头:"没这个习惯。"

韩沉西"哦"了声,实在找不到话题聊了,硬扯也没意思,便说:"我走了,你锁好门，注意安全。"

弋羊："好，再见！"

韩沉西又瞥她一眼，沉着声说："好梦！"

弋羊一怔。

韩沉西扭头走了，弋羊一直等他的背影融进夜色才关上门。

韩沉西回到厂房时，柳丁和范胡生了炉子，在烤棉花糖吃。

韩沉西搬了个矮凳子坐过去，手机一直在振，打开看到很多条贺岁短信和信息，他一一回复了。

范胡也掏出手机，随便回了几条，然后跟韩沉西说："喝点？"

韩沉西没吭声，范胡就当他同意了，从柜子里拿了两罐饮料。两人轻轻一碰，没聊什么，只一口一口默默喝着。

喝到一半，范胡悠悠地说："哥，你今天做得太明显了，姥爷都看出来了。"

柳丁吃着棉花糖，暗戳戳插嘴："我也看出来了。"

韩沉西坦然道："我也没故意瞒着谁啊。"

范胡一笑："可我说心里话，羊姐一副断情绝爱的样子，我估计以后你们俩的可能性只有这么点。"他掐着指尖让韩沉西看。

韩沉西"啧"了声。

"所以，哥，新的一年，"范胡拍拍韩沉西的肩膀，"我送你四个字，自讨苦吃。"

韩沉西皱眉："去你的！"

范胡乐得哈哈笑。

柳丁吃了几颗棉花糖，嫌撑得慌，丢了铁钎跑出去玩，片刻又跑回来，激动地说："哥，放烟花吧，爷爷买了好多烟花呢。"

"在哪儿？"韩沉西问。

"就在隔壁房间啊。"柳丁说。

韩沉西放下饮料跟柳丁过去，看到空置的房间一角摆放着不少烟花爆竹。

仙女棒和小的擦炮显然是给柳丁玩的，几桶大的礼花弹，估计是柳泊涟想厂子里热闹热闹专门备的。

柳丁指着礼花弹，说："哥，放这个吧。你敢放吗？"

"这有什么敢不敢的。"韩沉西说，"想看啊？"

柳丁点点头。

"行！"韩沉西说，"去把爷爷叫出来一块儿看。"

柳丁蹦蹦跳跳地朝柳泊涟的房间跑去。

韩沉西喊来范胡，两人把几筒礼花弹搬到空荡一点的地方，"一"字摆开。

范胡点了两支烟，韩沉西接来一支。

柳泊涟披着外套走来,嘱咐道:"检查检查炮筒有没有放正。还有,小心被火花溅到。"

范胡说:"放心吧,玩炮仗我在行的。"

韩沉西和范胡分两头点炮捻,点完就马上跑到走廊下。等待的过程中,韩沉西心念一动,急忙掏出手机拨弋羊的号码。

电话一通,弋羊便接了。

韩沉西催促道:"羊姐,快,到院子里,抬头看天,西北方向!"

几声脆响,烟花骤然绽放,整个夜空被点亮。

"看到了吗?"电话里,韩沉西语气略显焦急。

弋羊站在院子中央,仰头望天,天空炸出美丽的火花,璀璨耀眼。

"看到了。"她说。

"那就好。"

韩沉西轻轻呼出一口气,缓缓笑了。可紧接着,他注意到此时镇上并非只有厂里在放烟花,他忙又问:"汇报一下,现在你看到的是什么颜色?"

弋羊怔了怔,回道:"五颜六色。"

韩沉西的笑声亮堂起来,因为落入他眼里的,确实是一朵五彩缤纷的火球。

他等火球散化成火星凋零,新的花火绽开后,继续问道:"现在的是什么形状?"

弋羊说:"圆形的蒲公英。"

韩沉西"嗯"了声,确认两人看的是同一处的烟火。

放心了,也就变安静了。

短暂的几分钟,转瞬即逝。

几缕青烟消散,一切重新恢复平静。

"没了。"韩沉西惋惜道。

弋羊"嗯"了一声。

话在嘴里转了两转,韩沉西淡淡开口:"你忙你的事吧,我就不打扰你了。"

"好。"

挂断电话,弋羊保持着仰头凝望的姿势,很久才收回视线。她出来得匆忙,穿着单薄的睡衣和拖鞋,手指被冻僵了,身体也直打哆嗦。回屋后,她直接躺进被窝,暖了很长时间,体温才恢复正常。

她把大灯关了,留床头一盏小夜灯亮着,闭眼酝酿睡意,但心湖起了涟漪,波纹阵阵,是怎么也不可能睡着的,索性睁开了眼睛,盯着夜灯发呆。

不知不觉竟到了十二点,她摸出手机,把韩沉西的手机号存进了联系人列表,又犹豫再三,给韩沉西发了一条短信。

弋羊:新年快乐!

消息发出后,像石沉大海,迟迟没有回复,弋羊等着等着,脑袋一沉,睡着了。

第二天是大年初一，天刚蒙蒙亮，弋羊就醒了。她的作息规律又严苛，这么多年几乎没睡过懒觉，如此好的习惯是姥姥去世后，借宿羊军国家之后一夜之间养成的。她善于察言观色，敏锐地感觉到徐春丽对她的到来不甚满意，怕被念叨懒，更不愿落下一丁点口舌，所以她每天早起帮忙干点活，尽量避免被徐春丽挑刺。

因此，她的生命底色中一直有股无法拂去的寄人篱下的漂泊感。

弋羊按亮手机，收件箱空空荡荡，韩沉西还是没给她回复。

心里有一丝难以名状的滋味，她花半分钟的时间抑制住，穿好衣服走到院子里，不由自主地抬头望向昨晚看烟花的方向，目之所及，是萧瑟的房檐和破败的枯树枝。

刹那间，她怀疑半夜那场烟花是否真实存在过，还是只是她做的一场梦而已，像韩沉西送她回来时，祝福她"好梦"般。

她分辨不清了。

洗漱后，她给自己熬了小米粥喝。

刚喝完，把碗洗干净，兜里的手机振动了，擦干手拿出来看，是韩沉西打来的。

心湖的水面再次被轻轻吹皱了。

她接起，手机贴耳朵上，韩沉西轻快的声音传来："羊姐，是我。"

"我知道。"

韩沉西对她记住自己的电话号码很满意，语气带上几分轻快："起床了吗？"

"起了。"

"这么勤快？"

"你也一样。"

韩沉西笑了笑："我是被逼的，平常这个点都还在梦里呢。"

弋羊"嗯"了声。

停滞几秒，韩沉西清清嗓子，支吾着问："新年第一天，你想见见我吗？"

弋羊脊背一僵。

韩沉西又说："你开门吧，我在你家门外呢。"

弋羊迟钝片刻，一步一个问号，走向大门，拧开门锁。

两人一对上视线，韩沉西唇角就勾出好看的弧度，眼睛里散着柔柔的光，还朝她挥了挥手。

弋羊有些蒙："你怎么来了？"

韩沉西抢先说："昨天你给我发短信了。"

弋羊点头："对。"

"是十二点发的。"韩沉西挑眉，"你不是不熬夜守岁吗？"

弋羊一时哑然，下意识撒了谎："昨天看书睡得晚。"

韩沉西漆黑的眼睛明亮清澈，目光在弋羊假装淡定的脸上来回睃着，但笑不语，而弋羊僵得像个木头人。

韩沉西转而摇了摇手里的手机，语气颇为认真道："'新年快乐'还是当面说比较好。"

弋羊抿唇不语。

"新年快乐！"韩沉西眼眸一抬，语气温温淡淡，"迟来的回复。"

"你……"弋羊卡顿，她不知如何作答了。将近十七年的生命历程中，她未遇到过像韩沉西这样的人，更未收到过必须当面说的"新年快乐"。

她看着他，发现他的眼神太过通透，又急忙闪避开了。

韩沉西也知他特意跑来的心思太过昭然若揭，揉了揉鼻子，又把手背向身后，用闲聊的语气说："新年头一天，准备做些什么？"

弋羊想想，说："看书。"

她的寒假作业其实早做完了，要开始预习下学期的课本。

韩沉西无奈："羊姐，知道什么叫劳逸结合吗？干吗把弦绷得这么紧？"

弋羊抿了下唇角。

韩沉西脑筋一转，说："我姥爷今早熬了桂花米酒小汤圆，要不要来吃？不白吃，吃完了顺便给小柳辅导下功课，这学期她期末考试掉出前三了。"

弋羊心情在两个极端间拉扯片刻，点头说："好。"

初一传统不能扫地，因为会扫走运气而破财。

所以弋羊一进厂房，便看到了废弃的烟花筒和火石碎屑，证明了那烟火不是一场梦。

柳泊涟回板桥祭祖了。

柳丁此时架了个高板凳，趴在厨房的炉子旁边已经自觉地在写作业了。

韩沉西找了两圈没见范胡的人影，问柳丁："你糊涂哥呢？"

"睡回笼觉去了。"柳丁咬着笔，转头跟弋羊打招呼，"弋羊姐，新年好！"

弋羊："新年好！"

煮汤圆的砂锅放在炉子上温着，韩沉西走过去揭开锅盖，往里面看了一眼，然后找碗准备给弋羊盛。

弋羊阻止说："等会儿再吃吧，现在不饿。"

"也行。"韩沉西耸耸肩，没多说什么，默默把盖子盖上。

弋羊瞅着柳丁："我先给你看题。"

柳丁"啊"了声，困惑地望向韩沉西。

韩沉西淡定地说："你不是好多数学题不会吗？给你请了个老师来。"

柳丁人小鬼大，两秒就反应过来她哥说这话的用意，慌忙从脚边的书包里掏出数学寒假练习册，翻到尚没来得及写的一页应用题，指着跟弋羊说："这一页我都不会。"

韩沉西搬来个凳子,让弋羊坐。

弋羊坐下,扫了眼第一道应用题,简单得要命,她便知道柳丁在说谎,但没挑明。她把柳丁做过的题目翻看了一遍,指出错题,讲解改正。

柳丁成绩优异,平常学习态度端正认真,错题着实有限,大约半个小时就能讲完。

柳丁这会儿眼力见儿十足,急忙借口上厕所,把空间留给了韩沉西和弋羊。

韩沉西方才倚着门框玩手机,见状长腿一迈,走到炉子前,在柳丁的凳子上坐下。

他来时带了一道微风,弋羊闻到了他身上清冽的气味。

两人并肩坐了好一会儿,韩沉西打破沉默,问:"要吃吗?"

弋羊想了下,来的时候就带着两个任务,一个是吃汤圆,一个是给柳丁辅导作业,现在完成了一个,另一个理应也要完成。

她点点头:"吃。"

韩沉西起身,拿了个陶瓷碗,从砂锅里盛了小半碗粥给弋羊。

弋羊接过,捧在手里,说:"谢谢。"

"客气。"韩沉西说,"你尝尝甜度如何,姥爷煮的时候只放了很少量的蜂蜜。"

弋羊吃了一口,回道:"正好。"

"那就成。"

韩沉西埋头继续玩手机。

弋羊默默吃着。她吃饭发出的动静很小,甚至会被韩沉西按手机键的"吧嗒"声盖住。

可是她刚一吃完,韩沉西立马收起手机,回过头来。

"还要吗?"

"不要。"

韩沉西拿过空碗,却没去洗,直接放在了地上。

弋羊看着,想说什么,可到底没说出口,搓了两下膝盖:"我就先走了。"

在她的意识里,任务完成了,就该告别了。

韩沉西一怔,显然没料到她这么早说要走,好不容易"骗"过来的。同时,他心里暗自生出一股窝火的恼意,就是这个人即使相处熟了,对他的态度仍旧不热不冷。

趁他恍惚的工夫,弋羊站了起来。她刚要挪脚,韩沉西反手一捞,直接抓住了她的胳膊。

在炉子边烤着,两人的手温都很高,触碰到静电似的,弋羊陡然挣扎一下。

韩沉西抓得很牢,他这次没主动松开,弋羊自然挣脱不了。

弋羊眉梢下压,眼神变得带有警惕。

韩沉西意识到什么,立马说:"我没有恶意,你别怕。"

弋羊问："你想干什么？"

"坐下来聊聊天嘛。"

顿了顿，韩沉西直白地问："为什么这么急着走？"也不待弋羊回答，他用嘲弄的口吻追问，"是我让你不自在吗？"

韩沉西手腕用力往下拽，不准备放人走的意图非常明显。

弋羊嘴唇抿成一道线，置气似的，死命抵抗不从。

两人无声较着劲，周身的空气都变得稠重，时间一分一秒被无限拉长，最终的最终，这场不平衡的对峙里，韩沉西仗着力气大，将弋羊重新扯回凳子坐下。

一直等到弋羊调整了个舒服点的坐姿，没有再次试图起身，韩沉西才稳了心，渐渐松开手。只是彻底抽回手之前，他大拇指在弋羊手背轻轻敲了两下，像安抚和道歉。

手收回后，他胳膊肘顺势架在膝盖上，一声不吭，来来回回捻着指腹。

凄厉的冷风滚过，窗玻璃震了几下。

沉默在屋子里蔓延开来，眼看要把暖烘烘的屋子冻住了，韩沉西柔着嗓子开口了："你总是这样吗？"

话散开好久，失去温度，弋羊才回答："哪样？"

"板着脸，谁也不愿搭理。"韩沉西没有借用任何修饰，直白得不近人情地把弋羊最初留给他的印象和盘托出。

弋羊垂着眼帘，淡淡"嗯"了声。

韩沉西沉声问："是家里出了事后，性格变成这样的吗？"

弋羊眉头一皱，侧头看他一眼，没回答。

韩沉西等了会儿，似乎早预估到了这个结果，面不改色又问："所以，这么多年就没有一个相处熟一点的朋友或者同学？"

弋羊摇头："没有。"

"那皮九呢？也不算？"

弋羊怔住大概半分钟的时间，极其认真地琢磨韩沉西这句话，随后问道："怎么才算相处熟？"

韩沉西长长"嗯"了一声，陷入思考。人因性格不同，相处模式分化多样，譬如，他是个柔和的人，极易跟人生出情分，是自来熟，不需要刻意的交流和来往；范胡是典型的人来疯，外向过头，道一句"你好"就敢跟人勾肩搭背、称兄道弟；柳丁性格偏内向敏感，平时沉默话少，可是时间久了，她也能打开话匣子，跟人聊一聊心事。

而弋羊的性格呢？不能单单用"孤僻"来形容，她有一定的攻击性，别人刻意的接近和讨好，即使抱着善意，她也会竖起身上的刺，在口头上"刺伤"别人，让别人给她贴一个满身戾气的标签。

她不会，更不愿意平平常常地跟大家相处。

/143/

这也是让韩沉西最为头疼的一点。

"我的标准放在你身上不适用,但起码有一点,你不会对那个人抱有抵触的情绪。"

弋羊飞速地眨眨眼睛,说了一个字:"算!"

韩沉西蒙了一下才反应过来,这个"算"是回答他那个"皮九算不算跟她相处得熟"的问题。

心里陡然不爽,他突然侧过身,挪了下凳子,由并肩改为斜侧向弋羊。

他直勾勾地盯着她,很直接地问:"所以,我要怎么做才能消除你对我的抵触情绪?"

弋羊眉间皱出几道褶皱,也不待她回答,韩沉西又说:"皮九在你心里是个什么位置?我呢?"

弋羊有些困惑:"为什么你要跟他做比较?"

韩沉西理所应当的语气:"谁都看得出来,你对待他有些不同。"

弋羊此时反应还很是迟钝:"哪里不同?"

"他知道你需要什么,会在你逃校门出去的时候打掩护,也知道你家里所有的事情,在你被别人议论的时候站出来替你打架,你缺课的时候他帮你记笔记,而他不会的题你也教他。"韩沉西一口气细数完,得出结论,"你俩之间有默契,也有秘密。"

这些观察未免太细节了些,显得人格外失礼。弋羊不想猜测韩沉西为何这么过分关注自己,只是惯性地抗拒他:"跟你没关系。"

又是跟他没关系……

韩沉西讨厌她故意与他划清界限的态度,"哼"了一声:"怎么没关系?你听不出我的妒忌心理?"

真的是无脑的一句真心话。

闻言,弋羊猛地抬头看向他,与他视线相碰。

韩沉西后知后觉脸热起来,摸摸鼻子,仓促地解释:"我的意思是,你别只接受他一个人的关心,到我这里了反而客客气气。你有什么需要,开心的、不开心的,都可以跟我讲,我也能帮到你。"

他心底提着一口气,拿捏不准他兀自一腔热情,对方会不会嫌烦。

弋羊垂下眼睛,始终没有吭声。

火炉上放着烧水壶,冒着热气,窗外刮着"呼呼"的北风,风里或许还有谁的千头万绪。

好长一阵无言后,像经过漫长的思考,弋羊淡淡地开口,像陈述一件事实:"我不太需要。"

不太需要什么?自然是他的过分关心。

"谢谢你今天的招待。"她起身,"我先走了。"

韩沉西这次没有挽留。他的心情复杂又郁闷，干坐着，自然没多此一举地去送人。

弋羊刚离开，范胡就有些欠地走了过来。他憋着笑，问："你要喝吗？"

"不喝。"韩沉西随手一摸兜，摸出那天跟弋羊一起去超市顺手买的口香糖，撕开一条，咬进嘴里，"什么时候起来的？"

范胡笑得很贱，慢悠悠地说："你吃我同桌醋的时候。"

韩沉西瞪他一眼。

范胡从热水壶里倒了一杯水，喝了两口，感叹道："哥，你说你是什么毛病，肉不吃，偏要啃硬骨头，不怕把门牙硌掉？"

韩沉西嘴角一勾，慢条斯理地说："我乐意。"

年初二，羊军国独自一人回来。出于补偿弋羊的心理，他下厨做了一桌异常丰盛的晚饭。

两人吃得不多，好几盘菜甚至一筷子未动。

吃完，简单一收拾，舅甥俩坐在取暖器旁边喝茶。

羊军国从棉衣兜里掏出一个红包，递到弋羊手边："压岁钱。"

弋羊掀眼皮看了他一眼，没接。

羊军国劝解说："里面就装了一百块钱，不多，你拿着图个说辞。新一年平平安安的，不生病。"

弋羊笑着说："我都成年了。"

羊军国也笑出了满脸横褶："才十七岁的姑娘，哪里成年了？再说了，在家长眼里，永远没有长大的孩子。"说完，他探腰，强硬地将红包塞到弋羊手里。

弋羊见状，愣了下，随后也没再推拒，盯着茶杯里漂浮的茶叶，淡声说："谢谢舅舅。"

羊军国摆摆手，紧接着问询她的近况："这几天按时吃饭了吗？"

弋羊轻轻点着头。

羊军国一阵苦笑。他心里其实清楚弋羊的独立性很强，毕竟小学就开始住校，不至于饿着自己，更不至于不会照顾自己。只是让他感到束手无策的是，徐春丽与弋羊脾气相冲，再加上徐春丽时不时的刻意刁难，这么多年，弋羊始终无法完全融入他的家，疏离感很多时候甚至让舅甥俩的感情也显得生分。

"下一年，说什么都不会留县里过年了。"羊军国好像在做保证，语气很重，"算算也就剩一年半的时间，等你考上大学了，以后坐一块儿吃饭估计都没机会了。"

弋羊平静地说："我会抽空回来看你的。"

羊军国抿了口茶，发出一声长叹，随即摆摆手，说："不要回来，我不用你挂念。你好好学习，争取在大城市立住脚跟，然后成个家。本来出身就不好，再被穷亲戚拖着，以后找对象保不齐男方会介意。"

弋羊没搭话，只是紧紧攥着那个红包，她听得出羊军国句句都在为她打算。

或许是不想让羊军国太过因为抛下她过年而愧疚，又或许是韩沉西这几天是她的一块心事，沉默数分钟，她突然说："其实，今年有人陪我过除夕了。"

"谁啊？"羊军国讶异。

弋羊不知该怎么介绍韩沉西，索性说："柳校长的外孙，我和他今年分在了一个班，成了同学。"

她还把前天去厂里吃年夜饭的事悉数告知了羊军国。

"哦，柳校长确实是个热情好客的人。"羊军国先夸了柳泊涟一句，同时心里暗暗猜想，弋羊跟柳校长的外孙关系应该不一般，因为按照弋羊的性格，不会随便答应别人的邀请，更何况是在一个本应阖家团圆的温馨日子里。

他打探："柳校长的外孙我好像没见过呢，长得怎么样？有没有你成绩好？"

弋羊嘴角翘起浅浅的弧度，无奈于舅舅的八卦，却不愿透露更多，只简单地说："和柳校长一样，是个很热情慷慨的人。"

羊军国忙说："热情好呀，热情的人好相处。"

弋羊先是点头肯定他的观点，继而有些苦恼地微微蹙眉，坦言："但我觉得我和他根本算不上朋友间的相处，都是他单方面对我的照顾，我对他的态度从一开始就非常不友善，也互相看不顺眼过，我一直想不通他为什么愿意接近我，也许……"物质充裕而又精神自由的人在给予和施舍方面总是很慷慨，她无法控制自己不敏感多疑，"看我比较值得同情吧，所以，我每一次和他接触都觉得自己在占他便宜，吃他的饭，拿他的东西。"

这让她不安，也令她不知所措。

羊军国的文化水平不高，脑子里没有一套一套的大道理，但他意外地感知到了弋羊作为青春期的女生某方面的贫瘠心理。他对此无能为力，内心有点替孩子难过。

弋羊瞧见舅舅敛眉的表情，不想他替她承受这份为难，忙以开玩笑的方式结束了这个话题："与人接触哪有做数学题一样简单。不说了，我写作业去了。"

她起身，拿着压岁红包回了自己房间。

靠窗的简易书桌上，除了堆叠成小山的课本和作业本，一边桌角还放着一颗平安果和她的素描像，她将压岁红包一并摆过去。

她收到的礼物不多，今年却过得有点热闹。

这晚，她仍旧学到很晚，晚睡早起。对努力的学生而言，时间总是珍贵且不够用的。

而这晚之后，韩沉西消停得很彻底，没有再来找她，也没有和她发过消息。

她对他的动向一无所知，甚至无从打听他的消息。

她只是猜想，他肯定生气了，没有人会被连续拒绝后仍旧一如既往地保持好脾气。

再见面已是新学期。

弋羊抱着从二手书店淘来的课本,在回教室的走廊里,和韩沉西不期而遇。

他正在和葛梨面对面说话。

葛梨皱着眉,抱怨着:"商城遇见,老大声喊你,你耳朵聋啦,听不见?"说罢,她将怀里抱着的两个包装精美的礼物盒递过去,"生日快乐哦。我那天本打算和李乐颜约去找你玩,哪想你信息不回,打电话不接,敲你家门人还不在,我服了!我真该找柳姨告状,让她好好管管你。"

韩沉西的心气不太顺。

假期在望乡那一茬不提,第二天他被柳思凝接走,去市里西郊别墅给爷爷拜年。爷爷韩庆林一向看不上儿媳柳思凝,嫌她学历低,更嫌儿子韩崇远没有统筹大局的能力,各方面被柳思凝拿捏,自然怨气累积,对柳思凝教育出的"败家子"颇有微词。

一顿家宴,各有各的心眼。韩沉西抱臂靠着椅背,冷冷地看着韩庆林,心想:您是不是真把我当成脑袋空空的蠢货,听不懂大人的言下之意了?

饭还没吃完,他就找借口准备离席。

韩庆林当场冲柳思凝说:"这小子的家教很有问题。"

这话无疑是在骂柳思凝做母亲不合格。哪想柳思凝不怒更不气,维护地说:"小孩子任性撒娇也就这两三年时间,等以后进了社会,您让他任性他都没精力没时间,现在放纵一点有什么关系?"

她说完,一抬下巴,示意儿子玩去吧。

韩沉西遵从柳思凝的"圣旨"。柳思凝的话在他心里高于一切,他收拾了书包,自由地脱离了这个讲究人情世故的饭桌。

但他并没有去找谁厮混,而是独自回了南郊的老院里,一连在里面待了好几天,期间过生日也没了兴致。

即便他什么都不去刻意联想,也无法控制近些日子的情绪,那和少年的自尊有关——不乐意自己被看低,不乐意因为自己,让柳思凝被看低。

明明以前他被形容为一位"通体不勤,五谷不分"的快乐草包时,他很少在意那言语间的恶意,却不知为何,他开始受到身边人和事的影响了。

没有跟葛梨推三阻四地假客气,韩沉西接过礼物盒,打开看是一款游戏机,价格有点贵,想必花去了葛梨一半的压岁钱。

可问题的关键是,游戏机不是最近刚出的,他早已入手一台玩了一段时间。

他什么都不缺,想要的物质随时可以拥有。

他谢过葛梨:"心意收下了,东西退了吧。一块儿玩了这么多年,你觉得我会缺东西?"

葛梨傲娇道:"两码事,我乐意买,你不能不收。"

"别火上浇油了,他不要多给你省钱。"范胡在一旁听得一个头两个大,夺过韩沉西手里的礼物盒,连哄带推地将葛梨拉回教室。

韩沉西这才松了口气,一转身,眼皮一抬,顿住了。

他看见弋羊抱着一摞书,正站在走廊楼梯口附近。

两人遥遥对视。

韩沉西嘴唇抿紧,青春年少的年纪惯有的死要面子支配着他无法像以往那样主动打招呼。

弋羊更是哑然。

半响,彼此错开视线,"默契"地做回了陌生人。

如此状况维持了一个星期之久,像一场幼稚的冷战。

弋羊根本不擅长处理过于细腻的情感,更何况这份情感中还潜藏着一股无来由的别扭。

她感觉苦恼,感觉心累,每每入睡前重新品读自己说的那番话,觉得实在太直白,太拂别人的好意,继而又陷入自责和懊悔之中。

她正不知道该怎么办,第二天课间,皮九过来找她问物理题。

两人挨得近,弋羊如往常那般,平静地给他讲解解题思路,孰料,讲到一半时,只听身后"刺啦"一声响动,某人作怪,将自己的课桌拉远半截。

弋羊握笔的手顿住,但生生忍住了回头的冲动,片刻后,接上思路继续解题。等皮九弄明白,走开后,她继续若无其事地做自己的事情。

直到傍晚放学,铃声一响,她才转身向后,喊住起身欲走的韩沉西。

韩沉西听到她叫他的名字,惊讶得睁大了眼睛。

弋羊语气自然地询问:"吃晚饭吗?我请你吃上次那家店的馄饨,去不去?"

"……好啊。"韩沉西本能地点头答应,随即反应过来她这是在主动和他搭讪,错愕几秒,心里马上漫上股暗爽的情绪。

他内心的小九九,弋羊自然瞧不着,她找出那张假的走读证,抬腿往外走。

韩沉西落后一步跟上。

"黏人精"范胡未看清状况,屁颠屁颠追来,胳膊一抬搭住韩沉西的肩膀:"去哪儿啊?带上我。"

韩沉西反手将他的胳膊扭到腰后,押送回教室,示意他"大路朝天,各走一边,今天滚远点",而后带上门,快速下楼。

夜幕已铺开,外面又黑又冷。

两人一前一后走出校门,经过门岗时,保安看两人的走路气势,拦都没拦。

一路到那家馄饨店,面对面坐下,跟上次一样,点了一大一小两份。

韩沉西看弋羊始终垂着眼睛避着他,索性从筷笼里拿出两只勺子,递给她一只,然后埋头先吃起来。

弋羊轻声说"谢谢",也跟着吃。

或许她心里装着事情,有些食难下咽。

一高留给学生吃晚饭的时间并不宽裕,最终是韩沉西看了看表,提醒:"如果你不想迟到的话,想跟我说什么,就直接说吧。"

他此刻真的好奇,经历这些天的谁也不理谁,她怎么突然向他释放示好的信号了?她准备和他说什么呢?

弋羊也不是拐弯抹角的人,既然韩沉西递台阶,她便把酝酿在心、想了许久的话坦诚地说了出来:"我那天没有表达清楚,可能让你误会了。不是你的问题,是我习惯了自己一个人,我也没有交朋友的想法。你知道,交朋友也是要有成本的:时间、零用钱。"

"什么意思?"韩沉西的心猛地一沉。

弋羊没别的意思,她真的很感谢韩沉西对她的关心和照顾,但她现阶段只能做到埋头读书,因为这是她唯一的出路。朋友间的给予是相互的,她给不了他什么,而除了学习,她好像也没话题可以跟他说。

两人之间的巨大差异只会让她更加意识到自己的捉襟见肘,她不加修饰地戳穿:"我们两个挺不一样的。"

韩沉西一抬下巴,问:"你是什么样的?我又是什么样的?"

弋羊:"你没有吃过苦,没有受过罪,就好好长大了。"

韩沉西听着,顿觉这话充满挖苦:"我觉得你不是在夸我,而是在讽刺我。"

"没有。"弋羊摇头否认。

韩沉西更觉得费解,尤其那句"时间"和"零用钱":"我打扰你学习了吗?占用了你多少时间?还是我跟你要东西了?你怎么那么别扭?"

他愤愤然。

一直以来,他对各路朋友照顾颇多,出手也阔绰,别人对此都是大大方方接受,所以他不能理解弋羊的别扭。

他对她的照顾,出发点很简单,从来没想着要她回报什么。

愤怒、委屈,以及想要辩解的情绪在胸口翻涌,让他不禁生气地怼了她一句,可怼完,看着面前的馄饨碗,他又兀自怔住。

请他吃饭,难道不是增加她额外开销的负担吗?

他沉默了。

弋羊今天约他出来聊,本意是将问题归因于自己,听他责怪自己别扭,顺着强调:"对,是我的问题。"

韩沉西满心难堪。

什么"和解馄饨",不过是他的一厢情愿而已。

他彻底没了胃口,想要起身走,但弋羊捏着勺子,仍旧不紧不慢地吃着。他垂眼看她，最终郁闷地落回座位，没有浪费食物，付账时，也没有跟弋羊抢。

接过老板找的零钱，弋羊犹豫再三，干巴巴地问："一会儿，你去哪里？"韩沉西没回答。

弋羊便识相地不再追问，她是要返回学校的，裹紧羽绒服，自行走了。

身后一直有脚步声，过马路等红绿灯的间隙，她以为韩沉西要送她，用疏远的语气提醒："你不用跟着我了。"

韩沉西脚踩水泥路面，慢悠悠地说："我没有跟着你。这是大马路，我想怎么走就怎么走，我压马路行不行啊？"

弋羊顿了顿，说："行。"

两个人就这么一同回了班，彼此的脚步说不上轻松，心情似乎也谈不上轻松。

贼眉鼠眼的范胡瞧见韩沉西噙着笑出去黑着脸回来，问道："难不成你是刚才吃饭，碗里飞进苍蝇了？"

韩沉西让范胡少恶心人。

他毫无跟范胡插科打诨的心情，坐在座位上戴上耳机，摆出一副"生人勿扰"的架势。

范胡尚未意识到事情的严重性，好几天过去后，见韩沉西始终闷闷不乐，寡言沉默，这才察觉他状态不对劲，惴惴地问："你是不是跟羊姐闹矛盾了？"

韩沉西心里暗忖：都没好过，怎么能叫闹矛盾呢？

他眼观鼻鼻观心，像聋了一样。

"不搭理我？好啊，那我问羊姐去。"

范胡怕过谁？他甩着两条胳膊掉头回班，往韩沉西课桌上一趴，食指戳了戳弋羊的肩膀，笑盈盈地在背后喊人："羊姐，我哥是不是跟你闹矛盾了？"

弋羊被打扰，没有恼怒，点头承认："对，我惹他生气了。"

范胡顿时心里上劲儿了："我哥心宽体胖，跟狗生气都不会跟人生气，你怎么惹的他？你快跟我说说，我真是好奇死了。"

他清澈的眼神中保留着未被世情沾染的呆萌，若不是弋羊对他有所了解，他这一番话无疑会被她疑心是在阴阳怪气地骂她。

弋羊组织着语言，但还没等她说话，范胡就反应过来，"啧"了一声："我没拿你跟狗比。"

弋羊看了他一眼。

简直越解释越乱，范胡无奈地掌嘴赔罪："我不是那意思……是我不如狗，行吧？"

弋羊没能控制住表情，唇角弯起，笑了。

韩沉西生怕范胡像个大漏勺，冲弋羊说些有的没的，徒增尴尬，于是紧随其后回班，哪知刚踏进后门，眼皮一抬，就看到了弋羊的笑脸。

这人和范胡分明相谈甚欢。

他心里越发不痛快,他搞不懂自己在不痛快什么。他二话没说,随手抓起一本书,转脚径直走向范胡的座位。

弋羊远远瞅着韩沉西,从他清瘦的背影能察觉到他潜在的怒气,她轻微地皱了下眉。

"没事,"范胡没心没肺惯了,安慰弋羊,"我哥气性不长。"

气性不长的人却从这天起,没有再回过自己的座位,他不是跟张琦串座,就是赶刘浩川或孙兴文往他这边来。

而不管是张琦还是孙兴文、刘浩川,无一例外没人会去打扰弋羊学习,都知道好学生和他们不是一路人。

只有范胡脑子一根筋,劝韩沉西:"差不多得了。跟女生置气,一股小家子男气质。"

韩沉西不乐意解释,整个人的气场冷了下去。

"行了,行了,我不管你闲事。"范胡不想韩沉西不开心,希望他能和自己一样整天嘻嘻哈哈、没心没肺。

为了开解韩沉西,周日自习课,范胡喊了几个人去操场打球。

未料,运气背,碰到了吴明和李海。

这还是韩沉西和吴明起冲突后,私底下的第一次接触。

李海是个老好人,脾气不错,有意搭台阶消除矛盾,提议:"沉哥,正好我们两边5对5,组一局呗。"

韩沉西扫吴明一眼,他从来不是记仇的性格,顺着李海的话说:"组呗。"

随即分了位置,不知是巧合还是刻意安排,吴明防守韩沉西。

开局跳球。

吴明夺跳回落时,一拐肘砸在了韩沉西的肩窝。

疼得发紧,韩沉西蹙眉,机警地斜了吴明一眼。

吴明面容无辜,急忙道歉说:"对不起,钝了脚,跳偏了。"

韩沉西冷笑了声,他确定吴明是故意的,但他没吱声。

比赛继续。

有人跳投,篮球砸在篮板上,在空中弹了一圈,没进。

范胡往左虚晃下肩,而后迅速右转步摆脱了防守的人,踮脚把球捞回手里。

他运球往自己的场地跑,跑到一半,把球远远传给被吴明死守的韩沉西。

韩沉西大长腿一跨,侧身闪到吴明背后,微微弓手,将球顺势揽到了手里,这动作是行云流水般的收放自如。

吴明怔了两秒,马上调成防守状态,转身紧贴了过来。

他高举起臂膀,在韩沉西运球上右脚时,抓住机会,又往韩沉西身边贴了贴,然后不动声色地朝韩沉西腹部横去一个臂肘。

哪想,韩沉西迅速弓腰收腹躲过了,只是他拍飞了球,球脱手,吴明眼疾手快地截住。

韩沉西皱皱鼻子,心里闷着火气,烦躁上顶。

他跑到范胡身边,球此时已经传到李海手里,他指指李海,对范胡说:"李海,你给我看住喽,别让他有机会上篮,逼他把球传给吴明那孙子。"

范胡:"看不住呢?"

韩沉西咬咬后槽牙:"看不住老子一会儿煮了你。"

"得嘞!"范胡兔子似的跳了过去。

韩沉西跑到外圈,指挥另一个人和他换位置去防吴明。

领了"生死状"的范胡充分发挥了"我人贱还特傻"的天性,像发羊痫风一样热情似火地贴上李海,那架势完全不像是防守,而是跳艳舞。

李海生无可恋地运着球,试着投了一次,最终放弃,崩溃地把球传给了吴明。

吴明拍了拍球,发现防守换了人,也没多想,准备三步上篮。而在他起跳扔球的前一秒,韩沉西健步跑到篮下,跳起一个猛拐,把球扇出场外。

"漂亮!"范胡吼了一声,吼完觉得不过瘾,又补充一句,"我哥牛!"

韩沉西刚才冲过来的速度和封盖的动作太快,吴明还没来得及反应,篮球便从他脸前飞走了,滑出一股劲风,他顿时生出恼意。

而韩沉西的心情也很不爽,不爽到了极点。他没有掩饰,也不再念及情面,指着吴明的鼻子警告:"别拿我撒邪火!"

说完,他肃着一张脸,拎起衣服走了。

"我也不玩了。"范胡见状,冲李海打了个眼色,急忙跟上韩沉西。

韩沉西走得飞快,明显生气了,范胡小碎步跑着追他到班级。

"我以为你忍了呢,他那一胳膊肘砸下来,我看着都疼。"范胡眼力不错,吴明一开始搞小动作他就发现了。

"吴明这孙子,估计憋着上次的怨气没地儿撒,又不敢明着惹你,只好阴你一把。

"得,原本拉你运动是想让你散散心的,适得其反,反而又窝一肚子火,我的罪过。

"……需要我揍吴明一顿帮你出气吗?"

"老实待着吧。"韩沉西示意范胡别找事。

两人身高腿长,闷头爬楼一步三个台阶,谁都没留意弋羊从食堂方向走来,落后他们一层。

弋羊听到吴明的名字时,像是应激反应,直接在他们背后问道:"吴明是找你的麻烦了吗?"

韩沉西听到声音,动作身形顿住。他勾头往下看,正好与弋羊隔着楼梯栏杆对上视线。

再素颜不过的一张脸，惨白的皮肤由着泛黄的灯光一照，憔悴极了。她总是很憔悴，像吃不饱饭，睡不足觉。

韩沉西替她累，想着自己整日操那么多闲心，没好气道："学你的，跟你没关系。"

似乎不想她较真纠缠，他说罢，径直离开。

弋羊顿在楼梯间，嘴角耷拉，隐忍的情绪转瞬即逝。

范胡左瞧右瞅，佯装无奈地"唉"一声，跟在韩沉西屁股后回了班。

刘志劲抱臂站在教室后方，韩沉西进来完全不将他放在眼里，扭头给范胡飞了个眼风，然后直接朝着范胡的座位走去。

范胡只得迎着刘志劲质询的目光，敞开腿往韩沉西的课桌凳子上一跨，嘿嘿傻笑。

刘志劲问："谁让你们私自换座位了？"

范胡欠嗖嗖地说："没啊，这不是您看着换的嘛。"

刘志劲白他一眼："觉得自己很幽默是吧？"却也懒得管这群差生。

韩沉西没有来上学，座位空空如也，持续到周六，教室没有再出现过他的身影，如同人间蒸发了一般。

这算是他另类的自由了。

弋羊与"自由的灵魂"彻底失联。

她没有试图联系过他，她也不该联系他，她照着自己往日的生活节奏，一头扎进书海。

偶尔，她会在听到后门响起脚步声时微微偏头，视线无意识地定在某个地方，睁着眼睛放空一会儿，似乎有种置身事外的茫然。有时正巧是在上课，被任课老师发现，鉴于她成绩好，老师也只是走到她身边，用指尖点一下她的桌子以示警告，然后她淡然地回神，像无事发生一般。

韩沉西其实是去市里了。

柳思凝周二给他打了通电话，叮嘱他第二天穿得帅气些，说要带他见个人。

韩沉西这些天干什么都提不起兴致，干脆跷起长腿躺在沙发里虚度光阴。他不愿出家门，耍混说："见谁啊？还需要我出卖色相？"

柳思凝让他少放屁，乖乖听话。

韩沉西以往陪着柳思凝出席过各种饭局，人情应酬的性质，他对此并不排斥，权当开眼见世面。于是他嘴上啰唆着不情不愿，到底乖乖地换了身新衣服，坐上了柳思凝的大奔驰。

到了目的地，韩沉西才后知后觉，他的美人妈妈安排他见的竟是她的贵妇闺蜜，梁橙橙。

/ 153 /

这人在韩沉西的认知里是一位传奇女子——早年辍学后,她跑到夜总会打工,"机缘巧合"认识了一位煤老板,自此掌握了一份稳定且富足的经济来源,成了一名有头有脸的阔太,风光无限。

当年她特意揣着名牌包,包里满满装着两万块现金,豪横地敲开柳思凝的闺房门显摆,说要带柳思凝出去"金碧辉煌"地吃一顿。

当时尚是学生的柳思凝瞧着好友"富丽堂皇"的夸张样子,不知哪儿来的心眼,突然提醒她给自己存一份保命钱。

梁橙橙起初笑柳思凝杞人忧天,柳思凝于是找来柳泊涟订阅的报纸,朗读上面的社会新闻吓唬梁橙橙,次数多了,梁橙橙到底留了一份心。

在柳思凝与韩崇远结婚的那一年,煤老板倒台蹲了大狱,梁橙橙跑路去了中国香港。为此,她没能参加柳思凝的婚礼,失联了快一年的时间。等她再与柳思凝重新联络上,已嫁给了一位外国人,移居澳大利亚,名副其实地转换成了洋人身份。

刚见面,"洋贵妇"就冲柳思凝甩了一句:"Long time no see。好久不见,柳姐姐。"说着还要行贴脸亲吻的礼仪。

柳思凝抬胳膊挡开,十足嫌弃她的疯劲儿。

韩沉西倚着包间门,乐了。

他和梁橙橙丝毫不陌生,逢年过节梁橙橙都会给他寄礼物。

他笑着打趣:"梁姨,你怎么突然回国了?是澳大利亚的月亮不圆了吗?"

风采依旧的梁橙橙远远打量他一番,十七八岁的男孩子,骨量渐增,身材已然高大舒展,手长腿长到近乎夸张的比例。

她极不要脸地给自己抬了个辈分:"哎呀,我好帅气一个干儿子!快过来让我看看。"

韩沉西腹诽:谁要随便给人当儿子呀?

他阔步走到梁橙橙身边,拉开一张椅子敞开腿坐下,随后下巴一扬,大大方方地表示,给,看吧。

梁橙橙笑得眉飞色舞,对柳思凝说:"我干儿子真有个性。"

"有个性是吧?"柳思凝哼笑,不与她来虚头巴脑的一套,直奔主题,"喜欢有个性的人是吧?行,教育问题你来替我发愁吧,看来我求人求对了。"

随着饭菜端上桌,话题徐徐展开,韩沉西理出了头绪——柳思凝此行的目的是向梁橙橙打探澳大利亚留学的相关事宜。

他眉梢上挑,这是头一遭听说柳思凝对于他的"深谋远虑",有些意外,因为柳思凝没有事先与他商量。但这事却也有几分意料之中,柳思凝即便对他的要求再低,也不可能让他年纪轻轻混社会。

他一时低头无言。

梁橙橙絮叨地感念柳思凝当年对她的提点,一会儿又嘟嘴抱怨:"要是我命

/ 154 /

好，能有个大款爸妈，根本不至于吃那么多苦头。"随即又大包大揽，"放心，出国的渠道多的是，你求我办事，我一定给你办漂亮了。"

这晚，韩沉西留宿南郊老院。第二天，他与柳思凝陪着梁橙橙祭祖逛街，第三日晚，梁橙橙就安排了他们母子二人与一家留学机构的负责人见面。

负责人很专业，对澳大利亚各个大学的申请条件了如指掌，也对韩沉西糟糕的课业成绩提出了有效的解决办法。

唯有一项考试无法回避——语言。

韩沉西听着，自始至终情绪稳定，别人问什么就答什么。

负责人调侃："这么帅的小帅哥到了国外肯定受欢迎，咱不能做个语言不通的哑巴吧？努努力，把语言成绩搞上去。"

韩沉西嘴角噙着恰到好处的微笑。

可柳思凝了解儿子，虽然她总损儿子游手好闲，但她知道孩子骨子里不是一个逆来顺受的墙头草，他只是心太自由，尚不知道自己要追求什么。

韩沉西怎会任由她摆布？

走出大楼旋转门，与梁橙橙告别，母子二人坐上车。

柳思凝说："有句老话说得好，读万卷书不如行万里路。既然你书读得糟糕，那就走出去看看吧，开阔眼界。男生的眼界太窄，以后成不了事。"

韩沉西侧头半枕着车窗，疑惑地询问："你是受什么刺激了吗？突然要让我出国？"

柳思凝："一早就是这么打算的，镀层洋金回来好听些。"

韩沉西干笑着自嘲："华而不实啊。"

柳思凝戳他的痛处毫不留情："你不就是个徒有其表的人吗？"

"啧！"韩沉西不满，又问，"我爸是什么意思？"

柳思凝得意地表示："你爸听我的。"

"你俩为了培养我，这么不惜代价啊？"

柳思凝拨拨头发，假情假意地叹了口气："谁让我有钱呢。"

韩沉西轻声噫笑，半晌没有接话，默默闭上了眼睛。

"你考虑下吧。"柳思凝不逼着他做决定，启动车子返程。

安静的车厢里有股凝滞的闷感。

家和学校呈斜对角，驶至交叉路口，柳思凝没半点犹豫地打左转向灯就要将人往家里送。韩沉西突然动了动眼皮，说："送我回学校吧。"

柳思凝重新打方向，顺带调侃："回学校干什么？找你那几个狐朋狗友帮你拿主意啊？"

韩沉西用无所谓的语气说："嗯，馊主意也是主意嘛。"

柳思凝心里直骂他小浑蛋。

到了学校正大门，只见石质校牌旁依次停着四辆中巴车，透过封闭的车窗可以望到里面活泼的学生们。

韩沉西推门下车,同时没忘记拿上机构发给他的参考资料。他一边迈步往通道口走,一边将资料卷成筒状,随意地塞进裤兜。途经保卫室时,他勾头冲保安打听这黑压压一群人是干什么去。

保安说是踏青祭奠活动,俗称的春游。

这种学校组织的活动往年韩沉西能逃就逃,通常逃去玩游戏。想到范胡,他找出手机,按亮屏幕。

果然,两小时前,范胡给他留言说后排的男生找了个地儿玩游戏,问他去不去。

韩沉西浑身犯懒,回复不去了。

随后,他慢悠悠地走后门楼梯,上楼,拐进清冷的走廊,步入教室。

教室里稀稀拉拉坐了几个人,也是以各种理由逃避集体活动的。

他胡乱扫了两眼,抻抻裤腿放轻动作,先在自己座位坐下,没个落处的目光习惯性地看向前排。

他脑海里自动生成一道背影——脊背瘦削单薄,高高束起的马尾柔顺地垂扫在肩上。

可真实的视野内,特殊的单人单桌消失不见了,空出一片间隔。

迟钝的反应令韩沉西难以相信地茫然片刻,紧接着,他开始寻找。

弋羊今天怎么可能会不在班里呢?她是最不可能参加集体活动的人。

此刻,弋羊挨着讲桌坐,正专注地写试卷。

拉开的距离如同地球的南北两极,像在控诉着,以后老死不相往来吧。

韩沉西登时后槽牙咬紧,面部表情不可控地抽动一下,脖颈的青筋凸显。

真的是见着"尻人"压不住火。

他就那么看着她,牢牢地盯着。

弋羊敏感地察觉到了有人在看她,目光沉甸甸的,压在她脸上如有实质。

她本不想理,后来见对方毫无收敛,蹙着眉回头。

两道视线远远相碰,弋羊浑身一顿。

几日不露面的人突然脸带寒霜地坐在后门口,射来的眼神是犀利的,是带着质问的。

弋羊受韩沉西影响,也不由得心里一沉,但面上没表现出异样,几秒后,冷漠地回避了与他交锋的视线。

韩沉西哪会善罢甘休,阔步来到了她的眼前。

他居高临下地在旁边空处站定,高大的身影严密地笼罩住弋羊。

他问:"是刘志劲调你座位了吗?"

弋羊摇摇头,却不看他。

"那就是你自作主张了!"韩沉西直接为她的行为定了性,"怎么,好学生就可以无视老师,在班里想怎么样就怎么样吗?"他的语气带着责怪,说出的话透着些嘲讽意味。

弋羊搬到讲桌旁还没超过半小时,她刚刚趁着班里没人才做了这个决定,但做出这个决定的冲动却实实在在基于韩沉西这段时间的表现。

她为所欲为惯了,无所谓他的解读:"对!"

韩沉西太阳穴抽抽直跳,冷笑一声:"我就那么打扰你,那么让你烦吗?前后桌都不愿跟我坐了!"

弋羊绷着脸,她骨子里执拗又偏激,加上心里这几天乱糟糟的,潜藏着难言的不安、委屈、烦躁,使得她无处发泄。此刻被他如此怨怼,导致她难以再继续压抑,抬高音量道:"我搬走不正好顺了你的心意吗?"

"我什么心意?"韩沉西不知她怎么想他的,气愤地强调,"我什么心意?你说!"

"还用我说吗?"弋羊这时站了起来,撩眼皮直视他,"座位不回、课不上,你闹脾气不就是想给我下马威吗?"

韩沉西嘴角扯动,刹那间竟失声般讲不出话来。

学霸的脑回路不仅直,还充满了恶意揣测,明明是她先拒绝了他的好意,转头却全成了他的错。

胸口剧烈起伏,他试图深呼吸平复,无奈不见成效。他一咬牙,点了点头:"行!等着!"

韩沉西两条长腿"暴力"地穿过课桌与课桌间的走道,将自己随手丢在范胡和张琦座位的零碎物品一通搜卷,抱回自己桌前,朝桌面重重一摔。

"我现在坐回来了!你也搬回来!"他的口吻不容置疑。

班里仅剩的几个同学眼睛瞪得溜圆,看八卦的眼神在两人间转来转去。

韩沉西的目光不为所动,压着声音又冲弋羊说:"要我帮你搬吗?"

弋羊心窝着火,不说话。

韩沉西把沉默当默认。

他几步再次来到她身边,修长的手指攥住她的小臂,扯她向后让开路,再一把端起她的书桌,毫不费力地搬回了原位。他甚至还贴心地将移动过程中散倒的书本扶正,并原模原样地摆放整齐。

弋羊看着。

闹这一出别扭,倘若让三岁小朋友瞧去,怕也会冲他们两人发出嗤之以鼻的嘲笑声,嘲笑他们的幼稚之举。

她不知道自己这是怎么了,但能感觉到心里有一口气顶着,憋得她胸闷,以至于激得眼尾毛细血管扩张,微微发红。

韩沉西做完这些,向后退一步,下巴冲她抬了抬,两手揣进口袋,不发一言地回视她。

弋羊头一回真正见识了他的怒意和脾气。

两个人互瞪着看了很久。

弋羊最终败下阵来，走回座位坐下。

韩沉西紧随其后，立马也坐了下来。

任谁都能看出两个人产生了矛盾，可矛盾的硝烟似乎没有荡漾起来，只是扬了一缕尾气，教室就重归寂静，落针可闻。

室外西北风势头依然强劲，午后晴好的天气仍能感觉到冷意。

弋羊伏在桌上，埋头握着笔，看似在写作业，实则在发呆。

韩沉西戴着耳机，看似在听歌，实则连接线都没对接到手机。

铃声响了又停，分不清是上课还是下课。

等弋羊恍惚回过神，天渐渐黑了。

她看了眼墙上的挂钟，五点半，是晚饭时间点。

春游的大部队快回来了，她想要错开用餐高峰，便翻出了自己的饭卡。准备起身时，鞋底踩到了什么东西，与地面发出摩擦声，她弯腰捡起。

是一张留学机构的宣传折页，赫然能见上面的字，"赴澳留学"。

几乎瞬间，她就明白这是谁的东西了，手指捏着页角搓了搓。她侧身，偏头往后明知故问："是你的吗？"

韩沉西闻声看过来，沉默。

弋羊接着询问："还有没有用？"

纸张被她踩上了脚印和灰尘。

韩沉西往后仰了仰脖子，有种对着一道选择题选不出答案的无力感，任性地说："不知道。"

弋羊无语："你的东西有没有用，你不知道吗？"

"不知道。"韩沉西顶了句嘴，"要不你拿主意，扔了也行。"

弋羊被噎得绷起了脸："你拿这件事跟我赌气吗？"在人生重大抉择上，她总是比同龄人更稳重和谨慎。

她平静下来，轻喊他的名字："韩沉西。"

因她这声喊，韩沉西的思绪清明不少。

他想了想，说："出去聊吧。"

弋羊同意。

站起来时，她擅自把宣传折页搁在了他的书桌上。

韩沉西垂眸看了一眼，没吭声，先下了楼。

弋羊慢一步跟随。

两人一前一后走着，一个没刻意等，一个不着急追，就这么到了食堂。

稀疏的食客在空荡的食堂游走，排风机发出"轰隆"的鸣响。

韩沉西先到1号窗口买了瓶冰可乐，拧开瓶盖灌下半瓶，发热的身体瞬间降了温，气似乎也消干净了。

弋羊径直去买盖浇饭，买完，顺势在窗口正对面的餐桌找位置坐下。

韩沉西绕了一圈转过来，手里除了半瓶可乐，什么都没买，他不太有胃口。食堂的座椅又矮又拥挤，他得蜷着双腿才能坐进来，姿势显得憋屈。

弋羊用勺子拨弄着盘子里的食物，觉得厨师今天手重，菜太油了，但她还是一口一口吃完了。

韩沉西垂眼看着，突然轻笑一声。

弋羊莫名："你笑什么？"

韩沉西装大尾巴狼，好似认真思索了一番自己笑什么，开口却不好好回答："笑也不可以吗？你管我啊？"

弋羊坐正了些，说："我管不着。"

韩沉西犯起无赖病，强盗逻辑地说："管不着还去拾我的东西？"

弋羊纠正："我踩到了，总不至于一脚踢开吧？"

韩沉西小肚鸡肠地翻旧账："以前我的笔掉了，你不是总装看不见吗？"

论耍嘴皮，弋羊自知赢不了他，索性不与无赖理论。

她略微思索，想通了前后逻辑："你这些天没来上课，是去打听留学相关的事情了吧？"

韩沉西淡淡地"嗯"了一声："怎么，关心我啊？"

弋羊不答，又问："学校定了吗？"

韩沉西双手环抱于胸前，轻轻往椅背一靠，提醒她应该先弄清楚前置条件："我说了我要去吗？"

弋羊心里感到震撼，微微睁大眼睛："你不打算去？"

韩沉西听出她语气里的质疑，故意逗弄她："你想让我去啊？"

弋羊下意识地认为机会难得，而这种机会是不可能会降临到她身上的，她内心是珍惜的。漫长的沉默后，她如实说："出国挺好的，适合你。"

韩沉西对她的说法起了兴趣："为什么这么说？"

"感觉上吧。"弋羊笑了笑，"你适合更自由的环境。"

韩沉西眼睛一眨不眨地注视着她，似乎想从她的笑容中看出点什么。

可他到底想看出些什么呢？

他不敢细想答案，狡黠地问："好啊，出国就出国呗，那你许我什么好处呢？"

什么？

弋羊以为自己没听清，满脸跟不上他逻辑思维的茫然，直勾勾盯着他老半天才问："我为什么要许你好处？"

韩沉西陡然弯腰凑了过来，一臂之隔的距离，他的眉眼、鼻梁、嘴唇映照在弋羊的瞳孔中，清楚明了。

弋羊的面部神经发麻，她深吸一口气，可下一秒，她闻到了他身上干净清爽的香气。

在这股萦绕的香气中,韩沉西理所应当地回复她:"谁对我有期待,我就对谁提要求。"

弋羊愣了愣。

她没见过这样有恃无恐的人。

"有意见吗?"

弋羊没开口,用一种无法描述的复杂眼神看着韩沉西。

韩沉西嫌弃她不给反应,桌底下,拿脚磕了磕她的鞋帮。

弋羊并脚缩腿。

韩沉西见状,无耻地搞一言堂:"那就这么说定了。"

走出食堂,弋羊尚在沉思。这么重要的人生选择,韩沉西如此仓促地拍板决定是不是太不把自己的未来当回事了?是不是太任性了呢?

事实证明,其实是她多虑了。

第二天,柳思凝知道韩沉西有意愿出国时,先哈哈捂嘴乐了半天:"哟!下主意挺快呀,哪个狐朋狗友给你吃定心丸了?"

韩沉西不理睬妈妈的打趣,坐在柳思凝的老板椅里,跷起二郎腿,说:"我也是有上进心的好不好!"

柳思凝一副吃到瓜的表情:"你的上进心打哪儿来呀?难不成有心仪的……"她做样子暗示。

韩沉西有些不耐烦:"啧!"

柳思凝也有心大的毛病,兴冲冲地说:"儿戏!儿戏!我倒要看看我儿给我编排了一出怎么样的戏!"

为此,她搭舞台搭得格外豪放卖力。

再次跟留学中介对接后,那方给出意见,最晚需要在12月中旬出成绩,赶上圣诞节之前的那波开放申请。

柳思凝想着儿子那薄弱的语言底子,一挥手,说:"课照着最满的来,课时照着最长的上。"

韩沉西就这么背了一书包的课本和习题册回了学校。

他没有跟别人声张,这事在他和弋羊之间沉淀成了一个秘密。

他开始并没有多勤奋,自由散漫惯了的人,乍然让他沉下心背单词,完全没有效率可言,后排男生的一句话便能轻易地勾走他的注意力。

但他确实会在课上拿起笔和本写写画画。

范胡睡过头晚来班,进门看到他哥戴着耳机趴在桌上抄单词,惊得以为自己梦游了。

他扒拉着韩沉西的肩膀,问道:"你最近装模作样乖得很呀。"

韩沉西挥手驱赶苍蝇般,不耐烦地示意他离远点。

"听听!听听!"范胡怪叫,"三十六度体温的人怎么能说出这么冰冷冷的话?你不跟我相亲相爱了吗?"

韩沉西忍无可忍,拿起手里的笔朝他脸上甩去。

范胡早有预料,侧身闪躲,再勾手探捞,准头十足地接住了韩沉西抛来的"暗器":"玩物丧志的东西,没收了啊。"

韩沉西笑着骂他。

差生从不买文具,何况韩沉西走轻装上阵的风格,笔一支本一个,省事省力。

无奈,他倾身向前,求助弋羊:"羊姐,借支笔。"

弋羊应声从文具袋里选了一支新的给他。

韩沉西接住,先把笔夹在指间转着玩了半天,觉得顺手得很,调皮劲儿使然,把笔当情趣,用完了还,需要的时候再借。

弋羊起初还要求他自己备一支。

韩沉西却优哉游哉地说:"别太小气。"

弋羊:"你学习还要人递笔递本地伺候着吗?"

韩沉西两只胳膊在课桌上一撑,笑得春意盎然:"当然。"

弋羊无话可说,索性任他怎么开心怎么来。

五一假期来临前,全省的高二学生迎来了大会考。

不似平时月考时的拆班,会考将全县各校高二的学生混成一锅大杂烩,随机分配考场和校区。

基础性的考试于弋羊而言全无难度,最后一门结束,她绕去羊军国修理铺坐了会儿。看着活挺少,她便没插手帮忙,跟羊军国道了别,准备去车站坐车,没想到,居然在一个转弯的路口遇到了韩沉西。

他骑着山地车忽驰,两人迎面擦肩而过。

韩沉西好眼力,率先看到她,急忙掉转方向,追上来时将车一横,拦在了她的面前。

弋羊吓了一跳,往后缩了一步。

"我呀!"韩沉西坏笑着提醒道。

弋羊没好气地瞪了他一眼。

韩沉西问:"羊姐,你是回望乡吗?"

弋羊"嗯"了一声:"你呢?"

韩沉西才从考场回家洗了澡出来,他换了衣服,清清爽爽的,连他的眼神也似水洗过,眼眶里盛着绵绵的笑意。

他去哪儿都不缺玩伴,踩着踏板空滑两圈,动了个念头:"我去哪儿都行,你不介意的话,我就跟你顺个路。"

得寸进尺的功力又上一层楼。

弋羊无语,把原话还他:"大马路你想怎么走就怎么走。"

韩沉西开怀大笑。

他想一出是一出,真的将山地车寄存在羊军国的修理铺,与弋羊一起回了望乡。

下午五点出发,抵达时,天幕已经挂上了星星。

韩沉西没让弋羊直接回家,硬拉着她去厂里解决晚饭。

弋羊下意识地拒绝。

韩沉西直接怼了句:"不吃吗?那你有种别饿啊。"

弋羊胃里空空的,确实饿了,她无法辩驳。

无法辩驳时,干脆利索地走掉,也不失为一种拒绝,但她搞不清楚自己为何就再自然不过地跟着他过去了。

是短暂的妥协?还是心软?

厂房亮着一盏融融的照明灯。

韩沉西推开侧边铁门。

翠花听见动静,乐颠颠地跑来,热情地冲入他的怀里。

韩沉西揉揉狗头,宠溺地说:"好了好了,一般热情就行了,太热情了我受不住。"

翠花听见,立马又摆着尾巴扑到弋羊的脚下,哼哼唧唧地伸舌头去舔弋羊的手指。

弋羊感觉到一股温热,心中抗拒地挣扎了片刻,但最终没有推开它,也学着韩沉西揉了揉它的脑袋安抚它的情绪。

"姥爷——"韩沉西朝里面走,顺嘴喊了柳泊涟一声。

柳泊涟正好在厨房,在门口露出半截身子,招呼两人过去。

"爷爷好。"弋羊礼貌地打招呼。

"好。"柳泊涟有些意外这么晚了还能见到她,和蔼地说,"又见面了。"

韩沉西撩开门帘,刚想问这么晚了,姥爷在厨房干什么,眼皮一落,瞧见水台上整齐地码着一摞药盒,眉头瞬间皱了起来。

"您身体不舒服吗?"

柳泊涟说:"胸闷。"

"怎么回事?检查了吗?我妈知道了吗?"孝顺如韩沉西,立马掏手机作势联系柳思凝。

柳泊涟走近,朝他手背拍了一巴掌,制止了,轻描淡写地解释:"天一热,老年人普遍容易胸闷,不要紧……倒是你这头发?"

柳泊涟狡猾地转移话题,韩沉西的注意力顺利跑偏:"我的头发怎么了?"

说着,他把手指当梳齿,将头发往后撸成大背头。

弋羊听闻,也心有疑惑地抬头看。

韩沉西刚洗过的头发柔顺黑亮,顺着中分线均匀地落在额角两边,长度刚刚好扫到眉眼。

柳泊涟嫌弃地说:"长了,该修剪了。"

韩沉西想起某些画面,登时警铃大作,后退一步,打消柳泊涟的企图:"不长,正好,这样帅气。"

"都能扎小辫了。"柳校长职业病犯了,见不得学生穿衣打扮不利索,在他的审美里,男生最好留个寸头。

"那也不让您给我剪。"韩沉西深受其害,怨念道,"您给我剪,剪前是帅哥,剪后成劳改犯了。"

未经大脑脱口而出的一句说完,他心里突突一跳,连忙觑了弋羊一眼。

弋羊微微垂下头,灯光从顶部罩住她隐匿的五官,她的表情淡淡的。

韩沉西有点想抽自己。

"不听话呢。"柳泊涟没看懂他们两人间的眼神传递,有样学样,也要告状,"我改天给你妈打电话,让她说你。"

"哼,她的话我也不听啊。"

"没人能管得了你了是吧?"

"有,怎么没有?"

"谁?"

这几句一问一答,韩沉西完全是顺着柳泊涟的意思吊儿郎当地顺嘴一说,他只顾着后悔刚才提"劳改犯"干什么,有些担心弋羊心里不高兴。

"什么谁?饿了!姥爷……"他糊弄着撒娇。

柳泊涟意味深长地笑了笑,背起手,示意弋羊等着,然后转身去给两个孩子弄吃的,去了另一间屋子。

房间里剩下他们俩。

韩沉西从冰箱里翻出两瓶橙子汁,拧松瓶盖,分给弋羊一瓶,随后各自找椅子坐下。

起初都无话可说,突然,韩沉西低头凑到弋羊耳边,沉声提醒:"叫姥爷。"

"啊?"弋羊不知为何他突然冒出这么一句话,有点愣。

韩沉西一板一眼地指正:"我的朋友自然要随我的辈分。"

弋羊缓慢地反应半天,"哦"了声。

韩沉西本想逗逗她,哪知她如此轻易地答应了。逗弄无法继续进行,他"啧"了一声,胳膊杵着膝盖,看向地面,一只手一直无意识地来回拨弄额前的头发。

碎发不时刮过他的睫毛,扫得微微发痒,他接连眨了好几下眼睛。

厂房四周静寂,不知为何,弋羊在这种静寂中,恍惚觉得听见了风吹树叶的"沙沙"声。

她的目光随着他拨弄头发的手指飘来荡去。

忽然，她想起元旦晚会那晚，她心血来潮进理发店剪头发，他跑过来找她拿走准证，当时他问过她，他的头发需不需要也剪短些，她无从回答，索性直接无视了他的问话。

弋羊不知他是不是对自己的发型有执念，毕竟他脾气涌上来，某些瞬间也挺执拗的。

于是，她跟着起哄说："剪剪吧，到夏天了，该热了。"

韩沉西的动作猛地一顿，撩起眼皮看了弋羊一眼。

他的眼神里充满了打量，也看了不长不短的时间，弋羊的脸微微热了。

韩沉西复又低下头，唇角的笑意掩在暗影中。他先沉默了半晌，在弋羊差点以为自己多管闲事时，他漫不经心地开口了："行！"

少年发音时声带振动，闷在鼻腔的余音绕着空旷的房间回响，他回应的或许不止一个问题。

七班后排炸了锅。

起因是韩沉西顶着一头板寸进了班。

范胡与他哥分开没几天，再见面发现他哥形象大改，活像被夺了舍，惊得两眼发直。

"学英语学傻了吧？"范胡跟韩沉西相伴成长这么多年，深知这人平时有多闷骚，又有多爱臭美，突然毫无征兆地向校方要求的衣容样貌看齐，他只能将此怪相归咎于韩沉西最近的上进心理。

范胡作死地两手抱住韩沉西的脑袋，用力盘了盘："我发现你自从脱离低级趣味后，审美惊世骇俗……哟，发茬还挺扎手。"

韩沉西一把将范胡推到一边去："消遣到我头上来了是吧？"

范胡耍贫："你这副样子不就是来逗我一乐的吗？"

韩沉西忍无可忍，动手将范胡按住狠狠收拾了一顿。

等范胡老实求饶，他才拍拍手心，慢悠悠地回了座位。

弋羊单手托腮，上半身扭向后，正在打量他。

都说发型暴露脸型，他这一剪短，修饰得眉眼和鼻梁的轮廓线挺立不少，表情显得冷了，还有几分二流子的气质。

弋羊嘴巴抿出一条紧紧的线，唇角下压得厉害，厚道地没笑出声音。

"笑什么呀！"韩沉西嘟囔一句，"还不是都赖你。"

他不太好意思，伸开手掌罩住弋羊的头顶，强行将她的视线扭开了。

苏果和姜琳挨着聊天，余光一瞥，正好看到这一幕，当场惊呆。

因她牢牢念着弋羊几次的好意，心里难免对弋羊有偏袒，所以怎么看都觉得韩沉西举止轻浮，像调戏。

她又联想到韩沉西和葛梨的关系现在尚且含糊着，莫名觉得韩沉西为人不正经。

她脑补了两天一些乱七八糟的场景，这晚熄灯后，偷偷跟弋羊来到盥洗室，傻乎乎地好心提醒："你不要和韩沉西走得太近。"

弋羊牙膏挤一半陡然停下，扭头看苏果，一脸莫名其妙。

苏果压低声音解释道："你可能不知道他和班长是一块儿长大的，关系不一般。"

弋羊问："怎么不一般？"

苏果斟酌了一个词："青梅竹马。"

弋羊反驳："谁承认他们俩是青梅竹马了？"

苏果愣怔两秒："班长啊。"

弋羊："她说你就信？"

苏果哑口无言。

弋羊的心情没有受到多大影响。这些天，她偶然会思考自己是不是跟韩沉西走得太近了，但她认为的"近"其实和苏果认为的有着本质的不同。

或许没有人会期望日后回忆起自己的少年时代，将其称作墙角的一块苔藓，潮湿阴暗，细密多愁，永远不透光影。

她从小经历了那么多，很早她便不觉得自己身世可怜，她只觉得自己弱小，看着亲人在生活的旋涡里挣扎深陷，她却无能为力，只能袖手旁观。

遇到韩沉西，与韩沉西的相处中，她一再纵容自己放低底线。她反复思索为什么，其实早有了答案——因为自己被一时的孤单和空旷打败了，是可怜的软弱的表现。

可这样也没什么不好。

真正计较起来，他对她的打扰，可以笼统归为帮忙换个笔芯的简单动作。

弋羊有天整理文具时，偶然发现，笔袋里专属韩沉西的那支圆珠笔用空了。她拿出来看了半天，悄然笑了笑，随即不动声色地拆开笔帽换上一支新笔芯，再朝背后递去时，韩沉西接住。他写写画画之前捏在指间转了好久，马虎地没有察觉。

六月底，辅导老师安排韩沉西试考了一次，考试那天，正好赶上学校的期末摸底。

他势必缺席，孰料，弋羊悄无声息地也缺了考。

她陪着羊军国去探监了，结果可想而知，仍旧是在风中等待，羊敏兰不肯见她。

羊军国用着老一套的说辞，干巴巴地打圆场。

弋羊眺望前方，神情是不为所动的冷漠。

羊军国无奈地闭了嘴。后天便是弋羊的生日，他知道弋羊心里肯定不是滋味。

弋羊独自回了望乡，没跟任何人打招呼，玩起了失踪。

刘志劲在学校里找她找疯了。

范胡傍晚到公交车站去接返程的韩沉西时，叽里呱啦把这事当成趣事说了。

韩沉西眉心皱成一道浅"川"，摸出手机给弋羊打了个电话，无人接听。

他腹诽：孤僻鬼又变孤僻了。

没了跟范胡玩闹的心情，他回家到杂物间翻出一些东西带上，马不停蹄地要去望乡。

范胡被他的一系列操作弄得一头雾水："不是约好跟我玩吗？你这是准备干什么去？"

韩沉西不答。

范胡喋喋不休："那你起码带上我一起吧？"

他发现自己最近老被韩沉西甩开。

韩沉西挥了挥手，意思是"别来，不欢迎"。

范胡不服。等韩沉西前脚踏上公交车，他后脚"摇"来两条尾巴——柳丁和张琦，自作主张地跟了过去。

韩沉西爬上厂房最南边一个车间的屋顶，按照说明书支起三脚架，认真组装着不知哪个年月买来的望远镜镜头。

范胡不齿他如此装相的行为："我都替你感到脸红。"

韩沉西觉得这厮在找揍。

张琦第一次到这里玩，比较好奇，由翠花领着在厂里疯跑一圈后，喋喋不休地问："沉哥，这厂多大面积啊？"

韩沉西手里忙个不停，回答："百来亩地吧。"

"地是征用的吗？"

"政府才叫征用，企业是租用。"

"租了多少年？"

"二十年吧，具体不清楚。"

"为啥停工不生产了呢？"

"赔钱呗。"

"赔了多少？"

"七位数吧。"

"这么多？"

"嗯。"

"太可惜了。我看房间都挺新的，你爸妈就没打算重新开起来吗？"

"没启动资金呀。"

"找你爷爷要啊。"

韩沉西侧头幽幽瞥了张琦一眼。

范胡老远听到，插嘴："说得简单，你要个试试？"

心直口快的张琦再一次迟钝地意识到自己说错话了，头皮一炸，嘿嘿笑了两声，灰溜溜地跑去跟翠花玩了。

韩沉西将望远镜组装好，调整好倍距参数，小跑着去敲弋羊家的门。

门很快打开了。

弋羊露出脸来，她一身宽松的居家服，瘦长的胳膊和腿荡在袖管中，面容娴静。

多余的不打听，韩沉西斜倚着大门，用唠闲嗑的口吻问："在家干什么呢？"

"你怎么来了？"惊讶过后，弋羊回复他，"没干什么。"

"哦。"韩沉西自行解读，"那就是一个人待着。一个人待着多无聊，跟我到厂里玩吧。新闻里说今天有宝瓶座流星雨，试试咱俩谁有这个好运气能看见。"

弋羊只犹豫了一下，点头说："好。"

韩沉西轻轻一笑。

晚饭柳泊涟大显身手，做了好几道程序复杂的肉菜。或许隔辈亲的缘故，每每韩沉西带同学往他这边来，他都特别高兴。

其乐融融地吃完饭，五个人搬着睡垫和毯子上了屋顶。

中部地区的初夏干燥晴朗，夜空澄澈，星束聚集。

柳丁仰头看，"哇"了一声，忍不住感叹："今晚好多星星啊。"

范胡摆弄着望远镜，问："认识哪个？"

柳丁说："北极星。地理课上老师只教过我们辨认北极星，说它在正北方向，所有星星围着它转。"

范胡："不巧，哥哥比你多学了点，知道北斗七星。过来，我教你看。"

柳丁欢快地跑到范胡身边，张琦也主动凑了过去，三人你一句我一句叽叽喳喳地讨论开了。

韩沉西盯着他们三个圆溜溜的脑袋，暗暗瘪了瘪嘴，哀怨地叹了口气。

弋羊听到，看了他一眼，淡淡笑了。

她一笑，韩沉西也笑了。

抬头看夜空，暗自观察好一阵后，韩沉西问："羊姐，北极星找到了吧？"

弋羊"嗯"了声。

韩沉西："北极星旁边有一颗比它要亮一点点的星星，看到了吗？"

弋羊眯起眼睛，极目远眺，视线有些模糊，所以不能十分准确地分辨亮度。

"看不清。"

"近视了？"

"可能吧。"

"没测过度数吗？"

"很早之前测过。"

韩沉西想她学习那么刻苦，近视合乎情理。

"怎么没戴眼镜？"

"度数不高。"

韩沉西"哦"了声，停顿一下，略微遗憾地说："难得今天星星出来得全，还想给你显摆一下我的知识储备呢。"

弋羊问："你知道很多星星吗？"

"不多，也就北斗七星、大角星、室女座这些。"

"研究过？"

"没有。小时候我爸妈忙，没空带我，就把我塞到那种培养兴趣的夏令营，跟着出去野外体验，瞎学了点。"

弋羊抿唇，保持仰头的姿势好一会儿没吭声，后觉得眼晕，于是又放平视线，问："你刚才说北极星旁边有一颗比它亮的星星，是什么？"

"北极二。"韩沉西顿了一下，注视着弋羊，淡淡说，"我觉得我挺像它的。"

弋羊不解地问："为什么这么说？"

"因为它被比喻为是北极星的守护星。"

没等弋羊回复什么，柳泊涟突然喊韩沉西，说收音机不出声，让他帮忙看看。韩沉西便下去了，隔了一阵再回来，四个人已经在地垫上躺下了。

弋羊躺在最外侧，柳丁紧挨着她和她说悄悄话。

韩沉西看到"啧"了声，踢皮球似的一脚蹬开柳丁，柳丁猝不及防滚几圈，滚到范胡身旁。

范胡说："看不明白吗？今天一切的安排，你哥就是为了躺在那个位置，你偏要去跟他抢。"

柳丁吐吐舌头。

韩沉西躺下。

张琦看了眼手机时间，十一点多了。他问："什么时候有流星雨啊？"

韩沉西翻着手机查新闻："三点极大值。"

张琦没那个情调："那我先睡会儿，到时候叫醒我。"

范胡："睡这么早？"

张琦："昨晚跟耗子打游戏，通宵了。"

范胡："我也通宵了，我现在就很有精神。"

两人闹着，韩沉西没理，而是对弋羊说："睡会儿吧，我定了闹钟，到时间点了叫你。"

弋羊"嗯"了声，侧身躺了会儿，迷迷糊糊有了困意，但睡得并不踏实，隐隐约约听见韩沉西、范胡和张琦聊着什么。

后来快三点被喊醒，五个人瞪大眼睛，平躺着望天。

月亮很亮，星光点点。

他们屏息凝神，苦苦瞪了半个小时，无事发生。

范胡打了个哈欠："有谁看到了吗？"

张琦："没有。"

柳丁睡眼蒙眬地问："那个一闪一闪的星星是吗？"

韩沉西说："不是，那是夜间飞机的航行灯。"

柳丁："哦，我说怎么移动得那么快。"

又过了会儿，张琦连连打了几个哈欠，实在忍受不了困意，说："眼睛酸了，我不看了。"说完腿一踢，歪过去睡着了。

渐渐地，柳丁和范胡也失去耐性，梦会周公去了。

只剩弋羊和韩沉西意识清醒。

两人站了起来，肩膀挨着肩膀。

弋羊从兜里摸出了一包夹心棉花糖，撕开包装，捏了一颗自己吃了，然后又捏出一颗递给韩沉西。

韩沉西两手插着兜，犯懒，就着弋羊的手把棉花糖吃了。

弋羊浑身一僵，愣了好半天。

韩沉西无所谓地嚼着嘴里的食物，问道："从哪儿弄的棉花糖？"

印象里，弋羊从不主动买糖吃的。

"柳丁给的，说味道很好，非要我尝尝。"

"那你刚才这是借花献佛？"

"是你买的啊？"

"她的零食都是我买的啊。"

一排的厂房是相连的，两人走到东边，在房檐边缘坐下。

脚底三米悬空，弋羊探头向地面瞅了眼，一阵眩晕感袭来，她赶紧收回视线，然后轻轻荡起了腿。

韩沉西瞥见，问："好玩吗？"

弋羊不答，想起什么，促狭地回视他一眼，慢悠悠地问："考得怎么样？"

韩沉西当场噎住，觉得这人简直哪壶不开提哪壶。

再说，学习又不是吃速成食品，哪会那么快呢？

弋羊眨眨眼："嗯？"

"嗯什么嗯？"韩沉西的不满呼之欲出，抬高音量嚷嚷了一声，"我不想说还非要问。不想说，不愿意说，就是说明没考好呗，你怎么没点眼力见儿？"

弋羊心里松快，语气也活泛起来："故意的。"

"嘲笑我能显出你好学生的优越感是吧？"韩沉西嘴上较着真。

弋羊觉得，跟他相比，自己也就在学习好这一项上享有优越感，于是用力点点头。

"行！你开心就好。"韩沉西说着，不由得也自在地晃起了腿。

过了会儿，他突然向她打听："羊姐，以你的成绩，除了清北，去哪儿都够格，你有心仪的大学和想去的城市吗？"

弋羊认真思考片刻，摇摇头。

她有"奔头"，但这个"奔头"仅是一个成绩目标，至于以后的打算……渺茫的前路如同无边的黑夜。

她说："反正不管去哪里，都离你挺远的。"

韩沉西一愣，用手拨了几下头发。

以前拨头发，五指穿过能将头发撸成背头，现在只摸到满手心的硬茬。

"我一张机票能走，一张机票也能飞回来。"

他像是在许诺，口气狂妄。

弋羊听着，微微走神。

她不知道该怎么回应，索性不回应。

太阳如一只火球从地平线冉冉升起，晨光染红了两人的衣服。

日出了。

韩沉西扬起下巴，享受着阳光在他的脸颊攀爬的感觉。

享受过程中，他后知后觉地问道："哪里有流星啊？"

枉费他像煞有介事地忙前忙后。

弋羊无奈地向他科普地理常识："宝瓶座流星雨的最佳观赏位置在南半球。"

"是吗？"韩沉西丝毫不觉得难为情，"那有点可惜。"

他伸展双臂伸懒腰，懒洋洋地问道："你准备了什么愿望？"

恰时一阵风过，吹拂着弋羊的脚踝。她犹豫几秒，反问："问这个干什么？"

韩沉西撩起眼皮瞄她："就随便问问啊，我随便问问的事情可多了。"

弋羊抿着嘴唇，心思略微飘远。

韩沉西侧头看她，觉得这个问题她大概不会回答了，正准备叹气，她却开口询问："你去过游乐园吗？"

韩沉西心里一诧。

弋羊讲话时神情平静，语气中也没有细不可察的期待和遗憾情绪，她就像在谈起一个与自己无关的话题。

韩沉西哂笑一声，骄傲地说："其他方面我不敢说什么，但在玩上我自豪得很……你想去游乐园啊？"

不待弋羊点头，他自顾自猜测："想玩什么项目？"

他眉梢轻轻吊起，一副桀骜自满的模样。

弋羊："听说游乐园引进了新项目，十层楼高的跳楼机。"

韩沉西登时震惊得五官扭曲："羊姐，你没安好心吧？"

他怀疑她的真实目的。

往日假期，他没少带范胡和柳丁去游乐园玩。不说柳丁，单论范胡，坐上旋转木马也是心里稀罕得不愿意下来，惹得他怒骂范胡癞蛤蟆演王子演上瘾了。

这么看来，旁边的人可谓没有丝毫童话浪漫情怀。

思及此，韩沉西猝然贴近，与弋羊看了个眼对眼。

弋羊呼吸一滞，连忙偏头躲开。

韩沉西"嗤"了声："怪不得人家都说，孤僻久了，容易变态。"

弋羊一愣。

韩沉西缓缓坐直，摆出张扬活泼的少年意气："行！我陪你去。"

时间定在后天，返校日。

当天，韩沉西醒来做的第一件事，是拉开卧室窗帘看向天空。

云层浓密，天空宛如暗色调的水墨画。

他皱皱鼻子，若有所思。

等弋羊来厂子找他时，他突然给了她一个选择题："你想现在过去，还是等晚上？"

弋羊特意换了身运动装，头发利索地绑成马尾，黑黑的瞳仁莹亮，与往日比，显出一丝朝气。

她不懂这二者之间的区别，韩沉西解释："夜场会亮灯。"

弋羊联想到了偶像剧的场景。她其实觉得这些都无所谓，再一转念，既然韩沉西有意提起，或许他更钟意夜场的氛围。

于是，她说："等晚上。"

晚上去玩，意味着要逃掉今晚归校的晚自习。

韩沉西怕把好学生带坏，想提醒，但脑子里回忆起弋羊的所作所为，觉得这人就不是标准模板公式下成长起来的好学生，便干脆地点点头。

空出的大段时间，韩沉西没让弋羊闲着，他将柳丁带到弋羊跟前，麻烦弋羊给柳丁"开小灶"。

弋羊没有拒绝。

因此，她顺理成章地留在厂子里，再顺理成章地跟他们一起吃午饭。

下午三点，韩沉西悄声消失了一会儿，再现身，对柳丁说："翠花怎么不见了？你去厂区后面找找。"

柳丁傻乎乎地将她哥的话当真，小跑着去了。

而等她的背影一消失，韩沉西立马示意弋羊，收拾书包，准备走了。

他这个当哥的，耍起妹妹来，有两个心眼。

弋羊觉得好笑。

她快速收整好个人物品，拉上书包拉链，与他走出厂房院门，做贼似的开溜。

顺利坐上公交车，车门关闭，驶出百来米，两个人心有灵犀地对视几秒后，同时笑了。

弋羊噙在嘴角的笑尚未消散，韩沉西非要讨嫌地问道："等会儿你不会被吓哭吧?"

弋羊扭头望向窗外飞驰而过的田间景色,装聋。

韩沉西一双含笑的眼睛便明目张胆地落在她身上,而弋羊像是没有觉察,保持着姿势一动不动。

他们在终点站下车,再换旅游专线至游乐园。

抵达时,日场的游客正成群结队地出园,他们等了一刻钟,才在售票处排队买夜场票。

"我请你。"弋羊站在韩沉西前面,从书包里翻出早就准备好的钱包。

老式钱包小小一个,手工布料缝制的,仔细看,右下角还绣着她的名字。

韩沉西下意识地蹙眉,当即就想按住她的肩膀阻止,可是抬起的手却最终在空中比画了个"一"。

"第一次!"他做出稀奇的表情,"第一次碰上跟我出来玩主动掏钱的人。"

弋羊客观地说:"你愿意陪我来玩,付出了时间,自然该我花钱。"

"哈!"韩沉西作死讨打,"如今社会,像羊姐这么明事理的好人不多了。"

弋羊没跟他拌嘴,老实排队。

轮到她时,她弯下腰,冲着窗口的工作人员说:"买两张。"伸手将钱递出。

工作人员点钞票,扣费找零,继而将两张票一并塞入她手中。

捏着薄薄的票面,弋羊仿佛隔着时空,听到了姥姥语重心长的啰唆。

——"你这个年纪的小朋友都贪嘴,囡囡做人千万不能小心眼儿,买来的零食记得要跟小伙伴分享,那样大家才会喜欢你。"

她的童年没有玩伴,姥姥给的这份"娱乐钱"她一张张存了下来,在老人去世之后,兑换成大面额钞票藏进"小金库"。

她以为这笔钱永远花不出去了,万万没想到,到底等来了一次机会。

弋羊举起胳膊,左右挥舞几下,示意韩沉西买好了,跟她走。

过大门的闸机入园,甫一踏入园区,彩灯到时间点依次亮起,人好像坠入了流光溢彩的光影世界。

她驻足观望片刻,却没有留恋,直奔跳楼机而去。

韩沉西不发表任何意见,完全跟随。

玩这个项目的游客还不多,他们很幸运地排到了夜场第一批次上座。

相关工作人员检查设备的间隙,韩沉西觑见弋羊凛然的表情,便往通道护栏的横杆上一踩,揶揄她:"回头路不通了,害怕吗?"

弋羊望着高高耸立的大型机器,紧张的心情无法抑制。

韩沉西眉眼一弯,脑子里蹦出一个新的坏点子,别出心裁地安慰:"这东西说白了就是个升降机。没关系,真害怕的话,等它下坠到最低处的时候,我拉着你跳下来,就没事了。"

"神经啊,怎么乱教人?"弋羊发觉他越发没个正形。

韩沉西扯扯嘴角，嫌她反应没跟上拍。

弋羊垂眼忍笑。

他以为她没看过《泰坦尼克号》吗？不知道杰克和露丝的经典名句？

可她还是免不了杞人忧天地想：万一一会儿机器真出故障了怎么办？

不能自己吓自己……

她警告韩沉西："你别乱说话，你这张嘴好的不灵坏的灵。"

韩沉西抠抠脖子："哄你放松嘛！"

弋羊嘴硬说自己不紧张。

韩沉西嗤笑。

殊不知她装出来的淡定像没包好的饺子露了馅，脸部肌肉绷紧，心脏"怦怦"直跳，冲顶着胸口。而等她坐到座椅里，束好安全装置，人连同座椅被缓慢拉升至顶点时，高处带来的虚空眩晕感让她的心跳达到极值。

韩沉西顽劣地晃荡着长腿，惬意得好似这点高度与坐在厂房房顶毫无区别。

他将手伸到弋羊眼皮底下，嘴贴在弋羊耳边，说："我倒数五个数，数完，我们就下去了。"

毫无经验的弋羊傻傻地相信了。

"五！"

"四！"

"三！"

韩沉西话音刚落，座椅骤然往下滑了一截，弋羊心脏紧缩，还有点没反应过来。

韩沉西淡定地继续报数字。

"二！"

"一！"

弋羊急速下坠。

猛烈的风灌向她身体的各个部位，灵魂和躯体得以短暂分离，她好像抛开一切负累，飞去了外太空。

韩沉西又对着她说了句什么，可惜声音无法涌入她的耳膜。

经历惊险的刺激时只感觉折磨与漫长，缓缓停下后又会产生不自量力的隐念，觉得自己还行，还可以再多多承受。

双脚重新踩实水泥地面的那一刻，弋羊腿软得直打战。

韩沉西眼疾手快扶住她，观察着她血色全无的脸，询问："没事吧？"

弋羊摇摇头，缓了下，推开他的手。

韩沉西叉腰站着，打趣地问："看到流星了吗？"

弋羊思路通畅，回给他一个微笑："没有，但看到金星了。"

眼冒金星。

韩沉西哈哈笑起来，笑得肩膀都在颤抖。

弋羊默不作声地看着。

她的视野中心是一个鲜活开朗的灵魂，陪衬的是攒动的人群、忽闪忽闪的氛围灯、小调欢快的旋转木马乐曲、缓慢转动的摩天轮……场景浪漫且梦幻，她觉得这个场景会印刻在她单调苍白的生命河川中，被她铭记很久很久，甚至会长达一生。

第四章·
飞鸟和蝉

/少年好胜的自尊心让他觉知出难堪,他望着她的背影,狂妄地想:好啊,既然你要成绩,我就拿成绩给你。/

回城的途中,闷声几道雷响传来,雨点飘落,城市迎来入夏的初场雷雨。
两个人到站下了车,站在站台等了片刻。
豆大的雨滴砸在地面,韩沉西瞧着,担心雨会越下越大,把两人困在此处,于是说:"你在这里等着,我去买把伞。"
"不要,"弋羊拒绝,"淋雨而已。"
她耸肩往上提了提书包肩带,冲韩沉西笑了笑,扭头率先冲进雨幕中。
韩沉西望着她的背影,坚定干脆充满力量感,被雨灌着,丝毫不狼狈,反而异常潇洒。
他抬脚追了上去。
距离学校有两条街,两人跑进教学楼,一起回班,难免淋了个半湿。
时间已接近九点,下晚自习的铃声即将响起,班里躁动,不少学生交头接耳讲着话,后排的几位男生起身等着铃响就走。
两个人一出现,湿漉漉的模样顷刻间吸引了全班的注意力。
张琦嘴巴张成"○"形,冲韩沉西高声嚷嚷:"你们俩干啥去了?河沟游野泳啊!"
范胡关心的重点永远落在"为什么不带我一起",即便是游野泳他也乐意。
弋羊选择无视他。
韩沉西原本也不想搭理他,无奈他哼哼唧唧磨着他的耐性。
韩沉西找纸巾擦干净脸上的水珠,语气不耐烦:"你瓦数太大,闪瞎人眼。"
范胡哼哼哈哈,很像只吐气泡的鱼:"这么说,你是重色轻友啦!"
韩沉西眼皮直跳,只恨自己怎么会跟这货称兄道弟,不仅口无遮拦,还随处扔炸弹。
"有话憋着私下说。"承受着全班的注目礼,韩沉西不想被起哄。

为了息事宁人，铃声一响，他就起身离开。但走到弋羊座位的窗边时，他低下腰，隔着窗户与弋羊耳语："早点回宿舍把湿衣服换下来，别感冒了。"
　　弋羊点点头。
　　两个人的同窗之谊可谓变幻莫测，爆发最凶的矛盾、拌最高声的嘴，结果关系反倒越发亲密。
　　无关的目光对弋羊形不成障碍，她内心的一方世界堡垒坚固。
　　然而，她忽略了自己是刘志劲的掌中宝——毕竟班级重本的上线率直接关乎他的年终奖金。而韩沉西是刘志劲的眼中钉——差生会带坏班级风气，刺头尤其。
　　某种层面，他们俩可谓是七班齐头并进的风云人物，有任何风吹草动必然会惊动刘志劲。
　　翌日，刘志劲黑着一张脸，招手把弋羊请出了教室。
　　课间走廊里，嬉闹的学生乱哄哄的。
　　刘志劲俯视着她，先质问她的第一宗罪："为什么没有参加期末摸底考试？"
　　他的声音里有着明显的严厉感，弋羊依旧是那套说辞："家里有事。"
　　"家里有事，不会事先跟我请假吗？动不动就消失，是不把我放在眼里吗？"刘志劲可以对她网开一面，但无法姑息纵容，尤其当她挑战了他班主任的权威。
　　弋羊沉默，平静的表情看不出丁点懊悔。
　　刘志劲怒火中烧，再问道："昨天晚自习的时间，你又去了哪里？"
　　弋羊并非有意与他作对，只是她没有向外人吐露心声的习惯，她的性格存在缺陷。
　　刘志劲见状，索性直接摊牌："什么时候和韩沉西玩在一起了？"
　　他的话，对着一方态度轻蔑，对着另一方态度失望。
　　刘志劲咄咄逼人："去哪儿玩了？"
　　弋羊蹙眉，嘴唇紧紧抿成一条线。
　　刘志劲看她这个态度，确认了韩沉西带她出去玩的传闻属实，脾气隐约要爆炸："他什么成绩，你什么成绩啊？班里那么多好学生平常没见你搭理，反倒跟个枕头草包投缘，他韩沉西除了玩，还有正事干吗？他随便混，反正家里不缺钱！你能跟他比吗？你忘了自己要考大学的任务了吗？怎么敢放松警惕呢？"
　　刘志劲话糙理不糙，别跟差生相处，毕竟近朱者赤，近墨者黑。
　　弋羊能听出刘志劲在为她着想，可他为她好的初衷不是弋羊想要的。
　　况且，事实上不是韩沉西引诱她贪玩沉迷，是她自己的主意。
　　弋羊不禁为韩沉西辩护了一句："除了成绩，韩沉西有他自己的优点。"
　　"我承认他乐观开朗，也有责任心。"刘志劲脾气很轴，他认为学生处在学校这个大环境中，评价他们，成绩永远占据主导地位，"可是你最大的优点就是学习好，所以你跟他不应该玩到一块儿去，明白了吗？"
　　弋羊没有跟刘志劲过多申辩，她只明白越辩解，他越恼怒。

可同时，她也没有妥协："我能保证我的成绩不会下滑。"

刘志劲警惕地察觉到她的不听劝，再次火大，忍不住嚷了起来："你拿什么保证？"

弋羊眼神一凛，倔强的脾气发作，肯定地说："既然我说话你不相信，那就走着看吧。"

刘志劲被噎了一下。

谈话无果而终。

刘志劲转头又将韩沉西喊了出来。

走出教室前，韩沉西和弋羊目光相触。韩沉西挑眉，无声地给她传递安抚。

正巧上课铃打响，刘志劲便领着韩沉西离开了教学楼。

弋羊照常听课写作业，只是安心等待两节课后，始终不见韩沉西回来，扔下笔，直接去了物理组办公室。

她爬上红楼办公楼的二楼，拐过拐角，一眼就看到韩沉西两手插兜，垂着头，肩膀微垮，在办公室门口罚站。

光洁的地板上拖出一条长长的瘦影子，而隐在光线里的神情显得有些沮丧和落寞。

弋羊驻足片刻，心底五味杂陈，然后疾步走过去。

韩沉西听到脚步声回神。

"你怎么来了？"他问。

在刘志劲面前，成绩优异的学生总能争取更多的宽大处理和话语权，但弋羊不认为刘志劲就可以随便对待差生。

自己才是"罪魁祸首"，弋羊冲动地要进办公室找刘志劲说明情况。

"哎！"韩沉西伸手捉住她的小臂，"办公室没人，开会去了。"

他劲大，弋羊后退两步，撞上他的肩膀。

韩沉西耸肩撞回去还击。

弋羊觉得他幼稚，收回手臂，看着他，问："刘志劲骂你难听话了吗？"

韩沉西展颜一笑，不甚在乎地说："老一套说辞，早听习惯了。"

"他什么意思？"

"让我离你远点，不让我影响你呗。"

弋羊脱口而出："你没有影响我。"

因为办公室都是空的，这层楼安静，声音稍大一点会有回声。

韩沉西挑眉舒朗地笑起来，他后退一步，往墙壁上轻轻一靠，深深叹了口气："你还挺影响我的。"

这人不论什么场合，都有心情打趣她。

弋羊有些不自在，问："那你什么想法？"

韩沉西悠沉的目光看过来，薄薄的嘴唇动了动："你呢？我想先听听你怎么想的。"

弋羊沉吟片刻，轻轻说："韩沉西，我知道我想要什么，我也知道我现在在干什么。"

韩沉西笑了，屈指朝弋羊光洁的脑门不着力地敲了两下，说："巧了，我交朋友，要不就不要开始，开始了任谁发表意见都没用。"

可事情并没有因为两个人私下想法达成一致而不了了之。

第二天，上岗上线的刘志劲把柳思凝"请"到了学校。

弋羊一听韩沉西被请家长了，担心韩沉西为难。

韩沉西却冲她一挑眉，咧嘴笑得明艳。

他说："请我妈来就好办多了。"

弋羊不解其意。

韩沉西把她的头扭正，说："好好听课。你这心不在焉的状态让英语老师看到了，反映给刘志劲，不是让他抓我们的把柄吗？听话。"

弋羊抿抿唇，听话地压下心中的不安，逼着自己进入学习状态。

课间，柳思凝给韩沉西打电话叫他出教室，母子二人在红楼前的花坛会面。

柳思凝从刘志劲嘴里得知儿子领住校女生出去玩，两人纷纷旷课，她吓得脑洞大开，低声下气地跟刘志劲打听："女生没有夜不归宿吧？"

刘志劲无语至极，再一次加深了"这当妈的不靠谱"的印象。

他严厉否认，同时表示这事的性质非常恶劣，女生这个年纪很容易被男生的花言巧语哄骗，沉迷于花花世界，从而丧失拼搏的斗志。

柳思凝连连点头称是。

她听了一堂政治教育课，趁着热乎，复诵给儿子。

"你凭什么带女生出去玩啊？万一出事了怎么办？我也是纳闷了，那女生怎么就愿意跟你出去玩！"

韩沉西一脚踢开石板路上的小石子，语气欠欠的："因为我长得帅呗。"

柳思凝一副嫌弃的表情："长得帅有什么用？"

"养眼！"

"少跟我油嘴滑舌。"

"那行。"韩沉西一甩胳膊，"我走了。"

柳思凝伸手拦他，可是拦住了人，又犹豫该怎么教育才好。

反观韩沉西坦坦荡荡地立在那儿，像没事人一般。

她左思右想着，突然灵光乍现："你们俩是不是约好了一起出国啊？"

"想什么呢！柳姐！"韩沉西服了，"人家成绩好得很，国内学校随便挑。"

"这样啊……"柳思凝嘟嘟囔囔，"那你献殷勤不等于白费事吗？高中毕业后隔山隔水，指望人家还能记得你？我劝你少干点影响别人前途命运的事，不道德！免得人家高考没考好，背后骂你。"

韩沉西对柳思凝的邪恶心理惊讶无比，眨着眼睛装天真："做人可以这么没良心吗？"

柳思凝冷笑："你的良心几两重啊？"

一诺千金。

韩沉西摸了摸胸口："价值千金。"

柳思凝骂他说大话不害臊。

母子二人你一言我一语地拌起了嘴，教育的正途歪向了八千里之外。

厂子里一堆问题等着柳思凝处理，她整天忙得天旋地转，对韩沉西的规劝在接了一个电话后就抛诸脑后了。

韩沉西望着柳思凝风风火火离开的背影，替她感觉心累——每天都有接不完的电话，应付不完的发货申请。

人进入社会，有了一定的地位，忙或停是不由己的。

回班前，他先去了趟厕所。

他在洗手池边洗手时，被不知从哪儿摸过来的皮九迎面拦住。

皮九矮韩沉西一头，两人说话，他需要仰起下巴才显出几分气势。

他质问："你跟弋羊现在是什么关系？"

韩沉西皱眉，感觉到了皮九的敌意。

皮九虽说成绩优异，可在班级里的存在感着实低，属于死读书不社交的类型。如若不是因为弋羊，韩沉西觉得这个人多半只会存在于他毕业相册的合照里。

他随手关掉水龙头，胳膊撑在水池台边，眼里含着笑反问："你觉得我们两个是什么关系？"

皮九一瞪眼，眼睛显得更圆了，警告道："你死心吧，她不会……"他咬牙顿了顿，"更不可能跟你……"

气愤似乎蚕食了他的语言能力，他无法完整表达。

韩沉西却聪明地听懂了他的意思："哦，你是这样认为的啊。"

皮九目光一滞，他觉得人要有起码的道德和自知之明，可韩沉西的态度实在顽劣，他深吸口气急促地斥责："你疯了吗？你这种人为什么非要去打扰她？"

"什么叫我这种人？我哪种人？"韩沉西嘴角挂着一抹淡淡的笑意。

皮九因心里窝火，鼻尖渗出几颗汗珠："你自己知道。"

韩沉西配合他认真检索自己一番，恍然的表情，得出结论："原来你这么瞧不起我。"

"我没有瞧不起你。"皮九忙解释，"我只是觉得我们不是一路人。"

"你所说的'我们'里面包含弋羊吗？"

韩沉西听出皮九执意圈了一个界线，要把他排除在外，而这个界线，无非就是好学生之流和坏学生之流。

皮九承认："她学习那么好，你这么做是在耽误她。"

韩沉西微微思忖片刻，说："最近的两次月考，她一次成绩670分，一次成绩690分，不退反进，哪里耽误了？"

皮九道："那是现在，时间长了呢？马上要高三了！"

韩沉西再问："你是看出了她的心不在学习上，还是她成绩有下滑的迹象，笃定了我会拖她的后腿？"

皮九一副足够了解弋羊的模样："你缠着她，她怎么可能会不分心？"

韩沉西换了个姿势，继续问道："所以呢，你想让我怎么办？"

他以为皮九顶多会说出"离她远点"这些话，不承想，皮九的主意还挺绝："你换班吧。"

闻言，韩沉西一笑，好似听了个笑话，可随之变脸如翻书。

现在真是什么人都能指点他两句。

"你可能不知道，我这个人最烦别人安排我。弋羊跟我的事，你站在什么立场多嘴？"

可韩沉西的情绪降了下去。

而他一不高兴，影响到整个后排的男生课间都不怎么嬉笑打闹了。

高二的期末考，就在这股凝重沉闷的氛围中宣告结束，结束又预示着新一轮的开始。

韩沉西放假回家，屁股刚挨着沙发还没坐稳呢，就被柳思凝一张机票送去了墨尔本，参加当地一所大学的暑期研学营。

这个规划仍旧是柳思凝办妥后，直接对儿子下达通知。

韩沉西的反应令她意外，他听到时原地站了一会儿，欲言又止的，却最终没有跟她闹脾气，头一点便答应了，甚至当晚便随手收拾好了所需的行李。

柳思凝察觉到了儿子的变化，他从来没有如此乖过。

而弋羊在迎来十天的暑假休整后，正式迈入高三的补课。

补课报到第一天，刘志劲按照成绩调整班级座位，弋羊受他格外"照顾"，被指定在了左边靠墙第一排的位置。

开始弋羊拒绝了，她觉得自己在原位置待着挺好的。

刘志劲绷着脸，当着全班同学的面质问她："这个班，你说了算，还是我说了算？"

弋羊张张嘴，有话想说，但最终沉默着接受了。

搬走之前，她侧身看了眼韩沉西的书桌。

书桌主人不见踪影，桌面被分发的各科复习试卷堆满。

她动手将其整理归置到桌兜里，最后从自己文具袋中翻找出他借了又还的那支圆珠笔，一并放了进去。

新的座位前后全是成绩处于上游的好学生，勤奋努力，可弋羊处在如此的环境中越发少言，加之学校限制使用手机的规定、不发达的网络、昂贵的越洋电话费用以及她自己的封闭，她与韩沉西又一次失联。

等韩沉西回国，已是九月下旬。

他错过了第一次模考，也错过了誓师大会，没有经历站在旗杆下宣誓，也没有聆听校长激奋的演讲，因此他刚一现身班级，就被班里浓重的紧迫感弄得愣怔了好一会儿。

这回他目光定位到第一排弋羊的背影时，没有生气。

他体会到了一股自心底升腾起的更为隐秘的思绪，特别是当他从书兜里掏出那支圆珠笔时，这股思绪得到了行之有效的缓解。

笔夹在指间习惯性地转了转，他没有刻意过去打招呼，他就像不曾短暂离开般，自然地出现。

某个午休的课间，上厕所回来的弋羊与韩沉西在走廊相遇。

韩沉西一抬手搭住护栏栏杆，笑得意味深长："羊姐，你对我真好啊。"

弋羊许久未见他，眼底有一瞬反应不过来的茫然，却又神奇地听懂了他的言外之意。

她"嗯"了声，顺着他的意思问："你什么时候能出成绩？"

韩沉西一愣，合着他出去一圈的见闻经历，她一样都不感兴趣？

他气得够呛："有你这么聊天的吗？"

弋羊轻轻笑了笑："那就不聊了。"话落，迈步干脆地转身进了班。

韩沉西脸上戏谑的笑意僵住了。不知是不是他的错觉，分开两个月，虽然一见面弋羊冲他笑了，可弋羊的态度隐约透着疏离。

范胡津津有味地蹲后门吃了口"瓜"，这时跳过来，从后锁住韩沉西的脖颈，大骂："狗东西！九年义务教育的苦不吃，偏跑出去受洋人的罪，跟着小洋鬼子能学什么好？"

"别闹！"韩沉西反手一掰，将发神经的人推到一边。

"你还有意见了？瞒着我偷偷进步，你经过我同意了吗？"范胡翻白眼，同时又伤心地说，"我现在画一个直角坐标系，成绩是 X 轴，大学是 Y 轴，就算咱俩都还在第一象限，那所处的位置也是隔山跨海，我心里多难受，你看不见。"

三日不见，当刮目相看。范胡能说出"第一象限""坐标系"等词实属稀奇，哪想他还会使用类比的修辞手法。

韩沉西惊得五官扭曲，乐得直笑："别套用洋词。"

"我有你洋吗？你先闻闻自己身上那一股子洋人的香水味儿……"范胡边唠叨边拉住韩沉西的胳膊，拖着人下楼去小卖铺。

路上，范胡搓搓了头皮，缓缓说："其实，我也有打算了，我想去当兵。"

韩沉西诧异："什么时候有意向当兵了？"

"刚动的心思。"范胡说，"照我这成绩，撑死能考个大专，可去了大概率也是浑浑噩噩地混日子，还不如到军队锻炼两年呢。"

韩沉西问道："你们家就你一根独苗，你妈能同意？"

范胡口吻松快："难得有想做的事情，先跟他们商量商量看吧，实在不行，离家出走呗。"

韩沉西垂下眼皮看着脚面，若有所思。

他们买了冰可乐，结账走出小卖铺，迎面又遇见苏果和葛梨。

"干妹妹！"范胡招手打招呼。

葛梨正在跟苏果低语议论着什么，闻声抬头，勉强地冲范胡挤出一个微笑。可当视线落在韩沉西身上时，她神色瞬时变得古怪，装着不认识他，拉着苏果闪进小卖铺。

韩沉西见状问道："她怎么了？"

范胡怪里怪气地回答："她怎么了你不知道吗？被你伤了心呗。"

韩沉西心烦地啐他一口，命令他正经点。

范胡正了正神色，说："两次大考成绩都不理想，期末丢了县市两项三好学生的荣誉。你也知道葛梨的爸妈多严厉，她压力大，心里又有气，自然看你不顺眼。"

韩沉西猜到了："荣誉羊姐拿了。"

范胡点点头，露出佩服的表情："羊姐，niubility（很牛）！"

七班不乏脑袋灵活、擅长学习的学生，可在这群学生里，弋羊最努力刻苦。即便她个性孤僻，有人不太看得惯她的处事方式，但高二一学年数场考试下来，她的实力有目共睹。

韩沉西没有跟着附和，他像心里闷着什么情绪，匆匆回班。

课间，班里前排埋头复习的人占了多数，弋羊也不例外。她可能跟别人做同桌不习惯，微微侧着坐，细瘦的手臂撑在课桌上，后背的肩胛骨顶着短袖，外凸得很明显。

这一刻，韩沉西想，假如他青春时代真的有什么烦恼，大概是他不能给她任何形式的帮助吧。

他也隐约猜到了她保持疏离的原因。

少年好胜的自尊心让他觉出难堪，他望着她的背影，狂妄地想：好啊，既然你要成绩，我就拿成绩给你。

在校外继续推进语言课程的同时，相关老师又辅以增加了针对高考基础知识部分的补习。

韩沉西偶尔会爆发强烈的厌学情绪，握在手里的笔不是甩就是摔，心态糟糕，迷茫得不知道自己这么做是为了什么。

更烦躁的时候，他会躲进房间放肆地玩一整个通宵，天明后约范胡、张琦到操场酣畅淋漓地打场球，把自己累得精疲力竭，然后回家洗个澡，躺床上呼呼大睡，睡醒，再继续去上课。

如此循环往复地自我消耗了几轮，当这座城市满大街飘落黄灿灿的银杏叶时，韩沉西的考试成绩出来了。

他一路踩着落叶回校，冰凉的西北风灌进鼻腔，才让他对这段称之为努力的日子有了一点点实感。

晚自习走读生放学的铃声打响，他稳如泰山般坐着。晚上十点，到了住宿生该回寝的时间。

教室的人三三两两结伴离开，放眼望去，书丛里慢慢只剩下一个孤独的背影。

韩沉西起身，晃晃悠悠地朝那边走过去。

他欠身侧着坐到弋羊旁边的课桌上，一条腿悬空，一条腿踩实地面，宽阔的肩背形成一道阴影罩住弋羊。弋羊察觉到视线受阻，猛然抬起头。

韩沉西没有给她热情的面部回应，只是盯着她，眼睛一眨不眨，全然忘了这样不礼貌。

弋羊有些意外，合上书本，稍微往后撤开些距离，问："你怎么还没走？"

"等你。"

"等我？什么事？"

韩沉西手腕一转，将卷成筒状的成绩单递至她眼前。

弋羊接过来，打开。

这是她第一次看雅思的成绩单原件，A4纸大小，纸张稍硬。

她浏览着那一排成绩，总分6分，小项里写作分最低，而口语分竟然高达6.5分，看来夏令营没白去。

韩沉西索要东西的语气："没什么话跟我说吗？"

"恭喜。"弋羊欣慰地笑了。

韩沉西点点头，仍旧直白地看着她："只有这两个字吗？"

"两个字的祝福不够吗？"

"别装傻。"韩沉西拆穿她，"你许过我一个好处。"

他真来讨债了。

弋羊抿抿唇，心中有种莫名的直觉，知道他会说出什么，却又忐忑他说出那样的话，只好继续装傻："那你想要什么好处？"

韩沉西却突然笑起来，明媚的眉眼带了点逗弄人的坏："不知道啊，要不你替我想想。"

教室里安静得仿佛空气凝固了。

弋羊没办法回答，她以老赖的欠账手段对抗"无赖"："你自己没个主意的话，我这里就当不作数了。"

韩沉西气急败坏："出尔反尔，好学生的道德底线这么差劲啊？"他忽然弯腰挨近，原则性十足地警告她，"我可以选择不要，但你不能不给。"

弋羊觉得他全然没道理。

韩沉西再次叮嘱："先欠着，你记在心里，记好了。"

弋羊嘴硬反抗："有没有人说过你的性格挺强势霸道？"

韩沉西听出她不是在夸他，而是在损他，但不着急解释，坦荡地承认自己的缺点："我就这样，你生我气了吗？"

弋羊精准捕捉到自己心底涌动的情绪。

没有，她一点都不生气。

不知从何时开始，她就不跟韩沉西生气了。

韩沉西看出她神色疲惫，抬脚踢她的凳子腿："说话。"

弋羊却轻轻"嗯"了一声。

"你这个'嗯'……"韩沉西饶有趣味地探究，"是在回答我问的哪个问题？"

弋羊不惯着他得寸进尺的毛病，留意到时间，站起身，示意挡路的人自己要回去了，再晚会错过门禁。

韩沉西眉梢一抬，始终坐着不动，弋羊便伸手推了他一下。

韩沉西夸张地顺着她的力道往后歪倒，眼看要在书桌上躺倒了，他突然腰杆一挺，猛地蹦着站起来，没再继续问什么。

两个人关掉班里的灯，锁门，并肩走出教学楼。

韩沉西将弋羊送到了宿舍楼门口，挥手与她告别。

弋羊回宿舍，洗漱后躺在床上，闭上眼睛，一遍遍想着今晚两人说的那些话。其中的机锋，其中的点到为止，该说清的没办法现在说清，就像是有一把剑虚悬在头顶，不知道什么时候会掉下来，一颗心便也跟着浮浮沉沉。

这天之后，他们俩在班里几乎没有交集，弋羊知道，这其实是韩沉西故意不来打扰她。

季节很快转入冬天，这一年寒潮严重，暴雪一场连着一场，覆盖地面的雪因为温度太低无法融化。某个班级某天打扫室外卫生区时，组员手巧地利用残雪堆了个圆墩墩的雪人，其他班级瞧见，热情高涨地纷纷效仿，校园里很莫名地展开了一场"堆雪人艺术"比赛，欢声笑语也多了起来。

校方难得有了宽容的一面，未跳出来横加干涉，放纵了学生们的童心未泯。

弋羊可能夜里冻着了，自降温就开始感冒，虽然吃了药也打了点滴，但是症状始终无法缓解。

她自身的抵抗力实在太差了。

过年时，韩沉西又踏上了前往墨尔本的飞机，这一趟是为了课外实践加分。

好在弋羊今年并不孤单，羊军国撇下徐春丽来陪她了。

他带着弋羊祭祖扫墓，年夜饭即便只有他们二人，备的饭菜也异常隆重丰盛。

徐春丽对此颇有微词，像是蓄意不想让羊军国和弋羊好好过年，期间她接二连三地给羊军国打电话，态度凶悍恶劣地要求他回家，质问他是不是以后只顾弋羊，不顾儿子。

弋羊脾气上来，没忍住问羊军国："舅舅，舅妈对你那么不好，为什么还要委屈着跟她一起生活呢？"

羊军国脸上没什么表情，他点了支烟，拿烟的手抖得越发厉害，烟灰存不住，纷纷扬扬落在地板上。

沉默很长时间后，他说："自从你妈出事后，你们家就没了，你姥姥没挺两年，也撒手走了，以前还算和美的大家庭彻底散了。这么多年，我要顾着自己的家、要养你长大、要到监狱探望你妈妈、要收拾你姥姥留下的一摊事，太多事了，舅舅折腾不动了，也不想折腾。"

羊军国失去的与要承担的，并不比弋羊少，他是风雨飘零的家中唯一的男人，虽本事不大，但两肩也要扛起种种苦涩。

"就这样过下去吧。"羊军国了无生气地说。

用忍耐换取安稳和一隅灯光的温暖。

他怕再有动荡，自己跌倒了，就累得爬不起来了。

弋羊双手捧住盛汤圆的瓷碗，热汤沸面，灼得她眼尾潮湿。

羊军国笑了笑，催她多吃菜。

他看着弋羊不足百斤重的身体，一再絮叨着高三下学期复习会更加辛苦，食堂吃饭营养有限，一日三餐不如由他去给她送。

弋羊摇头拒绝。

她总是不能心安理得地接受别人的好意。

新的一年开始，进入高三下学期，复习模式变得更加疯狂——没完没了的题目、一再重复的机械背诵，不知不觉间，班上的气氛变得躁动。

很多人心态调整不好，情绪开始浮躁，脾气上来，碰上丁点儿小事就要炸毛。

夏满珍走过道时，无意碰到方一柔的手腕，导致她的笔芯划破卷子，两人阴阳怪气争论谁是过失方而没达成统一意见，互相对骂起来。

姜琳和苏果也闹了矛盾，原因仅仅是苏果问姜琳题目，姜琳讲题时态度敷衍，苏果敏感了，思维发散，觉得是姜琳嫌弃她学习不好，看不起她。冷战一段时间后，苏果心里藏不住事，一天夜里委屈得哭了。她一哭，徐梦竹做起和事佬耐心去劝，窃窃私语到大半夜，严重影响到弋羊休息。

但弋羊并没有冷声指摘什么，因为她好像理解了一些重压之下同学们的紧张和焦虑。

只不过对于处理方式，她选择了视若无睹。她以为她能淡定地置身事外，却未料到，在这隔三岔五的小闹剧中，有一出是专门针对她的。

在距离高考仅剩四十天时，一高展开了第三次模拟考试。

弋羊的考场号和座位号从进入高三以来，没有变化，一直是第1考场01号。

02号是三班近期跑出来的一匹黑马。

而葛梨悄无声息中竟然跌出了校前十，为此刘志劲私下没少找她谈话，各科老师也一再要求她自省自查。

意外发生在数学场，彼时，考试时间仅剩十五分钟的哨声吹响。

一高三模的卷子通常计算量大、难度值高，弋羊切实感觉到了，最后一道不等式大题，她勉强才算到一半，向来镇定的她，不免也有些着急。

她心无旁骛地写着演算步骤，突然，葛梨腾地起身，推甲前来询问状况的监考老师，一道风似的冲到教室前门，一把夺走她的试卷，愤怒地撕碎扔到地上。

弋羊吓得一怔。

考场里的其他人同样被葛梨猝不及防的"报复"行径唬得一脸震惊。

争夺中，弋羊的手背被葛梨的指甲挠掉一块皮，慢几秒涌上来的疼痛激得她一清醒，极快地反应过来，目光掠过地面的碎纸屑。

"你干什么？"弋羊几乎咬着牙问出声，能从她的表情中看出她的恼火。

而葛梨什么话也不说，只是面朝她站着，大大的眼睛里蓄满泪水，泪珠连成串往下落，那模样显得比弋羊还要委屈。

监考老师监考多年，考场上遇到过各种突发状况，不过那些多是打小抄或者不服管束，且常常发生在差生之间。好学生之间即使有恶性竞争，往往也不会摆到明面上。

他向旁边的学生打听了下弋羊和葛梨的情况，知道两人同班后，大致有了判断，然后喊总监考员把葛梨和弋羊带出了教室。

刘志劲闻讯赶来。

弋羊和葛梨算是他心头的两块肉，他接到教导处打来的电话，说一方撕了另一方的卷子泄愤，他头皮一炸，难以相信。

他盯着葛梨梨花带雨的脸端详半天，转向弋羊："怎么了？闹什么呢？"

"不知道。"弋羊情绪恢复冷静，下巴一扬，烦躁地说，"问她。"

葛梨只哭，不答。

刘志劲无奈，眼看考完要放学了，顾着女生的面子，便把两人带回了办公室。

再三询问，葛梨依旧沉默。

僵持许久，刘志劲无法，给葛梨的妈妈打了电话。

电话是他出去背着两人打的。

他一走，办公室就只剩弋羊和葛梨两人。

葛梨猛地止住抽噎，侧过身瞪着弋羊："你装什么傻！我撕你卷子，你会不知道原因？"

弋羊听着她蛮横的语气，冷笑："你还有理了。"

"别假清高。"葛梨道，"你其实心里很高兴吧？打同学、考第一、跟韩沉西玩在一起，出尽了风头，让班里人都羡慕你。"

弋羊胸口不禁又开始窝火，反问："我打人，我考第一，我跟韩沉西玩在一起，我出风头，关你什么事？"

葛梨咬牙："因为我看不惯你。"

"你算谁？"弋羊比葛梨高出一头，她耷拉着眼皮看葛梨，视线锋利，气势很强，"你看我不爽，你努力考第一啊！你想和韩沉西玩在一起，你去争取啊！还是说，因为我，你考不到第一了，韩沉西也不理你了？"

葛梨心思被戳中，气得发抖，咬牙承认了："是，我想不明白，我也很努力，为什么成绩总比不过你？明明我跟韩沉西青梅竹马一块儿长大，为什么你横插一脚，他就不理我了？"

大概高二的第三次月考过后，葛梨发现自己考不过弋羊，再加上那段时间老师们整天夸奖弋羊聪明、会学习，她的心里就埋下了嫉妒的种子，把弋羊当成了她的假想敌，事事与弋羊比较，甚至一节课上老师看向她的次数少于看向弋羊的次数，她都要斤斤计较，几天难以释怀。

葛梨向来骄傲和要强，容不下弋羊这个人。

她眼红弋羊，看不惯对方，却没有实力对付，她绝望极了。

而更让她绝望的是，弋羊自始至终没把她放在眼里过，更别谈竞争对手。

于她而言，弋羊清高得令人讨厌。

只是她扭曲的想法、荒唐的泄愤举动，落到弋羊眼里，太过可笑，也太过小家子气。

"韩沉西为什么不理你，那是你们俩的事，你去问他。"弋羊懒得耗费精力跟葛梨斡旋，"至于成绩，如果你非要跟我比的话，那我告诉你，我站在这儿我就是你的天花板、你努力也够不到的顶点。"

她心烦，话音一落，也不管如何刺激了葛梨，掉头走出物理组办公室。

她在走廊上被刘志劲拦住，说："我不道歉，我也不用她跟我道歉。"然后下了楼。

她刚拐出红楼的大门，就看见韩沉西着急忙慌地跑来。

四目相对，韩沉西叹了口气，没有多问，该知道的，班里已经传开了。

他认真打量了弋羊一番，看到她手背的血迹，拉她去了医务室清理伤口。

医生涂了碘伏后，弋羊怪韩沉西小题大做："又没毒。"

韩沉西说："但你心里有气。"

弋羊心中确实气愤，辛苦两个小时做的试卷就这样没了。

又联想到他和葛梨的关系，她低头摩挲着手背的创可贴，似是而非地问道："所以你是来当和事佬呢，还是想拉偏架？"

被误解，韩沉西丝毫不觉得冤枉，嗤笑一声。

这声意味深长的轻笑突兀得让弋羊脸热了。

韩沉西清清嗓子:"你觉得柳丁怎么样?"

完全意料之外的问题,弋羊怔了下,思考着说:"柳丁很好,很懂事。"

韩沉西俯身低头:"嗯,等哪天你跟柳丁起争执闹矛盾,我再考虑是拉偏架还是当和事佬。"

弋羊反应片刻才理解了他在打趣她,表情变幻莫测:"逗我很好玩吗?"

韩沉西:"那要看你经不经逗了。"

弋羊的嘴角早已翘起弧度,辛苦焦灼的备考日子里,这是难得喘口气的放松时刻。

"我解释得还可以吗?"韩沉西的脸又凑过来,似乎想从她眼睛里读出某些讯息。

弋羊侧身闪开,拿起书包背上肩,站离两步之外。

她心情已经完全恢复,便顺便提议道:"要跟我一起吃晚饭吗?"

韩沉西自然是乐意的。

两个人走去食堂前,弋羊带他先拐去校门口。

韩沉西原本还疑惑为什么要出校门,到那边在一众家长中看到羊军国的面孔,才知道他最近隔三岔五会来给弋羊送补给餐。

韩沉西大方爽朗地打招呼,直接喊:"舅舅好!"

"你好。"羊军国记得他是弋羊的同学。

弋羊想了想,补充介绍了句:"他就是柳泊涟爷爷的外孙。"

关系梳理明白,羊军国冲韩沉西笑得格外开心:"原来是柳校长的外孙,弋羊以前跟我提过你。"

韩沉西立马惊觉:"她说我什么了?没说我坏话吧?"

羊军国连连摇头,实诚得差点把弋羊和他聊天的内容原话复述了。

弋羊见此情形,忙接过他手里的保温饭盒,用老一套的话术打断他俩的交流。

"天热,别来回辛苦了,我吃食堂可以。"

羊军国不反驳她,却也自动屏蔽了她的拒绝。

韩沉西的眼神在两人之间流转一圈,自觉和舅舅统一战线:"她不领情,可以给我,我没有旧观念,不排斥吃白饭。"

小辈对着长辈撒娇贫嘴的德行,他两句话展现得淋漓尽致。

羊军国被哄得眼角纹路纵横交错,往常送了那么多次饭,只有今天是笑着离开的。

弋羊看在眼里,分外感慨。她再次清晰感受到了自己和韩沉西的差别——撒娇贫嘴是她学不会,也无法拥有的技能。

与韩沉西在食堂分食了鸡汤和小菜后,弋羊问道:"高考结束,你打算怎么庆祝?"

韩沉西从书包里翻出一包柠檬糖,剥开一颗含在嘴里后,把剩下的全给了对面的人。

他理所应当地说:"跟你一起啊。"

口中的糖渐渐融化,清新的柠檬香充斥鼻腔,很甜,弋羊品着糖,也品读着他的话,相互搅揉,相互作用,最终形成了一个心照不宣的约定。

晚上照常上晚自习,葛梨没出现,第二天的考试,她缺考了。

下午,韩沉西提前半小时交英语卷子,出校门去找了她。

他打电话把人从家里叫出来,两人站在胡同口说话。

此时还没到下班时间,胡同口来回走动的人很少。

韩沉西看葛梨眼睛哭肿了,问:"你妈昨天骂你了?"

葛梨埋头不吱声。

韩沉西似乎也不是非要等到她的回答,继续问:"认识到自己做错事了吗?"

葛梨嗤笑:"你是来替弋羊讨公道的吗?"

"不全是。"韩沉西说,"我也要为我的清白讨个说法。"

葛梨一愣。

韩沉西背靠墙,语气淡淡地问:"我问你,你真的喜欢我吗?"

葛梨显然没料到韩沉西会如此直白地问出这个问题,一直以来,韩沉西都在逃避她的靠近。

葛梨认真地想了想才点点头。

韩沉西轻笑出声,喊了一声她的名字:"葛梨。"他回忆起了一桩往事,"如果我没记错的话,在初一初二,一直有人说咱俩是青梅竹马,可到初三的时候,我们班转来一个外省的男生,人长得不错,关键学习好,跟你不分上下,渐渐全校开始传你跟他关系不一般,别人问你,你没否认,却突然解释说我只是你邻居家的大哥哥,为什么?"

葛梨的脸色骤然变得苍白。

韩沉西扫了她一眼,又移开视线:"你其实谁都不喜欢,只是想通过我证明你有魅力、人缘好,既可以保持优异成绩的同时,又可以和混得好的差生打成一团,你知道差生和好学生之间有壁垒,而你打破了壁垒,你享受别人看向你时羡慕的目光。"

穿堂风灌进来,吹得葛梨后背发凉,她迟钝地发觉自己的心思韩沉西原来看得透彻。

"一直以来,在你的心里,你的世界一直大于这个世界。这一点,羊姐其实和你一样,只不过……"或许觉得后面的话有些伤人,韩沉西停顿一下才又说,"羊姐沉浸在自己的世界里,而你却希望全世界认同你的世界。葛梨,性格要强无可厚非,但想要占尽表扬,不给别人留余地,心态就容易失衡。你感觉到了吧?到现在了,还跟人置气呢?特别是我,值得吗?"

葛梨撩起眼皮，瞪着他，不回答。

韩沉西无所谓，目光温和地掠过。

自小一起长大，互相的了解作不得假，他打趣地鼓励道："损人利己的事情，绝对能做，损人不利己的事情，你那么聪明，不知道避免吗？赶紧调整好心情，别影响了最后的成绩。"

谈话到此为止，韩沉西未等她平复心情，转身走了。

他没有和弋羊提及他和葛梨的会面。

如同韩沉西形容的，弋羊沉浸在自己的世界里，坚定而专注。

她或许早已经学会了用最小内耗的方式熬过漫长的应激，关闭自己，降低感知，从而回避生活带来的痛苦。

她把高考当成一把打开囚笼的钥匙，期待着牢门打开，得以解脱飞翔。

然而，命运总是不能让她一帆风顺，迎接波澜与打击才是自她出生起便配置好的主旋律。

羊军国病倒了。

并非偶发事件，早有苗头。他往来送餐，脸色一日比一日差劲，嘴唇发绀。

弋羊借着送保温饭盒的由头去了趟修理铺，这才知道他最近接了很多活，干起来没日没夜，吃饭不准时，休息得也不好。

弋羊气他明知自己身体有基础病，却烟酒不忌，肆意胡来。

羊军国笑嘻嘻地接受她的指责，一再表示这是凑巧了，等忙过这一阵就能闲下来了。

弋羊抿了抿唇，板起脸在修理铺转了好几圈，费尽全力憋出一句："舅舅，你别让我担心。"

羊军国老实巴交地点头答应。

仅剩一个星期便是高考的日子了，他特意备好一件红色衬衫，打算在孩子人生中最重要的一天穿上，亲自去送考。

他也确实害怕弋羊为他分心。因此，当他半夜突发腹部刺痛，头晕得躺不住，硬生生熬到天亮才急忙打车去了医院。

本以为常规检查后拿点药吃就行了，哪知医护人员安排他测血压，高压竟然突破200，并发胰腺炎急症，情况凶险，医生当场勒令他住院接受治疗。

阵痛、组织灌注、心电监护、器官功能监测……

弋羊焦灼地跑到医院，找到病房，入眼便是羊军国瘫躺在病床上，被各种仪器包围着。

心脏急促跳动，冲顶着胸口，弋羊张嘴喘气，像一条缺氧的鱼。一时之间，她脑子空白一片，不知道该说什么。

徐春丽随后现身。

她刚接到院方通知家属病人病情的电话，第一时间便麻烦邻居家的小孩帮忙跑腿去一高找弋羊，向弋羊传话。

"来啦？"徐春丽瞄了弋羊两眼。

对比之下，她的情绪毫无焦虑，甚至此刻对弋羊的态度罕见的柔和，用为弋羊考虑的语气絮叨着："你舅舅病得真不是时候，节骨眼上给你掉链子，这要是影响了你考试发挥，不光你妈妈那边交代不过去，你姥姥半夜也得托梦骂他，简直作孽。"

弋羊不打算在病房与徐春丽起争执，沉默着无视她。

徐春丽无所谓，转身越过弋羊，将拿在手里的病历本和欠费催单重重地搁置在病床一侧的柜子上。

午后的阳光正盛，光线漫射进病房，屋子里亮堂堂的，弋羊可以看清楚所需的费用额度。

徐春丽抱起手臂，居高临下地俯视病榻上的人，询问："老羊，医院来催住院费了，怎么办呢？"

弋羊直挺挺地立在原地，她插不上话，贫瘠此刻剥夺了她在徐春丽面前强势的话语权。

她不过就是一个高中生。

羊军国头痛欲裂，眩晕使得他看事物有微微重影。好在他的意识是清醒的，弋羊刚一露面，他心里便生出不好的预感，等到徐春丽问出这句话，他立刻明白了她在打什么主意。

羊军国将头歪向一旁，带着几分痛苦地闭上眼睛。

徐春丽拉扯他的枕头，示意他装死没用："不说话是几个意思？难不成你有本事赖掉医院的账单？"

同病房的病友连带家属听着她质疑的声音，像是捕捉到了八卦，视线探究地望向演家庭伦理剧的主角团。

徐春丽懒得再与羊军国多费口舌，直接表明自己的疑惑："你不会想告诉我，你身上没钱吧？那你这段时间挣的钱去哪儿了？反正我没见着。你为谁忙呢？"

弋羊短暂怔住后，这才迟钝地恍然大悟，徐春丽绕圈说话，目的在于点醒她。

寄人篱下确实像拿了人家家里的东西被抓包，虽然不涉及偷不涉及抢，但也知道那不属于自己，用起来就是会愧疚和心虚。

徐春丽结结实实虚空给了弋羊"一耳光"，弋羊承受住了，无法反抗。

徐春丽软硬兼施，适时卖可怜："你别怪我自私。老羊，儿子还小，以后需要用钱的地方多了去了，烂摊子丢给你，大包大揽收拾前，先问问自己有没有能力，别打肿脸充胖子。"

她明确表明了自己的态度，羊军国这次看病，别想拖累她拿出一分钱。

而后她以回家帮忙整理换洗衣服为由，自顾自走了。

弋羊这一刻意外地不觉得徐春丽嘴脸厌恶。

羊军国对她好，是出于私心，那徐春丽为亲生孩子深谋远虑，更是出于作为母亲的私心，合情合理。

弋羊垂落眼皮，表情平静得看不出一丝情绪。片刻后，她俯下身，只是关心地问羊军国："你现在感觉怎么样？"

羊军国没回答，眨了眨眼睛。

弋羊走近帮忙掖被子，让他闭目养神，好好休息。

她又去搬来一张板凳，坐在床尾，安静地陪着。

中途点滴打完，护士过来换药，她详细询问了羊军国的病况，以及护理的注意事项。护士一一解答，她仔细记下。

傍晚霞光满天的时候，羊军国睡醒，腹痛减轻，精神状况转好。

弋羊用平常的语气问："你给我准备了多少钱？"

事已至此，羊军国没办法再隐瞒，简短地说："五万。"

四年的大学学费加部分生活开支。

弋羊牵扯嘴角，想笑着对羊军国说声"谢谢"，但失败了，她摆出的表情比哭还要难看扭曲。

最终，她咽下嗓子里刺痛的酸涩，说："付了治疗费后，余下的我全拿走。"

是商量，也是通知。

是妥协，也是接受。

晚饭时间，徐春丽拎着一包洗护用品重新出现。弋羊将她叫到走廊，让她这几天不要去日化店上班了，辛苦她白天在医院照顾着，晚上自己来替换。

徐春丽见弋羊不提医药费这茬，知道目的达成，心里的石头落地。她到底不是铁石心肠，答应了。

弋羊赶回学校，将宿舍的床铺打包装箱，趁着晚自习悄悄搬到了羊军国的修理铺，然后再折返回医院照看舅舅，白天仍旧按部就班地复习。

她没有跟任何人诉说她的处境，独自一人在临近跑道的终点兵荒马乱着。

高考考场分布出来了，巧合的是，弋羊和范胡分在同一校区。

范胡临时抱佛脚，手捧三根火腿肠冲弋羊拜了三拜，并念念有词道："学神保佑我，考的有点会，蒙的有点对。"

弋羊无语。

韩沉西更无语。

他这次完全不需要拜神，留学的申请流程走得格外顺利，高考成绩于他而言无足轻重。

七号清晨去考场前，他举起手臂和弋羊击个掌，"啪"的一声响里，他笑着说："羊姐，加油。"

八号的凌晨，他重复昨天的动作，重复昨天的话语，只是这次他举起的手臂没有下落，而是转到耳边，摆出了电话联系的手势。

弋羊看着，她知道那意味着什么——他们之间还有一个约定。

可弋羊想象中的、期盼中的"全力奔向终点，笑着躺平在终点线的"痛快和解脱没有到来，她仍旧需要迈着沉重的脚步往前走。

就像她以为高考会是多么紧张刺激的体验，可当真正坐进考场、提起笔，感觉竟和平常坐在教室里写习题没多大的区别，一道一道地解题，直至铃声响起，试卷上交。

拉开的帷幕风平浪静地落下了。

弋羊随着"泄愤"般涌动的人群走出大门，没有去找任何人会合。

沿着柏油路，踩着夕阳余晖，脚步向着医院而去。

厚而硬的手机被紧紧抓在手心，她能感觉自己的手掌出了一层汗，潮湿滑腻。

振动的麻感沿着手臂传递至中枢神经时，她的心跳漏掉一个节拍。

来电话了。

弋羊深呼一口气，按了通话键。

韩沉西兴奋的声音随之传来："羊姐，出来了吗？我现在过去找你。"

弋羊说："别来了，韩沉西，我要爽约了，今晚不跟你一起庆祝了。"

"……怎么了？"

他没有质疑为什么，兴奋的语调瞬间转换成一句低缓的询问。

尽管她极力隐藏，但他还是可以神奇地感知到她的任何情绪。

韩沉西一颗心猛然提起，猜测道："没有考好吗？还是……对自己的发挥不满意？"

弋羊摇摇头，如实说："舅舅住院了。"

"什么病？严重吗？"

弋羊"嗯"了一声，不愿过多解释，更不愿用自己生活的琐事烦扰他。

"你去找范胡、张琦他们玩吧，总归不会落单。"

韩沉西顿了顿，电话里是他轻微的喘息声。

他此刻挎在肩膀的书包的夹层里，放着两张"沉甸甸"的游乐园入场券。每逢高考结束的夜晚，游乐园都会举行"璀璨烟火"大会，游人众多，一票难求。

那是热闹而又梦幻的场景，那样的场景里，韩沉西不打算再和弋羊玩刺激的项目，也不打算只是简简单单地看场烟火。

他有话要说。

而他会说什么，他想她都知道。

计划赶不上变化，很遗憾。

韩沉西没有为难她："没关系，那就改天……再约。"

可改天是什么时候呢？

"好。"弋羊说，"我、我挂了。"

她说完，并没有干脆利索地将手机从耳畔移开，似乎是为了确认他还会不会再回应，多等了几秒。

恰恰好，他几秒中做出决定。

"弋羊……"

韩沉西坚定执意地喊出她的名字。

因为他的坚定执意，弋羊无法装作没听见："我在。"

她身边的主干道车流穿梭。

而他停步在操场，人流如织。

各自的周围是如此的嘈杂吵闹，可在这个时候，他们耳朵里却只听得见彼此的声音。

韩沉西冲动地脱口而出："我喜欢你，你愿不愿跟我谈恋爱？"

弋羊听清了他问她的每一个字，呼吸顿住，突然想起了最初的那个雨幕，他执意帮她打伞。

安静一瞬，弋羊说："韩沉西，咱俩好像用了很久的时间才熟悉起来。"

韩沉西似乎也正在回忆着过往，应和她："是啊，经过了一整个夏天，一整个秋天。"

可突然弋羊又推翻了自己的说法："其实，也不久。"

与他相比，七班至少有一半的人，两年的时间里，她甚至连一句话都没跟他们说过，所谓的同窗之谊没有丝毫情分可言。

韩沉西懂她的意思。

弋羊无法理想化："可是我们就要分开了呀。异地上大学，生活圈子不同，未来的发展方向会一样吗？"

韩沉西沉吟着停顿数秒，像是在思考解决办法，最终束手无策。

弋羊不禁想，天真烂漫的年纪，尚无法承担一切的后果。

然而她低估了天真的人更勇敢。

韩沉西不答反问："你没有拒绝我，对吗？"

弋羊眼神里有反应不过来的茫然。

我没有拒绝吗？这不是委婉地拒绝吗？

韩沉西马上说："你的第一反应是考虑未来，不是拒绝我，对不对？你对我的感觉也是喜欢的，对不对？"

他的这些问题简单到不需要思考，却又让弋羊那么难以回答。

可下一刻，她回答了："喜欢。"

青春结束的那一刻，要疯狂地庆祝才能不留遗憾。

弋羊想，她疯狂了，如擂鼓的心跳是最有力的证明。

而当弋羊的话落进韩沉西耳朵的一瞬间，他的心仿佛坠入软绵绵的云雾里，眼前的景色被薄雾笼着，失去边界，断了时间。

然后，他跑了起来，跑过去见她。

他们面对面站着，互相看着，是熟悉的面孔，却又哪里不一样了。

韩沉西抑制不住地仰头笑了两声，然后说："你没有爽约，羊姐，你答应我的事情都做到了。"

弋羊点头。

就这样停在人行道中间有点碍事，也有点傻，她说："我守信，也要守时。"

徐春丽还在等着她换班。

韩沉西说："我送你过去。"

弋羊自然不会反对。

然后韩沉西朝她伸出手，手掌向上摊开。

弋羊怔了下，明白他的用意。

她有些不好意思，不解风情道："不热吗？"

韩沉西才不管，擅自将她的手拖过来，手指探入她的指缝，与她十指相扣。

弋羊不喜欢异性的触碰，可是当两人皮肤相贴，她感受到了他掌心的温热、指节的硬度，以及自己身体反常的兴奋感。

他拉着她，错开的一点距离。她抬头，视线掠过他染着笑意的眉骨。

模样是帅气的，从未有过的帅气。

她笑了。

韩沉西仿佛头侧也长了眼睛："偷看我啊？"

"不允许吗？"弋羊和他说话向来没有这么理直气壮过。

韩沉西便宜话张口就来："当然，想怎么看都是你的权利了。"

弋羊抽抽手，作势要甩脱开，被韩沉西一把攥得更牢了。

直到走到医院门口，他才松开手。夜晚不方便探望，他让弋羊别耽误，赶紧进去，他明天一早来。

翌日，九点不到，韩沉西拎着一个硕大的果篮过来了，同时还给弋羊带了份馄饨面当早餐。

羊军国认得他，熟络地与他客套一番，又聊起他的前途规划。

弋羊默默吃饭，始终不插话，他们便谁也没向羊军国提起两人刚刚确立了恋爱关系。

两人中午一同回学校听志愿填报讲座。

韩沉西问弋羊："这个没有补习课的暑假，你打算做些什么？"

弋羊说："我要守着修理铺照看生意。"

她没办法像别的孩子那样出去旅游散心，也不可能跟着韩沉西去哪个度假区创造甜蜜回忆。

韩沉西表示自己根本没有出行计划，他想在出国之前好好陪一陪柳泊涟。

他14号就要飞上海,提前转机去澳大利亚上语言课程。

飞鸟远行,弋羊、范胡和柳丁来机场送别。

柳丁两手拦腰抱住韩沉西泣不成声,韩沉西劝不住,范胡看登机时间就要被她磨叽没了,连拖带抱地把小姑娘弄走,将空间留给弋羊。

韩沉西强笑欢颜:"两年零八个月,很快的,羊姐。"

弋羊点点头。

韩沉西:"想你了,我会偷偷溜回来看你的。"

弋羊微笑着继续点头。

韩沉西:"我不在你身边,你一定要照顾好自己,尤其是身体。早饭时记得喝杯酸奶,别熬夜,也别老一个人闷着,适当地交点朋友,但要跟男生保持一定距离。"

弋羊朝他胳膊轻轻打了一下。她想告别轻松一些,揶揄说:"你在异国他乡别哭鼻子。"

韩沉西被逗笑。

机场人来人往,他就那么不管不顾地攥着弋羊的手将她拉入怀里。

弋羊反搂住他,下巴垫着他的肩膀,两人脸颊碰着脸颊。

韩沉西在她耳边轻轻说:"我给你的手机充了话费,别多心,我只是不想跟你失联。"

弋羊点头。

两人依依不舍,直到登机广播响起,她踮起脚尖亲了他。

弋羊考去了上海,学机械工程。

提交志愿调报表前,她的选择遭到羊军国和刘志劲的强烈反对。

羊军国觉得学机械太苦,环境又脏,他不愿意孩子吃苦受累。

而刘志劲的劝退更贴合实际,机械的就业前景不济,薪酬低,且行业内性别歧视严重,怎么看未来的获益都不如学计算机或者金融。

他认为弋羊的决定实在鲁莽,拦住弋羊在物理组办公室好一番劝说,直到弋羊因为心烦态度有所松动,他才放她走,让她回去重新考虑。

弋羊走出红楼大门。室外,盛夏的光线强烈,晃得人睁不开眼,她下意识地皱起眉,眼睛成一条平直的线。

她走得慢吞吞的,途经高考成绩张贴榜时,无意间瞥去一眼。红纸黑字,明烈的阳光直射下,视线恍惚,瞧得并不真切,不过即使瞧得不清不楚,她也知道自己的名字会高居榜首。这是事实,早已习惯的事实。

她收回目光,起脚离开。她刚踏出一步,背着她站在布告栏前看东西的两个女生突然转过身,看到了她,"嗨"了一声。

弋羊再次看过去，竟是苏果和姜琳。

毕业了，花季少女开始肆无忌惮地梳妆打扮了。

"恭喜啊！"苏果甜甜一笑，冲弋羊竖起大拇指。

姜琳也笑了，紧接着附和说："你一如既往的稳！"

弋羊反应了一会儿才晃过神，她们是在夸奖她的成绩。

但令她微微讶异的是，她们居然主动跟她打招呼，而且语气里没有了敌意与疏离，多了些同班同学的情谊。

弋羊："谢谢。"

苏果继续寒暄："你打算去哪所学校啊？"

弋羊说："S大。"

苏果"啧"了声，感叹道："高阶学府啊，我这种学渣这辈子是企及不了了。"

抬举的话，弋羊没接。

苏果又给她打气："到了大学也要加油啊。"

弋羊点点头："会的。"

苏果"嗯"一声，表情真诚："那我们先走了。"

弋羊："再见。"

"再见。"苏果朝弋羊挥挥手。

姜琳也朝弋羊挥挥手，顺势挽起苏果的胳膊。两人步伐一致，很快裙裾摇曳，消失在弋羊的视野里。

弋羊却站着久久未动。她突然意识到，两个星期前，与韩沉西的分开是对未来生活的考验，而方才的那声再见，是高考真正结束，她与这所校园告别，与这段生命轨迹中遇到的人告别。

她们往后应该再也不会碰面了，所以离别让恩怨和偏见消解，换一分钟的岁月静好。

曾经，她嫌时间过得慢，她以为当离到来，她会是如释重负、欢欣鼓舞的。可如今，离开这座小城镇进入了倒计时，她后知后觉地发现，她的心里竟翻涌着连绵跌宕的不舍。

原因无他，这座小城镇的春夏秋冬里，藏着无数个韩沉西的笑脸。

弋羊感觉胸口像压了块石头，从未有过的难受。

她转身往回走，去了操场。

有两个班级在上体育课，她坐到石阶上，远远看着这些学生跟体育老师闹，讨价还价不想跑步。

她从他们身上没有看出一丝自己的影子，她沉闷而无趣，但透过少年们的生机与活力，一举一动全是韩沉西的缩影。

有那么一瞬间，她很想很想他。

冲动之下，她给他打了国际长途。电话"嘟"一声响时，她一个激灵，又赶忙挂断。因为澳大利亚现在是下午四点,韩沉西有课。他的课程安排无比紧凑,一天四节,每节两个小时,中间无缝衔接。

她不想他分心。

等到晚上,韩沉西便把电话回拨过来了。

弋羊彼时早已离开学校,情绪平复,她脑子一空,没想好如何解释那通电话。她说不出"我想你了",索性聊起了她专业选择被否决的事情。

韩沉西听她叙述完,沉默片刻。他也觉得女生学机械太艰苦,不过他没有直接否决她的意愿,而是问道:"羊姐,你是对这个专业很感兴趣吗?"

弋羊思考了很久,她不知道该如何界定兴趣或者爱好。懂事以来,她眼里只有成绩,而高考是她十几年人生路唯一的目标,如今目标实现,路走到分岔口,需要选择了,她迷茫了。

未来有什么打算?以后想做什么?如此之类关乎定义人生的问题,弋羊很少考虑,因为太长远,长远意味着有变故。

因此,现在她不能像当初定下 690 的分数那样给自己重新明确一个方向。

"说不上来……"弋羊声音轻飘飘的,"好像也没有太喜欢,只是感觉上不讨厌。"

韩沉西明白她的纠结点,也懂她为什么纠结。

"羊姐,其实大部分的人都不明确自己以后要干什么,专业选择合不合适。你别那么要强,错了也没关系,再改正就行了,反正到大二有一次转专业的机会。"韩沉西尽量理智客观地去鼓励她。

弋羊听进了心里,又犹豫两天,下定决心提交了志愿表。

可令韩沉西万万未料到的是,这竟是个"坑",他挖来坑了自己。

机械工程专业一个班三十个人,男女比例 15∶1。

韩沉西初听到这个消息时,他那边已经是 9 月 3 号的凌晨了,他正在给自己煮面条当夜宵。

接连吃了一个星期的香肠豆子简餐,他嘴里淡得没味,胃里更没有果腹感。

"两个女生?三十人里就两个女生?"

听筒里的咆哮声,几乎要震裂弋羊的耳膜。

"你诚心让我不得安生是吧?"

韩沉西气得胃直抽搐,哪里还觉得饿,把筷子一撂,在公寓内暴走。

"我……"弋羊扶额,难得气势弱了些,"我没想到比例会这么夸张。"

"呵!"韩沉西耍起少爷脾气,走路不禁重了几分,俨然已经忘记两个月前他是多么"通情达理"地对机械专业表示支持。

弋羊听着他的跺脚声,忙抚慰:"你冷静点。"

"淡定?"韩沉西想到弋羊最短一年最长四年要跟一群男生一起学习且平常还要有生活往来,醋意大发,狂躁十足,"我现在没疯就不错了!还要求我淡定!

/198/

也太苛刻了吧？"

弋羊却笑了。

"你还笑？"韩沉西瞬间鼻子不是鼻子眼睛不是眼睛。

弋羊有些明知故问："你紧张什么？"

韩沉西说："能不紧张吗？咱俩隔着十万八千里，你身边一群豺狼虎豹，我想打老虎还得坐飞机去。"

弋羊说："你对你、对我，这么没有自信啊？"

"自信当然有！"韩沉西铿锵有力道，"但忧患意识也不能少，名花虽有主，照样有人来松土，男人卑鄙起来，手段可龌龊了。"

他的话很幼稚，弋羊再次被逗笑了。

韩沉西刚才气上了头，这会儿通过体力发泄了不少怨气，稍微冷静后，手机里女友的笑声透过听筒传入耳畔，柔柔细细的，心瞬间被抚慰。

他幽幽叹了口气。

"韩沉西！"弋羊唤他一声，然后有片刻停顿，似乎在斟酌用词，"在我这边，咱俩之间不会有第三者。日后如果我们出现问题，原因也会很简单。"

"什么意思？"韩沉西一屁股坐在床上，刚刚放松的心骤然紧张起来，而他问的话，不是完全不懂她的意思，而是克制自己乱想。

"没什么意思。"弋羊缓着语调解释，"以前我们在高中，世界很小，抬头看到的是同一片天，可现在不同步了，世界也变得不同，以后眼光自然也会发生变化，那样我们之间免不了要有分歧。"

话有点文艺和拗口，完全不像弋羊平常简洁直白的语言。

韩沉西对此未有任何评价，转而说："这道理是你看书懂的，还是自己琢磨出来的？"

弋羊说："这不是异地恋和异国恋普遍存在的问题吗？"

韩沉西"啧"了声："你回答我。"

弋羊顿了顿："我随便想的。"

"看来暑假闲着了。"韩沉西语气无奈，"羊姐，你知不知道你不适合瞎想？"

弋羊"嗯"了声，三声调。

"你瞎想……"韩沉西刚吐出三个字却戛然止住，转成爆粗口。

弋羊眉头一皱，忙问："怎么了？"

"遇到点事情，先挂了，处理一下。"

所谓遇到点事情，其实是韩沉西只顾着讲电话，把锅里尚煮着面条这事儿给忘了。

面条煮太久，已经煳锅了，他闻到了焦煳味，急忙扔下手机跑去关掉电磁炉，然后掀开锅盖，正准备瞧瞧锅里煳到什么程度，哪想锅盖刚掀开，一股蒸汽直窜到天花板，下一秒，烟雾报警器霎地炸响。

韩沉西蒙了。

很快，走廊里传来动静，开始有住客往楼下疏散。

一分钟后，管理员喊起了紧急撤离的指令。

随后，所有人快速疏散到楼下。

这栋公寓一半是中国的留学生，韩沉西跟他们打过几次照面，在各种聚会上。其中，与他最熟识的是一个叫赵清开的广东男生，大他三岁，念金融，按说今年要毕业了，但因为平常太混，挂科严重，只能延期毕业。

"你做什么了？"赵清开走到韩沉西身边询问情况。

韩沉西含混地解释："跟女朋友通电话，一时忘了在煮东西。"

赵清开"哦"了声，他借着路灯，睨一眼韩沉西不算太好的脸色，问道："吵架啦？"

韩沉西反应半秒，摇头说："没有。"

但赵清开性格有些自大，自以为来这边多年，分分合合见多了，只当韩沉西跟女朋友吵架了，随意点评了句"正常"，便长长打了个哈欠。

韩沉西不与他辩解，看他神情恹恹的，一副睡着被吵醒的模样，问："你今天睡这么早？"

搁在平常，赵清开这个点不是在泡吧，就是在打游戏。

赵清开抱臂朝一旁努努嘴。

韩沉西顺着他示意的方向看去，原来他旁边站着个女生，韩沉西方才一直忽略了。

女生个子挺高，黄色披肩长发，穿着吊带睡裙，睡裙露得有些夸张，胸部一半袒露在外，裙摆短得刚刚遮住臀线。

赵清开私生活开放，换女友频繁，韩沉西听说过，更见过他搂着不同的女生进出公寓，也不显得惊讶，只是淡淡一笑，出于礼貌，又朝女生颔首。

女生撩撩头发，斜着眼打量韩沉西，探究的目光丝毫不加以掩饰，惹得韩沉西眉头紧蹙。

但碍于赵清开的面子，韩沉西没发作，警示性地朝她递去一眼。这行为反而激得她更加明目张胆，摆明跟韩沉西较劲。韩沉西心里不悦，直接无视了她，坦荡地随她看去了。

过了一会儿，消防车呼啸而至。

"罪魁祸首"韩沉西硬着头皮给消防员又是一番解释。

消防员前去他的房间勘察，确认是虚惊一场，开具罚单，罚了他一千三百刀。

韩沉西简直欲哭无泪。

与韩沉西的电话，弋羊是站在宿舍楼前不远的花坛旁打的。

盛夏闷热的夜里，花丛间蛰伏着许多蚊虫，不可避免地，她的手腕被蚊子叮了包，有些痒，她一边挠着返回宿舍。

宿舍四个人，来自两个班。

昨天新生报到，她们已经相互认识了。

宿舍长程香巧来自北京，年龄最长，说话办事给人的感觉非常稳重。

夏语蓉来自沈阳，自带一股诙谐幽默的亲近感。

陶染是上海本地人，唯一的南方姑娘，长相相当清秀，从她的穿着打扮不难看出她家境优渥。

这个时间点，程香巧和夏语蓉在卫生间洗漱，陶染敷着面膜倚在卫生间门口跟她们介绍上海的景点。

弋羊没去凑热闹，在自己的书桌前坐下。

她依旧少言寡语，但好在她有意收敛了自己的软刺。

呆着愣了会儿神，弋羊想起什么，掏出手机翻开相册。

相册里的照片寥寥几张，全是她和韩沉西毕业拍的合影。

弋羊挑挑选选，选定一张牵手照，将其换成了QQ头像。

目的不在于秀恩爱，单纯宣誓所有权，同时也想让韩沉西宽心。

说来也巧，换好没两分钟呢，班级群有了动静，班长冯州龙@全体同学，通知明天第一节课《大学物理》教室安排在机动楼208室，还说收到请回复。

一连串的"收到"刷屏，潜水的人纷纷冒泡。

弋羊也忙打字回复，陶染的消息紧跟其后。

两秒的间歇，宿舍里突然传来一声"嗷"叫。

弋羊吓得一抖，以为出什么事了，闻声朝卫生间门口望去，却只见陶染甩手揭下面膜，趿拉着拖鞋跑到她身边，问："羊姐，羊姐，你头像里的那个男生是你男朋友吗？"

弋羊一愣。她低估了陶染的八卦嗅觉，没想到对方捕捉有效信息如此之快。

"是。"弋羊落落大方地承认。

"哦哚拉娘！掰个人蛮上台面个（我的妈呀，长得这么帅）！"陶染一激动蹦出了上海话。

"什么男朋友？哪儿呢？哪儿呢？给我看看！"夏语蓉耳朵也尖，跳着跑来，好似生怕错过什么精彩之处。

程香巧也跟了来，但她还算镇定，最起码是走着的。

两人夺过陶染的手机，头对头一睹了韩沉西的"芳容"。

夏语蓉两手捂着嘴："天啊！好帅！"

程香巧嫌弃地白了她一眼："羊姐的男朋友，你这么激动干什么？"

"看到帅哥的正常反应！"夏语蓉咽了咽口水，"已经很克制了。"

"羊姐，讲讲你的情史呗。"陶染有一颗粉色的少女心，平常爱好看言情小说，不免好奇弋羊跟韩沉西的浪漫爱情。

但弋羊的回答非常简洁:"前后桌,日久生情。"

陶染对此自然不满足,紧追着说:"描述描述细节嘛!"

"没什么细节,跟别人一样的。"弋羊轻描淡写一句,半逃半躲去卫生间洗漱了。

十一点半,四人全部收拾完毕,熄灯上床准备睡觉。

睡前,弋羊惦记着韩沉西那边的情况,又给他发了一条短信。

弋羊:没出什么事吧?

韩沉西的回复很及时。

韩沉西:没有,就是夜宵煮煳了。

弋羊脑海里瞬间有了画面。

紧跟着,一条新消息进来。

韩沉西:要睡了吧?

弋羊:嗯。

韩沉西:行,赶快睡吧,明天还有课。

弋羊:晚安。

韩沉西:哪天视频吧,我想看看你。

弋羊:好。

是夜,弋羊睡得并不安稳,陌生的环境、陌生的城市她需要时间适应。

第二天五点天一亮,弋羊就清醒了,闭眼躺到六点起床,轻声轻脚洗漱后,收拾书包,准备出宿舍。

她刚打开门,"吱呀"一声,陶染被惊动,条件反射性腾地坐起,睡眼惺忪地盯着弋羊:"羊姐,你已经起来啦?"

弋羊点头。

陶染:"你现在走吗?"

弋羊"嗯"一声。

陶染顶着一头毛糙的头发,说:"那我怎么办?"

"啊?"弋羊有些困惑。

"我不要一个人去教室,我也不要一个人去吃早饭。"

陶染是典型的小女生,没有过住校经历,以往在高中上下学也是跟一大堆好友结伴,陡然间让她独立来去,她心里害怕。

"你等等我嘛!"她苦着小脸,说话时尾音拖得长长的,一副撒娇的姿态。

弋羊没遇到过如此娇憨的姑娘,一时无法应对。就在她哑然的间隙,陶染爬下床,穿上鞋,一边往卫生间跑,一边保证:"我动作很快的。"

错过了最佳拒绝时间,弋羊只好立在门边等着了。

七点,两人结伴出门。

去第一食堂的路上，弋羊步伐迈得大，陶染跟不上，囔囔道："羊姐，你慢点走呀，时间来得及。"她话音还没落呢，手肘一拐，挽住了弋羊的手臂，举止相当自然且亲密。

弋羊怎么会适应，本能地推开了她。

陶染后退一步，脸瞬间变红了。

她感觉到弋羊对她的排斥，眨巴着眼睛，略显无辜地问："羊姐，你是不是不怎么喜欢我啊？"

她也是个直言不讳的性格。

"没有。"弋羊无奈道，"我这人就这样，不习惯走路跟人挽着。"

陶染："那你平时也不挽你男朋友吗？"

弋羊摇头："不挽。"

闻言，陶染歪歪头。在大部分女生的观念里，肢体接触意味着相互间的关系好，但弋羊有些与众不同。

"那你们平时怎么走？"她又好奇了。

弋羊稍微回忆了一下，记忆里，好似大多时候是韩沉西牵着她的手。

"牵着。"她回答。

陶染眼神木了一秒，随即踩着小碎步上前，胳膊一伸，递到弋羊的手边，说："那你拉着我吧。"

弋羊一脸黑线。

陶染不按套路出牌，弋羊也抓不住她盘曲的脑回路。

可牵手是不可能的，弋羊叹了口气，最终放缓了步调。

吃过饭，两人走进教室。

教室里坐了几个男生，其中就有班长冯州龙。

陶染必然是要跟弋羊挨着坐的，她提议坐中间。

冯州龙听见，忙说："你俩坐第一排呀，好位置，特意给你们留的。"

陶染回应："这么有心啊？"

冯州龙感叹："谁让你们稀缺呢！"

弋羊考虑到坐中间的话，左右前后会被男生包围，不如坐第一排自如，便接受了男生们的好意。

物理结束后是线性代数，下午则为计算机与程序设计基础和工程制图，全天的专业课。大学的课堂进入节奏快，许多知识点一遍就过，完全与高中填鸭式的课堂教育截然不同，弋羊感到了不适应。

因为预留作业多，她吃过晚饭直接去上晚自习，晚上九点半从自习室出来，跟韩沉西通电话。

"第一天上课，感觉怎么样？"韩沉西随口一问。

他以为学习是弋羊的强项，在这方面不会出问题的，哪想弋羊却回道："不太好。"

韩沉西紧张道:"怎么了?"

"有点难。"弋羊顿了顿,"课堂上也有些跟不上老师的思路,没有高中那种得心应手的感觉了。"

韩沉西:"是不是因为没有提前预习的缘故?"

弋羊"嗯"一声:"可能吧。"

韩沉西安慰她:"刚开始呢,慢慢来就摸到门路了,别急。"

"好。"弋羊收拾收拾心情,转而问他,"你呢?现在在干什么?"

"我呀!"韩沉西幽幽叹口气,"扒着《柯林斯字典》写论文,明天就要交了,估计今晚要熬夜。"

韩沉西出国前,心里一直有偏见,认为走出国留学这条路的人大部分是他这种渣渣,国内的好大学考不进去,仗着家底深厚,砸钱跑到国外浪荡几年,添个"洋海归"的美名,再回来跟国内寒窗苦读数载的苦学生竞争就业机会,资本让他们走了捷径。

然而,直到他身处其中,才感悟到走捷径也是需要花费力气的。

首先语言是一座大山,这山对于生活方面倒没有过于严重的影响,毕竟澳大利亚的华人区和中国留学生随处可见,但是一旦涉及学习,对韩沉西来说就是毁灭性的打击。即使过了雅思,他英语水平依旧差得远,课堂上老师叽里咕噜一阵,他一脸蒙,宛如一个没有智商的二傻子,完全听不懂。

随手翻开课本,密密麻麻的英文字符,一眼扫过,长单词不认识,长句子更加读不懂,所以别提写文章了,有时他连审题都理解错了,熬夜写出来的东西因为通篇偏离主题,全盘被否定。

他很头疼,在刚来的那一个月里,心里无数次生出想要回家的想法,他不喜欢学习,也不想受这份罪。

可是弋羊站在他面前,当初他出于男人的自尊,下定决心出国,他便不能一无所成地回去,最起码要咬牙坚持到顺利毕业,不然他实在没法面对弋羊。

"加油!"各有各的苦,各有各的难,没法分担,弋羊只能鼓励。

韩沉西:"你也一样。"

韩沉西问弋羊要了她的课程表,以更方便平常联系。

弋羊答应后,数天过后才发给他一份电子表格。

韩沉西打开看,时间划分精细,准确到起床、上课、自习以及院里活动等等安排,但在其中,最引他注意的一项是打工。

韩沉西知道弋羊开学时申请了助学贷款,学费的问题解决了,生活费想来也不会继续接受羊军国的资助。

目前,他并不清楚她身上有多少零花钱,能支撑她生活多久,他特别想问问,不过这念头产生的一瞬间便被他否决了。

他无法说出"如果你缺钱,我可以给你"之类的话,一来是因为弋羊万万不会接受,物质的赠与反而会令她难堪。她从来不是被养在温房里的金丝雀,在别的女孩尚睁着梦幻般的眼睛认知这个世界时,她已经"带刀带枪"在为自己征战了;二来,难听些说,他不过是一个消费着父母"积累"的富三代,手里握着的钱没一分是真正属于他的,拿着这份钱去滋养他的"爱情",他心里也没底气。

天高路远,他唯一能做的是相信她有能力顾好自己的生活。

所以,在闲聊中,他尽可能轻描淡写地问她:"午休的时间打工,下午上课能有精神吗?"

弋羊说:"还好吧,本来就没有午睡的习惯。"

这话不假,高二那一整年,午休时间她都会跑去羊军国的修理铺帮忙干活,但没有午睡的习惯并不代表着她不会困,能在高强度的学习中游刃有余,全然凭借着她顽强的自制力硬撑着。

韩沉西"嗯"了一声,说:"尽力照顾好自己。"

"在奶茶店帮帮忙,不会很累。"弋羊说,"我心里有数。"

专业课程的难度让她感到了压力,权衡之下,就没有找活重钱多的工作。

"反正时刻记着身体最重要。"

带过这句话,韩沉西扯远了话题。

不过,韩沉西怎么也没料到,他对弋羊打工的决定不发表反对意见,弋羊身边却有个胆大包天的小姑娘敢对此产生小小的怨念。

没错,这小姑娘就是陶染。

"羊姐,你很缺钱吗?"午饭的餐桌上,陶染得知此消息,第一反应是讶异。

"缺。"弋羊嚼着米饭,脸上没有什么表情。

陶染愣怔三秒,然后咬着筷子盘问:"那我们以后是不是就不能一起吃午饭了?"她头一晃,又补充道,"下午也不能一道去上课了?"

弋羊点头:"嗯。"

陶染的小脸瞬间垮掉:"我这是被你甩掉了吗?"

开学才短短两个星期,陶染嘴边挂了四句口头禅。

——"羊姐,你去哪儿啊?"

——"羊姐,带上我嘛!"

——"羊姐,你等等我。"

——"羊姐,你慢点走。"

更神奇的是,这四句口头禅连在一起,竟然能充分还原情节发生的先后顺序。

而陶染叫"羊姐"叫得过于频繁,宿舍长程香巧听不下去了,揶揄陶染:"你是羊姐的小尾巴吗?整天跟在她屁股后走。"

陶染委屈巴巴道:"那没人了嘛!我们班就我们两个女性生物,我不跟她,跟谁？"

更重要一点，这学期没开选修课。也就是说，她和弋羊的上课时间以及行进路径高度一致，黏着弋羊，等于身边时刻有个伴。

弋羊感到头疼，一阵无语后，看着陶染，问："既然你身边这么离不开人，那为什么还选个女生少的专业？"

陶染瘪嘴："手一抖填错专业代码了。"似乎是嫌丢人，她说话咬着牙，眼睛也不瞅弋羊。

弋羊简直想给她递个大白眼："自找的，受着吧。"

待吃完饭，因为不同路，两人在食堂门口分道扬镳。

弋羊去奶茶店，店老板对她进行了简单的培训。大概过去二十分钟的时间，店门被推开，招财猫自动喊了声"欢迎光临"，弋羊闻声抬头看，只见陶染背着书包大剌剌走了进来。

弋羊皱皱眉头，问："你来干什么？"

陶染尖尖小小的下巴一扬，颇为神气地说："消费！"

弋羊瞧着陶染的表情不像是来消费的，反倒像来找事的。她叹了口气，压抑着不悦，用服务客人的语气问："要点什么？"

陶染盯着菜单琢磨半晌，说："珍珠奶茶！"

"十块。"

弋羊收了费，在店老板的指导下动作不甚娴熟地制作好，又询问道："打包还是直接喝？"

"直接喝。"

接过奶茶，插入吸管，陶染却没直接离开，而是在店里的休息椅上坐下了，还有模有样地从书包里掏出课本，装成认真学习的模样。

弋羊猜不透她又作什么妖，起先没搭理她，忙着接待其他客人。约莫过去半个小时，弋羊闲下来，朝她的方向递去一眼，看到她手托腮，正眯着眼打盹儿。

无法再装着视而不见，弋羊走到她身边，抬脚踢了两下她的凳子。

陶染惊醒，抖着身子坐正。

弋羊问："有宿舍不回，有床不睡，搁在这儿耗什么呢？"

陶染挺挺胸脯，像在给自己撑气势："我等人！"

弋羊："等谁？"

陶染跟她对视，郑重地说道："你！"

"等我干什么？"

"一起去上课。"

弋羊瞬间胸闷气短，她孑然一身自由来去惯了，是真无法切身感受陶染为何非要跟人结伴而行。

她问："自己一个人就不会走路了吗？"

"会啊。"陶染垂着头，用笔尖一下一下戳着奶茶杯，仿佛跟它有仇似的，"可是我有人群恐惧症，我怕生，一个人走路尴尬又不自在。"

弋羊："全是你的理由呗。"

"是真的。"陶染侧过头，斜睨着弋羊，询问，"难道你不这么觉得吗？"

弋羊郑重地摇摇头："不这么觉得，一个人很自在。"

"那是因为你心理强大，"陶染说着，突然转念得出个因果结论，"怪不得我跟你在一起的时候格外有安全感呢。"

对话完全不在一个频道上，脑回路更拼不过陶染的九曲十八弯，以往怼天怼地怼韩沉西的弋羊未料到自己会栽到一个富家"小公主"身上。

实在辩不过，弋羊随她去了。

几天后，程香巧觉得陶染这样做太打扰弋羊，主动提出以后自己带着陶染。陶染欣然答应，扑棱着翅膀扎进宿舍长的怀抱，哪想两天后，又叭唧地抽身回来。

因为程香巧身兼数职，是班长，也是校团委任的干事，平常忙得脚不沾地，接个电话的间隙便把陶染扔下，陶染郁闷极了。

渐渐日子久了，弋羊看陶染整天呆呆地坐在奶茶店，买的奶茶也不怎么喝，就眼巴巴望着她，不由得心软了。

"回宿舍午睡吧，我忙完给你打电话，在楼下等你一起去教室。"

陶染一时之间没接受弋羊态度的转变，迷茫好半响才回过味儿来，然后嘴角一咧，眼神变亮："真的吗？"也不待弋羊回复，她猛地从高脚椅上蹦下来，往弋羊怀里一扑，给弋羊一个大大的拥抱，同时不忘吹"彩虹屁"，"羊姐，你可真好！"

弋羊无言以对。

转眼到了国庆。2009年的中秋节包含在国庆假期里，国庆当天，弋羊班里组织大家到森林公园烧烤。

彼时，远在太平洋另一端的韩沉西也有庆祝活动。赵清开豪掷千金，包了个club（俱乐部），邀请国内留学生来喝酒蹦迪。

表面来看，他的本意是甭管大家相互认不认识，趁着团圆的节日聚在一块儿热闹热闹，排遣一下异国他乡的孤独和寂寞。

韩沉西心里门儿清，知道赵清开实则是想借此机会结交新的妹子。

漂泊在外，异域他乡，陌生的环境里，人的内心十分容易产生孤独感。孤独是罪恶的温床，所以不乏有钱的男生和玩得开的女生勾搭在一起同居过小日子，何况青春洋溢的年纪，正值体力旺盛。

想着明天还有课要上，韩沉西原本打算来这儿露个脸便撤，在酒吧门口跟赵清开闲扯几句后，到吧台点了杯鸡尾酒。

他刚抿两口，一阵香气飘过，左手边挤来一个女生。

韩沉西微微皱眉，侧眼一瞧，认出她是那天误触火警的晚上，赵清开的女伴。

"秦曼。"女生主动自我介绍。

"韩沉西。"韩沉西也报上姓名，只不过后面跟了句，"学姐好。"

这一下子把秦曼架到了一个与他隔着年龄差的高度。

秦曼化着精致的妆容，莞尔一笑，特有八十年代香港女明星的风情："一个人来这边的？"

"怎么会！"韩沉西故意曲解了秦曼话里的意思，"国外的华人一家亲，土澳的街头走到哪儿都是兄弟姐妹。"

秦曼这次笑出了声："你挺幽默啊！"她细长的眼睛直勾勾盯着韩沉西瞧，姿态一如那晚般挑衅。

"有女朋友吗？"

"当然。"

"她也在这里？"

"不，她在国内。"韩沉西如实说。

秦曼："国外不再处一个？"

韩沉西呷一口酒："你什么意思？"

秦曼挑眉："跟我装傻呢？"

韩沉西没反驳。

秦曼不紧不慢地说："在留学生的圈子里有个默认的规则，国内有女朋友等同于没有，懂吗？"

酒水入喉，辛辣味在口腔回转，韩沉西将酒杯推远了些，随后胳膊搭在吧台上，斜侧着直视秦曼，慢悠悠地问："谁默认的？给我发问卷调查表征求我的意见了吗？"

听他嘴硬，秦曼不气不恼。她在国外待了六年，圈子里的一些人如何由单纯转变成情场老手，她一一知晓，并不急着纠正韩沉西，反而趁着韩沉西正脸冲她时，细细将他的五官打量一番。整体干净阳光，长相合她的胃口，其中，她更喜欢他的眼睛，漂亮得纯粹。

"话别说那么绝对，刚来不过四个月，日子还长着呢！"

韩沉西："是啊，日子长着呢，走着瞧呗。"

如此的宣战落在秦曼耳朵里，只当他在赌气，并不跟他对着摞狠话，递给他一个暧昧的眼神，随后在嘈杂的背景音乐里，贴上韩沉西说："正长身体的时候，寂寞了，别忍着。"

韩沉西清淡一笑，故作厌态："我这个人，胆小，特怕事。"随即一口咽下酒杯里剩余的酒，然后扬长而去。

当地的公交车一般不报站，对于尚不熟悉片区街景的韩沉西来说，**搭乘公交车完全是一件煎熬的事情**，因为他要一遍遍询问司机他到站了没有，宛如一个进城后迷失方向的乡巴佬，体验非常糟糕。所以平常在学校和公寓之间往返，他大多选择走路，好在澳大利亚天蓝海阔，景色迷人，边走边欣赏，不失为另一种享受。

徒步半个小时回到公寓，饮下的那杯鸡尾酒的后劲涌上头，韩沉西的脑袋又昏又重。他清楚今晚夜场的酒外表看着花花绿绿，口感尝起来甜腻，其实基酒都是超高浓度的，稍不留神人就彻底醉了。

韩沉西扑倒在床上，闭上眼睛缓了缓，然后掏出手机点开聊天软件。他好友众多，群组分门别类，囊括了小学初中高中的班级群，其中最活跃的是高三（7）班的群。群里刘浩川和张琦几个人正在闲聊，消息顶着"99+"，韩沉西随便瞥了翻，没冒头回复，退出后，点开了特别关注人弋羊的对话框。他给弋羊的备注是"一只小绵羊"，两人的聊天内容停留在六小时前。

韩沉西：晚上被邀请去喝酒。

一只小绵羊：好。

夜晚安静，时不时吹来一阵海风。澳大利亚步入夏天，海风柔和了许多，像擦身而过，不做打扰。

如此的夜，加上酒精的发酵，韩沉西的内心变得敏感矫情。

他看着那孤零零的一个"好"字，感觉到弋羊对他的关心不够，约束亦不够。常规来说，听到他要去喝酒，身为女朋友起码得询问两句跟谁喝酒、有无其他女生吧？她倒是心宽。

或许这是出于她对他完全的信任。

异国恋最怕的莫过于互相猜忌，两个人本身较大多数恋人而言更加独立和成熟一些，这理应是好事，减免了无理取闹的争吵，然而从另一面看，但凡涉及情与爱，根本不可能有人能百分之百理智，摊在桌面讲逻辑以及分对错，少了你闹我劝的心思"表达"，会显得彼此之间态度冷漠。

而韩沉西这个阶段最受不了的便是有人对他淡漠。

他是个没孤独过的人，在学校狐朋狗友一堆，干什么事都是前呼后拥。这倒也不是说他有多享受万众瞩目的感觉，而是他真诚待人，同学也真诚待他，嬉嬉闹闹中，日子过得格外有滋有味。

可如今，处境变了，他虽然依旧认识很多人，却都是点头之交，再加上课程选择不同，没有了同学的概念，大家全是"课友"，短暂的见面两小时，一下课各奔东西，因此，交友成了颇有难度的事情。

这也是为什么留学生群体里，多数人物质充裕，可精神世界空虚，男男女女胡混在一起，也不见得有多快乐，其中以秦曼和赵清开为代表。

韩沉西还算清醒，没沉浸在寂寞催生出的纸醉金迷里失去自我。

他臭屁地想，他可真是个好男人啊！

无奈这种"好"他无法在弋羊面前卖弄，因为对待情感认真，本就是每个人应该把握住的底线。

韩沉西幽幽叹了口气，心里有些小小的委屈。当他敏锐地发现他与弋羊每日你来我往的相互关心中，几乎都是他先找的她，彻底小心眼了，赌气似的，今天没给弋羊发"晚安"短信。他按掉手机，踢掉拖鞋，把自己卷进被褥，委屈巴巴地蒙头睡了。

可当第二天醒来，韩沉西瞧到弋羊在北京时间十一点半一如既往地给他道了晚安，瞬间气焰又消了。

短信回复出去，他盯着屏幕醒神。

他这个年纪的男生，早起都会有正常的身体反应。他坐着，牛仔裤勒着腰胯骨，挤压感强烈，于是换上宽松的棉质居家服，赤脚去洗漱间洗漱。

刷牙的时候，韩沉西望着镜子里的自己，心里还碎碎念着：我可真没骨气！我可真好哄！

于是乎，这场闹脾气，暗戳戳中开始，暗戳戳中又结束了。

韩沉西重新打起精神，投入到临近的期末考试中。他不能挂科，他要保证拿到顺利进入大二的资格，要不然他得收拾行李回望乡了。

有棘手的事情做，渐渐日子也不显得煎熬和漫长了。

不过十月的最后一天，他又接到个让他胸闷气短的消息——皮九到S大找弋羊了。

"皮九在哪所大学啊？"

不怪韩沉西摸排不清楚，实在他离开得早，再加上初来澳大利亚杂事多，一时把那个"小情敌"给忘了。

弋羊回道："T大，学医。"

"也在上海啊？"

"嗯。"

韩沉西挠头翻了个大白眼："摆明了跟着你去的呗。怎么你走到哪儿他跟到哪儿，他是你的跟屁虫吗？"

"那倒不是。"弋羊说，"他一早就打定主意要去T大了。"

韩沉西轻哼一声："他找你来干吗？"

弋羊默然。说实话，在宿舍楼下看到皮九时，她也挺意外的，至于他为什么来找她，两人均心知肚明。

"你俩聊什么了？"

韩沉西也知道刚才的问题不好回答，主动岔开了话题。

"聊了一些各自的专业，然后……"弋羊稍许停顿，"他问我是不是跟你在一起了。"

韩沉西小肚鸡肠："一听他就是图谋不轨。"

弋羊低低"嗯"了一声。这个"嗯"其实没有什么特殊的含义，只是她不知道怎么回答，下意识给出的一个反应而已。哪想被韩沉西抓到："你还'嗯'？你知不知道我现在泡在醋缸里快酸死了。"

弋羊察觉他的语气里藏着故意夸大事态的"矫揉造作"，只好劝说："你别这样。"

韩沉西："哪样？"

弋羊迟疑片刻："……撒娇。"

韩沉西却理直气壮地说："我都放下男人的尊严给你撒娇了，你还不能哄哄我啊？"

弋羊抿嘴深吸一口气，停顿了几秒，默默把电话挂了。

韩沉西一愣，把头捂进枕头，郁闷一阵，又给弋羊去了条短信。

韩沉西：你们都欺负我！

随后点开空间，一连发了十条说说，内容皆是"我想你"。

瞬间有了评论。

张琦：这是想谁呢？

刘浩川：大半夜骚起来了？

孙兴文：喝醉了吧？

评论还在增加，很是热闹，只是在这些人中，以前那个闹得最欢、最会起哄，也最了解他的男生的头像一直灰着。

这个人是范胡，他真的跑去当兵了。

韩沉西叹了口气，觉得挺感慨的，也许因为离得远，才更能体会到分别的意义。

他很想念他们：柳思凝、柳泊涟、柳丁、弋羊和范胡……

他在情感上盼望着这学期早点结束，好回国与他们团圆，但理智上有了思考，他了解到MQ的商科挂科率奇高，个别老师变态起来甚至会让班里一半人不及格。他下学期有五门课，鉴于自己的渣水平，琢磨着暑假修一门summer course（暑假课程），减轻压力。

他先跟柳思凝商量，说暑假是12月初开始，2月初结束，反正怎么也赶不上过年了，不如留在这儿学习。

柳思凝自然不相信儿子的鬼扯，韩沉西要是能好好学习，她估计得在祖宗的庙堂长跪不起烧高香："心野了不恋家就直说，跟我这儿装什么好孩子？"

韩沉西嘿嘿笑。他没辩解，转而问道："那我不回去，你不想我吗？"

柳思凝语气淡淡的："儿大不由娘。"

随即，韩沉西又拿着这一套说辞去诱骗弋羊，哪想换来的是弋羊很长一阵的沉默。听着手机里极轻极轻的呼吸声，韩沉西心慌，就在他张口要说什么时，弋羊先他一步道："好。"

"口是心非。"韩沉西直白地吐槽。

抓住 2009 年最后一天的小尾巴，经过十三小时的飞行，韩沉西抵达上海。

天气阴沉，下着蒙蒙细雨。

他打车到学校，先找了个酒店放置行李，随后在酒店旁边的一家花店买了一束红玫瑰，从 S 大东门进去。他有弋羊的课表，一路问着行人，寻到了她上课的教室。

思修课，三个班合上。阶梯教室挤满了人，一位架着厚眼镜、头发烫成小卷的女老师在讲台上对着 PPT 讲课。

韩沉西猫腰从后门溜进去，他看最后一排有个男生跷着二郎腿一人占了两个座，挪步过去小声说："哥们儿，让个座儿呗？"

男生的目光先是落在他手里的鲜花上，然后上下打量他一番，接着把搁在旁边的书包拿开了。

"谢谢。"韩沉西急忙坐下。

男生转着手里的笔，点点头。不过他没撤回停留在韩沉西身上的视线，蹙起眉头，突然说："我是不是在哪儿见过你？感觉你有点熟悉。"

"是吗？"韩沉西笑了笑，"可能我长了一张大众脸吧。"

男生摇摇头："不！你不是来上课的吧？"

韩沉西笑了笑："不是，我来看我女朋友的。"

男生眼睛一亮，问："几班的？"

韩沉西视线放远，像在寻找，很快眼睛一眨，手一指，说："那个。"

男生顺着他指的方向瞧去，是坐在第一排过道的女生，那个女生的背影他很熟悉："我们羊姐啊？"

韩沉西一愣："你是？"

"冯州龙，羊姐班的班长！"

韩沉西恍然："你好！你好！"

"你好。"冯州龙变得热络，又瞥他一眼，像想起什么，马上掏出手机点开弋羊的头像，"我说怎么看着你这么熟悉，我照片上见过你。"

"好眼力啊。"

韩沉西这会儿知道冯州龙指的是哪张照片了。

冯州龙："主要是羊姐每天顶着这个头像在群里回复消息，太明显，又惹人妒忌，久而久之就记住你的长相了。"

韩沉西心里陡然漾起一波蜜意，他笑意挂到眉梢，乐得合不拢嘴，远远盯着弋羊的背影，险些无视课堂，冲动地朝她飞奔而去。

而这些，弋羊毫无察觉。

熬着时间，终于等到放学铃声响。

教室里的人群作鸟兽散，陶染迅速收拾书包，嚷嚷说："一起去喝瓦罐汤啊，鬼天气连着下了一星期的雨了,冷死了。"

程香巧:"你一个上海人,还有资格抱怨上海的天气喽?"

陶染:"我这是拉近咱们之间的革命友谊,羊姐因为这阴雨天好长时间没给我好脸色了。"

夏语蓉到讲桌边把四个人的雨伞拿过来,分给大家:"羊姐可能不是因为天气,而是神经衰弱了,被你折磨的。"

陶染瘪瘪嘴。

几人一起往教室外走。

弋羊走路一如既往喜欢低着头,不过因为刚放学,人太多,她格外注意了一些,在门口扭头看了看,收回视线时,余光瞄到一个身影,熟悉感滞后好几秒才闪现在脑海里。陡然间,她停住脚步,带着困惑回头,便看见韩沉西贴着走廊栏杆笔直地站着,他的背影笼在一层朦胧的光影中,手捧鲜花。

两人对上视线,认出彼此。

韩沉西要的就是这一刻。

他咧嘴笑了,避开来往的学生,走到弋羊身边。为了不挡路,他攥住弋羊的手腕,把人重新拉回教室。

两人面对面站着,弋羊神情复杂。

"你怎么回来了?"

这是她开口说的第一句话。

"不来个别后重逢的拥抱吗?"

这是韩沉西开口的第一句话。

制造惊喜的人都很期待接受惊喜的人看到惊喜那一刻的反应。

韩沉西望着弋羊茫然无措、有些抓不住要领的神情,知道这个"惊"给得非常到位。

至于"喜"嘛……

韩沉西彻底等不急女朋友的表现了,他跨一步向前,一把将弋羊抱起来在原地转了两圈。

"羊姐,我想死你了!"

弋羊双脚离地,被陡然的失重吓了一跳。

大概善于隐忍的人在情绪外放的人面前会显得更加被动。弋羊向来低调,从未在公开场合如此举止轻狂,再者她脸皮也薄,感到不好意思,连拍两下韩沉西的肩膀,小声说:"别人看着呢。"

教室里此时还坐着几名同学没走。

韩沉西内心的狂喜释放出来,将弋羊放下,用手背蹭蹭鼻尖,随后转身朝教室里的人解释:"我们太久没见了,一时激动,理解万岁。"

弋羊定下神,站在他背后轻瞥他一眼,感觉到他头发丝都冒着快乐,唇角一抿，终于绽放出一个笑容。

她伸手拉住韩沉西，拽着他往外走。

没想到，教室门口还有三个看热闹的。

陶染、夏语蓉和程香巧扒着门框，三颗圆溜溜的脑袋排排摞着，脸上攒起的"姨母笑"比当事人还夸张。

陶染："啧！我说羊姐最近怎么心神不定的，原来姐夫哥要来啊。"

程香巧假意责怪："羊姐，你不地道了，怎么没提前跟我们透露一声呢？这出其不意的，我们很容易招待不周啊。"

夏语蓉："姐夫哥，你这是初次'登门'吧？"

"室友！"弋羊赶紧给韩沉西介绍。

韩沉西八面玲珑，见人说人话见鬼说方言："怎么敢让你们招待，应该我请你们才对。走吧，一起吃顿饭。"

"这会儿做电灯泡也太没眼力见儿了。"程香巧分外识相，"不了，不打扰你们互诉相思之苦了，异国恋挺不容易的，我们腾地儿。"

她话音一落，一手捞住一个，拽着夏语蓉和陶染离开。只是才走了两步远，陶染突然又倒退着回来冲韩沉西说："姐夫哥，你真人可比照片帅多了。"

未待韩沉西回答，陶染嘻嘻笑着疾跑两步赶上程香巧，三人闹着一起拐过走廊，背影消失。

韩沉西哭笑不得："姐夫哥是什么梗？"

弋羊也是第一次听到这个称呼，摇摇头："她们乱叫的。"

韩沉西飞快地抬了下眉，听着还挺受用的。

两人又跟冯州龙道了声再见，并肩走出教学楼。室外阴雨蒙蒙，伴随着碎风，凉意和湿气都很重。

弋羊撑开伞，韩沉西握住伞柄撑到头顶，这时才发现花还没给弋羊呢。

"喏。"韩沉西把玫瑰递到弋羊面前。

弋羊问："干吗买花给我？"

"情调。"韩沉西脸上的表情灵动丰富。

"……谢谢。"弋羊接过。

她看韩沉西夹克外套里仅有一件低领的薄打底衣，下半身是黑色工装裤配帆布鞋，脚踝暴露在空气里，一副春天的打扮。她问："不冷吗？"

"冷。"韩沉西缩缩脖子，"但去澳大利亚时没带厚衣服，也没料到上海的冬天会这么冻人。"

话语间听出了仓促感。

"是临时决定回来的吗？"弋羊说着把围巾卸下，戴到韩沉西脖颈间，绕了两圈。

韩沉西："酝酿已久。"

弋羊:"没一点迹象。"

韩沉西又开始得意:"我还能让你全猜中我的心思,那我以后的日子岂不是很难过?"

越来越贫了,可就是他的贫和不着调,让他更有真实感。

"饿了。"韩沉西嚷着肚子饿。

"想吃什么?"

"硬菜。"

弋羊没懂硬菜的标准是什么。

韩沉西又道:"黄焖鸡、糖醋鱼、麻婆豆腐、红烧猪蹄。"

弋羊带他去了二餐厅吃饭。

因为在教室逗留了一会儿,食堂已经过了人流高峰。

韩沉西每个窗口逛了下,格外兴奋。他点了很多东西,干锅鸡、狮子头等,几乎全是荤菜,他吃得挺快,也挺急,仿佛饿死鬼似的。

弋羊吃饱后放下筷子,看着他,问:"在澳大利亚没有肉吃吗?"

"先给瓶水吧!"韩沉西顿了一下,"……噎着了。"

弋羊一阵无语,急忙跑去窗口买了两瓶矿泉水,又给他弄了一碗银耳汤。

韩沉西就水咽下,说:"有啊,但吃得最多的是牛肉和羊肉,锅里煎一煎,撒点胡椒粉,没什么味道。"

"不是有很多华人餐厅吗?"

"离得远啊,去一趟麻烦,还特别贵。"

菜价贵是真的,可前两句是骗弋羊的。他大学的食堂有川菜卖,虽然味道不怎么样,但还是能解一解嘴馋的。他这么说,意图就是卖惨装可怜。

弋羊看着他脸部突出的棱角轮廓,确实瘦了,信以为真,本想阻止他暴饮暴食,但瞧他吃得格外香,便把话憋进肚子里。

这顿饭耗时很久,吃完从食堂出来,天完全黑了,雨也停了,街旁照明灯亮起。

因为明天元旦放假,今晚有跨年晚会,各大社团也推出了不少活动,校园里此时有许多人走动,女生手里挥舞着荧光棒。

两人随着人潮随处转悠了会儿,夜间温度骤降,韩沉西两手发凉,弋羊怕他感冒,送他回了酒店。

轻奢单人间,房间宽敞,配置齐全,韩沉西从小不缺钱,也没受过什么苦,在生活上更注重品位和质量。

进屋,打开空调,韩沉西把外套脱了,迫不及待地说:"我先去洗个澡。"

他下飞机后淋了一段路的雨,衣服是潮湿的,这会儿与女友久别重逢的激动劲儿过去后,他感觉被上海的寒风吹了个透心凉。

"你……"韩沉西本来担心两人独处,弋羊会不自在,想嘱咐她做点什么来转移注意力，可当她闻声抬头，他看向她的眼睛，水亮透彻，挺坦荡，他一顿，闭了嘴。

韩沉西进浴室后，弋羊把书包搁在一侧的书桌上，又打量了下房间，然后到厨台边用热水壶煮了热水。

热水壶"咕噜咕噜"的时候，她手机振动了，宿舍群里有人提到她。

陶染：羊姐，你不跟我们一起跨年了吧？

程香巧：这不是废话嘛！

陶染：问羊姐呢，你别打岔。

弋羊：嗯。

陶染：那跨年晚会的门票我就让给其他同学啦！省得浪费。

弋羊：好。

陶染接着发了一个"再见"的表情，弋羊刚准备点退出键，群里蓦地又跳出一条信息。

程香巧：嗯……那个今晚还要给你留门吗？

弋羊反应一会儿，才品出她话里的意思。

弋羊：留。

陶染：竟然还回来？姐夫哥会放你回来？

群里热闹了起来，也就是在这时，浴室门打开，韩沉西走了出来。

他穿着宽松的长裤和白色短袖，拿毛巾擦着头发。

"跟谁聊天呢？"

"室友？"

"说什么了？"

"她们问我什么时候回去。"

韩沉西擦头发的动作放缓，悠悠看她一眼，明知故问："回哪儿？"

弋羊："回宿舍啊。"

韩沉西突然冷哼了声："你忍心吗？"

弋羊困惑地"嗯"了声。

韩沉西直白道："我大老远飞回国，跨年夜你让我一个人睡啊？"

弋羊一怔。

韩沉西把毛巾甩到脖颈上挂着，随即两步走到弋羊身边，拦腰把人抱起，然后身体一跌，两人一起摔在了床上。

弋羊的后脑勺被轻轻磕了一下。

与大数人不同，韩沉西从不羞于内心情愫的表露，他心中温暖，他喜欢和他喜欢的人做过多的肢体接触，所以拥抱弋羊会无所拘束，分外自然。

他半压着她，支起一侧的手臂托住脸颊，盯着弋羊的脸看了好一会儿。

弋羊平常再怎么淡然，此刻也感受到了情侣之间的暧昧。

她侧了下头，想避开韩沉西的直视，哪想，韩沉西屈指戳了戳她的脸蛋，说："上海的水土还挺养人的，气色好了不少。"

以前在高中，她总是脸色苍白，一副营养不良的样子，现在白里透红，是健康的样子。

弋羊瞄了他一眼，回嘴："你晒黑了一些。"

韩沉西："没办法，那边正值夏天，太阳太烈，我出门又不能打太阳伞。"

弋羊："为什么不能打太阳伞？"

韩沉西没答。

有水滴顺着发梢滴落，恰好落在弋羊的耳郭里。韩沉西瞧见，顺手捏着她的耳朵，指腹一捱，擦去水迹。

"晒黑了还帅吗？"

弋羊听着他低沉的声音，耳朵浮上一层热意。

"脸红什么？"韩沉西指腹在她耳边打转。

弋羊嘴硬："脸红也不允许吗？"

韩沉西凝视着她，没有说话。

"你太重了。"弋羊故作嫌弃地推他，但没推动，韩沉西跟她较着劲。

弋羊拧眉看他。

韩沉西目光回视，三秒后，他眨了下眼睛，然后头一低，嘴唇贴了贴她的。

弋羊唇边留下清新的牙膏香。

亲完，韩沉西起了身，站在床边，又捞起毛巾继续擦头发。

"还走吗？"他询问。

身上的重量和压迫感消失，弋羊反应一会儿，急忙坐起。

因为韩沉西的回国在她的意料之外，那么睡在一起，她自然没有提前规划。

也不知为什么，很长一段时间里，弋羊把韩沉西当成了"远方人"，一个即将要走散的远方人。她知道留下来会发生什么事情，两人的关系会有所突破，她是紧张的，但紧张不意味着对韩沉西排斥。

弋羊摇摇头。

韩沉西悠悠笑了，"啧"了一声，挺正人君子地说："放心吧，咱俩就盖着棉被纯聊天。"

韩沉西找吹风机把头发吹干。

这时，弋羊按亮手机，点开宿舍群，在群里说不回去了。

变卦太快，免不了被揶揄。

弋羊感觉不好意思，毕竟与男朋友外宿，舍友想歪合乎情理。她为了不继续煽风点火，对群里的言论视而不见，快速将手机关掉后，装进书包。

韩沉西折去浴室收了脏衣服，出来站在床尾四处瞧了下，随即扭头看着弋羊。

弋羊不解地回视他。

突然，韩沉西招招手，贼神秘地说："羊姐，过来。"

"怎么了？"

弋羊单纯地以为韩沉西发现了什么，听话地走到他身边。哪想，韩沉西猛然抓住床尾被子的一角，大力一掀，被子腾向半空。说时迟那时快，韩沉西反手一捞揽住弋羊的腰，轻轻往下一带，两人重新跌到床上。被子落盖到身上，弋羊只觉眼前一黑，然后两人就闷在了被窝里。

弋羊此时看不到韩沉西的脸，扒扯着被子也没找到出口。

"幼不幼稚啊！"她吐槽。

韩沉西："这是闺房情趣，懂不懂？"

弋羊没接话，两人就这么在黑暗中安静地拥抱了会儿。封闭的小窝，很快氧气稀薄，喘不上气了，韩沉西拖着弋羊开始往上拱，硬生生拱到床头才探出脑袋。

弋羊的头发彻底折腾乱了，她扯下松散地绑在发梢的皮筋戴在手腕上。

韩沉西眼睛一刻不离地看着她："你头发是不是又剪短了？"

"没有啊。"弋羊说，"从六月份到现在还没去过理发店。"

韩沉西不解："怎么没长长呢？"

弋羊琢磨说："心闲才长头发。"

韩沉西"哦"了声："最近心事挺重？"

"是兼顾的事情太多。"

"都有什么事？"

"打工、学习、院里开会、班级开会，宿舍有时还要开会，不像在高中，每天坐在课桌前只学习就行了。"弋羊讨厌麻烦，更讨厌一些形式主义的麻烦。

韩沉西叹了口气："我跟你正好相反，我现在过的日子反倒像个高中生。"

弋羊知道他的不容易，询问："这次期末考得怎么样？"

"还行，虽然说不出来具体学了些什么，但敢保证能 60 分及格。"

弋羊点点头，挺为他高兴，随后张嘴要继续问什么，韩沉西猛然侧过身，轻轻捏住她的嘴唇，示意："咱聊别，被成绩折磨久了，听着生理性不适。"

弋羊问："……聊什么？"

韩沉西眨眨眼，认真想了想后，"啧"了声："计划回国前，想着要见你，有一肚子话要说，可现在真见到了，千言万语倒真不如一个拥抱了。"

这是发自内心的感慨，却没料到说出来特别像情话，还挺动听。

弋羊递给他一个一言难尽的眼神："你这油嘴滑舌，跟谁学的？"

韩沉西笑了两声，说："自学的，我平平无奇情话小王子。"

一不留神又开始贫，弋羊用脚轻轻踢了一下他的小腿。

韩沉西夸张地"哎哟"一声，紧接着一阵沉默，房间只剩空调抽送暖风的"嗡嗡"震响。

不知过去多久，韩沉西想起陶染，他敏锐地察觉到这位姑娘跟弋羊颇为亲密。

"我瞧着你跟新室友相处得不错。"

"嗯。"弋羊微微皱起眉头,"她们……"

弋羊停顿,好像不知道该怎么去阐述这个"不错"。她除了性格的软刺收敛了一些,其实并未发生本质的改变,平时依旧话少,但是程香巧、夏语蓉,还有黏人精陶染却能从一开始就包容和接受她。

"怎么?"韩沉西见她久久不说话,追问。

弋羊:"她们好像不嫌我脾气怪。"

韩沉西:"再怪的人都会有人喜欢的,人和人的气场很玄妙。"

"是吗?"弋羊不确定地问。

韩沉西的脑袋从枕头滑落到弋羊的肩窝,下巴正好搭在弋羊锁骨处。他蹭了两下,郑重地说:"是。"间隔几秒,又道,"所以你以平和心态跟她们相处,或许能处出一段不错的友谊呢。人这一辈子若没有几个朋友可以挂在心头想着,未免惨淡了些。啊,这句话出自姥爷之口,借来引用了。"

他论文写多了,后遗症出来了,时刻记得引用名人名言时要标明出处。

弋羊垂下眼,望着韩沉西近在咫尺的黑色短发,一时感叹,一个男孩怎么会成长得如此温柔。

没再继续聊天了,慢慢两人都睡着了,一个赶夜班飞机着实累着了,另一个生物钟到点了。

第二天醒来,已是 2010 年。

相爱的人用相拥而眠的方式"辞旧迎新"再浪漫不过了。

韩沉西心情很好,揉揉眼睛伸了个懒腰,扭头看向枕边人,接着凑到弋羊脸前,亲了亲她的额头。

"昨天忘说 kiss good night(晚安),今早补个 kiss good morning(早安)。"

他埋头在她脖颈间轻轻嗅了嗅。

弋羊怕痒,忍不住笑,也忍不住要去躲。

韩沉西却没有给她躲远的机会,低头贴住她的脸颊,感觉到了她皮肤的温热。

弋羊看着他,指尖有些颤抖,手指顺着他的眉骨来到鼻梁,最后徘徊到他嘴唇边。

韩沉西听到自己越来越沉重的呼吸,手臂穿过她的腰,将她贴向了自己。

"kiss good morning"变成了相互纠缠的彼此感受,在两人身体形成的小小的空间里,弋羊更是清晰地感受到了他的急切。

她的身体更热更红了。

韩沉西想跟她解释,这是男生专有的早晨见面礼,却觉得这话像调戏。

他忍着剧烈的心跳,低声说:"你先去洗漱吧,我等会儿再去。"

弋羊先一步整理好自己，拾掇床铺时，望着自己枕过的枕头，后知后觉处在绝对陌生的环境里，昨晚她竟然安稳地入睡了。

弋羊一直有清醒的自我认知，她知道自己很多时候表面看起来镇定，其实内心极度敏锐紧张，一般应对新的生活环境，她要经过漫长的适应，大脑才能对其重新建立起信任。

拿学期开学，入住新宿舍为例，她花费了半个月的时间才做到半夜其他人翻身发出动静而不至于猛然惊醒。

她设置在心口的防线紧密得实在夸张。

然而，例外出现了，她居然在不熟悉酒店光线的情况下，做到了一夜无梦，完全跳过了适应过程。

为什么？因为韩沉西吗？

这种念头产生的一瞬间，她深深皱起眉头，难以相信韩沉西对她的影响会这么强烈。

而这种影响具体又是什么呢？

不待她考虑清楚，水声停了，随后"吱呀"一声，卫生间的玻璃门被打开，韩沉西走了出来。

弋羊条件反射扭头望着他，眼神里有没来及转换的困惑。

韩沉西拨着额前被打湿的碎发，漫不经心地一抬眼，两人目光相交。

"干吗这么看我？"他问。

或许厚脸皮传染，弋羊敛去神色，说："不可以吗？"

语气有点像以前两人互相看不惯的时候，针尖对麦芒的意思。

韩沉西眉梢一抬："当然可以。"他说着，走到行李箱前，下巴一扬，"我现在要换衣服，还继续看吗？"

弋羊无语，捞起书包去玄关站着。

经过一阵窸窸窣窣，韩沉西走过来。

弋羊："都收拾好了？"

"好了。"韩沉西从卡槽里抽出房卡，"走吧。"

弋羊打开酒店的门，一只脚刚踏出，只觉头发被轻轻拽了一下，随即绑好的马尾辫一落，披散在两肩。

"你拽走我的皮筋干吗？"

弋羊看向韩沉西。

韩沉西端详着她，温声说："散着头发好看。"

他没告诉过弋羊，两年前元旦那晚，他去找她，在理发店门口，斑驳的路灯下，他远远看见她剪了齐肩长发，风一吹，发丝随风翻动的恬淡样子，让他惊艳。

那一霎或许不是他心动之初，但他确定那是他确定自己心意的一刻。

他把皮筋随手装进了上衣兜里，弋羊抚顺头发，也没有要回。

之后两人乘坐电梯下楼，找了家早餐店吃饭。

上海特色的小笼包和生煎包都是甜口的，韩沉西吃得很难受。弋羊也不喜欢，好在点的食物不多，没有浪费。

"你……想去哪儿玩吗？"吃完，弋羊问韩沉西的行程打算。

"没想好，你呢？"韩沉西灌了口矿泉水。

弋羊摇摇头："我也没计划。"

韩沉西懒散一笑："随处转转，不用计划，你是主要的，景色是次要的。"

弋羊受够了："你现在说话怎么……"

韩沉西又嘿嘿笑了两声，随后收起吊儿郎当的开玩笑姿态。

"先去趟商场吧。"

"你要买什么？"

"衣服。"韩沉西吸了吸冻得冰凉的鼻子，"今天天虽然晴了，但风大，感觉温度又降低了不少，好久没这么冷过了。"

"好。"

他们去了南京路步行街，由公交车转地铁，耗时许久。

直奔一家运动品牌店，买了件长款的及膝羽绒服穿上去，韩沉西身体终于暖和了。

很快临近中午，韩沉西提议吃火锅，他的胃实在是素了太久，嘴馋得不行。他继续报复性进食，肉连吃好几盘，还嚷嚷着不够，弋羊彻底看呆了。

"能吃是福。

"能吃说明身体健康。

"就是有点费钱。"

大道理都懂，说起来还头头是道，弋羊哭笑不得。

傍晚，两人辗转去了外滩。

适逢元旦假期头一天，外滩又是著名景点，无数人涌来。用韩沉西的话形容，拥挤程度比他课本里的英语字母还恐怖。

好不容易在观景平台找了个位置，望着波光粼粼的黄浦江，韩沉西不由得问起了弋羊对这座城市的印象。

弋羊没办法明确地阐述，因为平常她很少出来闲逛。

"挺好的。"她只好凭感觉说。

韩沉西又问："以后想留在这儿吗？"

"可能吧。"弋羊目光飘远，"再去到一个陌生的城市，又得一番折腾。"

韩沉西侧头，半张脸隐没在暗影里。

"那你呢？"弋羊主动发问。

"我什么？"

"感觉澳大利亚怎么样？"

韩沉西没立刻回答,他面色开始变得凝重,好像这个问题很棘手。

一艘景观船开过,长长的汽笛声嗡鸣。

直到嗡鸣声散在江面,韩沉西才说:"如果我说,挺好的,我很喜欢,你愿意以后跟我过去生活吗?"

弋羊脊背一僵。

韩沉西转过身,改为斜靠着护栏,目不转睛盯住弋羊,满怀期待她的答案。

"不愿意。"弋羊很冷静。

"为什么?"

"因为有放不下的人。"

韩沉西知道她指的是羊军国,同时他猜测还有羊敏兰。再过几年,羊敏兰就要出狱了,到时又会是怎样的一番场景,无法预知。

"那你就能放心我吗?"

弋羊点头,"嗯"了一声:"感觉没有你处理不好的事情。"

"是吗?"韩沉西嗓音突然变得低沉,"所以,你对我在澳大利亚的生活才从不过问吗?"

一时之间,弋羊竟无言以对。她懂他的发问是为什么,又从何而来。

以往的聊天内容全部存储在她的脑海里,无一例外,皆是他单方面事无巨细地问起她的生活,她一一报备。

韩沉西声音很干涩,又有些无奈:"我是该感谢你对我的信任呢,还是埋怨你对我的关心不够呢?"

弋羊显然没料到他会这么直接地说出来,看向他,目光里带有歉意。

韩沉西不是故意旧事重提,而是聊到这个话题了,让他想到了那场他暗暗闹的脾气,他感觉到了自己对她还有不满,因此,他得开诚布公地跟她谈一谈,将这不满彻底碾干净,而不是转变成积压于心的宿怨,以至于未来某个时候成为两人闹出更大矛盾的导火索。

"我一点都不喜欢澳大利亚,"韩沉西又说,"因为身边没人,因为不够热闹。"

话题有些沉重了,一来,两人在相互试探,二来,又涉及了未来,越想变故好像越多,加剧了彼此的不安。

没心情逛了,两人坐车回了酒店,一路虽然手牵手,但都没怎么说话。

好在,一进到房间,弋羊就主动抱住了韩沉西。

韩沉西回抱着她。

"对不起。"弋羊道歉,但她没解释为何她不过多约束韩沉西的生活。

韩沉西觉得自己猜测得应该八九不离十,所以,解释与不解释没什么区别。

"接受!"弋羊话音落地一阵,他突然"啧"了声,"羊姐,咱俩的相处模式也算是开创纪元了,几次都是女生给男生道歉,这要让其他正受罪的男同胞听见，不得羡慕死。"

弋羊瞥了他一眼："其他的男生不都巴不得女朋友能不管他们吧？"

韩沉西想了想，说："可能我更重感情吧，重感情的人内心都比较脆弱，也更小心眼一些。"

小心眼不至于，重感情这点弋羊觉得他的概括挺对的。

但没等她接话，韩沉西突然又开口了："也可能我是个抖M（网络流行词，指有受虐倾向的一种人）吧。"

此玩笑话一出，两人抱着笑作一团。

如此这般，存在的矛盾说开了，没有谁心里不舒服，也没有谁生隔夜气了。

之后的两天里，两人花半天时间去了一趟书城，韩沉西买了他这学期要用的课本和辅导资料，澳大利亚的书本费着实太贵，贵到韩沉西都觉得那钱花得太冤枉。

其他剩余时间，韩沉西陪弋羊到自习室上自习。

再接下来，他的行程本来是等4号弋羊上课，他就离开上海回老家一趟，见一见柳思凝和柳泊涟。不巧的是，3号晚上打电话订机票时，被告知老家起了大雾，飞机不能起飞，所有航班取消。

仅剩的交通方式是坐火车，要十七个小时才能到。

除去澳大利亚往返的时间，韩沉西满打算算在国内只能逗留五天，因为那边的暑期课程已经开始了，因此如果坐火车回去，还没等一家人好好坐一起吃顿饭，他就要再坐火车返回上海，赶飞澳大利亚。

太折腾了，所以他给柳思凝去了个电话，表达了思母心切奈何现实条件不允许的愤慨。

谁知，柳思凝说："我们不在老家，我跟你爸来广州了，也把姥爷带了过来，准备忙完顺道去香港一趟呢。"

"别人家是儿行千里母担忧，我们家是儿行千里母不愁。"

"多大的人了，还让家长操心。"

两人互怼了会儿，正好柳泊涟在柳思凝身边，电话便转给了他。

柳泊涟问道："再多待两天都不行吗？"

韩沉西说："不行啊，真要回去上课了。这门课的老师事特多，出勤率不够不给及格，我不及格多给您跌份儿啊。"

俗话说，隔辈亲，隔辈连着筋。柳泊涟半年见不上外孙，难免牵挂，执念想见一面："我们不去香港了，明天你爸妈跟厂家见了面，立马飞回家。"

"可别！"韩沉西打断，"您很早之前就说想去香港瞧瞧，您那不怎么靠谱的闺女和不怎么孝顺的女婿今年才借工作的名义好不容易带您来了，眼见一只脚都踏上香港的水泥地了，哪有撤回来的道理？"

如果再等机会的话，凭柳思凝和韩崇远的工作状态，估计要等到猴年马月去了，韩沉西不想打乱柳泊涟的计划。

柳泊涟有些落寞。

韩沉西宽慰说:"想我了吧?"

柳泊涟:"能不想吗?"

韩沉西假模假样地叹了口气:"我说怎么每天一早起来喷嚏打得震天响,姥爷您确定是想着我,念着我的好,不是在骂我吗?"

柳泊涟:"胡说。"

韩沉西大笑一阵,许诺道:"等春天一过,夏天一到,您苗圃里那什么豆角、黄瓜、西红柿熟了,我就回去吃,很快的。"

却未料想,春天一过,夏天一到,老人竟会悄然长逝。

韩沉西就此错过了此生最后一次见柳泊涟的机会。

端午过后,羊军国回了一趟望乡,把院子里里外外打扫一番,歇息到日落,又出门去田间转悠。

田地里,早一批播种的玉米种子和高粱种子已破土出芽,绿苗有脚踝那么高了,长势喜人。

羊军国心里头瞧着高兴,他兀自期盼着,再赶紧多下几场雨吧,往常入夏后,中北部地区天气以晴热为主,很少有大范围有效降水,到时镇上的人又得头顶烈日劳心劳力地灌溉。

羊军国自小是苦过来的,深知扛着锄头下田地不容易,虽然现在土地承包给他人,不再耕作了,但那些汗流浃背的场景,已经印刻在骨髓。他心眼好人实诚,不愿看同乡人整日忙活不得闲,边走边默默许着这盼雨的美好愿景。

沿着田埂一直行进到西南角,到头拐上一条笔直的小道往回折返,走了有百米,远远看见迎面来了一个人。他视力退化严重,直到距离靠近,才发现那人是柳泊涟。

"柳校长。"

羊军国主动打招呼时嘴瓢了一下,主要是他和柳泊涟有几次友好的往来。柳泊涟嫌"校长"的称呼太过疏远,让羊军国按镇上的辈分叫"老哥",可羊军国怎么也喊不出口。大概他们这一辈的人,真正有学问的找不出几个,自己吃了文化的亏,便打心眼里尊敬文化人,更何况柳泊涟待人接物温文尔雅,举止投足间透出的涵养令羊军国自惭形秽,是如何都不敢称呼"老哥"来套近乎的。

"咱俩有日子没见了吧?"柳泊涟面露欣喜。

"是啊。"粗略算算,从羊军国搬到县里后,就没打过照面了。

"怎么今天抽空回来了?"

"闲了就跑回来了。"

"铺子生意不忙?"

"反正是自己的店，忙不忙还不是看我的心情。"

一句打趣的话，柳泊涟听着笑出声，眼睛眯成一道缝，显得和蔼可亲。

"今晚住家里，还是再回去啊？"

"在家待两天。"

"晚饭怎么解决呢？"柳泊涟关心羊军国的生活，"厨房开火了吗？"

"开了。"羊军国张口就答，却恰恰因为答得太快，暴露了他在说谎。

柳泊涟觑了一眼，不知怎的，羊军国莫名有种做坏事被班主任抓包的心虚感。

"来我家吧。我昨天熬的猪骨汤还剩一些，咱俩下火锅吃。"柳泊涟真诚邀请。

"我就不打扰您了。"羊军国下意识地拒绝，他内心总有股两人不是生活在一个世界的错觉。

"乡里乡亲的，说打扰就太见外了。"

柳泊涟一招手，羊军国笨口拙舌，再难以拒绝，便起脚跟他去了。

进了厂子，柳泊涟领着羊军国先去他的菜圃采摘新鲜的蔬菜。

羊军国看了看打理得井井有条的几片地，再看了看依偎在柳泊涟腿边的那条狗，感慨："厂门一关，里面真有几分世外桃源的意境。"

"是啊。"柳泊涟显然对自己的生活状态非常满意，"就是身边少了个说话的人。"

羊军国："宋老师走得太早。"

柳泊涟轻轻"嗯"了声，抖落掉青菜根部的一层土："关键孩子也长大了，长大了都往外飞，不像以前放寒暑假过来闹腾人了，一下子显得更冷清了些。"

羊军国："您的大外孙今年过年没回国吗？"

柳泊涟微微思考后说："回了，只是没赶上见我。"

羊军国眉头一锁："什么事耽误了吗？"

柳泊涟突然挺直腰，隔着西红柿藤架看向羊军国，眼睛里放出狡黠的光芒："他落地上海找你家姑娘玩去了。"

羊军国憨厚地笑了笑。

柳泊涟："你家姑娘没跟你说这事？"

羊军国摇摇头："我家姑娘心思藏得深。"

柳泊涟垂下眼，像在回忆什么细节，随后慢悠悠说道："确实是个心事重的孩子。"

羊军国听不出这句话里有没有额外的意思，也拿不准柳泊涟对两个孩子谈恋爱是什么样的态度，他怕他们家看不上弋羊，毕竟弋羊的出身不好。

小心觑着柳泊涟，羊军国试探着说："也是奇怪，他俩竟然看对眼了，脾气性格明明差着一大截。"

"不一样的才更有吸引力嘛。"柳泊涟说，"我倒是看着两个孩子脾气挺对，相处得蛮好,也都有变化。"

羊军国困惑:"什么变化?"

柳泊涟:"感觉都攒着一口劲儿呢。"

这话莫名像卖关子,羊军国虽没听懂,但觉得有道理,便没缠着细问,找其他话题带过去了。

这顿晚饭持续了近三个小时,两人边吃边聊,都挺开心的。期间,柳泊涟抿了一两白酒,羊军国没敢陪着喝,他因为肥胖伴有高血压和高血脂,近两年身体垮得厉害,比起来,还不如柳泊涟这位六十八岁的老人硬朗。

晚上十点半,他回到家中倒头睡下,翌日天光大亮才恍恍惚惚地转醒。

厨房冷锅冷灶,翻箱倒柜半天,硬是没找到半碗能下锅的米,他只好到镇上的早餐店随便弄了碗粥,慢吞吞喝完,想着去超市买两包方便面,打发接下来的几顿饭。

经过一家水果摊时,他瞥见有摊位在卖枇杷。这种东西在北方是个新鲜玩意儿,他尝了一颗,皮薄肉厚,汁水丰盈,问价格,二十五元一斤,贵得咋舌。这要搁平常他是绝对不会买的,这会儿他念着柳泊涟昨天的款待,便让店家称了两斤,准备送过去当作回礼。

一路阳光正盛,他走出一背的薄汗。

快要到厂门口时,听到凄厉的狗叫声,紧接着铁门被撞响,羊军国以为傻狗犯了错,柳泊涟在教训它呢。谁料到门口一瞧,只见大门紧闭,门里翠花正拿身体撞门,它用了十足的劲儿,身体冲击铁门仿佛能听到骨骼碎裂的声音,同时,它呜咽着,像在发怒。

羊军国吓了一跳,透过门缝看见翠花口涎乱飞,牙齿出了血,嘴边的毛发上已经浸染了血渍。

见到人,它更加狂躁了,奋力扑起,用爪子挠着门。

刺耳的声音让羊军国心里打战。

"柳校长——"他大喊,"柳校长——"

始终无人回应。

翠花改为匍匐在地撕咬门框,似乎迫不及待地要从里面钻出来。

"坏了!"羊军国心中一凛,柳校长不会被狗咬了吧?

他把拎在手里的枇杷袋子往地上一扔,心急如焚地跑到路边。两旁是田地,恰好有两家的男人此时正在地里看种子的出苗情况,听闻喊救声,拔腿飞奔过来。生活在一个镇上,都是熟人,羊军国认出两人分别是村东头的赵文松和杨军辉。

随后三人一同前去查看。

"这狗不会染了狂犬病吧?"赵文松瞧着情况猜测。

"看样子像是。"杨军辉附和。

羊军国心跳如擂鼓:"柳校长人还在里面呢。"

顿时，所有人脸色青黑。

"我进去瞧瞧。"赵文松胆子大，他判断了一下围墙的高度，踩着杨军辉的肩膀攀至墙顶。

"你小心它咬你啊。"羊军国找来一根棍子递给他，叮嘱道。

赵文松"嗯"了一声，小心翼翼地挪着屁股，选择了一个离翠花最远的位置一跃而下。

意外的是，翠花没扑上来，只是一个劲儿地咆哮。

赵文松拿棍子挥开它，把门闩拧开。

羊军国神色慌张地进到厂房："柳校长——"他挺着啤酒肚，笨拙而焦急地寻找着柳泊涟的身影。

厂里的房间很多，好在他来过几次，大概知道哪些是柳泊涟使用的。他找了卧室和厨房，皆是空的。

他正一筹莫展，瞧见翠花仰躺在一间房门口疯狂打滚。

羊军国走过去，发现这间房间的门是半合着的。他探进去半个身位，一眼看到柳泊涟穿着睡衣倒在地上，手里还拿着块毛巾。

羊军国心口一"咯噔"，声音颤抖："柳、柳校长！"

他迈脚进去，由于太过慌乱，没注意到门槛，腿一软，"扑通"一声，单膝跪下了。他试着站了一下，没站起，便连爬带拖地挪到柳泊涟身边，把人翻到正面。柳泊涟闭目神态安详，羊军国伸手指探了探鼻息，尚有微弱的气息，但气息只出不进了。

他叫嚷着："打120！打……120！"

五分钟后，皮九妈妈和皮九叔叔听到动静先从诊所赶来。

皮九叔叔当场给的结论是不大好了。

紧接着，救护车到来，柳泊涟被送去了最近的医院。

医生神色凝重地说："家属呢？还……继不继续抢救？"

一众人面面相觑。

"家属正往这儿赶呢。"一位年纪较长，像是能拿定主意的老人开口，"救吧，走个流程，不然家属一会儿来了看见没法接受。"

很多年后，柳丁跟韩沉西回忆起柳泊涟葬礼的细节，脑海里一切的开始，都始于那天下午的第一节物理课。

老师不厌其烦地在讲台上一遍一遍重复着"功率"的概念，她听得有些昏昏欲睡，手握不住笔，思绪慢慢飞远。

很快，上课开小差被老师察觉，当即点她回答问题。

柳丁起立，答不出，因为根本没留意老师的问题是什么。

她正等着劈头盖脸挨一顿骂，哪想班主任突然出现，然后冲她招招手，说：

"柳丁,你出来一下。"

柳丁迷茫地走出教室。

走廊里站着一位妇女,她认得那是她本家的婶婶。

婶婶说:"接你回家。"

柳丁第一反应是:"我妈出什么事了吗?"

婶婶摇摇头:"不是,你爷爷……"她一顿,眼圈悠然红了。

不知为何,那一刻,柳丁反而稍稍安了心,或许下意识地觉得即使爷爷出事,也一定不会是什么大事。

她等着婶婶的下文,过了很久,等来两个字:"没了。"

犹如当头一棒,柳丁蒙了,她脑子"嗡嗡"响,在反应这个"没了"强调的重点是什么。

在她的印象里,爷爷身体健康,平常少有伤风感冒,怎么会突然就没了?

她缄默不言,然后婶婶搂着她,带着她下楼。

正午的阳光太热烈,晒得整个世界模糊了。

所以,回板桥的一路,柳丁看树是糊的,看人是有重影的。

直到到达柳泊涟住宅门口,她揉揉眼睛,才瞧清楚门口停了好多好多辆车,挤着好多好多人。她在这些人悲悯目光的注视下,慢吞吞地走进院子。

院子正中央停放着一张床,盖着白布,姑姑柳思凝和爸爸柳思杰分跪在两侧。

柳思凝头埋在白布里,肩膀耸动。

柳丁停住了,就这么站着,不再动了,也没人催促她。

院子里有很多街坊邻居,来来往往,他们很忙,忙着砍掉院里的石榴树,忙着扫地,忙着拆卸正屋的玻璃,忙着打电话……

气氛是沉默的。

直到有人买来了寿衣,要给老人换衣服,柳思凝被强制拉到一边。她满眼通红,望着那件材料廉价款式复古的寿衣,突然声嘶力竭道:"我爸不穿这种衣服!这是哪儿买的?才多少钱?我爸一辈子都穿西装!"

她拼命要去抢夺那件衣服,韩崇远眼疾手快拦腰抱住她。

柳思凝挣扎,对他拳打脚踢。

那是柳丁第一次见姑姑在公众场合如此失礼。

一群人围过来劝。

"凝凝,都知道你孝顺,这不是来不及嘛。"

来不及提前准备一切,就连老人的遗像竟然用的是他五十五岁生日时的一张免冠照。

照片里,老人头发乌黑,神清气朗。

"来得及。"柳思凝偏执地说,"我有钱,现在就打电话请人做,连夜做,多少钱我都出得起!"

她疯了般喊叫，最后是韩崇远呵斥了她："别闹了！让爸安安静静地走。爸一辈子体体面面，葬礼上，你要让人看他笑话吗？"

柳思凝瞬间呆滞，随后伏地大哭。

那哭声太有感染力了，院子里的女人一个接着一个哭了起来。

气氛变成了宣泄和不甘。

没预兆地，柳丁眼里蓄满了泪水，"哗哗"往外掉。

再接着，棺材来了，停放在朝南的正屋，老人入了棺。

那位接柳丁回家的婶婶捏着一块白布条走到柳丁身边，把布条绑在柳丁额头，然后拉着她到棺材前，指着火盆和纸钱说："坐下来给你爷爷烧纸，注意别让火灭了。"

说完，婶婶走了出去。很快，门上挂起一道木帘，门外支起孝堂。

传统的丧葬仪式极其复杂，柳丁不懂，她就是觉得单独和爷爷待着，很害怕，可她又不敢走开，分配给她的任务她得做好。

她眼泪掉得汹涌，身体发抖。

这种状态不知维持了多久，她承受不住了。她等屋里再进人，没看清是谁，一把抱着对方的胳膊，情绪慌乱地问："你们通知我哥了吗？我哥知道了吗？我哥回不回来啊？"

那人安抚说："通知了，回来，可也要等明天才能到。"

明天，虽不是当下，但柳丁有了盼头。

她沉默地守着那火盆，仔细分辨着屋外各种各样的声音。她觉得她哥回来后只要一出声，她一定能精准地捕捉到，即使环境嘈杂。

然而事实是，韩沉西回来没有发出任何声响。

柳丁感觉到有人掀开了帘子，两只脚很轻很轻地踏到地板上，像怕惊动什么似的，随即一道高高大大的影子笼罩在她的头顶。

起先她习惯了房间不时有人进出，没有回头，慢慢察觉这个人一动不动地站在那里，挡着光。

她抬头看，然后在破碎的光斑中看到了她哥。

"哥……"她一出声就哽咽了。

韩沉西的目光缓慢地落在她脸上，平静得骇人。他好像"嗯"了一声，柳丁听得不真切。

他继续站着。

片刻，外面响起鞭炮声，韩沉西脸上的肌肉微微抽动，好像被惊动了，然后他迈步走近，抚了抚柳丁的头顶，停在棺材一侧。

棺材并没盖紧，露出一条缝隙，韩沉西扒着那边沿，要去掀棺材盖。

立马有人阻止："沉西啊，不能掀，这是规矩。"

"我看一眼，"韩沉西像和那人耐心地讲道理一般，"我就看一眼。"

他真扒开了，也真往里面看了一眼，然后将盖子落到原位。

他的情绪起伏不大，柳丁望着他，观察到他眼圈只湿了一瞬。

而大人们也没给他更多的时间酝酿情绪，有人帮他披上孝衣，便把他推出了屋外。

作为柳泊涟唯一的外孙，习俗强加给了他重任，因此，弋羊奔赴回来时，就看见他要么跟着韩崇远与人寒暄，要么跟在舅舅柳思杰身边给人磕头行礼。

他说话时，脸上挂着笑。

他很忙，跑前跑后，弋羊甚至只来得及短暂地握一下他的手，再转身人就没了影。

弋羊陪着柳丁烧纸，一直到日暮西沉，院子里的人渐渐散去。

柳思杰安排柳丁回家，照顾妈妈吃晚饭。

弋羊向他打听："韩沉西呢？"

柳思杰打量她一眼，说："去市里了，缺东西。"

弋羊点点头，跟着柳丁回家，帮忙煮了稀饭喂给柳丁妈妈吃，然后两人又合力将柳丁妈妈搬到床上，等她睡着。

彼时，天彻底沉了下去，一片灰云遮住淡淡的月光。

弋羊心里挂念着韩沉西，她想再看他一眼，便又折回了柳泊涟的院子。

院前聚着四个男人，在抽烟。

从他们身边经过时，能清晰地听到他们讨论。

"医生判断是突发的心梗或者脑梗，也是抢救不及时。"

"没一点征兆呀，要是本身就有这个毛病，思凝不可能让他独住啊。"

"这事弄的，一家人搁心里了，得几年过不去这道坎。"

"唉！老哥懂事啊，不给孩子找难处，是场好修行。"

而随着弋羊走远，他们的说话声也越来越模糊。

弋羊踏入院子，好几盏白炽灯亮着，一院的灯光，静悄悄的。

环顾四周，东西两侧的屋门皆是敞着的，她走到门口往里探看，不似有人。

正在她怀疑韩沉西是不是还没有从市里回来时，突然传来一阵痛哭声。

她一顿，看向正屋。

木帘后烛火闪动，投下一道颤动的影子。

出殡那天异常"热闹"，各种各样的人从四面八方奔涌而来，送别的花圈院里都摆放不下了，摆成了两堆。

羊军国也前来吊唁，走路一瘸一拐的。

下墓地时，弋羊没跟着去。她知道那里不是什么好地方，棺材入土，对柳家人意味着什么，又会发生什么？

她经历过两次，小有经验。

她就站在竹栅栏前等。

身边围着很多乡邻，七嘴八舌说着惋惜的话，同时耳边还有蝉鸣声，起了又弱下去。

传统的丧葬习俗遵循严格的流程，很讲究时间，大概过了一个半小时，浩浩荡荡的送殡队伍原路回来。

韩沉西走在最前，怀里抱着柳泊涟的遗像。

他表情木然，脸颊挂着没干涸的泪痕，弋羊发现他眼睛肿了，肿得非常明显。

其实，但凡有人细心留意，都会察觉他白天跑来跑去，几乎没当众流下过眼泪，怎么也不至于把眼睛弄成这样。

但弋羊知道，他都是等夜幕落下，独自给老人守灵的时候，失声痛哭。

他连着几天没合眼睡觉，也没好好吃饭了。

弋羊很担心他，盘算着要怎样安慰他。

"别伤心""看开点"，还是"一切都会过去的"？

可这些话在死亡面前太轻巧，太没有重量。

如果一切真能像什么都没有发生过般通通散去，那柳泊涟曾经的存在岂不是毫无意义？

过不去，永远也过不去。

长辈用死亡给晚辈上了一节生动的教育课，告诉他们什么叫世事无常。韩沉西得用一生消化理解，只是在真正理解前，他要陷入"为什么不回来与姥爷见一面"的悔恨和自责之中。

弋羊胡思乱想之际，葬礼的酒席开了，一阵吵嚷。

等她回过神，再去人群中搜寻韩沉西，已经没了踪影。

她走进院子，看见韩崇远站在桌旁和柳思杰说着什么，柳思凝坐在正屋静默不语，两眼呆滞。

她犹豫着要不要打扰韩崇远，问一下韩沉西的去向，正要上前时，手被拉了一下。

"弋羊姐。"是柳丁。

弋羊松了一口气："你哥呢？"

柳丁指了指西边的屋子，牵着弋羊朝那边走去。

屋门紧闭，柳丁轻轻推开。

屋里陈设很简单，弋羊一进去，便看见韩沉西侧躺在床上睡着了。

柳丁上前一步，伸出手，似乎是想推醒他，弋羊眼疾手快地阻止了。

"让他睡吧。"弋羊小声说。

她静静看了韩沉西两眼，听他呼吸匀称，又拉着柳丁走了出来。

"弋羊姐，你要走了吗？"

葬礼结束，院外的车一辆接着一辆开走，人越来越少，柳丁感觉弋羊也要离开了。

"嗯。"弋羊点点头。

"回学校吗？"

"对啊。"

柳丁拧眉，眼里霎时蓄了一层水雾："你不跟我哥打声招呼再走吗？"

弋羊说："电话联系吧。难得合眼，让他好好睡吧，太累了。"

好一阵沉默后，柳丁突然侧过来紧紧抱住了她，额头抵在她锁骨的位置，抽噎着，字不成句："我舍不得你。"

弋羊肩膀一耸，她先是被这个突如其来的拥抱吓了一跳，等定下神低头看柳丁。第一反应是柳丫头拔个了，站直了能到她下巴的位置，已经不再是一副稚气的小学生模样了。

继而她又感受到柳丁言语中交织的情绪，有难过、不舍、恐惧，还有一丝博关注的讨好。刹那间，她从柳丁身上看到了七岁的自己，那时爸爸死了，家里乱作一团，大人忙着应付各种糟心事，顾不上她，她被锁在房间里一个人待着。她感到害怕，但又不敢说，只能随便逮着个人，用亲昵的动作和黏人的语气博取一点点安慰和关心。

那姿态和模样与现在的柳丁如出一辙。

弋羊拍拍柳丁的肩膀："可以给我打电话，随时。"

柳丁缓了一会儿，压下情绪，退离弋羊的怀抱，说："弋羊姐，等高考我也考去上海吧，去你们学校。"

弋羊："好啊。"

柳丁："可是分好高啊，万一考不上怎么办？"

弋羊给了她一个坚定的眼神："我帮你。"

弋羊随着羊军国一道回了县里，在修理铺待了一段时间。

也是许久没回来，她四处看了看，本想帮羊军国做点什么，随即在杂物架后面看到一张折叠床，床上整整齐齐叠着一沓衣服，床下摆着三双鞋。

羊军国笑嘻嘻地解释说："接了个组装车的活，客人要得急，我就在铺子里睡了两天。"

弋羊绷着脸，微微偏头，目光落在他身上，羊军国顿时一凛。

这个姑娘太敏锐，一双眼睛有着超出年龄的洞察力，把人心看得通透。羊军国想隐瞒些什么，可根本瞒不住。

羊军国尴尬地抹掉脑门的汗，尽量云淡风轻地说："跟你舅妈拌了两句嘴，惹她生气了，搬出来反思两天。"

小小的一隅，生活痕迹太重了，傻子也能看出来他应该已经住了有一段时间了，远远超过两天。弋羊猜到羊军国不是搬出来，大概率是被赶出来了。

这种事情如果发生在以前，弋羊一定会在路边捡一根棍子找徐春丽理论，然后以牙还牙，将徐春丽也从房子里赶出来。在她眼皮子底下，羊军国不好过，徐春丽也不可能舒服。

可现在呢……

弋羊懂了羊军国曾经说的"不想折腾了，折腾不动了"更深层的意思。

她真和徐春丽闹起来，徐春丽撒泼打滚定是敢和她撕破脸的，到时家丑外扬，又要闹笑话，而他们一家人没少让人看笑话。很多时候，弋羊想，他们一家人的存在好像只是为了给别人制造茶余饭后的谈资，活在别人的眼光里，没有自我。

杂糅的现实让她感到无力和心烦。

她叹了口气，没再继续追究，遵从了羊军国"忍一时风平浪静"的处事原则。

她还惦念着羊军国的腿，又顶着日头跑到药店买了云南白药和膏药，叮嘱他按时敷用。

走之前，她再三纠结，留了一句软话："你对自己好点，别让我担心。"

弋羊晃荡十二个小时抵达上海，随后从火车站赶到学校，刚好早上七点。

宿舍的三位刚起床，挤在卫生间洗漱。

听到门边有动静，她们探出头，看到闪进来的是弋羊，立刻迎了上去。

"你走好久啊，担心死了。"

"给你发短信，回复永远没超过三个字的，也猜不出你那边到底怎么样了。"

"你这毛病不好，得改。"

"羊姐，我担心你又想你，你不在的这几天，我特别孤单。"

责备的话语里带着关心，她们叽叽喳喳，弋羊瞬间觉得自己被十几只麻雀围攻了，笑着说："这不是回来了嘛。"

陶染随即担忧的小表情一转，改为捏着牙刷控诉："可算回来了，再不回来，我都不知道你身上该轮到哪个部件出毛病了。"

程香巧解释："她给老师说你姨妈疼、腿断了、胳膊折了、脚扭了、眼肿了、脖子歪了。"

弋羊收到柳泊涟去世的消息时是晚上，她只来得及给辅导员说明情况，没等批假条便买车票走了。陶染为了不让专业课老师记她旷课，没少费心思。

"谢谢啊。"弋羊真诚地说。

"功劳也不是我一个人的。"陶染得意道，"咱们班的男生也帮忙打马虎眼儿了。"

弋羊想了想，说："辛苦了，明天请大家喝奶茶。"

陶染摆摆手："这就见外啦！"她眨了两下眼睛，突然想起什么，动作停滞一秒，弱弱地问，"那你毛概怎么办呢？旷考可是没有成绩的。"

毛概学完，避开考试周，先进行期末考试，而考试正好在弋羊离校第三天进行。

"没事，跟着下一届重修就好了。"弋羊选择马不停蹄赶去韩沉西身边，那她就不会计较后果。

陶染为她考虑，有些着急："可是挂科记录会影响你申报奖学金啊。"

弋羊语气如常，更像是安慰陶染："已经这样了，下学期再努力吧。"

接下来一星期，弋羊格外忙。

她先到辅导员办公室认错，被狠狠骂了一顿，但辅导员念着她情有可原，最后只说了下不为例，没给处罚。

之后，她抽课余时间补各科的作业和结业小论文，一直埋头苦干到周日才缓口气。

中午吃过午饭回宿舍休息，走到宿舍楼下，竟然看到了皮九。

弋羊蹙眉，在距离皮九一米开外的地方停住脚步。

皮九和她对视一眼，颇为心虚地静默一阵，然后挨近她，说："我前几天来找你，你舍友说你回老家了。"

弋羊"嗯"一声。

皮九："韩沉西爷爷的事……我听我妈说了。"

弋羊没有觉得意外，消息本来就是一传十十传百这样散播开的，更何况皮九的妈妈和叔叔还前去抢救了。

皮九见她不说话，挑明了自己的来意："你是因为韩沉西回去的吗？"

弋羊："不然呢？"

皮九的脸垮了下来："可你有考试啊！"

弋羊语气变得不客气："你打听我课表干什么？"

皮九眼神闪了闪，避而不答，反倒重复道："你没参加考试？"

弋羊："考试很重要吗？"

皮九一怔，好像有些困惑，不确定地问道："对你来说，考试不一直都很重要吗？"

弋羊直勾勾地看着他："你很了解我？"

皮九思考了一下，语气渐弱："以前觉得很了解你，现在觉得你变了，变化好大。"

弋羊垂下眼，没吭声。

皮九以为她在反思，补了句："你都不像你了。"

弋羊猛地抬头，用询问他意见般的语气说："我这样的性格，一辈子不改变真的好吗？"

韩沉西七月初回了澳大利亚，弋羊知道这个消息时非常惊讶。

她打电话给他，问道："不是放寒假了吗？回学校干什么？"

"补课。"韩沉西说。

"补什么课？"弋羊追问。

手机那头好一阵缄默，弋羊集中注意力听，听不到任何的声响。她的心绞痛着，深切地感觉到韩沉西情绪的消沉。她不适应他的低气压，和他相处的两年多时间里，他是颗时刻散发光与热的小太阳，身上有股能暖人的不息生机，完全不似现在这般阴云一遮千里。他一消沉，弋羊就有种她的世界天黑了的错觉。

也是通过这一瞬间的错觉，弋羊恍然大悟，她和韩沉西走过的这段时间，虽看似平淡，未有过争吵和对峙等种种波澜，可是他对她的影响渗透到了她生活的方方面面。

弋羊敛着鼻息，耐心地等韩沉西的回复，也有点逼迫他开口的意思。

"我挂科了。"韩沉西自暴自弃地说。

他比弋羊还惨一些，六月中旬正值他期末考试周，接到老人去世的电话，慌不择路往回赶，没有申请缓考，同时也来不及申请缓考了，当时院里规定缓考的申请表至少要提前一个星期交到任课老师手里。

弋羊哑然。

倏地，电话两端陷入无话可聊的状态，又是好一阵煎熬的沉默。

最后，韩沉西说："挂了吧，漫游费挺贵的。"

后面的日子，他们便是每天"早安"和"晚安"的短信不痛不痒地联系着。

弋羊不是个会哭哭啼啼的人，更不擅于用华丽的言语满腹同理心地去帮助别人疗愈伤口。她处理人际关系其实挺笨拙和生硬的，她过往经历的苦难无一不是自己强迫自己去接受，然后在某个点上找到内心的平衡，继续往前走。

所以，她得给韩沉西时间和空间来想明白"世事无常"的残忍和无奈。

与此同时，这个暑假，柳丁中考了，成绩非常不错。柳思凝对她抱有颇高的期望，不想让她继续在县里读书，带着她参加了几场市区重点高中的单独招生考试。小姑娘也争气，考一场就过一个学校的分数线，名次还都排在前几，柳思凝和柳思杰这么多天难得露了笑脸。

柳丁闲在家休息，自觉预习起了高一的知识，碰到难题就给弋羊发视频讨教。

弋羊把自己的学习心得分享给她，两人联系多了起来，避不开提到韩沉西。

柳丁问弋羊："你最近跟我哥联系频繁吗？"

弋羊摇摇头："不多。"

柳丁叹了口气："我已经一个月没给他打电话，也没有发短信了。"

弋羊："为什么？"

柳丁秀气的眉毛一蹙："不敢。他的话变得好少，我不知道该跟他说点什么，从没见过他这样，有点害怕。"

"你哥他重感情，跟姥爷的感情深，一时还没缓过来呢。"弋羊说。

"我知道。"柳丁点了下头，但脸上忧愁的神情没有一丝减缓，"我就是担心他，一个人在国外待着，身边没有知冷知热的人陪，什么事全靠自己扛，心理压力太大。"

"不管怎么样，他是个成年人了，相信他会调节好自己的，等等吧。"

弋羊表面上和话语里都透露着冷静，冷静到几乎不近人情，可也只有她自己知道，她现在整颗心其实都浮在胸口，没有着落，她是硬绷着不让自己瞎想。

人活着都会遇到些难以接受的事，得允许有一阵子负面情绪放大压过正面情绪，硬撑着表现出岁月静好的样子也不正常，容易装出心理毛病，所以不能着急，也不能催。

她如此给自己心理暗示。

然而，等着，等着，到底还是乱了。

韩沉西生病了。

"单纯的小感冒还是有发烧？"弋羊问。

"小感冒。"韩沉西有些反应不及时，说话慢半拍，"没事的，这边是冬天，上下学被风吹着了。"

弋羊追问："吃药了吗？"

"吃了。"韩沉西说。

弋羊问得详细："什么药？"

又是经过长时间的思考，韩沉西才开口："布洛芬和阿司匹林。"

"没发烧为什么吃布洛芬？"弋羊语调变得严肃，"布洛芬和阿司匹林可以一起吃吗？"

韩沉西沉默不语。

电话屏幕暗下去的那一刻，弋羊做了个决定——去澳大利亚找他。

她脑海里想象不出韩沉西现在是什么样的状态，想看一眼，即使状态糟糕，看一眼，也能稍稍安心。

但出国不是一件简单的事，护照和签证都要解决。一切办理妥当，已是一个月后，这期间，陶染给弋羊提供了很大的帮助。

拿到签证那天，从领事馆出来，弋羊请陶染吃了饭。

饭桌上，陶染随口问道："打算什么时候去啊？"

"今晚。"弋羊说。

"今晚？"陶染眼睛瞪得溜圆，"这么迫不及待吗？"

弋羊淡定地"嗯"了声。

陶染瘪瘪嘴，觉得嗅到了爱情的酸臭味："可是……"她顿了顿，突然想到什么，提醒，"大后天我们就要开始军训啦。"

"我知道。"弋羊说，"我能赶回来，但会晚一些，来不及参加早上的动员会。"

"啊？"陶染一副"你逗我呢"的表情，"今天出发，直飞起码得十一个小时，你大后天就回来，搞什么呢？"

陶染没少出去玩,很熟悉澳大利亚的航班,粗略算了下时间:"机场一日游啊?"

"没有一日。"弋羊放下勺子,抿了口水,"从落地算起到返程登机,中间只有六个小时。"

"是啊。"陶染用手指比了个"六","六个小时能干什么?说两句话的工夫就没了。"

弋羊微微一笑:"两句话就够了。"

陶染惊得直结巴:"花几千块钱飞那么远,就、就为说两句话啊?"

弋羊没说话,垂着眼,抿唇笑。

陶染挠挠脸,感到迷惑不解:"现在谈恋爱都这么任性吗?"

想着弋羊是第一次坐飞机,还是国际航班,陶染不放心,念叨着"你走丢了,我以后跟谁混",硬挤上地铁一道陪着去了机场。

她熟练地领着弋羊到柜台办理好值机手续,拿着登机牌,开始了"陶染老师小讲堂",详详细细地告诉弋羊登机是怎么样的流程,出海关又要注意哪些细节。

她跟个复读机似的,生怕弋羊记不住,一句话颠来倒去要说好几遍。一转眼一个小时过去了,弋羊见她没住嘴的迹象,无奈地从她手里抽走登机牌,然后看着她,把她方才说的话一字不漏地重复了一遍。

陶染嘿嘿笑了两声:"不愧是我羊姐,一点就懂,一教就会。"

弋羊叹口气。

陶染甩甩胳膊,也"唉"了声,想了想,说:"也不复杂啦,是我瞎紧张了。再说,姐夫哥一定在那边等着接你呢。"

弋羊没吭声。

陶染觑一眼她的脸色,问道:"你跟我姐夫哥说了你要过去吧?"

弋羊淡淡道:"还没。"

陶染一愣:"你是打算给他一个惊喜吗?"

弋羊摇头:"没来得及说而已。"

陶染"哦"了声,想着在机场见一面,实在没什么惊喜可言:"那你赶紧跟他打电话说一声吧,姐夫哥估计今晚要兴奋得睡不着了。"

"再等会儿。"弋羊不知在思考什么。

陶染瘪瘪嘴,打趣道:"怎么,你俩是准备说什么夜间情话,嫌我这个外人顶个灯泡在,碍事啊?"

弋羊面无表情地"嗯"了一声:"你还小,不适合听。"

冷不丁一句浑话出自弋羊之口,陶染瞬间刷新三观,脑子里冒出一排乱七八糟的符号。她竖了个大拇指:"服!看出你也兴奋了,我就不打扰了,走了。"她说完,大手一挥,潇洒离去。

"谢谢。"弋羊冲着她的背影道了声谢,转身去过安检。

/ 237 /

她到候机厅坐下，给韩沉西去了个电话。第一通没人接，过了二十分钟，又打第二通，等待了好长时间，就在弋羊以为依旧无人接听时，"嘟"声停了，但那边的人没有先说话。

"韩沉西，"弋羊开口了，"我现在……"

"他去厕所了，我是他朋友。"

一道女声将弋羊说话的节奏彻底打乱，弋羊陡然沉默。

"别误会啊！"女生轻轻笑了下，解释，"出来一块儿喝酒呢，很多人，他手机忘酒桌上了。我看连着两个电话打来，帮忙接了。你要有什么重要的事，先跟我说，我代你转达。"

"不需要。"弋羊撂下三个字，按了结束键，编辑了一条短信，将往返的航班信息发了过去。

可一直等到飞机起飞，她也没收到任何回复。

机舱里，飞机巨大的嗡鸣声压迫着弋羊的鼓膜，她感到不适，睡不着。她从窗户往下望，上海的夜景很美，点点灯火连成星海。

或许壮阔的城市版图太容易将人衬托得渺小，弋羊心里生出一股难以明说的悲伤。这股情绪来得着实突然，她遏制不住，等反应过来眼圈已经红了。

过量饮酒导致的神经性头疼折磨了韩沉西两天，正逢这两天是周末，他干脆窝在宿舍闷着。

周一去上课，寒假课要比暑期课任务紧张一些，课程安排每天六个小时，三个星期内修完。课堂上，他提不起劲儿听讲，这不是他故意自甘堕落或者闹情绪，而是他最近一直是这样的状态，像是感受不到时间的流动，内心平静到没有一丝波澜，导致对任何事物都提不起兴趣。浑浑噩噩熬到中午，他到学校附近的便利店吃午餐，点了一杯咖啡、一份沙拉和一小盘意面，全是冷食。

他不是很有胃口，叉子叉着面绕了一圈又一圈也不见往嘴里送。

晃神之际，一道人影闪过，他抬眼一看，秦曼坐在了餐桌对面。

"一个人？"秦曼环视周围后问道。

韩沉西彼时还蒙在鼓里，不知道那天酒吧发生的事情，所以没听出秦曼的话外音，只当她在明知故问。他缓慢地叹了口气，耷拉下眼皮，摆出一副没心情搭理人的模样。

"脸这么臭，"秦曼似乎丝毫不奇怪韩沉西对她不礼貌的态度，眉毛一抬，反倒更加兴奋了，"女朋友跟你闹了？"

"我们俩好着呢。"韩沉西呛了她一句。

"是吗？"秦曼喝了口咖啡，俨然不信，"这么好哄啊？"

韩沉西听不懂她的阴阳怪气，选择沉默。

秦曼却不依不饶："你女朋友就没问起我？"

"问你干什么？"韩沉西眉头拧出一道褶，比起困惑，更多的是不耐烦。

秦曼耸耸肩："我接了你的电话，她就不怀疑你跟我有点什么啊？"

韩沉西一怔，随即把叉子一扔，发出"哐当"一声脆响："你什么时候接了我的电话？"

秦曼把散在额前的碎发撩到耳后，用一种难以捉摸的眼神望着韩沉西，像是要从他的表情里看出些什么，但观察半天，发现他是真的蒙。

秦曼一时也愣了："你女朋友人呢？"

韩沉西嘴唇抿成一条线，整个人已经绷在生气的边缘了。

"没接到？"秦曼头一歪，感到意外。

韩沉西瞪她一眼，隐约猜出发生了什么事，急忙掏出手机按开通话记录。弋羊的电话号码挂在最近通话顶端。

秦曼又说："她有发给你一条短信，是航班号和抵达时间。"最后还附上了一句，"我在1号出站口等你。"

"你还删了我的短信？"韩沉西咬着牙，因为太用劲，脖子上的血管鼓了起来。

秦曼手托腮，懒洋洋地"嗯"了一声，非常坦然地承认了。

韩沉西："为什么？"

秦曼抿抿唇，短暂思索后，说："可能最近朋友都回国了，太无聊了，想逗逗她。"

韩沉西脸色铁青："你拿我们找乐子呢？"

秦曼耸耸肩。

韩沉西："好玩吗？"

"也没什么意思。我以为她会找我对峙呢，谁想自己闷声又回去了。"

那通短信秦曼其实没瞧全，她看到航班信息便自以为是地认为弋羊是过来找韩沉西玩的，毕竟对于跨国情侣来说，也只有寒暑假能碰面。

至于她故意接电话和删短信，大部分是抱着搞恶作剧的心态。

另外一小部分原因，是她看不惯韩沉西整日摆出一副洁身自好和清心寡欲的样子，他越对感情坚定，越显得他们这群人人品败坏。

再者，秦曼是真挺想看看韩沉西和女朋友吵架的场面。在她眼里，韩沉西开朗热情，没跟人红过脸，可话说回来，男人怎么会没脾气？她想象不出韩沉西暴躁起来是何种模样，觉得应该挺有意思。

孰料那位女朋友竟是个小鼻子小眼儿的，韩沉西没去机场接她，她等也不等，索性置气地直接回了国。

好戏没开场便落幕了，秦曼感到遗憾。

一股心火直窜到头顶，韩沉西攥拳捶了下桌子。他无比后悔那天因为心情不好跑去酒吧喝酒，又因为人不在状态，手机落在酒桌上竟不自知。

"如果你是个男人，我已经动手打你了。"

扔下这句话，韩沉西拿起书包走出便利店。

室外的风特别大，刮得人睁不开眼。

韩沉西走到十字路口，站在红绿灯旁掏出手机看了眼时间，十二点四十分，换算到北京时间是上午九点四十分。

他突然发现，这学期他还没有找弋羊要课表，但隐约记得弋羊提过军训安排在大二开学的暑假。他没有贸然打电话过去，而是忐忑地等待了两个小时，等到了国内午饭的点，才焦急地拨通了弋羊的手机。

电话很快接通。

"羊姐……"他一开口就哽住了。

弋羊反倒特别平静地应了声，然后彼此陷入沉默。

韩沉西蹲在学校的草坪上，薅了把头发，艰难地出声："你来找我了？"

"现在才反应过来吗？"弋羊淡淡地逼问，"电话不接、短信不回，你的手机买来干什么用的？"

"我……"韩沉西不知该如何解释。

"听声音，感冒好了？"弋羊接着问。

"好了。"

"那就成。"

"你……"韩沉西顿了顿，"生我气了吧？"

"嗯。"弋羊承认，"火大着呢，所以挂了吧，我没闲钱买机票再跑一趟澳大利亚。"

弋羊说挂就挂，丝毫没有商量的余地。

韩沉西握着屏幕暗下去的手机，盘腿坐在草坪上发呆。

他正前方有个金发碧眼的男人正领着孩子放风筝，因为风向不稳定，风筝升到半空，摇摆两下，坠了地。

小孩咯咯笑得手舞足蹈。

韩沉西盯着看了不知多久，再起身时，已经把回国的行程安排好了。

飞机落地上海，滚烫的热浪扑面而来。

韩沉西不由得想，上次偷摸回来看弋羊，是冬天，穿得太少，这次回来，赶上盛夏，穿得又有些多。

后背热汗直淌，他把衬衫的袖子卷到手肘，走到出站口拦了一辆出租车，直奔学校。

他不知道弋羊的训练场地在哪儿，也不敢问，只能拦着过路的学生打听，辗转几次，先找到了冯州龙的连队。

冯州龙看到他，打趣说："陪练来啦。"

韩沉西手里有瓶冰水，买来没喝，他把水递给冯州龙，也回了句不正经的话：

"找骂来了。"

冯州龙抹了把脸，把汗珠甩在地上："怎么，惹羊姐生气了？"

"是啊，"韩沉西叹口气，"犯大错了。"

冯州龙拧开矿泉水的瓶盖，正准备往嘴里送口水，听他这么说，猛地停住，又把盖子盖上，舔舔嘴唇，问道："涉及原则吗？"

韩沉西"啧"了声。

冯州龙解释："不问清楚，这水我可不敢喝啊。"

韩沉西："当我什么人了？"

冯州龙嘿嘿笑了两声："也是，看着挺正派的。"

他"咕噜咕噜"灌下半瓶，随后又说："羊姐不在这儿。我们院女生少，要跟别的院合训。"

他给韩沉西指了路，韩沉西顺着方向走了过去。

偌大的操场上同时有好几个学生方队训练，穿着统一的迷彩服，戴着军帽，很难辨认。韩沉西寻了两圈，最后在操场最南角的一个队伍原地休息时，看到队伍中间一个女生突然起身，踮着脚跑到最前排，捏着防晒喷雾一个劲儿地往另一个女生脸上喷。那个女生呛得直咳嗽，往后躲的时候蹭掉了帽子。

韩沉西看到她的侧脸，认出她是弋羊。

"陶染，你又作死！"

"羊姐，我替你收拾她！"

不知谁吼了两句，声音挺大，惹得女生们闷声直笑。

韩沉西没直接前去打扰，而是走到看台，挑了个遮阳的座位，安静地等着。

高处视野开阔，韩沉西能看到弋羊的腰杆挺得笔直，往人群中一站，更加显高，也更加显瘦。她不主动跟人搭话，帽檐遮住大半张脸，一副心思深重的样子。

韩沉西不知她脑子里有没有乱想些什么，他一直觉得她不适合多想，或许因为她体会了太多的人情世故，稍微一琢磨便把任何事情和道理看得通透。小小年纪活得通透不见得是件好事，容易悲观。

就拿两人谈恋爱举例，韩沉西能感觉到弋羊没有对此抱过长远的期待，别人浓情蜜意时，不断地海誓山盟，不断地给对方美好的承诺，可这些，弋羊从未找他要过，反倒时不时会向他释放"你想走，我让你走，不要有任何负担"的信号。

他祈求弋羊别瞎想，瞎想一定会出事。

下午五点半结束训练，队伍解散，韩沉西快步过去拦住弋羊。

弋羊看到他，晃神很久，大概是没想过他会突然赶回来。

宿舍其他三位正准备拉弋羊去食堂，看到韩沉西突然出现，也都愣了下，但比起第一次的吃惊和好奇，这次更多的是面面相觑。

她们虽然不知道两人发生了些什么，但弋羊从澳大利亚回来后气压莫名很低，即使她装作无事发生，她们也感觉到了她情绪里的不对劲。

"走啦！走啦！"程香巧拉了下陶染，又给夏语蓉递去一眼。

三人收拾一下，离开了。不过她们一步三回头，不太放心。

很快，操场上人流散去，跑道在阳光下暴晒一天散发的塑胶味冲鼻。

两人面对而立。

弋羊方才与室友说话时还算柔和的表情变得凌厉。

"对不起。"韩沉西道歉。

但弋羊对这个道歉无动于衷，只是微微仰头看了一会儿韩沉西，用平常的语气问："你手机呢？"

韩沉西从裤兜里摸出手机来，几乎是刚递到弋羊面前的一瞬间，弋羊一把抓过，朝南边的墙上狠狠一砸。

手机裂成两半，落到地上，小零件弹了两下。

整个过程弋羊没有太大的情绪起伏。

"我摔你的手机知道原因吗？"

"知道。"韩沉西眼睛一眯，笑了，笑容挂在嘴角边久久才褪去，"那天在机场等了我多久？"

弋羊回答："六个小时整。"

一个说长不长说短也不短的时间。

韩沉西缓缓叹了口气。

这时，充斥在校园上空的校广播临近结尾，女播音员用温柔的语调念完结尾词，一段悠扬的钢琴曲响起。

韩沉西意识到什么，问道："一会儿是不是还有晚训？"

弋羊点头。

"几点？"

"七点。"

韩沉西抬腕瞄了一眼电子表的时间，说："那赶紧吃饭去吧，一下午走来走去体力消耗挺大的。"

弋羊却盯着他，没有动，站得笔直，两条细长的胳膊垂在身侧，手指微微蜷握。

"韩沉西。"她语调放轻，尾音拖得比较长，这样显得她分外平静。

韩沉西看向她，陡然想起高二时旗杆下她与吴明闹矛盾那次，她一脚踹向吴明前，与他有过短短一秒的对视，也是如此般淡定，可眼神里却藏着一股"以牙还牙"的执拗和倔强。

"我这个人不能受委屈。"弋羊说。

"看出来了。"

她从不憋火，谁欺负她，当场就要想办法报复回去，不管对方是男还是女，双方体力是否悬殊。哪怕她砸去一拳换回更猛烈的反扑，那她也要先摆出气势，泄去一口气。

这样"扭曲"的心态，或许跟小时候受尽指指点点有关。小时候无能，不会反抗，导致长大后稍稍承受委屈就要彻底回击。她似乎把讨还属于她的一切当成了活下去的支撑。

"我会用同样的时间等回来。"韩沉西自觉说道。

目送弋羊离开后，韩沉西走到墙角，弯腰捡起手机残骸。

手机屏幕全碎了，零件脱离机身，重新组装困难，好在SIM卡没丢，他从卡槽将其抽出，装进兜里，其余的东西当垃圾扔进了垃圾桶。

太阳隐去，晚霞却没消失，天空仍旧明亮。

韩沉西看到弋羊这片的训练场有顶机动院的帐篷，大概是给院团委值班用的，他过去，站在了旁边。

很快，吃过晚饭经过短暂休整的学生陆陆续续折返。

弋羊跟三位室友一起出现。

陶染整个人挂在程香巧肩上，哭丧着脸，直喊累。

程香巧啐她："扛着你我更累，自己多重，心里没数吗？"

陶染长叹一声，感慨道："怎么别人训练一下午，不是拉就是吐，完全没胃口和精力吃饭，而我训练一下午，却是胃口大开、见肉嘴馋，整得军训对于你们是塑形健身，对我是贴秋膘，我也没偷懒啊！"

夏语蓉安慰她："胖美人才好看。"

她们边说边往帐篷处走，不约而同地瞥见一旁立着的韩沉西，俱是一怔，急忙刹住脚步，然后纷纷扭头看向落在身后的弋羊。

哪知弋羊眼皮不抬，步履不乱地走到帐篷下，将水杯整齐地摆放在规定的位置，转身融进队伍集合，全程将韩沉西忽视得彻彻底底。

"冷战吗？"陶染小声问道。

程香巧警示性地戳了戳她腰间的软肉。

然后陶染、程香巧和夏语蓉三人无奈地冲韩沉西摊摊手，礼貌性地表示了一下"我们很同情你，但我们无能为力"。

韩沉西轻笑一声，觉得这三位姑娘挺有意思。

晚上的训练时间很短，站半个小时军姿，走两圈方阵，喊喊口号，便结束了。

原地解散后，陶染瞥见电线杆般立在三米开外的韩沉西终于挪动了地方，正朝她们走了过来，忙说："羊姐，那我们……"

她以为要给小情侣解决问题的空间，哪想弋羊"嗯"一声，打断说："走吧。"

陶染一愣。

朝宿舍走的一路，韩沉西始终慢两步跟在她们身后。

陶染假装和程香巧聊天，不经意间侧过头用余光瞄韩沉西，只见他一步三晃，

/243/

优哉游哉的,哪里有受尽女友冷落的落魄相。

转而再细瞧弋羊,陶染不觉得她在生闷气。

可是要说两人没闹矛盾,那为什么互相不搭理呢?

陶染左思右想弄不明白,彻底混乱了。

到宿舍楼下,四位结伴上楼,韩沉西停在门口。

他手插兜,摆出的架势,旁人一看就知道他在等人。

进到宿舍,弋羊商量说:"今天让我先洗澡吧。"

"行,去吧。"程香巧像条死狗似的趴在书桌上,"我正好缓口气,现在觉得连洗澡都是件体力活。"

弋羊前脚拿着干净的衣服进卫生间后,陶染后脚挤到阳台,打开窗户探出脑袋往下望。过了会儿,夏语蓉也挤了过来,两人头挨头瞎嘀咕着什么。

可能聊得太投入,待弋羊洗好走出卫生间,两人竟没察觉。

"没事干啊?"弋羊突然出声,两人吓了一跳。

陶染转过身,拍拍胸口,鼓起勇气说:"羊姐,姐夫哥还在楼下呢。"

弋羊擦着头发:"我知道。"

"你别怪我鸡婆啊。"陶染实在憋不住心里话了,同时也想帮忙缓和关系,"你和姐夫哥要真出现什么问题了,好好聊聊吧,感觉你俩不是不讲道理的人。"

"我俩没事,挺好的。"弋羊说,"就是在解决问题。"

陶染满脸问号。

夏语蓉眼尖,看弋羊洗完澡穿着平常的 T 恤和短裤,没换睡衣,问道:"待会儿是还要下去吗?"

弋羊点点头。

弋羊盯着表,等到凌晨,整整六个小时过去,起身背上书包,蹑手蹑脚地下楼。宿舍阿姨还没来得及锁门,她扒开门缝悄悄溜了出去。

韩沉西一直站在门口,此时正抬着表看时间,听到动静,抬眼看。

弋羊便在他的注视下走近,然后二话没说,拉着他先绕到了马路上——她怕被宿管阿姨逮到夜不归宿。

她松开手,哪想韩沉西反手一转腕,又将她的手握住。

"解气了吗?"他问。

"一半吧。"弋羊答。

"另一半是为什么?"

"生自己的气。"

答案有些出乎意料,韩沉西蹙眉:"气什么?"

"心软。"

"你心软?"

/ 244 /

弋羊"嗯"了一声，从书包最外面的夹层里拿出一个三明治，递给他。

韩沉西瞧着，眼角一弯，笑了，撕开包装，三两口吃了。

弋羊问："你订酒店了吗？"

韩沉西摇头："没有。"

彼时，校车已经停了，两人往校外走去。

还是去的上次住过的酒店，甚至要到了同一个房间。

韩沉西先一头扎进浴室，凉凉快快地冲了个澡。

弋羊盘腿坐在床上等他。

很快，韩沉西出来，毛巾往脖颈间一挂，屈起一条腿，坐在床边。

弋羊顺势扔过来一管东西，韩沉西拿起来看，是止痒膏。

"你倒是想得周到。"

弋羊盯着他手臂上的几个红包，说："这里太偏僻了，蚊子多。"

韩沉西叹了口气："惩罚我的是你，心疼我的还是你，心累吗？"

弋羊说："有点。"

韩沉西挤出膏体，涂抹在鼓起的皮肤处。

"怎么想着去澳大利亚找我呢？"他回归正题。

弋羊说："以前我遇到什么事，都是你义无反顾地跑来找我，现在你有事了，我也想去看看你。"

韩沉西心口一酸，神情暗淡下来："让你担心了。"

"不是我自己。"弋羊说，"小柳，还有你妈妈都挺挂念你的。"

韩沉西垂下头，没吭声。酒店的灯光是暖黄色的，自带朦胧感，他的脸庞半明半暗，五官轮廓显得很柔和。

弋羊沉默一会儿，想起什么，说道："高考完的那个暑假，我来上海前，姥爷……喊我过去吃了顿饭。饭桌上，他跟我说，别人家的孩子考上大学都有父母准备的升学宴，我没有，他帮我准备了，虽然意义不一样，但饭要高高兴兴吃下肚，苦就自个儿咽着。所以，韩沉西，我大概能明白姥爷在你心里的分量。"

明事理的长辈，能体谅晚辈的长辈，能好好跟晚辈沟通的长辈，像灯塔，给人精神力量和指引。更何况韩沉西是个勇敢表达爱的孩子，他跟柳泊涟之间厚重的情感牵绊所有人都能看得出来。

"可是，韩沉西！"弋羊又说，"你在我和小柳心里占据着同样重要的位置，我们会因为你的不开心而不敢开心。我知道你心里难受，但你不是一个人，我们都在担心你，你不能不跟我们联系，你离我们太远了，你这样会让我们害怕。"

"对不起。"韩沉西喉咙一哽，"我不是故意的，我只是不知道该怎么去接受和相信姥爷离开的事实，我很难受，可我又哭不出来。"

弋羊："我理解。"

人们常说"久病床前无孝子"，如果柳泊涟能够让家人侍奉他一两年，略表孝心，家人们失去他的痛苦或许能减轻几分，而不至于像现在这般，突然闭上了眼睛，甚至没给晚辈留下说句暖心话的时间，让他们充满遗憾和懊悔。

韩沉西说他难受却哭不出来，大概在人们心里，葬礼是一个适合痛哭流涕的场合，而一旦脱离那个场合，任何撕心裂肺的情感宣泄都不再妥当了。

弋羊伸出双臂，紧紧抱住了韩沉西："没有什么好办法，遗憾和后悔只能记在心里自个儿受着，然后有一天，你会找到另一种方式补偿姥爷的。"

韩沉西闷声难受一阵，很快在弋羊的怀抱中睡着了。

弋羊听着他平缓的呼吸声，浅浅地打了个哈欠。她也困了，更具体地说是又累又困，平常缺乏锻炼的身子骨猛地遭受一波大强度的军训操练，根本顶不住。

她眼皮打架，却始终难以睡得安稳。

她小腿疼，痛感倒不是像骨肉错位般强烈，而是一种介于疼和麻之间的不舒服状态，一下一下挠着她的神经，让她无法忽视。

默默忍了一阵，痛感不见减轻，她蜷起腿，想翻身换个姿势，可是她活动受限——她和韩沉西此时呈半拥抱的姿势，她左手臂垫在他的脖颈下，右手被他虚握着。

弋羊本想先轻轻撤出右手，哪知她一动，韩沉西紧跟着晃了一下，然后睁开眼睛。

借着窗外透进来的灯光，他视线移到弋羊脸上，眼神里带着疑问。

弋羊说："我手麻了。"

韩沉西"哼"一声，头从枕头上抬起。

弋羊抽出手臂，翻身改为右躺。

两人中间隔着些距离，韩沉西迷糊中摸了她一下，随后手指一垂，手腕抵在了她的肩膀处，停止了动静，好像又睡着了。

弋羊抱着腿缓了一会儿，忍不住又想翻身。

可酒店的床实在太软，她稍微有些小动作就非常明显，韩沉西又被吵醒。

"睡不着啊？"他问。

弋羊"嗯"了声。停顿一分钟，她唤韩沉西的名字："韩沉西！"

"说。"

"我腿疼。"

韩沉西再次睁开眼："抽筋了吗？"

弋羊换成平躺："不是，就单纯的腿疼。"

"军训累的？"

"可能吧。"

韩沉西朝她的方向欠欠身，手在被窝里往下摸，摸到她的膝盖，问："大腿还是小腿？"

"小腿。"

韩沉西又捞着她往怀里带了带，用商量的语气说："我给你捏一捏。"

弋羊不太好意思，用手腕抵着挡了一下。

韩沉西"啧"了声："躲什么？"

他的手掌宽大有力，顺着膝窝一路揉捏到脚踝。他按压到脚筋的位置时，弋羊突然倒抽一口气，说："疼，你轻点。"

韩沉西一听这话有歧义，接嘴耍了句流氓："大半夜的，别乱喊。"

弋羊有些无语。

之后两人没再闲聊什么，房间静下来，被窝一起一伏，发出的窸窸窣窣声很明显。

这声音仿佛很有节奏，很催眠，弋羊闭上了眼睛。

韩沉西手托腮盯着她看了片刻，然后摸到床头柜上的手表瞧了瞧时间，三点多了。

"舒服吗？"他沉着嗓子做了个口头调查，"韩师傅的手法怎么样？"

弋羊本就不是过分忸怩的女孩子，她晃晃脑袋，真诚地评价道："还行。"

韩沉西乐得直笑，说："睡吧。"

因为早上还有早训，这一觉弋羊只休息三个小时，六点一到准时起床，换上军训服匆忙赶去操场。

她没让韩沉西一同跟过来，上海这几天连续高温，在大太阳底下晒着实在是太受罪。

韩沉西倒也听话，安然地在酒店补了个回笼觉，中午也没去打扰弋羊午休，自己找了家餐馆随便吃点东西，然后跑去商场买了一部新手机。

一直等晚上训练结束，他才来接弋羊回酒店。

他坚持走出校门，可弋羊没力气折腾。

"走不动。"弋羊难得示弱。

"我背你。"韩沉西眉梢一扬，露出"中了我圈套"的小表情，得意至极。

弋羊对如此耗费体力的浪漫表示费解："有校车可以坐，为什么要背呢？"

"我想背你，行吗？"

虽然校园里常见秀恩爱的小情侣，但弋羊对于亲密的举止一直无法做到像别人那么自然。

她犹豫之时，韩沉西把他的棒球帽扣到了她头上，压了压帽檐，盖住她的半张脸，问道："这样可以吗？"

弋羊眼前陡然一黑，突然想起韩沉西第一次偷偷回国看她，捧着一束鲜花，送给她时，着重强调那是"情调"。他一直十分在意情侣之间相处的温馨时刻，觉得那是最宝贵的记忆。

他的心细腻而柔软。

弋羊在这一瞬间被感动了。她招招手，示意韩沉西蹲下一些，配合了他对于追求"浪漫"的过分执着。

被人背着,视野开阔许多,弋羊圈着韩沉西的脖子,能闻到他身上汗水夹杂洗发水的味道。

她借着路灯,垂眼看韩沉西的侧脸,也能清楚地看到他牵动的唇角。

察觉到他心情不错,弋羊也开心了起来。

等拐到思源西路,路过几栋教学楼后,路上的学生渐渐稀少,只偶尔一辆汽车飞驰而过。这一刻,弋羊感觉全世界好像只剩下她和韩沉西了。

她心念一动:"韩沉西,你还记得我答应跟你谈恋爱那天说的话吗?"

"什么话?"韩沉西蒙了一秒,显然对弋羊提及往事非常意外。

弋羊帮他回忆道:"我说,我形容不出喜欢一个人是什么感觉,但我得承认,在我心里,你是个特别的人,是个例外。"

"嗯。"韩沉西勾起唇角,知道弋羊话里有话,顺着问,"现在知道喜欢我是什么样的感觉了吗?"

弋羊下巴在韩沉西不算宽阔的肩膀上磕了磕,说:"我一直都挺孤单,但我从不害怕孤单。唯独你,我能感受到你的快乐,会因为你的快乐而快乐,因为你的伤心而伤心。"

"这是……"韩沉西顿住脚步,侧过头和弋羊对视,"表白吗?"

弋羊抿抿唇,说:"算是吧。"

韩沉西重新起步,语调欢快地说:"虽然迟了点,但听着感觉不错。"

"还有一段话。"

"什么?"

弋羊凑到他耳边说道:"我以前不相信我们能走远,高中那会儿你围着我转,是因为我们的世界只局限在那间小小的教室里,等毕业了,分隔两地,头顶不是同一片天空,更处在完全相反的四季,我怕你眷恋国外的风景,所以一直把我们之间的主动权交给你,这样你不会太为难,对你造成的伤害也更小。但是现在,我想把主动权拿回来了。"

"为什么突然改变想法了?"

"因为确定自己非常喜欢你,而我喜欢的东西必须要得到。"她的语气温柔却坚定,韩沉西从中听出了几分势在必得的决心。

韩沉西回复:"那你得拿牢了,别让我犯浑。"

他们回到酒店,自然而然地接吻。

韩沉西的手摸索进弋羊的上衣,解开了她的内衣,然后他的嘴唇一路贴着弋羊的下巴、脖颈、锁骨,摩挲着她的皮肤。

他兴奋,却因为生疏而不得章法,弋羊迎合得也十分笨拙。彼此身体的大部分领域还处于神秘地带,尚没有达成默契。

不过，到了最后紧急关头，韩沉西止步了，大概念着时间不合适。

他半压在弋羊身上，紧紧抱住她，非常用力地感受着她身体的轮廓曲线，用空想满足着欲望。

附在耳边的呼吸越发粗重濡湿，弋羊身体有些打战。

韩沉西忍耐许久，起身说："我去趟卫生间。"

弋羊望着他的背影，思绪飘了一下，陡然也从床上爬了起来，跟了进去，羞耻地说："我帮你。"

…………

玄关处有面落地镜，镜子对面的弋羊背着墙，右手垂在身侧不敢动。她眼睛眨也不眨地看着镜子里那个眉眼绯红、满面娇羞的女孩，觉得分外陌生，不像自己，也不敢相信自己会露出如此小女儿姿态。可是脑海里的场景一遍遍交叠着，又在时刻提醒着她，这是她，她也有如此含羞妩媚的一面。

或许心里的固有观念作祟，她一时无法接受这样的自己。

她不敢继续看了，转身朝房间里走。

碰巧的是，韩沉西洗完澡，拉开浴室门从里面出来。

两人碰上视线，韩沉西眼睛一眨，嘴巴一抿，似笑非笑。

他倚着门框，揉揉鼻子，轻咳一声，说："没想到这次回来还有意外之喜。"

弋羊听懂了，知道他在调戏，装聋作哑不理他。

韩沉西大概兴奋过头，彻底不要脸了，看着弋羊，又作死地说："羊姐，你刚才挺主动啊，我都被你吓了一跳！"

弋羊瞪过去。韩沉西张嘴还欲说什么，弋羊估摸着不会是好话，朝他扔了个枕头。

韩沉西眼疾手快接住，打趣说："要跟我睡觉吗？来吧，我今天的身体彻底属于你！"

他话音没落呢，就飞扑到弋羊身边，抱着她滚到了床上。

韩沉西后天的飞机，弋羊没法送他去机场。

那天中午，两人在酒店门口告别。

韩沉西依依不舍地问："有什么叮嘱的吗？"

弋羊想了想："我现在没有能力照顾你，你自己照顾好自己。"

韩沉西以同样的句式回复："也请你在我没有能力照顾你之前，自己照顾好自己。"

弋羊笑了下。

韩沉西却突然严肃了："你……"他停顿了一下，"身上还有钱吗？"

弋羊一怔，开玩笑说："要扶贫吗？"

韩沉西还真从钱包里抽出一张卡。

"我不会要的。"弋羊拦住他递卡的手,补了一句,"我不富余,但够用。"

韩沉西却说:"卡里钱不多,有四五百的样子,你当这是男朋友给女朋友的早餐添一杯酸奶钱,可以吗?"

他眼神真诚透亮。弋羊发现只要韩沉西用请求的口吻说话,她就很难拒绝,思量再三,点头说:"好。"

回到澳大利亚一周后,韩沉西再次偶遇秦曼,地点是在公寓的楼梯间。

他正一边爬楼梯,一边和弋羊发短信。大概弋羊留给他"营养不良"的第一印象太过深刻,他十分惦念弋羊的腿,他每天定时定点地询问夜里腿疼了没、疼多久、睡了几个小时,并叮嘱训练熬不住了千万别硬扛,要跟教官请假休息。

而诸多问题,弋羊也如实回答,疼就是疼,睡不好就是没睡好,并不刻意瞒着他。

秦曼挑起精致修长的眉毛,居高临下地觑着他,说:"笑成这样,看来和女朋友和好了。"

韩沉西迅速收敛了笑容,冷脸回视,没作声。

秦曼不以为意,继续道:"听说你还专门回去了一趟。"

韩沉西沉声回怼:"你想表达什么呢?"

"也没什么。"秦曼抱臂倚着白墙,"挺破费,够折腾。"

临时订机票直飞的话,往返票价加起来小两万了。

韩沉西平静地说:"要是你不侵犯我的隐私,我也没必要这么折腾。"

"抱歉,"秦曼的道歉随口而出,根本没有诚意,"以及恭喜。"

韩沉西控制着情绪,已经不像上次那么恼火了。他明白他和秦曼的价值观差异太大,搞出这种恶作剧,他越生气,秦曼越抱着看笑话的心态而更加得意。

"秦曼。"他用严肃而认真的口吻纠正一些触及底线的问题,"我不知道你曾经经历过什么,也不感兴趣,但你想从我身上找认同感这件事,永远不会发生!"

秦曼突然冷哼一声:"你这是在用一种胜利者的姿态跟我炫耀什么吗?"

"随你怎么想。"韩沉西不想跟她多费口舌,长腿一跨攀上台阶,从她身边掠过。

谁想秦曼又开口了:"毛头小孩不知轻重,总爱把话说太满,我奉劝你悠着点,等长大了……"她顿了顿,扯着红唇懒洋洋一笑,用一种过来人历尽沧桑的语气继续道,"哦,或许过不了多久,回头看,会笑掉大牙的。"

韩沉西停步,他从"毛头小孩"四个字中听出了讥讽和嘲笑,忍不住驳斥:"你说得对,我才二十岁,确实是毛头小孩,不成熟,不稳重,更不知天高地厚,优点没几个,缺点一大堆。可正是因为我才二十岁,敢爱敢恨,敢作敢当,敢对自己喜欢的女孩信誓旦旦地立誓许诺,可这些跟你有什么关系呢?"

"确实没关系。"秦曼把散在脸颊的头发拨到耳后。

"是吗？"韩沉西突然不急着躲开她了，他左手随意搭着栏杆，俯视着她，"没记错的话，你二十三岁了吧？"

秦曼默然，斜眼傲慢地看向他。

"二十三岁也不算大啊，正是憧憬恋爱的年纪。"韩沉西说，"你也不缺男朋友，可是怎么感觉不出你对未来生活有展望呢？"他推测，"是你过早成熟，已经不相信男生空口白牙的好听话，还是……"他故意停顿，吊足秦曼的胃口，"还是已经没人会捧着一颗真心，傻里傻气地给你许下承诺了呢？"

这一番话说出来其实挺跌份的，韩沉西估计某些方面应该戳到了秦曼的痛处。

和女生斤斤计较、戳女生伤疤的作为其实不符合韩沉西一贯的行事风格，但一来他着实是气不过，因为在他的认知里，一个人不能因为自己曾经受到过不公平的待遇而去牵累他人，这不道德；二来他并没有向弋羊坦白秦曼这个人，按照弋羊的秉性，得知这个闹剧一定会记仇，然后等待时机报复回来。他单方面觉得以后自己不会和秦曼再有交集，便没必要让弋羊把秦曼这个素不相识的名字拧成一个恶心的疙瘩挂在心头，影响生活。

秦曼脸臭了，一双眼睛淬着寒光。

韩沉西叹了口气，然后保持基本的礼貌点了点头以示告别，随即转身离开。

而在他转身的刹那，脑海里冒出几个字——保持警惕、时刻远离。

远离秦曼，以及赵清开时不时组织的聚会。

韩沉西不算幸运，初踏入澳大利亚，机缘巧合下先认识了赵清开，紧接着被带入了一个算不上奢靡繁华，但的确有那么一丝乌烟瘴气的圈子。他那时迫切需要社交，因为急于摆脱孤零零一个人的状态，他喜欢热闹，喜欢有朋友。孰料，急于求成反倒适得其反，差点造成感情危机。

他又实实在在地成长了，更加理解环境越开阔，人与人之间的价值观差异越大。他开始接受孤单是常态，开始理解弋羊的那句"我一直都挺孤单，但我从不害怕孤单"，也明白这话的背后蕴含着怎样的一股勇气。

他安心读书了，一心盼着顺顺利利毕业。

许是中国的老天爷私心偏爱如此阳光快乐又明事理的男生，麻烦外国的上帝多加照顾，上帝便扔给韩沉西一颗甜豆，送来意外之喜。

一堂会计信息系统和财务模型的选修课后，韩沉西被一个金发碧眼的澳大利亚土著搭话了。

男生叫曼德瑞，他好似是个糊涂虫，那节课他正好坐在韩沉西前排。

下课铃响起，他扭头，双眼迷蒙地问："非常抱歉打扰你，你可以告诉我，教授布置了怎么样的课后作业吗？"

韩沉西愣了半晌，心说：哥们儿，搞笑吧？你问我，我还蒙着呢。

彼时，他的听力还是很差劲。

但好在他有方法，他以邮件的形式征求教授同意后，把课堂内容录了音。

韩沉西不惧跟人交流和分享，他把录音放给曼德瑞听，曼德瑞听完频频点头，嘟囔着："Good！Good！"

韩沉西心里暗骂：Good什么呀，说Cool都比Good强。

之后，曼德瑞又有两次向韩沉西求助作业要求。

韩沉西用蹩脚的英语跟他交流，得知这家伙学习也不咋样，无语了。

曼德瑞主动添加了韩沉西的社交软件，两人就这么魔幻地聊了起来。起初聊的内容以日常问候为主，不多，两三句结束，直到教授布置group work（小组作业）。当时班里华人居多，反倒澳大利亚土著学生是稀有物种，韩沉西随口问曼德瑞要不要一个组，他直点头。

就这样，两位学渣磕磕绊绊地探讨起了学习。

很快，韩沉西发现，一旦有了当地的朋友，融入英语环境，他的口语和听力飞速进步。学习的重担渐渐卸去一大半，他轻松不少。

某天，正逢电视播放当地的橄榄球比赛，他和曼德瑞聊起了运动。

澳大利亚是运动强国，其中橄榄球最受欢迎。

曼德瑞问："你有没有到现场观看过橄榄球比赛？"

韩沉西摇摇头，说："没有，我对橄榄球一无所知。"

曼德瑞一副惋惜的表情："太遗憾了。橄榄球是我的信仰，是我生活的全部。"

作为橄榄球的狂热粉丝，他热情地向韩沉西科普澳式橄榄球，然后在一个周末，载着韩沉西驱车两小时到一个叫Bunbury（班伯里）的小镇观看了一场AFL（澳大利亚橄榄球联盟）季前热身赛。

韩沉西得以深入了解澳大利亚的文化，而作为回报，他教曼德瑞打乒乓球。

人高马大的曼德瑞在小球上动作显得十分笨拙，他玩不转，感慨地说："我们在乒乓球方面做得太差劲了，我们最好的乒乓球运动员在2008年奥运会上只取得了第三十三名的成绩，反观中国，包揽了金、银、铜三块奖牌。"

韩沉西嘚瑟道："天生的，我们每个中国孩子的血液里都流淌着打好乒乓球的技术。"

"我听出了你在为你的国家而感到骄傲。"

"正如你为你国家的橄榄球而自豪一样。"

随着韩沉西越来越游刃有余地掌握自己的生活，逢周六日没有课，他就会背上书包，书包里装一瓶水、一罐牛奶和一块三明治，再带上相机，在这个异域国度大胆行走。

由巴士转地铁，再转火车或者轮渡，他到达了海岸，踏上了小岛，进了展览馆。

有时远离城市喧嚣，坐在辽阔的海岸线上，享受着宁静，他便会想起望乡，那座阡陌纵横的小乡镇，以及生活在那里的一位老人。

奔腾而复杂的情绪涌上来，他的眼圈还是会发红，可在眼泪即将溢出眼眶时，他又会想起那个拥抱着他、不断安慰和鼓励他的女孩。

老人的突然离世，他依旧无法彻底释怀，他曾经给老人立下的承诺，一声声回响在耳旁。

——"姥爷，您这做饭的好手艺过两年传给我，以后我下厨做给您吃。"

——"想去天津听戏？得嘞，等我学了车载您过去，咱来个自驾游，两三个月不回来的那种。"

——"姥爷，我不挂科，不给您跌份。"

——"您奔着一百活，等我三十了，弄个重孙子给您抱抱。"

——"等春天一过，夏天一到，您苗圃里那什么豆角、黄瓜、西红柿熟了，我就回去吃了。"

有些承诺永远无法实现了，而有一些承诺日后实现了，老人也再无法见证。

温柔的海风吹过，韩沉西望着白云和蓝天，给弋羊打了通电话，问了他从来不敢问的问题。

"羊姐，想起你父母的时候，你还难过吗？"

"不难过，"弋羊轻声回答，"我已经不太记得他们的样子了。偶尔想起他们的时候，眼前只是模模糊糊两道影子和一股情绪。"

"什么情绪？"

弋羊片刻迟疑后说："对我爸，是不断地恨他，又不断地原谅他；对我妈，是一旦我心里产生原谅我爸的念头，我就会愧疚，恨我自己。"

她已经背负着突如其来的家庭悲剧行走很长时间了，而他，才刚刚开始。

"你比我勇敢，羊姐，一直都是。"

韩沉西涉足的地方越来越广阔，碰到的风景越来越漂亮，看到的新鲜玩意儿越来越稀奇古怪，照片也越拍越多。他觉得照片储存在相机里太可惜，想让它们变得更加有意义。

考虑许久，他找到一家打印店，将精心挑选的照片制作成了明信片，在背面写上几句简短的话，或是思念的心情，或者景点介绍，然后分批次邮寄给弋羊。

这种小浪漫被曼德瑞发现后，他困惑地问："为什么要这么麻烦呢？你可以直接将照片发送给她啊。"

韩沉西莫名想起了弋羊收到柳丁送给她的素描画像时，她眉间的小惊喜。

"照片通过电脑发送过去，只是一瞬间的事情。可接收明信片，她要怀着期待的心情，经过漫长的等待，时间会在这中间酝酿出更美好的东西。"

曼德瑞恍然大悟，他用一种欣赏的眼神上下打量着韩沉西，说："你太会了，我想如果我是女生，也会一发不可收地爱上你。"

韩沉西挠挠鼻子："你的表扬让我惶恐。"

曼德瑞哈哈大笑。

弋羊收到明信片自然特别开心，她用一个盒子小心地将每月降临的"小惊喜"妥帖地保管好。同时，她也寄过去了一个回礼。

韩沉西问是什么。

弋羊缄默不言。

"哦哟！"韩沉西瘪嘴，"还学会卖关子了。"

等他收到包裹，打开一看，是一块五厘米长、五厘米宽的正方形玻璃，玻璃内部雕刻着他的半身立体图像，惟妙惟肖的。

韩沉西问弋羊："这是激光内雕？"

弋羊"嗯"了一声。

"你做的吗？"

"是啊。"弋羊轻快地说，"金工实习的时候跟着激光老师随便做了个小玩意儿，那块玻璃是我不小心切坏掉的废料。"

韩沉西笑着问："金工实习上是不是要教你们用螺丝刀和扳手？"

"对的。"

"累吗？"

"一点都不累。"

韩沉西"啧"了声："听出来了，似乎挺开心的。"

弋羊难得傻笑道："挺好玩的，收获很大。"

这个姑娘大一结束后并没有转专业，理由很简单，虽然机械的课程难了点，但跟零件打交道，她挺喜欢。

韩沉西调侃："这么说，以后咱家里的冰箱、电脑、电视机出毛病了，就劳烦你动手维修了。"

弋羊长叹一口气，无奈道："你又来。"

韩沉西笑得不能自已。

这之后的一年零九个月，韩沉西得了假期都会回国，先与弋羊腻歪些许日子，再溜到封县招惹父母，直到把二老惹烦被扫地出门，他拍拍屁股滚回澳大利亚。

他拿到学位证的第二天，曼德瑞请他到家里做客。

曼德瑞的父母以晚间BBQ（户外烧烤）的形式招待了他。

长桌上，曼德瑞从便捷式冰箱里拿出冰镇啤酒递给韩沉西，再次询问："你真的不打算读研究生了吗？中国的很多留学生都会选择继续修学这条路。"

韩沉西拨弄着盘子里的袋鼠肉，摇摇头："我能顺利毕业，你的上帝给了我很大的帮助。"

"我的上帝帮助每一个向他求救的人。"曼德瑞感恩一下，继续劝说，"我真诚地希望你能留下来，你和悉尼的阳光很配。"

/254/

韩沉西喝了一口啤酒，说："我要去做我的女孩心里的太阳。"

"哦。"曼德瑞甩甩手，"为了爱情。"

韩沉西宛然一笑。

曼德瑞却突然有些伤感："你是我的第一个中国朋友，我觉得我们很聊得来，想到以后很难见面了，真是太难过了。"

"你也是我的第一个澳大利亚朋友，欢迎你以后来中国游玩，保持联系。"

"有机会我会去的。你也要记得回来看看，可以过来度假，带上你的女朋友。"

听闻这句，韩沉西眨了下眼睛，将目光放远了些。

曼德瑞观察着他，发现他的眼神不似平常那般透彻清润，而是多了几分若有所思。

"你好像有心事。"

韩沉西重新看向曼德瑞，笑了笑，继而缓慢却坚定地说："会的，不久之后，我会带着她再次回到这里的。"

这里有我努力的样子，也是我最靠近她的地方。

第五章·
荆棘两路

/ "不可怕,只要你在我身边,我永远是那个十八岁的少年。" /

"你没正事可干吗?"

韩沉西归国有一个星期了,这一个星期里,柳思凝眼看着她不争气的儿子吃饱了睡、睡足了背着手在车间瞎转悠、转悠累了抱手机打电话,而这会儿呢,正窝在韩崇远的办公室捣鼓韩崇远新买的茶具,挺有闲情逸致。

"我跟你说话呢。"柳思凝见韩沉西只是扬扬眉,一副爱搭不理的样子,气不打一处来,抬手朝他肩膀就是一巴掌。

韩沉西"嗯"一声,勉强开尊口:"正事是什么?"

"你说正事是什么?"柳思凝知道他在装傻,"毕业了,你不马不停蹄地找工作,整天闷在家养膘呢?"

韩沉西一只手托腮,一只手拨弄着水壶的壶盖,壶盖一盖一合,发出金属碰撞的噪音。

经过短暂的思索,他语气散漫地问:"找什么工作?你给个门路呗。"

"嘿!我哪知道你想干什么工作!"柳思凝扯着嗓门,"你不从小到大都很有自己的主意吗?怎么这会儿没主心骨了?"

韩沉西懒洋洋地朝柳思凝斜去一眼,嘟囔:"走路还有迷路的时候呢,就不能允许我彷徨一阵?"

"你可拉倒吧。"柳思凝啐他,"人家彷徨是心里真装着事,饭吃不下、觉睡不着,你呢?你说说你哪天不是日上三竿才醒?"

"秋困呢。"韩沉西辩解。

柳思凝被噎得一时无话。

韩沉西则盯着茶台专心煮水,等到壶发出"咕噜噜"的沸腾声,他弯腰从茶柜里拿茶叶。

柳思凝瞧着儿子始终一副不急不缓的做派,琢磨不透他心里在想什么,不由得冷静下来,跟他商量道:"你要想生活得稳妥点,就赶紧去找份朝九晚五的工作；要是脑子里有其他想法，比如开店做个小生意，缺启动资金的话，我跟你爸可以适当支持你点。"

韩沉西打了个哈欠，淡淡地"哦"了声，停顿片刻后，说："启动资金可能有点大。

柳思凝听他的语气，好似真在盘算什么，问道："多少？"

"估计得抄家底了。"

这话落在柳思凝耳朵里，完全是耍混。她难以置信道："我跟你爸还健在呢，你这就开始觊觎家产啦？"

韩沉西一副无所谓的样子："反正都要落在我兜里，早点晚点有什么区别？"

柳思凝被他的敢说和不要脸惊呆了："我怎么养了你这么个废物儿子？"

韩沉西耸耸肩，咧嘴笑得十分开心。

"滚滚滚！"柳思凝夺了他手里的茶叶，往外轰人，"别让我看见你，烦。"

韩沉西被迫起立："你让我去哪儿啊？"

柳思凝嫌弃地说："离家出走，爱去哪儿去哪儿。"

韩沉西叹了口气，走到办公桌前捞起一把车钥匙："爸的车我开走了。"

柳思凝在他背后冷哼："开走就别回来了。"

车驶出厂门，韩沉西直接朝望乡开去。

他的驾照前天才拿到手，车技不算老练，稳稳地开着。

沿路还是熟悉的风景，国道两旁粗壮的梧桐树的树叶泛着黄。除了时间过去了，小乡镇贫瘠的土地上，一切好像都没怎么变化。

韩沉西突然有股时空倒退的错觉，仿佛他现在还是一名高二的学生，趁着周末假期来找柳泊涟吃顿炸酱面。

直到车停在旧厂房门口，这错觉才渐渐褪去，已经失去姥爷的隐痛慢慢爬到心底。

韩沉西打开车门下车。厂房彻底废弃，大门紧闭，门上加了两道铁锁，这锁因为风吹雨淋早已锈迹斑斑。

他没钥匙，不过他想进去也难不住他。

他纵身一跃扒住墙，利索地跨上了墙头，然后动作到此止住了，他没翻下去。

还是不敢面对。

这还是柳泊涟离世后，他第一次过来。

车间不算高，只有一层，韩沉西远远能看到房子后面柳泊涟翻种的菜圃，因为没人打理，杂草丛生，萧瑟荒凉。

他愣着神，目光有些空洞。

不知坐了多久，兜里的手机振动了。

韩沉西掏出来看，是弋羊的电话。

他把电话挂了,改为视频。

手机屏幕上出现弋羊小小的脸。

"我刚想联系你呢。"韩沉西抢先说。

"你先等一下……"那边有点卡顿,弋羊的声音断断续续的。

紧接着是一阵急促的跑步声,视频跟着晃来晃去,再次稳定时,弋羊回了宿舍。

韩沉西看到她捋顺凌乱的头发,突然意识到,自从他说她散着头发好看后,弋羊披散头发的次数增多了。

他轻快地笑了笑。

"你笑什么?"弋羊捕捉到他的表情。

"看到你高兴呗。"韩沉西含混带过,"我听天气预报讲,上海今天刮台风。"

弋羊"嗯"了声:"风挺大的。"

韩沉西揶揄:"那就待在宿舍别乱跑了,把你刮飞了,我找谁说理去。"

弋羊无语地抿抿嘴。

韩沉西笑得更加灿烂:"好了,不逗你了。找我什么事?"

"院里的保研名额下来了。"弋羊眼角有藏不住的喜悦。

"上了?"

"嗯。"

韩沉西得意地"哼"了声:"我就说你没问题吧,瞎担心。"

"压最低线上的。"弋羊说,"大一的成绩太差了。"

"那咱大二不是迎头赶上了嘛。"韩沉西开心到嘚瑟。

弋羊笑得腼腆。

韩沉西问:"晚上跟宿舍的那三位出去庆祝吗?"

弋羊明显一怔,看着韩沉西的目光变得游移:"没……必要吧?"

"有。"韩沉西耐心地说,"这是一件开心并值得炫耀的事情,应该跟室友分享的。"

沉默后,弋羊微微点点头。

韩沉西露出一副孺子可教的模样。

"你呢?"弋羊问,"找我什么事?"

韩沉西伸伸腰,晃晃腿:"我就是想问问……"他顿住,突然不说了。

"问什么?"弋羊看他欲言又止,蹙起了眉头。

"问……"韩沉西视线从手机屏幕上移开,扫了圈厂房,重新看向弋羊,用半正经又半不正经的语气问道,"你对我未来的职业有什么期待吗?"

弋羊一时哑然。

韩沉西又说:"金融、税务、咨询、销售,或者……英语老师?"

弋羊严肃道:"这不应该问你自己吗?你想做什么?"

"我想……"韩沉西眉梢一抬,又开始调戏,"你养我。"

可这次弋羊没像以往那样表现出无奈和享受,她心知他是故意打岔,于是问道:"你怕我对你有职业歧视吗?"

弋羊本来就敏感,与韩沉西相处久了,很容易听出他话里的言外之意。

韩沉西悠悠叹了口气:"给你的小男朋友留点面子。"

几乎他的话音一落,弋羊就说:"你决定做什么就去做吧,我会支持你的。"

电话挂断了。

韩沉西搓搓脸,莫名感觉两肩担了沉重的担子。

他的手从脸上移开后,改成垂下,又如释重负般轻轻拍了拍围墙,接着转过身从墙上跃下,重新回到车里,拧钥匙发动车子。

他刚掉转车头,迎面驶来一辆红色的夏利,很旧的款式。

韩沉西无意扫了眼车牌,很熟悉。然而还没待他把车牌和车主对上号,夏利车就稳稳当当地停在了他的车门旁。

车窗落下,一声"哥"叫得韩沉西心头一颤。

"什么时候回来的?"

"刚到家两个小时。"

范胡晒得黑不溜秋,咧嘴一笑,露出白花花的牙齿。

"变化挺大,我都没敢认你。"韩沉西打量着范胡,他神色坚毅许多,气质也成熟不少。

"毕竟小三年没见了。"范胡拨了拨他扎手的板寸头,"我是瞅着走路的姿势像你。"

韩沉西计算了下时间:"你是退伍了,还是……"

"探亲假。"范胡说,"我考上军校了。"

"行。"韩沉西欣慰地笑了,"有你的。"

范胡摸摸鼻子。

两人对望着,突然沉默了。

以往过硬的友谊因为时间和地点的间隔,产生了距离和陌生感。

还是范胡先打破尴尬的气氛,说:"我来看姥爷。"

韩沉西张了张嘴:"姥爷他……"

范胡打断说:"我都知道了,姥爷走没几天就知道了。"

韩沉西点点头:"你妈跟你唠叨了?"

"不是。"范胡瞄他一眼,"小柳儿跟我说的。"

韩沉西一愣:"你俩联系着呢?"

范胡"嗯"了声,不知怎么又补了句:"我就跟你断了联络,我有时跟羊姐还聊呢。"

"真的假的?"韩沉西质疑。

"真的,但都是说两句就熄火了,聊不起来。"

韩沉西乐得歪在驾驶座上。

熟悉感回来了一点点。

"哥。"范胡又道,"我还没去姥爷的墓地呢,我想去给他烧点纸钱。"

韩沉西点点头:"走吧,我也有段时间没去看他了。"

韩沉西带路,两辆车一前一后行驶到板桥。

他们在镇街口停了车,然后从农田一路走到墓地。

范胡有心,提前准备了一瓶茅台、一条烟,以及一沓纸钱。

他把烟拆了,自己嘴里叼了一支,又递了一支给韩沉西:"你抽吗?"

韩沉西摇摇头,但他把烟接了过来,点燃后倒插在坟头前。

范胡撩起裤腿蹲在韩沉西旁边,拎起酒瓶,磕开瓶盖,就要往地上倒酒。

韩沉西说:"收起来吧,浪费了。"

"我的一份孝心。"范胡推开他,冲着坟堆说,"姥爷,早先没来送您,现在我给您敬酒赔罪了。"

空气里瞬间弥漫了一股浓重的酒气。

之后两人都没再说话,各自想着心事。

田野间有风,差不多等风彻底把酒气吹散,韩沉西摸了摸紧挨着坟头的一块地方。

范胡瞧那块地方微微凸起,像个小坟堆,问道:"这是?"

韩沉西说:"翠花。"

范胡心里一个"咯噔":"怎么没的?"

"不知道。那会儿顾不上它,等找到它的时候,已经死在马路中央了。"韩沉西语气很平淡,几乎没什么伤感的情绪。

韩沉西转身就走,范胡看着韩沉西的背影,突然想起柳丁有次打电话给他,哭得上气不接下气,跟他说她哥有点吓人,她不敢跟她说话。

当时他不明白韩沉西怎么会吓人,现在好像有点懂了。

他们直接回了市里。

韩沉西要请范胡吃饭,给他接风。本来是想下馆子的,但范胡馋夜市的烧烤,他们只好拐去鼓楼那边一家常吃的烧烤店,找了张桌子坐下。

点完菜,范胡刷手机时看到张琦的动态,发现张琦也在市里玩,跟韩沉西一商量,把他也约了过来。

张琦一进店,按照"嘱托",先找皮最黑的那一个,所以他率先看到范胡,连蹦带跳地扑到范胡身上,给了他一个大大的拥抱。

"兄弟,混得挺有模有样啊,拿碗吃上公家粮了。"

一如既往的油嘴滑舌,会说场面话。

张琦再看向韩沉西,"啧啧"几声,嚷道:"这是哪尊活佛啊?"

韩沉西被他的大嗓门震得耳鸣，偏了偏头。

张琦没发现，继续控诉："平常给你发消息，竟然端上架子了，好长时间不理一句。你说说你是不是到国外镀了层资本主义的洋金，看不起我们平头小老百姓了？"

韩沉西踢他一脚："别给我盖帽子。"

张琦灵巧地躲过，从隔壁桌拖了张椅子在桌前落座。

范胡问："你不是还没毕业吗？不在学校待着，回来'浪'什么？"

张琦当年的高考成绩够了个三本线，在隔壁省念大学。

"我找店面呢。"张琦本性没变，在老同学面前丝毫不见外，拿着烤肉吃得格外欢快。

韩沉西问道："什么店面？"

张琦眯眼一笑："火锅店店面。"

范胡说："你准备搞个火锅店啊？"

张琦点点头："跟两个朋友合伙。"

"你明年才毕业吧？"韩沉西用起子开了两瓶啤酒，分别递给他们。

张琦"嗯"了声。

韩沉西瞄了他一眼："那这么早折腾什么？"

张琦说："早奋斗，早致富嘛。"

以往没心没肺的人，开始给自己盘算前路了。

听韩沉西和范胡同时笑出声，张琦心知自己的话其实听着不太靠谱，也有点不好意思，犟嘴道："笑什么啊，能不能尊重劳动人民的忧患意识？"

韩沉西和范胡又是一阵笑。

张琦翻了个白眼，抱怨："你俩还让不让我好好吃串肉？"

"吃吃吃。"范胡连忙敛去笑意，"琦哥，不够咱再点，沉哥今晚请客。"

张琦"哼"了声。

三人埋头默默吃了会儿。陡然，张琦想起什么，看着韩沉西："你光笑我呢，我还没问你，你这从国外回来，准备去哪儿高就啊？"

"我……"韩沉西捏着盘子里的清煮毛豆，犹豫了一下，"我准备把我姥爷之前看的那个厂子开起来。"

这个决定，外人听起来丝毫不觉得离谱，反而合情合理。

本身韩家就是靠开棉纱厂发家的，韩沉西作为孙辈继续涉足这个行业，明显是既得利益者，前程一片大好。

张琦羡慕得眼睛发红，感叹投胎的重要性。

他挪着凳子屁颠颠挨近韩沉西，一把抱住韩沉西的大腿，冲人风情万种地卖了个笑，一声声"哥"喊着，直言有朝一日发达了别忘了昔日的同窗兄弟。

他巴结的谄媚样，韩沉西看得胃里一阵恶寒，一脚蹬开他。

/261/

张琦的身体朝范胡的肩膀歪去,范胡便顺势刮了他一脑袋瓜。

"琦哥,现在巴结早了点,"范胡也开始开玩笑,"等日后他真成事了,到时咱俩难兄难弟拎着果篮一起去厂门口堵他,去望乡的路,我熟。"

"成。"张琦抬起下巴挑衅地斜韩沉西一眼,略带警告地说,"他敢狗眼看人低,咱俩就写大字报控诉他,搞臭他的名声。"

"对,搞臭他。"

两人默契地达成一致,端起酒瓶碰了碰。

韩沉西无语极了。

有张琦在的地方一定有八卦,这家伙收集情报的能力更上一层楼,毕业后七班七十号人的动向,他无一不知无一不晓,聊起来喋喋不休。

无意提及夏满珍时,张琦说:"这姑娘最后居然跟吴明好上了。"

韩沉西略感意外,校园爱情能走长远的真不多见,或许他有些感同身受,评价道:"挺难得。"

"也是分分合合的,撕破脸皮闹了好几场。"张琦表情复杂,"前不久又在一起了,说是夏满珍怀孕了。"

韩沉西一愣。

范胡身体也僵了一下:"准备生吗?"

"哪能啊,打掉了。"张琦突然愤愤道,"吴明也忒不是个东西,整天东混西混的,医药费的钱还是找李海凑的呢。"他叹了口气,"我是真不知道那姑娘看上吴明什么了,死心塌地跟着他。"

韩沉西和范胡哑然。不过,这事身为旁观者听一耳朵便行了,实在不好评头论足。旁人看着觉得不可思议,指不定当事人享受其中,一个愿打一个愿挨。

大家都不吭声,话题止住。过一会儿,扯到韩沉西在澳大利亚的生活方面去了。

这顿饭,他们喝到很晚才散伙。因为沾酒没法开车,韩沉西当夜睡在范胡家。

两人洗漱后躺在一块儿,范胡不知想起什么,笑着说:"还是怀念上学那会儿,无忧无虑的。"

韩沉西问道:"你现在愁什么呢?"

"多了去了。"范胡重重呼出一口气,"光是留部队就够我妈跟我闹腾一阵子了。"

韩沉西问:"你想留吗?"

范胡点点头:"不想留我考什么军校。"

"想留就留。你妈嘴上骂得凶,可到最后还不是回去依着你。"

"就是因为这样,我心里才愧疚。等以后分配了,离得更远,两三年没法回家是常态,二老慢慢上了年纪,整天胡思乱想的,万一他们有个小病小难,我也没法在他们身边。"

"不是有我吗?"韩沉西安慰说,"真有事,我能放着他们不管?"

/ 262 /

范胡揶揄:"干儿子和亲儿子能一样论吗?"

韩沉西"啧"了声:"别得了便宜还卖乖啊。"想了想,他又说,"抓紧谈个女朋友。"

范胡蓦地沉默了。

韩沉西侧了侧头,借着窗外的月光斜他一眼,看出他有心事,轻笑出声:"有目标了?"

"还不确定。"范胡支支吾吾的。

"不确定什么?"韩沉西追问,"不确定喜不喜欢人家?"

范胡经过思忖后,"嗯"了声,说:"情况有点复杂。"

韩沉西挑挑眉,没再细问,只是听他的语气虚得紧,故意激他:"庆了啊?"

范胡挠挠头,承认了:"有点。"

韩沉西又笑了:"怎么去当个兵,把胆子练小了呢?"

范胡皱着脸与韩沉西对视一眼。

韩沉西看他挺纠结的,也有些无从说起,善解人意地帮他圆了场:"你自己掂量着办吧,有好消息了记得通知一声。"

第二天一早,韩沉西回了县里。

他又无所事事地虚度几天华年,柳思凝忍不住再次唠叨他。

韩沉西跷着二郎腿,坐在别墅院子里的躺椅上吹秋风。

他打断柳思凝的碎碎念:"妈,咱家在望乡的那个厂子怎么倒的?"

"你问这个做什么?"柳思凝狐疑。

韩沉西毒舌道:"打听打听你跟我爸的黑历史呗。"

柳思凝咬咬牙。

这些年,柳思凝从来没跟韩沉西诉苦生意上的事,一来,想着他年纪小,苦哈哈地跟他说自己不容易,儿子不见得理解;二来,孩子就是孩子,正值上学的年纪,好好享受青春最重要,没必要让他承受她和韩崇远工作上的负面情绪。

可现在,他主动问,且柳思凝感觉到他的发问带一定的目的性,便事无巨细跟他说了。

望乡的厂房当年分两个车间,一个车间生产21支气流纺,一个车间生产16支赛络纺,均是低支纱。低支纱本来在市场上就卖不上价,利润空间小,又随着国际贸易商逐渐增多,纱织进口量加大,从缅甸、越南、印度等国家采购的同支数纱线进入国内市场,价格要比本地企业的产品低很多。竞争力被削弱,然而成本无法进一步降低,柳思凝考虑转改高支纱线。可纱线支数越高,对棉花纤维品质的要求就大幅度提升,原材料的购买由北方的一批棉产地变动为新疆的长绒棉产区。

〇几年的时候,新疆由于管控不足,棉花市场杂乱,空包骗子公司遍地开花。

说来也是柳思凝运气差,带着采购部一头扎过去,贼准地踏进了一家门面功夫做得分外到位的棉厂,近两百万的合同签了,钱电汇到位了,棉厂人去楼空,打水漂都没听到个响。

报警后,警方扔下一句"已立案,等消息",便再无后续。

启动资金断掉一大截,再加上纺织厂的流动资金本就受制于织布厂,刚好这事又发生在六月,整个行业的淡季,行情不好,需求量减少,厂里货物出现库存,让利销售导致亏损。一环扣一环,种种不良因素堆积,厂就这样死在了手里。

韩沉西歪着脑袋问:"怎么没找我爷爷资金支持一下呢?"

"你爸要面子呗。"柳思凝瘪瘪嘴,"你爷爷本来就嫌你爸没能力,不会经商,再去求他,那不是把脸伸到他跟前让他嘲笑吗?"

韩沉西看柳思凝一副小肚鸡肠的尖酸刻薄相,咧嘴笑着说:"挺大怨气啊。"

柳思凝语气蛮横道:"替我老公抱句不平,不行吗?"

韩沉西哪敢说"不行",连连点头。

安静了会儿,他又问:"现在这个厂呢?怎么开起来的?"

柳思凝说:"跟你叔合开的,注册资金各掏一半。"

韩沉西眼神玩味地瞅着柳思凝,"啊"了声:"合着咱家是虚假繁荣呗,啥都不是自己的。"

"什么叫虚假繁荣?"柳思凝不乐意了,"我手里是死了个厂,但瘦死的骆驼比马大,我和你爸挣的钱够你吃喝一辈子不愁的了。"

"既然有钱,为什么没考虑把望乡的厂重新扶起来呢?"韩沉西换了个姿势颓废着。

"哪有那么容易。"柳思凝叹了口气,解释,"这个行当买设备投钱是大头,一万锭纺纱设备配套资产的投资约一千万,望乡的厂房面积加起来算是中小规模的,三万锭起步,怎么也得抄我半个家底了,更何况纺不纺得出合格的东西还要另说,我何必冒险呢?"

此话颇有道理,韩沉西若有所思地点点头。

柳思凝还是没弄明白他心里琢磨什么歪点子,皱着眉头说:"这些跟你没什么关系,生意上的事我跟你爸会商量着办,你赶紧滚去找工作。"

韩沉西不紧不慢地说:"我这不是正着手准备着嘛。"

柳思凝瞪大眼:"你一天天好吃懒做的,准备什么了?"

韩沉西朝她摊摊手:"听取前辈经验啊。"

柳思凝愣怔,好久没反应过来:"什么意思?"

韩沉西摊牌:"我想把望乡的厂弄起来。"

柳思凝像是被吓着了,呆在原地迟迟不说话。

韩沉西提醒她:"给个反应呗。"

柳思凝勉强回神:"你开玩笑呢。"

韩沉西收起笑脸："认真的。"

"认真个屁。"柳思凝一激动，嗓门陡然提高，"先不提钱，你对纺织行业了解多少？我带你进车间，大大小小的机器认得清是做什么用的吗？你有经营的本事吗？"

劈头盖脸的问题都很现实，而目前韩沉西也确实说不出来一二三。

"白日做梦不如脚踏实地地好好规划自己以后的出路。你在谈的那个姑娘不是在上海吗？你不往大城市走，待在五线开外的小城镇能有什么出息？"

骂完，柳思凝踩着高跟鞋走了。

严格意义上来说，这应该算是柳思凝第一次打击韩沉西，主要是他的决定听起来太天方夜谭了，也太窝囊了。

如今时代发展迅速，但凡有点志气的小孩都是削尖了脑袋往北京和上海走，以求在光鲜亮丽的城市混个体面。可韩沉西选择蜗居家乡去干一份上不了台面的工作，柳思凝不知道他是不是一时头脑发热，糊涂了。

她冷了他两天，让他静下心来思考。

哪想再找他，他还是那个态度，柳思凝简直气不打一处来，不解地问："你怎么会突然有这个想法？"

"突然吗？"韩沉西笑了笑。

不突然，柳泊涟去世后，韩沉西最大的感悟是两个词组，"来得及"和"来不及"。

他过于敏感和重感情，想在来得及的时间里把来不及做的事弥补了。

自始至终，他做的任何决定都是遵从自己的内心。在大家一窝蜂地往外企投简历时，他不盲目地随波逐流；在人人向往大城市的年代，他更不虚荣地在意别人的评价，只是单纯且简单地想要去干好一件事。

然而柳思凝不懂他的想法，她觉得他是轴在了某个点上，钻牛角尖呢。不过她拗不过他，最后妥协说："反正不急这一时，你先去熟悉熟悉市场吧。"

韩沉西欣然同意。

厂里的货物销往常熟、兰溪、晋江、淄博、青岛等地，柳思凝问他的意向。

韩沉西随手翻着办公桌上的一沓运货单，没立刻回答。好半天过后，他翻页的手突然顿住，目光落在"南通"这个城市名上，脸上有了笑意。

韩沉西动身前，想着这一走，跟范胡再相见要等到猴年马月了，便又约他吃了顿饭。

吃饭那天碰巧是周五，柳丁月休，中午等放学，韩沉西从学校接着她一起去的饭馆。

饭桌上，韩沉西和范胡有一搭没一搭地聊着部队的事，柳丁坐在韩沉西的左手边，深埋着头，扒着碗里的米饭，一声不吭。

挨得近，韩沉西很轻易就察觉到了她情绪的低落。

"你怎么回事？"韩沉西侧过头看向她，"菜不合胃口？"

"没有。"柳丁回神，急忙摇头，"挺好吃的。"

韩沉西蹙眉，目光落在她的筷子上。菜上桌好一会儿了，她的筷子只沾着一粒白米饭，一丝荤腥油亮都没有。

"你吃什么了就说好吃？"韩沉西追问。

柳丁支支吾吾，答不出来。

范胡见状，想帮忙解围，端起一盘松仁玉米搁在柳丁手边，笑着说："现在吃也不晚。"

孰料柳丁丝毫不领情，抵着盘子的另一端，硬把它推回到原位。

"我不爱吃玉米。"她不瞧范胡，咬牙恨恨地挤出一句话。

范胡说不上是尴尬还是什么，局促地说道："不爱吃就不吃，你想吃什么自己夹。"

韩沉西眉心拧成一个"川"字，在他看来，柳丁的行为举止十分没有礼貌。他瞬间敛起神色，严厉地说："跟谁耍性子呢？越长大越没有规矩了是吗？"

这么多年，柳丁作为妹妹向来乖巧，而韩沉西也从未疾言厉色地训斥过她。

范胡是了解的，担心韩沉西真动了怒，暗暗在桌底下轻轻踢他一脚，警示他现在是在公众场合："小姑娘呢，别跟她较真。"

他明显是在给韩沉西递台阶，偏偏柳丁要拆台，泄怨气似的回怼道："我不小了。"

韩沉西再迟钝也听出了她语气里的针对，困惑地问范胡："你惹着她了？"

范胡隔着桌子与韩沉西碰上视线，又极迅速地闪避开，张张嘴，有些难以启齿。

韩沉西更加狐疑："你俩……"

"没有！"不待他问出疑惑，柳丁突然厉声打断，插话解释，"是我月考没考好，心情不好才这样的。对不起，糊涂……"她停顿片刻，"哥"字贴着喉咙发出声，"我不该冲你撒邪火。"

范胡十分勉强地笑着说："没事，高三了，压力大。"

一个道歉，一个原谅，表面上和解了。

韩沉西心里却觉得有些不对劲，但没再说什么。他拍了拍柳丁弯成"弓"字形的腰背，说道："坐要正站要直，告诉你多少次了。"

柳丁听话地挺了挺上身，却始终不抬眼，视线就在她碗边徘徊，夹菜也仅限跟前的那盘青椒肉丝。

气氛陷入一种说不清道不明的别扭中。

如此这般，分外熟悉的三个人平常得不能再平常地坐下来吃顿饭，硬是吃出了无话可聊的状态。

分开后，韩沉西送柳丁回板桥。

到了家门口，韩沉西觉得针对柳丁情绪不稳定的问题有必要深入聊聊。他缓和语气，详细询问："你姑和你爸给你压力了？"

柳丁反应一下才摇摇头："没有。"

韩沉西不解："那你沮丧什么？高三才开学两个月呢，一次考试而已，没考好找找没考好的原因，是知识点没掌握牢固，还是粗心大意导致失分。"

"哦。"柳丁一脸委屈。

韩沉西继续劝解："平常心对待。"

柳丁有些神游地抱紧书包猛点头，动作机械。

韩沉西想到也是好久没跟柳丁推心置腹地聊近况了，又随口问道："有目标没？准备考哪所大学？"

柳丁犹豫许久，瞄着韩沉西的脸色，瓮声瓮气地说："X大。"

韩沉西不解："怎么想去西安？"

柳丁胡诌："X大好。"

韩沉西说："比S大好？"

"S大……"柳丁挠挠脸，"S大……分数线太高，我……我怕考不上。"

借口合乎情理，韩沉西无法反驳，妥协说："不着急，等成绩稳定再看吧。"

柳丁没再说什么。

两人静默着对坐了有一会儿，柳丁说："哥，我回家了。"

韩沉西点头。

柳丁推开车门下车回了家。

柳丁走后，韩沉西没立即发动车子。他琢磨了一下，给弋羊去了个视频电话。

电话有一阵才接通。

"干什么呢？"韩沉西将手背垫在后脑勺，调整了一个舒服闲适的坐姿，"很忙吗？"

"不忙，刚才在实验室呢，不方便接电话。"弋羊一开口，韩沉西就听出她有轻微的鼻音。

"感冒啦？"

弋羊"嗯"了一声，解释道："上海连下了几天雨，降温了。"

"发烧吗？"

"不烧。"

韩沉西无奈地"唉"了声，嘱咐："多穿点，多喝热水。"

于异地恋而言，任何关心和挂念都是鞭长莫及。

"喝着呢。"弋羊转开了话题，"找我什么事啊？"

"想你了。"韩沉西说，"你想我了吗？"

"还行。"弋羊嘴硬，"最近事多。

韩沉西傲娇道："可见我在你心里的地位有多低。"

闻言，弋羊笑了，轻轻柔柔的笑声透过听筒传到韩沉西耳朵里，挠得韩沉西一阵心痒痒。

相隔两地，大概也只能在小细节里抠糖吃。

韩沉西歪了个更舒服懒散的坐姿，等到弋羊的笑意全退去，才直白道："拜托你一件事。"

"什么？"

"小柳儿。"韩沉西说，"这不升高三了嘛，考试成绩起起伏伏，她心理承受能力差，状态不稳定，你有空的话多联系联系她，帮她一把。她挺喜欢你的，更容易听进去你的建议。"

弋羊短暂地蹙蹙眉，爽脆利索地说："好。"

"她也长大了，毕竟男女有别，一些事情我不好多过问。如果她跟你聊什么，你也帮她出出主意。"

"放心吧。"

韩沉西万分欣慰："谢谢。"

"干吗这么客气？"

"也是。"韩沉西属于"女朋友给点阳光就立刻灿烂"型的，又开始不正经了，"一家人不说两家话。"

弋羊瞪他。

韩沉西喜欢逗弋羊，更喜欢看她有时接不住招，无奈又想笑的表情。同时，他也懂进退，会见好就收、尝到甜头便跑。

他主动提及了自己要去南通的事情。

"南通？"弋羊心中一喜，"离上海两个小时的车程。"

韩沉西"嗯"一声："以后可以常见面。"

"正好我大四的课程也少了。"

"那就成，省得像异国那会儿来找你，不是赶上你上课，就是有军训，弄得玩不尽兴，也睡不好。"

他正经没有两分钟，又调整到"耍流氓"模式。弋羊强迫自己淡定，询问他工作上的事。

韩沉西大致跟她描述了一番。

聊了半小时，电话挂断，弋羊把手机收进上衣兜。

坐在她旁边的陶染猝不及防伸过来一只胳膊，将刚从她胳肢窝里拿出的温度计杵在她面前，瘪瘪嘴，说："喏，38.8℃，这就是你说的没发烧？没发烧你为什么打点滴？"

弋羊面不改色地推开陶染挡视线的胳膊，略虚弱地说："谢谢你过来陪我。"

陶染抬起下巴："提谢就见外了，室友之间本该互帮互助，大一的时候我可没少抄你的作业。"

"你还挺骄傲啊!"扎针的手有些凉,弋羊用另一只手的手心捂住手指,"你们院不是要开院会,你偷跑出来没问题?"

"没事,跟我们班班长打过招呼了。"

陶染在大一结束参加了转专业考试,转去了经管院,不过这姑娘耍了个心眼,没搬宿舍。

"你怎么回事啊?怎么会晕倒?早上咱俩一块儿下楼的时候不是还好好的吗?"接到许明宇的电话,陶染一惊,火急火燎地跑到医务室,看到弋羊"完好无损","怦怦"跳的心才落回肚子里。

"没晕。"弋羊纠正,"从座位上起来得太急,眼睛黑了一下。"

"检查了吗?"陶染问,"医生说什么原因引起的?"

弋羊回道:"最近太忙了,睡眠不足。"

事情接踵而至,忙得不可开交,十月保研名额下来,她一边要准备面试,一边还要修改论文。这论文是大二参加PRP(项目风险管理计划)写的,已经答了辩,拿到了学分,理论上一切已经结束,哪想指导老师这学期突然通知要用这个论文投期刊,为了提高准确性,实验参数需要重新模拟。

弋羊实验室和自习室两头跑,睡得少,免疫力下降,再加上上海正处于流感爆发期,便不幸中招感冒了。

这些陶染看在眼里,感叹:"你太拼了。"

弋羊没反驳什么。她的目光接着在输液室巡视一圈,没找到人,扭头看向陶染。陶染立即心领神会,抢先道:"学长去给你找热水了。"

弋羊肉眼可见地绷紧了脸颊。

"今天得亏了他和你一个自习室。"陶染挨近弋羊,本是想低声私语几句悄悄话,余光朝门边一扫,看见一道高瘦的影子,立马端起笑,起身去迎。

"学长。"她礼貌地打招呼。

"你好。"许明宇走近,冲陶染一笑,随后把手里的一次性杯子递到弋羊面前。杯子里的热水尚冒着热气。

弋羊没接,婉拒:"我不渴。"

许明宇温声说:"医生给你开了一片退烧药,让你现在吃。"

"等会儿吧。"弋羊看看他,又看看陶染,"今天谢谢你,我室友来了,就不继续麻烦你了。"

许明宇也不再坚持:"好。"他把水杯搁在弋羊椅子旁的托盘上,"你记得吃药,我先走了。"

他冲陶染点点头,转身离开。

陶染盯着他的背影,若有所思片刻,对弋羊说:"感觉他跟姐夫哥是一个类型的。"

这话明显没过脑,弋羊瞥她一眼,否认:"不是。"
陶染试图表达自己的感觉:"气质很像。"
弋羊:"不像。"
陶染一愣,终于察觉自己言语失当。
陶染能看出许明宇对弋羊有好感,日常关心便可见端倪。如此将许明宇和韩沉西类比,有"替代"之嫌。
她急忙解释:"我没别的意思。"
"我知道。"相处三年了,陶染什么脾气秉性,弋羊了解。
陶染重新坐回座位,把水和托盘里放着的药片递给弋羊:"吃药吧。"
弋羊还是摇头拒绝。
陶染不解:"一杯水而已,有必要这么避嫌吗?"
"不该避嫌吗?"弋羊表情淡淡的,"明知道他的关心另有企图。"
陶染想了想,说:"那你刚才就不应该把生病的事瞒着姐夫哥,他知道了,说不定会飞过来照顾你,正好你俩可以在学长面前秀波恩爱,免得学长以为你没人疼,自己能有机可乘。"
"幼不幼稚啊?"弋羊语气无奈,"发烧而已,干吗让他来回折腾?"
陶染义正词严道:"他一个男的,为女朋友折腾点,天经地义。"
"不能这么算。"弋羊看向陶染,"我生病了他不在我身边,同样,他生病了,我也没法照顾他。情感的付出不是单向的,是双向的。"
陶染颇为受教,托腮思考一会儿,说:"你俩不是谈恋爱吧?"
弋羊没懂她话里的意思。
陶染补了一句:"是不折腾的分居过日子。"
弋羊被逗笑了。
陶染也嘿嘿傻乐,只是没乐到心里去,又开始忧愁:"可是你们这样一直分开,真的不会出问题吗?"
弋羊一愣,沉默了。
陶染"好心办坏事"再次说错话,绝望得想抽自己两耳光。
她没敢多嘴解释,这种带有预设答案的问题,越解释越乱,越联想越恐慌。
她抓住弋羊的胳膊肘,做了个欲哭无泪的鬼脸。
弋羊:"丑死了。"

弋羊与这场感冒缠缠绵绵半个月才好彻底。
她挑了个周末的下午,打开电脑,调出柳丁发给她的月考试卷和年级成绩总榜,和柳丁视频通话。
弋羊开门见山:"你成绩挺稳定的,一直在50名左右徘徊,为什么你哥会说你没考好?"

柳丁哑然。她平时一直跟弋羊保持着联系，让弋羊给她一些复习指导，没料到今天的问话会是这样。

见柳丁埋头不答，弋羊又问："你是不是有事瞒了你哥？"

大概平生难得几次的温柔和委婉都给了韩沉西，弋羊的口气漫不经心，态度却是咄咄逼人的。

柳丁肉眼可见地紧张了："没……没有。"

弋羊一眼看穿柳丁在说谎，但她没拆穿。她本身就是个心思重的人，所以特别理解别人藏着心思不愿意交流。

"不想说就不说，但别拿成绩当挡箭牌。你哥这个人虽然上学的时候对自己挺放纵的，但一直以来对你要求严格，你别让他担心。"

厂里驻南通的业务员叫邱长志，四十多岁的中年男人。说起来，他跟韩沉西的婶婶有点八竿子打下去能沾点边的亲戚关系。

不过，他毕竟不属于韩家这一脉，韩沉西以前也不认识他，更没听说过他。

他对韩沉西的到来，阶段性地表示了"热烈"的欢迎。

为什么说阶段性？

前一个星期，他摆桌设宴，好吃好喝地款待着初来乍到的"小客人"，给韩沉西介绍南通的风土人情，带韩沉西熟悉纺织城，可谓面面俱到。哪想七天一过，当韩沉西提及生意上的事，这家伙玩起了避而不见，打电话给他，推辞理由不是外出就是见客户，他在商城租用的店铺也天天关着。

韩沉西哭笑不得。

他其实明白邱长志为什么对他的态度来了个一百八十度大转弯。

——与其称呼这些聚集在纺织商城，以卖纱线谋生计的为业务员，倒不如将他们定性为中间商。本质上，许多纺织厂和布厂在生意上不直接进行对接，而是由业务员跑厂家、做客户，将纺织厂的纱线卖给布厂。业务员从纺织厂提货时，纺织厂会给一个基础定价，根据这个基础定价，他们在与织布厂老板谈判时又会适当提价，这样中间便形成了一个价格差，差价自然落在他们口袋里，而与此同时，他们还有提成可拿。两头有钱，一年下来，如果扎实肯干，净赚上百万不算困难。

当然，价格差不会太离谱，一个地方有一个地方的市场行情，具体的波动有规律可循。韩沉西便是想找邱长志了解最近的市场近况。

不过，显然邱长志把他当成竞争者了。

以往，厂里供给南通的货，由邱长志一个人把控销路，现在韩沉西凑过来，货物分流成两拨，相当于韩沉西直接阻挡了邱长志的财路。邱长志吃惯了独食，怎么可能忍受得了有人拿勺子从他的碗里捞走肉块，更何况这个人还是他厂家的"小公子哥"。

他拿捏不准厂里是不是对他有意见，不想再跟他开展业务合作了，又或者是在敲打他。

在亲属关系上,他很被动,所以即使他心里瞧不上韩沉西,觉得一个留学回来的小年轻干这么没技术含量的工作,可见是个"不会独立行走的啃老族"。他也免不了起了防备心,毕竟挡人财路等于杀人父母。

他把自己最基本的态度摆了出来——你来谋发展,我作为长辈予以欢迎,但至于你要怎么发展,我没义务教你,你凭自己本事。走不动销路,是你能力不行,混不下去,趁早滚蛋,我乐得清静。

好在韩沉西是个识眼的,在人情世故方面不迟钝。邱长志有意不搭理,他便不再打扰。

他联系柳思凝,让她给他寄了40支的样品,同时还贼坦然地又问她讨要了十五万块钱,理由是买辆出行工具。

柳思凝觉得十五万的车开着不豪气。这个行业虽然在一定的社会程度上上不了排面,但行业里的人却有鄙视链。好比进一家布厂,老板对待开宝马的客户,总归比对开桑塔纳的热情点,表面行头不咋样,人家在心里会给你降低一个档次。

她让韩沉西提了一辆中规中矩的奥迪,这车不至于太张扬,面上又能显示财力。

由此,韩沉西开始了东奔西走的跑客户生活。

做销售讲究话语话术,这方面,其实韩沉西自带天赋,他本就不是笨口拙舌的人。让他感到困难的是,一行有一行的行话。

他拎着筒子去跟布厂老板谈,刚起了个话头,老板一句"你摇个板子,我要看条干均匀度",或者"这纱强度如何,最高点多少,最低点多少",他要反应半天,答得支支吾吾,因为这些问题完全涉及他的知识盲区。

老板见他这样,就知晓是个生手,一般就婉拒了他这单。

当然,这样的情况算是乐观的,这意味着有的老板愿意跟他谈。还有很多厂家看他年纪小,定性不稳,直接回复"我们不做这条生产线",就把他请了出去。更有甚者,允许他进了办公室,哪想老板临时接了个电话,出去一趟就没影了,全然忽视他。

起步阶段的种种碰壁打击着韩沉西的自尊心和自信心,毕竟年纪小,要面子。偏偏他如今接触到的都是有财力的中年男人,他们最喜欢驳年轻小孩的面子。

韩沉西心里挺不是滋味的,但他同时又明白,做生意最怕"端着架子上不去下不来",抹不开面子的话,他最好收拾行李现在就滚蛋,浪费时间没有意义。

南通很大,他开车漫无目的地溜达,但也很认真地用笔记本记录了自己跑过哪个区的哪些厂家、各自有多少条生产线、目前在用商城里谁的货。

万一瞎猫撞上死耗子,说明他运气不错。无功而返,那就再接再厉。

走动多了,南通市场便熟悉了,他察觉到规模大的厂货源供给是很稳定的,反而小厂比较好打开门路,也就是所谓的大鱼跟大鱼斗,小鱼跟虾米玩。

再跟布厂老板谈的时候，他极大程度地让利，他的目的是先走开一两单，反正他不需要养家糊口急着揽钱。恰恰小厂重视成本的压缩，忙碌一个月左右，终于有厂家找他要货了。

四吨，量不大，但是个好兆头。

之后，他陆陆续续又谈成两家进行合作，局面渐渐扭转开，可随之而来的却是投诉。

"小韩，怎么回事，这批货亏纱呀！"

纱线进浆纱厂，整经过程发现重量达到，可米数不行，两家布厂老板先后打来电话。

棉纱已经上了机器，韩沉西没法否认这是不可能的事，只能去检测机构检测。而检测结果确实显示亏纱，只是亏损量并不大。

南通整个纺织市场对于亏纱的问题计较得紧，一旦认定，要么补货，要么扣货款，没有商量的余地，这也就意味着厂里要赔钱。

韩沉西将情况反馈给厂里时，柳思凝没说什么，发了合同，让他按照市场要求走。

可没过多久，另一批的纱线又被控诉亏损。

这次，韩沉西留了个心眼，向柳思凝打听："邱叔最近有报过亏纱吗？"

柳思凝说："没有，不过你刚起步做的时候，老出问题。"

韩沉西一琢磨，就大概明白了其中的人情世故。

一部分纱线在进入布厂前，会先送到浆纱厂进行上浆，有些浆纱厂的厂长想吃"福利"，便会故意找碴刁难经销商。韩沉西开始跟浆纱厂的厂长走动，给人塞"辛苦钱"，还请人吃饭。

他整日周旋在各种零碎而紧急的小事中，得以喘口气的时候，发现时间已经走到12月底，要元旦了。

跟弋羊许诺的"能常见面"一个字都没做到，且电话也打得越来越少。

他迟钝地意识到身为男友的失职，急忙联系她，信誓旦旦地说元旦一定到上海找她。

但是，计划之中的事总爱横出变故。

12月29号，韩沉西给布厂送票据回来，到商城跟人唠了会儿嗑。天色将晚时，他开车从商城出来准备回家，刚坐进车里，手机响了，是陌生来电。

韩沉西接听。

电话里，一个男人操着浓重的南方口音说他叫季林业，是做混纺的，跟袁老板是朋友，经袁老板介绍，来问问40支的价格。

韩沉西很意外，因为季林业口中的袁老板跟他只有一次生意往来，走了三吨的货后，一直不怎么搭理他，且还欠着货款厚脸皮不给。

韩沉西报了价，并保证说："纱线质量可以放心，毕竟我在袁老板心里有了口碑，才敢推荐给你。"

季林业又严谨地打听了一下纱厂的基本情况，韩沉西适度夸张地把厂的生产能力吹翻一倍。他猜想季林业主动联系他，是因为价格优势。

果真，季林业让韩沉西先发来两吨上机器试试。不过，他货要得非常急，明天上午就要送到厂里。

韩沉西一口答应，但其实他手里并没有库存，即使让柳思凝现发，加上长途运输的时间耽搁，起码要延后两天。可好不容易有生意找上门，他也不能白白让它溜走。

挂了电话后，韩沉西一琢磨，联系了邱长志。

"邱叔！"他很客气，"您仓库有 40 支的存货吗？"

邱长志不直接回答，反而问道："你想干什么？"

韩沉西："能借调我两吨周转吗？我一个客户要得急。"

商城里其实没有借货一说，只有相互之间的二手倒卖，可是这一规则的运转取决于货源的保密性。然而韩沉西和邱长志之间厂家信息透明，因此，邱长志从中加价就显得不厚道了。

邱长志短暂沉默后，很爽快地答应了："可以。什么时候要？"

韩沉西："明早八点。"

邱长志："你明天到 201 仓库门口等着吧，我让你婶婶给你开仓库门。"

韩沉西："谢谢了，欠您一个人情，有空出来吃饭。"

第二天一早，韩沉西到商城门口找运货的三轮车。他初来乍到，因为生意少的缘故，尚未跟某位司机师傅建立比较坚固的合作关系。

这些开三轮车转运小批量货物的司机师傅年纪都不小，五十岁左右，文化水平不高，纯干体力活赚钱。

早上没开工，他们挤在一辆车兜里聚堆打牌，骂骂咧咧的。

韩沉西扫视一圈，正要上前打招呼，忽然，旁边传来一声："老板，盘货吗？"

韩沉西扭头，瞧见问话的人竟是他为数不多知道名字的。

韩沉西并没和这人有过交流，而是对方本身很有记忆点，首先本名叫李保田，跟一位老戏骨重名，常有人因此拿他开玩笑，要他帮忙签个名；其次，不知谁给他起了个绰号，叫"猴子"，可本人实际是个体型肥硕、膀大腰圆的胖子。如此巨大的反差，极易让人印象深刻。

"盘。"

"现在？"

"现在。"

"那走吧，前面领路。"

对于运费只字未提。

之所以说这些三轮车司机是苦力工，一大部分原因是他们还要承担装卸货物的活，一包纱平均五十斤，从仓库扛到车上，来回往返，一般人还真轻易端不起这碗饭。

只见李保田走路时虽腰侧的横肉乱颤，手脚却是麻利的，也就四十分钟的时间，两吨货装车完毕。

韩沉西连连感叹，大概了解"猴子"这个绰号是怎么得来的了。

韩沉西将季林业的厂地址告诉他，并嘱咐说："路上别逗留，人急着接机器呢，注意安全。"

李保田一拍胸脯："放心吧，熟手。"

这天，天阴沉沉的，温度降到个位数。李保田驾车横冲直撞驶出商城，走了一段路，迎面的冷风吹干了他方才干活憋出的热汗，吹得他脑门生疼。

他靠边停车，掀开坐垫，从坐垫下的储物箱翻出一顶毛线帽扣到脑袋上，保温措施到位后，又发动车子，汇入主干道。

只见前面一辆刚刚越过他的白色小轿车突然降低速度，保持30迈行驶。李保田作为一名恨不得把三轮车开成火箭的老司机，二话不说，打转向超了过去。离开开发区，深入郊区，柏油路变窄，路两旁由景观树变成了农田，路上的私家车也越来越少。然后，李保田在一个三岔口转弯时，借着右转的角度，突然发现那辆保持30迈行驶的白车缀在他三轮车的屁股后百米开外的地方。

起先他没多想，待又转了两个弯时，意识到不对劲了——这车的行驶轨迹竟跟他一模一样。

李保田毕竟混迹商城多年，经验老到，立马判断出他被人跟车了。

跟车是商城里的这些经销商恶意竞争而使出的腌臜手段，即派脸生的亲信在对家转运货物的途中悄悄跟在转运车后，以获悉对家这批货流入哪个布厂，方便撬走对家的"客户"。

而这种行为是三轮车师傅最为忌惮的，因为自己的一个粗心被人跟车成功，导致主家丢了生意，基本上就断绝了以后再次合作的可能性。

李保田性格豪爽，喜欢有话直说。

他慢悠悠地停下车，站到路中央伸手去拦白色的轿车。他想法很简单，掏心窝跟对方说几句软话，让对方不要跟了。他一个年过半百的人，在社会底层讨饭吃不容易，求人家通融一下，别斩断他的生计。当然，今天这事他也会睁眼瞎，当作无事发生，不和主家多嘴。

可没料到的是，开车的是位二十岁左右的毛头小伙子，阅历少，"斗争"经验不足，瞧着李保田一副"我已经看穿了你的小伎俩"的气势，心里慌了。

他自然不会认为李保田让他停车是要跟他说软话，所以，当李保田绕到他的驾驶座外，屈指敲了敲车窗玻璃示意他降车窗时，他脑子一热，脚踩油门，"嗡"的一声，溜之大吉。

李保田因为有一只手搭着车顶，半个身体挂靠在车身上，突然遭受一个往前

/275/

的冲力，他踉跄两步，没稳住，跌倒在地。

倒地时，为了防止头撞地，他屈起胳膊支撑了一下。可是他的"吨位"着实太大，再加上倒地的速度快，只听"咔嚓"一声，胳膊好似从肩膀上掉了下来。

要说李保田也足够有敬业精神，即使在肩膀脱臼的情况下，硬咬着牙从地上爬起来，摇摇晃晃地单手将车开进了季林业的厂子，保证了这两吨货准时送达。

他卸货时，厂里的生产厂长眼睛明亮，瞧着他腮帮鼓紧，一只胳膊使不上力，立马察觉到异样。怕横生纠纷，生产厂长态度强硬地将人送到了医院，并打电话通知韩沉西。

韩沉西为此非常感谢，本想留生产厂长吃午饭，但生产车间今天正要安排进厂的这两吨货上机器，他得盯着，便匆匆忙忙地走了。

李保田进操作室接受治疗，韩沉西坐在操作室外面的长椅上等待。

很久，李保田托着手臂出来，因为打石膏的缘故，毛衣和内衬的袖子被医生用剪刀剪掉了，隐隐约约露出一层肥肉。

他一屁股坐在韩沉西旁边，整条椅子晃三晃。

韩沉西侧头看他，他也回看韩沉西，然后粗着嗓子问道："有烟吗？"

韩沉西一愣，说："车里有。"

韩沉西不抽烟，但要时时备着，日常交际会派上用场。

李保田晃晃悠悠地站起来，跟他去取。

软中华，商城的标配。

李保田捏着一支放在鼻子上闻了闻才放嘴里点着，慢悠悠地抽起来。

尼古丁刺激交感神经释放肾上腺素，李保田因为疼痛而麻木的大脑得以运转。

韩沉西瞧他像活过来了，一抬下巴，看着他手臂上的石膏，问道："这怎么弄的？"

李保田将被跟车的事和盘托出。

一时之间，韩沉西惊得没了言语。他从接到生产厂长的电话到方才李保田开口前，都只是以为李保田在运输路上出了交通事故，哪会想到是一出商业谍中谍。

李保田瞧韩沉西不知该如何反应的表情，知晓他是第一次经历这种事，开玩笑说："你这才刚来就挡人生意了？"

韩沉西有些无奈："我有那个能耐吗？这两个月挣的钱还没撒出去的多。"

李保田笑了笑："可今天出现这个状况，准是有人心里惦记着你了呀。"

韩沉西想了想，会是谁呢？他这样以"1"为单位做加减法的出单方式，谁会看得上？同一支样的纱线，跟谁有客户重叠？

他思来想去都没有答案，更何况，今天这两吨货送得走得突然，知道消息的，除了他和李保田，仅剩邱长志了。

邱长志会和这件事有关系吗？

想到这里，韩沉西心里已经有了盘算。

"能记起跟车的车牌号吗？"韩沉西突然问李保田。

第二天，韩沉西到商城找邱长志。

元旦放假，商城很多门市未开门营业。

但韩沉西一直有耳闻，商城里有一拨人赌瘾很大，爱约在 D 座 101 打麻将。

果不其然，他推门进去，一眼就看到邱长志坐在麻将桌上正乐呵呵地笑。邱长志今天的手气似乎不错，面前搁着一沓钱，乱糟糟，比其他三人的都要厚。

"邱叔！"韩沉西走到邱长志身边，喊了他一声。

邱长志正玩得起劲，没留意韩沉西进来，扬头一瞥，看到是他，脸部肌肉肉眼可见地抽搐一下，但随即换上笑脸，淡定地说："是你呀，有事？"

韩沉西："有几句话跟您说。"

"等一下。"邱长志很配合，他朝围观的一个人招招手，"虎子，替我一下，我出去一趟。"

被叫虎子的男人兴奋地搓搓手，问道："输了算谁的？"

"我的！"

说完，邱长志领着韩沉西去了自己的办公室。

两人面对面坐下。

邱长志先客套地问："元旦了怎么还往商城跑？够忙的啊。"

"还成！赚的勉强能吃饱。"韩沉西扯嘴角笑了下，"当然不能跟您比，听说厂里今天有十六吨给您装车。"

邱长志到饮水机前用一次性杯子给韩沉西接了一杯热水，用长辈般的口吻说："别急，多往外跑，多跟人交流，慢慢混熟了，手里就有资源了。况且你家这么大规模的厂给你稳定供货，只要你踏实肯干，很快就能比我强。我也是摸爬滚打半辈子才有现在的成绩。"

韩沉西点头，以示自己听进去了。

邱长志："所以你今天找我什么事？"

开场白铺垫得差不多了，可以开门见山了。

韩沉西抬眼端详着邱长志，发现他脸上没有一丝慌乱，将"揣着明白装糊涂"演绎得淋漓尽致。这一刻，韩沉西觉得跟他打哑谜没有任何意思。

"我不客气，直说了。"韩沉西不疾不徐地从呢子大衣口袋里拿出一个病历本搁在邱长志面前。

"昨天一出商城，我的两吨货就被人盯上了，好在三轮车司机发现得及时，并没有给我造成什么损失，我想想就不追究了。但三轮车的司机在和跟车的人交涉时被刮倒了，他有些倒霉，把手弄折了，恢复起来得小三个月。您也知道，这些三轮车司机都是卖苦力，辛苦跑一趟也赚不了几个钱，现在糊口饭吃的手不能动了，总得有人赔偿损失。我原本打算报警找到那辆肇事车的，但想着您应该和那个肇事车司机认识，而且您是长辈，我怎么也得给您面子，所以慎重考虑后，我来找您了。"

这番话韩沉西说得相当漂亮，合理地表达了自己的诉求，同时也没将最后一层窗户纸捅破——和邱长志撕破脸，指着他的鼻子问"是不是你干的"。

他安静地等着邱长志听完后的反应。

只见邱长志翻开病历本，拿出里面夹着的缴费单扫了眼，没吭声。

韩沉西当他认下了，起身离开。

中午的时候，韩沉西拎着果篮到李保田家探望他。

李保田是本地人，但他和商城里的北方人厮混久了，沾染上了一些油嘴滑舌的臭毛病。

"来就来吧，还带礼品。虽说是光荣负伤，但毕竟在我的职责范围内。"

"还是得谢谢您。"韩沉西说，"我经事少，思想单纯，要不是您心细，我不知道要到什么时候才会发现被人惦记了。"

李保田哈哈一笑，这笑声很大，特别不拘小节。

他想请人在屋里坐下，可环顾四周，察觉客舍着实简陋。

他现在租住的是一间车库，整个房间一通到底，除去卫生间，还有一扇推拉门，床尾就是灶台，且屋里十分潮湿，隐隐有股霉味。更别提韩沉西身量修长，脖子再往上扬高，头就能抵到天花板了，杵在这里显得憋屈。

李保田挂在脸上的笑意渐渐变成尴尬。

韩沉西同理心强，理解中年落魄的他觉得自己低人一等的心理，忙解围说："到午饭的点了，您有空的话，我想请您吃个饭。"

李保田就坡应下。

他们驱车来到一家非常受欢迎的烤鱼店吃烤鱼。

等菜的间隙，李保田和韩沉西话家常。

虽然李保田在这事发生之前没跟韩沉西过多接触，但对他的印象非常不错，觉得这小孩自带正气，跟人交谈时温和谦逊，最重要一点，他勤奋努力。

李保田记得韩沉西初来的一个月里，每天早上七点多，自己都能在商城旁边的一家早餐店碰到他，然后看他慢悠悠地吃完东西，开车朝不同方向奔去。

知道他是去跑厂家了。

纺织业其实不会吸引大量的年轻血液涌入。商城里与韩沉西年龄相仿的几个年轻人大多数是家长带入行的，而他们的家长身家几百万至几千万不等，已经在这里混得风生水起，能直接帮孩子搭建资源和人脉，所以，这些孩子身上难免有坐享其成的懒毛病。比如，某商会会长的儿子，老子花大价钱帮他铺了路，熊孩子却买了高端设备整天躲在老子的办公室打游戏。

李保田很少看到韩沉西跟这群年轻人聚堆出去玩。表面上看起来，韩沉西孤孤单单，话少，但他总觉得韩沉西不是生性冷漠的人，而是在与周围刻意保持距离。

　　韩沉西双眼澄澈透亮，眼珠一转，灵动机警，像是有盘算和会拿主意的。

　　后来话题又回到跟车的事情上，韩沉西没瞒着李保田，把前因后果一五一十地说了，还让他留意邱长志的电话，打钱就接。

　　"你专门去帮我讨说法了？"李保田抖着稀疏的眉毛，非常意外，接着又问，"你自己不找他要个说法？"

　　韩沉西淡淡地道："怎么要？"

　　"断了他的供货。"李保田开玩笑似的出馊主意。

　　韩沉西叹了口气。

　　这不现实。邱长志与韩家尚有一层薄薄的亲戚关系，而且厂里供给南通的货有单独的生产车间，每月的产出量一定，以前邱长志一个人发展南通市场，一个月最高有过百吨的销量，根基深厚。现在的行情虽然跌落了，但他仍然卖大头。关键他手里合作的厂家也都是老客户了，回款快，厂里的流动资金估计有一半靠他支撑着。

　　说白了，因为厂里起步阶段营销模式的不完善，现在有点受制于他。

　　"我卖不动，他的客户我一时也吃不下。"韩沉西这个人还是有大局观的。

　　李保田欣赏地点点头，同时对邱长志卑鄙的行为丝毫不意外。

　　都是为未来考虑，厂里突然派直系亲属空降市场，邱长志不得不做"惊弓之鸟"。现在看来，邱长志派人跟车，未必是惦记韩沉西手里的厂家，而是在探韩沉西的底子，看韩沉西有多大的销售能力，会不会强大起来。邱长志在提前评估韩沉西对他构成的威胁，他知道，韩沉西一旦熟练业务，他就会被厂里抛弃，利润空间就会被压缩。

　　李保田活了半辈子，见得多也看得多了。这些年因为抢客户撬厂家，商城发生过不少打架斗殴事件，尤其北方人讲究兄弟义气，爱抱团。

　　李保田给韩沉西讲了个趣事。

　　"早先商城里有个叫小五的，山东人，跟一个同样来这里做生意的河南小伙子因为打牌发生了些争执，正好两人又卖同一支样的货，心里生了怨气。有天小五逮着机会，偷偷跟着帮河南小伙子转货的三轮车，狙到了他的客户，并顺利撬走了，为此两人打了一架。河南小伙子因为个子瘦小，吃了亏，咽不下这口怨气，就纠集了商城里的河南老乡堵在小五的店门口讨说法，而商会里的山东人一看他们以多欺少，组团来帮小五助阵。都是血气方刚的男人，还没吵两句就动起手了，那场面……"李保田很有气势地挥挥手臂，"堪称百人大战。"

　　韩沉西听着觉得有趣，问道："后来呢？"

　　"后来惊动了保安和商城里其他省的人来拉架。鉴于双方都有伤员，各自出药费解决了。不过这不是重点。"李保田讲故事时抑扬顿挫，非常懂得在哪个地方吊人胃口。

他故意停顿几秒，又开口说："闹这一出，两人必须互相看不惯了，平时避着走，一个房间有你没我。但是你以为他俩就这样老死不相往来了吗？"

韩沉西饶有兴致地挑起眉梢。

李保田有模有样地瘪瘪嘴："没多久，小五不搞棉纱了，他承包了一个布厂。欸，两人从竞争关系转变成供需关系，不知谁给谁打了个电话，竟然合作了。"突然，他降低音量感叹，"所以啊，没有永远的敌人，只有共同的利益。等你在商城待久了，看过各种龌龊事，就知道在赤裸裸的利益面前，人情什么的都是扯淡。"

韩沉西抿嘴。

他不知自己有没有会错意，他觉得李保田绕这么大个圈子，其实是在做他的思想工作，让他别因为一时的委屈做错事，要将目光放长远些。

他觉得这一刻的李保田，某个方面有些像柳泊涟。

他点点头，递给李保田一双筷子，示意李保田吃饭。

李保田瞧他听得进劝，挺开心的，愉快地夹起一块鱼肉，熟练地挑鱼刺。

只是还没将鱼肉送到嘴里，李保田突然抬头看向韩沉西，吐槽："你这人还真是要钱不要脸。"

韩沉西一愣。

李保田说话风趣幽默，又带着点孩子般的玩世不恭，韩沉西跟他相处起来分外舒服。这顿饭后，两人再在商城碰面，韩沉西都会跟他聊几句，有次还约着一起喝酒。

也就是那天，李保田半醉半醒，借着酒劲旧事重提，韩沉西才知他是个可怜人。

原来李保田以前在一家国企纺织厂管理车间，他踏实肯干，虽收入不多，但贵在稳定。老婆是一名小学老师，用他的话形容长得跟林黛玉似的，爱哭又任性。两人婚后生活美满甜蜜，三十岁时，要孩子，哪想，儿子生下来检查是脑瘫。夫妻二人几近崩溃，带着小婴儿辗转求医，最终也没能医好，短暂停留人间八年的小天使去了天堂。

然而，丧子的悲伤还未缓解，老婆在学校安排的体检中又查出乳腺癌，不得不倾家荡产动手术做化疗。四年后，他丧妻。半辈子没干过坏事，甚至青春年少时"叛逆"二字都不曾出现在生命历程中的老好人，被命运恶意地玩弄一番，成了一无所有的孤家寡人。

痛苦最深的时候，他死过一回，但没死成。

起初三四年，他像行尸走肉地活着，每天喝酒、抽烟、泡棋牌室、和别人厮混，借以麻痹自己。再之后，时间将伤痛磨平了一些，有人劝他再找个女人，家里没女人操持，过着多没意思。他经过一番心理建设，接受了，经过几轮相亲，和一个在酒店做保洁的女人搭伙过起了日子。不过没多久，女人嫌他实在太穷，又一脚把他踹了。

李保田再一次沦落为孤家寡人。

不过这次，他彻底断了重新组建家庭的念头。他到商城找了个装卸工的活，渐渐安定了下来。

"你体验过一无所有的感觉吗？"大概真的喝蒙了，李保田突然冲穿着光鲜亮丽的韩沉西问了这么一句。

韩沉西摇摇头。

李保田反应迟钝，一阵沉默后，叹气说："别体验，不是什么好事。"

元旦当天一大清早，弋羊翻过身，迷迷糊糊地瞧见斜对面的程香巧正披头散发以狗刨的姿势扒拉着墙，在起床和不起床之间做最后的挣扎。

"唔，你也醒啦！"程香巧听到响动，费力地掀开眼皮，朝弋羊的床位瞥去一眼。

弋羊点点头，随后从枕头下摸出手表，瞧了时间，六点一刻。她问："你今天怎么这么早？"

程香巧哀叹："今儿部门联谊，不放心手下那帮废物，准备提前过去看看会场，顺便给控场的小孩交代点事情。"

作为宿舍的头号事业女强人，程香巧经过三年打磨，已经非常成功地在校级部门中谋取了一官半职。

"坐着副部的职位，却操着部长的心，小心有人怀疑你笼络人心架空部长的职权。"

陶染的声音猛然插进来，弋羊和程香巧颇为意外。

"我生来就是个操劳过度的命，你这个缺心少肺的死丫头别挑拨离间。"

随着时间的推移，宿舍四人的相处模式已经从大一初始时互相试探对方底线的小心翼翼，急转弯似的变成了言语互损。特别是来自北京的程香巧，自小一张嘴又碎又贫，哪天话痨病犯了，自言自语喷出的唾沫都能把宿舍地板拖湿个来回。

快速扫了眼窗外，程香巧又牙尖嘴利地说道："太阳还没晒到你屁股呢，闭眼睡你的回笼觉吧。"

陶染从温暖的被窝里伸出一条细腿："睡什么睡，我妈今天生日，被勒令回家给她贺大寿。"

"那挺好！"程香巧说，"不用看见你在我面前散德行了。"

吃瘪的陶染无力还击，翻了个带眼屎的白眼。

这间隙，弋羊整理好被褥，正要踩着床梯下去。陶染与她睡对头，抬眼望见她的脑袋，也不知怎的，哼哼唧唧一抬胳膊，鬼使神差地竟将巴掌落在了她的头顶，还顺毛似的温柔地抚摸了两下。

弋羊动作一顿。

后知后觉的"陶胆大包天"慢悠悠地与她一对视，嘿嘿咧嘴笑。

弋羊略带嫌弃地"啧"了声，一把将陶染的咸猪手挥开，这才下了床到卫生间洗漱。

她刷牙的工夫，陶染又贱兮兮地把夏语蓉撩拨醒了，两人叽叽喳喳说着话。

"你今天有什么行程啊？"

"跟人约了去爬东方明珠。"

"谁啊？经管院的那个精神小伙？"

"人家有名字！"

"叫啥？"

"好奇吗？不告诉你。"

静默两秒，夏语蓉突然一嗓子哀号。

弋羊推断陶染撩胳膊去收拾夏语蓉了。她下意识朝卫生间门口扭头时，程香巧一边吐槽着两人小学生行为，一边趿拉着拖鞋走了进来。

两人福至心灵互相望着，嫣嫣然笑了起来。

程香巧挤着牙膏，问弋羊："姐夫哥什么时候到？"

弋羊："九点左右吧。"

程香巧"哦"了声，身腰一扭，懒洋洋地杵着墙开始刷牙，只是她的目光附着在墙壁的挂镜上，有意无意地瞄着镜子里的弋羊。片刻后，她忽然用半嘲笑的语气含混不清地嘟囔："眼睛都冒星星了！"

弋羊没理，吐掉漱口水埋头洗脸。

程香巧看弋羊佯装不懂其意的反应，乐了。

她这句打趣是在逗弋羊，毕竟"眼睛冒星星"如此酸溜的形容词只会出现在缠缠绵绵的情侣口中，她哪能瞧得出来？更何况弋羊是个极少情绪外露的人。

然而此刻，弋羊摆出一副不辩驳、不多做解释的样子，莫名有些欲盖弥彰之嫌，好似在暗暗高兴。

一大早闹腾得鸡飞狗跳的宿舍，在几人相继拖拖拉拉地出门后，终于安静了下来。

弋羊七点给韩沉西发了微信。

弋羊：出发了吗？

弋羊：高速堵车吗？

现在八点了，却一直没收到回复。

弋羊不由得怀疑他睡过了头，等不及了，索性给他打了电话。

电话接通的瞬间，韩沉西分外懊恼地说道："对不起啊，羊姐，我这边生意上临时出了点状况，恐怕今天抽不开空去上海了。"

弋羊稍作反应，问道："严重吗？"

韩沉西叹了口气："一些琐碎的小事，比较磨人。"

弋羊一时没接话，韩沉西忙小心地问："你生气了？"

"没有。"弋羊放缓声调，似有宽慰他之意。

反倒韩沉西不知好歹，内心突然自相矛盾地为她这个云淡风轻的态度表示不满意："为什么不生气？我来不来对你没区别吗？"

弋羊一愣。

韩沉西做作地"哼"了声。

弋羊想了想，说："有点失落吧，我都计划好和你去什么地方玩了。"

"是吗？还算有良心！"韩沉西半真半假地毒舌一句，却又瞬间软化态度，"下次吧，下次一定！这次是我失约在先，我再次郑重地给你道歉。"

"嗯，道歉收下了。"弋羊说，"别贫了，忙你的事去吧。"

沉默须臾后，电话挂断了。

弋羊的失落是真的，毕竟自打韩沉西回到望乡，两人已经三个月没见面了。

韩沉西留学那会儿，两人见一面足够折腾，彼此体谅着。现在呢，他开始工作，好不容易将距离拉近了，可是时间很大程度上无法再继续自由支配，现实又逼迫他们相互理解。

他们的生活越来越割裂。

弋羊蓦地想起陶染问过她的话——长时间分开的话，真的不会出问题吗？

没法作答，因为她已经感觉到她和韩沉西正走在两条不同的路上。她不知道这种异地的状态什么时候可以结束、用怎样的方法结束。

她很担忧，偶尔会浮现出一股"患得患失"的悲观情绪，只不过她完美地将这些起起伏伏的心思掩盖起来，没跟韩沉西提及，甚至连常伴在身边的陶染也未能察觉。

计划被打乱，弋羊恢复四点一线的生活。

她将笔记本电脑塞进书包，下楼去食堂吃早饭，然后到图书馆自习。

她的毕业设计选定的是机械电子方向的，需要制作样机、画控制板，以及进行仿真分析，任务繁重，导致目前她有点无从下手。

查资料到傍晚，她顶着昏昏沉沉的脑袋回了宿舍。

刚打开宿舍门，背后突然传来一声吼。

"羊姐！"

弋羊应声扭头，看到陶染像个炮弹似的降落到她面前。

"你怎么这个时间回来了？"弋羊很困惑，"晚上你妈妈不是要开生日宴吗？"

"别提了。"陶染胳膊一弯，顺势挂在弋羊身上，喘着粗气，"我导师出差回来了，一回来就联系我说要看我的论文大纲。啧，够敬业吧？"

弋羊"嗯"了声。

两人进屋，陶染看她书包沉甸甸的，俨然不像出去玩的样子，问道："姐夫哥呢？"

弋羊："有事没来。"

陶染怒目一瞪："放你鸽子啊？好大的狗胆！"

弋羊罕见地捞嘴上的便宜："当着我的面诋毁我男朋友，合适吗？"

"还护上了！"陶染吐槽着，飞扑到书桌上打开电脑，找U盘拷贝文档。

"哦，对了。"文件下载的工夫，陶染想起什么，把她怀里抱着的两本书扔到弋羊桌上，"刚在楼下碰到许明宇学长了，他让我带给你的。我本是想拒绝的，但我一路实在跑太快，脑子缺氧，反应慢，没等开口呢，他就走了。"

陶染上牙齿碰下牙齿语速惊人地解释一通后，拔掉U盘，火烧屁股似的一溜烟消失了。

门"砰"地被撞上，带起一股劲风。

弋羊视线重新落在书封上，两本书的书名显示书的内容与她的论文课题有关。

她猝然凛起目光，唇抿成一条线，找出许明宇的微信，发消息给他。

弋羊：你在哪儿？

许明宇：宿舍。

弋羊过去找他。

她走到他宿舍楼下时，他已经在等着了。

"找我什么事？"宿舍温暖，许明宇出来只穿了件薄毛衣，这会儿被寒风吹了一阵，他冷得微微耸起肩膀。

弋羊把书递到他面前："有需要，我自己会到图书室找。"

许明宇很快瞄一眼那两本书，唇边带着一抹笑："何必再费工夫，我顺手带给你的，你看完了记得还就行。"

"你为什么要顺手带给我？"

弋羊问得相当直白，许明宇愣了一下才笑着回复："哪有那么多为什么，看到这本书，想到你应该能用上呗。"

弋羊面色不动："这么说，你不心虚吗？"

许明宇有点愣愣的。

在他的印象里，弋羊是个寡言冷淡的人，没想到交谈起来会如此犀利和噎人。

许明宇换了个说法："想跟你进一步认识一下，交个朋友。"

弋羊看了他一眼，依旧不为所动："我不和没有分寸感的人交朋友。"

在这说话的期间，她递出的手一直保持着伸直没有收回的状态。她瞧着许明宇还是没有接的意思，便弯腰轻轻地把书放到他的脚边，转身离开了。

折返的路上，弋羊回忆了一下她和许明宇相识的过程。

大二下半学年，院里举办PRP宣讲会，许明宇作为优秀学生代表参会与他们交流和分享经验，会后，班长冯州龙加了他的微信。

第二天上课，冯州龙拿着感兴趣的课题，盛情邀请弋羊加入。考虑到课外学分和大学履历，弋羊答应了。

很快，冯州龙又定下了其他组员。为方便大家交流意见，他拉了个群组，同时也把许明宇请了进来，以指导老师的身份。

弋羊在群里并不活跃，大多数时候她都是在听男生们七嘴八舌地讨论问题。除非遇到特别相悖的观点，她才会主动阐述自己的看法。群里，她与许明宇没有进行过直接的对话。

有次在奶茶店，许明宇认出了她，她礼貌地跟他打了声招呼。

之后，许明宇又跟朋友去店里坐了几回，两人也只是点头之交。没多久，弋羊便把那个工作辞了，因为课程压力大，她又盘算着保研，就一心投入到学习中去了。因为有奖学金的缘故，她的生活费倒也不紧张。

她和许明宇真正意义上有交谈，是论文出成稿，冯州龙组织聚餐答谢许明宇对他们组长期的答疑解惑。

她是唯一一个女生，机动院的女生稀少，许明宇免不了问她怎么想学机械专业。弋羊不记得自己是怎么回答的了，因为当时冯州龙突然插进一句话，将话题从她身上绕开，转移到大三的专业分方向上。她全程沉默地保持聆听。

饭后，许明宇私加了她的微信，有天群组里有人忍不住吐槽流体力学的作业。流体力学这门课历史沉淀多，派系复杂，按照老师的形容，学不学得明白全靠能不能"灵光一闪"地顿悟。幸运的是，弋羊属于为数不多的顿悟派，而一向在其他科目中表现优异的冯州龙，这回属于没有觉醒意识的混沌派，他积极地向弋羊讨教"修仙"之法。

弋羊那天心情非常非常好，原因是她收到了韩沉西寄来的明信片，同时，韩沉西也收到了她的"回礼"。

她难得开玩笑地回复：独家修炼秘籍，不外传。

语气里的傲娇劲儿将冯州龙气得当场闭麦。

再晚一些的时候，许明宇突然私信她，发来两条消息。

许明宇：如果流体学起来没有太大压力的话，可以看一下这两本书当作拓展。

下面缀着两本英文书名。

弋羊颇感意外地表达了感谢。

许明宇：有不懂的地方可以问我，虽然我的水平也一般。

弋羊：学长谦虚了。

许明宇：你挺不谦虚的。

弋羊愣了一瞬，意识到他指的是群组里她跟冯州龙的打趣，立马解释。

弋羊：刚才是开玩笑的。

许明宇：你会开玩笑，我很意外。

弋羊以为是自己平时太过冷漠，突然活泼一下，给人的感觉很违和。

她不知该怎么回复。

聊天框安静了两三分钟，许明宇主动圆了场。

许明宇：好了，不打扰你了。

弋羊：嗯。

第二天，弋羊趁着去图书馆自习，借阅了其中的一本书，但没过两个星期她就还回去了。因为于她的水平而言，这本书确实高深了，她没有时间和精力死磕在拓展材料上。她早已不是那个随便一考就能横据封县一高理科年级的第一名了，S大卧虎藏龙，她能保持专业课学分绩点在前十就已经是很难很难的一件事了。

记忆里，她曾经跟葛梨说过，论成绩，她就是葛梨的天花板。如今看来，不过是一番不知天高地厚的"狂言"。

所以，当许明宇再主动问起有没有看他推荐的书目时，弋羊表示自己水平有限，现阶段专注专业课本更好。

许明宇给予理解。

又过了些时候，落到最近联系人列表最底层的许明宇突然冒泡。

许明宇：刚才干了一件很窘的事情，在一食堂，把另外一个女生错认成了你。

弋羊：是吗？我今天确实没去一食堂吃饭。

许明宇：你是不是常和室友去二食堂？

弋羊：是的。

不知是凑巧还是哪一方有心，弋羊渐渐在二食堂碰到许明宇的次数多了。刚开始两人只是简单打个招呼，直到某天中午，许明宇落单。陶染是个活络性子，见状跟人寒暄两句，难免口快地邀请他跟她们一起。

为表感谢，许明宇请客喝饮料。

陶染分外不客气地说："苏打水，谢谢。"

许明宇笑了下："减肥呢？"

陶染哈哈乐了："养生。"

"那你呢？"许明宇看向弋羊。

弋羊摇摇头："我不要。"

许明宇眉峰挑高："你确定？"

弋羊"嗯"了声。

许明宇没再说什么，转身走了，过会儿回来，却给弋羊带了一盒酸奶。

陶染瞥了他一眼，狐疑地问："你怎么知道羊姐爱喝酸奶的？"

许明宇颇为神秘地一弯嘴角，看着弋羊，说："用心观察。"

"哦。"陶染一边无意识地随口应着话，一边伸手接过许明宇递来的苏打水，拧开瓶盖慢悠悠地灌下小半瓶。细微的甜味在口腔蔓延开时，她脑海里突然灵光一闪，好似回味到什么，一个激灵坐正，忙扭头眨巴着大眼睛看向弋羊和许明宇。

只听弋羊慢半拍地解释道："我不爱喝酸奶，是我男朋友让我每天喝，我才喝的。"

"男朋友"三个字发音清楚，掷地有声，陶染看到许明宇夹菜的手明显在空中停顿了一下。

嘈杂的环境中，他们这一桌的氛围肉眼可见地沉寂下来。

陶染如坐针毡，觉得自己要说点什么，便附和了弋羊："姐夫哥虽然不在你身边，但日常的关心还挺到位的。"

以往宿舍闲聊到弋羊和韩沉西谈恋爱的细枝末节，弋羊总会轻飘飘一句话带过去，很少秀恩爱，更别提当众夸韩沉西了。所以，陶染本没期望弋羊会搭她的话，孰料，弋羊"嗯"了声，神色还颇为认真。

陶染愣了愣。

一顿午餐，三人各怀心事地勉强将食物塞进肚里。

回宿舍的路上，弋羊撑着太阳伞，陶染挽着她的手臂。

弋羊："挨得这么近，你不热吗？"

秋老虎作威，十月的天里，气温依旧居高不下。

陶染据理力争："不挨得近点，我这半边胳膊会被晒着。"

弋羊无奈。

又走了一段路。

"羊姐……"陶染喊她一声，似有话不敢说，支支吾吾的，"你跟学长最近来往是不是挺密切的？"

毕竟转了专业，陶染不可能再像大一那会儿时时刻刻黏在弋羊身边，一些事情已经发生在她看不见的范围内了。

弋羊想了想，说："还好。"

"那你……"陶染尽量委婉道，"觉不觉得学长好像对你有些过于关心？"

弋羊沉默。

感觉到了，是刚刚才迟钝地察觉许明宇放在她身上的注意力好像过头了。

一直以来，她没有多想，一是因为她这个人过于关注自我，对外界冗杂的信息大多选择直接屏蔽，这导致在一些事情上她的反射弧很长，这一点，在韩沉西刚追她那会儿差点没被气死就可见端倪；二是她每天顶着与韩沉西合照的头像跟人聊天，但凡有点眼力见儿的都该知道她是有男朋友的，虽然这个男朋友百八十天见不上一面，在部分外人眼里形同虚设。

弋羊眼神闪了闪，联想起和许明宇为数不多的几次聊天，话题里明里暗里隐晦的关心似有越界之嫌。

——有些关心是男朋友该做的，而不是男性朋友可以过多干涉的。

元旦假期一过，便临近年关。

厂里年终盘点，一如既往，收账是一项繁重且艰巨的任务，特别是棉纺织这行当，市面上流行欠"三角债"，也就是布厂欠纱厂棉纱货款，布匹经销商拖欠布厂货款。

韩沉西经手合作的几家织布厂体量小而杂，即使今年行情不错，也是以"一车压一车"的模式走货，更有甚者，只要布厂老板足够不要脸，百十公斤的单子，三四万的款项都能拖到月结。大多数时候，并不是他们手里没钱，而是布料的资金回笼，他们会先用着这钱从另外的经销商手里拿棉纱从而维持机器的运转。

所以，韩沉西缀在这些老板屁股后面要钱，就像猫捉老鼠玩着"你追我藏"的游戏。他软着态度打电话催款，人家口头给个承诺日期，比如这周五电汇，可到了周五，他再打电话提醒，电话却始终无人接听，人仿佛失联了。然而一旦过了下午五点，他们又纷纷冒出头来，给出的未能及时回款的理由皆是有事耽误了，踏着点紧赶慢赶赶到银行，万分不幸，仅相差一秒，银行下班了。

言辞之恳切、悔恨、懊恼，倘若韩沉西没有提前知晓他们千年狐狸的狡猾面，大概就信了。

周末银行休息，汇款便顺延至下周。而下周，又周而复始地开始由周一推托至周五，明日复明日，直至韩沉西驱车上厂里"做客"。

耐着性子与"赖皮"斡旋的同时，韩沉西还要跟财务室远程核对报表及对账单，任务不重，只是繁杂，因此磨掉了他大把碎片化的时间，导致他抽不出一天的空当弥补元旦的"爽约"。

终于等鸡零狗碎的事情处理得七七八八，已是一月底，工厂纷纷停工，纺织工人放假。

柳思凝来电话询问韩沉西打算何时回去过年。

韩沉西敷衍道："我想想。"

柳思凝敏锐地听出他话里颇有"准备浪在外"之意，讥讽说："不着家你是准备往哪里栖？南通是有你爹还是有你娘？"

韩沉西叹了口气，欠打地说道："回去还是要回去的，我还有事求人呢。只是回去的时间不是我一个人能决定的，我现在做不了自己的主。"

"是因为你那个还在上大学的女朋友吗？"柳思凝冷呵，"还没分呢？"

韩沉西吊儿郎当的："早着呢，我现在一门心思全在她身上。"

柳思凝有些怒其不争："瞧你这点出息！"

韩沉西却毫不羞耻地说道："还不是跟我爸学的，一脉相承呗。"

他一句话顶得柳思凝哑口无言，在心中咒骂着韩家的几辈老祖宗，愤恨地将电话挂断了。

等再晚些时候，韩沉西联系了弋羊，寻求"领导"指示："今年寒假你是打算继续留校还是回望乡？"

谁知，弋羊一反常态地说："回去吧。"

韩沉西疑惑："怎么想回去了？"

弋羊回道："你回去了，我也就回去看看吧。"

瞬间，韩沉西心里乐开了花："等着，我订机票。"

腊月二十六，阔别已久的异地恋情侣终于在浦东机场碰面，地点约在 2 号航站楼。

弋羊坐地铁先一步到达，站在指示牌旁等着。她面朝入口的安检门，所以韩沉西一绕进来，她便捕捉到了他的身影。

弋羊朝他挥挥手。

韩沉西的视线在空中飘荡须臾，才准确地落在弋羊身上。他一挑眉，咧嘴就笑。

弋羊急忙拉着行李箱走向他。哪想韩沉西突然顿住脚步，且一伸胳膊，示意弋羊也停在原地不要动。

弋羊有点蒙，无所适从地远远望着他。

这时，韩沉西从呢子大衣兜里掏出手机，打来了电话。

弋羊满头问号，韩沉西却使眼色让她赶快接听。

即使在一起很久了，弋羊也始终驾驭不了韩沉西时而冒出的一些不按常理出牌的鬼点子，只得无奈又听话地把手机听筒挨在耳旁。

只听韩沉西语气嘚瑟地说："羊姐，跑过来。"

"为什么跑？"弋羊感到莫名其妙。

韩沉西"啧"了声："听话！"他没解释，而是软着态度又强调一遍，"跑过来嘛。"

隔空相望，弋羊能感受到他眼睛里热烈的凝视。

好一番迟疑，弋羊最终起脚朝他走了几步，随即步伐渐渐变急，成了小跑，奔了过去。

韩沉西的笑容更加绚烂。他等待着，在弋羊即将跑到他面前时，心里把握了一个距离，突然跨一步上前，没来得及刹住速度的弋羊就这样扑到了他的怀里。且由于身高差，她的额头以不小的力道磕着了他的下巴。

韩沉西装模作样地闷哼一声，随即满心欢喜地搂着怀里的人说："这才是女朋友见男朋友该有的表现。"

终于反应过来被下套调戏的弋羊忍不住吐槽："你怎么那么多鬼心思啊？"

韩沉西额头打量她，抿唇，没有言语。

他生着一双桃花眼，平常黑亮的瞳仁里便比别人多了分温度，更别提这会儿盯着离别许久的女友瞧，满眼都是柔情。

弋羊又开始浑身不自在，挣开他，没话找话："你是不是胖了？"

韩沉西挑眉："有吗？"

弋羊不敢确定："感觉上。"

她不知是因为冬天穿衣厚的原因，还是少年的骨骼舒展，开始向成年人的身躯定型。

"那你再抱抱看。"

不由分说，韩沉西拉着弋羊的双臂搭在后腰上，又将人骗进了怀里。

"胖了吗？哪里呢？肚子外凸了？腰背厚了？"

他势必要问出个所以然，而弋羊心知他是故意耍流氓，不甘下风，带着惩罚性地用手指戳他腰侧的敏感处。

韩沉西"哎呀"一声惨叫，踉跄扭开一寸。

弋羊得以从他怀抱中抬起头，佯怒地瞪着他说："别上纲上线。"

韩沉西据理力争："谁让你先对我的身材管理质疑。"

弋羊张嘴想反驳什么，孰料韩沉西这时一低头，压过来，贴了贴弋羊的嘴唇。

一触即分，动作之迅速，把弋羊彻底弄蒙了。

"快走，太丢人了！"

韩沉西压低帽檐，牵着弋羊逃也似的奔去行李托运处。

登机历经了漫长的等待，两人着实体会了一把春运的恐怖。

坐到座位上，韩沉西已经满头大汗。

他把大衣脱了，弋羊瞥了眼，看见他里面穿的是白衬衫，叠加一件黑线衣，才发现这家伙的穿衣风格有了改变。

他很喜欢叠穿，高中那会儿便如此，只不过当时偏运动风，短T恤是基础搭配，夏天不必说，等秋天，天凉一些，短T恤外直接套各种款式花色的卫衣，打球热了，也方便脱。到了冬天，卫衣外裹一件质地相当好的羽绒服，宽大蓬松，相较于取暖，不如说垫在书桌上趴着睡觉更舒服。所以，零下的温度，大多数时候，他都是一件卫衣加短T恤在室外上蹿下跳，活力四射，像一颗永远不会沉寂的小太阳。

现在呢，仅仅才踏入社会半年，穿着打扮素雅正式了许多，慢慢在向一个成熟的"大人"靠拢。

弋羊一瞬间很恍惚，没注意到落在韩沉西胸口的目光凝固了。韩沉西精准捕捉，问："你这么看着我干什么？"

弋羊回神，含混道："没什么。"

她把目光收回，扭头望向窗外。

韩沉西以为她在害羞，挺了挺腰板，再次厚颜无耻地说道："想看就看呗，大大方方地看，就是穿给你看的。"

人还是那么个人，秉性未变，透着狡黠。

见弋羊没理他，韩沉西也没再磨着跟她说话，给柳思凝发了条信息，关机闭眼睡了。

飞机准时起飞，历时两小时到达。快降落时，空姐提醒目的地正降暴雪，弋羊当时听着不以为然，对于"暴"的想象局限在"鹅毛大雪"的场景上，谁知一出飞机舱门,犀利的西北风狂卷着雪疙瘩扑打在脸上,刮得人睁不开眼睛,站都站不稳。

好些年没回来过年的两人对如此恶劣的天气面面相觑。

机场坐落在省郊,离望乡还有好一阵车程。

柳思凝打来电话说开车来接,韩沉西以不相信她的驾驶技术为由婉拒了。

他原本的想法是找酒店休息一晚,等第二天雪停了再走。可机场实在太偏,周围的小旅馆住宿条件脏乱差,韩沉西实在不愿受委屈,最后和弋羊商量,还是包了一辆车回去。

高速路上,回乡过年的私家车堵成一条长龙,就这么走走停停,千难万险地回到县城,已是深夜。自然,韩沉西要留弋羊在别墅过夜。

弋羊:"叔叔,阿姨……"

"他们俩不住这儿。"韩沉西借着别墅门口的路灯瞧弋羊,笑了声,"扭捏什么,又不是没来过。"

弋羊:"那不一样。"

她当初来是白天,况且有柳丁在,而且待一会儿便离开了。现在是晚上,要留下来过夜。小城镇民风淳朴,观念保守,这擅自住进男方家里,被左邻右舍看见,免不了闲言碎语,倘若落入柳思凝和韩崇远耳朵里,不知他们又会怎么想。

韩沉西自然明白弋羊纠结的原因,可眼下的处境也是迫不得已。不住在他这里,她又能往哪里去呢?雪下得汹涌,回望乡的路况糟糕,又是深夜了。去羊军国的出租房吗?如果韩沉西没猜错的话,徐春丽和羊军国正闹分居呢。几个月前,他偶然路过羊军国的修理铺前去打招呼,看见店里摆着行军床、衣柜,以及锅碗瓢盆等家当,显然羊军国住在里面已经很长时间了。冬夜寒冷,难不成让她在那里将就一晚吗?那人不得冻坏了?

"怕什么,谁敢嚼舌根,骂回去就行了,谁还没有长了一张嘴。"

不由分说,韩沉西拉着人进了院子。

柳思凝已经提前打扫过房间,但毕竟小半年没住人,屋里还是有一股灰尘味。

韩沉西将行李搬进客厅,让弋羊找出睡衣去冲热水澡。

实在太冷了,在相对温暖湿润的南方待了几年,竟然已经受不了家乡的冬天。韩沉西关节冻得僵硬,牙齿打战。他把卧室的空调开到30℃,站在出风口吹了好一阵才缓过劲。

而另一边,弋羊洗澡很迅速,只是简单地暖了身体,头发都没打湿。

她出来换韩沉西进去。

也就是在韩沉西洗澡的间隙,弋羊来到柳丁的房间,考虑今晚还是不要和韩沉西睡在一起为好。她担心明早万一思儿心切的柳思凝突然到访,撞到两人同床共枕,那场景想想她都觉得活下去需要勇气。

可令她失望的是,因为住校,柳丁早已搬走了,房间的防尘罩落满灰尘,衣柜里更是空空如也，哪里有床褥？心里莫名有股"逼上梁山"的无奈，弋羊叹了一口气。

她退出房间，关上门，一转身，瞧见韩沉西倚着客厅的博古架一边擦头发，一边直勾勾地盯着她。

韩沉西："大半夜不在床上躺着，瞎溜达什么呢？"

弋羊："没什么。"

韩沉西眉梢一吊："放心吧，门锁好了，反锁！"

弋羊咬咬唇，没说话。

"睡觉吧，困死了。"韩沉西将人连拖带抱地拥上床，还假模假样地打了个哈欠，甚至挤出了几滴眼泪。

看样子是困了，可是真的……睡得着吗？

多久对弋羊没有真实的触感了，再加上他一大小伙子血气方刚，某些真实的欲望沿着神经末梢叫嚣，快要顶破太阳穴了。

韩沉西紧闭双眼，将额头抵在弋羊的肩背，呼吸，吐气，试着调节急不可耐的焦灼，可是入肺全是两人身上交杂的沐浴露的香味，脑子里已经彻底不纯洁了，所谓的矜持也就见鬼去吧。

他一只手从弋羊的肩胛骨慢慢斜到胯骨处，捞着人翻了身，面对着，声音含混地叫了声"羊姐"，便含上了弋羊的唇，且重重地、像带有掠夺和攻占性质地吸吮了两下。

弋羊受力后仰，反应过来就用手抵开他。

韩沉西贴着她的嘴唇抱怨："你都不想我吗？"

弋羊没多思考，很诚实地回答："想。"

但得安分，起码今天要安分。

由于心理作用，弋羊总感觉别墅不是属于她和韩沉西的私人空间，好像在某个角落，柳思凝正盯着她，让她稍微放肆就会有一种"糟蹋了家里豢养的小白菜"的罪恶感。

可与之相反的是，这个房间于韩沉西而言，完完全全是他的地盘，里面都是他的气息，所以他敢为非作歹，肆无忌惮。

"想我还推我？想我不应该抱着我吗？"

情话弋羊没耳朵听，却一抬手把胳膊绕到他的脖子上，抱紧了。

韩沉西兴奋了。

两人的呼吸再次交叠，被窝里渐渐全是热气，有汗水流淌，相贴的皮肤黏腻一片。

韩沉西反手扣住弋羊的手，拽着钻到被子底下。

室内老式空调"嗡嗡"地运转，室外大雪飘飞，映了一地的白光。

弋羊胸口发胀，她没忍住，借着韩沉西肩膀撑起的缝隙，垂眼往下看了看。

虽然很快收回了视线，可她的小动作还是被韩沉西捕捉到了。

一抹红晕染上弋羊的眼梢，韩沉西憋着笑，嘴唇蹭了过去。

他心痒地想：害羞的羊姐，真是太可爱了！

北方的冬天天亮得晚，八点钟才有一丝的曙光。

昨晚，两人折腾到三点才睡觉，再加上舟车劳顿，按说要一觉睡到日上三竿，可弋羊心里揣着事，死活睡不踏实，六点就醒了。

屋外漆黑一片，北风"呼呼"咆哮着，不知谁家院子里摆放的东西被吹散架了，铁皮擦着水泥地面发出"刺刺啦啦"的声响。

脑海里都能想象到的寒冷，让弋羊有些眷恋温暖的被窝。

她犹豫了一下，决定再眯一会儿，七点再起来，哪知一歪头睡沉了，再醒来已经九点了。

弋羊脑子一片空白，纯粹下意识的反应——猛地从床上跳下来。

动静不小，把韩沉西直接吓醒了。

韩沉西迷茫地望着她，愣了半天才说："羊姐，你发癔症呢？"

弋羊窘迫，只得装作无事发生地说："既然醒了，就穿衣起床吧。"

韩沉西自然不乐意，裹着被子蹭到床边拽弋羊，一脸色相地想趁着早晨精神抖擞的好时光适当腻歪一会儿。

但被弋羊很强硬很无情地拒绝了，她表情冷漠，跟几个小时前判若两人。

韩沉西有些无语。

弋羊生拉硬拽地将人拖到浴室，两人洗漱后简单收拾，出门吃早餐。

这个点，正是小区住户频繁出动的时间段，偶遇熟人在所难免。另外，虽说这是别墅区，但毕竟是小城市，入住率很高，又极少有人搬走，年复一年，彼此相处熟悉，也算知根知底，邻居之间经常往来，人情味很浓。

有人大老远看到韩沉西，热络地打招呼："沉西回来啦。"

韩沉西回应："是啊，过年了。"

"几时到家的啊？"

"昨晚大半夜。"

"那会儿雪下得正紧呢。"

"可不是，路面结冰，不好走。"

寒暄几句，对方才敢把目光放到一旁的弋羊身上。

弋羊虽然考虑得比较多，但是眼下躲不掉别人的打量，也就大大方方随他们看了。

韩沉西拉着弋羊的手，不等人开口问，主动介绍说："我女朋友。"

随即换来几句客套的夸奖。

韩沉西也是够厚脸皮，把这些夸奖全承接了下来，搞得弋羊反倒不好意思了。

等人走了，韩沉西说："税务局的人，我妈经常跟他一块儿吃饭。"

弋羊说："那今天的情况要传到阿姨耳朵里了吧？"

韩沉西耸耸肩，表示无所谓。

弋羊说："别嘚瑟了，想想怎么跟你妈妈解释吧。"

韩沉西："别怕，她要是问起你，正好带你去厂里逛一圈，官方认证一下。"

弋羊往前走，没理他。

韩沉西见状，问："怎么，你不愿意见我的家长啊？"

弋羊说："不嫌早吗？"

韩沉西歪头思考："咱俩处了这么多年，其实可以直接进民政局了，就看你愿不愿意嫁给我。"

他这话只是逞一时的口舌之快，无关乎态度认不认真，可哪想弋羊好像上了心。她突然站定，眼睛清清亮亮地看着韩沉西，欲言又止几次才开口问："那结了婚，还会分居两地吗？"

话题的走向完全偏了。

韩沉西本以为耍流氓式的嘴上讨便宜会让弋羊气急败坏。

一瞬间，他脑子卡住，不运转了，等回过神，有些慌乱地问："羊姐，你是不是心里对我有什么怨言啊？"

弋羊摇头。

韩沉西哪里会相信："有话直说，你不要瞒我。"

"没有。"弋羊收回目光，垂下眼帘，用冻红的手指将毛衣领往上拉了拉，盖住下巴，喃喃道，"是很喜欢跟你一起待着的感觉。"

或许因为嘴硬的人很少说软话，所以一旦他们放软态度表达，便很容易让人心疼。

韩沉西想到这四年里，两人不是在离别，就是在奔赴离别的机场，不由得一阵心酸。

平常多会花言巧语的人，突然卡顿成了一位不会辩解的哑巴。

相对而立的漫长几分钟里，两人都沉默着没有言语。最后，弋羊伸手拉韩沉西，说："走吧，好冷啊。"

出别墅区大门往前走一条街便有早餐店。包子、油条和豆浆全是记忆里的味道，许久没吃，竟觉得美味。

吃饭期间，韩沉西酝酿着聊些什么，但没找到机会。他接到了两通电话，一通是财务室打来的，让他今天抽空去签回款单，另一通是柳思凝打来的，问他起床没，起了就到厂里帮忙，晚上厂里开年会。

两人并肩坐着，弋羊听了个大概，所以，吃完饭，韩沉西说要送她回羊军国的修理铺，她拒绝了，赶他去忙工作。

弋羊拉着行李箱来到修理铺，却发现修理铺大门紧闭，卷帘门中间贴着一张A4纸，上面写着"正月初五营业，急事电联"。

她挺意外今年羊军国会这么早歇业，盘算着他不可能留在徐春丽的出租房，便到公交车站坐乡镇汽车回望乡。

在镇口下车往家的方向走，她远远看到家的大门，没敢认，走近才吃惊地意识到羊军国竟然修缮了门楼和围墙——北方村庄的房屋建筑风格统一为青瓦斜顶、朱红色铁门。

因为砖砌得高，外观上看着非常气派。

门虚掩着，弋羊推开进去。

羊军国刚好在院里翻水泥，听到动静扭过头，看到弋羊，"嘿"了声，讶异地说："你这丫头怎么突然回来啦！"随后抱怨道，"也不提前打声招呼，我好去接你。"

"不想让你接，才没告诉你。"弋羊环顾院子，又看到地面灌注了水泥，铺平滑了。

"怎么想着修房子了？"她问。

羊军国说："咱家院子中间低，每逢下雨总积水，前段时间间歇的阵雨，水倒流到厨房，弄了一地的泥渍，清扫起来麻烦，想着铺平了省事。再说咱前后的邻居都修了新门楼，高高大大的，我们破破烂烂地杵在中间多不好看。"

弋羊"哦"了声，瞧着他手里的铁锹："你现在要做什么？"

羊军国："水池沿贴层瓷砖。"

弋羊："我来帮你吧。"

羊军国哪舍得让她干重活，但又深知她不会坐视不管，便另外给她吩咐了任务："你要是实在闲不下来，到厨房煮半碗米糊贴春联吧。"

春节习俗多，最讲究除旧布新。弋羊贴好春联，又将院子里里外外打扫一番，等闲下来，天已经黑了。

羊军国本以为今年又是自己一个人过年，没准备大鱼大肉，眼下弋羊突然回来，怎么也不会让孩子吃得太寒酸。贴好瓷砖，他换了件干净的外套，匆匆忙忙到镇上的市集买东西。

他晚饭大显身手，烧了五个菜。

弋羊在一旁帮他打下手。

羊军国已经记不得上次见她是什么时候了，关心地询问她的近况，比如学业、室友，以及上海的种种。

弋羊事无巨细地回答。

羊军国和她聊着聊着，突然意识到这丫头有了变化。以前她哪里有耐心跟人聊天，要么摆出一副爱搭不理的表情，要么像一只青红辣椒，一开口，辣得你心里憋屈。

现在，她不管是说话的态度、语音的语调，还是看人的眼神，皆柔和了许多。

在羊军国看来，这是一种温暖的成长，他非常开心。

吃饭时，弋羊顺口提了句徐春丽和弟弟。

"嫌家里装修的气味大，不愿意回来，不用管他们。"羊军国敷衍地用一句话将两人的近况带过。

弋羊便知道他和徐春丽的关系没有缓和，反而变得更加糟糕。

弋羊猜想徐春丽应该不打算继续委屈自己跟羊军国过日子了，拖着不离婚，只是尚没有找好愿意接盘的下家而已。这不能怪弋羊思想恶毒，实在是徐春丽的举动跟乡里那些每天不着家的妇人过于相似了。

她压住疑惑没有追问，因为担心会让羊军国难堪。

屋外，风声渐弱，干枯树杈的影子斜映在厨房的墙面上，摇曳着几分鬼魅的剪影，夜间的温度又低了几分，冷气从脚底钻进骨髓。

羊军国看弋羊放下筷子，便催促她，吃饱了就到被窝里暖着，冻狠了，恐怕要生冻疮。

弋羊听话地回了房间。

羊军国开始收拾厨房。

夜晚静谧，弋羊能清楚地听到锅碗瓢盆碰撞的声响，"叮叮当当"，然后声音渐弱。在沉寂下来的空气里，打火机"咔"的一声分外清脆，随即，咳嗽声起。

几分钟后，羊军国将烟抽完，轻轻锁上厨房门，拖着肥重的身体走到弋羊房间的窗户前，隔着窗户问她："闺女，两床被褥冷不冷？"

"不冷。"弋羊侧着身，头枕在胳膊上，责备了一句，"身体不好就不要抽烟了。"

"好呀！好呀！"或许因为太久没有人关心过他了，羊军国一口答应，混浊的嗓音里甚至能听出几分欢快的语调。

弋羊："每次都是只说不做。"

羊军国嘿嘿笑了两声，自嘲道："老烟民了，戒不掉的。"

年会安排在市里一家星级酒店，柳思凝故意拉韩沉西过来露脸。

她的想法很简单，既然儿子愿意屈身这行干，那就帮他铺好路。

邱长志自然出席。

在酒店门口迎面撞上，一个客客气气地喊"叔"，一个虚情假意地赔笑。

柳思凝感谢邱长志这段时间以来对韩沉西的提点和照顾。

邱长志端起长辈姿态："应该的。孩子很聪明，也特别勤快。"

韩沉西在一旁听得心里直乐。

不得不承认，生意场上的笑面虎，嘴里说出的话就是能蛊惑人。

年会额外宴请的有银行的几位主管，柳思凝和韩崇远亲自接待。

抽烟、喝酒、聊棉花股价和明年的市场行情，席间没有彬彬有礼的斯文人，粗糙大汉喝上头，聊天的嗓门拔高一个八度，撸起袖子跟要和人干架似的。

当晚，闹到夜深了才散。

因为好几个业务员不是本地人，柳思凝让财务在酒店楼上开了房间安排他们住下，第二天中午，专门派韩沉西一一送人走。

韩沉西来来回回跑了好几趟终于忙完，这天晚上，韩崇远又组了个饭局，前来吃饭的几位，脑门中央明晃晃顶着一个"××长"，再不济前面加个"副"。

其中有葛梨的爸爸葛庆安。

好巧不巧，落座时，他坐在了韩沉西旁边。

毕竟在一个胡同里住过几年，寒暄两句，韩沉西问起了葛梨。

韩沉西："今年就要毕业了吧？是工作还是继续深造？"

葛庆安："继续读，申请了几所美国的大学，在等录取通知。"

韩沉西："也要出国啊？"

葛庆安："是的。如今的时代不比二十世纪了，遍地的大学生，本科文凭早就不值钱了，研究生一茬一茬往外冒，出去读，海外留学的背景能增加竞争优势。"

韩沉西："什么专业？"

葛庆安："金融相关，等回来，到证交所或者商交所找份工作，也算是捧到了金饭碗。女孩子嘛，能坐在办公室里，相对清闲一些。"

韩沉西点头："挺好。"

葛庆安问："你跟小梨平时没联系吗？"

韩沉西笑着自嘲："她志向高，一心扑在学业上，哪有空跟我闲聊。"

其实，事实是，早在韩沉西那天找葛梨把话说开，葛梨恼羞成怒地将他的联系方式全删除了。

葛庆安扬起的嘴角透露出一丝欣慰和骄傲："现在闲下来了，别在家待着，你有空到家里找她玩。"

韩沉西自然不能说不去，但也不能说去，他心里知道葛庆安的邀请只是场面话，于是一笑带过。

等陪着韩崇远和柳思凝把年前该尽的礼数、该拜访的人悉数做到位，已经过到年三十了，韩沉西累瘫在柳思凝住所的软沙发上，支棱着一只胳膊翻手机。

他才发现，这几天总共和弋羊发了两条信息。

一条半夜三更的"睡了吗"。

一条第二天回应的"昨天睡着了"。

韩沉西烦躁又无奈。

柳思凝看到，以为他在跟以前的狐朋狗友发信息，说："你今晚别盘算着出去玩，老老实实到你爷爷家吃团圆饭。以前当你小孩心性，怎么胡闹都行，现在长大了，稳重点，别让他挑你毛病。"

韩沉西说："知道了，我保证今晚在饭桌上一定是笑得最殷勤的那一个，毕竟要找他拉投资呢。"

柳思凝疑惑："什么投资？"

韩沉西开始贫嘴："问这么详细做什么？能不能稍微给我一点私人空间，让我心里装些小秘密？"

柳思凝没打死他，纯粹念在十月怀胎不容易的份上。

韩沉西说着从沙发上一跃而起，钻到房间关上门，想和弋羊通电话，但电话拨出去好久都没人接。

弋羊随羊军国到坟地给姥姥扫墓，未将手机带在身上。

田间白雪未融，皑皑一片。

羊军国把手揣进棉衣兜里，琢磨好久，想着是则好消息，照理也应该给弋羊和自己的老妈一个交代，慢悠悠地开口："明年初春，你妈就要出来了。"

弋羊一愣，算了算时间："不是还有两年吗？"

"表现好，减刑了。"

闻言，弋羊陷入沉默。

羊军国又说："等她出来，我打算直接让她住到县里去。镇上的邻居彼此知根知底的，背后闲言碎语一堆，没办法生活。"

弋羊小声问："她同意吗？"

羊军国叹气："慢慢商量吧，你妈性格轴。"

弋羊没吭声。

羊军国从她的脸上瞧不出情绪，但也知晓她心情复杂，宽慰她说："这样我俩也算是有个照应，你就不用担心我哪天高血压犯了身边没人照顾。倒是你自己一个人在外面上学，离得远，不知道能不能吃饱穿暖，身边有没有知心的朋友说说话。"

田野空旷，转过身，能一眼望到那个废弃的工厂。

弋羊有一阵晃神，轻飘飘地说："有的。"

回到家，弋羊又在取暖器旁窝着。这几天她几乎寸步不离开取暖器，嫌冷，整个人的状态也是懒洋洋的。

手机搁置在面前的一张方桌上，绿色的提示灯一闪一闪。

弋羊拿来点开看，是韩沉西发来的短信。

韩沉西：今晚我要在爷爷家吃年夜饭。

弋羊说"好"，将手机收回兜里。

羊军国进进出出房间，看她又成放空状态，一时感慨。孩子没回来，他心里想念，回来后，见她天天干坐着，又担心她无聊。

好在大年初一一大清早，柳丁骑着自行车登门拜访。

弋羊吃惊："你怎么跑来了？"

"你好不容易回来一趟，总要见一面嘛。再说，我有问题请教你。"

柳丁的脸蛋被风吹得又紫又红，冻得直哆嗦。弋羊将她拉进屋，并倒了一杯热水让她抱在怀里暖着。

"你长高了。"弋羊上下将柳丁一打量。记忆中，这丫头没抽条时，一米五几，到她肩膀的位置，现在已经快要跟她持平了，两条腿更是又长又直。

柳丁说："中考完的那个暑假猛长的，我姑说跟同龄的孩子比，我算是发育比较晚的了。"

两人有一搭没一搭聊了一会儿，柳丁打开书包，里面满满当当全是试卷。

重点高中半个学期的时间已经完完整整地复习了两轮。柳丁手里的试卷是学校教研组出的拔高题，每一题要求两种思路解答。有几题柳丁卡得厉害，她总觉得自己有些死脑筋，想让弋羊教教她如何发散思维。

说实话，这有些为难弋羊，高中知识经过四年蒙尘，早忘得干干净净。更何况，学过高等数学和大学物理后，思考问题的方式发生了巨大的转变。

弋羊讲起来磕磕绊绊，后来卡在一道函数运算上，写写画画许久。柳丁突然贼头贼脑地把卷子卷成一个圆筒抱进怀里，笑眯眯地看着弋羊。

弋羊握着笔，一脸茫然。

柳丁殷切地说："这题我回去和我同桌探讨吧。弋羊姐，我能问你一些私人问题吗？"

弋羊："什么？"

柳丁大眼睛眨巴两下："我哥当初怎么追的你呀？"

话题太过跳跃，弋羊一时没反应过来。

柳丁脑袋一歪，又说："不是，重新问。你怎么确定我哥喜欢你呀？"

弋羊思考许久，回答："对我好。"

柳丁继续追问："怎么对你好的？"

弋羊言简意赅："关心。"

柳丁一听，眉梢压低，陷入沉思："那如果一个人平时对你爱搭不理，甚至有时还要刻意躲着你，但逢年过节又会给你寄一堆你爱吃的零食，算关心吗？"

弋羊挠挠眉心，她从不是知心大姐姐，也没有丰富的感情经历就看穿事情本质答疑解惑的能力，但她不傻，听懂了柳丁的拐弯抹角。

"谁给你买零食了？"她看着柳丁。

柳丁一愣，惊恐地回视她，将嘴巴紧紧抿成一条线，一声不吭。

弋羊刹那间从柳丁的眼睛里看到了真实的恐惧，心知这丫头有了情窦初开的苗头。她不想柳丁下不来台，更没有窥探别人隐私的欲望，改口说："这个我也不是特别清楚，但我想你自己应该能感受到那份心意是不是关心。"

柳丁嗫嚅道："感受到了，但我怕自作多情。"

弋羊绞尽脑汁措辞，最终还是给了柳丁一个"弋羊式"的安慰："可以找他当面问清楚。"

柳丁瘪瘪嘴，刚想反驳，大门口突然传来窸窸窣窣的脚步声以及两个男人的说话声。

她们好奇地抬头望去，只见韩沉西和羊军国说说笑笑地并肩走进院子。

柳丁头皮一炸，猛地从凳子上弹起来。

"弋羊姐，我求你个事，今天我跟你说的话你不要告诉其他人。"她带上了哭腔。

也不等弋羊做保证，她三下五除二把卷子、演算纸以及油性笔扫进书包，拉上拉链就往屋外跑。

她炮弹似的冲出来，把韩沉西吓了一跳。

韩沉西问："你怎么在这儿？"

"我找弋羊姐问几道题。"柳丁边说边去推自行车。

韩沉西困惑："问问题就问问题，怎么慌慌张张的？"

柳丁也不看他："我赶时间，得走了，一会儿要去上课。"

韩沉西先是"哦"了声，后知后觉反应过来不对劲："今天大年初一，你上什么课？"

而此时的柳丁已经掉转车头，飞快蹬车，冲出去几十米远。

羊军国和韩沉西认识不稀奇，稀奇的是韩沉西在羊军国面前丝毫不畏生。好歹羊军国是弋羊的长辈，他作为男朋友"初次"登门，心态异常稳定，忐忑和紧张没有半分，反而一口一个"舅舅"叫得殷切又亲热。

弋羊看傻眼了。

羊军国把韩沉西往正屋请。

韩沉西客气道："我就不进去坐了，舅舅。我来接羊姐，昨天跟她商量好了，今天一起出去玩的。"

羊军国也不为难两个孩子，开心地冲弋羊招招手，说："闷在家好几天了，我正好怕她无聊呢。"

弋羊靠在门边看着韩沉西一本正经地扯谎，没动。

韩沉西先把手里拎着的两盒茶叶递给羊军国。羊军国哪能接，推辞说："你们都是小孩子，不用搞人情往来这一套。"

"平常就算了，今天毕竟大年初一，空着手来，显得我不懂事。"韩沉西硬将礼盒塞给羊军国，接着疾走两步挪到弋羊身边，抓住她的手腕，却也不和她对视，继续跟羊军国说，"那我就带着她走了。"

羊军国点头："行，去吧。"

话题的中心人物未开口为自己说一句话，就这样被支配了动向。

而得了便宜还卖乖的韩沉西此时还不忘提醒弋羊："跟舅舅说再见。"将礼貌和周到诠释得让人挑不出毛病。

弋羊特别想吐槽他，但又心知要维护他那点男人的颜面，只好把酝酿到嘴边的话变成一个"你真是够了"的白眼。

看懂其意的韩沉西羞涩地蹭蹭鼻子。

如此有爱的小互动，羊军国尽收眼底，不禁感叹时代在进步，年轻人的恋爱观念开放，早已不像他们当年，拉手是要偷偷摸摸的。

"去吧，去吧！"他挥手赶他们，"路上注意安全。"

车停在大门口，等坐上车，行驶到镇街口，弋羊秋后算账："今天出去玩的事，你什么时候跟我商量了？"

反正人已经拐上车了，也不怕中途跑路，韩沉西嘚瑟道："现在问是不是有点晚？在舅舅面前怎么不戳穿我？"

"骗子。"

弋羊自己都没察觉到她的语气中杂糅着一丝忸怩，听起来像撒娇。

韩沉西盯着路况，余光不经意瞥向她，缓缓说道："不是你说喜欢跟我待着吗？想待一块儿总要见面吧？"

弋羊哑然，话确实是她说的，反驳等于打脸，索性一歪头，不理他，看向窗外。路上车来车往，不知到底哪辆车的经过逗乐了她，她竟抿嘴笑出了声。

韩沉西开车直接进了市里。

情侣约会，无非是逛街、吃饭、看电影、迫不及待地住酒店。

正巧书店街举办庙会，游购娱一体。

两人不知天高地厚地想凑个热闹，挤进去体会了一把人群的恐怖，手拉手并肩走如此简单的事情都是奢求，还被钻来钻去的熊孩子冲散好几回，更别提能闲情逸致地进店逛逛买些东西了。

他们唯一的收获是一个小羊气球。

碰巧经过一家蛋糕店，店里开业酬宾，为吸引顾客，请了一个小丑进行魔术气球表演。一群小朋友将穿得花花绿绿的小丑围了个严严实实，韩沉西看小丑手法熟练，编出的动物形态惟妙惟肖，心动了，也想讨要一个。

他仗着人高马大，对小丑说："能给我一个吗？我送我女朋友。"

一旁跳脚焦急等待的小朋友们一听，纷纷向他投来鄙视的目光。

韩沉西内心强大、脸皮厚实，区区几十道目光并不会让他感到不适。

或许正是与孩子们相比，他的要求很特殊，小丑乐意成人之美，快速捏了一个气球递给他，形状恰好是一只白色的小羊。

"谢谢！祝您生意兴隆！"韩沉西接过气球转手递给弋羊，"拿着吧，怪可爱的。"

弋羊看了看，听话地拿着了。

只不过，等两人跌跌撞撞地从书店街"逃"出来，尚未喘口气，再一看，那只"小羊"不知何时被挤破了，弋羊手里仅剩一截缩瘪的塑胶皮。

韩沉西笑得直不起腰："看来下次得送你个结实的物件。"

弋羊很无语。

已是下午一点半，过了午饭时间。

韩沉西问道："饿了吧？"

弋羊点头。

"走吧，带你去吃火锅，给老同学捧捧场。"

"啊？"弋羊一时没反应过来，"谁？"

韩沉西卖关子："到了就知道了。"

火锅店没有开在商业街，而是与之一街之隔的过渡区，门店装修走木质典雅风。弋羊随着韩沉西快走到门口的时候，看到一位小伙子正蹲在台阶上抽烟。估计是烟灰掉落在台阶上显脏，他抽一口，就要将胳膊伸到门口的一盆发财树下，将烟灰弹到盆里。

弋羊当即没认出是谁，等又走近一些，韩沉西吹了一声口哨，那人抬头一瞥，弋羊看清脸，记起来他是张琦。

张琦错愕一秒，"哇"的一声大叫后，原地起跳，几乎是蹦着来到韩沉西跟前的。

弋羊被他的热情吓到了，他抡胳膊蹦时，为免受一拳砸在脸上，她甩开韩沉西的手，默默往后退开两步。

张琦："老韩哪，回来都不跟兄弟说一声的。"

韩沉西："这不是来看你了嘛，带着女朋友。"

张琦这才顺着他的目光看向弋羊，惊得眼睛都直了。

本来上学那会儿，弋羊和张琦就没有交集，说过的闲话五根手指伸直都嫌多。毕业后，大家各奔东西，班上拔尖的好学生去了一线城市上大学，他们这种成绩二三百分的混子则留守在家乡。随着时间的推移，刚散伙时热闹的班级群渐渐冷清，越来越多的人失去联系，张琦没想过能再次见到弋羊。

"我说店里大厅的吊灯今儿怎么比平时亮呢，原来是有贵人来。"油嘴滑舌惯了，张琦奉承的场面话张嘴就来。

弋羊从没觉得自己笨口拙舌，有时心情不好，能牙尖嘴利地怼人，可此时面对舌灿莲花且没有恶意的张琦，她选择保持沉默。

韩沉西"啧"了声："别贫。"

张琦嘿嘿笑了两声，贼眉鼠眼地给他递去个大拇指，然后请人进店。

店是张琦和朋友合伙投资开的，总面积很大，有六十张餐桌。

张琦带弋羊和韩沉西参观一圈，在厨房下了菜单，到包厢就坐。

韩沉西坐下后，直言不讳道："生意不太好啊。"

店里此时只有几桌客人用餐。搁平时，倒也看不出大问题，但现在是春节假期，正是餐饮行业赚钱的时间段，这样的接待量显得太寒碜了。

张琦叹了口气："运气不好呀。"

原来去年随着一档美食纪录片的播出，川式火锅大热，嗅到商机的资本家下重本开了一家主打麻辣口味的火锅店，底料由重庆直供，味道正宗，选址好巧不巧在张琦店的斜对面，一时间人人趋之若鹜。再加上不远处商业街扩张规模，大量引进连锁餐饮品牌，市场可供的选择一时间多出一倍。

而张琦的火锅店中规中矩，缺少特色，回头率惨淡。

韩沉西问道："没计划怎么补救？"

"有个满减活动，死马当活马医吧。"张琦给韩沉西倒茶，"是我把开店想得太简单了，遭受了一番社会的毒打。"

韩沉西抿了口茶，刚想安慰一句，张琦一脸云淡风轻地说："不用安慰我，不就是创业失败、负债累累嘛，反正还年轻，倒了，从头再来呗。"

韩沉西一听，这家伙还挺有骨气，开玩笑地说："祝你早日活成一本励志畅销书。"

话题就此绕开，张琦询问韩沉西的工作情况，聊着聊着又转到其他同学的身上。提到范胡时，张琦后悔莫及地说："要是当初跟他一起入伍，指不定现在我也在西安上军校呢。"

一直沉默不语的弋羊听到"西安"二字，整个人一怔，随后低声跟韩沉西确认："范胡现在在西安？"

韩沉西点点头。

弋羊联想到最近几个月柳丁种种的反常行为，突然心里有了个大胆的猜测。

五点多饭局结束，他们与张琦告别，牵手溜达到景观湖旁，据说晚上这里有灯光水景秀。

两人站在一棵垂柳下。

弋羊忍不住试探着问："你知道小柳想考 X 大吗？"

"知道，她去年跟我提过。"

"你同意吗？"

"现在讨论这个还太早，高考成绩下来再定吧。参照她平时的成绩，发挥正常的话，考上海的几所好大学是没有问题的，我想让她离我近一些。"

弋羊猜到了柳丁执意去西安的缘由，韩沉西则完全不知情。但因为答应过柳丁不多嘴，弋羊没吭声。

韩沉西垂眼瞧她："怎么，吃醋啦？"他从背后抱住弋羊，下巴垫在弋羊头顶，解释，"我拿柳丁当亲妹妹，自小带在身边长大的，舍不得她一个人跑那么远吃苦。"

平常那么机灵的一个人，突然反应迟钝，好像还挺可爱的。

弋羊无奈地笑了笑。

韩沉西被她笑得心痒痒，下巴在弋羊头发上来回蹭着，撒娇说："羊姐，晚上就别回家了吧。"

弋羊："不好吧，怎么跟舅舅解释？"

韩沉西："不用解释，报备一下就行，舅舅都懂的。"

弋羊当即没回答。

"家里空荡荡的，我晚上一个人睡觉很害怕。"

弋羊自然不信。

韩沉西开始想方设法地卖惨，最后抱怨说："平常见不到面，好不容易赶上春节假期，却还要各回各家，那咱俩怎么做才能多待一会儿啊？"

弋羊着了他的套，心一下子就软了，然后便答应了。

灯光秀八点结束，他们往停车场走时，路过一家屈臣氏，韩沉西稍作犹豫，拉弋羊进去。

"你要买什么？"弋羊问。

韩沉西抿嘴抬起下巴，弋羊看到一圈青色的胡茬。

"家里的洗漱台上不是有一个剃须刀吗？"

韩沉西说："好久没用，钝了。"

因为他有常用的一款，且用顺手了，懒得换，碰巧这款售空后，展示柜上没来得及补货，导购便帮忙到仓库拿。

两人本是一起等着，突然，韩沉西说："我去那边一趟。"

"干什么？"

"有另一个东西要买。"

很快，导购找到货拿给了弋羊。

弋羊看韩沉西半天没回来便去寻。

这边是男士用品专区，东西她不感兴趣，所以眼神没有乱瞟，这直接导致她站到韩沉西身边时，抬头看一眼面前架子上陈列的物品——各种方方正正的小盒子，没有立即反应过来它们是什么，直到"透薄"两个字刺激了脑神经，一瞬间，血液涌上脑门，弋羊脸烧得厉害。

韩沉西憋着一脸坏笑，牵起她的手攥到手心，真诚地询问意见："买吗？"

弋羊低下头。

"买吧。"他自顾自地将问题回答了，却又问，"买哪个？"

弋羊无语："我哪知道？"

韩沉西咧嘴笑了。

他两根手指轻轻地夹走一盒，又招手示意弋羊将剃须刀给他，随即屁颠屁颠到收银台付账。

回家的路上，车里播放着缠绵的情歌，韩沉西跟着哼，心情好到爆炸。

弋羊窝在副驾驶座上时不时瞄他一眼，他身上的那股嘚瑟劲让他看起来特别欠揍。

到别墅后，进院子，韩沉西关上门，一道"咔嚓"的反锁声在静谧的黑夜里格外刺耳。

弋羊莫名生出一股"偷鸡摸狗"的心虚，一时稍显无措，拿走韩沉西的睡衣，躲到浴室洗漱了。

她没有感到紧张，相拥亲吻、同榻而眠的情况，在交往的这些年里发生过多次，早已习惯了。不过今天心里到底还是有一丝微妙的变化，至于是因为什么，她一时没弄明白。

浴室的吹风机不见了，弋羊用毛巾裹着头发走出来，找韩沉西要。

"我房间里。"

说完，他掉头进浴室洗澡。

弋羊才把头发吹了八成干，他就洗好出来了，没穿上衣，头发还在滴水，毛巾挂在脖颈间，也不去擦。

他坐在床沿，目光明澈地看着弋羊。

弋羊想了想，把吹风机递给他。

只见他脖子一伸，头往弋羊身前凑近，意图不言而喻。

弋羊无奈起身，绕到他两腿间站着，帮他吹头发。

韩沉西的手开始不老实，两臂环住弋羊的腰肢，撩开睡衣往上摸。他的手掌覆茧，摩擦着皮肤非常有刺激感。

弋羊痒得受不了，一边闪躲，一边义正词严地说："你别乱动。"

韩沉西不答，只顾着闷头笑。

弋羊气不过，把吹风机口对着他的脸扫了一下。

热风刮得韩沉西直眨眼。许是这一挑衅行为激发了男性深埋血液的斗志，他抱起弋羊，一个转身，推着她倾倒在床上，结结实实压住了她。

多年之后，韩沉西回忆起与弋羊在一起最令他记忆犹新的瞬间，就是这年年初二的早晨。

他迷迷糊糊地睁开眼，看见弋羊穿着他的白T恤赤脚站在窗前，窗帘拉开一角，一缕阳光照射进来，落在她的身上。她似乎还有一点点困倦，伸直两只手臂向上，微微挺起胸部，十分享受地伸了个懒腰，侧影正是条"S"形曲线。

就这样，韩沉西意外地看到了弋羊不一样的性感。

"早啊。"他说话时带着浓浓的鼻音。

弋羊回头："醒啦？"她心情不错，嘴角弯起微小的弧度，笑意若隐若现。

韩沉西"嗯"了声，问："几点了？"

弋羊说:"快要九点了,醒了就起来吧。"

韩沉西把手搭在眼睛上,又赖了会儿床才理直气壮地说:"可以,但我需要一个早安吻。"

晚些时候,羊军国来电话把弋羊叫走了,说女生住进男生家里影响不好。韩沉西想拦,可名不正言不顺,找不出理直气壮的理由,万般不舍地目送弋羊离开,生平第一次萌生出了结婚的想法。

只不过,他这个想法还没有生根发芽,就被柳思凝活活掐死了。

"一年到头,钱没挣几个,想法挺胆大。先不考虑婚后的家长里短,我就问你们准备住在哪儿?老家?女生愿意回来一辈子跟你待在小县城吗?上海?结婚即分居,早晚得离。"

句句实情,韩沉西被怼得哑口无言,气愤极了,也不在沙发上躺着了,气冲冲地往外走。

"去哪儿?"柳思凝问。

"车间。"

"去车间干什么?"

"干活。腰包鼓了,有底气说话。"

车间正在做设备检修,为来年开工做准备。

韩沉西跟着检修工人忙前忙后好几天,转眼到了初七。

弋羊准备返校,和韩沉西商量后,约好一起走,订初九的机票。

初八那天,韩沉西闲下来,想着走之前再到柳泊涟墓地看一看,同时也该跟舅舅打声招呼,他便开车去了板桥。

柳思杰请韩沉西进屋后,韩沉西不见柳丁,问:"她人呢?"

柳思杰说:"昨天开学回学校了。"

韩沉西暗骂这丫头长成了只白眼狼,都进城了,却没想着在县里停留一下,到家里跟他说声"再见"。

碰巧,柳丁走后,柳思杰打扫她的房间,发现书桌上她所有的课本以及寒假期间常翻阅的几本资料没带到学校去。柳思杰看里面各种题目旁的笔记工整有序,担心她平时会用到,便麻烦韩沉西抽空帮忙送过去。

"你舅妈身体不好,实在是离不开人。"

"一家人客气什么。"

韩沉西把书接过来,没再逗留,驱车赶去柳丁的学校。

封闭式的寄宿高中,上课期间严禁校外人员进入。

韩沉西敲开门卫的接待窗,本打算登记个人信息后,让门卫通过广播喊柳丁到校门口来。哪知门卫说:"今年上级盯得紧,不让补课,开学安排在正月十五之后了。"

韩沉西好一阵没回过神,心里琢磨:没开学,这丫头去哪儿了?

于是,他慌忙给她打电话。

电话接通后立即被挂断了,很快,一条短信发过来。

柳丁:哥,我在上课。

韩沉西皱起眉头。

韩沉西:我就在你的校门口,跟老师说一声,下来一趟。

等了一阵,消息像石沉大海,没了回复。韩沉西再次拨通柳丁的电话。

漫长的"嘟嘟"声让韩沉西的心口一下子攒了一团怒火,在他以为柳丁又要挂断时,电话突然接通。

韩沉西清楚地听见"轰隆隆"的响动,那是列车的声音。

"你在哪儿?"他厉声责问。

柳丁心虚,不敢吱声。

"说话!"总是得不到准确信息的回应,韩沉西耐心消耗殆尽,脾气一下子爆了。

柳丁吓得心里一"咯噔",莫名感到委屈,眼睛蒙上一层水雾,抽抽噎噎地说:"火车上。"

"去哪儿?"

"西安。"

"干什么?"

"玩。"

"还在说谎!"韩沉西冷笑,丝毫没有心情和她继续周旋,命令道,"下一站下车,我现在去接你。"

柳丁哪敢忤逆。她向来乖巧知礼,特别是这些年活在韩沉西的护翼之下,像朵温室的小雏菊,家庭的苦难一点都没有压在她瘦小的肩膀之上。

她感恩,因此懂事以来,就告诫自己要听话,少惹麻烦,要对得起姑姑的栽培。可是这一次,她大胆撒谎,不过是想见一个人。头脑发热的冲动,让她没有顾忌后果。

而此刻更让她忐忑的是,小心翼翼瞒着韩沉西的心思,怕是要暴露了,她不知道到时会是怎样的血雨腥风。像被丢进波涛汹涌的大海里,她觉得自己快要被淹死了,死之前,本能地求助,她紧急联系了弋羊。

弋羊正在收整行李,接到她的电话,听到她急切地说:"弋羊姐,我做错事了,你帮帮我吧。"

弋羊吓了一跳,急忙安抚她的情绪,在她断断续续的叙述中,得知这丫头竟然偷偷摸摸独自去了西安。直觉要出事,弋羊拿起外套就往外跑,边跑边给韩沉西打电话。

"我和你一起去。我知道小柳去西安的原因,路上我慢慢跟你讲,你不要着急,好不好?"

柳丁在渑池站下了火车。

渑池是个破旧的县城,火车站又小又脏。售票大厅人满为患,到处都是扛着包裹远去打工的农民工。柳丁抱紧书包,在售票窗口对面靠近推拉门的位置找了一隅空隙,贴墙蹲着。

深夜两点,韩沉西和弋羊匆匆赶来。

韩沉西铁青着一张脸,在人群中找到柳丁,二话没说,领着她走出火车站,来到车门旁。

他两手叉腰,居高临下地盯着柳丁,似乎在克制火气,不断地深呼吸,好久才开口:"你俩什么时候开始的?"

冷风刺骨,吹在脸上如刀割一般,柳丁冻得发抖。

她偷偷瞥了一眼弋羊,见弋羊回视她,并平静地点点头,她才敢说出实情:"没有开始。"

韩沉西:"他让你去找他的?"

"不是,"柳丁鼻尖通红,"是我自己要去见他的。"

"不打招呼就敢过去?"韩沉西气不打一处来,讥讽道,"也不想想人家愿意见你吗?"

"韩沉西!"弋羊抓住他的手臂,低声喊他的名字,声音里带着警告。

方才这句话说得过于严重了,会伤害一个女孩子的自尊心。

果然,柳丁嘴巴一瘪,再也控制不住情绪,眼泪像珍珠豆似的顺着脸颊"哗啦啦"地流。

一直以来,确实是她在一厢情愿,通过聊天软件传递出的心意,得到的回应少之又少,可也正是因为少,她才想要去求证反复猜测的答案。

她闷声憋着哭,模样可怜又无助。

韩沉西无力骂出口,沉默半晌,说:"上车,回家。"

柳丁攥着拳头,没有移动。

已经到了渑池,再有一站就进入陕西地界,仿佛要见的那个人马上就会出现在眼前。性格中少有的固执以及青春叛逆期形成的一点点反骨,让她在这一刻选择与韩沉西对抗。

"不愿走是吗?"韩沉西额头上的青筋因为情绪的大幅波动鼓了起来,"好,你现在给他发一条短信,他一天之内回复你,我亲自送你过去!"

柳丁哑火。

韩沉西吼道:"做事之前能不能动动脑子?"

几人没有休息,连夜折返。

一路上,车里的低气压压得弋羊喘不上来气。

这是她第一次真正意义上感受韩沉西的暴怒，她一直认为他是一个"快乐主义者"，在不触及底线时，极少较真。弋羊猜想，他心里大抵有道坎，所以今天才如此恼怒。

临近中午才赶回望乡，而他们是下午三点半的飞机。

弋羊提议："改签吧，明天再走。"

"赶得上。"韩沉西说，"返程高峰，明天的航班不一定有座位。"

再者，他知道弋羊找了份实习工作，公司要求这两天报到。

将柳丁送到板桥，韩沉西因为还在气头上，板着脸对柳丁说了句极具威胁性的话："我警告你，仅此一次，再有这种情况，我打断你的腿。"

柳丁呜呜咽咽地哭着。

韩沉西从车里揪了两张面纸塞给她，说："眼泪擦干净了再进院门。"

他载着弋羊走了，去取各自的行李。

他将车送到厂里，还给柳思凝时，柳思凝不舍地说："我送你俩到机场吧。"

韩沉西傲娇地一甩头："不！无事献殷勤，你必没安好心。"

柳思凝气得说不出话来。

韩沉西拉着弋羊拦了辆出租车，紧赶慢赶没误机。

坐到座位上，弋羊喘了口气，想了想，给柳丁发了条短信。

弋羊：考上大学吧，那样才有资格跟你哥谈判。

等飞机起飞，弋羊忍不住问韩沉西："很难接受吗？"

韩沉西脸色难看，嘴唇紧抿，没有回答。

在他的观念里，他和柳丁的亲缘关系等同于柳丁和范胡的。他从来没有想过柳丁会对范胡动心，这也是为什么弋羊用"西安"旁敲侧击地提醒他，他始终没有察觉。

"柳丁跑去找他，我有一半的责任。"弋羊将大年初一那天她和柳丁的对话详述给韩沉西听。

韩沉西勉强笑着说："是你的行事风格。"

弋羊："对不起。"

韩沉西："要道歉也应该是我吧，糟心事连累你跟着奔波一夜。"

弋羊微微一笑，不予计较，扭头望向窗外。

只是，过了一阵，她突然记忆久远地说："大二那年我去澳大利亚找你，下了飞机，机场里人来人往，全部是陌生的面孔，还有明明学过却怎么都看不懂的单词，其实很害怕。"

韩沉西心里五味杂陈，但他没说什么，只握紧了弋羊的手。

抵达即分别，交集的生活又将被迫进行支离破碎的切割。

大四下学期，所有的课程结束，弋羊准备毕业设计的同时，进入了一家船舶工艺研究所实习。虽然入职实验部,但起步阶段做的基本是杂活,包括但不限于文件归档、领料、样件的进程跟踪,以及帮忙修改验收报告等。

她每天在学校和公司之间往返,乘地铁要一个半小时,早出晚归,成了宿舍"神龙见首不见尾"的大忙人。

而不远处另一座城市的韩沉西,逐一问候了去年合作的几家厂老板,继续与他们周旋。他关系打点到位,再加上生意往来中态度诚恳,逐渐有了些值得信任的口碑。所以,等开年,货进厂,即使有些小问题,电话里解释一番,对方勉勉强强也能接受,没有刁难他,更没有像去年那般强硬地逼着他出面解决。

一下子少了许多跑来跑去的麻烦,他渐渐腾出空闲时间,开始拿现钱倒腾高支纱线。

三月下旬,上海国家会展中心举办春季纱线展,他跑去观展。

展区很大,参展商有几百家,来自全国各地。

因为定位是全品类纤维纱线一站式采购平台,往来其中的多是西装革履、胳膊窝夹黑皮钱包的土豪老板,还有一两名助理或者生产厂长陪同,将"财大气粗"的范儿拿捏得非常到位。

反观韩沉西,一袭长风衣配牛仔裤的打扮,显得格格不入,但或许因为他长相清隽,表情严肃时颇有贵公子的气质,好几家展商在接待他时拿出了百分之百的热情,甚至邀请他参加了一场技术交流会。

进会议室后,看着稀稀疏疏的几个人,他严重怀疑自己是被骗进来充人数的。

知名专家站在演讲台前,端着一副学者的架势鼓吹技术革新,宣传"低碳"的环保理念,并号召大家要有社会责任感,建设行业的生态文明。

要不是韩沉西扎扎实实在商城摸爬滚打几个月,就会觉得自己是加入了一个拯救全球变暖的环保组织。

技术交流会有用的信息很少,甚至还与事实相违背,韩沉西想着自己现阶段不过是一个勉勉强强能养活自己的个体户,可发挥的余热着实有限,便不再浪费时间,默默从后门溜走了,到停车场取了车,导航至弋羊的公司。

韩沉西没提前跟弋羊打招呼,因此等到弋羊下班从楼里走出来,看到他,诧异地问:"你怎么有空来?这个星期不忙吗?"

"忙啊。"韩沉西使眼色,示意她系安全带,"但我打个电话能把事情解决。"

不用坐班,更没有规章制度的约束,职业的自由性体现了出来。

弋羊瘪瘪嘴。

两人回学校,在食堂吃了晚饭。饭后,弋羊回宿舍取换洗的衣物。

得知姐夫哥大驾光临,陶染三人趴在阳台俯瞰,与韩沉西招手问好,并半开玩笑地邀请他"上来坐坐"。

好巧不巧,宿管阿姨溜达着消食从韩沉西身边路过,斜他一眼,再仰头望望楼顶，似乎是真怕他闯进去，一转身，原路折回了楼栋。

"要待客起码得拿出诚意吧，你们看看宿舍还有下脚的地方吗？"

临近毕业，大家的行李懒得规整，地上乱七八糟堆了一堆，在宿舍里行走跟百米障碍穿行似的。

弋羊吐槽一句，没给陶染回嘴的机会，关门就往楼下跑。

到楼下，韩沉西看到她除了背着书包，怀里还抱了一沓书，马上伸手接过来，问："晚上还要学习吗？"

弋羊点点头，稍微凑近他，有些难为情地小声说："今天被派去整理图纸，领导问了个问题，一时没回答上来，遭骂了。"

技术岗对于专业知识的要求苛刻而精准。

韩沉西不敢相信："还有你回答不了的问题呢？"

弋羊解释："老早学的，时间太长，忘记了。"

韩沉西乐不可支，随即又关心道："骂得难听吗？"

弋羊回味一番："还行吧，因为是女生，给留了情面。"

韩沉西悄悄偏过头打量着她，瞧她面色如常，不像真有情绪的样子，判断她没说谎。

这晚，弋羊盘腿坐在酒店的书桌前，翻书查资料到凌晨两点才爬到床上睡觉。

第二天一早，韩沉西送她去上班。她因为睡眠不足，一路窝在副驾驶座里补觉。

车到公司楼下时，韩沉西看她睡得格外沉，没舍得叫醒她，等只有最后五分钟才摇她起来。

韩沉西远远望着弋羊慌张奔跑的背影，披肩长发在风中舞动，因为着急而没有穿上的外套抱在怀里，规规矩矩的白衬衫套在身上显得身形单薄。恍惚中，他想起高二那年的一个炎热的下午，同学们在走廊排排站等着刘志劲安排座位，他歪七扭八地靠着墙，百无聊赖地一眼扫到她，当时只觉得这个女生皮肤惨白，不太健康的样子。何曾料到，一转眼，时间过去多年，他们之间已经发生了那么多故事。

一直到弋羊拐过玻璃门彻底看不见了，韩沉西才若有所思地收回视线。

他没走远，买了一杯咖啡，在咖啡厅坐了一上午。

中午弋羊有一个小时的休息时间，他将她约出来吃午饭，就在咖啡厅旁边的便利店。

弋羊选了一份牛肉便当，韩沉西没感觉饿，随便拿了两个饭团。

两人面对面在就餐区坐下，韩沉西三两口解决掉一个饭团，托腮盯着弋羊瞧。

弋羊莫名其妙："你不吃饭看着我干什么？"

韩沉西似乎在权衡怎么说，沉默一阵，问道："这份工作要做到什么时候？"

"九月份开学。"

"开学要换宿舍了吧？"

"对。"

"还在闵行校区?"

"嗯。"

"几个人住?"

"听上一届的学长说,因为扩招,由两人宿舍变成三人套间了。"

"哦。"

这声"哦"常理来说意味着问题的终止,画个句号,该另起一行聊点别的了,可是韩沉西咬字时轻轻拖长了尾音,让人听着难免认为他还藏了话没说出口。

弋羊放下筷子,用纸巾擦擦嘴,正襟危坐,看着他。

两人对视,都能从对方平静的目光中看到自己小小的倒影。

最终,韩沉西缓缓耷拉下眼皮,莞尔一笑,悠悠然道:"跟你商量个事。"

弋羊眨眼,表示在听。

韩沉西:"你搬出来住吧。"

弋羊一怔,大概现阶段尚未把同居纳入过考虑范围,眼神里闪过一丝恍惚。

韩沉西:"这样我来回能有个去处。"

住酒店,总是有各种大大小小的麻烦。"搬出去"的念头产生,仅仅是因为今天早上的那一个背影。

韩沉西想,数年时间里,他们之间有意义的场所竟是浦东机场和不一样的酒店房间。零碎且短暂的相处时间中,也没有留下看得见的生活轨迹。

他想步入一个新的阶段了,虽然不知道时间是早还是晚,但可以慢慢考虑。他不强迫弋羊,让她权衡利弊后再做决定。只是不等他把想法说出口,弋羊就点头轻声说:"好。"

就这样答应了。

韩沉西立即着手准备租房的事宜。

他联系了很多中介,看了各种户型的房子,却没有一个瞧顺眼的。这家伙虽不是锦衣玉食喂养大的公子哥,但自小没用过低档次的东西,眼光很高,难免挑三拣四。

弋羊周末陪他跑了几趟,被他嫌东嫌西的臭毛病弄得抓狂,最后忍无可忍,撂毛道:"你差不多行了,再这样下去,这片的中介把你拉进黑名单,咱俩就别租了,继续住酒店吧。"

韩沉西一脸委屈,胡扯生活品质为自己开脱,特别强调:"不着急,不着急,找房子是大事,急不得。"

弋羊故意气他:"我确实不着急,我有宿舍住。"

韩沉西一愣。

大抵又磨叽了半个月,终于相中了一间小公寓,四十多平方米,采光很好,有小阳台。

韩沉西跟房东商量后，换了墙纸，将房间重新布局，用玻璃隔断将一通到底的客厅和卧室彻底分开。

房间虽小，好歹功能俱全。

正式搬进去那天，他又专门跑了一趟南通的家纺城，把春夏秋冬的蚕丝被和棉缎纹的床单被套各弄来好几套，床上铺了一套，其他的塞进衣柜，将衣柜占得满满当当。

弋羊嫌多，让他拿去退掉。

韩沉西当然不乐意，瞎胡诌："这玩意儿容易脏，每天替换着用。"

弋羊气结："每天换？我哪有空洗，你当新衣服穿呢？"

韩沉西不与她争论，嬉皮笑脸地凑近她，拦腰抱住，眼睛眨也不眨地瞅着她笑，笑得她头皮发麻。弋羊刚要退开两步，韩沉西突然连拖带拽地把人弄上床，不怀好意地低声哄骗："正好是新的，滚两下试试。"

虽是青天白日，但拉上窗帘，还不准人做一个"荒淫无度"的美梦了？

南通至上海一趟行程需要两个多小时，韩沉西一周两次往返，确实累了些，可乐在其中。

有次，柳思凝午夜梦回，想到自己还有个儿子远在他乡，打电话来关心近况。

韩沉西随口提及此事，调侃说："虽然只能当周末情侣，但好歹比上学那会儿处境好了点。"

柳思凝两眼一黑，咬牙切齿道："重点是这个吗？"

韩沉西装傻充愣："重点是什么？"

柳思凝咬牙。

散养小白菜如今根茎成熟，胆敢跟人玩起了同居，且做出如此重大的决定，竟然没有跟她提前知会一声……虽然以前她也是临时等通知的份。

她强压下心中的怨气，阴阳怪气地讥讽："跑来跑去的，你可真有闲工夫。"

韩沉西顺嘴接话："两条大长腿不能白长，再说，读万卷书不如行万里路。"

老祖宗的人生哲言被他如此歪用，不知在地底下作何感想。

柳思凝自来理论不过他，愤怒地表示"在外面干了缺德事，别提我大名"，试图将自己与这个混账划清界限。

然而，魔高一尺道高一丈，韩沉西轻描淡写的一句"人姑娘知道咱家门牌号，还去住过两天呢"给噎了个七窍生烟。

至此，弋羊的名字在柳思凝的"儿媳妇备忘录"里多了浓墨重彩的一笔。

当然，这段插曲弋羊无从知晓，她空闲时间忙着清理家里的过期食品。

共同生活一段时间后，韩沉西花钱大手大脚的臭毛病彻底暴露，具体表现为他很爱给弋羊买吃的。

冰箱的保鲜层塞满了五花八门的水果和蔬菜，冷冻室里的鱼虾肉类更是多到夸张。这直接导致弋羊有种错觉——这家伙每次回来,不是落脚歇息的,而是接济"穷鬼"的。

最关键的是,弋羊没时间对食材进行消耗,她一边要上班,一边还要准备毕业设计。韩沉西平常不在时,她偶尔还会在宿舍住几天。所以,等忙完,一回家,打开冰箱,发现瓶装的酸奶早已过期,香蕉腐烂,蔬菜叶子打蔫,就连土豆也忍受不住潮湿的天气,发了芽。

弋羊多次好言劝告,并试图通过每天发精修午餐照片的行为,扭正韩沉西心里她会把自己饿死的印象。只可惜,韩沉西过眼就忘、充耳不闻,照样一箱又一箱将东西往家里搬,且多数是在她毫不知情的情况下,而待到她有所察觉时,差不多东西已经到该扔的地步了。

又是一次好一阵收拾,弋羊把十几颗长满霉菌块的黄心猕猴桃扔到楼下的垃圾箱,转身看见一辆熟悉的奥迪车倒车入库,稳稳当当地停在了停车位里。

车门打开,韩沉西顶着墨镜凹了个"骚包"的造型,冲弋羊点点下巴,问道:"你今天怎么下班这么早?"

弋羊回复:"下午跟领导去了趟工厂车间,忙完四点多了,就没回办公室。"

韩沉西"啊"了一声,走到车尾,弯腰在后备厢捣鼓一阵,再露头,怀里抱了一箱东西。

箱子封面是红色的底,印着好几个英文单词。弋羊看到愣了一下,反应过来倒抽一口气,冷着脸往电梯里走。

"哎!怎么不等我?"不知好歹的韩沉西跟在她屁股后面喊。

等跨着大步,紧赶慢赶挤进电梯,他还漫不经心地邀功:"很大颗的车厘子,专门给你买的,特别甜。"

弋羊面无表情地伸手托了托箱底,估摸了一下重量,开口:"你这不能称作是买,准确的用词叫进货批发。"

韩沉西一怔,慢半拍反应过来,她是嫌他乱花钱,买多了,于是赔笑说:"放冰箱里慢慢吃嘛!"

"上次你拎回来一箱猕猴桃时也是这么说的,结果呢?"弋羊语气漠然,目光平静地看他一眼,"猕猴桃全进垃圾箱了,我刚收拾了扔下去的。"

"是……是吗?"

韩沉西企图通过装糊涂逃避责难,哪知,到了家门口,弋羊掏钥匙打开房门,竟然将他拒之门外。

弋羊:"东西你自己吃吧,吃完了再进来。"

韩沉西蒙了半响,终于意识到了事情的严重性。可韩沉西是谁?"大丈夫能屈能伸"的至理名言时刻谨记于心,他抹脸一笑,顺从地道歉:"羊姐,我错了。"

弋羊:"知错不改,你在我这里已经没有信用了。"

见她不为所动,韩沉西立马转换思路,开始要无赖卖惨:"羊姐,你先开门让我进去，我今天开了一天的车，腰特别疼，站不住了。"

"受些苦头才能长记性。"

弋羊铁了心地要他改变消费习惯。

韩沉西满腹委屈地抵墙而立。他做思考状，人生第一次进行自我反省究竟何时养成了铺张浪费的臭毛病。

——他自小不缺钱花，当别的小孩兜里揣着十块二十块上街游玩时，他钱包里已经装着百元大钞了。他的吃穿用度，柳思凝懒得管，因此给了他十足的自由。他买东西全凭喜好，从未有过精打细算，特别是柳丁住进他家后，为了不亏待小姑娘，零食和水果天天买，买回来就将东西往厨房的零食柜里一扔，柜门随手一关，仿佛这钱没花过。

而他很少想起来吃，难得哪天夜里饿了过去找东西垫垫肚子，会发现里面已经空了一大半。倒也不全是柳丁吃的，范胡那个二百五上学期间永远手头紧张，来他家就像蝗虫过境，连吃带拿。这导致零食柜满了空，空了满，维持着一个良性循环。韩沉西大手大脚补给家用时，从来感觉理所当然。

现在，两人生活，缺了一位能造作的二百五，冰箱里的良性循环只能靠浪费。

打心眼里意识到自己行为夸张，韩沉西脸对着门给弋羊做了一番深刻的自我检讨，并铿锵有力地背诵了一遍"锄禾日当午"以表忏悔的决心。

对门还有邻居，弋羊实在嫌丢人，最终心软，把人拉进了屋。

整个春天，两人就这么吵吵闹闹地度过。

六月初，又是一年高考时，韩沉西回了一趟封县。他怕给柳丁增添压力，特意等考试结束后才现身。

因为过年期间的插曲，兄妹俩面对面依旧存在一丝别扭。

"感觉考得怎么样？"韩沉西没敢多问。

柳丁说："正常发挥。"

他安了心，本打算带小丫头到上海玩几天，放松心情，柳丁却表示早已跟同学约好一起去旅行。

韩沉西想着她和朋友在一块儿会更自在，没有反对，孰料，她们第一站竟是去的西安。

那个躺在他联系人列表沉寂很久的电话号码突然出现在手机屏幕上时，他好一阵恍惚。

接通后，明明熟悉至极却遥远到无比陌生的男低音说："我接到她了。"

韩沉西气得心梗。

"你可真有种！"

第一次，他将陪伴着他长大的好兄弟置于他的对立面。

谈话自然不欢而散。

柳丁大抵也知道自己"先斩后奏"的小手段激怒了哥哥，一个星期后，匆忙赶回上海负荆请罪。

韩沉西自然不会给她好脸色，并且在情绪十分激动的情况下，言辞尖锐地反对了两人的这段关系。

"去西安，想都不要想！"

到底他是哥哥，在柳丁心里树有高大威严的形象，柳丁尊敬又畏惧他，再加上她本身性格安静收敛，两人对峙，她做不出大喊大叫的失礼行为，只是背紧贴着墙，眼里噙着泪，睫毛一眨，泪珠"哗啦啦"地流。

她哭得抽搐，好久才上气不接下气地憋出一句："你不讲道理。"

"是我不讲道理，还是你不切实际？"韩沉西嘴唇发白，居高临下地问话，显得咄咄逼人，"你跟着他图什么呢？"

柳丁只哭，不说话，但从她倔强的表情里能看出她的不服。

韩沉西较了真，要把实际情况掰开了揉碎了让她看清楚："十八岁了是吧？成年了，觉得可以为自己拿定主意了？好，那我同时也请求你睁大眼睛回家看看，家里的床上是不是躺着一位瘫痪的病人，你的家境支持你这么任性吗？真遇到麻烦事，就凭他被限制人身自由的情况，能顶什么用？你自己扛得下来吗？"

他说绝了话，不过是因为柳丁如果顺应心意往前走，是一条辛苦又坎坷的路，他希望她知难而退，这样可以活得轻松点、快乐点。

可是，人年少无知的时候，偏偏有一腔奋不顾身的愚勇去追寻渴求，不到头破血流、肝肠寸断绝不回头。

"我一定会好好学习。"柳丁泣不成声地来回保证，到底没听进去韩沉西的劝告。

气氛僵持不下，弋羊出来解围。她把韩沉西赶了出去，让兄妹俩冷静冷静。

韩沉西被推进电梯时，还有些蒙，直到电梯门快关闭时，才气哼哼地说："你可真疼我。"

弋羊解释："家里就这么大，没睡的地方，委屈你了。"

韩沉西："呵！"

韩沉西走后，弋羊等柳丁止住哭声，倒了一杯水过去。她本想跟柳丁好好聊聊，可话到嘴边又止住了。

当初韩沉西追她时，在要不要和他谈恋爱的问题上，她也有过纠结以及对未来的担心，甚至因为不安咨询了舅舅。可面对两难的选择，只有观念，没有具体的方法论，反对或者支持，都会留下遗憾。

弋羊思来想去，提醒了柳丁一点："不要把他当成你的退路，要有独立生活的能力，这样有一天不管失去谁，不至于让自己乱成一团。"

柳丁点点头。

见她哭花的小脸上满是疲惫，弋羊让她洗澡去睡了。

因为放不下韩沉西,等柳丁睡熟后,弋羊下楼找他。

韩沉西并未走远,坐在小区花坛的长椅上生闷气。

"这是你第二次把我关在门外。"他说话声音低沉,背后是一大片暖黄色的灯光,柔化了脸部锋利的线条。

"对不起。"弋羊坐在他身边,用哄小孩的语气跟他道歉。

"这个习惯可不好。"

"我改正。"

韩沉西轻哼一声。

入夏的微风缓缓吹着,草丛间起伏的虫鸣。

两人相顾无言地坐着,感觉很美好,像回到了望乡的某个夜晚。

弋羊思绪飘远:"如果范胡换一种职业,你还会这么反对吗?"

"会!"韩沉西一想到向来乖巧的妹妹因为那个二百五、三番五次和他对着干,心里就酸得不是滋味,哪还顾及以往"臭味相投"的兄弟情义,只觉得对方面目可憎,"别以为他套了身衣服,我就会对他另眼相看,他从小到大干的那些坏事,我一件件一桩桩都记着呢。"

弋羊莞尔一笑。

他也就嘴上骂骂了,在他心尖上有分量的,不过这几个人。他方才一口气逼问柳丁的三个问题,其实也是在问他自己。

柳丁真遇到事了,他会袖手旁观吗?柳丁该扛的责任他不会帮忙分担吗?

人长大,意味着身份的多重性,弋羊也是这一刻才真正发现,韩沉西不算宽厚的两肩开始挑起负担和责任。

"再接回来就好了。"

弋羊突然小声说了一句,韩沉西没听清,下意识转头:"嗯?"

弋羊:"受委屈了,再接回来就好了。"

成长嘛,总要独立去完成。

更何况,小丫头不必害怕,她身后永远有一个安全的避风港。

在弋羊的挽留下,柳丁在上海玩了三天,然后乘飞机回了望乡。

机场送别时,柳丁软软的一句"哥,我走了",听得韩沉西又难受又心软。

他无奈,一边骂着某个二百五,一边叹气。

而某个二百五,此时正笔直地站在远在千里之外的训练场上,不知有没有打个大大的喷嚏。

六月底,弋羊请了两周假,回学校准备毕业事宜。

拍集体毕业照那天,韩沉西赶了过来。

弋羊摘了学士帽,擦掉脑门上的热汗,问:"你不是今天去常熟吗?"

"后天去。"韩沉西不眨眼地看着她,"人生重要时刻,我怎么能缺席?"

恰好程香巧来找弋羊借宿舍的钥匙，无意间听到这肉麻兮兮的话，"哎呀"一声惊叹："牙酸掉了。"

韩沉西惋惜道："本打算晚上请你们宿舍吃顿散伙饭，你牙齿没了，饭桌就不给你留位了。"

程香巧朝他翻了个大白眼。

她记了仇，撺掇陶染选了一家精品烤肉店，发誓要狠狠宰韩沉西一顿。

饭桌上，几盘和牛下肚，陶染八卦起了韩沉西和弋羊以前的那点事。

相较于弋羊的避而不谈，韩沉西或许因为心情美好，格外好商量。

韩沉西瞄弋羊一眼，问陶染："想听哪一出？"

陶染托腮想了想："第一印象。"

韩沉西嘴甜地说："那必须是人群中匆匆一眼，一眼定终身。"

"喊！"

程香巧、夏语蓉和陶染异口同声地表示不相信。

陶染："姐夫哥，是男人你就说实话。"

韩沉西不上当："你们听高兴了，我一会儿回去跪门槛，自讨苦吃呢。"

程香巧敏锐地抓住他的画外音："你的意思是你对羊姐的第一印象并不好？"

韩沉西转头好奇地问弋羊："你对我的第一印象如何？"

弋羊一笑，弯起眼角，缓缓说："话多。"

程香巧笑出鹅叫声。

而陶染一听，一巴掌拍在桌上，故意刺激韩沉西："羊姐说了实话，姐夫哥，别犟。"

韩沉西调整了个舒服的坐姿，眼皮一耷拉，似乎陷入了回忆，好一会儿才慢悠悠道："不好，特别不好，她那时候可凶了，眼神从我身上飘过都没有停顿的，看不上我，也不愿意跟我坐同桌……"

烧烤炉源源不断散发的热气扑打在身上，韩沉西有种时空交错的错觉，仿佛回到了那个寒冷的年初一，他和弋羊在工厂的厨房围着火炉而坐，弋羊吃完了柳泊涟一早煮的桂花米酒小汤圆，将碗放下，起身要走，他一把握住她的手，彼此手温都很高，很熨帖。

往事在脑海里清晰得恍如昨日，而时间轴已经拉到了六年后。

陶染、程香巧和夏语蓉轮流灌韩沉西啤酒，就这样从当事人口中完整地套出了一段恋爱故事。

陶染因为酒量小，喝得有些上头，分开时抱着弋羊嚷嚷说："羊姐，我舍不得你。"

陶染要去英国留学一年，弋羊拍拍她的肩膀，说："我就在上海。"

她用脸蹭着弋羊的胳膊："我知道，我还是舍不得你。"

车轱辘样的话来来回回，程香巧最后听不下去了，揪着陶染的衣领将人架上了出租车。

几人互相嘱咐了"注意安全",出租车驶进浓浓的夜色。

弋羊扶着韩沉西,问:"你感觉还好吗?"

韩沉西:"还行,只是好久没跟人这么喝过了。"

两人齐步往地铁口走。

繁华的都市,到处霓虹灯闪耀。

韩沉西突然从口袋里掏出一个首饰盒递给弋羊。

弋羊停步,接过打开看,是一条锁骨链,还坠着一颗圆润的珍珠。

"毕业礼物?"她轻快地问。

"嗯。"

"怎么想着买项链?"

韩沉西歪头,眉眼上扬,气质干净澄澈:"你平常穿衬衫,领口纽扣松着,露出脖子,我看着觉得少了点东西。"

弋羊展颜:"收下了,谢谢。"

两人继续往前走,与行人擦肩而过。

弋羊不由自主地摸了摸脖子,想到什么,说:"十八岁好像是一个界限,之前的时间漫长而悠远,之后的时间眨眼便不见了,就像大学这四年,一晃神的工夫就到头了,很可怕。"

她一瞬间的多愁善感戳中了韩沉西柔软的心角。

他牵住她的手,握紧,安抚道:"不可怕,只要你在我身边,我永远是那个十八岁的少年。"

番外一·
决心

/ "他们是他们,你是你,他们怎么样我管不着,但你不行。" /

张琦试水餐饮行业以失败告终——火锅店经过一个多月的资产清算,于同年七月,四位年少无知的合伙人拍拍屁股散了伙。

张琦负债南下,跟随一位亲戚几番辗转至吴江搞医疗器械。对接供应公司时,自称招商办主任的负责人狮子大开口,试图一次性索取他们五万元的货品保证金。

公司大门朝南还是向北、这位负责人大哥口若悬河所吹嘘的一次性皮内针的相关生产许可是真是假等诸多问题,张琦糊里糊涂尚未弄明白,就被要求火急火燎敞开口袋掏钱,再明显不过的骗局。

把人当猴耍呢!他当场翻脸,随即摔门而去。

之后,在亲戚的劝说下,他进了一家电子厂当流水工,工作就是每天坐在操作台前安装接线盒,十个小时里不停重复相同的事情。

无聊和被监管令他很快失去耐心,与此同时,逼他抓狂的还有工友,这些人大多刚成年,因为道德底线低于正常值,所以他们身上多少有些臭毛病,比如手脚不干净、酗酒、打架斗殴。

张琦无法与这些人同流,素来顶着"话痨"走天下的他抿紧两瓣嘴唇陷入自闭。

某天,夜深人静,他躺在宿舍的木板床上,左思右想,觉得这样日复一日的混吃等死是在浪费生命、浪费青春。

等第二天天亮要上工时,他心口已经攒了一股无名的怒气,冲动之下,收拾好背包,头也不回地走出工厂大门。没有辞职,没有结算本月工资,就这样一走了之。

他乘公交车到汽车站,本想买车票转至苏州火车站回老家,无意间瞥到了吴江至南通的发车班次,跟行人一打听,才知道吴江离南通不过百来公里。

他暗暗"嚯"了一声,立马掏出手机给韩沉西打电话,胡诌:"乞讨行至此地,失魂落魄,想到老朋友府上歇歇脚,要杯茶水喝。"

韩沉西自然欢迎,只是没想到,一个多小时后,自己在汽车站接到远方故人,故人还真有点落魄讨生活的意思——

一只脏兮兮的单肩包斜跨在肩上，眉宇间有遮盖不住的丧气，且这人明明冲着你在咧嘴笑，你却觉得下一秒他要失声痛哭。

韩沉西没问张琦在吴江的情况，扫了一眼他瘪瘪的背包，轻描淡写地说："还真什么都没带就敢来？"

张琦滑头道："这不是你的地盘嘛，吃穿用度你还能亏待我啊？"

韩沉西"啧"了声："现在反悔，来得及吗？"

张琦一挺身板："你说呢？"

"准备赖我这里几天？"韩沉西抬步朝停车场走。

张琦跟着，毫不见外地说："看我心情。"

招待人的事韩沉西向来没少干，这于他而言无非吃饭时多添一双筷子，十分简单。

他腾出空闲时间，带张琦在南通四处转了转。

南通不是一座旅游城市，几个景点了无生趣，好在有个滨江公园能看看长江，满足了内地长大的孩子于江水的好奇。

吃吃喝喝四天，张琦觉得打扰得差不多了，再待下去该招人烦了，盘算着要走。

恰好当天中午，韩沉西让柳思凝从封县发来的一车十六吨的货到了，十二吨直接进季林业的厂，剩下四吨需要囤积在商城租用的仓库。

三伏天，日头毒辣，地表热度直逼40℃，装卸工人大多不愿意干活，少数几个有意向的暗示高温补贴，可价格高到离谱，几番商量也不愿意让步，韩沉西心知他们抱团欺负人，到底没答应给。

但话又说回来，不能让运输车司机在一旁干等。他们这行纯靠跑长途运输赚钱，最忌讳"压车"，因为车不动，便意味着少一份收入。

无奈之下，韩沉西一咬牙，撸起袖子准备亲自干。

张琦上下打量着他一身名牌的衣裤，难以置信地问："体力活？你确定？"

韩沉西淡淡地说："想赚钱，不得弯弯腰？"

张琦挑挑眉。

他自然不能袖手旁观，毕竟吃人嘴短，现在胃里还装着韩沉西千把块请客的海鲜未完全消化。

就这样，一个敢做，一个舍命相陪，两人说干就干。

近五十斤的重物压到肩上，从货车走到仓库堆放点，十几步远，走几个来回后，汗流浃背，就已经明显吃不消了。

他们虽说不是温室里长大的花骨朵，也经历过风吹雨淋，练就了皮糙肉厚，可到底没吃过这般纯体力活的苦，更因为没有扛包经验，不会用巧劲，全凭力气硬撑着移动，歇歇停停，四吨的货，卸了一个多小时。累出的汗水以及太阳晒出的热汗像小溪流似的，从头顶蜿蜒而下，衣服被浸湿得彻底。

货车司机瞧着两人狼狈的模样,害怕他们因为出汗太多而脱水,好心去买了一箱矿泉水。

张琦气喘吁吁,整个人累得轻微颤抖,顾不得地上脏,倚着仓库的铁门瘫倒下来。

韩沉西与货车司机签了到货单,送走司机后,挨着张琦席地而坐。

"你还行吗?"他抹把脸,关心地问。

"不太好。"张琦实话实说,闷热让他喘不上气的同时,还隐隐感觉到有些反胃,"这四吨货能卖多少钱?"

韩沉西大概算出一个价格:"不算提成的话,大概六百吧。怎么了?"

张琦:"看看值不值得我这么玩命。"

韩沉西反问:"值吗?"

张琦立即摇头。

韩沉西笑了一下,抬起酸胀的胳膊朝一堆白色包装、写着红字的货一指,懒洋洋地说:"它们利润空间大。"

张琦:"多少?"

韩沉西先后比画了两个数字,说:"不等。"

张琦吃惊:"差距这么离谱?"

韩沉西:"当然,看你心黑不黑了。"

每个行业都有水,只是深浅不一而已。

张琦一时无话。

韩沉西也沉默了一阵,漫不经心地问起:"回家后,有什么打算?"

张琦一怔,这些天韩沉西没跟他聊起过近况,他也未主动提及,因为面上就看得出来混得好与坏,他也心知韩沉西避而不谈是给他留自尊。现在突然提起,他大脑短路,不知怎么回答,含混道:"当然是找工作呀。"

韩沉西:"找什么工作?"

张琦随口回答:"卖房,卖车,卖保险,西郊现在搞新城区建设,盖了好多房子,做房屋中介蛮不错的。"

韩沉西没马上搭腔。他灌了口水,润润唇,也不知道在想什么,愣了好半响,提议说:"反正都是做销售,你觉得卖棉纱怎么样?"

"啊?"张琦瞪圆眼睛迷茫地看向他,随即眨眨眼,有些激动地解释,"我不是来投靠你的!"

"我知道。"韩沉西安抚,"我也没那么大能耐让你靠。"

张琦糊涂了:"那你刚才说这话什么意思?"

韩沉西:"我可以让我妈的厂里给你供货,卖不卖得出去全凭本事。"

张琦:"可我不懂这个东西呀。"

韩沉西悠悠说:"不懂可以慢慢学。"

张琦蹙眉盯着韩沉西看,依旧糊涂着,没搞明白韩沉西说话的逻辑:"你在这里发展,又拉我来入行,市场就这么点,这不搞对立竞争吗?"

韩沉西"哼"声一笑:"看得还挺明白。"

他的话明显没说完,但紧接着又陷入了沉默,张琦没有催促他,稍微等了一会儿,他轻声说:"我在这里待不久的。"

张琦想到曾经饭局上的谈话,问道:"要回去把望乡的厂开起来?"

韩沉西点头。

正是因为他的志向不在销售市场,所以才动了留下张琦的心思,这样做,一来,他走的时候,手里的客户可以直接对接给张琦;二来,他盘算着也该有业务员来跟邱长志抗衡了,不然邱长志一家独大,以后不知会不会作妖。最重要的一点,望乡的厂有朝一日运转起来,可以单独生产,那么首选的市场一定是南通,因为他目前只了解这里。

张琦费解:"为什么执着于开厂呢?我觉得你现在就挺好的,赚的钱足够花,又离羊姐近。"

执着?

韩沉西初听这个词不由得一愣。他从来不是一个有崇高理想和远大抱负的人,很少一门心思地要去做成功某件事。"狐朋狗友喝喝酒,天南海北走一走"大概就是他思考的人生意义。他不想,更不愿每天背着理想的枷锁让自己活得又累又绝望。所以,真要为开厂找理由,也不该用"执着"形容。

韩沉西沉思片刻,说:"心里有遗憾吧。"

张琦明白"遗憾"指的是什么。

"什么时候走?"

"等通知。"

"谁的通知?"

韩沉西神秘一笑:"投资人的。"

张琦又是一头雾水了。

韩沉西没强迫张琦立马做决定,而是建议他跟着自己跑一段时间的市场,美其名曰"实习"。

张琦正处于迷茫期,不知自己该何去何从,既然韩沉西给了他一个方向,他就答应尝试顺着走下去。

他休息了一天,第二天坐火车返回封县收拾行李。

而韩沉西驱车回了上海。

他到家时,弋羊还没下班。过量运动导致的肌肉酸痛让他犯了懒劲儿,他洗了个澡,倒头睡了,醒来时,天已黑得透彻。

他随手抓了一条长裤套上,下床赤脚往外走,刚打开卧室门,闻到一股饭菜香。

他轻手轻脚探头往厨房里瞅,只见弋羊挽着辫子,坐在餐桌前正对着电脑检查图纸,她的左手边放着一个白瓷碗,碗里盛着红枣薏仁粥。

韩沉西保持着倚门框的姿势,目不转睛地盯着弋羊,可惜弋羊太集中注意力在工作上,一直没有察觉。韩沉西无奈地用手背蹭蹭鼻尖,以掩饰不满,随后屁颠屁颠走到餐桌另一侧坐下,端起那碗粥喝了一口。

弋羊这才抬头看他:"醒了。"

韩沉西:"回来怎么没叫我?"

弋羊:"叫了一声,你睡得太沉。"

洗衣机突然"嘀"的一声发出停止运转的提示音,韩沉西活动活动僵硬的脖子,问道:"我脱下来的衣服你给我洗了?"

弋羊:"洗了。"

韩沉西起身要去晾,弋羊阻止:"你先吃饭吧。"

韩沉西:"什么饭?"

弋羊指了一下电饭煲,又指向炒锅,说:"一个汤,一个菜。"

韩沉西转过头,掀开炒锅锅盖,看见里面是西蓝花炒虾仁。原本想夸一句"看色泽,比我上次掌勺做出的成品强",但话还没说出口,弋羊突然伸手摸着他的后背,质问:"你的后背怎么了?"

韩沉西不知所以:"什么?"

"青一块紫一块的。"弋羊在瘀血的皮肤上轻轻按压一下,"没感觉吗?"

韩沉西:"有点疼。"

弋羊秒变严肃脸,看着他。

韩沉西一琢磨,估计是扛那四吨货,重物压肩导致皮下出血了。

他三言两语把事情的来龙去脉解释了一番。

弋羊紧皱眉头,用生气的口吻说:"他们要加钱,给就好了,你干吗逞强?"

"这会儿你倒是大方了。"韩沉西吐槽一句,随即解释,"不能开先河,这种漫天要价的行为有第一次就会有第二次的。"

理由正当,弋羊无法反驳,生着闷气转头去找医药箱。

韩沉西在她身后跟着,眼尖地瞧见她脖颈的青筋,好笑地碎碎念:"我真没什么感觉,瞧把你心疼的。"

那背上的瘀伤触目惊心,弋羊可没有心情跟他开玩笑,不理他。

"用个笨办法赚个辛苦钱,大家都这样。"

说着,韩沉西伸出一根手指戳了戳弋羊的侧腰,语气黏糊糊的,颇有撒娇讨饶的意味。

弋羊阴沉着脸挥开他,完全不吃他这一套:"他们是他们,你是你,他们怎么样我管不着,但你不行。"

她蹲在地板上,从储物柜里拿出医药箱,在里面翻翻找找。

韩沉西"啧"了一声："怎么还给我搞特殊呢。"

他说着弯腰将弋羊捞起身，弋羊挣扎了一下，这次没有挣脱开。

韩沉西转而抓住她的手腕，迫使她摊开手掌。

弋羊最近常跑车间，既要学着操作机床，还要给实验组打杂，包括写报告、搬实验模具和铁块。她的手心磨出了厚厚的老茧，血泡还是上个星期韩沉西用消毒针一点点挑破的。

韩沉西耸起眉："你都可以，我为什么不行？"

番外二·
受伤

/ 不知何时,她兀自幻想了一座城堡,安排韩沉西住进去。/

  许是韩沉西年少时期活得太过恣意和潇洒,永远明艳的笑容和出其不意的小调皮刻入了弋羊的髓骨,在情感上,弋羊很难接受成年后的他在试着学会独当一面时要吃苦和受委屈。

  弋羊也不知是不是因为自己生命底色过于沉重而产生了心理病态,不知何时,她兀自幻想了一座城堡,安排韩沉西住进去。

  城堡熠熠生辉,高石垒筑,将人生磨难、烦恼和忧愁通通隔绝,只存留万花筒里的精美画片,让韩沉西永保纯真,活得像童话里幸福的王子。

  韩沉西背后的这片伤,在弋羊眼里,宛如一把刻刀,刮掉了城堡石墙上的一粒碎石,她很难过,但尚能接受,因为几天后,瘀血散尽,他又恢复了活蹦乱跳的模样。弋羊看着他,恍觉刻痕可以修复,他还是那个向阳而立的快乐少年。

  只是,她从未料想过,世事无常会发生在他的身上。

  命运的残忍在降临的那一刻,如滔天的巨浪,彻底冲毁了这座假想的城堡。弋羊的精神几近崩溃,因为现实逼迫她清醒,她幻想的童话世界自始至终是她在进行自我欺骗和自我治愈。

  弋羊一直知道韩沉西是要回望乡的,因为那里有一块他的心病。

  她眷恋他待在她的身边给予她的温柔,但她不能横加限制他,"所爱之人即全世界"的恋爱观会让双方背上枷锁。

  应对再一次的分离,她能做的只有告诉自己要等待和忍耐,等待一个转折的时机,忍耐更加猛烈的相思。

  韩沉西说:"又离得远了,又要很久才能见上一面了。"

  客厅的沙发上,两人并肩挨着坐,他握住弋羊的手,十分愧疚。想当初谈恋爱不被柳思凝看好,他赌气,下决心要一步一个脚印证明给她看,万万没想到,他将"路"走成了这般模样。

  倘若换一个人,他想,离别的日子远大于相聚,是不是早吵得不可开交分道扬镳了。

弋羊垂着眼，眼里有藏不住的失落，但她不想让气氛太过低沉，乐观地说："你来不了的话，我可以回去找你。"

好在她还是学生，基本的假期都在。

韩沉西："怕你嫌折腾。"

弋羊："早习惯了。"

这个"习惯"的养成，无外乎是对现状的无奈迁就。

韩沉西胸口泛起一股无助感。他环顾房间，短短几个月，两人零零碎碎的用品堆积，已经有一种小家庭的温馨了。

他想说几句煽情的话，或者拍胸脯保证的诺言，可这些信誓旦旦的辞藻甚至都不能给他自己一丝安慰。他思忖片刻，终究还是什么都没说。

他从兜里掏出钱包，抽出一张银行卡，递到弋羊面前。

弋羊看着，抿嘴轻笑出声，提醒："你还有一张卡在我这里呢。"

"我知道。"韩沉西说，"很早之前给的，里面的钱还没花完吗？"

弋羊："早没了。"

递出去的手停滞在空中，韩沉西见她没有接的意思，强行将卡塞了过去。

"这张卡里的几万块钱是我年初开工到现在挣的，你拿着。不是让你非要用，我不在你身边，你又是这么个要强的脾气，只是怕万一你遇到棘手的事情急需要用钱，又不肯跟我开口。"

两个人在物质方面确实存在很大的差异，但这么多年里，韩沉西却从没有过大额金钱的给予，因为知道她不需要，她咬牙能靠自己活下去。可现在明目张胆地给，一来是他对她实在放心不下；二来，金钱的补助稍稍能缓解一点点他的愧疚感。

弋羊懂，便顺着韩沉西的心思收下了。她起身到卧室，将卡放在了保险的地方，再出来，远远看着韩沉西手托着下颔，坐在那里一动不动，不知在想什么，好像很为难的样子。她鼻子突然一酸，移步躲进了卫生间。

韩沉西以为弋羊去洗澡了，也起了身，拖着脚步各个房间溜达，将水电煤气挨个检查了一番。

等弋羊平复情绪再出来，他像留临终遗言似的叮嘱了一堆有的没的。

弋羊看着他到处乱晃，一圈又一圈，没有终了，忍不住说："你好啰唆。"

韩沉西低下头。

弋羊到他身边拉着他的手，拍了拍，柔声说："睡觉吧，凌晨了。"

韩沉西深深叹了口气。

可积压着心事地躺在床上，闭着眼睛和睁开眼睛没什么区别。

韩沉西从背后紧紧箍着弋羊，脸埋在她的发丝间。

两人身体相贴，弋羊能感觉到他因情绪起伏不定而节奏紊乱的呼吸。

她翻过身，与他面对面。

卧室黑暗无光，弋羊抬手摸到他的眼睛，手指慢慢下滑，经过鼻尖，停在他的嘴唇。片刻的静止后，她凑近，亲了上去。

大概是恋恋不舍，与以往的亲热非常不同，他们这次缠绵很柔和，每一个动作都十分缓慢，将纠葛拉得无限长远。

而在混乱的夜色中，疼痛和快感交叠，又莫名生出一股悲怆的宿命感。

这一宿注定是疲惫却又无论如何不可能满足的，天很快亮堂了。

韩沉西送弋羊回学校上课后，折返至南通，他还有一些事要交代张琦。

张琦跟着他的三个月时间里，一直没经手过财务上的问题，主要原因是韩沉西走账十分简单粗暴，仗着厂是自家开的，进货价与卖货价，以及合作厂家的信息全部公开透明，有时甚至还得麻烦财务室返还中间差价。

而这样的方法，张琦如果套用，后果是致命的。于柳思凝而言，张琦到底是外人，生意人以赚钱为最终目的，倘若张琦藏不好客户信息，导致两头厂商直接对接，那么就会被一脚踢开。

韩沉西先将账目切割清楚，让张琦另开账户，然后将怎么走账给他讲了讲，他因为没有操作过，步骤并不具体，余下的只能靠他自己摸索。

张琦心里有些没底地说："你这一撤走，我心挺慌的。"

"瞧你这点出息。"韩沉西嘲笑他，"好好干，我以后还指望你给我卖货呢。"

就这样，时隔韩沉西爷爷的那通电话半个月后，十一月初，韩沉西抛下一切，驾车驶上了回望乡的高速公路。

他曾跟张琦提起过的投资人，正是韩家的大当家韩庆林。

除夕那晚，韩沉西的"有事求人"就是和韩庆林商量开厂，只不过当时这老头并没有答应。

而韩沉西找他的原因，直白地说就是他有钱、有经验。

韩庆林是从六十年代的中国走过来的，体会过真正的物质缺乏，也见证了市场一朝的风云变幻，当年国有企业改革，允许私人承包，他抓住时机，穷小子一跃发达了。

他的光辉事迹，韩沉西听柳泊涟讲过，心里也承认自己的爷爷是一位有胆识有谋略的成功商人，但这也并不妨碍韩沉西不喜欢他。

或许是商场上的钩心斗角经历多了，韩庆林很难相信人有真心实意。不管是对外人还是家人，他从不施以微笑，脸上的肌肉永远处于僵硬状态，活似一个人形木乃伊。而更让韩沉西不舒服的一点是，与韩庆林谈话，他射向你的目光冰冷，眼神像独狼望着猎人，每时每刻都保持警惕和戒心，你明明一句正常的问好，落到他耳朵里就成了别有目的。

韩沉西和他亲近不起来，而韩家其他的孙辈也没人能跟他正常交流。按说他这个年纪应该儿孙绕膝，享天伦之乐，偏偏活成了独居西郊别墅的孤单老人。

他这次答应帮助韩沉西开厂，绝非支持孙子的创业梦想，而是基于绝对的理性分析。

望乡的厂地理位置非常好，临国道，近高架，方便跑长途运输，同时，乡里的廉价劳动力一抓一大把。自从厂折在韩崇远手里后，韩庆林一直在思考怎么处置这片地方，毕竟土地租用期还有十来年的时间。

卖掉太可惜了，虽说这几年都在唱衰纺织业，但其实是因为厂家增多，市场竞争激烈，不太好做了。纺织业永远不可能成为国家的支柱行业，却也跌落不到消失的地步。

踏踏实实干，还是能分得一杯效益不错的营养羹。

他一直没动手重启，着实是年纪大了，精力跟不上，而且于他而言，钱已经够多了，他黄土埋到了脖颈的人，现在更在乎身后名。他怕他死后别人诟病他的子孙为一事无成的富家子弟。

韩庆林其实打心眼里不信任韩沉西，觉得他年纪小、没定性，想一出是一出，不确定这小孩经历小风小浪时有没有胆识闯过去，又会不会真的对厂子负起责任。

因此，韩庆林想了个办法，要投产的机械设备等固定资产他来砸钱，而所需的流动资金全部采用民间融资的办法——五年期，期间出资人每年年末只结算利息，五年后可申请返还本金。

这个厂的法定代表人是韩沉西。

这也就意味着，厂盈利还好，如果亏损，韩沉西就要背负巨额债务。

韩庆林是将韩沉西架上了一个不能回头、不能后悔的境地。

韩沉西孤注一掷地答应了。

合同是背着柳思凝和韩崇远签的。

柳思凝得知后大发雷霆，她觉得韩庆林太欺负人了，儿子小小年纪扛下如此重担，那得多大压力。

她气势汹汹地要去找韩庆林理论，韩沉西将她拦下了。

"他又不是什么事都不管了，机器和技术人员的配备全指望他呢。再说，退一万步讲，即使没做成，他真的能全身而退吗？我姓韩，跟他到死都是一家人，我名声混臭了，他多少也得沾点腥味。"

理是这个理，但柳思凝依旧没解气，无奈之下拿韩沉西撒邪火。她揪着韩沉西的耳朵斥责："你也是的，好歹我是你妈，你以后遇到大事做决定前，能不能跟我商量一声？"

韩沉西大言不惭："有什么好商量的？我又不会听你的，不过是多费口舌。"

柳思凝知道儿子是个敢拿主意的主，但听这话心里多少不是滋味。她这么多年对韩沉西一直是放养状态，牵引绳松过头了，导致她在韩沉西的生活中没什么存在感和话语权。

柳思凝佯装暴躁地挥手赶他："滚滚滚！"
韩沉西麻溜地滚了。

接下来的日子，在韩庆林的指导下，韩沉西开始一边监督工厂的施工，一边跑审批程序。这一年的整个冬天，他都住在望乡的厂子里。

来年开春，机器陆陆续续进厂，技术工人开始进行安装和调试。这期间，他和韩庆林还抽空去了一趟新疆的长绒棉产区采购原材料。

所有的一切，因为有韩庆林的帮助，有条不紊地推进着，连柳思凝都免不了惊讶事情竟会如此顺利，谁知她还没为儿子高兴两天便出了事。

机器开机，初次试生产，韩庆林请来的一位熟悉生产工艺的纺织师傅竟然连夜跑路了。韩沉西几番辗转打听，才得知这老家伙仗着手艺精湛，私自联系了另一家规模较大的纺织厂，以更高的年薪去谋发展了。

韩沉西着急上火几天，彻夜难眠，最后得知是这原因被放了鸽子，气着气着就笑了。他懒得追究什么，拖着疲累的身板回到了厂里。

而没了师傅调试机器，只能被迫停止生产，他给另外几位工人放了假。

天稍晚些的时候，他因为郁闷，跑到车间瞎转悠，想做些什么。

车间里此时还有一位小工，韩沉西看到他，问："你怎么还在这里？"

小工说道："皮辊转动的时候老磨钳口，我检查一下。"

韩沉西点头："辛苦了。"

他看小工从他身边走过，绕去了另一房车间，以为小工所说的"检查一下"是已经检查修复好了，当下没把这件事放在心上。

韩沉西转过身时，瞥见旁边清棉机的打手上绞着一大坨棉絮，便上前伸手去清理。

抓棉打手是由一圈圆形的锯齿刀片组成的，非常锋利，不过此时它是停运状态，整个车间的电闸已经断开。

常理说，小心一些避开刀刃操作，是完全安全的，却不料那名小工所言的"检查一下"不是已经完成，而是即将要做的事情。

他到供电处把电闸推了上去……

"嘀"的一声，清棉机轰然启动，抓手呈顺时针方向飞速转动，韩沉西躲闪不及，一瞬间，手指就被绞了进去。

番外三·
手术

/弋羊后知后觉，她仅有的两次奔赴他，他都处在状况不明的境遇里。/

闭塞的小乡镇，任何的风吹草动皆会打破安宁，引起围观，更遑论刮皮见骨的意外事故。越来越多的乡民闻风出动，堆聚在厂门口。

他们远远看见有人神色焦急地打电话，语速飞快地说着什么，随后，一辆救护车卷着乡间小道的尘土呼啸而至。

那位面容俊朗、逢人就笑的小伙子，大多数乡民都眼熟，却记不得他的名字，只知他是已经去世的柳校长的外孙。

韩沉西被搀扶着从车间跌跌撞撞地走出来。

他的衣襟被血浸透，右胳膊用东西裹缠着，鲜红的血顺着一道缝隙滴滴答答往下落。

他坐上救护车时，一直跟在他身后，显然惊吓过度的一名工人，哆哆嗦嗦递给救护医生一个透明袋子。

挤在前排且视力较好的乡民认出那是绞断的几截手指。

这立马引发一小阵骚乱。

救护车的喇叭提醒他们让出道路，然后疾驰而去。

议论继续发酵，消息很快就传开了。

羊军国从一位进县城办事的老乡口中得知此事时，已经是两个小时后了。

他原本趴在车底修理损坏的零件，匆忙爬起身，因为脑供血不足，两眼一黑，差点一头栽倒在地。

等缓过劲，他拦了一辆出租车赶往医院。

急诊室的前台，护士们忙着应付各种各样的家属。

羊军国脑子发热，向来好脾气的他，不知这会儿哪儿来的勇气，蛮横地打断了其中一位家属的交谈，语无伦次地问护士小姑娘："刚拉来的……救护车拉过来的，那个手受伤的病人，现在在哪里？"

护士蹙眉不耐烦地瞥了他一眼："遇事有个先来后到，你后面排队等着。"

她转头继续跟被打扰的家属说着什么，好一阵后才冷漠地问羊军国："病人叫什么名字？"

"韩沉西。"羊军国觉得自己说话时牙齿打战。

"哪个沉？哪个西？"

羊军国顿时怔住，有点难堪地说："我也不太清楚。"

护士："你跟他什么关系？"

"我是他……"羊军国吞吞吐吐的，"……舅舅。"

护士瞅着电脑屏幕，噼里啪啦敲了几下键盘，随即起身拐过走廊，消失了几分钟再回来，说："病人转院了。"

"转去哪儿了？"

"省人民医院。"

羊军国一听去了大医院，心冰凉地往下坠，明知故问："为什么转院？"

护士大概见惯了生死，已经麻木了，面无表情的："咱们医院医疗条件有限，接骨手术做不了。"

医院正大门出来，是一片人工湖，赏景的游船穿梭其中。

羊军国有些迈不动脚步，他抓着栏杆，强撑着肥硕的身体，忍不住胡思乱想：真要是半只手没了，会对这小孩造成什么影响？

思来想去得出的结论是，有影响，但好像没严重到活不下去的地步。

可是，他私心接受不了这个悲剧，那么讨人喜欢的一个孩子，才二十来岁，风华正茂的年纪，为何平遭一轮磨难，要少去这半只手呢？

他接受不了，那他的姑娘呢？

羊军国知道是一定要通知弋羊的。弋羊脾气刚烈，他们胆敢瞒着她，她会记仇似的把这件事搁置在心里，咬牙切齿一辈子。

只是羊军国在踌躇到底该如何表述，才能把话说得委婉些，让弋羊不至于乱了阵脚，无奈，不等他组织好语言，电话就通了。

弋羊先开口："喂，舅舅。"

羊军国应了一声。

"怎么这么晚给我打电话？"

羊军国卡了一下壳。

弋羊何其敏锐："是出了什么事吗？"

这么多年过去，她的下意识仍是又发生不好的事情了，对吗？羊军国支吾半天，也没能说出一句完整的话。

弋羊联想到他的身体一直毛病不断，索性猜测："你哪里不舒服？"

"不是我。"羊军国叹了口气，"是……韩沉西。"

弋羊呼吸凝滞，等着羊军国的下文。

"受伤了，车间机器操作不当造成的。"

这一瞬间，弋羊是蒙的："伤到哪儿了？"

"手，已经去省医院做手术了。"

"严……严重吗？"

羊军国没敢把老乡描述的血腥场面讲给她听，含混道："具体什么情况，我也不太清楚，你看你……"

弋羊打断他的话："我现在回去。"

不知是不是她天性心狠，在遇事冷静方面，小小年纪已经远胜于很多大人了。

挂断电话后，弋羊更是一刻都没敢耽误，转头走进实验室，收拾好书包，马不停蹄往机场赶。

大概机场是她生命中一个比较重要的场所，该如何去，不用思索，肌肉已经形成记忆似的，牵引着她灵魂已经不知飞去哪儿的躯壳，自觉朝那边走。

她赶上了凌晨的航班。起飞后，从舷窗俯瞰，城市的灯火一如既往亮如星海。

弋羊后知后觉，她仅有的两次奔赴他，他都处在状况不明的境遇里。

她想，他真的很让人不省心。

当夜两点，羊军国在机场接到弋羊，打车与她一同赶去医院。

而那时，韩沉西的手术还在进行中。

手术室外狭窄的走廊里，站着韩沉西的几位亲属。

韩崇远听见脚步声，扭头看到了他们。他一脸疲态，但还是维持了成年人该有的礼貌，与羊军国寒暄："怎么麻烦您老远跑过来。"

撇开两个孩子的关系不谈，当年柳泊涟去世，是羊军国第一时间发现的，韩崇远和柳思凝一直对他心怀感恩。

"不放心就过来看看。"羊军国问，"手术做了多长时间了？"

"一个多小时了。"

"医生怎么说？"

韩崇远突然瞥弋羊一眼："两种结果，做好心理准备。"

羊军国叹了口气，他知道安慰的话徒劳无功，也知道韩崇远此时疲于应对人情往来，便沉默着，没再打扰。

而弋羊自来到这里就一直贴墙而立，眼睛死死盯着手术室的门，一言未发。

羊军国本想提醒她跟韩崇远问个好，但瞧她整个人绷得很紧，已经兀自把自己锁在了自我的世界里，他欲言又止半天，最终作罢。

手术室外总是上演着人世间的悲欢离合，楼梯间，其他床家属的窃窃私语和啜泣，因为深夜的宁静，将悲伤无数倍放大。

柳思凝听着心慌，开始不安地来回踱步。

她虚晃而过的半生里，还没有经历过如此漫长的等待，等待急诊室给儿子腾出床位，等待无数个检查，等待医生会诊，等待医生敲定手术方案，等待儿子被推进手术室，等待手术结束……

她早没了商业女强人的那点雷厉风行以及风风火火。

她的心，在她进急诊室看到韩沉西苍白的一张脸，以及因为失血过多，身体颤抖，他忍不住跟她抱怨"柳姐，我好冷"时，已经稀里哗啦碎了一地。

她不禁怀疑是自己上辈子作了恶，所以这辈子她尚未尽孝心，父亲就猝然离世，一句念想的话也没留给她，儿子还要横遭变故，忍受肢体分离的伤痛。

她双目赤红，为缺失韩沉西的成长而无比懊悔。可如今想要弥补，时光却早已不在了。

一分一秒的煎熬折磨着在场每个人的神经。

终于，手术室的门打开了，主刀医生走了出来。

他摘下口罩时，释然地笑了一下，说："万幸啊，刀刃锋利，切口很平整，神经血管完全可以接上，接下来就看他的恢复了，不过灵敏度会不如以前。"

好坏参半的结果。

柳思凝控制不住压抑的情绪，掩面哭泣。

医生十分理解家属的心情，但还是专业地交代了后续的注意事项，然后点头告退。

又过了好一会儿，韩沉西被护士推了出来。

他人是清醒的，但很虚弱，他看着"呼啦"一下围到他病床前的各位长辈，费力地扯开因为缺水而干裂的嘴角，做出微笑的表情，有些喘不上气地说："一睁眼看到这么多人啊……好像小时候在我姥爷家过年，早上被你们挨个折磨着喊起床。柳姐，可别掀我被子啊，我有点冷。"

柳思凝哽咽着骂他："臭小子，什么时候了，还开玩笑。"

韩沉西"哼"了一声，将头转向另一边，本想跟韩崇远说句话，无意间瞧见韩崇远身边的羊军国，脱口喊了声"舅舅"，陡然恍惚一下，眼睛四处开始瞄。

原来唯独弋羊没有围过来，孤零零站在离病床一米远的地方。

人群的缝隙中，两人心有灵犀地对上视线。

有种一眼隔万年的错觉。

韩沉西调皮地朝她眨了眨眼。

可弋羊并不受用，回视他的眼神格外冷漠。

护士很快凑上来驱赶他们："好了好了，病人要推进病房了，刚做完手术需要静养。"

观察室的门打开又合上，再一次将他和他们隔绝。

因为明确了不用陪护，加上手术成功，韩崇远交瘁的心安定了一大半。他在医院对面的酒店开了好几个房间，安排大家休息。

弋羊是被羊军国强行拉过去的。

羊军国很担心她，从在机场接到她，她就一直没开口说话，他又猜不透她的心思，只能一遍一遍地把医生的话重复说给她听，让她想开一些。

弋羊点了点头，可她的情绪没有任何起伏波动，羊军国不知道自己的话有没有起作用。

然而很快就得到验证了，没有丝毫作用。

弋羊当晚回到酒店，洗了把脸，趁着大家不备，重新溜回了医院。

她在观察室外坐到天亮。

等柳思凝晚些时候过来，得知情况后，心疼又无奈地说："干吗在这里干等着？别到时候进去一个又倒下一个，我们大人哪有那么多精力照顾你们。"

她赶弋羊回去休息，可弋羊把她的话当耳旁风。

柳思凝曾听韩沉西说过，这个小姑娘脾气不好，自己当初想请她吃顿饭，正式见一次面，被韩沉西一句"别吃了，我怕你俩在餐桌上打起来"给敷衍带过。现在看来，她确实有些怪，且为人处世也不够圆滑。

按说，她跟自己的儿子谈恋爱，自己婆婆的身份好歹明面上摆着，她常理应该好声好气的，谁知她眼里完全没有这回事。

柳思凝想，弋羊愿意睾在医院，就随她去吧。

当天晚上五点，护士允许了探视。

韩沉西因为麻药劲过去，伤口疼痛难忍，人萎靡不振。柳思凝和韩崇远没敢问东问西，只交代了两句，就自觉退出来给两个孩子留空间。

弋羊不敢碰韩沉西，束手站在一旁。

韩沉西眼睛半眯着，强打着精神说："我是不是特别笨？"

"挺笨的。"

"下次一定注意。"

"没有下次了。"

韩沉西静静看着弋羊，她头顶有一道白色的冷光，韩沉西恍惚觉得好像看到了高二时期那个尖锐锋利的弋羊。

这么多年好不容易学会的柔和仿佛顷刻间又插上了尖刺。

昨天手术室外与她的对视，她的眼神就是现在这般平静。

韩沉西心知她害怕了。

发泄情绪，有的人会撕心裂肺地大哭，有的人会喋喋不休地抱怨，有的人会找人依靠，但弋羊因为压抑性格太久，她只会把恐惧转化成戾气，变得尖酸刻薄。

韩沉西缓慢地抬起那只能移动的胳膊去捞她的手，但他这会儿实在没力气握住她，只好蹭了蹭她的皮肤，缓缓地说："我没事了，羊姐，别怕。"

番外四·
结婚

/只要你奔向我，我绝不辜负你。/

韩沉西的性格里确实有点"时而不靠谱，时而不着调"的跳脱，可这也正是他灵动机敏，显得颇有生命力的关键。但归根结底，他沉在骨子里的那份老成持重才是他立身处世的根本，而他身为一名男生，难得的共情能力更让他面面俱到。

所以，当他看到柳思凝因为他一夜间憔悴苍老，韩崇远垮着脸忧心忡忡，弋羊抿紧嘴唇不言不语，他尚没来得及好好消化这场突如其来的事故，便坦然地接受了现实，并表现出一副不以为然的样子。

他在观察室住了三天后，转入普通病房。

柳思凝寸步不离地守在病床边嘘寒问暖，可韩沉西见惯了他妈妈指着他的鼻子颐指气使的骂街模样，陡然被温柔以待，浑身不自在，而且他也不喜欢有人立在身旁伺候他。

他平时活得粗糙又潇洒，不见得受了伤，身上的二两肉就变得金贵娇气了。他强硬地拒绝柳思凝的留夜陪护，说："我一只胳膊两条腿足够用了，你赶紧哪儿来回哪儿去。你说你一大把年纪了，睡在医院的木板床上，万一落下个腰酸背痛的毛病，不是让我顶着不孝子的罪名给你骂吗？"

柳思凝佯装生气说："我上赶着照顾你，你还不领情了。"

韩沉西礼貌且绅士地做了个"请"的手势："心意收到了，门在身后，慢走不送。"

即使韩沉西元气大伤，柳思凝在他面前也丝毫讨不了嘴上的便宜，占得上风。

柳思凝原形毕露，"恶劣"地朝儿子翻出了这些天以来的第一个白眼，随后关上门，踩着小皮鞋走了。

韩沉西轻松一笑。

柳思凝性格缺点其实十分明显，受不了言语刺激，还有些爱冲动，韩崇远平时惯着她，不跟她计较，可韩沉西不会，处处针锋相对才是母子二人正常的相处方式。

不过，柳思凝好打发，弋羊却成了他的"心头患"。

因为他受伤，那些关心在乎他的人所表现出来的情绪波动，经过几天的大起大落，在他转入普通病房的那一刻，开始收拾整理好心情，恢复平常的生活状态，让时间向前走。可是弋羊自始至终没有表达过心中感想，只是好像一瞬间变回了高二时那种沉默寡言的状态。

她会看他，但不开口说话。

她还在"接受"与"难以接受"他的手受伤这件事之间折磨自己。

韩沉西不知道弋羊什么时候悄悄来的，只是在睡梦中，感觉腿被重物压着，眯眼看去，就见弋羊伏在他床边睡着了。

她缩成一团，拱起的脊背骨头突出，有些瘦脱相了。

一瞬间，韩沉西的心里特别不是滋味。

病房空调开着，温度偏低，他怕弋羊冷，掀起被子的一角，想搭在她身上，可他轻微一动，弋羊就惊醒了。

两人借着从走廊透进来的光线看着彼此，好一阵没开口说话。

最终，是韩沉西打破沉默："还睡吗？"

弋羊摇摇头。

韩沉西："那咱俩聊聊天吧。"

弋羊脸上滑过一丝茫然。

韩沉西弓腰扯住她衬衣的衣袖："你坐近点。"

弋羊顿了一下，将凳子挪到他的床头。

韩沉西把枕头垫在腰下，半躺着。

"你赶回来的时候有跟辅导员请假吗？"

"打电话说了一声。"

"那给了你几天假？"

"忘了。"

韩沉西轻轻叹了口气，又问："学校还在上课吗？"

弋羊有些迟钝地回答："进入复习周，要期末考试了。"

"有把握吗？"

弋羊缓慢地转了转眼珠，听出了他话里有话。

韩沉西便不再跟她绕弯子，直白地说："回去吧，羊姐，别在我这里耗着，我身边不缺人。"

弋羊默然。

韩沉西欠身，手搭在她的头顶，安抚性地揉了揉，语重心长道："你总不能因为我，什么都不做了吧？"

弋羊第二天一早坐火车走了。

柳思凝后知后觉，到傍晚才发现一直守候在儿子身边的小丫头不见了，跟韩沉西打听，才知对方回了学校。

柳思凝难以置信："就这么走了？怎么也没跟我打声招呼呢？"

韩沉西有些欠地说："不熟呗。"

柳思凝瞥了他一眼，别有深意地冷哼一声。

到底人年轻，复原能力好，术后十天，韩沉西出院了。

柳思凝不太想让韩沉西继续开厂了，她总觉得那个厂风水不对，这几年发生的事情件件糟心。

韩沉西说："柳姐，二十一世纪了，我们是受过唯物主义教育的新青年，别搞封建迷信那一套。"

柳思凝只好退一步与他商量："那你好歹在家多休养一个月，等拆线、拔了钢钉，再去工作吧？"

韩沉西回道："机器折旧费，工人工资，水电耗损，以及融资利息，哪一项不是在烧钱？我在家能休息好吗？不白日做噩梦就谢天谢地了。"

不由分说，他开车回了望乡。

他住院期间，韩庆林新请了一位纺织师傅，同时，生产厂长也到位了。两位都有丰富的管理车间的经验，但韩沉西经过上一次的事情，已经对他们牛气哄哄的履历没有丝毫兴趣了，他只盼望他们能尽快生产出成品，将第一批货物投向市场。产品合不合格、好不好用，有了市场反馈才能进一步解决配棉等生产问题。

他一头扎进这方小天地，干得热火朝天。

等闲暇时间，与弋羊联系，他发现弋羊有些冷着他，两人通电话往往没聊两三句，就以忙为借口挂断了。

韩沉西知道弋羊在生气，更知道她为什么生气，起初便由着她挂电话。可一段时间后，发现情况没有丝毫好转，他开始着急了。

他筹划着去一趟上海，哪知刚把这个消息告诉弋羊，弋羊急忙说："我八月初会回去，已经订好机票了，你别乱跑。"

顿时，韩沉西心里美了。

弋羊期末考试后，被导师临时拉去他的课题组做项目。

她虽然面色如常，但其实情绪很低落。

每天，导师催进度，组员要数据，她身心疲惫，才发现社会的残酷在于它不会因为你个人的悲伤而停下来陪你一同感怀。

夜深人静时，她总会想起高二的那次家长会，班里熙攘热闹的氛围让她感到不适，她逃到旧书屋看书，没想到韩沉西追了出来，默默地陪在她的身边。

暖气蒸腾的房间，没有过多交谈，MP4里憨豆先生滑稽夸张的表演熨帖了青春时期她戾刺横生的一颗真心。

时间早已将这段经历蒙尘，可偏偏经历里的人还在身边。

弋羊曾经从未想过将韩沉西据为己有，她看他有时在阳光下奔跑，总觉得他像一个迎风飞舞的风筝，不该受到牵绊。她手里握着的线，她想，只要他开口，她就会放手，让他飞往更高更广阔的天空。

可是，偏偏他让她握牢，不要松手。感情升温，她对他的占有欲已经变得狂热而强烈了。

她从来都不是一个正常的人。

弋羊想，她得要求一个结果了。

艰难地从导师手里要到两个星期的假，她回到望乡，直奔韩沉西的工厂。

曾经荒芜空荡的旧厂房焕然一新，员工走动，车辆穿梭，仔细听还有机器运转的轰鸣声。

看厂门的大爷得知她的身份，引她去了韩沉西的休息室——这间休息室原本是柳泊涟的卧室。

房间重刷白漆，换了陈设，一张床和一张办公桌，桌上有台电脑，简单又简陋。

她在床边坐下，没让人通知韩沉西。

好一会儿后，韩沉西打着电话推门进来，看到她，愣神好久。等反应过来，他和那边把问题交涉清楚，挂掉电话，扬起微笑："怎么到了也没跟我说一声，我好去接你啊。"

弋羊将他整个人从头到脚打量一番，视线停滞在他的右手上，没吭声。

韩沉西的右手现在还没恢复，等拆掉钢钉后，他要进行长时间的康复训练才有希望实现手指屈伸和握拳。

他自嘲说："不太美观了。"

他随手拿了瓶矿泉水，递给弋羊，在她身边坐下后，讨好地说："以后要劳烦女朋友帮忙拧瓶盖了。"

他因为去了车间，衣服和头发上沾了些白白的棉絮，身上也有股类似于布料高温烘烤后的味道。

于弋羊而言，那是完全陌生的。

弋羊握着塑料水瓶一动不动。

"怎么了？"韩沉西用肩膀碰了碰她。

弋羊低着头，额前的碎发垂落，挡住了她的眼睛。

韩沉西没瞧到她的神情，心里正在揣摩着什么，弋羊突然侧过头，看向他。

那一刻，韩沉西从她的眼神中看到了偏执和坚定。

弋羊严肃地说："韩沉西，咱俩结婚吧。"

韩沉西惊讶得一时之间没了言语，消化好一阵，问弋羊："你怎么突然有这种想法了？"

弋羊没回答。

"不嫌早吗？"韩沉西尽量将语气放轻松，"即使结婚……起码也要等你研究生毕业吧？"

"不能等了，"弋羊决然地说，"我怕等着等着我们就散了。"

人长大后，两只手需要抓住的东西太多了，一个不小心弄丢了谁，可能就真的再也找不回来了。

韩沉西目光闪了闪，静默一会儿，像散了精气神似的问道："对我这么没有信心吗？"

弋羊："你连你自己都没照顾好，我怎么相信你？"

有时弋羊会想，是不是她将坏运气带给了韩沉西，导致他这两年事事不顺遂。她害怕了，怕生活的打击和磨难拖垮韩沉西的意志，怕长时间的分离让他疲于奔波，更怕他们越长大，越不敢为爱情奋不顾身。

"可我……"韩沉西心口苦涩，"厂里刚起步，乱七八糟一团，什么都没有，你跟着我图什么呢？"

弋羊："那我又有什么呢？"

只有四年的助学贷款，还有时常没着落的生活费。

韩沉西沉默了，他发现弋羊总是跳脱于他的掌控。

但韩沉西不敢张嘴轻易答应，心高气傲的劲儿早消磨干净，他不确定自己会混成什么鬼样子。

"这些天，我一直在想，我什么方面最需要你。我自己的事情我好像都可以做好，我不需要你为我分担什么。"弋羊平静地说着这么多年的感觉，韩沉西颓然地听着，"但是，我心里要明确一件事情，就是不管隔了多远，你会回到我的身边，一个星期也好，一个月也好，半年也好，我都能再次看见你。"

她突然有些哽咽，停顿了一下，等平复心情才继续说道："所以，我们赌一把吧。"

韩沉西问："赌什么？"

弋羊看着他，眼眶微红："你身上的那份责任心。"

时间久远，韩沉西已经不记得何时何地，又是哪个场景，他跟她说"羊姐，你比我勇敢"。而时至今日，他再次感受到了这个女孩一往无前的勇气。她做出了选择，即使最终头破血流、心力交瘁又失望，她也绝不后悔。

韩沉西狠狠地一咬牙，孤注一掷地说："结！"

说服家长，没有经历多少波折，因为两人态度太坚定了，且平时又都是说一不二的主。

韩沉西没有带弋羊去见柳思凝和韩崇远，只单独跟父母说了结婚的决定。

他少有的正经模样，让柳思凝哑然好半天。

柳思凝老派地说："结婚至少要双方家长见面沟通一下吧？定亲的聘礼、房子，还有女方的五金首饰，也都要提前准备。"

韩沉西看着自己疤痕遍布的手，缓缓地说："她真要在乎这些东西，就不会在这个时间这么仓促地提出来了。"

"那……"柳思凝卡了一下壳，试图劝说，"婚姻没你想的那么简单，以后你俩打算怎么办？一直异地吗？"

韩沉西说："不往下一步走，可能就没有以后了。"

柳思凝既为难又担忧。两个孩子如果没有感情，不会耗了这么多年，可现在猛然提结婚，显然不是最佳时机。

"妈！"韩沉西喊了柳思凝一句，"我知道我在做什么，也知道我的决定意味着什么。"

柳思凝心知拦不住。

而羊军国的反对，是用了比较沉默的方式。

韩沉西陪着弋羊在他的门外站了一夜。羊军国抽了一夜的烟，到底于心不忍，遂了孩子们的心愿。

领证是在八月八日，没有算日子，羊军国点头后，两人直接去了民政局。

申请、审查、登记，相较于别的情侣，两人全程淡定得不像话。

结婚证到手，再出来，正当中午，阳光热烈，蝉鸣阵阵。

因为民政局没有停车场，这条街又是单行道，韩沉西让弋羊在门口的梧桐树下等着，他去开车。

然而等车开过来，韩沉西第一眼并没有看到弋羊的身影。他降下车窗，欠身寻找才发现弋羊蹲在地上掩面痛哭。

韩沉西一瞬间红了眼眶。

他下车，走到弋羊身边，捞她起身入怀："咱俩大喜的日子，哭什么呢？"

也许这已经是我们最糟糕的状态，也许不是，未来的日子苦难更多，但无所谓了，我会一直陪你走下去。

只要你奔向我，我绝不辜负你。

番外五·
幸福

/ 她在无声地爱着他，一次摩挲，一个亲吻，这些远非语言所能表达。/

门刚开了一道缝，韩沉西便听到了屋里小朋友的干哭声，同时还有弋羊轻柔却不乏严厉的训斥声："没有玩具可以玩哦，不好好吃就不要吃了。"

他笑着把背包搁在进门的玄关柜上，换了拖鞋，疾步走到厨房。

弋羊听到动静回头，两人视线交会。

韩沉西看到她严肃认真的表情中透露出一股微微的无奈，而在她一旁的座椅里，十五个月大的小朋友咬着手指正委屈地掉眼泪，琥珀色的眼睛又大又亮。

韩沉西嘴角的笑意越发灿烂了。他揽了下弋羊的肩膀，示好地说："我来喂吧，你去收拾你的行李。"

弋羊凉飕飕地臭脸看了他一眼。某位厂长说话不算数，一周的出差行程因为各种原因延长了近半个月，陡一现身，还邋里邋遢的。

韩沉西不以为然，先到水池洗干净手，摸了摸小朋友圆溜溜的脑袋，再接过弋羊手里的菜粥。

"哭什么？妈妈凶得不对吗？"与孩子面对面坐着，他抽出一张纸巾擦掉小朋友脸颊的泪珠，假模假式地说，"大小朋友都不可以挑食，妈妈以前不好好吃饭的时候，照样挨批评。"

弋羊微怔，她一下就记起了许久以前的画面——

在旧厂房，韩沉西端了一碗肉菜面给她，她甩脸不吃，他气冲冲地说："给你面你还挑剔上了，有种别饿！"

互相看不惯的日子压在记忆深处沉淀发酵，偶然翻出来看，竟然依旧生动有趣。弋羊无声地抿唇笑了笑，起身回卧室。

过了好一会儿，韩沉西连哄带骗地喂好小朋友，单手抱着孩子也走进卧室。

小朋友吃饱了在他怀里扭来扭去，拖着长音，奶声奶气地喊："妈妈——"

他叹了口气，一点都不想承认孩子活泼好动的性格随了他，话痨还闹人啊。

他两只胳膊将小朋友高高举起，轻轻往上一抛，再牢牢接住。小朋友欢快地笑起来。

韩沉西亲了亲孩子的额头，转而问弋羊："去几天？"

一个刚忙完，另一个紧接着要走。

"一个星期。"

弋羊博士毕业后进了一家汽车研究所，做新能源项目的研发，最近深圳有产业展会，她被派去参观交流。

弋羊好像不太放心，问道："你一个人带，行吗？"

韩沉西反问："怎么不行？再说，家里还有爸妈和舅舅呢。"

弋羊笑了，她现在有意无意的笑容日渐增多。

她拉了拉孩子的手，交代注意事项："吃饭尽量少油少盐，但要是没办法的话，就随便给他吃，只要他愿意吃。每天注意给他喝水。还有，如果他睡午觉，到四点一定要叫醒他，不然晚上有精神该闹了。"

韩沉西在一旁默默地听着。小宝是两人共同决定要的，决定的过程两个人没有丝毫犹豫，更没有任何瞻前顾后的想法，默契地笃定着他们会给孩子一个温馨有爱的家庭。

事实也证明，这个决定是正确的。生完小朋友，弋羊性格一日日地越发柔和，面庞和身段更是丰腴了一些。

弋羊瞅见韩沉西神游，强调："我说的你记住了吗？"

韩沉西笑着说："记住了。"

弋羊："你重复一遍。"

韩沉西酸溜溜地说："反正总体的原则是孩子只要伺候好，孩子爸的温饱无所谓。"

弋羊低头笑了。

两人先后出发去机场，弋羊飞深圳，韩沉西拎着大包小包带小朋友回望乡。

抵达望乡时，韩沉西打电话通知司机来接。

一进厂，财务室的小姑娘一阵风似的卷着小朋友就走了。

韩沉西空出手，进厂房转了转。厂里现在生产工序稳定了，分出东、西两个车间。韩沉西当年一直找不到东车间的车间主任的合适人手，后来想到李保田年轻的时候在国营企业做过车间管理，便联系了他。

当然，李保田起初是不愿意的，他觉得自己已经年过半百，该颐养天年了，但韩沉西三番五次地打来电话，又跑两趟到家里请他，他看着韩沉西受伤的手，想着这孩子应该是遇到难处了，心一软，到底还是来了。来的路上，李保田其实心里没有底，也做好了不要老脸，遇事打退堂鼓的准备，哪想，一头扎进这个地方就再无法抽身。

临近傍晚时，韩沉西给羊军国打了个电话，问他店里忙不忙，不忙的话，让他回一趟望乡给他爷俩做顿晚饭。

羊军国一听小朋友来了，自然高兴，着急忙慌地从超市买了菜坐车往家里赶。

两年前，羊军国因为血压高，身体出现急性合并症，紧急住院治疗，恰好那个节点弋羊怀着孕，行动不便，韩沉西一边要忙着厂里的事，一边要时不时飞上海照顾弋羊，还又要抽空跑医院探望他，但嘴上没说苦叫累。羊军国把孩子的为难看在眼里，出院后，谨遵医嘱，戒了烟酒，瘦了很多。

"去，让舅爷爷抱。"韩沉西将小朋友递给羊军国。

小朋友玩了一下午，累了，趴在羊军国肩膀上，安安静静的。

羊军国摸着孩子的圆脑袋，感慨："长得真快，一天一个样。"

"长大了好，长大了就省事了。"

"当父母的，哪有省事的时候，永远在为子女操心。"

吃完晚饭，他们一同回了县里。

韩沉西把羊军国送到修理铺门口，看到羊敏兰在门口站着，他想下车，但羊军国阻止了。

羊敏兰出狱那天，弋羊和韩沉西去接了，但他们没有走近，只是远远地站在监狱前的一棵柳树下，看着监狱一侧的小铁门缓缓打开，羊敏兰从里面走出来，和等在门口的羊军国哭泣、拥抱。

羊军国还开着他的那辆旧面包车，他牵着妹妹的手，拉开车门带她上车回家。

车子启动，向着主路驶去，与并肩站着的一对男女擦肩而过时，他小声问羊敏兰："孩子来接你了，还认不认得出来呢？"

羊敏兰看着后视镜，一言不发。

她是铁了心要跟弋羊断绝所有的往来。

韩沉西以前不懂，做了爸爸后才理解了她——光是一个缺席女儿的成长，一个没有见证母亲的衰老，中间的隔阂，足够让两人无话可谈。

他叹了口气。在这件事情上，他无能为力，也许弋羊遇到他，他遇到弋羊，已经是所有人命运的最好结果。

他驱车回了别墅。

别墅重新装修了，装修事宜由柳思凝一手操办。而他们在上海的那套别墅，亦是柳思凝出资买的。

原因无他，柳思凝和韩崇远有次去上海参加展销会，结束后，约久未谋面的儿媳妇吃饭，顺便到家里坐坐。

进门没多久，柳思凝就跑出来给韩沉西打电话，质问："咱家是缺钱吗？你租这个房子的时候不嫌寒碜吗？"

韩沉西百口莫辩。

柳思凝返回封县后，直奔望乡的工厂，找到韩沉西说要给两人买房子。

这种美事，韩沉西当然不会和他们假客气，直接把自己早看好的一套别墅的价格发给了柳思凝。

柳思凝当场愣了一下："还住别墅吗？"

韩少爷架子摆得非常足："别墅清静啊。"

"那姑娘什么意见？"

"她没意见，她压根没住过好房子。"

柳思凝心里仿佛被戳了一下，第二天便给儿子转了一笔钱。

居所安定，孩子有了，两个人曾经"脱轨"的人生渐渐步入和普罗大众一致的正轨上。

弋羊提前一天返程，故意没有告知韩沉西。

她下了飞机，叫了出租车，直奔别墅。路上望着窗外的街景一晃而过，她想，自己也是有地方可去的人了。

抵达时，夜已经深了，她拿钥匙打开大门，拎着行李箱，再轻轻推开主屋的门进了客厅。

客厅灯光大亮，屋里静悄悄的，她拐进一层的主卧。卧室床上，小朋友枕着自己的小枕头已经睡熟了，里间的浴室传来"哗啦啦"的水流声。

她自然地推门而入。

干湿隔离的浴室门氤氲一片水雾，韩沉西从莲蓬头细细密密的水流中扭过头，看到人吓了一跳，还恍惚了一阵。

他关掉水流，撸了把湿漉漉的头发，调笑说："回来也不打一声招呼，学坏了啊。"

弋羊顶嘴："跟你学的。"

韩沉西这副光裸的样子非常便于耍流氓："那我有没有教你非礼勿视，非礼勿听啊？"

弋羊不理会他话里的意思，卸掉手表，放在置物架上，挨近他："怎么样，他乖吗？"

韩沉西的带娃心得永远都是那一句："我比他省心省力多了。"

弋羊笑。

韩沉西拉她一起站到莲蓬头下，抬起湿漉漉的右手托住她的侧脸。

弋羊惯性地握住他的右手，用指腹轻轻摩挲着他指节与指节之间突出的疤痕——消退不去的疤痕是永远的伤口。

她牵他的手放到唇边，低头在他的手指上反复地吻了又吻。

韩沉西看着，面目沉静。

领完证的好长一段时间里，他都会刻意地让她走在他的左手边，右手永远落在口袋里。

他没有告诉她，他深深的介意之下，其实是一次陷入绝望的自我怀疑。

　　而她也始终没有问起，只是在那一年入冬后的某天，两人依靠在沙发上看电影，她强行地捞过他的右手放在她手里，摩挲又摩挲，继而像今天这样牵在唇边落下一个吻。

　　很轻很柔的触感，好像让他忘了曾经承受过的那份疼。

　　她足够勇敢，却因为害怕失去而变得脆弱。

　　她在无声地爱着他，一次摩挲，一个亲吻，这些远非语言所能表达。